俄苏文学经典译著·长篇小说

诺维科夫-普里波伊（1877—1944）

苏联著名作家。生于农家，当过水兵。他的第一部作品为短篇小说集《海的故事》。主要作品有长篇小说《咸的圣水盘》和中篇小说《海的召唤》《潜艇水兵》。代表作是反映日俄战争的长篇历史小说《对马》，被誉为史诗性的作品。

梅益（1913—2003）

著名作家、翻译家。1935年在北京参加左翼作家联盟，1937年加入中国共产党。抗日战争期间，任中共上海市文化工作委员会书记。曾主持中共地下组织领导的《译报》《每日译报》，并主编《华美周刊》《求知文丛》等。著有《梅益论广播电视》《梅益论百科全书》，译有《西行漫记》《钢铁是怎样炼成的》等。

俄苏文学经典译著·

长 篇 小 说

Цусима.

Russian

Literature

Classic.

NOVEL

Priboy-N

对马
——日本海海战

[苏]诺维科夫-普里波伊 著

梅益 译

Copyright © 2019 by SDX Joint Publishing Company.
All Rights Reserved.
本作品版权由生活·读书·新知三联书店所有。
未经许可，不得翻印。

图书在版编目（CIP）数据

对马：日本海海战/（苏）诺维科夫-普里波伊著；梅益译. —北京：生活·读书·新知三联书店，2019.5
（俄苏文学经典译著·长篇小说）
ISBN 978-7-108-06503-2

Ⅰ. ①对… Ⅱ. ①诺…②梅… Ⅲ. ①长篇小说－苏联 Ⅳ. ①I512.45

中国版本图书馆 CIP 数据核字（2019）第 039990 号

责任编辑	陈丽军
封面设计	樱　桃
责任印制	黄雪明
出版发行	生活·讀書·新知 三联书店
	（北京市东城区美术馆东街22号）
邮　编	100010
印　刷	常熟市人民印刷有限公司
排　版	南京前锦排版服务有限公司
版　次	2019年5月第1版
	2019年5月第1次印刷
开　本	650毫米×900毫米　1/16　印张 30
字　数	397千字
定　价	86.00元

俄苏文学经典译著

出版说明

本丛书是对中国左翼作家所译俄苏文学经典一次系统的整理和展现，所辑各书均为名家名译，这不仅是文献和版本意义上的出版，更是对当时红色文化移植的重新激活。

早在1948年生活书店、读书出版社、新知书店合并为生活·读书·新知三联书店前，三家出版社就以引介俄苏经典文学和社会理论图书等为己任。比如1937年生活书店出版托尔斯泰的《安娜·卡列尼娜》，1946年新知书店出版《钢铁是怎样炼成的》。1949年以后，虽然也有出版社对俄苏文学经典进行重译、重编，但难免失去了初始的本色，并且遗失了些许当时出版的有价值的译著；此外，左翼作家的译介因其"著译合一"的特点，在众多译本中，自有其价值；更重要的是，这些文学经典蕴含的对生活的热情、对信仰的坚守、对事业的激情在今天亦鼓动人心，能给每一位真诚活着的人以前行的动力。因此，系统地整理出版左翼作家翻译的俄苏文学经典是必要的。

我们在对书稿进行加工时，主要遵循了以下原则：

一、本丛书为重排本，由繁体字竖排版改为简体字横排版。

二、忠实原作，保持原译语言风格及表现方式；对书中人物及相关译名除必要的规范外基本保留。

三、原书注释如旧，编者所出的注释，均以"编者注"标明，以示与原书注释的区别。

四、对原书中各种错讹脱衍之处，直接订正。

五、数字只要统一、规范，基本沿用；对标点符号的用法，尽可能做到规范。

六、在不影响原译意的情况下，对个别表述可能有歧义的字句进行必要斟酌处理。

俄苏文学经典译著

总　序

生活·读书·新知三联书店推出"俄苏文学经典译著·长篇小说"丛书，意义重大，令人欣喜。

这套丛书撷取了1919至1949年介绍到中国的近50种著名的俄苏文学作品。1919年是中国历史和文化上的一个重要的分水岭，它对于中国俄苏文学译介同样如此，俄苏文学译介自此进入盛期并日益深刻地影响中国。从某种意义上来说，这套丛书的出版既是对"五四"百年的一种独特纪念，也是对中国俄苏文学译介的一个极佳的世纪回眸。

丛书收入了普希金、果戈理、屠格涅夫、陀思妥耶夫斯基、托尔斯泰、高尔基、肖洛霍夫、法捷耶夫、奥斯特洛夫斯基、格罗斯曼等著名作家的代表作，深刻反映了俄国社会不同历史时期的面貌，内容精彩纷呈，艺术精湛独到。

这些名著的译者名家云集，他们的翻译活动与时代相呼应。20世纪20年代以后，特别是"左联"成立后，中国的革命文学家和进步知识分子成了新文学运动中翻译的主将和领导者，如鲁迅、瞿秋白、耿济之、茅盾、郑振铎等。本丛书的主要译者多为"文学研究会"和"中国左翼作家联盟"的成员，如"左联"成员就有鲁迅、茅盾、沈端先（夏衍）、赵璜（柔石）、丽尼、周立波、周扬、蒋光慈、洪灵菲、姚蓬子、王季愚、杨骚、梅益等；其他译者也均为左翼作家或进步人士，如巴金、曹靖华、罗稷南、高植、陆蠡、李霁野、金人等。这些进步的翻译家不仅是优秀的译者、杰出的作家或学者，同时他们纠正以往译界的不良风气，将翻译事业与中国反帝反封建的斗争结合起来，成为中国新文学运动中的一支重要力量。

这些译者将目光更多地转向了俄苏文学。俄国文学的为社会为人生的主旨得到了同样具有强烈的危机意识和救亡意识，同样将文学看作疗救社会病痛和改造民族灵魂的药方的中国新文学先驱者的认同。茅盾对此这样描述道："我也是和我这一代人同样地被'五四'运动所惊醒了的。我，恐怕也有不少的人像我一样，从魏晋小品、齐梁词赋的梦游世界中，睁圆了眼睛大吃一惊的，是读到了苦苦追求人生意义的19世纪的俄罗斯古典文学。"[1]鲁迅写于1932年的《祝中俄文字之交》一文则高度评价了俄国古典文学和现代苏联文学所取得的成就："15年前，被西欧的所谓文明国人看作未开化的俄国，那文学，在世界文坛上，是胜利的；15年以来，被帝国主义看作恶魔的苏联，那文学，在世界文坛上，是胜利的。这里的所谓'胜利'，是说，以它的内容和技术的杰出，而得到广大的读者，并且给予了读者许多有益的东西。它在中国，也没有出于这例子之外。""那时就知道了俄国文学是我们的导师和朋友。因为从那里面，看见了被压迫者的善良的灵魂，的酸辛，的挣扎，还和40年代的作品一同烧起希望，和60年代的作品一同感到悲哀。""俄国的作品，渐渐地绍介进中国来了，同时也得到了一部分读者的共鸣，只是传布开去。"鲁迅先生的这些见解可以在中国翻译俄苏文学的历程中得到印证。

中国最初的俄国文学作品译介始于1872年，在《中西闻见录》的

---

[1] 茅盾：《契诃夫的时代意义》，载《世界文学》1960年1月号。

创刊号上刊载有丁韪良（美国传教士）译的《俄人寓言》一则。[1]但是从1872年至1919年将近半个世纪，俄国文学译介的数量甚少，在当时的外国文学译介总中所占的比重很小。晚清至民国初年，中国的外国文学译介者的目光大都集中在英法等国文学上，直到"五四"时期才更多地移向了"自出新理"（茅盾语）的俄国文学上来。这一点从译介的数量和质量上可以见到。

首先译作数量大增。"五四"时期，俄国文学作品译介在中国"极一时之盛"的局面开始出现。据《中国新文学大系》（史料·索引卷）不完全统计，1919年后的八年（1920年至1927年），中国翻译外国文学作品，印成单行本的（不计综合性的集子和理论译著）有190种，其中俄国为69种（在此期间初版的俄国文学作品实为83种，另有许多重版书），大大超过任何一个国家，占总数近五分之二，译介之集中可见一斑。再纵向比较，1900至1916年，俄国文学单行本初版数年均不到0.9部，1917至1919年为年均1.7部，而此后八年则为年均约十部，虽还不能与其后的年代相比，但已显出大幅度跃升的态势。出版的小说单行本译著有：普希金的《甲必丹之女》（即《上尉的女儿》），陀思妥耶夫斯基的《穷人》《主妇》（即《女房东》），屠格涅夫的《前夜》《父与子》《新时代》（即《处女地》），托尔斯泰的《婀娜小史》（即《安娜·卡列尼娜》）、《现身说法》（即《童年·少年·青年》）、《复活》，柯罗连科的《玛加尔的梦》和《盲乐师》，路卜洵的《灰色马》，阿尔志跋绥夫的《工人绥惠略夫》等。[2]在许多综合性的集子中，俄国文学的译作也占重要位置，还有更多的作品散布在各种期刊上。

其次翻译质量提高。辛亥革命前后至"五四"高潮前，中国的俄国

---

[1]可参见笔者在《二十世纪中俄文学关系》（学林出版社，1998；高等教育出版社，2002）中的相关考证。

[2]这套丛书中收入了这一时期张亚权译的柯罗连科的《盲乐师》（商务印书馆，1926）。

文学译介均为转译本，且多为文言。即使一些"名家名译"，如戢翼翚译的普希罄《俄国情史》（即普希金《上尉的女儿》，1903）、马君武译的托尔斯泰的《心狱》（即《复活》，1914）、林纾和陈家麟合译的托尔斯泰的《罗刹因果录》（收八篇短篇，1915）等，也因受当时译风的影响，对原作进行改动或发挥之处颇多，有的译作几近于演述。1919年以后，译者队伍与译风发生了根本上的变化。一批才气横溢的通俄语的年轻人加入了俄国文学作品翻译的队伍，其中有瞿秋白、耿济之、沈颖、韦素园、曹靖华等。以本套丛书入选译本最多的译者耿济之为例。耿济之早年在俄文专修馆学习，1919年在《新中国》杂志上发表最初的译作，即托尔斯泰的《真幸福》（即《伊略斯》）和《旅客夜谭》（即《克莱采奏鸣曲》）等作品。20年代初期，耿济之又有果戈理的《马车》和《疯人日记》、赫尔岑的《鹊贼》、屠格涅夫的《村之月》、奥斯特洛夫斯基的《雷雨》、托尔斯泰的《家庭幸福》和《黑暗之势力》、契诃夫的《侯爵夫人》等重要译作。此后他一发不可收，数十年间译出了大量的俄国文学名著，是中国早期产量最多和态度最严肃的俄国文学译介者。当然，这时期仍有相当一部分翻译家依然利用其他语种的文字在转译俄国文学作品，如鲁迅、周作人、李霁野、郑振铎、赵景深、郭沫若等。这些译者大多学养深厚，译风严谨。鲁迅在20年代前期和中期译出了阿尔志跋绥夫的《工人绥惠略夫》《幸福》《医生》和《巴什唐之死》、安德列耶夫的《黯淡的烟霭里》和《书籍》、契诃夫的《连翘》、迦尔洵的《一篇很短的传奇》等不少俄国文学作品。尽管是转译，但翻译的水准受到学界好评。

　　20世纪二三十年代，中国文坛开始引进苏俄文学。1931年12月，瞿秋白在给鲁迅的信中谈到：有系统地译介苏联文学名著，"这是中国普罗文学者的重要任务之一"[1]。不少出版社在20年代末相继推出

---

[1] 瞿秋白：《论翻译》，见《瞿秋白文集》第2卷，人民文学出版社1954年版。

"新俄文学"作品专集。最早出现的是由曹靖华辑译、北平未名社1927年出版的《白茶（苏俄独幕剧集）》一书。而后，鲁迅、叶灵凤、曹靖华、蒋光慈、傅东华、冯雪峰和郭沫若等辑译的各种苏联文学作品集相继问世。这一时期，译出了不少活跃于十月革命前后的苏俄著名作家的作品。比较重要的有：拉夫列尼约夫的《第四十一》、革拉特珂夫的《士敏土》、绥拉菲莫维奇的《铁流》、法捷耶夫的《毁灭》、聂维罗夫的《不走正路的安得伦》、雅科夫列夫的《十月》、伊凡诺夫的《铁甲列车Nr.14-6》、富曼诺夫的《夏伯阳》、肖洛霍夫的《静静的顿河》（前两部）和《被开垦的处女地》、奥斯特洛夫斯基的长篇小说《钢铁是怎样炼成的》、诺维科夫-普里波伊的《对马》、马雅可夫斯基的诗集《呐喊》、爱伦堡等人的报告文学集《在特鲁厄尔前线》和阿·托尔斯泰的剧本《丹东之死》等。

这一时期，作品被译得最多的作家是高尔基。最早出现的是宋桂煌从英文转译的《高尔基小说集》（上海民智书局，1928）。这部小说集中载有《二十六个男和一女》和《拆尔卡士》（即《切尔卡什》）等五篇作品。最早出现的单行本是沈端先（即夏衍）从日文转译的高尔基的《母亲》。[1] 30年代中国出版的有关高尔基的文集、选集和各种单行本更多，总数达57种，如鲁迅编的《戈里基文录》、瞿秋白译的《高尔基创作选集》、黄源编译的《高尔基代表作》、周天民等编选的《高尔基选集》（六卷）等。此外问世的还有：鲁迅等译的短篇集《恶魔》和《俄罗斯的童话》、史铁儿（即瞿秋白）译的《不平常的故事》、巴金译的短篇集《草原故事》、丽尼译的《天蓝的生活》、钱谦吾（即阿英）译的《劳动的音乐》、蓬子译的《我的童年》、王李愚译的《在人间》、杜畏之等译的《我的大学》、何素文译的《夏天》、何妨译的《忏悔》、罗稷南译的《四十年间》、赵璜（即柔石）译的《颓废》（即《阿尔达莫诺夫家

---

[1] 该书1929年由上海大江书铺出版第一部，次年出版第二部。

的事业》)、钟石韦译的《三人》、李谊译的《夜店》(即《底层》)和贺知远译的《太阳的孩子们》等。

进入20世纪40年代,由于苏德战争和太平洋战争的爆发,中国文坛把自己的目光转向了苏联卫国战争文学。1942年在上海创刊(1949年终刊)的《苏联文艺》发表的各类作品的总字数达六百多万字,其中大部分是反映苏联卫国战争的文学作品。此外,仅就单行本而言,各出版社出版或重版的此类书籍的数量有百余种之多。这些作品极大地鼓舞了中国人民反抗外族入侵和黑暗统治的斗志。也许今天的人们已经淡忘了它们,有些作品从艺术上看似乎也有些逊色。但是,其中经受住了历史检验的优秀之作,仍值得我们珍视。这一时期,苏联其他一些文学作品也有译介。值得一提的有:肖洛霍夫的《静静的顿河》(全译本)、叶赛宁、勃洛克和马雅可夫斯基合集的《苏联三大诗人代表作》、阿·托尔斯泰的《苦难的历程》和《彼得大帝》、费定的《城与年》、奥斯特洛夫斯基的《暴风雨所诞生的》、潘诺娃的《旅伴》、克雷莫夫的《油船德宾特号》、波列伏依的《真正的人》、卡达耶夫的《时间呀,前进!》、列昂诺夫的《索溪》、冈察尔的《旗手》(第一部)、包戈廷的剧本《带枪的人》》《苏联名作家专集》(共五辑)等。其中不少名著在这一时期初次被译成中文。可以说,至20世纪40年代末,苏联重要的主流文学作品译介得已相当全面。

1919年以后的30年间,译介到中国的俄苏文学作品产生了巨大的影响。钱谷融教授曾经生动地描述过抗战时期他随学校迁至四川偏远小城,在那里迷上俄国文学的一些情景。他还表示自己"是喝着俄国文学的乳汁而成长的","俄国文学对我的影响不仅仅是在文学方面,它深入到我的血液和骨髓里,我观照万事万物的眼光识力,乃至我的整个心灵,都与俄国文学对我的陶冶薰育之功不可分。我已不记得最先接触到的俄国文学名著是哪一本了,总之是一接触到它就立即把我深深地吸引住了,使我如醉如痴,使我废寝忘食。尽管只要是真正的名著,不管它是英、美的,法国的,德国的,还是其他国家的,都能吸引我,都能使我迷醉。但是论其作品数量之多,吸引我的程度之深,则无论哪一国的文学,都比不上俄国文学"。这样的感受和评价在那一时代的知识分子中并不罕见。

由于社会的、历史的和文学的因素使然,中国知识分子(特别是左翼知识分子)强烈地认同俄苏文化中蕴含着的鲜明的民主意识、人道精神和历史使命感。红色中国对俄苏文化表现出空前的热情,俄罗斯优秀的音乐、绘画、舞蹈和文学作品曾风靡整个中国,深刻地影响了几代中国人精神上的成长。除了俄罗斯本土以外,中国读者和观众对俄苏文化的熟悉程度举世无双。在高举斗争旗帜的年代,这种外来文化不仅培育了人们的理想主义的情怀,而且也给予了我们当时的文化所缺乏的那种生活气息和人情味。因此,尽管中俄(苏)两国之间的国家关系几经曲折,但是俄苏文化的影响力却历久而不衰。

在中国译介俄苏文学的漫漫长途中,除了翻译家们所做出的杰出贡献外,还有无数的出版人为此付出了艰辛的努力,甚至冒了巨大的风险。在俄苏文学经典的译著中,我们常常可以看到商务印书馆、中华书局、开明书店、文化生活出版社等出版社的名字,也常常可以看到三联书店的前身生活书店、读书出版社、新知书店的名字。这套丛书中就有:生活书店1936年出版的、由周立波翻译的肖洛霍夫的小说《被开垦的处女地》,生活书店1936年出版的、由王季愚翻译的高尔基的小说《在人间》,生活书店1937年出版的、由周扬和罗稷南翻译的列夫·托尔斯泰的小说《安娜·卡列尼娜》,新知书店1937年出版的、由梅益翻译的晋里波伊的小说《对马》,读书出版社1943年出版的、由王语今翻译的奥斯特洛夫斯基的小说《暴风雨所诞生的》,新知书店1946年出版的、由梅益翻译的奥斯特洛夫斯基的小说《钢铁是怎样炼成的》,生活书店1948年出版的、由罗稷南翻译的高尔基小说《克里·萨木金的一生》。熠熠生辉的名家名译,这是现代出版界在中国文化发展史上写就的不可磨灭的一笔。这套丛书的出版也是三联书店文脉传承的写照。

尽管由于时代的发展，文字的变迁，丛书中某些译本的表述方式或者人物译名会与当下有所差异，但是这些出自名家之手的早期译本有着独特的价值。名译与名著的辉映，使经典具有了恒久的魅力。相信如今的读者也能从那些原汁原味的译著中品味名著与译家的风采，汲取有益的养料。

陈建华

2018 年 7 月于沪上西郊夏州花园

目 录

作者自传/ 1
《对马》是怎样写成的/ 5

上部　航程
第一章　在安德烈旗下/ 3
第二章　绕过好望角/ 38
第三章　马达加斯加/ 64
第四章　舰队东航/ 97

下部　海战
第一章　第一次大战——从"奥里约"号上
　　　　看到的海战/ 163
第二章　向北二十三度东/ 221
第三章　牺牲不能挽救惨败/ 302
第四章　苦战与溃逃/ 362
尾声　归国/ 422

附图

1. 对马海战中双方舰队的运动。/ *439*
2. 一点十五分俄国舰队的阵形。/ *440*
3. 一点四十九分双方舰队的阵形。/ *441*
4. 二点零五分日本舰队集中火力向"苏沃洛夫"号和"奥斯里亚比亚"号开炮。/ *442*
5. 二点五十分至三点十分双方舰队的阵形。/ *443*

作者自传[1]

我一八七七年三月十二日生于坦波夫省巴斯甚区马特维耶夫斯基村。我的父亲是尼古拉一世的世袭武士,在军队里服役二十五年。他辞谢了官职的提拔,因此领取了一小笔代替升职的恩俸。他带着一个简直不会说俄国话的波兰女人回到自己的故乡来,村里人对此都很惊讶。我的父亲骨骼大、体力强,是一个真正的大地之子。他长寿而且健康,就是时间的流逝似乎也没有给他带来多大的危害。他死的时候已活了八十岁[2]。我的母亲则要年轻得多,但没有他那样健康。她不习惯农民生活那笨重而不息的劳作,因此显得比她的实际年龄更苍老。她好梦想,喜爱幻想的世界,她的思想永远是在天上的。

我们村子是落后的、远离着文化的,原始森林像围墙那样环绕着我们的村。村里没有学校,最初教我读书写字的是我的父亲。古体的字母我很容易学会,但用字母拼成字和把字连接起来完全是另一回事。事情慢慢地过去,我怀着那么强烈的憎恶去学习,以致后来再也不能使我继续学下去。接着,他们便把我送到教会执事那里去。他是一个大胖子,头发很乱,脸色总是阴郁的。一见到他,就使我想起了天使长,很叫我害怕。在他的教导之下,我的功课仍旧没有进步。

---

[1] 本文译自英文版一九三三至一九三四年第五号《国际文学》。——译者
[2] 日译本为九十岁。——译者

"你是多么顽固啊,阿列克谢!"

他时常用严厉的声音这样喊叫,随后便用戒尺打我的头。

不久有一个年轻的神父召集了三十个左右的小孩子,开始教我们念书。我们的教室是教堂看门人所有的那间小茅屋。那神父时常捋弄他那部褐色的、给他脸孔的下半部勾勒出一个漂亮的轮廓的胡子。他那双灰色的眼睛是警觉的。他时常低声喊道:

"现在,你这个不顺从'圣灵'的小鬼,走出来!"

我晓得他指的是我,所以低低地伏在桌子上。接着他走过来,用手托住我的下巴,使劲把我的头托起来。在他那敏锐的、似乎要刺透我的眼睛的目光的注视之下,我又失去所有的智慧了。我的头仿佛已变成一只空罐子,里面一点思想也没有。

"你撒谎!我要敲出附在你身上的恶魔!"

每天我都带着血红的耳朵回家。神父那只细小的、肌肉松弛的手怎么会使我感到这么剧烈的疼痛呢?这时常是叫我吃惊的事情。

后来我转到了邻村的学校。在那里教书的那个老处女就是竭力用发怒和惩罚来迫使我学习,也是徒然的。我的反抗心增长了,我开始做各种顽皮的恶作剧来报复。最后我跑回了家。我的母亲哭了,我的父亲悲伤地摇着头说:

"真的,我们生下个傻子,他是一辈子也不会有长进的啊!"

学拼音一直苦了我三个年头。每一个印刷字母对我来说,都是可憎的。我诅咒那个发明字母的人,我梦想找到一伙强盗,带着他们去毁掉世上所有的学校。可是到哪里去找这样的强盗呢?不管我在我们的森林里徘徊了多久,我从未碰到一个。

我的双亲无论如何不愿让我老是做个文盲,他们试着把我送到相距十里的邻村的学校去读书。教员是一个谦逊的少妇,有美丽的头发和白皙的皮肤。她亲热地对我微笑,慈母般地亲吻我,初见时,就很仁慈。我感到多年来郁积在我胸中的愤怒和憎恨顿时消失了,我马上被她吸引住，我信赖她。过了两个冬天，我作为一个优等生从该教区的教会学校毕业了。一种强烈的求知欲从我心里迸发出来，但我们家的财力未能使我继续上学。

我干起农活来了。伴着我那个老跟牧师吵嘴的哥哥，我阅读各种我能够弄到手的东西：杂志的附录、天文学论文、樵夫约克的故事，但大部分是宗教的书。

我的母亲是一个笃信宗教的妇人，准备让我去做修道士。也许，修道院将成为我最后的归宿，要是没有遇到那个水兵的话（这曾写在我的小说《命运》里）。他告诉我许多关于海军的事情。多谢这次会晤，我的生活才转向另一方面，这与我所期望的完全不同。我老是不断地想象着大海和舰船。等我长到二十二岁时，我应征服役，于是我要求加入海军，多年来的梦想实现了。

我在波罗的海舰队服役，并且如饥似渴地进行自学。每一本到手的书都吸引着我。可是那时没有系统的阅读，所以结果很杂乱。我时常读那些我完全不能理解的书，直到我得到了潘纳夫的《图书编目》和巴甫连科的《百科大辞典》之后，我的知识才得到迅速的长进。这两本书是我的两位教师——从前者那里我知道了要读些什么书，后者则向我解释所有难懂的词句。稍后，我觉得鲁巴金的《自学指导》和《读书指南》也很有用。有一段时间，我时常去在喀琅施塔得军港开办的星期班上课。我现在仍旧感恩地怀念那些老师。

就是由于他们的帮助，我才开始阅读被禁的革命书籍，而我的政治觉悟和社会意识觉醒也是由此开始的。从这所学校，一道明亮的知识的探照灯直射向俄罗斯帝国海军的阴暗处。但那时间并不长，学校随即关闭，有几个教员被捕了，在海军中也逮捕了几个人。

当时，我正梦想考大学，但不久我便和别的几个水兵被捕，关在一个拘留所里。

当我读了自学成才的作家如柯尔佐夫、苏列科夫、列斯特涅科夫和高尔基等人的传记之后,我从他们的生活中认识到,一个人不念完大学也是能够成为作家的。于是我决定成为一个自学的作家,并开始写粗糙的习作。

我的第一篇论文,大意是号召水兵们进星期班学校的,很快便在《喀琅施塔得时报》发表了。这给我的幻想添了一对翅膀,我开始梦想文学事业。就怀着这个可见的目的,在我随卢杰斯特温斯基舰队开赴海参崴[1]时,我每天记日记。我们的海战以对马的惨败结束,几乎全军覆没。一九〇六年和一九〇七年我出版了两本写对马的插曲的小册子,但立刻被没收。

从一九〇七年到一九一三年我作为一个政治流亡者流落到国外,漫游了法国、英国、西班牙、意大利和北非。在英国我颇有在剥削工人的工厂制度下干活的经验,我又随商船出航,有时则在办公室内工作。

我写得非常少,只有在空闲的时间执笔。在欧洲大战和大革命初期,我完全放弃了文学创作。

从前,我的作品曾发表在俄国各种期刊如《现代文学》《大众生活》《北调》《现代》《现世界》和别的一些刊物上。

一九一四年我在文学领域的尝试,是一本《海的故事》,原准备由莫斯科作家出版社印行,但大战接着爆发,检查官不准那样的书在战时出版。直到一九一七年革命之后,这处女作方才由同一家出版社印行问世。

---

[1] 现名为符拉迪沃斯托克。——编者

《对马》是怎样写成的

自从世界上出现军舰以来，曾经发生过许多次海战。然而，就其规模、重要性和影响来说，只有三次比得上对马海战。第一次是公元前四八〇年的萨拉米海战，当时波斯的海军是强大的，而由地米斯托克利所率领的希腊海军比较弱小，但是薛西斯人的舰队还是被希腊人摧毁了。第二次著名的海战是一五七一年在亚得里亚海发生的勒班陀海战。那时欧洲基督教列强的联合舰队在奥地利人唐·约翰的指挥下，把土耳其海军打得一败涂地，结束了回教徒在地中海的海上霸权。许多年后，在一八〇五年又爆发了特拉法尔加海战。这一次，纳尔逊海军元帅（他在以前几次海战中曾经失去一只眼睛、一只臂膀，这一次却送了命）把法国海军元帅维尔纳夫、西班牙两个海军元帅格拉维纳和阿拉法统率的法西联合舰队打得落花流水。格拉维纳和胜利者纳尔逊一样送掉了生命，维尔纳夫则当了俘虏。英国还缴获了联军十九艘军舰和俘虏了一万两千名士兵。

第四次非常重要的海战，也就是这本书所要描写的，是日俄战争时在远东对马岛附近发生的，日期是一九〇五年五月十四日（旧历）或五月二十七日（新历）。关于这次海战的举世周知的重要性，我要等到适当的时候再说。现在我要向读者说明的，是我的这本书是怎样写成的，以及这本书为什么在它所描写的事件发生后将近三十年才出版。

我以战舰"奥里约"号上一个水兵的资格（我的实际军阶是军需管

理兵）参加了这次富有戏剧性的战斗。敌人的炮弹没有夺去我的生命，我成了敌人的俘虏。我跟我的伙伴们在一个日本港口的小屋里住了几天之后，被押到九州岛的熊本。我们在这个城市近郊的战俘营里过着长期的拘留生活，直到最后把我们送回俄国。

因为认识到在对马发生的事件的重要性，我立刻开始把我个人在战争时的观察记录下来。接着，我又继续搜集有关整个舰队的材料。但是这个浩繁的工作不是哪一个人能够单独胜任的，我邀集近十二个最最明理懂事的知心朋友一起商量这个计划，他们都成了我热心的助手。我们的俘虏营里，有着差不多所有参加过对马海战的军舰上的伙伴，这是一个非常有利的条件。当我们记录这艘军舰或那艘军舰当时的情况时，我们主要是记载舰上的勤务是怎样组织的，长官和士兵的关系是怎样的，然后才写各舰在战时所起的作用。一九〇五年时的军舰已很大了，内部的组织也很复杂，以致这一部分人不晓得另一部分人发生的事。因此，在询问每个参加者个人经历时，我们不得不把一艘主力舰或巡洋舰上各个部分的水兵们分开来。例如，问到五月十四日早晨所发生的事件时，我们必须问当时在司令塔里、在这个或那个炮塔里、在这个或那个暗炮塔里、在炮甲板上、在鱼雷舱里、在轮机舱里、在炉膛口、在病房里……各个发生了什么事，这里或那里接到了什么命令，这些命令是怎样被执行的，每个参加战斗的人的表情和性格是怎样的，从这艘或那艘军舰上目睹这次战争的人们对于它的一般印象是怎样的。我们就这样询问下去，一直问到非常具体的细节。

人们自由地互相交谈，因为问他们的是他们同级别的伙伴，而不是由司令官们和参谋部的官员们所组成的（如后来出现的那样）调查委员会成员。如果说话的人中有一个说错了，那么，另一个曾经从同一个角度观察过事物的人立即纠正他。过了不久，他们当中有些人开始把笔记本送给我，其中尽是各种事情的描写。这样过了几个月，我已收集了一整箱描写对马海战的草稿和非常宝贵的资料。我可以毫不踌躇地说，没有任何一次战争曾收集到这么多的第一手资料。当我研究我收集到的资料时,我得到了从每一条舰船上目击那场战争的非常生动的印象,就像我自己在那艘舰船上一样。我们的记载绝不会跟官方关于这次著名海战的报告相符合,那是不消说的。

不幸,这成了一种徒劳的壮举。因为这些丰富的资料被一次因愚昧无知造成的灾难毁掉了。

这一事件被一个曾在"乌沙科夫"号战舰上服役的炮兵军官德米特里耶夫得意扬扬地写在他的报告中。这个报告以"一个被囚在日本的俘虏"为标题,发表在一九〇八年的《海洋》期刊第二期上。这报告的作者确实被拘留在遥远的北面的仙台,但他摘录了"乌沙科夫"号上的水兵从熊本写给他的信。其中有一封信,一个名叫菲利波夫的小军官这样写道:

"'奥里约'号、'迷惑'号和别的向日军投降的军舰的水兵中,有人企图在这里的俘房中煽起叛乱。他们得到了狂热的支持者,并在后者的帮助下传阅一些有政治倾向的书籍,同时又散布有关俄国情况的种种谣言。尤其重要的是,他们竭力煽动俘虏反抗长官。幸而,俘虏中还有头脑冷静的人,他们及时发出警告,得以保证坏事消除于萌芽状态。

"十一月九日(新历二十二日),保皇派再也忍不住了,他们用武力对付那些煽动者。有两个煽动分子差点送了命,其他的都被日本人逮捕。他们的书籍和手稿都被烧掉,他们的打字机也被砸碎。"(见该刊七十二至七十三页)

另一个水兵在信的开头写道,"尊敬的大人阁下",接着就报告革命党人的阴谋:

"虽然他们秘密地进行工作,他们的活动很快就被发觉了。

"十一月八日一个军官告诉我们,日本人已经开始把俘虏遣回海参崴,其中有人对此表示反抗。

"他嘱咐我们,当要我们离开的命令一到,大伙儿就走,不要声张。

"就这样,那些政治上的破坏分子就大喊:'打倒他!打倒他!'那个军官看到骚乱快要发生,就走开了。可是我们有人记下了那些高声大喊的不法之徒的名字。

"第二天,十一月九日,我们所有不愿让叛逆侮辱我们祖国的人都起来反对那些捣乱分子,要打倒他们,把战俘中那些已经为反对我们的元首和我们的政府而结盟的人打败。

"我们在营地指挥部附近集合,向那些坏蛋居住的小房子进逼。但当我们要求他们交出某些政治书籍和手稿时,他们就拔出短刀向我们挑战。"(见该刊第七十四页。)

就在这封拍马屁的信上,接着我们看到那些"保皇派"的俘虏怎样焚烧我的书籍和手稿的报告。

现在让我来说明我亲自见到的那一事件的经过。

当一大批俘虏被拘押在日本的时候,夏威夷的参议员罗素博士来到了,他是一个俄国的流亡者,曾经是"人民意志党"的积极分子。开始他出版一份名叫《日本和俄罗斯》的刊物,在俘虏中传播,我偶尔在这个刊物上写稿。为慎重起见,刊物开头几期的论调比较稳健,但后来逐渐加码,变成一份非常革命的出版物。此外,罗素博士还负责给俘虏们分发具有反政府倾向的《地下文学》。在熊本,这份刊物成捆地直接寄给我。人们从各地的营房到我那里来要小册子和各期的刊物。我们中间那些陆军预备役士兵对这样的事比较慎重,可是海军的人员都不保守秘密。

革命思想在那些曾经在,并还要继续在俄罗斯帝国的军队中服役的人们中间传播,使设在熊本的另一个营地的军官们大为惊慌。军官们宣布那些阅读和传递"煽动性"文件的人的姓名会被记下来,这些犯罪者在复员时将受到处分。

秋天到了。八月里,日俄议和条约签订了,但送我们回国的事还毫无动静。俘虏们感到惶惑。十一月八日(新历二十一日)傍晚,两个俄国军官，一个是陆军上尉参谋，一个是哥萨克上尉，到我们的营地来，跟一些俘虏谈话，他们当中有两百名左右的陆战队兵士和几十个水兵，正聚集在指挥部附近。那两个军官站在台阶上，用不信任的眼光看着他们的听众。那个哥萨克年纪大一些，有一头灰白头发，留有一部大胡子，话说得最多。他问我们日子过得怎样，我们中间有一个发问：

"阁下，听说俄国现在已有了自由，这是真的吗？"

那位上尉笑了笑，尖酸地回答：

"你们要自由干什么？你们给自己招惹麻烦一向是很自由的。"

另一个士兵，四十岁左右，上唇给一部大胡子遮住了，提出一个我们大伙最关心的问题：

"阁下，为什么不遣送我们回国呢？老早就媾和了，可是还让我们在这里冻坏脚跟。"

那个哥萨克上尉还照样微笑，答道：

"你们想回国吗？哦，你们永远回不了祖国啦。"

"阁下，这话是什么意思？"那个留有大胡子的士兵固执地追问，他张开嘴巴，走近台阶。

一阵惶惑的神情出现在其他俘虏的脸上，他们屏息凝神地盯着那个上尉。

上尉不再微笑了，他接着说：

"这很容易解释，弟兄们。在你们中间有一些政治煽动者，毫无疑问，他们是被日本人收买的。他们分发煽动性的书籍，这是用我们敌人的钱印出来的，书里充满了各种可恶的见解，比如说，我们再也不需要沙皇、政府或是宗教了。日本人为什么要这么干？他们是想在我们神圣的俄罗斯正教的子孙中间煽起一种自相残杀的精神，散布无政府主义的思想。所有各种邪恶的事情，就像暴动以及各种骚乱等，天晓得是怎么回事，正在国内出现。你们中间凡是有点头脑的人，都能看清这样下去会有什么结果。你们以为沙皇不晓得你们已被这些可恶的煽动者引上邪路了吗？你们以为皇帝陛下会这样愚蠢，把钱付给日本人，是为了领回一批回国后只会捣乱的危险分子吗？谁也不会去援救沙皇的不幸的敌人。如果他事先知道，尽管费尽心机，他们还会在他背上戳上一刀。不，你们再也看不到俄罗斯了，你们还是快快活活地待在这个地方，好好地过你们的日子吧。"

哥萨克上尉的话击中要害，他说的似乎合情合理，以致差不多所有的听众都相信他的话。既然已经媾和了，为什么现在还不让战俘回国，这里必定有什么特殊的原因。有一个水兵喊道：

"我们不会相信你的，该死的笨蛋。弟兄们，这家伙是骗子！"

俘虏们相互间在喃喃低语。有些人同意，但多数不赞同。

上尉抓住这个机会，提高声音说：

"你们想想，我是一个哥萨克军官，一个祖国忠诚的仆人，会说谎吗？让我告诉你们，我的额角上受过三次伤。"对他说来，恐怕是有生以来第一次听到一个普通士兵这样直率的指责，他的自尊心受到极大的伤害。对着听众普遍的麻木状态，他开始哽咽起来，接着摘下军帽，指着自己的头，说：

"如果你们不相信我的话，也该相信我这一头的白发。你们每个人都有母亲或是曾经有过母亲。还有什么比母亲的名字更亲切的呢？我就凭我母亲的名字对你们发誓：死在日本，埋在日本，这就是你们的命运。我告诉你们这个，因为我从心底里怜悯你们。"

由于被自己的雄辩所陶醉，他好像真的相信自己所说的话。他的结论在士兵们身上产生了一种压倒一切的效果，尤其是对那些后备兵们，对故乡和家庭的怀念早已把他们的心揉碎了。一阵阵表示愤怒和不满的喊声响了起来：

"这些煽动者都是恶棍！他们是我们的祸根。"

"我家里可怜的孩子们啊！"

"我们再也见不到祖国了。"

回击哥萨克上尉的机会已经失去了。我们这些"煽动者"只要说出一句抗议的话，那就只能惹起士兵们的愤怒。他们这些被伤害的和盲目的人，是时刻准备向阻碍他们回到家庭、使他们过着无尽期的囚徒生活的人复仇的。

有一个俘虏绝望地喊道：

"长官，你看我们该怎么办呢？"

回答像打一枪那样短促和尖锐：

"给煽动者们一顿教训，然后，写信请求沙皇陛下饶恕。说不定那时他会宽恕你们。"

那两个军官走了，但他们冲口说出的意见却像猫头鹰一样，从这个营房飞到那个营房，在俘虏们中间引起骚动。

第二天早饭后，士兵们开始聚集在第二号营房的前面，我就住在这个营房里。到了有几十个人的时候，他们马上就喊我和我最亲密的战友，从"奥斯里亚比亚"号上来的鱼雷兵康斯坦丁·斯捷潘诺维奇·博尔蒂舍夫出来，他们准备狠狠揍我们一顿。第二号营房里的水兵一共有一百五十人，本来是不难打退他们的。但在整个营地里，陆战队的人数比水兵多一倍。包围的人越来越多了，他们封锁了所有的出口。他们有的带着从厨房里拿来的斧头，有的拿着木棍和石头，他们大声叫喊：

"把诺维科夫交出来！"

"还有博尔蒂舍夫！"

"把这两个恶棍交给大伙审判！"

水兵们看见围攻的人这么多，就一个一个溜走了，到后来，只留下十几个可靠的伙伴。我以为我们准会被打死了，我们有什么办法来抵抗三千之众呢？我想争辩，但这跟风暴中拍打海船的惊涛骇浪争辩一样，是徒劳无益的，我们面对的是大自然的威力。一群狂怒的疯子把守着每一道门、每一扇窗，他们愤怒得越来越厉害。我看着他们歪扭的脸孔和闪光的眼睛，就不禁害怕起来。我相信我们将被杀死，我们的肉体将被撕碎。我侥幸平安地度过对马的鬼门关,而在几个月后,我还是会在远离俄国数千里的地方被自己的同胞杀害,这实在是很难堪的。我到现在才懂得群众是什么。这些人曾把我看作一个领袖,怀着尊敬和仰慕对待我,而现在他们唯一的心愿就是要叫我粉身碎骨,因为他们以为这样就会改善自己的命运。

营房里挤满了陆战队,但他们中没有一个人敢动手。他们好像听到一种谣传,说我们有手枪、手榴弹和定时炸弹。他们听信了谣传,这暂时救了我们。其实,我们只有日本式的短刀,藏在外套里面。

我们面前有一个士兵右手拿着一个装满沙子的瓶子,他显然打算把瓶子朝我头上砸来,让沙子迷住我的眼睛,这样我就无法瞄准,他想象中我有手枪。最后,他还是没有胆量走过来,只在远处掷过那个瓶子。它打中我的伙伴戈卢别夫,砸伤了他的脸颊。

看来结局已经临近了。

水手长瓦西里·契尔沃年科,营房的负责人,在这关键时刻警告我们说:

"他们想放火烧我们这座老营房,而且已经派人去拿火把了,我们会被活活烧死的。"

营房是用木板搭成的,盖着稻草,很容易烧起来。

契尔沃年科的话使我感到自己回到了中世纪时代,那时对男巫女妖以及异教徒都要处以火刑。我畏缩起来,好像火焰已经烧到我身上似的。在三千个发狂的疯子包围着的地方,响起了愤怒的吼声,一句我们常常听到的话掠过我脑际:"群众的呼声就是上帝的呼声。"我和博尔蒂舍夫互相使了个眼色。他是一个阔肩膀、凹胸脯的家伙,身上的肌肉像用马尼拉麻拧成的绳索一样结实。他身子稍稍前倾,呼吸急促,用红褐色的眼睛聚精会神地注视着事态的发展。我的脑子发晕,显然,我心乱到极点,我对博尔蒂舍夫说:

"康斯坦丁,我们一定要进攻。"

他好像早就等着这个提议，很快答道：

"我早就准备好了，老伙计，你呢？请你发令。"

别的同志都同意了。

博尔蒂舍夫冲向出口，我们全体紧跟在他后面。当我们冲出去的时候，我觉得好像整个世界都充满着这些急想喝我们的血的狂怒的士兵。一种兽性的冲动在我身上发作起来，好像我从来没有读过一本鼓励人类相亲相爱的书似的。我变得像丛林里的猛兽一样野蛮。那时唯一的思想——它阴冷而又清晰，如同晨曦的一缕光线——就是要认真对待，一定要毫不迟疑地压倒对手，这念头使得我的肌肉绷紧起来。当博尔蒂舍夫在台阶上出现的时候，士兵们的喊声更响了，同时几百只手伸出来要抓住他。差不多在这时候，我听见一声叫喊，那么尖锐刺耳，把人们的喊声都压倒了：

"救命！救命！他们在杀我呀！"

突然，陆战队的队伍松散了，四周静寂。我看见一个受伤的脸孔因剧痛而歪扭，张开嘴巴，瞪着眼睛，血在流淌。接着我又看见博尔蒂舍夫，他刚冲向进攻的人群，此刻正高高地挥舞着他那沾着血的短刀。我们扔掉外套，拔出短刀，卷进战斗的旋涡里。就这样，意外的情况出现了。我们的三千个对手在我们面前退却了，东奔西逃。他们惊慌失措，在棚舍中间的过道上奔突，在恐怖中互相推搡滚跌，好像他们从来没有上过火线似的。有的为了藏身，甚至蜷缩在台阶下面。我们没有穷追他们，因为我们恢复了自己的意识，我们发觉连一个较量的对手也没有。我们十二个人就这样离开营房，走进熊本市，没有多久就被日本警察逮捕，押送到拘留营里。

两天后，日本翻译告诉我，那些特别恨我的士兵已经到了我们的营房，搜查我的全部行李，包括装满着手稿的几只箱子，然后拿到外面的空地上放火烧了。

这个翻译恶意地闪动着乌黑的眼睛，继续说：

"你们这些家伙好像打了一场正规的内战。有几个水兵被刀砍得很厉害，陆战队方面有两个伤势很重，大概活不了了。"

就这样，我失去了关于对马海战的全部记录。

这件事给了我一个非常沉重的打击，我整整一个星期没有合眼。实际上，我已害了神经衰弱症。我将永远感谢那个日本医生，他那亲切的态度和高明的治疗，使得我没有进疯人院。

日本当局举行了一次审讯，因为我们逃出拘留营的行动是由于环境所迫，结果宣告无罪。他们要把我们送回拘留营，但我们要求他们把我们关进监狱，关得越久越好。两星期后，他们把我们送到熊本医院里一所特别为我们安排的营房。在这里，我们很自由，没有卫兵看守，我们随时都可以到熊本市去。拘留营的水兵们跑来探望我们，他们说，在这次暴动之后，许多士兵对自己的行动都表示歉意。我趁机告诉大家：跟这相似的不愉快的暴动，在日本国内所有的俄军拘留营里都发生过，有些比在熊本发生的还要严重。

在俄国军官中间，甚至在俄国颁布民主和自由（就是所谓一九〇五年的革命）之前，也闹了乱子。对马一役惨败之后，许多军官马上看清了我们舰队的组织和设备是何等落后，沙皇的统治是多么腐败。结果，他们有不少人成了革命者。当上述熊本暴动发生的时候，怀有革命意识的军官的人数正在大量增加。他们中间有些人，包括一些曾在我们的"奥里约"号上服役的，来看望我们。他们召集了一次营地大会，向俘虏们解释沙皇公布民主和自由的意义。

"整个西伯利亚铁路完全掌握在革命党手里，"一个演说者向两千名听众直率地这样说，"如果他们晓得你们是自由的敌人，他们会怎样看待你们，怎样对待你们呢？你们以为，他们会帮忙把一群毫无希望的反动分子送回俄国吗？你们只能拖着步子走过西伯利亚。不，只要你们坐船到海参崴，一出日本领海，水手们就会把你们抛到海里去。"

再没有谁怀疑俄国已经建立了民主、自由的政体了。否则这位长官和别的跟他一样的军官们是不敢公开说这种话的。士兵们又骚动起来，但是这一回他们开始和那些攻击我们的头子干起来了。每个拘留营都给日本当局递上请愿书，说我们是世界上最好的人，过去他们本身的行为是错误的，请把我们送回熊本的拘留营，现在那里对我们是十分安全的。

实际上，我们离开拘留营只一个月。当我们回到第二号营房的时候，我还是害怕那些像海风一样反复无常的群众。可是俘虏们隆重地欢迎我们，他们挥舞红旗，高唱革命歌曲。在狂欢的喊声中，我被几十双有力的手举起。但这时候我一直冒着冷汗，感到像一只抓在老虎爪子里的小猫一样。

当我还在熊本监狱里的时候，我开始凭着记忆把已失去的关于对马海战的材料重新写下来。回到野营之后，我继续干这工作。伙伴们来帮助我，其他战舰上的弟兄们也向我述说他们的经历，我们很起劲地干这工作。但我们还没有把全部必需的材料——关于本舰队各单位的材料收集齐的时候，我们被拘留的时间已经结束了，还有许多战舰的命运我没法写下来。

我们的列车满载着水兵离开海参崴，慢吞吞地穿过广阔的西伯利亚。有时我们在车站上一停就是两三天，等候别的列车驶过，再在这单轨铁路上继续前进。西伯利亚有着原始的森林、连绵的山脉、一望无际的草原以及稀疏的居民点，西伯利亚是多么辽阔啊。每一辆生着火的行李车装着四十个人，他们看起来一点也不像是水兵，因为他们穿着羊皮袄，戴着大皮帽，蹬着皮里子的长靴。接着去冬大雪的是二月的酷寒。小小的火炉一直生着火，但效果很差。在板床上，我们热得难熬，但放在地板上的两只脚却冻得要死。我们没有洗过澡，身上一层污垢，虱子到处都是。从各地粮站发给我们的食物叫人恶心，面包冻得梆硬，得用锯子或是斧头来对付。弟兄们有好几次哗变了，他们抢劫粮站。这时候，里宁科夫将军和梅勒·柴可麦尔斯基将军的部队为了镇压叛乱，驻扎在西伯利亚。我们的人有的给这些军队抓住，一过俄罗斯边界，就在触犯军法的罪名下被枪决了。

我那时最担心的是我的《对马》的资料。将军们可能想到要搜查我们的行李车。万一这些"反叛的"文件被发现，我会有怎样的遭遇呢？但一切都平安地过去了。最后我回到自己家乡——坦波夫省马特维耶夫斯基村。在这里，一个最使我痛苦的消息在等待着我，我亲爱的母亲在我到家前两个星期去世了。

在一些大城市开始的革命风暴，已经蔓延到较小的城镇和乡村，结束了一直支配着乡村的族长制的那种生活。凡有革命情绪的人都拥护革命的事业，并且积极参加。我离开本省，在圣彼得堡住了一些日子，接着又去芬兰，后来成了被注意的人物。由于反动势力占统治地位，我不得不到国外避难。

到一九一三年，我带着一张伪造的护照，回家住了几个星期，过着真正的隐居生活。

我的哥哥谢利维斯德尔比我大十六岁，他是第一个激起我写作的热情的人，他对我说明当时的局势。

"你要知道这里的情况，每天都有检察官、警察到这里来。有时他们搜查屋子，有时盘问。他们再三诘问你现在在干什么，问你把文稿藏在什么地方，两年来我不晓得该怎样安放你这些稿件才好。要是把它藏在仓库里，也许会被他们查出来，烧了吧，当然不愿意，最后我用报纸把它包起来，装在铅皮桶里，用蜡封好，免得受潮，然后埋在地底下。可是，天哪，我现在已记不起埋在哪里了！"

可以想象我听后晕倒的状况。我感到像是失去一个孩子那样悲痛。我对谢利维斯德尔说，我的稿子是怎样在日本被烧掉，后来又怎样部分重写，真是经历了千辛万苦，最后才平安地把它带回俄国来的。

"你能了解这对我是一个多么可怕的打击。"我苦叹一声说。

他双手拍着头，扯着他那浓密卷曲的胡子说：

"你可以剥我的皮,可是我还是记不起把那些稿件藏在什么地方了。它们肯定好好地藏在什么地方。你要知道,警察多么可恨,他们再三盘问,逼得你发狂,使得你记不清。再说,要是在屋里查出那些东西,我就会被抓起来,注定要被发配到西伯利亚去。"

谢利维斯德尔到处寻找,苦思冥想,还是没有找到那些稿件,我绝望了。我的侄子格奥尔吉得到当地乡公所书记员的帮助,给我弄到一份正式的护照。我到了圣彼得堡,又从那里到莫斯科,过着半合法的生活。

许多年过去了,我的哥哥去世了。他在家庭里的位置由刚从红军复员回村的伊凡·谢利维斯托洛维奇接替,他是我哥哥的长子。

在沙皇统治下,书刊检查制度使我难于从事任何文学事业。因此,虽然我觉得自己有许多话要说,但我写得很少,发表得更少。直到三月和十一月革命以后,我才能一心一意地投身于文学事业。

我那时跟自己家乡唯一的联系就是每年到那里去打一次猎,打猎会彻底改变我的生活,活跃我的思想。在革命后的十年,就是一九二八年,我再一次到那里去,陪我去的有作家巴维尔·尼佐伏依、亚历山大·佩列古多夫、彼得·希里亚耶夫、列昂尼德·扎瓦多夫斯基。我们在森林里、在沼泽地差不多度过了两个星期。在回莫斯科前,我到马特维耶夫斯基村去看望我的侄子,喝过茶,伊凡·谢利维斯托洛维奇捧出一大捆用绳子捆着的文稿放在我前面的桌子上。

"我想你是高兴拿到这些东西的。"他微笑地说,稍稍往后一仰,注视着我。

我立刻就认出这些是我丢失的文稿,惊喊道:

"你到底在什么地方找到的?"

"你还记得浴室旁边棚子里那些用空心的树干做成的蜂箱吗?在你入伍以前,它们就放在那里。后来那棚子坍了,我用几只新式的蜂箱代替它们。我决定把它们挑选一下,把几只好的卖了,剩下朽烂的拿来烧掉。我一个一个打开，看看里面到底是什么样子。我在一只蜂箱里找到一捆文稿。'这是什么东西？'我心里疑惑。我想起爸爸曾经告诉我，说他把许多文稿丢了，你为这苦恼了好多年。"

我用颤抖的手指解开绳子，对那些正在帮忙的朋友们说：

"我们终于找到了关于对马海战的文稿了，它是在二十二年前遗失的。只要把它送到莫斯科去就行了！"

只要看一眼，就足以使我想起这些文稿的内容。墨水褪了色，但还是可以辨认。早已消失的记忆渐渐恢复，一幕一幕的景象开始像电影一样展现在我的眼前。我能够很清楚地回想起许多已经忘却的对马海战的细节。

回到莫斯科后，我就用谈话和通信两种方式跟还活着的战友们联系，让他们回忆遥远的过去，讨论每一细节。

我用这样的办法整理了自己的材料。这里我特别应当提到一些同志，他们在这一工作上给了我最大的帮助。

首先应提到的是柯斯琴柯，他是我在"奥里约"号上的战友。在书中出现的许多人名都是真的，但也有几个是用的假名，理由很明显，当时我在记笔记时不得不这样做，现在没有必要再掩盖真相了。被我称为瓦西里耶夫轮机师的人就是柯斯琴柯，他现在在苏联海军造船厂里担任重要职位。在这里，我还得透露第一副舰长西多罗夫的真姓名，他就是秀汶第，"奥里约"号的高级长官，一九三三年死于列宁格勒，终年七十岁。

还有两个人在校阅材料方面给了我很大帮助，他们就是水手长沃耶沃金和信号长齐费罗夫，他们都是本书的重要人物。

书中的每一章都由亲身参加各种事件的人认真校阅过。但是，实际上我这本书仍然是个人的叙述，要不是我亲身参加和目击这历史上唯一的悲剧——对马海战的话，这本书是决写不出来的。

阿·诺维科夫-普里波伊

上部　航程

……冷酷的死神在等着我们，无法逃命。
因为在它铁的胸膛里，全无心肝，
逼着我们走上死路，残酷无情。
我们都要牺牲，命运注定……
但赎罪的时刻不久将要来临，
你所维护的这个悲惨世界，
所有的拱门柱子都要倒倾。
亲爱的自由的日子终要来到，
虽然我们看不见光辉的黎明！
你一定要我们的命，就夺去吧……
向着死亡前进，向着死亡前进！

——и. я.

第一章

在安德烈旗下

一

一九〇四年九月。白天很快变短了，早晨的微寒使人感到舒适。从我们所停泊的芬兰湾望过去，海岸衬着地平线，就像一条细长的线。昨天，我们出发进行射击演习，现在舰队正在喀琅施塔得抛锚停泊。我是一级巡洋舰"明宁"号上的军需兵，下班之后，我常常跑到前甲板去，那儿有些人躺着，有些人坐着读报，报上最吸引人的是和日本打仗的消息。

尽管经过严格的新闻检查，我们还是晓得俄国在远东的情况很不妙。我们的统治者给过去的荣耀迷住了，他们早就盼望打一场大胜仗，然后在东京签订媾和的条约。可是实际情况正好相反，俄国军队全线溃退，从朝鲜退到满洲[1]。旅顺口已被围，第一太平洋舰队在那里被日

---

[1] 中国东北的旧称。——译者

本舰队封锁。

今天我们在报上读到这样的消息：七月二十八日，第一太平洋舰队企图突破日本海军的封锁到海参崴去的行动遭到失败。我们的舰队在黎明出动，在离旅顺口约四十海里的地方遭遇敌人，双方开始作远距离的炮击。飘着维特格夫特上将将旗的"杰沙里维齐"号率领五艘战舰应战。敌方参战的有四艘战舰和三艘巡洋舰，战舰中有一艘是东乡元帅的旗舰"三笠"号。不久，双方舰队各自驶离，都没有遭受严重的损害。这场遭遇战是在中午发生的，下午四时又打起来。这回双方舰队是平行的，有两个小时没有发生什么重要的情况。到了下午六时，日方的一发巨大的炮弹击中了"杰沙里维齐"号旗舰，落在指挥塔附近。维特格夫特上将当即阵亡，舰长和几位军官也受了重伤。舵轮也给打坏了，因此战舰只能兜圈子，这就破坏了阵线，并且迫近了敌舰。这时候，为掩护旗舰，"列特维让"号自动朝着同一方向前进。给"列特维让"号的果断行动吓坏了的日本人撤退了。夜已降临。到海参崴去的路看来是敞开了，可是俄国舰队却发生了混乱。舰队的一部分向中立港驶去，剩下的那些受损害的军舰，在优柔寡断的乌赫托姆斯基上将的指挥下驶回旅顺口去了。

希望与第一太平洋舰队的主力会合而离开海参崴的三艘巡洋舰"俄罗斯"号、"格罗摩波依"号和"留里克"号，它们的突围也没有成功。八月一日，它们遇到了上村将军的舰队，随即交战，"留里克"号被击沉，它的两个伙伴不得已只好返回海参崴港口去。

"现在它们完了。"工程兵西柴夫叹气说。他是一个常常只想着自己的人。

好几个人一起问道：

"谁完了？"

西柴夫仰躺着，因阳光强烈闭着眼睛。他脸色苍白，稀疏的头发遮盖着他的额角。过了几分钟，他用一种懒洋洋的声音回答道：

"我说第一太平洋舰队的舰艇全完啦,无论如何,没有一艘兵舰能够离开旅顺口。我们海军的实力给削弱了,可是日本方面却没有什么损伤。"

炮长波布科夫,一个活跃的、脸色红润的家伙,喊着说:

"第二太平洋舰队马上就可以出发,它能够解它们的围。"

西柴夫阴郁地回答:

"你说些什么,你不懂,孩子。就说第二太平洋舰队已经准备停当了,你想它要几个月才能驶到旅顺口?炮台可能早就落在日本人手里了,我们在那里的舰艇也都早就沉没在海底了。"

不久之前,当第二太平洋舰队正在匆匆忙忙地装备起来的时候,几乎没有人相信会把这个舰队派到远东去,可是现在再没有怀疑的余地了。只在十天以前,我们亲眼看到许多属于这一舰队的军舰,都已由喀琅施塔得调到里维尔[1]去。已经调去的军舰包括:战舰"苏沃洛夫"号、"亚历山大三世"号、"鲍罗丁诺"号、"奥斯里亚比亚"号、"西梭·维里基"号和"纳西莫夫海军上将"号;一级巡洋舰"阿芙乐尔"号、"顿斯科依"号和"斯维特朗纳"号;二级巡洋舰"阿尔马兹"号,还有驱逐舰"迷惑"号、"纯洁"号、"光明"号、"毅勇"号、"凶暴"号、"快速"号和"勇敢"号。舰队的司令官是卢杰斯特温斯基中将,驻在旗舰"苏沃洛夫"号上。稍后要编入的有战舰"奥里约"号、巡洋舰"奥列格"号和"瑶玉"号,它们还在喀琅施塔得的船坞里。

我高声给同伴们念了一篇在一家报纸上发表的自吹自擂的文章。文章的作者描述了第二太平洋舰队,把全部希望都寄托在它身上。他说这舰队和第一舰队的残存各舰合并之后,将足以击溃日本的舰队。然后亚洲大陆上的敌方陆军,由于和本国以及其他补给根据地的联系被切断,也将被迫投降。总之,俄国这一回是稳打胜仗的。

---

[1] 苏联爱沙尼亚加盟共和国首都塔林的旧称。——译者

"这家伙一口咬定我们舰队的实力比日本强三倍。"有个人对西柴夫说,"不过,你以为他们能打败我们吗?"

"再没有比那些不看事实的人更会瞎说的了!"工程兵讥讽地说,"这个卖身投靠的文人,别人让他说什么他就说什么,而且瞎吹牛。第一太平洋舰队比第二太平洋舰队要强大得多,作战的经验也更丰富。可是结果怎样呢?第二太平洋舰队的结果也一样,他们要领着我们上天国去啦!"

好几个人都同意他的看法。

"是的,第二太平洋舰队的装备工作实在是太仓促了,简直是去送死!士兵们的情况怎样呢?"

"有些很想打仗,可是有些却没有那种兴致。"

话题又转到战争的目的上来,这战争越来越不得民心。

甲板上哨子响了,随后是一阵喊声:

"军需兵诺维科夫,舰长叫你。"

这一定有什么要紧的事情,我丢下报纸,慌忙走去,边走边整理衣服。我到了敞开的门口,行了礼,说:

"阁下,我来了。"

舰长是一个典型的德国人,高身材,阔肩膀,看起来,与其说他是一个海军校官,倒不如说像一个律师。他正在书柜里寻找什么,现在转过身来,茫然望着我。我走过去,等着他说明为什么要叫我来。过了一会儿,他走到桌边,又在纸堆里寻找了一会儿,对我说:

"这是岸上海军参谋部送来的命令。我不愿意失去你这样的军需兵,但没有法子,你的工作已经调动了。收拾你的行李,尽快出发吧。"

"阁下,可不可以告诉我调到什么地方去呢?"

"调到战舰'奥里约'号上去。"

他的声音是够平静的,可是在我听来,这句话却跟丧钟一样。我不希望到远东的前线去,因为我的志向并不在这上面。我所关心的是巨大的政治变革,而这种变革,我晓得对俄国是最迫切的。当我怀着那可见的目标,并尽了最大的努力进行了自学之后,我准备积极参加促成这变革实现的工作。不论什么时候,我一有机会,就阅读最新出版的这一类书籍。可是,现在,命运却驱使我朝完全不同的方向走去。

"这海程很有趣味,"舰长说,"你可以见到许多新的地方,并且还可以跟日本人较量一下。可是最要紧的是你将扩大你的视野,得到新的启示……"

我想这是暗示我在政治上有嫌疑。

舰长停了一下,接着说:

"我想你是喜欢这个新任务的吧?"

我马上回答:

"当然,阁下。"

我诚恳地说,而且带着笑容,这样他才没有看清我的真面目。

"我晓得你会高兴的。那么,再见吧。"

"谢谢,阁下。"我回答,按照平常的礼节向他告别。

我在喀琅施塔得过了五年,这地方似乎是我的第二故乡。虽然我不愿意离开它,但没有法子,我只好到"奥里约"号上去了。

二

在我看来,战舰"奥里约"号比起巡洋舰"明宁"号来确是一个"巨人"。首先使我惊讶的就是它体积庞大。护舰的钢甲和舰上的上层建筑全都漆成黑色,前部和后部都有装着十二英寸大炮的双炮塔,东西两舷又各装有六英寸大炮的炮塔。这些大炮的炮口使人感到一种可怖的力量。上面的两个平台是炮甲板,装有专用来对付鱼雷艇的七十五毫米口径的速射炮。在上甲板上面的是舰桥,前舰桥分三层,中层是司令塔,后舰桥则分为两层。在前后舰桥的前头，装有口径较小（四十七毫米）的速射炮和探照灯。舰的中央，矗立着两个漆成黄色的烟囱，两烟囱之间是小艇、汽艇和鱼雷发射管。无线电的天线从主樯楼绕到后樯楼，两楼都有栏杆和钢甲掩护，用作瞭望台。

当我登上战舰的时候，整个"奥里约"号乱得一塌糊涂。水兵们正从泊在船沿的驳艇上吊起军火、箱子、篓子和桶子，到处是人们的叫喊声、水手长的笛声、铁器的"当当"声和起重机的"嗒嗒"声。

我跑上甲板，在喧闹声中朝军需长的办公室走去，在那里我碰到一个年龄相当大的管理员，他就是索尼斯科夫，一个活泼而快活的人。他告诉我哪些人是我的顶头上司，一个是比亚托夫斯基，是个资深的事务长和军需长，另一个是布尔纳雪夫大尉，是个监察官。

"比亚托夫斯基不是一个坏人，他既不是天神，也不是恶鬼，是个自私的家伙，他总是把钱塞进自己的口袋里。他也不是聪明人，懂了吧，用猪鬃是织不成锦囊的。"

"监察官又怎样呢？"

"懒骨头，什么也不干，公文不看就签字，把军舰当作设备齐全的公馆，就是这样。"

这管理员摸了摸眉毛，扮起鬼脸来。他是一个多嘴的人，但却不瞎说。一提起一个人的姓名，不管他是大官还是小官，他早就知道他的特性。

"第一副舰长西多罗夫是我们特殊的大人物，从圣彼得堡来的。他舞跳得很好，也喜欢女人。样子看来很凶，可是像开玩笑一样，用不着怕他。你说的什么？想了解那些水手长吗？沃耶沃金和巴夫利科夫都是年轻的小伙子，你会跟他们要好的。不过，水手长领班萨耶姆你要当心，跟他来往越少越好。他很得到大官们的欢心，因为他懂得他分内的工作。第一副舰长西多罗夫驾驭这三个水手长，就像驾驭三驾马车一样老练……"

当一个佩带银色肩章的人走进办公室来的时候，索尼斯科夫马上住口了。这个走进来的人脸上没有什么高贵的样子，只是他的态度很庄严，还留了一部褐色的胡子。我骤然心血来潮，猜到这个人一定是军需长比亚托夫斯基。管理员把我介绍给他之后，他马上就办起公来。

"你来了我很高兴，这里有许多事情要办，我已经累得够呛了。"

比亚托夫斯基让我自己向监察官报到。

布尔纳雪夫大尉在他舱室里的写字台边坐着。他样子像在打瞌睡，厚厚的嘴唇，长着几个粉刺的、圆圆的脸孔好像很久没有洗过一样。他若有所思地看了我一眼，说："好吧，到第一副舰长那里去，把这些文件送给他。"

我到处找第一副舰长西多罗夫，因为他不在甲板上。最后，我总算找到了他。他看起我送给他的公文，同时我仔细观察我的这位新长官。像索尼斯科夫告诉我的一样，他是一个相貌相当凶恶的人，蓄有一部浓密的胡子。把公文交给我之后，他就从头到脚细细地打量起我来，轮番眯上他的一双眼睛，而他那密密的唇髭，也跟着他脸部的活动而摆动起来，活像信号旗一样。

"好的，就开始干活吧！你要干的事多得很，你们所有的仓库都要装得满满的。"

"是的，阁下。"

"不要偷懒。要是给我查出来，我就对你不客气。你喜欢喝伏特加吗？"

"从未喝过，阁下。"

"那就很好。可是我有点怀疑，你的身体究竟是合像你应有的那样结实？"

"我生来就是这个样子的，阁下。"

没有发脾气，好像仅仅为了显示一下自己上级的身份似的，他转身走开了。

谒见就这样结束了。

经过了五年的服役生活，上司们随便发脾气在我已是司空见惯了。晚上，我领到一张帆布床和一条用软木屑做成的床垫。我马上成为这个大家庭的一员并安顿下来了。这个大家庭是全体船员——九百个从俄国各处聚拢来的人所组成的。我初来时注意到的那种狂热的激动，现在是一天天冷下来了。只有桶装的咸肉、盒装的饼干、罐装的牛油、袋装的面粉和食盐以及别的食物，用很快的速度从岸上的仓库里搬运进来。同时，从那些靠拢在"奥里约"号四周的驳船上运上来的炮弹、鱼雷以及轮机的零部件，堆满了整个弹药库。搬运的时间是这么长，以致我有了这样的想法，这"巨人"的肚子是永远填不满的。

我空闲的时间并不多，得空就研究这战舰内部的组织。首先引起我注意的，是全体船员住舱的安排。舰上一共有军官三十人。舰的后部全是这些军官的住舱，其中有些是空房间，这样在必要的时候，"奥里约"号就可以容纳中将和他的幕僚们，把它改成旗舰。舰的前半部，在机舱前面的整个前舱和其他主要部分，就容纳了将近九百人的船员：水兵、炮手、司炉、轮机兵、军士级技术员等等。炮长和水手长也都有自己占用的小房间，但我们这些下级士兵，却都住在一起，挤得要命。

这战舰的另一方面，我更感兴趣。它的设计是最新式的，我窥探了一处又一处，仔细地观察整个布局，除了军官们的特区以外，这座铁的迷宫的每个角落我都注意到了。除主机、锅炉、炮塔、大炮、鱼雷发射管以及无线电设备等等之外，我自己已充分认识了这一艘将成为我好几个月的住家，说不定也将成为我的坟墓的巨大的战舰。

三

一位哲学家曾经说过："当一个好的听众比当一个好的演讲者强。"

我尽力遵守这个格言。我猜想我正受到监视。我的顶头上司已经认得我,不论什么时候,我们一碰头,他就怀疑地瞪着我的面孔。特地派来监视我的究竟是哪些人呢?这是我很想知道的。

但是这并没有影响我的"意图",我还要发现士兵的情绪、军官的特点和勤务的组织,不仅要了解"奥里约"号,而且还要了解整个舰队。

当然,要发现我的伙伴们所想的东西,对我来说要容易得多。他们有些是在岸上服役,有些是从海军军需部调来或者就是后备兵。他们都已经上了岁数,多年来就在家里和妻儿过日子,海的气味和战舰生活的艰难差不多已全都遗忘了。战争对于他们,就像地狱一样可憎,它破坏了旧的习惯,给他们带来讨厌的和陌生的工作。同样,长官们中间有许多也是生手。他们在甲板上就像出水的鱼一样,都害怕海及其不可知的危险,对于他们在远东所要遭遇的尤其害怕。甚至那些最近经过特殊的训练的青年们,也都显得神色阴郁。总之,只有在威逼之下,他们才参加这驶往远东的海航和不久就将发生的不是活就是死的战斗的。

为了肃清海军里那些懒惰的和危险的(被认为是革命的)分子,海军部得意地想出了一个权宜之计,把这些不良分子调去补充第二舰队。这实在是一个冒险的、没有多少成功希望的措施。我们中间那些最刚强的人,对战争的态度都很冷淡,他们用这样的话来安慰自己:不管是好汉还是懦夫,被打中与否,机会完全均等。

有一天晚上,我到右舷的小舱室去,我们那两位水手长就住在那儿。这两个肥硕、健壮的人,双颊都显现出健康的黝黑色。这两个人——马克西姆·伊凡诺维奇·沃耶沃金和伊凡·叶皮凡尼耶维奇·巴夫利科夫,我比较喜欢前者,因为他是一个深思的、踏实的和严肃的人。

要跟这两个人交朋友是容易的,当然,这只是酒肉朋友。我是管伏特加的,他们俩酒量都很大,规定的分量不够他们喝,因此,他们不得不有求于我。

就是在这样的场合下,我才第一次听到一些很值得注意的、有关我们这战舰的史料。这两位水手长都知道这些,巴夫利科夫用沙哑的中音对我说:

"当'奥里约'号正在建造的时候,它差一点就给圣彼得堡造船厂的大火毁掉,它一开始就倒了霉。下水是在一九〇三年,那时涅瓦河正发生水灾,它刚刚要完工,马上就给水淹了。不久,也就是在同一年的春天,它被拖到喀琅施塔得,停靠在当地的船坞里,系住它的铁链很不结实,到了晚上,舰已向左倾斜三十度。当天夜里,当舰上的人全都睡熟的时候,铁链断了,战舰悄悄地横倒下去。因为河水还不够深,它才没有覆没,但河水已淹到炮甲板上来了。好像触了鱼雷一样,在一阵难堪的混乱中,船员们一起拥到水没有淹到的上舰桥来。等到他们清醒过来,才发觉它只是倾倒下去,像我告诉你的一样,还安全得很,不会真的沉没。后来,花了两个星期的工夫,才使它恢复原状。"

"为什么会发生这样的事呢?"

巴夫利科夫耸耸肩膀,沃耶沃金代他回答:

"我想原因是很明显的,这是舰的龙骨的问题。从圣彼得堡到喀琅施塔得的运河太浅了,够不上'奥里约'号吃水的深度。他们为了减轻它的重量,不得不卸下护甲钢板,这样就上重下轻,但还是完好地没有出毛病。留下的钉洞都用木头堵住,后来有人把一边的木塞子拔掉了,所以舰漏水漏得更厉害了。"

"有人,你指的是什么人?"

"哦,他们说是日本特务干的!当时我们还没有同日本人开战,虽然关系显然很紧张,而且谁都知道战争迟早要爆发。不过,依我看,这是一种残酷的恶作剧,说是日本特务干的,只有鬼相信。拔掉塞子的多半是我们自己人,也许是革命者,也许是那些受不了在远东的折磨的胆小鬼。这样的事情别的舰上也发生过。"

"这么说,'奥里约'号已经有了不寻常的经历。不过,事情就这样结束了吗?"

"啊,那可要等我们驶到日本海以后才能说,可是现在……"

他顿住了。

"说下去吧。"我说。

"它曾经出海试航过。在一个低气压的汽缸里出现了'轧轧'的声音,他们揭开缸盖一瞧,里面有裂缝和磨损的痕迹,好像有碎铁片掉在里面。铁片怎么会掉在紧盖着的汽缸里面呢?我想,准是造船厂的工人故意怠工的缘故。"

"也许是那些害怕打仗的人干的。"

沃耶沃金摸了摸他的亚麻色唇髭,沉思地看着我。

"这我可不知道。"他说,"不过,我知道我们中间有许多人实在令人很害怕……"

沃耶沃金接着说:"不少水兵真的很怕死,他们中间有些人为了不愿作为这倒霉的舰队的船员故意伤害自己的身体。有一个水兵故意饿肚子抽烟,强把烟吞下去,又喝了泡了烟丝的浓烟汁,直到呕吐的地步。他天天这样干,连续几个星期。等到他出现在医务室的时候,他脸色苍白,眼神浑浊,手脚颤抖,像死人一样。就是住院之后,为了想多住一些日子,他还继续用这样的办法作践自己。有的人就是这样死去了。有一个新兵故意用钉子刺破鼓膜,他受不了这难熬的剧痛,像发狂一样,一边哀叫,一边发疯似的团团转。这样的企图是很容易被发觉的,他终于受了军事法庭的审判。这种故意伤身的人还有许多,一个由预备役召集来的、已有相当岁数的司炉打算染上一种在两三个月就可以由军医治好的花柳病,他想在住院的期间内,'奥里约'号可能已经驶往很远的地方去了,所以他就常常跑到最肮脏的妓院去。他把钱花光后,还把值钱的东西变卖,可是还是没有染上病。后来有一个人教唆他,说从一个有病的男人那里给自己作人工传染就行了。司炉丝毫不差地照他的话做了。可是经过相当时间，病症还是没有出现，最后他跑到医务室去，当军医给他诊断的时候，这样问他：

'你结婚了吗？'

'结婚了。'

'有孩子吗？'

'三个。'

'混蛋！你常到窑子里去吧，你染的是烈性的梅毒啊！'

司炉没有想到会害这么重的病，一听到军医的话，脸色突然变了。"

沃耶沃金说完后叹了口气，喃喃地自言自语说：

"真的，害怕打仗的人实在太多了。不过，老实说，我们倒喜欢同日本人交手呢。"

当我跟他们告别的时候，我的口气不消说还是很愉快的。

四

我们的"奥里约"号跟"鲍罗丁诺"号、"亚历山大三世"号和"苏沃洛夫"号是同一类型的，样子都很相像。这新造的、最强的四艘战舰，成为舰队的核心，没有我们，舰队就不能出动。因此，卢杰斯特温斯基中将正急着要我们完成准备工作。

"奥里约"号终于装满了食物、燃料和军火，以致连主甲板上也没有留下多少空地。实际上，这战舰某些局部装备还没有完工，但当局决定让它出动，同时带一百多个熟练工人继续装修。就在一九〇四年九月十七日下午四时，它离开了喀琅施塔得，向遥远的目的地出发了。

两艘拖轮奋勇地拖着战舰驶出停泊地。微风吹着，芬兰湾的海面起着涟漪。透过雾幕的阳光，天色像从海底照上来一样，很是黯淡。我们向岸上的人们挥手告别，他们也热烈地回答我们。

在我们起碇后两小时，舰桥上突然传来了一阵激动的叫喊，杨格舰长失望地挥着他的手臂。我必须说明，我们的舰长尼古拉·维托罗维奇·杨格是一个很容易激动的人。马上，我们全都晓得发生了什么事情：我们的战舰在拖行时搁浅了。

水兵们幸灾乐祸地笑起来。

"我们的航行完结了。"

"是的，我们还是收拾行李回家去吧。"

舰桥上非常混乱。自从我们的机器发动之后，有时下令全速前进，有时又下令全速后退；有时命令拖轮朝右拖，有时又叫它们朝左拖，可是"奥里约"号却一动也不动。

"用测锤测量深度！"舰长喊道。可是明知搁浅，为什么到现在才来测量？为什么自从我们起碇以来，测深员全都无所事事？这些只有鬼或舰长、航务上尉他们才知道。

深度四点又二分之一——二十七英尺，这是测量后的报告。"奥里约"号这样超载，它吃水的深度已达二十八英尺六英寸，那么，它遭到搁浅是必然的事情。

一些大人物都乘着小汽艇来了。港内当局，就是波罗的海舰队司令、海军中将比里列夫也来了。

"奥里约"号舰上的人都见过这个身体肥胖、样子狡猾的老家伙——他那青铜色的、久经风霜的脸，那楔形的胡子和整齐的唇髭，那乌黑敏锐的双眼，硕大的耳朵以及坚定的步态，大家都十分熟悉。中将是一个有爵位的富豪家族的后裔，是巨大领地的主人，他遵循古老的海军传统，掏自己的腰包支付他的幕僚和专家的生活费用。他以著名厨师烹调的精美筵席款待客人，还佐以最好的葡萄酒，虽然比里列夫自己不是一个贪杯的人。他对有错误的人是宽容的，但对有关勤务的事情却相当严格，管理下属也很认真。他喜欢举行海军检阅，在这些场合，他很少错过嘲弄舰长和下级军官的机会，不过态度倒还温和，一点也不发脾

气。他也会跟下级士兵们玩"猫捉老鼠"的游戏,有了责骂的机会的时候,他总是这样说:

"我该用什么办法来对付你这样的家伙呢?把你绞死,重了点,关禁闭,又嫌太轻,实在不好办……"

那个给吓慌了的水兵哀求地看着他。在玩笑开够了之后,他口气也就缓和了,接着说:

"那是你的运气,我能够从你的脸上看出你还可以成为一个好水兵。这回赦你无罪,以后可不许再犯。来,给你这个卢布。记住,要是我第二次抓到你,我就要绞死你,别再想得到我的宽恕了!"

在比里列夫看来,作战的情绪比最新式的海军技术更重要,他所注意的是海军的精神。他时常高兴地接受军官们的邀请,在这些场合,他照例要讲一讲他个人在海军中的经历。当他和马卡洛夫上将或维克霍夫上将发生冲突的时候,他总要夸耀一下自己的学识和技能,在谈话中他时常说:

"我是一个参加过实战的中将。"

有一次,一个冒失的少尉在听了他这话之后,斗胆问他:

"中将阁下,失礼得很,您可不可以把您参加的那些海战讲一些给我们听听。"

比里列夫红着脸,简单地回答他:

"我从未参加过实际的海战,罗夏科夫斯基少尉,可是我一向努力的是使我们的舰队时刻准备行动。依我个人的看法,仅这一点,我就有权利称自己是一个参加过实战的中将了。"

比里列夫的另一个突出的特点是对外国勋章的喜爱。当他是地中海舰队少将的时候,为着猎取它们,他走访了欧洲各国的宫廷。他从意大利的维克托·伊曼纽尔二世那里、从突尼斯当地的别伊那里、从土耳其苏丹—阿夫逊·哈密特那里、从保加利亚首都索非亚的费迪南德国王那里、从塞尔维亚贝尔格莱德的亚历山大国王那里、从西班牙的阿芳索十

三世那里、从法国的大总统那里得到了大批勋章。当他回俄国的时候,到处都在这样说:

"中将阁下完成了他的十字军远征了!"

我时常看见比里列夫穿着大礼服,他那宽阔的胸脯挂满了各种各样星形的、十字形的勋章,还有一部分遮住了他的腹部。挂着这么多光荣的纪念品,使他的样子看起来不像一个活人,倒像一棵圣诞树。现在我虽然离开本题叙述了这位赶来援救的人,但我们的"奥里约"号仍然搁浅在沙滩上,一动也不动。

比里列夫不指望这个给他带来许多麻烦的第二太平洋舰队能使他赢得荣誉或是获得勋章。他巴不得我们的战舰尽快离开波罗的海,虽然它在给养和士兵的补充方面还很不够。现在,这讨厌的"奥里约"号竟然牢牢地陷在泥土里,好像它将永远停在喀琅施塔得似的。他非常气恼,大骂了杨格舰长一顿,接着就大声喊道:

"全体水兵到上甲板去,摇动本舰!"

另一些新增加的拖轮都来了,当它们尽其全力拖曳的时候,还有四百个水兵听从舰桥上发出的号令的指挥,反复地从甲板的这一边跑到甲板的另一边,使劲摇动本舰。这计策有什么用呢?它也许能摇动一条渔船,可是怎能期望这些自重不超过三十吨的人来摇动那排水量达一万五千吨的战舰呢?水手们知道这是徒劳的,他们跑来跑去时就笑着互相挖苦说:

"喂,当心点,咱们一不留心,就会把这船翻倒的!"

最后,港内镇守府一个官员终于冒险向比里列夫提议:

"阁下,我想不论是拖船还是水兵,恐怕都不能使'奥里约'号脱离困境,调挖泥船来挖深河床是不是好一些呢?"中将脸上着急的神情在他答话时马上消失了。

"嗯,这正是我所考虑的。就是这个办法!你说得完全对,调挖泥船来。"

从喀琅施塔得来的大批官员，趁这个机会一起坐上汽艇回去了。

沃耶沃金水手长偶然碰到我，低声对我说：

"我早先怎样告诉你的？这战舰是会倒霉的呀！"从各方面来看，我推想大部分水手的想法和他一样。入夜，一切都显得很宁静。

隔天清早，三艘挖泥船一起浚河。在二十四小时内，它们那"嗒嗒"的声音从未停过。直到九月十九日黎明，"奥里约"号才离开沙滩，继续向里维尔驶去。

在阴云密布的天空下，刮起了风，波浪也汹涌起来。战舰喷着浓烟，平稳、从容地前进。在海上的浮标上寄碇的"奥列格"号和"珍珠"号远远地落在我们的后面。这两艘不久就会追上舰队的。海鸥飞翔，工匠锤击的响声清晰可闻。

我站在后舰桥上，怀着阴沉的心情，眺望熟悉的海和渐渐在远处消逝的城市。再见吧，喀琅施塔得！在这五年的水兵生活中，我体验了各种各样的事情。在那一条街，我们水手们就像受歧视的民族那样，只能在路的左侧行走。在公园的入口处，挂着实在侮辱人的牌子："下级军人与狗不得入内。"为了培养忠实地卫护沙皇统治的模范水兵，我又被拉了出来。我为了勤务上的事情受责备，关禁闭，还为了想得到他们不让我学到的知识，在监狱里受罪。然而，万一在将来同日本人进行的战争中我能幸存下来，我将怀着感激的心情来回忆这条街。

我是从马特季夫斯基村参加海军的。这村子在坦波夫省北面，那里有一片密林和沼泽，有各种野禽和熊一类的野兽栖息着，而我也是一个地道的野蛮人，一个纯真的青年。但是从此之后，我就开始训练头脑和磨炼智能了。那里的士官不都是坏的，也不尽是残酷无情的，因此只要我自己留心，并且抱着热烈的期望，那么，也会有人给我不小的教益的。不过，大部分不是属于这一类人。在军需学校里的学习、军舰上的技术、航海、筑港、星期日学校以及与思想进步的友人、大学生和革命党人的交往等——所有这些对我来说都是新鲜的，启发了我的智慧，改变了我对人生的看法。

我曾写过一封信给我母亲,说我们就要出征了。最近,在本舰出发之前,我收到了她的回信。那些充满着不安和沉痛的话语使我边读边流眼泪。她在信末写道:"我昼夜为你祈祷,你接受我的祝福吧。请你记住母亲的祈祷,它会把你从海底救上来。"

我从舰桥上往甲板望下去,水兵们正在第一副舰长和水手长们监督之下干活。不论是在舰桥上、炮塔上、炮甲板上,或是在禁闭室里、机舱里,到处都有兵员。除不久就要离舰的工匠们之外,有九百名水兵在舰内生活、工作。这舰正载着我们向无人知道的地方驶去——在那里,过的完全不是人的生活。是战胜敌人呢,还是自己沉入那不为人知的深渊呢?为了决出这场战役的胜负,各自使对方浴着雪片般的炮火!这些水兵们和官员们的母亲,难道没有像我的母亲那样为自己的儿子祈祷吗?就是我们的敌人不也是一样,有爱惜自己儿子的母亲吗?而且当那些母亲为儿子的平安向上帝祈求的时候,不也是一样流着眼泪吗?然而,我们中间却有一些人,冷酷的死神正在等着他们。

我悄然走下舰桥。

战舰"奥里约"号继续朝前驶去。在它的樯头上,安德烈旗高高地飘扬着。

五

里维尔。白昼和夜晚像蝙蝠的双翼摆动那样互相接连着。每个人都忙于准备远航和即将到来的海战,虽然敌人还那么遥远,但防卫敌人突然袭击的各种措施都已经实行了,防鱼雷的网也拉了起来。入夜之后,在停泊所的一部分军舰接连不断地开着探照灯,鱼雷艇和驱逐舰则在海口巡逻。

在我们的战舰上，最使舰长高兴的是从岸上来的那些工人都已经遣回了。本来海军当局对是否派工人随舰完成设备装修拿不定主意，因为加快装修速度是至关重要的，但这些工人都叫人讨厌。舰上本来已经够挤了，他们一来占用了我们的地方，何况他们中间免不了会有存心煽动叛乱的革命党人。我就曾同他们中间的一个人谈过话，他搔着头，用半睁半闭的眼睛注视着我，说：

"你们就这样被抓去打仗吗？"

"是的。"

"上帝保佑你们吧！"

"为什么要提到上帝呢？"

"那么，魔鬼和你们在一起！"

"我不这么认为。"

"难道你要否定吗？"

"啊，随你便吧。"

我想还是不谈下去为好，因为我认识这个人，他可能是边防保卫局的一名暗探。

可是当我又偶然碰到他的时候，他却谈起政治来。他说得很小心，但我懂得他的本意，他说打了胜仗会加强政府的地位。这些当我在岸上和一些知识分子接触时也听到过，思想进步的人都希望吃败仗。革命意识在俄国的传播，像在这次战争期间这样广泛，似乎还未曾有过。这场战争把政府的腐败完全暴露出来了，我们这些不幸的士兵还都糊里糊涂的。要是我们打赢日本人，我们就阻碍了革命——革命正是我国唯一的希望。然而，如果我们不打胜仗，我们又会被人嘲笑，说我们是懦夫，我们将毫不回手地牺牲我们的性命吗？

我还是相信有些工人正在群众中散布失败主义的情绪。杨格舰长是知道这一点的，他之所以高兴地遣回他们，有一半原因就在这里。

我们逗留在里维尔时实行的操练说明了长官们和水兵们的实战准备

很不充分,就是旗舰"苏沃洛夫"号也是这样。我们就引用卢杰斯特温斯基中将发出的第六十九号命令吧:

"本日凌晨二时,我命令值勤官发出防卫鱼雷袭击的信号。"

"发出命令后八分钟,仍毫无动静。除值日的军官和水兵外,全都睡了,就是值日人员的头脑也不是很清醒的。探照灯没有准备,派到鱼雷岗位上的人也不在场。黑暗中是无法开炮的,因为甲板上没有安置任务照明设备。"

这是"苏沃洛夫"号的情况。中将还命令自己的下属,要在舰队所属各舰做同样的检查,并且马上向他报告。

"奥里约"号和别的军舰马上一起为击退假想的鱼雷袭击而进行自卫。信号一发,许多探照灯一起照向海面,显示出一些鱼雷艇所拖曳的漂浮的目标。当旁的军舰向这些目标开炮时,虽然是缓慢地,但是在"奥里约"号的甲板上却引起了骚动。一些年纪较轻的人给各种毫无根据地散布日军已经迫近的谣传吓昏了,以为一场真正的鱼雷袭击已经开始。混乱的叫喊声响起来了,长官叱骂小军官,小军官又叱骂水兵,混乱了好几分钟秩序方才恢复,我们的七十五毫米炮开了火。

依我个人的想象,如果日本舰队当真袭击我们的话,这样拖拉和混乱将给他们充分的时间,而我们的"奥里约"号难免会给击沉的。

中将给了我们严厉的谴责。

第二天,又发生别的麻烦事情,为迎接沙皇尼古拉陛下,应做好正式检阅的准备。全舰紧张地进行洗刷,我们接连用肥皂水和清水洗刷过道和舰桥,刷上油漆,擦亮铜器,轮机舱和火舱也不例外,虽然这个访问者未必会踏上通到战舰内部去的狭窄的扶梯。第一副舰长西多罗夫,一个上了年纪的人,还是发狂地横冲直撞,喊叫着、叱骂着。别的长官也同样忙乱,各人整顿各人管辖的部分。等到一切似乎弄停当了,杨格舰长视察一周,发现有几个地方还欠妥善,要我们再加洗刷,大扫除已成为一种狂热的行动了。

检阅在九月二十六日举行。早上八点，我们的军舰挂满旗，升起一条挂着各色旗子的绳子，它从舰首绕到舰尾，经过前后樯的顶端。这天天气晴朗，吹着微风，有点寒冷。我们穿着新制的蓝色宽短衫和黑色长裤，军官们则穿着礼服，头戴三角帽。在旗舰上，军乐队正在奏乐。

我们等了很久，正好又是我们开饭的时间。从别的舰上传来了高呼"万岁"的呼叫声，直到午后三时，御舰才停靠"奥里约"号。

在军官们的迎接下，尼古拉由随员们和海军将领们护卫着登上甲板。他面色苍白，没有表情，和这庄严的场合很不相称。他无精打采地看了看我们，点了点头。我们因事先接到命令，所以这时一起高喊：

"皇帝陛下万岁！"

沙皇登上前舰桥之后，向我们做了一次简短的讲话，鼓励我们报复傲慢的、破坏了神圣的俄国和平的日本，保持俄国海军固有的荣誉。他说得很平淡、很自然，他已经在许多舰上说过这样的话了。

当我注视着他的时候，我心里想：

"他真的相信我们会胜利吗？已有那么多俄国人在远东断送了性命。他是否明白俄国正在打第二太平洋舰队这最后一张王牌呢？他会希望我们的司令官从即将来临的惨败中拯救俄国吗？"

穿着大礼服，待在沙皇尼古拉旁边的，正是这位中将齐诺维·彼得罗维奇·卢杰斯特温斯基。他宽厚的肩膀上缀着绣有缩写字母和黑鹰的肩章，在宽大的胸前，勋章和星章熠熠闪亮。他的长裤饰着银色丝带的宽大的镶条。安娜勋章的红色绶带和参谋官的银色丝带都是补充饰物。他魁梧的身躯不仅在全体随员中很突出，而且使沙皇相形见绌。他那庄严的脸上留有一部灰白的、修剪得整整齐齐的胡子，有一双敏锐、乌黑的眼睛，似乎显示出刚强的意志。他平常虽然有低头的习惯，现在他却像枪杆子一样昂然直立。他那么聚精会神地注视着尼古拉，好像什么也阻止不了他一样。

在他旁边站着两位海军少将：一位是凡·费尔克让——第二战舰战

队司令官,一位是巡洋舰舰队司令官恩奎斯特。

费尔克让是我最常见的,大伙都相信他比卢杰斯特温斯基更能称职,就是他那古怪的相貌妨碍了他的晋升。他非常胖,走路的步子又小又急,因为长得太胖,脸上又没有胡子,看起来很像一个太监。当他生气的时候,他的小嘴巴圆得像一枚顶针,还有他那尖细的声音跟自己的性别和身份也很不相称。

在瑞典出生的恩奎斯特,我头一次见到他,关于他的情况,读者往后会听到许多的。他的记性最靠不住,因此有一个参谋被指定专门记下他应当记住的一切事情。他常常仔细梳理他那部灰色的大胡子,所以得到每一个观看者的信任。

当我的眼睛在沙皇、他的随员,以及那些少将们、幕僚们身上转的时候,我想起了一句俗语:"闪光的东西不一定都是金子。"

皇上的结束语是:

"祝你们凯旋,快乐地返回故乡!"

检阅就在九百人的欢呼声中结束了。

六

我不禁回想起一九〇二年在里维尔举行的仪式——沙皇尼古拉二世和德国威廉二世这两位皇帝著名的会见。卢杰斯特温斯基中将的惊人的升迁就是在这时候打下了基础的。当时他只是一个不很知名的海军将领,在"明宁"号旗舰上担任炮击演习的舰队的指挥官,要在德国皇帝面前炫耀一下。未来的日俄大战的无形线索就是在这时候织成的。

一九〇二年七月二十四日是个晴朗的日子。在里维尔港内,有大大小小的十四艘战舰和巡洋舰,还有十五艘鱼雷艇。这些舰只多半漆成黑色,只有"瓦良格"号和"列特维让"号这两艘是在美国建造的,漆成白色，形成强烈的对比。前夜驶到的御乘快艇"士丹达特"号和"北极星"号就在这舰队的近旁抛锚。波罗的海舰队的要人们成群结队赶到里维尔来，岸上也挤满了参观的人。

我们一早就热切地期待着威廉皇帝的到来。后来，德国舰队的烟雾终于在纳尔根岛的后面出现了。由巡洋舰"斯维特朗纳"号护卫着的御乘快艇马上出发去迎接他们，载着一大批高贵的人们的船只跟在它们的后面。

上午八时，我们各舰已经装饰了各色旗帜，显得很漂亮。我们听见了俄德两国的军舰互相望见时发出的礼炮声。两小时后，我们的贵宾已到了碇泊地了。德国的分遣队是由装甲巡洋舰"普林泽·亨利希"号、巡洋舰"尼姆夫"号和德皇威廉的御乘快艇"霍亨索伦"号组成的。它们都漆成白色。威廉的快艇接着靠近沙皇的御艇，这两个皇帝便一起站在"士丹达特"号的舰桥上了。

我们所有各舰同时放了三十一响礼炮恭迎恺撒。这样，舰队便笼罩在浓烟之中，而轰隆隆的炮声可能有人以为正在进行海战。在旗舰和御艇上，乐队正在使劲奏乐，我们奏德国国歌，他们则以俄国国歌作答。各舰的舰桥上拥挤着许多军官，他们一律穿着大礼服，甲板上的水兵们穿的也都是崭新的制服。因为太拥挤了，有些人爬到绳梯上，就连"佩尔维涅茨"号和"克里姆林"号这两艘老式军舰上也是这样。作乐的事情是不会少的，在这样的场合，它正是上述仪式的一部分。

午饭后，下午三时，要做炮术演习的各舰准备出发了，他们的军官全都改穿勤务的制服。两国的皇帝都移到"明宁"号的甲板上来，陪伴着他们的是亨利希亲王、我们的总司令阿列克谢亲王、海军大臣蒂尔托夫和德国海军大臣蒂尔比兹、海军将领们及其随员们。我们舰上从未有过这样多的贵宾。

现在被指定的各舰全都出动了。

"明宁"号的舰桥上本已挤满了许多贵宾，再加卢杰斯特温斯基和他的参谋人员便更加拥挤了。我也在那里,卑微地待在一个角落里,担负着记录炮弹命中与否的重要任务。

尼古拉二世穿着德国海军将领的制服,威廉二世则穿着俄国海军将领的制服,胸前佩着安德烈耶夫勋章的蓝色绶带。我们的沙皇虽然统治着这么巨大的一个帝国,但与他的同伴比起来却显得矮小了。恺撒已成为众目注视的中心,他身材高大、匀称,眉宇轩昂,步态是那样富于军人的自信,使得人们注意不到他那只残废的臂膀。他脸颊上的伤疤、大而直的鼻子下面那翘起的唇髭,以及在三角帽下炯炯有神的眼睛全都十分相称,总之,他的外貌是非常英武的。

待在这些高贵的人们中间,我所感到的,就和一个被抛到大树的顶端,双手抓住细小的枝杈的人所感到的一样,偶一差错,就会倒栽下来,阵阵的寒气掠过我的背脊。我十分确信我的制服十分整洁,但我心里仍旧为种种念头而感到痛苦,好像纽扣或别的什么只剩下一根线,接缝的地方会裂开来,接着就会当众受人责骂、羞辱等一样。

各战舰一边交换旗号,一边开始进行演习了。当它们转了几个弯,排成单纵阵的时候,构成了一幅美丽的图画。这些漂浮的要塞,就像陆地上的一排士兵那样容易被操纵。

炮击开始了,最初的炮击是对准设在卡尔洛斯岛上的炮标,其次是向驱逐舰拖曳着的目标打去。

卢杰斯特温斯基好像没有注意到沙皇和恺撒,他全神贯注地管着自己分内的事情。他不时这样喊道:

"快放!"

当他注意到一艘军舰发生了某种差错的时候,他便大发雷霆(他是一个易于发怒的人),把他的望远镜掷到海里去。克拉披尔-德-科隆中校马上把自己的望远镜递给他。

沙皇带着微笑注视着这个场面。

炮击演习持续了三个钟头,良好的命中率是从来没有过的。这优良的成绩使我极为惊异，因为我曾亲眼见过许多次炮击演习，从未见过炮标被毁得这样快。

演习完了之后，威廉祝贺沙皇，当着蒂尔比兹的面这样说：

"要是我们的海军有像你们的卢杰斯特温斯基这样杰出的将领，那就好了！"

不晓得这只是恭维而已的尼古拉，像玩着新玩具的小孩一样微笑了，他拥抱阿列克谢亲王，其次是拥抱卢杰斯特温斯基。中将吻着沙皇的手，说：

"但愿我们现在能开战，陛下！"

那天晚上，当驱逐舰上的小军官到我们的食堂吃饭的时候，我们听到一些有趣的消息。他们说漂浮的炮标和设在卡尔洛斯岛上的炮标都是这样造成的——不必击中它，只消炮弹飞过时那一阵风就可以使它粉碎。

隔天在陆上举行宴会，第三天又举行模拟的海战，舰队的一半被派定模拟敌军。

这样，整个活动花了三天时间。临了，海上、陆上都张灯结彩，旗舰"明宁"号上用电灯组成姓名的头一个字母W（威廉）和N（尼古拉），字母的上边还饰以红色的王冠。

两个皇帝互换宝贵的礼物，这是东方式的礼节，还滥发了许多勋章。

七月二十六日午后四时，德国舰队拔锚了。在欢呼声和礼炮声中，它由"士丹达特"号护送着驶出碇泊地。当"霍亨索伦"号驶过纳尔根岛时，它扬起了这样的信号：

"大西洋的海军统帅向太平洋的海军统帅告别！"

"士丹达特"号上的人没有立刻理解这旗号的含义，所以扬起了惯常的答语：

"不明白。"

接着，沙皇命令用手旗信号传达：

"再见，一路顺风！"

威廉必定相当失望，因为尼古拉对旗号的了解是这样迟钝，不然，他就会想到不宜用同样的旗号来回答。德国统治者的意思是表明他统治大西洋（不管英国）的决心，同时怂恿他的友邦在太平洋追求同样的目的。实际上，尼古拉倒十分了解他的用意，并且相信威廉是诚挚的。自此之后，俄国当局就狂热地准备着远东的战争。在威廉方面呢，尼古拉已同意他占领中国山东的胶州湾，这是他在四年前就已占有了的。

两皇帝在里维尔的会见，给了卢杰斯特温斯基一个晋升的机会。不久，他就被任命为海军参谋长，直到他被任命为第二太平洋舰队的司令官的时候，他还是身居这一要职的。

七

阅兵过后，我们立刻从里维尔起航，九月二十九日在利巴瓦[1]寄碇。我们在那里住了三天。十月二日舰队驶到丹麦的极北点斯卡晏，也叫斯卡晏角。十月七日我们在那里装煤。在离开波罗的海之前，卢杰斯特温斯基接到一封电报，通知他已晋级为海军中将。可是三十六小时之后，那件当它传遍了全世界之后立即就降低了他的声誉的事情，就要发生了。

就在我们到达斯卡晏的那一天，旗舰命令舰队停止补充煤和粮食，准备立刻出发。这样，惊人的谣言便开始在长官和士兵中间传播开了，普遍认为，匆忙地改变计划，一定是在接到日本驱逐舰已经迫近的密电之后才决定的。

---

[1] 俄国海军基地，现改称利耶帕亚。——译者

中将采取了特殊的防御手段，他把全舰队分成六个战队，每队有自己的司令官。第六战队包括我们这四艘最优秀的战舰，还有受我们保护的运输船"亚纳都尔"号。"奥里约"号最后启碇已是晚上八点钟，已经入夜了。

不久之后，"纳瓦林"号报告，它看见两个氢气球。在"奥里约"号上警报响起来了，人们匆忙各就各位，等到全舰作战准备停当后，我们就熄了灯继续航行。

这是一个风平浪静的夜晚，斯卡晏平静的水面，在月光下像银子一样熠熠闪亮。在这幽静的环境中，我们一点也不能安息，我们几百双眼睛注视着海上四面八方，集中精神搜寻我们的敌人。

我站在甲板上，当我疑惑在离开日本舰队的根据地几万海里的地方，是否存在遭受袭击的危险时，我的头脑不禁发晕起来。这看来是难以令人相信的，可是全舰笼罩在这么惊惶的气氛之中，使我不得不受他们的感染。不用说，"纳瓦林"号上的情况也很不妙，我心里想，它那里的瞭望员说不定把海鸥错认为是敌人的气球或汽艇了吧。

就在这时候，水手长沃耶沃金上我这边来了，阴郁地说：

"把这些驱逐舰和巡洋舰调到舰队前头，真是干的蠢事。最好是保持原来的阵形。现在这样，万一真的遇到敌舰，那就等于把我们的主力所在告诉敌人。为什么我们的司令官连这一点都看不出来呢？"

好些水兵正站在右舷的舰首，司炉巴克拉诺夫也在其中，他们正在低声讨论当前的局势。有些人怕得很，他们都谈到潜艇，巴克拉诺夫讥讽地插嘴说："瞭望潜艇有什么用，这些东西不是浮在水面上的。也许就在这时候，人家正发出一个攻击我们的鱼雷，你们这些信仰上帝的，最好还是祈祷祈祷吧。"

"你是不是说，只消一分钟，他们便能够把我们结果了呢？"一个新兵用颤抖的声音问他。尽管巴克拉诺夫刚才已经说过潜艇是看不见的，他还是焦急地注视着海面。

就在这当儿,跟那个问话的人靠在一边的巴克拉诺夫大叫一声:
"喂!"

水兵们马上围拢他,循着他的视线望过去。可是那个新兵却吓得大喊一声,歪倒下去,双手绞扭着。

巴克拉诺夫大笑起来,嚷嚷道:

"胆小鬼!最好还是送他回老家,交给他的妈妈吧。"

他不照料那可怜的家伙,继续说下去:

"咱全都一样,事实摆在那里,弟兄们,我们谁也不晓得他会不会马上变成鱼饵呢。"

不久之后,在左方的水平线上,一条火柱出现了,我们相信那是一条着火的船,大概前哨的巡洋舰已经与日本人交战了。

我们有一半人直到很晚才上床睡觉,其余的人仍然坚守岗位。

十月八日,走上甲板时,我发觉天气已经在夜里变了,从西南面吹来微风,带来了浓雾。在我们前面的"鲍罗丁诺"号和在后面的"亚纳都尔"号,即使用了探照灯,也都看不见。双筒望远镜和望远镜都不起作用了。我们全都减低速度,摸索前进。宇宙已变成一个无边无际的雾的帷帐了,就是站在甲板上,那些最常见的东西也无法辨认。在甲板上和舰桥上行走的人们,看来全像幽灵似的,汽笛的叫声更加强了神秘的印象,因为我们这战队的五艘军舰都差不多不停地拉着警笛。我们可以听到在遥远的前方的"苏沃洛夫"号发出的巨大声响,当它达到顶点后就低沉下去。在它消逝的时候,"亚历山大"号马上狂呼起来,再次是"鲍罗丁诺"号,然后就是我们的"奥里约"号。这些巨人好像都在彼此竭力压倒对方巨大的招呼声。作为演奏的每 音乐的结束,"亚纳都尔"号发出了苦痛的呼叫,好像预示着某种可怖的灾难的来临。

雾渐渐消散了,北海是平静的。我们正要通过多佛尔海峡。人概,除了接到前方发来的某些警报之外,应该不再发生不安宁的事情了吧。

当天晚上风逐渐大起来,海浪汹涌。入夜乌云满天,寒冷的雨使夜晚更黑暗了。刚过八时，工厂船"堪察加"号报告，它受到日本鱼雷艇的袭击。"堪察加"号是隶属于恩奎斯特少将统率的战队的，本来应在至少五十海里外的前方，可是因为它的双发动机有一个出了毛病，使它落在后头。直到现在，它才能够单独地再次驶到我们战舰的前头。

根据后来发现的材料，当时"堪察加"号和旗舰"苏沃洛夫"号之间的无线电对话是这样的：

"堪察加"号：本舰受日本鱼雷艇的追赶。

"苏沃洛夫"号：急复。有多少？从哪一方面？

"堪察加"号：从各个方面。

"苏沃洛夫"号：有多少鱼雷艇？详细报告。

"堪察加"号：约有八艘。

"苏沃洛夫"号：距离多远？

"堪察加"号：约一链[1]。

"苏沃洛夫"号：它们放出鱼雷吗？

"堪察加"号：我们没有看到。

"苏沃洛夫"号：你们正沿着哪一方向前进？

"堪察加"号：南七十度东。请将舰队位置示知。

"苏沃洛夫"号：鱼雷艇还在追赶你们吗？避开危险，改变航向。先报告你们的位置，我们才下达指示。

"堪察加"号：恐怕通讯会被截获。

在十一点，"苏沃洛夫"号发电：

"中将询问，是否还看到鱼雷艇？"

二十分钟后得到这样的回电：

---

[1] 海上测距单位，相当于0.1海里或185.2米。——译者

"一艘也没有看到。"

晚上九点,旗舰命令我们这一战队:

"预防鱼雷艇从背后袭击。"

"奥里约"号传达了上述警报:

"准备应战!"

大炮上了炮弹。在大炮侧面的弹药架上,炮弹和火药堆积在露天,所有的人员全都站在各自的岗位上。然而,没有敌人出现。

我们盼望月亮出来,可是它隐藏在云层里。天色昏暗,大风呼啸,驱散了黑暗,海在悲泣。时间的步子是缓慢的,这种对不可见的危险的等待使我们感到压抑。

已经午夜了,有一部分人准许离开,但利用这机会睡觉的人极少。在水平线上,火光还依然可见。

"要是这一夜快点过去就好了,"一个水兵叹息道,"是的,天好像永远不会亮似的!"

日本人鱼雷袭击的恐怖,使得船员们颓丧到连理性也完全丧失了,没有一个人批评"堪察加"号发出的荒谬的电讯。它本是一艘旧运输船,现在改成工厂船,它只有几门小口径的炮,它的存亡和我们的战斗力没有什么关系,为什么日本舰队要选择它作为袭击的目标呢?再退一步说,在只要一枚鱼雷就够把它送到海底去的情况下,他们为什么要派遣八艘驱逐舰组成的小队去包围它呢?难道敌人都是傻瓜?这不过是"堪察加"号舰长的理智不健全的想象,凭空幻想出八艘驱逐舰"从各方面"来袭击它罢了。就是我们的司令官卢杰斯特温斯基也不见得聪明些,他收到那申报,信以为真,不晓得派出一艘巡洋舰去证实一下"堪察加"号的电讯,以及在必要时援救它,反而把慌乱扩展到整个舰队。

午夜过后不久,我们正在渡过多格尔沙洲,这是渔船常到的北海的浅滩。这时候,在距我们的舰队不远的地方,发出了一些三色信号弹。"苏沃洛夫"号相信这些就是敌人的信号,于是把探照灯射向这些放出信号、用以显示出它们的所在的渔船,并且向它们开炮,我们这战队的各艘战舰也同样开炮。就这样我们接受了"战斗的洗礼"——或者毋宁说,受洗礼的是这些无辜的渔民。

"奥里约"号上像一窝蜂一样,发出了喧嚷声。喇叭狂吹起来,战鼓敲响了,铁轨在载着炮弹的手推车的重压下"咯咯"地响着,巨大的炮弹从左舷和右舷的炮塔发出了。当它们射出的时候,电一般的闪光撕开了夜幕,雷鸣般的回声震荡着夜空。人们拥挤在樯索和舰桥上面,军纪已荡然无存。人们呼喊着:

"驱逐舰,驱逐舰呀!"

"在什么地方?有多少?"

"至少有一打呀!"

"不,还多着呢!"

"我们完蛋了呀!"

"我们全都完了啊!"

有些人准备了救生圈;有些人跑到他们的吊铺去,拿来了他们的软木屑褥子;有些在胸前划着十字;有一些则在咒骂。海咆哮起来,水花飞溅到下炮甲板上。惊骇的炮手胡乱发射,有时射向海平线上那些还看得见的火光;有时又射向探照灯照着的空空如也的海面;有些笨家伙把炮弹装进已上了炮弹、但还没有发射的炮膛里去。重炮和小炮一起发出"轰轰"的响声,这更增加了那可怕的喧嚣声。愤怒的长官们在这些喧闹声中叱骂着:

"傻蛋,你们在干什么!你们打到什么地方去了!"

"在探照灯已照出它们的时候,你们干吗不瞄准那些鱼雷艇?"

有一个准尉从后舰桥跑上正甲板来,失望地摇着一个空炮弹壳,尖声嚷嚷:

"他们把我的炮弹打光了,再给我一些吧!"

我们战舰的战线已经乱了。有些探照灯确实照到我们准备炮击的船只,但有些却照向空荡荡的地方,探照灯的灯光大大增添了混乱。在离右舷很远,大约几英里外的地方,可以看见一些发光的信号弹。后来我们才晓得,这些是费尔克让少将的战队发出的。可是那时候,我们的意识混乱,却把那些当作敌人的信号弹了。当在左面近处,某一艘正在观察"奥里约"号的军舰射来了一道探照灯的令人眩目的灯光时,我们是多么惊骇啊!我们相信舰队已被敌人包围了。

大家陷入非常恐怖之中。

"那是日本巡洋舰!"一个人说。

"它们成群地进攻我们来了!"另一个人低声说。

我们的战舰向探照灯开炮,对方也马上还击。炮弹的呼啸声在"奥里约"号的上空掠过。还是我们幸运些,他们瞄得高了些!从近旁的战舰,大概是从"鲍罗丁诺"号上发出了十二英寸巨炮的震耳欲聋的炮声。

"那是鱼雷爆炸呀!""奥里约"号上有人这样喊道。

"我们没有被打中!"

"不,我想'鲍罗丁诺'号已经沉没了,现在该轮到我们了!"

这个消息,依照英国人称之为"俄国丑闻"的那种方式被夸大了,在全舰队一个接一个地传开去。这样,大伙都相信整个舰队已经或是快要被毁灭。这时,我们的战舰已经几乎变成一座浮动的疯人院了。

不久,我们正那么疯狂地加以炮击的左舷那些军舰,终于发出了呼唤信号,它们是"阿芙乐尔"号和"德米特里·顿斯科依"号,是属于恩奎斯特少将统率的战队的。

我们驶过多格尔沙洲时,从赫尔开始,我们便已看见北海的渔船了,这是明摆着的事。可是我们的长官们(他们跟水兵一样惊慌失措)就已经把这些单烟囱的、标着号码的捕鱼汽艇当作日本的驱逐舰了。不用说,这些只能被当作驱逐舰,因为鱼雷艇只能用来防卫海岸,要从远东驶到欧洲来是不可能的。旗舰首先向这些不幸的渔民开炮,并且把它的幻觉传给我们这战队的各舰。现在恢复了平静，一幅可怜的景象呈现出来。在差不多一千多米远的地方，在探照灯照射下，我们看见一只船台和桅樯已被轰掉的红烟囱的渔船，正倾斜得很厉害；还有四条小艇也被打中，有的已经着火，船员们正绝望地在甲板上奔突，徒劳地寻找避开火焰的地方。就我们看到的来说，他们唯一的命运就是沉没于海底。

"苏沃洛夫"号已经熄灭了自己的探照灯，只留下一只，把灯光射向天际。这是表示"停止炮击"的信号。在"奥里约"号的舰桥上，我们的舰长喊叫着：

"停止炮击！"

长官们一边咒骂，一边使劲地把他们从大炮旁拖出来，可是炮手虽然离开，炮还是在继续发射。在正甲板上，号手巴列斯特想吹"停止炮击"的军号，但他双手战栗，嘴唇发抖，所以他的喇叭只能发出走调的"咯咯"的声音。水手长萨耶姆正站在他旁边，用紧握的拳头打他的脸，说：

"快吹'停止炮击'的军号，要不然，我就揍死你！"

双唇出血的号手只好服从命令。

"战斗"持续了十二分钟。在这短短的时间内，"奥里约"号射出了六英寸口径的炮弹十七发、小口径的炮弹五百发。像我们后来所知道的，别的战舰的大炮，其忙碌程度也不亚于我们，旗舰也是一样不像话。在炮手们恢复理性之前，少将不得不亲自加以干预。

我们的七十五毫米炮的炮口已经损坏了。

五发"奥里约"号打出的炮弹打中了"阿芙乐尔"号，它的舷侧和烟囱受到损坏。舰长沙蒂罗和随军牧师阿法纳西受了伤，后者终于丧了命。然而，我们理应自认侥幸，要是我们的炮术能够像日本人那样高明，我们一定已经轰沉几艘自己的军舰了。

遇到轮机师瓦西里耶夫的时候，我说：

"阁下,这将是一个出色的奇谈啊!"

他侧目注视着我,挥了挥他的左臂,失望地说:

"这件事将传遍全世界哩!"

这第一次的"海战",就是一般所说的"赫尔事件"。赫尔是一个渔船注册的港口,我们就在那里开过火。但是英国人总称它为"多格尔沙洲事件"。

第二章

绕过好望角

一

自从"多格尔沙洲事件"发生之后,开头几天倒平静无事。过了几天,我们又跟渔船发生了冲突,不过事态并不严重,这一回我们只是被它们的网缠住了,好在这些渔网还没有损坏我们的螺旋桨。过后,我们通过了多佛尔海峡。法国名作家维克多·雨果赞美过的这壮丽的白色绝壁,便出现在我们的右方。我们距离伦敦——那里有某些神秘的大人物控制着全世界的政治局势——这个多雾的大都市,只有六七十海里了。

这策划阴谋的中心很快就落在我们后面了,我们的航线直趋比斯开湾。这海湾里的海水,差不多总是不平静的、汹涌的,使各国的水手望而生畏,所以它实在可称为"骚动之湾"。在这些日子里,除海军生活中的日常事务之外,大家都没有什么事,我们时常把面包屑丢进海里,看着成群的海鸥掠过船尾的水面去攫食。夜里,我们有充分的时间可以回想最近发生的各种事件。在海军检阅时,一切不都是很好吗?为什么在多格尔沙洲竟搞得一团糟呢?想到这些,我不禁惊讶起来。

舰队中那些旧的军舰,在离开海军船坞之前都曾修理过。最好的军舰都是最新式的,但这些都是花了至少两倍于正常的建造费才造出来的。在每艘战舰或巡洋舰建造之前,设计草案或反草案都曾反复考虑过,专家们绞尽脑汁才得出可能的最好结论。但是虽然花了这样的苦心和费用,那些舰只还都是不稳定的,舵轮也欠灵活,此外,还有各种别的缺点。

为什么会这样呢?那是官僚主义太多的缘故。神态俨然、刚愎自用的海军将领们发出和他们的职位相称的命令,幕僚们就以各种形式记录下来,加上适当的标签,然后放到公文架上,文件、报告和说明书在办公室里堆积如山。评议的次数说不清,而负有评议之责的大官们向小官询问评议的结果,小官们就再三向他们保证,一切都是所有最优良的海军中的最优良者,于是,大官和小官互相满意地告别。

海军的最高首领是阿列克谢·亚历山德罗维奇亲王,他是沙皇尼古拉二世的叔叔,时常视察舰队。他一看到因自己的到来而弄得整洁的各舰时,就表示十分满意。他从未看出舰队的组织实际上是不存在的,一切可说都是腐烂的。他和别的权贵们的不同之处,只在于他有高大的身材和愉快的表情。在舰队中,人们都知道他的绰号是"至圣的肉二百八十磅"。

从表面上看来,海军里一切都是很完美的,可是如果细心地透过外表加以观察,就会得到一个完全不同的印象。高级长官们差不多都是蠢笨的官僚和墨守成规的顽固分子,他们把下级士兵当作一群羔羊,未来的牺牲品,一群没有权利而又缺乏独立思考能力的蠢材。下级士兵们也必须安分地自认为是无足轻重的人物。长官们自信自己都是驯兽者,每个水兵必须伶俐地遵守命令,毫不踌躇地像一只驯顺的狗。对许多将领和舰长们来说,经过训练的奴性是培养一个优秀的普通水兵的唯一必要的东西,是赢得一场战争所必不可少的。然而,我们的长官们没有注意到由此培养出来的这些机械玩具、这些机器式的人都不适于驾驭新式战舰上异常复杂的机械,也不能成为十分优秀的射手。

这种积习根深蒂固,来源于俄国的历史。彼得大帝首先建立了俄罗斯帝国的舰队,在那个时代自然是帆船舰队。在几十年中,兵力迅猛发展,它的旗帜已在许多远海飘扬。十九世纪初,是它的全盛时期,当时舰队已可以和别的国家的舰队媲美。当时最杰出的人物——著名的探险家和科学家——大多出自海军。

在爱沙尼亚出生的克鲁森斯滕(1770—1846)是当时的俄国海军上将,一八〇三至一八〇六年他环球航行一周,其著述因此十分知名。我需要指出的只是其中的三部著作:《环球旅行记》(1810—1812年)、《太平洋地图》(1824—1827年)和《水文学论文集》(1824—1827年)。当时他乘的舰叫"希望"号。在那个时代,他还是一个动物学家、植物学家和人种学家。太平洋上有一个海峡、一个岛、一个湾和一个沙洲是以他的名字命名的。

法杰伊·法捷耶维奇·别林斯高晋是南极探险的先驱,他曾经乘"东方"号单桅炮舰驶至南纬七十度,比起后来的詹姆斯和柯克所到过的地方还要深入得多。他驶进南极圈,前后不下七次。他在这神秘区域的探险,给世界做出了巨大的贡献。此外,他还在太平洋上发现了许多在此之前人迹罕见的岛屿。

费奥多尔·彼得罗维奇·利特克在北冰洋亚康吉尔和新·詹布拉两地之间航行了四年,像别林斯高晋对于南冰洋一样,他对北冰洋的研究也做出了宝贵的贡献。一八二六年,他被任命为"辛亚文"号船长之后,环球航行一周,考察了鄂霍次克海和日本海,并且还在加罗林群岛、马里亚纳群岛和菲律宾群岛等处寄碇。

此外,还有著名的俄国海军将领瓦西里·米哈伊洛维奇·戈洛温、奥托·科采布和根纳季·伊凡诺维奇·涅威尔斯基等人。

其中也不乏善战的将领。乌沙科夫足可与纳尔逊媲美,还有杰出的专家如辛亚文(后来利特克的平面战舰便以他的名字命名)、拉扎列夫和海登等。

俄国海军史上这繁荣昌盛的时代,直到克里米亚战争才告终。它培养了大批的水手和军官,他们的双脚像扎根在地下的树木那样,牢牢地站在战舰的甲板上。可是克里米亚之战终于暴露了它的缺陷:由于对现代技术的最新发展缺乏知识,不可能培养出坚强的船员。此外,俄国海军舰上的生活条件这些年也丝毫没有改善。海军的训练是以当时俄国盛行的农奴制度为基础的,在克里米亚战争中,这不幸的结论实在是太明显了。

在一八六三年沙皇亚历山大二世废止农奴制的同时,俄国海军的军舰也开始使用蒸汽机。在一段长时间内,蒸汽机无论如何还是处于辅助的地位,开始的时候,战舰甚至还全部装着风帆设备。在一八八二年到一八九〇年这期间,还建造了旧式有帆战舰。"德米特里·顿斯科依"号、"弗拉基米尔·蒙诺马赫"号、"纳西莫夫"号、"潘米亚·阿佐瓦"号和"留里克"号等,这些都有风帆的补充设备。这一类战舰继续使用了二十年,直到一九〇四年日俄战争爆发的时候还在服役,其中有些后来被搁在喀琅施塔得,有些则成为第二太平洋舰队的一部分,另有一艘,即"留里克"号,早已在远东被打沉了。

这些旧式的大船成为我们海军的训练基地。俄国海军的每个将领都在这样的舰船上获得海上经验。曾参加过一九〇四至一九〇五年海战(即日俄战争)的大部分舰长们和高级军官们也都是这样。这训练基地培养出来的人中最杰出的代表,就是阿列克谢耶夫、杜巴索夫、丘赫宁、斯克雷德洛夫、比里列夫、卢杰斯特温斯基以及著名的马卡洛夫,后者是海参崴某水手长的儿子。在士兵阶层中,由于幸运的境遇而能够进入军官阶层的,他是唯一的人物。然而,就是他也不能够摆脱帆船舰队时代的习惯和传统,虽然他是一个进步的、最有才能的人以及他的擢升是高级海军战术的新时代诞生的象征。对别的海军将领们还能说些什么呢？当他们开口发出命令时，就可以看出这一点。在这装有扩大了三倍的机器、电机、水力工程以及无数专门技术的精锐舰队中，这些将领依然保持着完全像农奴制时代那样的社会形态。

二

几天之后，我们已经看见了西班牙巉岩累累的海岸。舰队正朝着我们下一站的停泊港维哥驶去。海港很大，可以容纳一百艘远洋巨轮，五艘德国煤船在那里等候我们。从维哥所在的海岸的深凹处，我们可以望见超越近旁诸峰之上的、高耸的比利牛斯山的尖峰。

我们不论是军官还是士兵，全都不许上岸，就是添煤也不是轻易就能办到的。我们刚刚抛了锚，海港官员马上就到我们舰上来。他们通知我们的水手长说，因为西班牙是个中立国，俄国舰队不能在西班牙的领海内获得给养。卢杰斯特温斯基说明了我们处境的困难，我们自从离开斯卡晏就没有添过煤，但已经以平均八到九海里的时速行驶了一千三百一十二海里，每天要消耗一百二十五吨煤。煤舱里差不多都空了，剩下的煤只够用两天，这该怎么办才好呢？

电报飞向马德里和圣彼得堡，于是在西班牙和俄国两国首都之间，迅速地进行了电讯联系。一天又一天过去了，我们的长官们因读到德国和英国的报纸而大大波动起来。他们谈话的片言只语飞到了我们的耳里，我们晓得"赫尔事件"或是"多格尔沙洲事件"已成为一个最大的国际事件。

"外国报纸说我们正在摩拳擦掌，盼望打仗呢！"

"我听说世界各国要向我们宣战。"

"不，还不至于糟到这个样子，不过，我们的舰队可不得不返回去。"

"返回去吗？不可能的！"

"啊，这是他们说的。还有，卢杰斯特温斯基还要受审判哩。"

"最好是一人做事一人当，我们只是服从命令罢了。要是我们能回家的话……"

最后，西班牙当局通知我们：每艘战舰可添煤四百吨，小舰按比例类推。这消息是午后才得到的，于是我们全体人员：水兵、司炉、轮机兵、文书、军需官、军官以及别的人都出来了。上级告诉我们，要是干得快，干得好，每个人可额外多发两小杯伏特加。我们使劲地干着（我是不喜欢伏特加的），随即"奥里约"号和别的军舰一样，笼罩在一团黑灰尘之中。装煤本是一桩脏活，把一切都弄得很脏，我们通宵干着，一直干到第二天早上十点。在这时间内，我们装了比限额四百吨多一倍的煤。

现在，我们心想舰队该启碇继续南下了，可是中将却耽搁了生火的命令。看起来，我们不得不在维哥再待一些时候。紧张的气氛笼罩了整个舰队，我们不晓得发生了什么变故，但猜想"多格尔沙洲事件"已引起了麻烦。就在这时候，因为生活过分无聊，我回想起那件在离开利巴瓦的前一天所遇到的事情。

我请了假，在当地上岸。当我走进一家书店翻阅几本最近出版的书的时候，在我后面有一个人问道：

"你在挑选什么书？"

我怔了一下，回头一看，才晓得说话的人是轮机师瓦西里耶夫，他的外套因为淋了雨正在滴水。水兵们，尤其是轮机兵们曾给我指出，他是舰上最好的军官。他年轻，大约二十六岁，他愉快地对我笑了笑。

"是的，阁下，我想买几本书在舰上看看。"

"好极了，你喜欢读书吗？"

"这是我最喜欢的，阁下。"

瓦西里耶夫问了我一两个关于我的文学爱好的问题，在分手之前，他说：

"回到舰上以后，到我那里来坐坐吧，我可以借几本书给你。"

现在是在维哥，我在甲板上碰到了瓦西里耶夫，记起了他当时的约请来。

"跟我来吧。"

我们走进他的小舱房。他摘下帽子，对镜照着，不断地抚摸他那柔软的唇髭。一个逗人喜欢的面孔与那对褐色的、聪明的眼睛很相称。他身上的肌肉十分结实，是一个中等身材的人。他头发剪得很短，像把刷子。他的声音是轻快的，像那些既不喝酒、也不抽烟的人一样清晰。他很聪明。他对下属的态度和蔼可亲，使得他跟他的同僚们完全两样。

他问我喜欢哪一类书，我们又讨论各个作家：托尔斯泰、屠格涅夫、契诃夫、柯罗连科，最后谈到当时文坛上引人注意的中心高尔基。不仅关于书本上的问题，就是关于政治改革的需要及其可能性的问题，我都诚恳地发表了意见。瓦西里耶夫观察着我，好像正在为我作鉴定似的，他把伏尼契的《牛虻》交给我，说：

"你读完后，过来谈谈吧！"

《牛虻》我早就读过了，不过值得再读一遍。拿了书，我还待了一会儿，因为我想知道，他对我们的舰队会遇到的事情有什么看法。

"外国报纸上关于这件事说了些什么，阁下？"

"它们说了许多，而且所说的都是令人很不愉快的话。英国舆论对'多格尔沙洲事件'非常愤慨，说我们的行为像疯狗一般，简直就是海盗。而英国人尤其气愤的是，错打了那些渔船之后，我们还不停下来去援救那些渔民。有些报纸要求，不管怎样，我们应当返回俄国去，并审判司令官，有些则主张宣战。法国报纸还发表了英国正在进行舰队动员的消息。总之，这个事件真是糟透了。"

"不过，要是那些在多格尔沙洲的不是渔船，而真的是日本驱逐舰的话,那又将怎样呢?"

"你自己是怎么想的呢?"

踌躇了一会儿之后,我决定坦率而又小心地回答他。

"也许,我想得不对,我想它们会把第二太平洋舰队消灭的!我们打得不准,也许是我瞎说,可是……"

瓦西里耶夫苦笑起来。

"瞎说吗?不,我想你倒说得很中肯。如果日本人在那里的话,我们的军舰怕没有一艘再能航行一个钟头了。这舰队最缺乏的是情报组织。那个晚上我们的哨舰在哪里?我们舰队的各舰为什么要分散开来?当我们和敌人交火的时候,你将……"

瓦西里耶夫突然顿住,好像觉得他说得太直率了。我明白这是我该告别的时候。当我刚拉开门,他就说:

"这是咱们两人之间的谈话,你是懂得的。这类事情你跟伙伴们谈得越少越好,自找麻烦是没有好处的。"

"很对,阁下,我十分明白。谢谢您,晚安!"

"晚安,诺维科夫!"

我想了又想这一次和瓦西里耶夫的谈话,他是个什么样的人呢?为什么这么坦率地同我谈论舰队的缺点?为什么他要把一本别的军官绝不会介绍给下属的书借给我呢?他给我的印象是非常好的,他会是一个故意挑拨的特务吗?会为了向当局告发而存心侦察我吗?这些看来都是不可能的。他的眼睛、声音、整个模样都跟这个假定相反。但我又不相信一个军官会站在人民的一边。不过,在革命者中间,也有比瓦西里耶夫头衔更高的军官。

维哥有一艘英国巡洋舰,大概正在与外面的僚舰用电报进行联系。它只停留了几个钟头,该舰的舰长并未拜访卢杰斯特温斯基。谣言传开了,说是英国的舰队正停在邻近某个海港,等候我们出发。隔天,这巡洋舰驶回来,并且做了礼节性的访问。我们担心这个访问也许正包孕着诡计。

我们从长官们那里听说，第二太平洋舰队多少是被拘留了，要一直等到"多格尔沙洲事件"解决才能恢复自由。我们应当放弃到远东的远征返回俄国吗？要是这样，那就求之不得了。

由于业务需要，我到"苏沃洛夫"号上去，在那里，我碰见朋友乌斯季诺夫。

"喂，情况怎样？"我问他。

"'多格尔沙洲事件'要我们付出好大的代价，你晓得……"

"会让咱们在维哥待多久呢？"

"不，我们舰队不久就会继续开航，不过每艘战舰都要派出一个军官到赫尔去，以备查询。我们必须说明炮打渔船的经过。克拉多少校昨天已离开'苏沃洛夫'号了。"

乌斯季诺夫把有关卢杰斯特温斯基参谋部里有趣的事情告诉我。

参谋长克拉比尔-德-科隆上校是一个又瘦又高的人，长着一头黑发，年纪约莫四十五岁。随着时间的流逝，他的头稍稍有点秃了，两鬓和胡子都斑白了，前额刻上了深深的皱纹，在浓密的双眉下有一对锐利的眼睛。他很注意自己的风度，衣着也很时髦，不过这些掩盖不了他的老态。他是一个典型的法国绅士，显得高贵、谦恭，谈吐文雅，对待下属不论职位高低都很亲切。没有一个人对他的头脑、博学以及海军情况消息灵通有半点怀疑，但他缺少最主要的东西——坚强的个性。在别的情况下，他也许可以拯救我们的舰队，可是在一个专横而又无能的、象卢杰斯特温斯基这样的人手下，他起不了作用，因为他怕顶撞自己的上级。

炮术的负责人是别尔谢涅夫中校，一个又高又瘦的人，能力与职位相当，技术的熟练程度和在俄国条件所容许的别的专家一样。他的意见虽然大半是有益的，但中将总不大理睬他。

鱼雷部的负责人是列昂季耶夫上尉，他有一双灰色的眼睛、一条高耸的鼻子和整齐而又过分露出的牙齿，淡褐色的、很硬的头发仔细地梳成分头。他对他在参谋部的地位很不满意，虽然他绝不是没有学识的人，但可怜地巴结上级。从他到职的时候起，他唯一的念头就是讨好卢杰斯特温斯基。他竭力奉迎上司，但不是经常得到奖赏，有时得到的倒是辱骂。

谢苗诺夫中校，《船位推算》一书的作者，是负责海军陆战队的。这个职务，在俄国作战参谋部里本来没有什么地位。然而，在卢杰斯特温斯基的参谋团中，他却是一个重要的角色，他早就是卢杰斯特温斯基最亲密的朋友之一。他个子矮胖，有张丰满的、红润的脸，长长的鬓发代替了胡子，样子看起来非常得意，好像他刚发明了一种新的引力法则一样！水兵们给他起了一个绰号叫"走动的气泡"，他时常充当副官或参谋。因为他见多识广，又是一个方言家，他那些描写海上生活的长短篇小说，都比不上斯坦纽科维奇的航海故事。舰上别的军官们都讨厌他，认为他是一个阴谋家。但是另一方面，他又是将领们的太太的情人。这些太太们觉得他又风流又文雅，是一个理想的情郎。卢杰斯特温斯基还把他当作一个宫廷诗人，让他记述第二太平洋舰队及其司令官的光荣业绩。因为谢苗诺夫是一个心地很坏的人，他时常利用中将对他的宠爱而陷害舰队里各个舰长和别的官员们。

参谋部里还有费利波夫斯基上校和轮机长波利托夫斯基。库罗什中校早在喀琅施塔得时就被除名了。

在参谋部全体将校中，唯一突出的人物是超凡炮术家斯文托尔热茨基上尉，他身体强壮、肥胖，圆面孔，黑唇髭，短头发，一个性格坚毅的人。这一点，当我们听到他在确信了自己的立场之后那清楚、简明和确定的语气就可以感觉到。虽然他庄重，有主见，但从不自以为是。他时常回避谢苗诺夫和列昂季耶夫这一类军官，简直不和他们谈话。他直接的上司克拉比尔-德-科隆很愿意实行他的建议，就是卢杰斯特温斯基这个性情暴戾的人也不敢随便斥责他。

"那么，中将本人又怎么样呢？"当我们在甲板上踱步时，我这样问乌斯季诺夫。

"他自己闯了祸，却生全世界的气。"我的朋友回答，"只有谢苗诺夫和斯文托尔热茨基敢于对他说一句话，别的人见了他就发抖，就像窃贼见了警察一样。他对待他们比坏透了的主人对待奴仆还要坏。在这一点上，舰长的遭遇跟别的军官们比起来也不见得好到哪里。当卢杰斯特温斯基走上甲板来，好像他是一条毒蛇似的，所有的人全都避开他。就是那些信号兵在值勤的时候，也害怕同他讲话。我想这老魔鬼是发狂啦，前一天他还用望远镜敲了他们中一个人的头，害得那可怜的家伙给送到医院去。"

我回到"奥里约"号来时，我感谢我的好运气，它好在不是旗舰啊！

十月十九日清早，第一战舰战队和运输船"阿纳都尔"号起碇，离开维哥。我们驶出海湾的时候，西班牙一艘小军舰护送我们。那舰上的水兵一边喊着"再会"，一边挥着他们的帽子。一到外海，舰队排成两列纵阵，向丹吉尔驶去。

四艘早就停泊在邻近港口的英国巡洋舰追赶我们来了。在二十四小时内，它们增加到十艘，而且行动更具挑衅性。夜里，它们停在我们近旁，相距只有二三链。隔天，它们又在离我们相距两海里的后方，但没有定规，有时提高速度，打我们的左舷或右舷驶过去，走在我们的前头，有时又分散开来包围我们，像护送一批战利品一样。准尉沃罗别伊奇克看见这些英国军舰，就气愤地喊起来：

"这样对待我们多么可恶！盯着我们，好像我们是囚犯似的，真是无礼透顶！"

我自己想，卢杰斯特温斯基这回一定窘得够呛。

我们的大炮上了炮弹，人们也不断警惕地守望着，夜间还常常发出警报，举行防火演习等等。

直到我们看见非洲的海岸时,这些英国驱逐舰才离开我们,往直布罗陀驶去。

三

十月二十一日下午三时左右,我们在直布罗陀海峡南岸的丹吉尔抛锚。我们舰队的大部分在这里会合,它们早在四天前就到港了。驱逐舰则已护送一些运输船驶往阿尔及尔去。在碇泊地,除我们外,还有两艘法国巡洋舰和一艘英国巡洋舰。丹吉尔亲热地接待我们,因为它是法属殖民地摩洛哥的管辖地,它表示我们要停留多久就可以停留多久。亲日的英国虽曾抗议,但终于无效。

在"奥里约"号到达的当天晚上,战舰"西梭·维里基"号和"纳瓦林"号,还有巡洋舰"斯维特朗纳"号、"珍珠"号、"金刚钻"号等,在费尔克让少将的统率下,朝东向地中海驶去。这支战队要通过苏伊士运河驶往马达加斯加,第二太平洋舰队在我们这儿的一部分绕过了好望角之后,就在那里会合。现在还在俄国装配的"奥列格"号、"瑶玉"号、"斯摩棱斯克"号、"彼得堡"号、"捷列克"号、"顿河"号、"乌拉尔"号以及许多驱逐舰,也预定要在马达加斯加与我们会合。

把麾下的舰队分散开来,卢杰斯特温斯基这个战术是聪明的吗?

我们的军官对此有两种意见:有些认为把舰队分散是错误的,因为日本方面可能会派出一支足以击沉费克尔让战队的远征舰队来,从而迫使我们剩下的舰队返回俄国;另一些人则坚持敌人不会冒险驶到离他们根据地那么遥远的印度洋来。不用说,没有一个人能够弄清楚司令官的意图。

曾经虚报敌情给舰队带来了恐慌的工厂船"堪察加"号,现在还是完好无损地停在我们的舰队前面。从它的水兵和技工那里,我们才晓得在十月九日那天晚上，他们也和其他各舰一样狼狈。它的炮手对"敌军"发出了三百发炮弹。他们还告诉我们说，费尔克让少将和他的战队那天晚上早已从多格尔沙洲的渔船旁边驶过。当探照灯射向这些渔船时，他已认出来，所以一点也没有打扰它们。

在丹吉尔，我们增加了两艘船：一艘是另一条"奥里约"号，它是医院船，漆成白色，在它的两支烟囱两边，刷着两个巨大的红十字；另一艘是法国船"希望"号，作为冷藏船，装满冻肉。

在丹吉尔装煤是在艰苦的条件下完成的，因为遇到风暴的天气，二十三日旗舰发令起碇。我们下一次的碇泊港，如我后来所知的，是达喀尔，西非法属殖民地塞内加尔的首都。

四

我们在渺茫的海洋上航行，舰队排成两支纵队，外表十分壮观。战舰"奥里约"号是由旗舰前导的右纵队的第四号舰，另一艘医院船"奥里约"号驶在我们后边。这医院船除了医生外，还有许多志愿来看护的高贵的妇女们。水兵们所梦想的，就是有一天会被送到这只船上去，他们把它当作休息的天堂和海上的皇宫。

在海上，我们没有见到别的船只，只有还在监视我们的那些英国巡洋舰，它们时时在地平线上出现，等到我们到了加内里群岛之后，它们又不见了。

舰队过了北回归线（夏至线），出现了酷热的、灰蒙蒙的天，蒸汽浴似的空气。我们的衣服全给湿透了，淋浴的设备在甲板上安装起来。

轮机师瓦西里耶夫继续借书给我，大多是描写被奴役者、被压迫者为改变自己的境遇而斗争的书，像乔万尼奥里所著的《斯巴达克》的俄译本之类。这本书我早就读过，但很高兴再读一遍。我绞尽脑汁，想找

出他把这一类文学书籍借给我的原因。最后,当他把一本描写法国革命时向马赛进军的书借给我的时候,我大胆地说:

"阁下,这一本我已读过了。"

他温和地回答我,开始用"你"代替"您",把我当作平辈了。

"这么好的一本书再读一遍,对你没有坏处。还有,你的朋友中也许会有人高兴读它。"

看来,瓦西里耶夫在接近下级水兵时有他自己特殊的一套办法,这办法一定对别的革命者使用过。可是他是一个佩着肩章的军官,他的态度使我感到困窘,在我的内心深处潜伏着一种怀疑的感情。

突然,他问我:

"你坐过牢吗?"

我不情愿地回答:"坐过的,阁下。"

"是政治犯?"

"当然。"

瓦西里耶夫亲切地注视着我,我却直瞪着他问道:

"军官中有人这样告诉过您吗,阁下?"

他点了点头。

"这军官觉得我怎样呢?"

"说你是一个好人。无论如何,他不是一个顽固的保守派,他还认为,你的被捕是被人牵连的。"

"啊,我听了真高兴!我猜想在我的同伴中,有人已奉命在监视我,这事情一直使我苦恼。"

"那么,你最好是提高警惕,要是人家设下圈套,你可不要瞎撞进去。"

当我离开瓦西里耶夫那里的时候,我心里感到十分宽慰,因为现在我确信那个知道我的来历的官员真正同情我。

在离开丹吉尔后的第六天,轮机的转动慢了下来,我猜想舰已靠港,但要明天早上才能进港。夜里,我和水手长沃耶沃金一起凭着栏杆眺望舰首破浪前进的那磷光一样的浪头。舰上木工西涅利尼科夫正站在我们旁边。

"真是黑得可怕呀!"他说,声音沙哑又难听,像他平日一样。

"嗯,很——黑。"我微笑着表示同意。

他是一个强壮的人,有一张长脸,眼睛突出,有两撇稀疏的、剪短的唇髭。我确信他早已怀疑我了,他总是找我谈话。他说他很想知道我们是为了什么而战的,或者是在已迫近的这场战争中,哪一边会占上风。有时,他要我大声念书给他听。我早就提防他,因为他一边责骂长官们的不公和专横,一边又喜欢对年轻的水兵使用拳头。

别的舰开始亮出红白两色的信号灯,它正朝我们闪烁着。

"我们的舰队为什么缓下来?那些信号说些什么?"西涅利尼科夫对我说。

"最好还是问当值的长官们吧。"我冷冷地回答。

"不敢高攀——我地位太低。究竟那些红白信号灯是什么意思?得,算了吧,与我不相干,我看累了。"

他理也不理我们走开了。

水手长沃耶沃金评论他:

"我不喜欢西涅利尼科夫这家伙,一点也不喜欢。"

"为什么呢?"

"这家伙多嘴,我听说,不久他要升为水手长了。"

我本来很想再打听一些有关西涅利尼科夫的消息,可是沃耶沃金打断我的话头,说:

"是睡觉的时候了,晚安!"

从水手长给我的印象来看,他好像知道我的事情,还警告我要提防西涅利尼科夫。

隔天早上我们已经近岸了。虽然除一条狭长的、为大西洋的巨浪所冲击的海岸线外,我们一无所见,但是在长久的远航之后,这总是令人愉快的景色。我们马上就要驶过非洲极西点的佛得角,一绕过它,小城达喀尔就在望了。白房子掩映在棕树和夹竹桃中,十一艘德国煤船正在那里等着我们,还有早已赶在舰队前头的冷藏船"希望"号和由布雷斯特开来的拖船"罗斯"号。在"奥里约"号和其他同类型战舰的煤舱里,都剩下四百吨煤,但是中将还命令我们各舰再装载一千七百吨。我们煤舱的总容量只有一千一百吨。这就是说,每舰除了煤舱所能容纳的外,还要多装一千吨,这些全要按照参谋部的指令堆在舰上指定的各个地方。我们的第一副舰长西多罗夫一听到这些,就扒着灰白胡子,嚷嚷道:

"天晓得,我们该怎么办?我从来没听说过这么回事,舰上要多堆一千吨煤。这叫我怎样保持舰上的清洁呢?"斯拉温斯基大尉,一个文静的人,低声地回答说:

"装煤的狂热病已经出现了,阁下。我似乎觉得,往后还要更厉害哩。"

法国地方当局开始允许我们在当地添煤,后来给英国和日本的抗议吓慌了,又收回成命。他们说在巴黎来电批准之前,不准动手。但卢杰斯特温斯基不管他们,自作主张,要我们立即装煤。我们分两班干这苦活,这是我们在热带第一次添煤。即使在夜里,温度还是在摄氏二十度以上,白天就活像在炉子里干活一样。在煤船的货舱里和在战舰的煤舱里干活的人们,全都赤着身子。为了避免被煤灰窒息,有人嘴里咬着棉花,有人用布条扎住嘴巴和鼻孔。我们这样干了三十六个小时。有几个人累倒了,随即让他们去休息,一苏醒过来,又马上干起活来。还有几个人中暑,幸好没有人丧命。

最后禁止俄国舰队在法属殖民地领海内添煤的电报来了,但来得太晚,我们所有各舰早已将派定的燃料装上了军舰。不仅煤舱堆得满满的,而且从舰首到舰尾,在各层甲板上,在每个可用的角落都堆上了煤。

各舰尽可能进行洗刷，可是不见得怎样干净。接着，当水兵们短暂的休息之后，舰队又出海了。

五

我们各舰像一群无家可归的流浪汉一样，没有人愿意庇护我们，就是法国也把我们当作一门破落的亲戚。因为除了"多格尔沙洲事件"（这主要牵涉到英国）之外，俄国在远东还先后吃了好几次败仗。世界各国早已得出这样的结论：有着一亿五千万人口的偌大的俄罗斯帝国，其实只是一个草包。此外，卢杰斯特温斯基又没有运用外交手段使我们的航行方便一点，这就更增加了我们现在处境的困难。要是在我们的航程中连一个得以添煤和补充给养的港口都没有，我们怎样续航下去呢？

在离开达喀尔之后，我们向法属加蓬的海岸驶去，这地方差不多是在赤道线上。天气良好，但因各舰不是这艘就是那艘发生故障，我们接连耽搁下来。当修理的时候，舰队其余各舰全都停顿下来，或者只以每小时五至六海里的极慢的速度前进。

由于天气酷热，水兵们疲惫不堪，从各处堆积着的煤刮来的煤灰也使得他们恶心。司炉还要苦，脸色苍白，身子消瘦，叫人不晓得他们怎能熬下去。纪律松弛了，惩罚不起作用，在禁闭室关上几天，被认为是得到几天的休息。

有些官员知道这种情况，不再那么严厉地去驱使水兵们。准尉沃罗别伊奇克却是例外，无论怎样，他总要摆出一副暴君的架势。有一天，我亲眼看见一个极不愉快的场面。在上甲板上，正在分发每人一小杯甜酒。水兵们和司炉在酒桶后面排成一行，这时候，沃罗别伊奇克从舰桥上走下来，从长队旁走过，无缘无故地举手打了轮机兵施密特这个世上最安分、最老实的人一拳。

"这是为什么呀，老爷?"惊讶的施密特问。

"没有什么，我看中你。要是一拳还不称心，就再给你一拳!"准尉一面狞笑，一面再给轮机兵一拳。

接着，沃罗别伊奇克从记事簿上撕下一页来，写了一张要两杯伏特加，酒账由他付的条子，交给了施密特。

那个老实人再也不敢开口，可是司炉巴克拉诺夫，一个大胆的人，这时候响亮地说:

"喂，弟兄们，我真爱自己的栗色骟马，我鞭打它，让它挽着重载，它全不介意，就是累得直喘气了，还是照样干。"准尉整了整他的眼镜，抬起头来，说:

"混蛋，你说什么?"

巴克拉诺夫握紧拳头，跨前一步，回答道:

"说我的栗色骟马!阁下。"

两个人互相虎视了一阵，最后移开视线的是那个准尉。穿着洁白的制服、缀着发亮的肩章的他，不敢面对这个身体健壮，衣着肮脏，敞开着胸部、露出毛茸茸的胸膛的火夫。巴克拉诺夫至少有二百二十磅，他的眼睛里燃着愤怒的火焰。

旁观的人屏息着，不晓得会发生什么事情。结果，沃罗别伊奇克畏怯了，慌忙跑到后甲板去。在他背后响起了水兵们的嘲笑声:

"我说，他忙得很哩!"

"是的，他怕菜汤凉了!"

根据卢杰斯特温斯基的命令，在这段航程中，每天举行操舵演习，就是假定舰桥上舵轮正常的控驶装置坏了，另用补充的方法操纵舵轮演习。根据事实来看，这是一个聪明的预防措施。可是从当前的情况来看，由于缺乏经验，结果非常糟糕。各舰像醉汉一样，从一边撞到另一边。有一次，旗舰"苏沃洛夫"号差一点撞上"奥里约"号。当时旗舰上的混乱场面是可想而知的。

　　有时，舰队决定排成阵形前进。由于缺乏训练，又因为舰队各舰的种类过于复杂，这些演习都进行得很糟。旗舰为此时常向犯有过错的军舰的舰长发出信号："你不懂怎样操纵自己的舰。"这样，那些犯有过错的军舰就奉命驶出战线，像受罚在屋角站立的小孩子一样，在"苏沃洛夫"号的右舷驶行四五个钟头。"鲍罗丁诺"号和"奥里约"号受到的惩罚特别多。

　　这是我们快要驶到几内亚湾时候的事。几天后，我们便将到达加蓬了。

　　我常常跟轮机师瓦西里耶夫亲切交谈，向他借书。那时候，这很自然，我特别喜欢海战的故事。

　　除了瓦西里耶夫外，还有一个我很喜欢的长官，就是年轻的炮术分队长吉尔斯。他身材高大、精神饱满，有一双灰色的大眼睛和一部褐色的长胡子，他在各方面都富有活力。虽然他是一个严格的教官，但到底是一个善良的和胜任的长官。在勤务以外的时间，他和水兵们自由攀谈，我从他那里可以借到许多关于各种海上生活的，特别是关于海战的书。

　　我还跟信号手们畅谈，由于干这一行，他们对舰队的事情知道得十分清楚。

　　十一月十三日晚上，我们在加蓬江口南面的公海上抛锚。这地方离岸四海里，离利伯维尔——法属赤道非洲的都城二十海里。

　　两天后，我们等待的德国煤船驶到了，该诅咒的装煤工作又开始了。我们是在法国管辖的境地外面，可是当地的执政者还命令我们移到另一个更偏僻的海湾去。卢杰斯特温斯基中将公然不理会他们的恫吓，坚持在这里继续装煤。

　　六个星期前，在我们停泊的这地方的岸上森林里，吃人的黑人曾杀死和吃了四个法国的猎象者。这个新闻给我们的水兵一个极深刻的印象,他们不断地注视着对岸,仿佛会见到这些可怕的野蛮人。

六

十一月十八日晚上,舰队继续航行。我们现在是航行在南大西洋了,下一次我们的停泊地在什么地方,"奥里约"号上的人都不知道。

当我们停泊在加蓬江口时,曾发生许多值得注意的事件。

工厂船"堪察加"号上曾发生纠纷,非军职的工人和海军的工兵打起架来。在运输船上也是一样,那里的船员有的不是水兵,有些伙夫拒绝烧炉子。在类似的环境里,这样的骚乱是很容易再次发生的。

其次,还有巡洋舰"德米特里·顿斯科依"号的事件。本来,旗舰曾发出命令,规定舰队各舰之间的交通入夜后一律暂时停止,但某个夜里十时,探照灯发现海上有它本舰的一只小艇。旗舰马上发令,判该舰当值官员禁闭三天。可是在这个夜里,凌晨两点的时候,另一只乘着"三个放荡的军官"维谢拉戈中尉、瓦尔扎尔准尉和谢利特连尼科夫准尉(按照当天一百五十八号命令所说的)的小艇又出现在海上了。后来我们才晓得,他们是在送一个来看望他们的护士回医院船"奥里约"号去时被捕的。没有进一步追究,这三个青年都被遣送回国受军事法庭的审讯。该巡洋舰的舰长列别杰夫上校也受到很严厉的斥责。

十一月十六日卢杰斯特温斯基曾发出当天第一百五十九号命令,督促我们牢记旅顺口第一太平洋舰队的不幸遭遇,并宣布现在军队誓以鲜血来洗刷舰队失败的耻辱。

命令接着这样说:

"像第一太平洋舰队一样,第二太平洋舰队也有可能把事情弄糟。

"昨天,一级巡洋舰'德米特里·顿斯科依'号就提供了一个最深刻的军纪败坏的例证,明天我们也许会再发生同样的事情。

"我们难道不应该从过去的事件中吸取教训吗?

"'德米特里·顿斯科依'号将受恩奎斯特少将的直接监督。我已嘱咐少将采取各种必要的手段,制止正在蔓延的道德败坏现象。"

这命令的发出激怒了我们的军官。轮机师瓦西里耶夫告诉我,军官们在餐厅里的议论,如果卢杰斯特温斯基听到了脸一定要变色的。

"他责骂我们的正是他自己挺高兴干的!"

"他把舰队涣散的责任全部推给我们!"

"还有呢,关于旅顺口舰队的话真是瞎说。你认为他做得比他们强吗?"

"只有卢杰斯特温斯基才那么不要脸地用那种态度来谈论自己的同僚们!"

离开加蓬五天之后,我们在葡萄牙属地安哥拉南部的大渔港抛锚。虽然一艘葡萄牙炮舰的司令官提出了形式上的抗议,我们还是继续装煤,然后向德国在西南非洲的殖民地安哥拉的本格拉港口城市驶去。我们经过南回归线(冬至线)驶进南温带了。太阳高高地照耀着,阳光还是非常强烈,但热气因南方吹来的冷空气而减退了,觉得较为凉爽。天气是多变的,时而微风吹拂,时而大雨滂沱。旗舰不断地扬起叫各舰舰长心烦的旗号。卢杰斯特温斯基的神经显然过敏,就在离开加蓬的时候,他曾经通知"堪察加"号:

"在你们起碇时,如果起锚机再出故障,你舰机械师将降级并调到战舰上去。"

接着,扬起另一旗号:

"已通知了九次而没有得到答复,判当值长官禁闭九天。"

又通知"纳西莫夫"号:

"已通知四次而没有得到答复,判当值长官禁闭四天。"

在日本舰队中也发生了同样的混乱吗?这是我们的水兵很想知道的。

七

十一月二十八日拂晓,我们看见了那些围绕着本格拉海湾的小山,但雾气浓重,很难认清我们的正确位置。一阵阵冷风从南面吹来,浓雾遮没了海岸。本来最好是派些吃水较浅的驱逐舰去勘察这个多岩石的海港,无论如何,这港湾不能使我们避免风浪的袭击。

倒霉的是"奥里约"号。正在它要抛锚的时候,机器突然发生故障,但那一万五千吨的巨大舰体仍在继续前进,因此折断了右舷的锚链。舰桥上骚动起来,杨格舰长害怕上级的责备,大声叱道:

"倒车!停止!放下左舷的锚!"

沉在海底什么地方的右舷的锚已拖走了四十五沙绳[1]的锚链了。

我们的舰长虽然是一个很称职的海员,但是跟所有的官兵一样,还不晓得怎样去驾驭新式的战舰。

这海港的当局热诚地欢迎我们。显然,德国对英国和日本舆论的指责毫不介意。

因为海港狭小,不能充分容纳我们,运输船和巡洋舰都不得不停泊在港外,与狂风和暴雨搏斗。他们很苦,因为风暴一连刮了三天,妨碍了装煤和补充给养。最后,海浪终于平静了,我们才比较方便地完成了自己的工作。每艘战舰都剩下一千四百吨煤,但我们还添了九百吨,因为怕在开普敦与英国发生冲突,中将决定不停歇地绕过好望角,直驶马达加斯加,因此粮食和煤都该准备充足。

当我们在木格拉的时候,运输船"高丽"号上有一个水手发狂了。"奥里约"号上的一个少尉也害了同样的病。他是一个四十岁的人,谁都以为他是一个硬汉,因为他在海上度过了自己大半辈子的生活。他从

---

[1] 旧俄的长度单位,等于2.134米。——译者

小就在外国商船上当一名出色的水手,以后就一径擢升为一艘帆船的船长。在成为俄国海军军官之前,他早已遍历各个大洋,大家都以为扣着铁锁、哭丧着脸、像现在这个样子的人,最后一个才会轮到他。现在他变得老实、胡言乱语了,有时骂人,有时号哭,经常反复地喊:

"日本舰队在等着我们,我们全都要淹死!我们全都要淹死!我们全都要淹死啊!"

他的脸色是苍白的,口角冒着白沫,两眼现出恐惧的神情,好像真的看见了他所预言的灾难一样。我们不能把他送到医院船"奥里约"号上去,因为它已开到开普敦去,准备在马达加斯加与我们会合。在一个男护士的照顾下,他给禁在自己的小舱房里。他的狂呓和关于灾难的预言,走近禁闭室的人全都听见。这狂人的出现,使水兵们极度沮丧。

在航海中,我有充分的机会去观察和反映俄国舰队军官中间出现的深刻的裂痕——那引起不幸的后果的裂痕。如我前面说过的,较老的军官,即海军将领和舰长这类人差不多都是在旧制度下训练出来的,那时候,我们的海军尽是帆船,或只有辅助的蒸汽机的帆船。他们全不晓得、也不愿意采用机械方面的和电气方面的新发明,而这些新发明已完全改变了海上的战争。日本,这个比俄罗斯开明得多的民族已经那么热心地、那么聪明地加以采用了。另一方面,年轻的俄罗斯人都是新派的人物,但海军的顽固的传统,使得他们处于受束缚的地位。我常常跟我的朋友瓦西里耶夫——我已有资格可以这么说,因为他虽然是一个长官,现在私交上他已把我当作平辈了——讨论这个问题了。

在离开安哥拉的本格拉市之后第二天,虽然吹着微风,海浪却很汹涌,大概是前一两天刚刮过暴风。那晚过了之后,大气依然不变,为了航行较为稳妥起见,我们把航线再改西几度。

十二月六日是圣尼古拉节,沙皇的命名日,因此每舰都有宴会,还放礼炮庆祝。

饭后，我站在左舷六英寸炮塔旁边，注视着遥远的海岸线。我们已驶过了有十万以上人口的开普敦了。我们看不见这城市，却看到了海拔一千米的斯托洛瓦亚山。再南一点，便是大西洋和印度洋分界的好望角。现在这整个地区都是英国的属地，但我不禁想起，在四个多世纪以前，就是一四八七年，这地方已经被葡萄牙航海家巴尔托洛米耶·狄亚泽以他的国王的名义占领了。这么巨大的舰队从这里经过，还是有史以来第一次。

我没有注意到第一副舰长西多罗夫已走到甲板上来，并且站在我的旁边。

"早安，军需兵诺维科夫。"

"早安，阁下。"

"你喜欢非洲吗？"

"还算喜欢，阁下。"

他严厉地注视着我，带着颇为敌视的表情。显然，他已经从那个作为探子的水手长口里听到了于我不利的汇报，但是这么小的事情是不会难住我的。

舰队绕过了好望角，驶进印度洋了。我们冒着一场可怕的风暴将临的危险，朝东北驶往马达加斯加。

第三章

马达加斯加

一

十二月十六日黎明的时候,我们看见了马达加斯加的海岸。我们的舰队不是驶往非洲大陆与马达加斯加之间的莫桑比克海峡,而是朝着马达加斯加东海岸驶去。海上风平浪静,我们望着朝阳,心情愉快。这个岛屿也许本来是火山,也许是古时从非洲大陆分离开来的,被法国完全占领还是不久以前的事。它的整个面积超过法国,它是这样巨大,使得邻近海岛的居民都叫它"唐蒂比",意思就是"大陆"。我们沿着和圣马里岛相对峙的海岸往北走了好久,但并没有驶进法国的领海,因为这海峡宽逾十海里。

"奥里约"号的军官和士兵聚集在甲板上,眺望着这新的景色。在炎热的太阳底下,山脉清晰可见,各山的斜坡为热带的森林所覆盖。圣马里岛上欧洲侨民的白色建筑物,像惹人注目的斑点一样掩映在绿荫丛中,这是一幅十分静穆的景色,唯一活动的只是几只本地的小船。

我们喜悦地注视着这一切,但是不久,这欢乐便被忧郁所代替。我们向地平线上凝望,想发现别的舰只的黑烟或是熟悉的费尔克让舰队,然而都是徒劳,就是医院船"奥里约"号和护卫它的巡洋舰也看不见。港里另两艘先到的,是等着我们的德国运煤船。

下午四点,医院船"奥里约"号从开普敦驶来了,虽然带来了不幸的消息,但它的安全到达,也是一件令人愉快的事。我们有一位官员到旗舰"苏沃洛夫"号去报告,不久便把不幸的消息带回我们的"奥里约"号来。水兵们竖起耳朵,纷纷跑到他们平素对其有好感的军官那里去打听消息,我也上瓦西里耶夫那里去了。

"谣言在全舰传开了……"我开始说。

他平素是一个沉着、但不是冷淡的人,现在也极其兴奋起来,打断了我的话头。

"我相信你对这件事感兴趣。不幸,那是事实,没有什么怀疑的余地。旅顺口的俄国舰队全军覆没了。日本人在占据了旅顺口制高点的炮台之后,使用重炮轰沉了它。我们是派去增援第一太平洋舰队的,但只走了到远东去的一半路,它便给消灭了。圣彼得堡的那些战略家们全估计错了。现在我们只好把自己当作一支独立的舰队,任务就是消灭敌军,成为日本海的主人。我们将有的机会,就像公鸡在和凶猛的鹰搏斗时所有的机会一样。日本人已经显示了那么惊人的效率……"

我听了非常沮丧。整个战舰处在这种状态之中,活像一个墓场,没有一个人欢笑。军官们继续发出必要的命令,士兵们阴郁地服从命令。他们的脸孔、他们的姿态、他们的声音,使得每个人都认为这船必遭灭亡,仿佛大家突然知道舰上出现了瘟疫。

从那天起,舰队的精神状况完全改变了。

自此之后,司令官的想法一定是把他舰队各个分散的战队再结合起来。费尔克让战队遇到了什么呢?在这个被选作海军集合地点的、遥远而又野蛮的地方，是很难得到信息的。在这个被称为法国的库页岛，作为流放地的"鬼岛"的圣马里岛，它和外界没有电讯联系。因此，第二天，卢杰斯特温斯基派拖轮"罗斯"号驶到我们停泊地南面七海里塔马塔夫去发电报。

同时，我们开始装煤。因为煤船只有两艘，各舰不能同时一起装。煤船最先靠拢运输船"高丽"号和我们的"奥里约"号。在军官的餐室里，这件事引起怨言来了。

"我想我们代表着舰队最后的希望吧？"

"啊，不，中将发狂啦！他不喜欢我们这战舰，要咱们吃苦头。"

午饭后，"玛利亚"号驶来了。每个人惊讶地注视着它，好像它是从海底打捞起来、重新加入舰队一样。后来我们才晓得，它的蒸汽管在风暴中损坏了，为了维修，耽搁了。

得到中将的命令，舰队全体进行轮机修理工作。傍晚，各个无线电台收到了从两个不同距离的电台发来的电报。这使我们感到很兴奋，因为这是在风暴之后收到的第一批电报。

十二月十八日将近中午时，"罗斯"号转回来了。它带回海军部发来的重要消息，但我是在几天后遇到自己的朋友乌斯季诺夫——他是旗舰上的文书——的时候，方才听到的。第二太平洋舰队的处境现在是极其危险的。

按照原来的计划，我们本来要在马达加斯加极北面的迪耶果-苏瓦雷斯——一个有陆军兵站和坚强炮垒的军港——与费尔克让少将的战队会师的。费尔克让战队还要在那里装煤。但是法国当局在英国和日本的压力下，不准费尔克让战队进港，另给它一个很不适当的地点。于是战队被迫转到西面，驶到莫桑比克海峡来，十二月十五日起在诺西-伯海湾寄碇。

卢杰斯特温斯基的计划被破坏了，我们的舰队还是不能会合。

舰队流传这样的谣言，说是有两艘敌方巡洋舰潜伏在莫桑比克海峡，还有一个相当强大的日本舰队，在十二月六日已驶过新加坡，正朝南驶到印度洋来。现在它们可能已接近马达加斯加。这些谣言从旗舰泄漏出来，可是据乌斯季诺夫说，这是来自俄国海军部的电报。

在"奥里约"号上，我们失望的情绪不断增长。当几艘英国军舰在海口出现时，水兵们的心情是可想而知的。

入夜，我们停止修理工作，熄灭灯火，把整夜工夫花在侦察上。

强劲的东南风刮起来了，风雨交加，迫使我们停止补充给养和装煤的工作。在这种天气里，锚地的风浪险恶，所以我们转移到较为平静的唐唐湾，那儿有一个很长的沙坝，可作为天然的防波堤。

"奥里约"号的全体人员越来越沮丧了。他们认为派遣我们这支舰队到远东去的计划，不过是当局在发疯的时候决定的。他们对人命和舰只难免要遭到的损失无动于衷。这种情绪在士兵们中间广为传播，使得军纪荡然无存。一个上尉在咒骂一个水兵时，会受到同样的回敬。平时，触犯上级的人是会挨打的，但是为了怕引起叛乱，上尉只好把这件事报告第一副舰长西多罗夫，而他也还是不给予处罚。

不久之后，我们从"哈尔桑"号上装煤。负责管理一个组的奥西普·费多洛夫完工之后，正要跑回自己的地方去休息。西多罗夫看见了，就阻止他，叱道："喂，你要上哪儿去？"

"休息啊，阁下，我已经累了。"

"谁说'休息'？谁发的命令？"

"我自己发的！"

第一副舰长怔了好一会儿，接着就抓住他的肩膀，大声喊道："混蛋，你晓不晓得我会怎样对待你开的这个玩笑？"费多洛大脸涨得通红，他用血红的眼睛（他喝了许多酒）虎视着他的长官，说："我不怕你，阁下！我现在什么也不怕了！我们不久都要死掉，你也会跟别人一样淹死的，咱俩都要完了。日本人要赶我们每一个人到地狱去！要是你拔出手枪，在我头上开一枪，我毫不介意。告诉你，我活够了！"

西多罗夫一边走开去,一边说:"你高兴死就去死吧,对我来说都一样。"这一回,顶撞仍然没有受到惩罚。

二

我们在圣诞节前一天的早上拔锚,循马达加斯加海岸往北驶去。天气晴和,但我们并没有感到愉快。"罗斯"号从塔马塔夫回来后,我们便知道旅顺口已经陷落。这个花费了几百万卢布、驻扎了四万多士兵、堆藏着许多大炮和军火的要塞,并没有坚决抵抗就落入日本人手中。这就是在遥远的国度里继续了十个月的战争的结局。这场战争我们是不需要的,但俄国士兵的鲜血却浇灌着当地的每一寸土地。因为盲目地遵从圣彼得堡的命令,士兵们牺牲了自己的生命。

第一太平洋舰队的毁灭和旅顺口的陷落不只动摇了士兵们(差不多没有例外)的作战信心,就是军官们也是一样。后者已丧失了俄国军队不可战胜的信念。他们有些开始讥讽地和我们谈起在远东的战斗力,另一些人则彼此谈论各种事件,毫不客气地挖苦那些国家的"救世主"。

晌午时分,我们碰见了两艘驱逐舰"迷惑"号、"毅勇"号和巡洋舰"斯维特朗纳"号,这些都属于费尔克让少将的战队。一看见它们,我们全像小孩一样乐了起来,因为整个舰队又快要会合了。这样,我们各舰停了下来,"斯维特朗纳"号派出一只小艇载一个长官到旗舰去。驱逐舰"毅勇"号因轮机出了故障,每小时只能行七海里,因此"罗斯"号拖船拖着它。舰队接着就起航了。

第二天是圣诞节,各舰都挂起了旗帜。在半小时内,各舰停机,我们都在广阔的海面上漂荡着。这时候,我们离开迪耶果-苏瓦雷斯约三十海里,我们整个早上都停在那儿,以后召集起来做了弥撒。

弥撒做完后,太阳正在中天,礼炮响了,各舰的烟囱冒出了阵阵黑烟。

"无论如何,这倒大大吓慌了鱼儿!"当各舰重新起航的时候,士兵们这样说。

那一天,在军官的餐室里酒随便喝,许多人比平时喝得多。一个准尉酒后不能控制自己,用哭泣的声调叫嚷:

"他们是赶咱们上各各他[1]去啊!可是如果我不愿给钉上呢,该怎么办?难道要拖着我上十字架去吗?"

许多军官想阻止他,可是他不听劝告,继续说:

"这还是我入伍的头一年,我还是个小孩,被迫我参加这腐败的舰队。我们看见那些将领们做的好事,他们全像吐绶鸡那样愚蠢和骄傲,跟着他们永远不会得救的,我们的生命跟垃圾一样不值钱啊!"

傍晚,舰队航行速度放慢,时速为六海里,因为"奥里约"号的蒸汽管出了故障。我们另派巡洋舰"斯维特朗纳"号开足马力往前驶,把我们的到来通知费尔克让少将。

在水平线上,烟雾隐约可见。不久,"鲍罗丁诺"号用旗号通知说:它的瞭望哨看见了四艘大型战舰。不幸,我们没有轻型巡洋舰可以派去侦察和调查这四艘舰的国籍。过一会儿,其中三艘驶到一边,在黑暗中消失不见了,只有第四艘还时时现出灯光。稍后,这最后一艘也同样在黑暗中消失了。那时天未黑透,晚霞将尽,在没有月亮的高空,使人怀念的星星静静地眨着眼睛。我们都坐立不安,怕有袭击,军官和水兵改在大炮旁边睡觉。

我们的恐惧是没有根据的。第二天早上我们便到了诺西-伯。"诺西-伯"本是"大岛"的意思,由它同许多较小的岛屿形成了一个良好的停泊地。这停泊地东面是圆锥形的诺西-康巴山,东南面是一个名叫安加波卡的马达加斯加半岛,西面是一系列的礁脉,挡住了来自各方面

---

[1]《圣经》故事称,各各他是耶稣被钉上十字架的地方。——译者

的海风。它可以容纳好几个舰队停泊。

我们舰上那些曾到过地中海的人说，这停泊地的美丽可以和那不勒斯湾媲美。从东面，我们可以看见在热带植物的围绕中，欧洲侨民的白色房子点缀在用红泥建造的土著的肮脏的茅屋中间。那小城叫赫尔威勒，是用来纪念一八四一年在这个岛上升起法国国旗的海军将领赫尔的。最后，我们便看到那些在丹吉尔与我们分手的军舰，它们正停泊在海湾的深处。这海湾，有林木密布的、高耸的群山俯瞰着它。那儿还有恩奎斯特少将战队所属的各艘巡洋舰，它们混杂在煤船、运输船和俄国志愿舰队的船只中间。

一只小型、快速的法国驱逐舰飘扬着"欢迎"的旗号来迎接我们，我们跟随着它驶进我们的碇泊地。卢杰斯特温斯基所乘的"苏沃洛夫"号旗舰跟在我们后面。在各旗舰上，乐队奏起乐来，铜管乐器在阳光下闪闪发光，岸上传来军乐的回声。水兵们因各舰会合，欣喜若狂，忽然大声呼喊起来。我们看起来是这样快乐，好像这个会见会永远使我们摆脱致命的威胁。

三

日子一天天过去，像锚链的链环一般，我对舰队里的生活的各个方面都感到很有兴趣。

我在费尔克让战队里的几个朋友把他们航行的经过告诉了我。他们比我们幸运得多，停泊在一些对他们比较优待的港口。自从离开丹吉尔之后，就驶进地中海，直抵克里特岛，在那儿停了十天，士兵们也准许上岸。不幸，因为他们在那里的街上过分胡闹，引起当地的报纸发表了不利于我们的评论。接着他们驶到塞得港，经过苏伊士运河，再朝南通过红海，然后又在吉布提逗留十天。在瓜达富伊角寄碇后，他们就一直驶到诺西-伯来。在装煤和补充给养方面从未遇到麻烦,当地甚至还让舰船进船坞修理。

费尔克让少将对他的士兵比卢杰斯特温斯基要宽厚得多。一驶进热带,他们便分发遮阳帽给士兵,可是我们却只好把汗湿了的衣服缠在头上来保护自己;从早上九点至下午三点船上停止干艰苦的活儿,可我们却从未得到过如此优渥的待遇;当他们待在诺西-伯的时候,水手们有充分的时间可以上岸,可是等到我们的舰队到达之后,除几个得宠的人和病号外,这些权利都被取消了。

谣传俄国已买了六艘装甲巡洋舰,现在正从南美洲开来加入我们的行列。自从第一太平洋舰队覆灭之后,有许多人都相信这种无稽之谈。费尔克让战队确实期待这些从拉丁美洲来的巡洋舰,作为舰队的一部分在马达加斯加与它们会合。然而据说,和阿根廷的谈判已经完全破裂了。不久,又传来一个更重要的消息,说是第三太平洋舰队正以最快的速度在里埠组编起来。它包括战列舰"尼古拉一世"号、装甲海防舰"辛亚文海军上将"号、"阿普拉克辛海军上将"号、"乌沙科夫海军上将"号和一级巡洋舰"弗拉基米尔·蒙诺马赫"号等。这舰队要正月中旬在尼波加托夫少将统率下出发。

水兵们听到这些消息,就挖苦起来:

"他们把波罗的海舰队里的小兵舰全都送到咱们这里来了!"

"就是它们的五倍,也还是太少啦!"

"希望这些老舰快点来吧!"

"大概,它们在半路上会沉没吧!"

虽然有许多人在嘲笑,但大部分人仍然把尼波加托大的舰队当作一支值得期望的援兵。现在主要的问题是:我们是否要停在诺西-伯等待第三舰队的到来。如果是这样,那么为什么要在我们已有了足够的煤的时候,再装那么多煤堆在舰上呢?

现在,我们吸入代替新鲜空气的煤灰已经四天了。夜晚一到来,人们便累垮了，躺倒在地，顾不上夜里的露珠，睡在煤堆上，白天他们又受到酷热的折磨。我们从未经受过这样的炎热，这样的口渴。我们喝的是通过舰上盐水蒸馏器蒸馏过的海水，暖乎乎的，叫人作呕，如果加上点柠檬酸，那味道就稍微好一点。热带的疾病开始蔓延了，疮疥使我们许多人痛苦不堪。除这些痛苦之外，我们的鞋又破了，要赤足在煤上走路是不可能的，于是发给我们草鞋。一时外表整洁的水兵，现在看起来倒像些走江湖的。

"见鬼去吧，这个国家，"他们低声埋怨道，"我们正在走上死路，可是连穿一双像样的靴子去见上帝都办不到。"

由于妇女委员会主席的好意，代替靴子的，是从耶路撒冷寄来的一些小十字架。如卢杰斯特温斯基的命令中所说，这些十字架是在圣墓前祈祷过的。我们的"奥里约"号只能分到三十一个，六个给军官，二十五个给全体水兵。

水兵们讥讽送来的这些"贵重的礼物"：

"他们在欺骗我们，说每个十字架花了一大笔钱，至少要花一个戈比。送给我们九百人的礼物，要花掉二十五戈比。"

"我们怎么分呢？"

"让我们抽签吧！"

"不行，最好还是大家挨次序挂挂吧，这样各人都能沾沾它们带来的好运道。"

三艘辅助巡洋舰"库班"号、"乌拉尔"号和"捷列克"号在诺西-伯与我们会合了。我们只等着杜普罗瓦尔斯基上校的战队，它大概已进入红海了。卢杰斯特温斯基为了这些援舰，重新把整个舰队分成两个新的战队：一个战队包括"苏沃洛夫"号、"亚历山大三世"号、"鲍罗丁诺"号和"奥里约"号；另一战队则包括"奥斯里亚比亚"号（费尔克让少将的旗舰）、"西梭·维里基"号、"纳瓦林"号和装甲巡洋舰"纳西莫夫海军上将"号。除了这些主力舰外，还有两艘名为"瑶玉"号和

"珍珠"号的巡洋舰,四艘名为"迷惑"号、"凶暴"号、"快速"号和"勇敢"号的驱逐舰。巡洋舰战队则包括"金刚钻"号(恩奎斯特少将的旗舰)、"奥列格"号、"阿芙乐尔"号和"德米特里·顿斯科依"号,辅助巡洋舰"里昂"号、"第聂伯河"号,驱逐舰为"光明"号、"纯洁"号以及"毅勇"号。巡哨舰队包括巡洋舰"斯维特朗纳"号(西因纳上校)以及辅助巡洋舰"古班"号、"捷列克"号和"乌拉尔"号三艘。其余的都作为运输船,有"基辅"号(拉德洛夫上校)、"瓦隆涅兹"号、"堪察加"号、"安纳都尔"号、"流星"号、"水星"号、"木星"号、"南斯拉夫"号、"高丽"号、"坦波夫"号、"中国"号、"弗拉基米尔"号和"罗斯"号,此外,还有医院船"奥里约"号。

如果把尼波加托夫统率下将从利巴瓦开来的第三太平洋舰队包括在内,我们的舰队就拥有五十几艘舰船了,看起来,这倒是一个惊人的战斗群体。但是其中却有许多运输船,这些都是累赘,但又是必需的,因为在我们冲过日本海的铁门驶到海参崴之前,我们是没有根据地的。

当我们和敌人遭遇时,他们实力是怎样的呢?这点我们不能预测,但我们却十分清楚,敌人是聪明的和干练的,装备一定也很完善,因为他们能够以极小的损失消灭了旅顺口的舰队。

在诺西-伯的时候,对敌人的戒备比在圣马里时要严密得多,每天有一艘巡洋舰在海外侦察,还有两艘驱逐舰在港口放哨。太阳一落,鱼雷防卫网马上放下,与岸上和各舰之间的交通全都停止。小汽艇没有得到卢杰斯特温斯基的特许,不准通行。夜里各艘战舰把那装有探照灯和小口径炮的小汽艇开到港外去。而当鱼雷防卫网撒下之后,各舰就鸣钟召集水手归位,检查炮手是否各就各位,探照灯是否准备停当。值班的炮也都上了炮弹,以备随时开炮,然后就熄灭灯火,舰队随即陷入黑暗中,只有哨兵的喊声不时打破黑夜的寂静。同时,在更远的外海,我们各哨舰的探照灯像彗星的尾巴一样,在海面上掠过。

这时候一切好像都有条不紊,对我们司令官的信心也恢复了。他晓得自己的职责，他绝不会让敌人袭击我们。

新年在阴郁的气氛中来到了，有些事情不时使我们感到人生的变幻无常。当辅助巡洋舰"乌拉尔"号做炮术演习时，一件不测的事使叶夫多基莫夫上尉受了重伤，轮机师波波夫顿时丧命。还有一个水兵因中暑死去。在"鲍罗丁诺"号上，有两个水兵因煤气中毒昏厥，还有几个因害了结核之类的病死了，因此常常举行葬礼。一艘驱逐舰靠在有死者的舰船旁边，接受了死尸之后，便向海外驶去。这时吊炮响了，军旗降下了，乐队悲恻地奏了挽歌，军官们和水兵们在甲板上列队站着。到了外海之后，死尸被抛到海里。隔天清早，通令里简单地说，某某人从某某舰船的花名册上除名了。

两艘运输船——"戈尔恰科夫亲王"号和"玛利亚"号被指定返回俄国去。而且"玛利亚"号要载着许多已不适于服役的人——罪犯、病人、发狂者和残废者——回去。

四

我们在诺西-伯收到大批邮件——书信和报纸。我们的信大半是谈私事的。军官们倒热烈地读着克拉多少校（读者大概没有忘记，他早就被"苏沃洛夫"号派到赫尔威勒去，以便在审问"多格尔沙洲事件"时得以作证）发表在《新时代》杂志上的那些文章，它已成为军官室谈话的中心，作者则被他们看作一个英雄人物。最后，有几本《新时代》杂志落到我们手里。伙伴们要我高声朗读那些文章，大家就像在做祈祷那样严肃地倾听着。下面是一段原文：

"在这次战争中（跟别的许多海战一样），制海权的极端重要性，以及我们全俄国对现在正在卢杰斯特温斯基统率下开往远东去的舰队所寄托的希望的程度，使我们对自己提出这个值得考虑的问题：在最近必定要爆发的这次海战中,我们的舰队有获胜的把握吗?为解答这个问题,我们不应怯于正视现实,而这也正是我在下面的文章中所要尽力做到的。"

作者接着就计算敌方的主要兵力,这些我们的水兵简直一无所知。日本方面有十一艘战斗力很强的军舰,就是战舰"三笠"号、"敷岛"号、"富士"号,装甲巡洋舰"盘手"号、"出云"号、"吾妻"号、"入云"号、"浅涧"号、"常盘"号、"日进"号和"春日"号。还有两艘相当旧的战舰,其中之一是"镇远"号,装有四门十四英寸口径的大炮。另外,敌方还拥有十二至十五艘一级和二级巡洋舰,全都是快速的,并装有新式的大炮。除此之外,还有十五艘炮舰。至于它们的鱼雷战队,克拉多相信至少有五十艘,其中有的是驱逐舰,其余是比较小型的。

我们能用来对抗这强有力的舰队的,有五艘最新式的战舰,即"苏沃洛夫"号、"亚历山大三世"号、"鲍罗丁诺"号、"奥里约"号和"奥斯里亚比亚"号。还有两艘旧战舰:"西梭·维里基"号和"纳瓦林"号,前者已改装新炮,后者却全是旧式的。装甲巡洋舰只有一艘,就是相当老式的"纳西莫夫海军上将"号。"奥列格"号是一艘很好的巡洋舰,但装甲不够。另外还有五艘装甲的一级和二级的巡洋舰,其中"德米特里·顿斯科依"号完全是旧式的。此外,还有十艘左右的驱逐舰。

在比较了双方舰队的战斗力之后,克拉多得出这样的结论:日本舰队以一点八比一,即将近二比一的优势强于俄国舰队。

当我读到这地方的时候,有一个人插嘴说:"很清楚,我们完了!"无疑,这句话反映了他的同伴们的共同心理。

在后甲板上的人们立刻都激动起来。

另一个声音又响起来,那是电工兵哥卢别夫在说:

"还有呢,克拉多只是把主力舰加以比较,如果再把小的军舰也算进去，我们的处境比他说的还要糟。"

司炉巴克拉诺夫接着说：

"等一等，兄弟们，还有一些应当想一想。我们的情况就像这样：卢家三兄弟和陆家三兄弟打架，起初他们势均力敌。后来，卢家三兄弟竟闯入了陆家，在那里打起来。这一回他们是大大失算了，因为陆家三兄弟还各有老婆和许多小孩。这么一来，陆家老小全都参战了，有的用棒敲，有的抓头发，有的打面孔，卢家三兄弟的情况就大大不妙了。他们是在别人的地方打架啊。如果我们的主力舰跟日本的一样强大，但我们毕竟要在日本海战胜他们。他们是在家里，我们却在遥远的海程的尽头，又没有可供修理的根据地。至于我所说的那些'老婆和孩子'，指的是日本有各种辅助船帮助……"

舵长格罗莫夫，一个高大、健壮的人插嘴说：

"这就是他们所说的'失败主义'。我想最好还是写信回家，让他们事先为我们祈祷。"

我继续读着克拉多的文章，他的论证简直是难以辩驳的。还在十一月的时候，他便已预言，旅顺口势必在我们到达之前陷落，第一太平洋舰队是无法躲避覆灭的命运的。果然，旅顺口被占领，第一太平洋舰队也已葬身海底。克拉多还估计，现在很安全地停在海参崴的巡洋舰"格罗摩波依"号和"俄罗斯"号，当我们和日本打起来时，也不可能帮多少忙，因为它们如果企图突围，无疑会被打沉。

克拉多少校的声音在我们听来，就像是敲响的警钟。

军官们的心情不见得比我们的愉快些。这里是"苏沃洛夫"号上某个少尉寄给他父亲的信中的一段话，是最近从军事档案中发现的：

"我愿克拉多再鼓一把劲，海军部早该受到这样的鞭策。但克拉多还没有把海军部毁了我们这倒霉舰队的一切错误全都揭露出来。如果我得沐上帝的鸿恩，能见到你一面的话，我将有许多出于信任和想象的事情要告诉你。"我很想跟轮机师瓦西里耶夫谈谈，自然，他早已读过

《新时代》杂志上的文章。我告诉他，克拉多的文章给水兵们以非常深刻的印象。

"他们在舰上的每个角落讨论这个问题，"我说，"在锅炉房、在轮机舱、在船舷、在鱼雷部、在前甲板……他们读着读着，直到把铅字弄得模糊不清。有一些人把那些文章抄在笔记本里。事实上，大伙的心都被打动了，他们说克拉多一定是个革命者，或者，无论如何他是一个不怕说出真话的人，当局会把他关起来的。"

瓦西里耶夫回答：

"同样，军官们也因为他有勇气而喜欢他。他已经证明了我们要战胜日本人是多么困难。检查官准许他的文章发表这个事实，恰好说明政府当局正想借助这件事，好在失败的时候推卸责任。克拉多自己表示了他是一个激烈的批评家，这很好。可是我们所期待的是更加勇敢的批评家，我们需要对我们整个社会制度的批评。克拉多告诉我们的不外是远东的日本舰队比我们的舰队强一倍，并劝告当局把波罗的海、黑海两个舰队的所有残部都调到远东去。难道多了这些增援的军舰，我们就有和日本人对抗的可能吗？一点儿也没有！克拉多没有充分估量各方面的情况，日本人是在他们自己的领海里作战的，他们有许多船坞、仓库、工厂和头等的海港等等，而我们却只有一个港口海参崴——而且要是打不过日本人，我们便休想能到达那里。另外，我们还要记住，他们有战斗的热情、令人钦佩的军纪和团结的精神，他们把全部身心都献给了这场战争，而我们却没有。你想想，水兵们沮丧到极点——他们除此之外还能有什么呢？"

"在我看来，"我说，"最好的战略就是让舰队掉头，返回老家去，政府尽快缔结和约。"

"这样的事情是不会发生的，"他反驳我说，"我们还要继续航行。由于害怕革命，政府现在是不敢退却的。"

这次谈话比克拉多的文章更令我沮丧。克拉多少校，依我看，已不是一个坚强的人物了。瓦西里耶夫注意到我是那么不愉快，便劝我说：

"高兴些，朋友，也许情况变得比你想象的还要好呢。"

接着，他转换了话题，继续说下去：

"你看见挂在那角落里的圣尼古拉圣像吗？你永远猜不出我为什么要挂它。在我们离开里维尔之前，我用一种特殊的方法装好它。圣尼古拉圣像对我有很大的用处，虽然我并不信仰尼古拉神圣的美德。他掩护着藏在他后面的小橱里的那位先知。"

他拿下那帧圣像，把它倒放在桌子上，又打开他所说的那只小橱，拿出一本马克思的《资本论》。我大吃一惊，一个现役的俄国海军军官正出发到远东去作战，竟随身带着马克思的《资本论》。

就在这时候有人敲门了，他慌忙把那本书藏在褥子下面，喊道："进来！"

当上尉弗列德纳依进来的时候，我立正不动。

"好吧，让那两位轮机兵每人额外多领三小杯伏特加，记在我的账上。退出。"

刊载在《新时代》杂志上的克拉多的文章，使舰队里多数人认清了我们当前的严重形势，还间接地在一级巡洋舰"纳西莫夫海军上将"号上引起了一场巨大的骚动。事情是这样发生的，在大多数的舰船上，每天都现烘面包，每逢寄港的时候就改在岸上购买，但"纳西莫夫海军上将"号的水兵们不论在海上还是寄港的时候，都只能吃发霉的饼干。水兵们几次三番向军官们诉苦，可是他们一概置之不理。最后，在一月十日那天，有一个轮机兵向自己同伴们嚷嚷道：

"他们叫咱们去送死，却叫咱们吃这些脏东西。咱们是人还是狗？"

别的人附和说：

"富人家的狗比咱们吃的还强呢！"

"今天咱们要迫使他们拿出新鲜面包来！只有这个办法！"

反叛的精神充满了全舰。如果军官们稍微注意的话，他们一定能发现群众的激愤情绪。晚上，当晚餐用的面包干被他们扔到海里去的时候，他们大吃一惊。祈祷过后，下令解散，但水兵们一动也不动。在热带迅速降临的夜色中，这两队水兵就像两堵不可逾越的城墙。这么一种反抗的行为在舰队里是从未见过的。军官们特别吃惊的，是这些现已濒于反叛的水兵们，他们一向都被认为是舰队的中坚，是军纪最好的。值班的军官再度下令："解散！"他们还是不动。也许，他们全变成聋子了。经过几秒钟的死寂之后，第一队的后列发出了一个迅雷般的声音：

"给我们新鲜面包！"

这是厉声的叫喊、控诉和咒骂的信号！喊声随即迸发了。

甲板上的电灯亮了。罗季奥诺夫舰长，一个矮小驼背、蓄有灰色胡子的人，在舰桥出现了。他先瞧瞧这队，再瞧瞧那队，含糊地说：

"什么事情呀，弟兄们，你们想反叛吗？"

他说的声音这样低，使得水兵们不禁愣了一会儿。但接着，要求给新鲜面包的喊声又爆发了。舰长又说话了，但没一个理他。他在舰桥上来回踱着，沉着地窥伺这些反叛者，好像在考虑怎样挽回局势。水兵们不服从命令，大喊大叫，但稍稍克制着，免得偶一处理不当，便会惹起一场屠杀。罗季奥诺夫镇定地命令右列排头的十个人报数，并点他们的名字，然后发出口令：

"向右转，开步——走！"

他的计划抓住了人们的心理，那十个人服从了。他们一和同伴们分离开来，又听从了指挥，朝他指定的舰首走去。接着又是十个，又再是十个接受了同样的命令。剩下的人看到这情况，开头默不作声，后来领悟到事情已告失败，便自动解散，慌忙跑回去，放下自己的吊铺，好像要弥补已失去的时间似的。

两天后，卢杰斯特温斯基中将到从未访问过的"纳西莫夫海军上将"号上来，水兵们在上甲板列队肃立。水兵们期待他询问他们所要倾诉的一切，但是相反，他们听到的是：

"我晓得你们都是些暴徒，但我还没有想到你们竟全是些无可救药的渣滓。"

他连珠炮似的骂下去，声音沙哑，脸色因气愤而苍白。接着他就扭转身，走下舷梯，乘汽艇返回旗舰去了。他给水兵们留下这样的印象，仿佛他是为了要侮辱他们才来的。

一月十二日卢杰斯特温斯基中将发出当天的第三十四号命令。在"奥里约"号上，这命令是由第一副舰长西多罗夫对我们宣布的。

"在一级巡洋舰'纳西莫夫海军上将'号上有几个亲日派混杂在沙皇陛下的奴仆中，教唆愚昧之辈群起抗命。我们要查出他们，并将处以极刑。在祸首被查获之前，判处下列各军官（列举四个大尉的姓名）拘役，又下列各班长（也列举姓名）受减俸处分，自一月一日起，按普通水兵支俸。"

晚祷之后，在水兵们放下吊铺的时候，我听到下面的一番谈话：
"现在他们要查出肇事者来了！"
"是的，那四个大尉和四个班长都巴不得找到他们呢！"
"不管有没有，他们总要找出几个祸首来的。"
"那老家伙提到'亲日派'是什么意思？"
"我看，他只是在拍沙皇的马屁罢了。"
这时候，旗舰发出的灯光信号正在海面上闪烁。

五

雨季开始了，然而很少浓阴天气。团团的白云飘浮在天空，太阳在云层里几乎一直照耀着。那些云朵看起来只有手掌大小，可一下就是倾盆大雨，空气好像快变成水了。这样的大雨每隔几分钟就要下一次，它下得和停得那样突然，就像天上的水龙头时开时关一样，天上不时出现彩虹。

各舰遵令收集雨水。我们在甲板上张开帆布，把水引到储水池去。

天气同时是潮湿的、炎热的，又是窒闷的。

在冷藏运输船"希望"号上，冷气机出了故障，这不是没有原因的。我们相信是那些法国海员实行怠工所致，因为这些人和俄日之战毫无关系，自然不愿意分担在远东遭受的危险。船上的冻肉开始腐烂了，把它们丢到海里之后，风浪又把它们送回海岸来，发出了一阵阵腐肉的难闻的恶臭。

当舰队的给养已经补充完毕，我们等待继续航行的时候，"汉堡—美国"线的煤船，以日本认为煤船违反中立法要加以轰击为理由而拒绝同行。因此用紧急电报同圣彼得堡联系。

这障碍引起了船员们谋叛的念头。当我走到前甲板时，我听到这样的谈话：

"不晓得结果会怎样？"

"如果德国煤船拒绝同行，我们只有驶回老家去了。"

"当然，一只新式的军舰没有煤就开不动，这跟没有腿就走不动是一样的。"

插话的是一个最文静的人，他说：

"这么一桩小事是阻止不了我们的中将的。他已经发昏啦！"

"可是，假如他的头脑清醒过来，像海雾消散一样，那时候又会怎样呢？"

"如果从未听过祈祷的鲨鱼会喊'上帝'，也许，我们就可以回去了。"

海军部和"汉堡—美国"线的煤船进行了谈判。到了二月，问题方才解决，在德国政府的压力下，煤船才愿意继续把燃料供给我们，直到过了马六甲海峡的东海岸为止。

但是这并不是妨碍卢杰斯特温斯基中将的唯一障碍。如果在他前进的道路上没有遇到另一次阻拦，他早就怀着可以在荷属印度装煤的信心，离开诺西-伯，不走马六甲海峡而改走巽他海峡了。

海军部不愿意在援军到达之前，冒险调动舰队离开马达加斯加，因此命令卢杰斯特温斯基中将在原地等待尼波加托夫战队的到来。中将为此大发雷霆，毁掉了自己舱房里的一只靠椅。在以后几天，他的幕僚们把他当作一个和猛虎同样可怕的人物，没有谁敢在他面前讲话。真的，一个驯兽者还能够用烧红的铁棒或连射手枪来吓退一只老虎，但世上却没有办法可以制服这个拥有无限权力的暴君。

我们没有一天清闲的日子，要装煤、清扫锅炉、修理机器，同时还要举行射击演习、鱼雷发射演习、鱼雷防御演习、敷设或搜索水雷演习、探照灯照射演习等等，我们有两次或三次到外海作大规模的演习。

头一次出海是一月十三日，只有机器出了故障的"西梭·维里基"号在港内碇泊。各舰在日出时启航，由拖着金字塔型的炮标的"亚历山大三世"号、"奥里约"号、"纳瓦林"号和"纳西莫夫"号作前导。其余各舰排成战列，等着炮击那些炮标。

海是平静的。

"奥斯里亚比亚"号发出了标示距离的信号，于是我们开始打炮。结果很难令人满意，我们的炮手都是未经训练的，各舰都只有两架"巴尔·斯脱罗德"式测距仪，是战前从美国买来的。在"奥里约"号上，我曾经亲自听见两个在同时间对着同一目标，又都同样使用"巴尔式"测距仪的炮手，喊出两个完全不同的结果。

"二十链！"一个喊道。

"二十八链！"另一个喊道。

在这种条件下，炮击技术的糟糕是不足为奇的。

在右舷后部炮塔（装有六英寸巨炮）使用的测距仪标出十一链的距离。各舰因此按这距离发炮，但炮标的实际距离是二十四链。

在炮击演习开始之后，左舷前部炮塔的炮弹运输机马上就给绞住了，炮弹要用手从右舷的炮塔搬过来。炮手们的神经是极度紧张的，有一个炮手竟瞄了四十分钟之久方才开炮。从司令塔发出的命令执行得很缓慢。总之，没有一件事是办得敏捷利索的。

晚上，当我们回到碇泊地的时候，我偷偷地观察舰长、各炮术长和各航务长，他们全都羞怯怯的，好像是给人家扯着耳朵的小孩一样。"奥里约"号这一回也没有例外。各舰都表现出既不能迅速开炮又不能准确操纵大炮的弱点。

在当天第四十二号的命令中，卢杰斯特温斯基中将批评了这次拙劣的演习：

"从昨天各战舰和各巡洋舰起碇的情况来看，很明显，我们并没有在这四个月的航海中得到一点好处。

"'苏沃洛夫'号差不多花了一个钟头才起碇，这种反常的耽搁是因辘轳给锈蚀和泥堵住而不能使用所致。而且在一小时内，虽然导舰驶得极慢，十艘舰还不能形成阵形。

"各舰在清晨都已接到通知，就是在近中午的时候，为了安放炮标，要发出停机、保持阵形的信号。但是，许多舰长和长官都未能履行命令，结果使整个运动陷于混乱。只有'鲍罗丁诺'号和'奥里约'号两舰操纵正确；在第二战队，'纳瓦林'号运动极佳，可是'奥斯里亚比亚'号和'纳西莫夫海军上将'号上都混乱不堪。各巡洋舰甚至不想努力保持阵形，'顿斯科依'号竟落在后面整整一海里。

"当列队作炮击演习时，各舰的距离太远，'顿斯科依'号和'苏沃洛夫'号两舰相距约五十五链。

"在这种情形下，各舰的火力显然不能有效地加强拉开距离的纵队的火力。

"如果在四个月的航海之后，还没有学好一致行动的原则，那么，在上帝选定的与敌人遭遇的那一天，我们还有什么战胜他们的可能呢？

"昨天的炮击进行得毫无生气,除了'阿芙乐尔'号外,其余各舰都没有认真对待从早先多次炮击演习中得到的教训。

"当小口径的火炮已足够供演习的时候,却用宝贵的十二英寸炮弹来试射。时常在几分钟的死寂之后,十二英寸的炮再次发射,虽然当时风位、方向和距离都已有显著的变化,可是瞄准却丝毫不加修正。

"七十五毫米口径大炮的炮击也同样糟糕,没有用心使用瞄准器。至于四十七毫米口径炮的炮击实在丢人,炮手每夜在这些炮的旁边站岗,以防备可能遇到的鱼雷袭击。这种袭击大都出现在夜间,是由快速的日本驱逐舰进行的,而昨天是在白天,那些防御鱼雷的大炮在炮击与固定的目标相差无几的炮标时,竟然无一命中。"

我摘录了当天的部分命令。这些命令在军官们之间引起了许多评论。巴夫利诺夫上尉与吉尔斯上尉在前舰桥上相遇,前一个说:

"真正应该挨骂的,除卢杰斯特温斯基中将本人之外还有谁呢?装备舰队是他监督的,现在所有各种缺点,在离开里维尔的时候已经十分明显了。那么,为什么把责任都推给我们呢?"

吉尔斯上尉回答说:

"司令官痛惜每一发没有命中的炮弹。其实,这总比连船带军火一起沉到海底去要好些。"

"嗯,你认为比里列夫上将怎么样?我们现在这样糟糕,他应当负大部分责任。他照理应当派一艘运输船,载上许多炮弹来给咱们演习。"

"不错,他缺乏长远的眼光,应当受到责备,海军部也是这样,许多身居要职的军官也是这样。"

"你说得很好,这舰队是不适于作战的。"

在一月十八日和十九日两天,为让演习和炮击做得好一些,舰队有十五艘军舰再度出海,但结果还是一样糟糕。每一次阵形运动都表演得很拙劣,有许多舰在要形成阵形时,竟像未经训练的生手一样。炮击演习进行得也很不好，炮火乱放，有一发竟落在"顿斯科依"号的近旁，另一发炮弹幸好是一发"哑弹"，但还扫去了前舰的一部分舰桥。这个不需要的命中，正是旗舰的胜利之一。

当天第五十号命令，又是卢杰斯特温斯基谩骂我们的证据。

最后一次演习是在一月二十五日，与上一次相隔约一个星期。除各战舰和巡洋舰外，还有七艘驱逐舰参加。当天第七十一号命令并未惊动我们，里面说：

"司令官对最后一次演习极为不满，虽然海面上风平浪静，但各舰还不能保持阵线的完整。

"重炮浪费了炮弹，有些在连发两次之后，等了一刻钟之久才打出第三发。许多炮手不按方向、距离及风向的改变而修正它的瞄准，竟继续向离炮标极远的地方射击。"

这次炮击演习现在是结束了，要不然，在与敌人交战之前，我们会把所有的炮弹都打光的。

在这四次演习中，"奥里约"号始终拖着同一个炮标，舰队其余各舰所有的大炮，连小口径的速射炮在内，都一起向它射击。炮弹从远处或近处发射过来，有些甚至近到只有六链的距离。而当那炮标临末拖到舰上来的时候，它竟完整如新，一丝裂痕也没有。

由此可以得出什么结论呢？

沃耶沃金水手长喊道：

"我们这老舰队是一钱不值啦。"

司炉巴克拉诺夫接着说：

"是的。我早先说过，我们这些水兵不久都要变成鱼饵的。"

真的，谁也不会怀疑我们将来的命运。

现在，只有调第二太平洋舰队返回俄国去才是唯一合理的事情。

六

运输船"马来亚"号在航行之前两星期,船上发生了暴动。这一次,被那些从舰队里别的军舰派来的武装士兵镇压下去了。四个祸首被抓了起来,分别被关在舰上的禁闭室里。稍后,他们都生了病,所以被送到医院船"奥里约"号上去。据说,卢杰斯特温斯基曾以把他们放逐到荒岛上去恫吓他们。

最新式的战舰的禁闭室是在舱底,没有通风窗的设备。禁闭在那里,实际等于受刑,等于关在野蛮的、中世纪的坐卧不得的"牢笼"里。那些罪犯关在这闷不透气的小穴里,自然忍受不了,所以时常在医生到来之前早已累死或是闷死了。然而,水兵们虽然明知可怖的刑罚在等待着他们,反叛的行动却仍然日甚一日地在舰队里蔓延开来。

二月一日早上,舰队十五艘军舰起碇出海。昨夜我们接到了电报,报告杜勃罗瓦尔斯基上校统率的战队已驶离马达加斯加的消息。当我们一驶出诺西-伯时,便看见出现在地平线上的烟柱。水兵们乐了起来,嚷嚷道:

"他们就在那儿,终于来了!"

"快来吧,弟兄们!"

"一共有六艘。"

我们开足马力去迎接它们,随即就认出那些舰只:一级巡洋舰"奥列格"号、二级巡洋舰"瑶玉"号、辅助巡洋舰"里昂"号和"第聂伯河"号,还有两艘驱逐舰"高声"号和"威严"号。依照旗舰的旗号,新到的各舰和我们一起连成一条阵线,开始演习各种阵形的变化,但结果还是跟前几次一样糟糕。直到下午四时,我们才驶回诺西-伯来。

这援军的到来,在精神上稍稍鼓舞了我们,可是对我们的处境却不能有多大的改变。我们晓得第一太平洋舰队比我们这舰队要强大得多,末了还是被消灭了。

无疑地，同样的命运在等待着我们。

卢杰斯特温斯基会等待第三太平洋舰队吗？

军官们普遍的看法是：应当把我们召回俄国去。

由新战队带来的俄国报纸的论调都是十分直率的。我们在海陆两方面不断地败北，引起了空前的、坦率的批评精神，一种全新的心理状态已很流行。我们从外国报纸上晓得了俄国国内正发生着许许多多令人惊异的事件，而这些消息有一个时候实际上使我们简直不大关心这场与个人有关的战争。

在圣彼得堡，学生们在涅瓦大街上游行示威，手持红旗，唱着革命歌曲；在巴库，已宣布实行总罢工；在塞瓦斯托波尔，工人们也已实行罢工。出于对莫斯科商人的义愤，由富有的工厂主莫罗佐夫免费供给士兵用的毛毯，在诺夫戈罗德市场上以廉价抛售。莫斯科杜马要求改组政府，圣彼得堡还发生惊人的大罢工，参加的人数不下二十万。对于战争和对于政府的不满已在全俄国群众中广为散布开来。

这一类消息在第二太平洋舰队的士兵中当然引起了极大的激动。接着，另一些消息更把我们气得发抖。那是从军官舱室里传出来的，它震撼了舰内各个部分，使全体兵员们沉浸在阴郁的思念之中，他们像看见了那些可怕的亡灵一样，脸色苍白，两眼炯炯闪亮。外国报纸对一九〇五年一月九日的事件有着详细的记载。

入暮时分，我们聚集在后部十二英寸口径炮塔那里，在这里谁也不用担心会给上司听见。开始时，大家又急又快地讲了一通："喂，你听到了没有？"

"听到了。不是说有三十万群众拥到皇宫前的广场上去吗？"

"他们是打算请沙皇让他们的日子过得好一点的。"

"据说，加蓬神父是主谋者哩。"

"群众还捧着圣像和沙皇的肖像呢!"

"可是沙皇却用雨点般的子弹向他们的头扫射!"

"还用刀砍他们,用马蹄践踏他们,乱砍乱杀,不管是女人还是孩子!"

"听说,有两千多人被屠杀了!"

枪炮电工兵戈卢别夫一面挥手,一面厉声喊道:

"伙伴们,空话说够了,我们应当由议论转到行动!军舰上也一定有通晓事理的人,着手把大伙组织起来的时候已经到了。我们应当做好暴动的准备,我们每个人都要同其他舰建立联系,等待时机竖起我们的红旗,取代安德烈旗。"

鱼雷兵瓦西亚打断他的话头,说:

"如果某一军舰升起红旗,那也就是全舰队升起红旗的时候!"

轮机部班长格罗莫夫叫了起来:

"是的,我们全体兵员应当统一起来,防止局部的爆发!"

奥西普·费多罗夫附和道:

"不然的话,这就变成无济于事的杀人的举动,我们应进行有组织的活动。"

我们决定成立一个组织,以准备未来的活动,这组织应当使舰队所辖各舰中最先进的分子紧密地团结起来,我负责到"苏沃洛夫"号去串联。直到夜晚,我们方才散会。

一月九日的事变,已经在舰队里引起了一场骚动,它使士兵们失去了对沙皇的善良的信心,就是军官们对沙皇的忠诚也动摇了。

七

诺西-伯是个可爱的地方,但对欧洲人的身体却最为有害。许多住在那里的白人都没有活到三年。在这次比较短暂的停留期间,疾病已在船员中间蔓延开了,疟疾、痢疾、肺痨、疥疮、汗疣、耳病和神经错乱等症,使我们痛苦不堪。我遍身长满了又痛又痒的水疥,使我吃了不小的苦头。这病还不足以使我躺在床上,可是大大地妨碍了我的休息,由于上不了病号的名单,医生根本不理我。

除了疾病以外,舰队的生活已开始混乱了。自从我们相信自己正在走上死路之后,军官们和水兵们都失去勤务的兴趣。既然不能忘却就要来临的命运,他们自然就豁出去,无所顾忌了。

中将自以为让船员们干苦活、重活是最好的一招,这样他们就没有时间去想俄国国内发生的变化和在远东等待着我们的死亡。装煤、补充给养、模拟作战、击退假想的夜间袭击、划艇练习、清除因航行过久而黏结在船壳上的牡蛎、海草等,这些工作夜以继日地继续着。我们每隔二十四小时就要从岸上挑一次清水,还常常命令我们划着小艇绕着舰队转。

我们从未得到整夜的休息,有些人累到举起了左腿之后,右腿竟抬不起来了。虽然这样,卢杰斯特温斯基中将的政策并没有成功,反叛的行动反而越来越多。

酗酒的现象逐渐增加了,军官们公然在设在舰内的酒店里要他们所要的东西。水兵们在上岸的时候偷偷买酒,或是从卖杂货的小艇里买了烈性的饮料。由于受饮料的刺激,他们的行为像疯人一般。在工厂船"堪察加"号上,有一天,已经醉得失去理智(据他们自己说的)的军官们在粗野的叫声中表演了一场野蛮的跳舞。充当这盛典的主角的某上尉,只穿一条短裤,骑在一只椅子上。同时,蹲在桌子下面的某准尉竟学着狗叫。这些烂醉如泥的军官们似乎都想在这疯狂的胡闹中胜过对方。一个年老的军官使这场胡闹达到了顶点,他公然提议为祝福日本的瓜生上将干杯。在他们举行欢宴的时候,工人们和水兵们在外面窥视偷听。这件事卢杰斯特温斯基是否听到过还不清楚。在辅助巡洋舰"乌拉尔"号上，军官们和舰长打架，舰长给打得半死，后来科洛科利采夫上尉还写了一封非常无礼的信给他的长官，这使他受到军事法庭的审讯。旗舰上的情况也一样，那里一个军官醉得掉到海里去，差一点给淹死。成箱的香槟酒不见了，后来在汽锅房里找到一只箱子，瓶子都是空的。涉嫌的伙夫挨了一顿毒打，但这个盗窃案没有报告中将。"苏沃洛夫"号上还发生这样的事情，军官们为了消除烦恼，想出一个聪明的玩意，他们让一只猴子和几条狗喝香槟酒，然后挑逗这些可怜的动物互相厮打。其他各舰也有同样野蛮的举动，活像一阵狂风打舰队扫过一样。

在赫尔威勒镇上，生意兴隆起来了，开了许多小店铺。它们挂着用俄文写的招牌，上面标着这些字眼："为俄国舰队开设""大减价""俄国顾客特别欢迎"等。在这些自称为中立的商人中间，混杂着许多日本探子，他们"按照贸易的常规"，跑到我们各舰上来，旗舰也不例外。在那些乘机发财的人们中间，娼妓为数不少，那些人像一群飞到死尸上去的苍蝇，从各个方面赶到这里来。他们包括各种人，有法国人、英国人、德国人和荷兰人。娼妓聚集在赌场里，这是我们的军官最常到的地方，在那里下大注赌着。镇上的物价飞涨，一瓶啤酒要三个法郎，一瓶香槟卖到四十到六十法郎，对这高价谁也不在意。我们的军官觉得，这场战争他们既然在劫难逃，那就沉湎在酒色和赌博中吧。

时常穿着便服上岸的军官们因为恐怕斥责会惹起无礼的回敬，只好对下级的违纪行为装作没看见。士兵们公然违抗上级的命令，他们蹒跚地在街上行走或者醉醺醺地躺在倒下去的地方。还有一些人在地上爬行，派到岸上去的巡逻兵全都无力维持秩序。

驱逐舰"威严"号的水兵竟上岸行劫，不管当地人哭叫和抗议，他们把岸上一间小屋砸得粉碎。这一回，几个犯罪者被抓住了。事情传到卢杰斯特温斯基的耳朵里，结果那些罪犯给带到旗舰上去，把他们打得皮开肉绽之后，还叫他们受军事法庭的审讯。可是严刑重罚还是无效，同样的事情继续发生，上岸的水兵还是时常争吵、打架，有时连军官也

挨揍。军事法庭今天在这舰上，明天在那舰上举行审判，判决都是很严厉的。

在战舰"奥里约"号上，曾开过一回庭，由杨格舰长当庭长。被告是"纳西莫夫海军上将"号面包案的反叛者。结果有两人被判处四年苦役，一人被判到惩罚大队服役三年。

惩戒的命令完全无效，颓败之风还是有增无减。当卢杰斯特温斯基中将继续在当天的命令里加以痛斥时，他一面亲笔书写，一边在写的时候把笔折断，把纸撕毁。

现在二月快过去了，准备离开诺西-伯的狂热的工作又开始了。

八

三月二日，汽艇"列基娜"号到达了，它带来了甜饼干、脂油、茶、咸肉等必需品和许多必需的机器零件。

四天前煤船"依尔蒂西"号运来了许多煤。

瓦西里耶夫跟同僚们谈话时这样说：

"我不明白中将的主意是什么，'奥里约'号的排水量是一万七千吨，而它装载的已达到安全度的极点。现在再把这些新添的东西装到舰上，这实在是荒谬的。它的速度要减到十四节，而在暴风雨中，或甚至在稍微险恶的天气里，它就有'翻鳖'的危险。"

"啊，是的。"另一个人回答，"在这种情况下，我们也许死得快一些。"

三月三日下午一时，舰队拔锚起航，离开了这个我们谁也不愿再回来的海港。

离开我们寄碇了两个半月的马达加斯加时，我们是怀着什么样的心情呢？

旅顺口已经陷落。第一太平洋舰队没有给敌方以任何重创便被轰沉。克拉多已证明第二太平洋舰队的军力只及日本舰队的一半。我们在马达加斯加近海的炮击演习已暴露出我们没有炮击的能力。在圣彼得堡,沙皇政府残酷地屠杀了几千名工人。而最近几天,路透社又传来远东前线的可怖的消息。

在我们出发的那一天,当地报纸发表了一篇非常详尽的关于奉天[1]之战开始时的形势的报告,我想也无妨把一九〇五年三月十日放弃奉天时的情形摘要记下来。在坚持了将近一个月的死战之后,俄国军队终于向北撤走。这次我们的损失是非常可怕的:三万人战死,九万人受伤,四万人被俘,日本人夺取了几百门大炮、几十万支步枪、几百万箱弹药以及无数的军马、粮秣、货车、机车、载重车、燃料和军服。总司令库罗帕特金将军已被召回,而代之以利涅维奇将军。

我们是三月三日由诺西-伯起航的,被迫放弃奉天是一个星期后的事,所以惨败的经过我们还不知道。不过俄国在满洲的陆军现已失败,显然,他们最后的希望就是我们这支舰队了。

我们不知道在满洲的同志们是否明白统治着俄国舰队的,同样是那些可诅咒的、已经毁灭了俄国陆军的官僚政治和独裁制度?一想到陆军士兵正依赖海军的威力来拯救他们,我们便浑身战栗,因为我们深知自己绝对施展不出威力来。只有把我们的舰队立刻召回俄国去,我们才能避免写出那部远东的灾难的叙事诗。可是我们怎能够希望我们陆军的兄弟们看到这一点呢?

当我们离港时,太阳正强烈照耀着,两艘刷成白色的、在阳光下闪耀着的法国驱逐舰,扬着" 路顺风"的旗号,护送了我们一程,旗舰上的乐队则奏起《马赛曲》答礼。乘在狭长的独木舟上的那些土著大声向舰队告别。

---

[1]奉天即现在中国的沈阳。——译者

我观察士兵们和军官们的脸孔，在这番海程和在诺西-伯的停留期间，他们苍老了多少啊！每个人的面孔都现出难堪、忧郁的神情。

在炎热的天空下，展现在我们面前的是美丽的、熠熠闪光的大洋——这是一条壮丽的路，我们正循着它走向死亡。

第四章

舰队东航

我们要花二十天的时间横渡印度洋,这二十天完全看不见陆地。除几次偶尔刮起的狂风外,天气是平静的,不时下着小雨,但热带的天、海随即恢复了惯常的美。夜是多变的,有时清静、明亮,有时黑暗、朦胧,而当星月照耀时,它非常的美丽。

我们的航路是直驶巽他群岛。在我们中间,有人因舰队没有返回俄国而失望,另一些已经厌倦和沮丧的人,反因为末日的临近而高兴起来。

在启航的那一天,"基辅"号上有一个水兵跳海。为了营救他,放下了小舢板。但当中将知道了这件事,他发出这样的旗号:"不用再行搜索。"那个人无疑是淹死了。第二天,又有"珍珠"号上一个人跳海,因为怕死,他开始顽强地游泳,后来终于给医院船"奥里约"号打捞起来。这些不幸者的心里想些什么呢?我们能把他们当作清醒的人吗?难道战争的恐怖能够使一个人自杀吗?

每天不是在这条舰上就是在另一条舰上,不是机器,就是汽锅,或是舵轮发生故障。遇到这种情况，出事的舰船就离开战列，或只使用一部机器缓缓地行驶。驱逐舰由运输船拖着，拖缆时常脱开。这些小事故当然使我们的前进受了不小的延搁，因此舰队的平均速度是每昼夜一百四十海里。

为什么我们不等尼波加托夫少将的战队就离开诺西-伯呢？我曾好几次偶然听到军官们谈到这件事，不过他们也跟我们一样，都蒙在鼓里。

"在我看来，"有个人说，"卢杰斯特温斯基只把第三舰队当作绊脚石，要不然，他干吗不等它来就走呢？"

"胡说，"另一个反驳道，"肯定中将已同尼波加托夫约好了在公海上会见的地方——某某纬度某某经度，挺简单的。"

"可是为什么卢杰斯特温斯基要冒险分散自己的兵力呢？我们越驶近日本海，敌人攻击的危险性就越增加。"

虽然谁也不曾对第三舰队寄予很大的希望，但我们确实想得到这支援军。

我们一向是在海港加煤的，现在是在公海搭载，每四五天装一次。早上，旗舰发出信号之后，各舰停了机器，因为海太深，我们不敢抛锚。各战舰放下较大的划船和汽艇，各煤船也同时把船上那些特为装煤而造的驳船放下来。每舰各自派出一百人到一只煤船上去。他们在煤船的船舱里把煤装进口袋，再把煤袋卸到汽艇上。"第聂伯河"号、"里昂"号和"库班"号因自己的船舱很大，堆存着足够的煤，就担负起守卫巡哨的任务，时时从地平线上向旗舰发出信号。

现在，就像在海港里装煤一样，每个人包括军官在内，都要轮流工作。装煤的方法是非常原始的，一部分人在煤船的舱里把煤装进口袋，另一部分人把煤袋扛到艇上，再运到各自的舰旁边。然后，再用起重机把那些煤袋吊到舰上，由人把它倒进舱里，每隔一小时我们得把装煤情况报告旗舰。每队都想胜过别的队，谁也不愿落后。在"奥里约"号上，我们的第一副舰长西多罗夫做出榜样，站在起重机旁边搬运煤袋。他的脸孔、白色制服、镶金的肩章以及灰色的小胡子，全都密密地沾上了煤屑，他不时地叫嚷道，

"小伙子们，加紧干呀！我们不要落在别人后头！"

水兵们穿着破草鞋，一心一意地干活，脚弄破了就用破布包扎起来。为了爱惜帽子，他们用布片缠在头上。在离开里维尔的时候，他们都是衣冠楚楚的水兵，现在都变成衣衫褴褛的装卸工人了。运煤人的叫喊声和起重机的哒哒声，冲破了笼罩着各舰的乌云。拖着小艇和驳船的汽艇不断地鸣着汽笛，急速地从煤船驶到战舰，再返回来。

活儿从日出干到下午五点，只在吃中饭时歇了一会儿。最后"苏沃洛夫"号发出了装载结束的信号。我们把汽艇和划艇吊上船来，煤船也把驳艇拉上去。各舰组成战线，舰队又开始航行了。

全世界的海军界都很奇怪，一个巨大舰队没有固定的供煤站，怎么能进行这么遥远的航行呢？其实事情十分简单。我们的司令官和他的幕僚并没有发明什么新的东西，他们只是原始地使用经过训练的士兵的体力和肌肉罢了。

煤袋是主要的难题。本来光是"奥里约"号就有三千只，可是都是些面粉袋，袋身太长，不便装煤。要两个人平着手拉开袋口，另一个人把煤装进去。这是很费工的，而且袋子容易裂开，老是破孔，得花很多时间去缝补。因此，当运输船"高丽"号给我们带来七十只德国制造的、专为装煤的袋子时，我们都很高兴。这些袋子用双重帆布做成，袋口缀着绳子，放下的时候，就像一个开口竖立的篮子，每一个可以装十七普特，而且可以三个人同时把煤铲进去。

用这样的办法装煤是非常费力的。如果说我们的生活比古代被罚作划船的奴隶还要辛苦，实在并不夸张。我们不断吸进煤屑，直到肺里给堵塞。它落进牙缝里，我们就把它连饭一起咽下去。它又钻进我们皮肤的毛孔。煤堆占据了在两甲板之间我们平日休息的地方，因为一到热

带，我们便在室外睡觉，现在只好睡在煤堆上了。煤，已发展成为我们的偶像，我们为它牺牲了精力，牺牲了健康，也牺牲了舒适的环境。我们只想着煤，它已变成一面遮盖一切的黑幕，好像舰队的任务不是为了作战，而只是要驶到日本去一样。炮甲板上堆了这么多的煤，以致在遭到鱼雷袭击时我们无法使用七十五毫米口径的炮。卢杰斯特温斯基好像在装煤中发狂了，据说，他甚至在睡觉的时候还喊叫：

"煤！煤！多装些！装快些！"

我们携带的活的牛羊现在减少了许多，我们只吃咸肉，吃不到鲜肉。可是那些咸肉因为腌得不好，有大半在经过热带时变质了。当一桶咸肉吊到甲板上来，厨子打开的时候，流出来的腌肉汁散发出来的可怕的臭味，使得他慌忙跳开去。一两分钟后，他才敢走过去，把它揭开。虽然他把咸肉长时间地浸在水里，但总不能去掉那股臭味。在这么艰难的情况下，看来，我们只有死了。然而，我们不仅活着，有时还能够欢笑。下班后，我们拉手风琴和弹巴拉来卡[1]。我们唱歌，或独唱，或合唱。有些不顾疲劳的水兵还跳起舞来。我们互相讲快活的故事，尽力使心绪轻松些。

卢杰斯特温斯基有时用他的幻想和我们开玩笑。旗舰发出了日本舰队已经迫近的信号。他到底是怎么知道的呢？谁也没看到一艘外国舰船，我们离陆地差不多有两千海里。夜里，一切必要的警卫手段不消说都使用了，炮手们睡在大炮旁边，巡洋舰时时报告舰队的侧翼或前方出现灯光，例如，"瑶玉"号向旗舰报告说：

"地平线上有舰船出现。"

中将随即反问：

"在什么方位？"

"瑶玉"号回答：

---

[1] 一种弹拨乐器。——译者

"完全看不见了。"

中将发火了,用信号怒斥"瑶玉"号:

"你们这些白痴!"

我迫切想知道关于瓦西里耶夫的事情:他现在的思想是怎样形成的?他是什么出身?现在,他生活的目的是什么?虽然我们已有了亲密的友谊,可我还是不敢问他。只有等到我们都已迫近战场,而我也自信已得到他的好感之后,我就敢冒险问他了。

他同意把自己的童年时期、青年时期和学校生活告诉我,并且详细叙述了双亲和家里其他成员的情况。他是从喀琅施塔得海军工程学院毕业的,他的生活经历实在是很奇特的,他毫无顾忌地和我谈论各种事情。我和瓦西里耶夫是在两个完全不同的环境里成长起来的,一听完他的话,我就说:

"啊,和你一样,我也有同样的经历!"

他和我都出生在离大海极远的地方。我们的环境和海上生活并无联系,也没有机会和水手接触,可是命运对他,也和对我一样开了一次玩笑。瓦西里耶夫这个在沃隆涅什州执业的乡下医生的儿子,虽然到十四岁才看见海,家里也没有人当过水手,而且他父亲对海上生活一无所知,但关于海的故事却深深吸引着这个青年人。他五岁的时候,就照着报纸上的图画画船,不久之后,就知道了许多有关俄国舰队的事情。七岁时,他到伯父的农场去,农场旁边有一条河,大人常在那里洗澡。坐在河边看着这些人洗澡是多么愉快啊。学会游泳毕竟不是太困难,只要脚和手恰当地运动就行。他贪婪地注视着那熠熠闪亮的水面,后来有一天,他乘人不提防,冒险跳进河里。他幸运地被人打捞起来,可是已经昏迷不省了。由于冒险入水了一次,他不久便学会了游泳。在中学第四个学年时,他选定了自己未来的职业,决定要当一名海军工程师,这完全不符合父亲的愿望。

离开中学之后,他进入喀琅施塔得海军工程学院,同时也献身于革命活动。他虽然读了许多"地下"的文学作品，但还是决定把对海的爱好和对改革社会，以及推进人类幸福的决心两者结合起来。他主要的想法是在反对专制制度的斗争中，海军必将是一个主要的作战力量。在他到喀琅施塔得的第二年，他就参加革命活动，成为有组织的革命团体的成员。自此之后，他就寻找机会团结舰队各舰中的积极分子，以组成一个军官和士兵的有效的力量。他知道新型的战舰在未来的战争中占有举足轻重的地位。克鲁泡特金的学说和一八八二年的苏罕诺夫上尉事件有关的人民自由党的宣传，以及此后的革命工人阶级的运动，都是形成他青年时期的意识的主要影响。

二

三月二十三日黎明，我们看见左前方有三个大岛，下午四时，右舷也有陆地出现。自从我们离开诺西-伯到现在，刚好二十天。舰队已进入马六甲海峡了。入夜，各驱逐舰卸下拖缆，由各自的机器开着前进。

在横渡印度洋时，我们装了五次煤。

一驶进马六甲海峡，我们便采取了新的阵形：第一战舰队位于右舷，第二战舰队位于左舷，两队中间是运输船和驱逐舰，巡哨的巡洋舰驶在前方，另一些巡洋舰则形成战列。在战舰后面，巡洋舰"奥列格"号殿后。

我们又驶到热闹的海域来了，遇到了许多外国商船，防御措施加强了，我们尽可能减少灯光。"奥里约"号在桅楼上、舰桥上都设有瞭望兵，炮手们在各自的大炮旁睡觉，弹药库的库门大开，经常配置着负责把弹药立刻运上去的水兵。舷窗和防水门都已密盖，结果舰内十分闷热，因为我们是在热带。

有一天，"奥里约"号轮机船内有一根蒸汽管爆裂了，没有人受伤。

我们不得不停机放出蒸汽,进行必要的修理。有几艘巡洋舰在四面保护我们。我们修了一个半小时,杨格舰长在舰桥上踱着步,每隔一分钟便用传声筒大声询问究竟是否修好,这很妨碍修理,别激怒了那些正在尽力工作的工程师。最后,我们终于又回到我们原来的岗位。

当我们朝南经过马六甲海峡——苏门答腊岛在右舷,马来半岛在左舷的时候,不断接到我们的巡哨巡洋舰发来的警报,它们遇到的每只船在他们看来都可能是敌人。大战迫在眉睫,这些琐碎的警报好像永无休止似地出现。

有一天晚上,热带大雨倾盆而下。这时候鱼雷袭击特别危险,因为驱逐舰能够神不知鬼不觉驶近来。我们这个拥有四十五艘军舰,分成六列,挤在一起,使得每个鱼雷都可以击中目标的舰队,在前进中会遇到什么样的危险,简直是常识问题。卢杰斯特温斯基的防御方法显然是无效的。四艘战舰是我们仅有的台柱和舰队的核心,保护好它们是最最重要的事情。然而它们的侧面完全没有驱逐舰和轻型巡洋舰的掩护。失去一艘二级军舰并不十分严重,可是失去一艘战舰却将使作战计划受到致命打击。卢杰斯特温斯基不懂这一点,反而用最重要的军舰掩护驱逐舰和运输船。幸而,我们只碰到三艘外国商船,我们不停地用探照灯照射它们,直到它们消失为止。

在驶进马六甲海峡后,我们又度过另一个白天和另一个夜晚。隔天早上,舰队恢复了原来的阵形,运输船被调到后面去了。当天下午,我们已驶近新加坡,能够用双筒望远镜看到几只商船和两艘军舰停在碇泊地,另外还有几艘油船和汽艇正在驶往码头。

一只飘着俄国国旗的汽艇出海来会我们,它举起如下的旗号:
"俄国领事乘坐本艇,求见中将。"
我们还是继续前进,只有驱逐舰"迷惑"号被派去跟领事谈话。后来我们才知道卢丹诺夫斯基领事把给卢杰斯特温斯基的情报交给了"迷惑"号的舰长。接着,那驱逐舰驶过第一战队各舰,用传声器报告消息。我们只听到这样一两句话：

"日本舰队现正在加里曼丹岛北部。库罗帕特金[1]已被召回，另代之以利涅维奇。"

晚上，"苏沃洛夫"号以旗号把如下的情报通知了"奥斯里亚比亚"号上的费尔克让少将：

"三月五日，看到日本舰队的主力，包括二十二艘军舰，在东乡元帅的统率下经过新加坡。该舰队现正在婆罗州附近的拉布安岛，各巡洋舰和潜艇则埋伏在纳土纳群岛。昨天它们必定得到了我们到来的消息。尼波加托夫已离开吉布提。"

日本战舰离我们只有二百海里左右这一点，谁也不加怀疑。领事一定知道他所报告的。他报告已看见二十二艘日本军舰经过新加坡，这怎么会错？敌人正准备在我们还没有到达他们的内海就攻击我们。[2]

我们迅速准备迎战。不必要的木具不惜拆除，放在货船里。每一件能够用网保护的，都用网罩起来。当天晚上，没有一个人闭过眼睛。隔天，当驱逐舰装煤时，舰队停了几个钟头。接着我们驶向东北，进入南海。由巡哨的巡洋舰领头，它们按如下的次序排列："斯维特朗纳"号、"库班"号、"捷列克"号、"乌拉尔"号、"第聂伯河"号和"里昂"号。

四天后，我们渐渐驶近安南[3]的海岸——这是极度不安的四天，然而什么也没有遇到。我们的巡哨巡洋舰再三发出看见了日本舰队的信号，但这些都是虚假的警报。

三月二十一日，高耸的山岩在晨雾中显现出来，我们驶进了在西贡之北二百海里的金兰湾。各驱逐舰先行，去寻找最好的锚地。

---

[1]库罗帕特金是驻满洲的俄军统帅。——译者
[2]事实上卢丹诺夫斯基领事是错报了，日本舰队从未驶近新加坡。——原注
[3]今越南中部的旧称。——译者

从诺西-伯到金兰湾,我们未靠过一个港口,行驶了四千五百六十海里。这航行花了二十八天时间,充满了无数的麻烦。舰队一共停了一百二十次,为装煤停下的不算在内。其中有三十九次是因为拖缆脱开了,七十一次则是机器或是舵轮发生故障。

三

舰队花了一个多星期在金兰湾装煤。中将决定多停泊些时候,以等待尼波加托夫战队的增援。这里白天非常热,夜里因为有了海风又凉爽起来。从夜晚一直到清晨,四周始终十分宁静,头顶上的星星虽然闪烁着,但地平线上却是一片淡淡的薄雾,有时浓重起来成为茫茫大雾。

"奥里约"号舰上还有一千四百吨煤,但跟别的舰一样,还要装煤。考虑到日本的攻击日益临近,炮甲板应当保持整洁,以免妨碍炮的使用,因此就把煤堆在船尾楼、正甲板和上甲板上。军官改在中将的"沙龙"里吃饭,还把钢琴搬过去。

就是在金兰湾,我们接到了必须立即离开的通知。在我们到达的第二天,即四月二日,飘着琼桂尔少将旗子的法国巡洋舰"德斯卡特"号驶到海湾里来。进行了礼仪上的访问之后,巡洋舰随即离开,还说不久就要回来。它是为了我方而去侦察吗?完全不是。当它在四月八日回来后,琼桂尔少将向卢杰斯特温斯基中将提出俄国舰队应在二十四小时内离开法国领海的要求。自从俄国陆军在满洲溃败之后,法国和俄国的友谊已经冷淡了。现在法国竟依着日本的要求,逼我们离开它这个最偏僻的属地了。

第二天,除了还在装煤的"金刚钻"号和各运输船外,舰队全部出海。各运输船是归拉德洛夫上校统率的,他驻在巡洋舰"金刚钻"号上,而恩奎斯特少将的将旗已经移到"奥列格"号上去了。我们离海岸很近，可以望见整个金兰城。舰队在海上漂荡了四天，有时完全停顿，有时则保持战列缓缓前进，但没有远离金兰。这种漂荡看来是非常愚蠢的。在这期间，中将与西贡进行了无线电联系，再由西贡通过电讯转给圣彼得堡。和尼波加托夫会合的计划已经安排妥当了。此外，"依瓦"号、"达格马拉"号和"第三"号从西贡采购了许多东西，这些东西还没有卸完，因此，我们还得留在金兰湾附近。

四月十三日，我们的运输船和"金刚钻"号终于驶出金兰湾。按照"苏沃洛夫"号的信号，我们排成阵形向北前进，安南的海岸始终没有离开我们的视线。几个钟头后，我们驶到一个被群山（比金兰的还要高些）环抱的海口，这就是凡丰湾。最先入海湾的是"金刚钻"号，接着是运输船，然后是驱逐舰、巡洋舰和战舰。入夜，我们全体抛锚。舰队排成五条平行线：战舰战队最靠港口，稍后是巡洋舰战队，再后是侦察战队，然后是运输舰队，最后是鱼雷战队。

在我们到达凡丰湾的一两天内，我痛苦地与我的朋友瓦西里耶夫分别了。他在装煤的时候左脚受了伤，伤势很重，不能步行，所以被送到医院船"奥里约"号上去施行手术。

我们抓紧时间装煤和补充给养，想在星期六，即四月十六日复活节前把这些事情办完。

在星期六那一天，"奥里约"号发生了一件事，事情虽小，但在水兵们中间却引起很多很多议论。事情是这样的：在上甲板上，我们圈了一个畜栏，养了许多从安南买来的牲畜和从马达加斯加买到的阉牛，牛都很健壮。但从安南买来的那些牛中，有一头想必害病了，很瘦，怎么也不吃东西，病情一天比一天坏。在星期六早上，它站不起来，倒在甲板上了。

照管牲畜的水兵、船上的屠夫，把这件事向第一副舰长西多罗夫报告。

"马上把它杀掉，"他这样吩咐，"就把它做成明天的菜吧。"

谁都可以猜想到，西多罗夫在发出这命令时完全没有估量到后果。命令执行了，那只垂死的牛被弄到屠宰房去。当屠夫割开它的喉咙时，血不像平时那样冲出来，而是一滴一滴地淌出来。

有些水兵正在围观，因此发出了愤怒的议论：

"瞧，他们要把臭牛肉做我们复活节的菜！"

这些议论都是很刻毒的。因为水兵们也看见，在那舱门敞开着的军官厨房里，厨师正在准备明天聚餐用的烧鸡、糕点和别的精美食物。

"他们只顾自己的肚皮，这些自私自利的猪猡！"

黑夜迅速降临了。太阳落山之后，山上的树林就马上显得朦胧起来，金色的灯火也开始在岸上土著的小屋中闪烁。

集合的鼓敲响了，不当班的人全到上甲板来，做完了祈祷之后，大家悄然散开。

我遇见我的好朋友鱼雷兵瓦夏·德罗兹德，他拍着我的肩膀对我说：

"我们已弄到一席特别的晚餐，你也来，咱们在一起聚聚。"

"在什么地方？"

"在主桅楼，我们找不到比这更接近天国的地方。一个钟头后见。"

"好吧。"

"再见。"

我们向兵员室走下去。节日已经临近了，这在兵员室表现得更明显。那里有五六个水兵在一起做复活节的装饰工作。有人正在舰内的礼拜堂布置祭坛，摆上烛台和圣像，还有人在挂旗帜、树枝和电灯。

到了十一点，一切都准备妥了，除了值班者外，全体船员都在这里集合。士兵们穿着没有污迹的、洁白的水兵服。排在行列前头的长官们都穿着崭新的、缀着金色和银色肩章的普通礼服，胸前挂着勋章，身上发出香水的气味。帕西神父站在祭坛前面，轻轻捋着那部褐色的大胡子，两眼凝望着皇帝的肖像，摆出祈祷的姿势，一动也不动。悬吊的电灯亮了，圣像前面的蜡烛点着了，整个甲板上发出令人炫目的亮光。一切都显出壮丽的景色，只有士兵们的脸色是阴郁的，他们都感到疲劳和倦怠。

经过相当长的时间，第一副舰长西多罗夫才一面捻着他那灰白的唇髭，一面走近神父，用威严的声调说：

"可以开始了！"

兵员室闷热得难熬，空气中混合着香烟和人体的气味，几乎叫人窒息。水兵们想透透新鲜的空气，偷偷溜出礼拜堂到中部甲板或上甲板上去。

宗教游行开始了，"基督复活了！"神父接着合唱队的合唱，这样唱起来。披着圣衣的神父点了三支蜡烛，持着用鲜花饰成的十字架，缓缓向舰尾走去。军官们跟在他的后面，再后面就是水兵。队伍经过左舷狭窄的军官的过道，然后转到右舷再返回来，还没有走到祭坛，队伍在用大红旗制成的幕前停了下来：

"基督由死复活！"神父最后这样说。

附和着这声音，合唱队唱起来了，水兵们也随着合唱队低声唱起来，低音强有力地在空中回荡着。

"不行，得到外面去透透气。"我向朋友瓦西里说。

"那就去吧。"他立刻回答。

我们俩穿过人群，走到右舷的中部甲板去。

是又暖和又宁静的夜。空气中散发着海的气味，在万里无云的天空中，颤抖的流星在闪耀。大洋已入睡，在山上的某处，篝火还在燃烧。为不让敌人看见我们的锚地，舰内的灯光都遮盖起来，海面上一片漆黑，仅仅能够依稀辨认出各舰的轮廓，只有探照灯的光芒常常在看见附近有土著的小艇或是什么可疑的东西的时候突然向海上射去，但是只一两分钟就消失，随即又依然陷入原先的黑暗之中。

水兵们在右舷中部甲板上站着，有一个轮机兵说出了他个人的幻想：

"退伍之后，我在那里可以工作的。"

"什么工作？"我这样问。

"到莫斯科去，到了那里，工厂里是有活干的。"

"是的，如果有专门的技能，也就不必在村子里混日子。"

有人在讲自己在马德拉群岛时的事情。

热带的黑夜是这样美丽和富有魅力啊。接着，大家又沉默起来，好像不再想讲话一样，可是一提到臭牛肉，谈话又热闹起来。

"这么说，今天他们是拿死牛肉给我们吃啦！"

"嗯，是的。要是那牛有病菌，那可怎么办？"

"当然有病菌，不然，也不会那样苦。"

"吃了那样的肉，咱们都会死的。"

"死了——也许军官们会哭呢，说那真可怜啊！"

老狐狸萨耶姆水手长从舰尾那边出现了，他一定听到后头那些话，所以叫嚷起来：

"你们这些反基督教的混蛋！祈祷已经开始了，你们这些畜生还在这里胡扯！到礼拜堂去！"

他大声用下流话臭骂我们。下级水兵逃跑了，一个下士不理他，我同我的朋友留在那儿。

"在墓场安眠的人再生。"这歌声从舰底传上来。在重归于静寂的黑夜，在璀璨闪烁着的星空下面，这歌声听来特别优美动听。冲破夜的静寂而清晰可闻的这合唱的歌声好像为传播人生的赞美，欢愉地向广阔的远方扩展开。好像死亡，这一切生物最害怕的破坏者已经不存在了，已经为十字架上的受难者消灭了。然而，死亡果真不存在了吗？还存在什么呢？我的理性像暴君一样，用事实把我推倒了。舰上的大炮都已上了炮弹，不论哪一门炮，都有炮长在轮流警戒。只要敌舰一出现，探照灯马上代替蜡烛和吊灯亮起来，炮声代替基督复活的歌声而震响，装着炸药的炮弹将代替红蛋而向日本人射去。而人杀得越多，舰沉得越深，我们就越高兴。宣告生的胜利的祷文与这些事实有什么联系呢？人类在这两千年来不是老给这些话语所欺骗吗？……

我的同伴在我耳边低声说：

"跟在我后面单个来吧！"

于是我们悄悄地跑到大桅楼去了。

四

桅楼比甲板高许多，是搭在樯桅上的圆形的场所，周围有钢板掩护。我们到了那儿一看，装着食物的箱子早已摆好了。同乡鱼雷兵瓦夏·德罗兹德和司炉巴克拉诺夫在等着我们。于是我们一边吃喝，一边愉快地谈着……

解散的鼓响了，仪式完毕，兵员们跑到上甲板来，我们却匆忙地跑下去。有几个人照复活节的惯例，互相亲吻三次。几分钟后，舰上灯光亮了，长官们和士兵们在甲板上整齐地排好了队。杨格舰长戴着那闪亮的金色肩章出现了。几个水兵低声用"多谢，舰长"来回答他的复活节节日的祝贺，多数人默不作声。

杨格舰长怔住了，他好像想问一问究竟出了什么纰漏，但立即恼怒地轻轻耸耸肩膀，转过身走了，长官们跟在他后头。显然，他还猜不透士兵们的心绪变化的原因。

水兵们像一股活的急流一般冲到中将预备室去。上面我们说过，"奥里约"号的设备和旗舰相同，准备在必要时改为旗舰，只是现在舰上没有将领。他们每个人从那里领了两只熟鸡蛋和一只白面包。这就表示我们的斋戒已经结束，而且大节日的待遇和普通的工作日不一样。有一些人早已储存了许多食物和酒，这些是从当地的安南人或是小贩船上

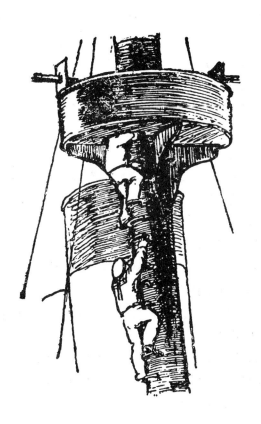

买来的。他们热诚地互相邀请作客,好像在家时一样,只是现在不是请到家里,而是请到炮塔里、双甲板上或是鱼雷部去。

在热带,天常常亮得很快,就像隔开白天和黑夜的帷幔被掀上去一样。星星像无数金色的水滴在湛蓝的空际闪烁,接着就失去了它们的光辉,渐渐黯淡到完全消逝。天空立即受到巨大的红色的曙光光轮的映照,越来越亮。在海湾里,在平静的海面上,成群的海鸥在飞翔,在淡红色的空气中描绘着银色的圆圈,用粗厉的叫声划破清晨的沉寂。荒秃的群山分明地耸立在天空的背景中,山坡和绿色的山谷都被染成紫红色,在高高地俯瞰广阔的大洋的群山之巅,旭日在颤动。

安南人驾着狭长的独木舟,绕着湾里的舰船在滑行,小船过处留下一条水波晃动的痕迹。他们头上裹着白头巾,身上缠着花布,靠在我们各舰船的旁边,用低音叫喊,兜售鸡鸭和水果。他们那褐色的方脸浮现着乞丐样的卑屈的微笑,眼睛里闪现着贪婪的光芒。战舰"奥里约"号上有一个水兵想买一只鸭子,但得不到上司的允许,这触怒了他,还因为他喝得多了,所以大声喊起来:

"喂,兄弟们,你们觉得这待遇怎么样?这是我自己的钱,可是不让我花!咱们是人还是狗?"

"在头儿们看来,咱们连牲畜都不如!"另一些水兵附和着他。

那个水兵扯开嗓子直嚷嚷:

"呸!他们那些当官的给自己弄了那么多东西,难道这冤了他们?我猜,现在他们正在开香槟哩!可是在节日里,他们却让咱们吃臭牛肉!听见吗?我说,臭牛肉!"

他大声吵了好半天,直到值班的长官听到,把他传到舰桥上去为止。

"你吵什么?"

"阁下,我在讲理!"那水兵回答,毫无顾忌地瞧着他。

"住口!把你关起来!"

士兵嘲笑地回答他：

"基督复活了！祝阁下复活节愉快！"

五分钟后，他进了禁闭室。

这件事对我说来是快意而不是难过。从前军官们对我们也有过过错，但那些事早都忘了，要鼓动人家憎恨他们很难。现在是另一回事，在复活节竟让我们吃臭牛肉。很简单，摆在我们面前的就是这么一桩气人的无理的事情，谁不生气？关于死牛有着各种各样的说法，水兵们越来越愤怒了。那个水兵被关禁闭的遭遇更是火上浇油。隔天清早，各个甲板上都骚动起来了，水兵们竟想冲进长官的酒库，可是当局早听到风声，加岗戒备起来。

不久，舰长发了命令，

"士兵们准备领酒吃饭！"

我滚着一桶甜酒到甲板上来，我的伙伴滚着另一桶。水兵们一个接一个跑过来，报了各自的号之后，便把那一小杯香喷喷的酒喝了。可是他们全体无论如何拒绝吃饭，有几个下士倒想吃，但水兵们端起那个大锅，把菜和汤倒到海里去了。有一个水兵这样喊道：

"排队！我们请第一副舰长讲话！"

水兵们用平常那惊人的敏捷排起队来。关于士兵们的决心的消息，闪电般传遍全舰每个角落。水兵们从四处跑到上甲板来，加入排列的队伍中，好像共同商议过一样，几百个声音一起喊起来：

"我们要见第一副舰长！"

"请第一副舰长来！"

军官们正在军官室作乐，酗酒的声音可以听见。有人正伴着琴声，唱着淫秽的歌曲。可是突然一个料想不到的、可怕的消息传来了：士兵们已经暴动了！结果就如地震一样，军官室顿时死寂一般，像个寺院。军官们默不作声，脸色苍白，惊疑地面面相觑。每个人的眼睛都现出临死的恐怖，好像这战舰随时都会给轰沉一般。但是这种情况没有持续多久，接着，他们就乱起来，说了许多莫明其妙的话。有些退到自己的舱房里，小心地锁上门，有的却武装起来，带上手枪，虽然他们觉得这样做也很难把他们从将临的劫数中拯救出来。

杨格舰长这时候正在军官室里。

最后，他们派第一副舰长西多罗夫跟士兵们谈话。他穿着崭新的白制服，可是无论是他那金色的肩章还是他胸前的勋章，现在都没有力量来压服自己的部下。他皮带上那把短刀，在士兵们看来，简直是完全无用的东西。在帽檐下面，他的脸色是这么惊慌，使得那部胡子或是那两撇翘起的唇髭都失去了往常的威风。他用微弱的、好像已经饿了许久那样的声音说：

"什么事呀？弟兄们！"

"见鬼去吧，这些臭肉！"士兵们一起喊起来。

"把午餐倒到海里去！"

"打倒战争！"

"释放昨夜被禁闭的船员！"

"为什么要把无罪的人关起来？"

"为什么叫我们吃臭肉？你这蝎子！"

"把我们的同伴放出来！"

他微微感到自己有过错，倒换着两脚，接着就扬起手来，叫大家安静。他说：

"我没有权力释放被禁闭的人，那是舰长的事，我立刻把你们的要求向他报告。"

他慌忙跑到军官室去，在他背后响起了一阵更高的喊声：

"叫舰长来！"

"不释放禁闭者，我们永远不散开！"

有几个大胆的军官跑上甲板来，可是一看就吓慌了，立刻跑回去了。

舰长从军官室跑到装甲的司令塔去，他同中校的对话是相当长的。这局势不好对付，实在找不出一个办法来。一方面，如果答应水兵们的要求，那就破坏了纪律，舰长的权威就会永远动摇；另一方面，又有什么办法呢？实在难以拒绝。九百个水兵正聚集在甲板上，他们已不服管束了，像一股泛滥的潮水一般。向来驯服的士兵现在已变成一群暴怒的群众，他们在一艘不论什么时候都可能和敌人交战的战舰上叛变起来，吼叫、高喊、怒骂、诅咒的声音传到司令塔来，汇成一股强有力的、听了使人头发直竖的吼声。士兵们虽然排着队，但队伍却像怒涛中的船一样摇晃着，到处举起了威胁的拳头。士兵们渐渐接近愤怒的顶点，任何一个稍微勇敢一点的水手，如果提议报复，就会引起许多更不幸的事情来。舰上就会出现大屠杀，甲板上就会洒下长官们的鲜血，那些带着金色或银色肩章的人就会全部或差不多全部被抛到海里去。能够期望从别的舰上得到点援助吗？也许，他们同样在各自的舰上哗变了……

因此，经过很久的踌躇，杨格舰长让步了。

第一副舰长匆忙从舰桥上跑下来，一面下意识地举起双臂，似乎在请求饶恕一样，一面又以与他的年纪不相称的敏捷，冲过横怒的士兵的队伍，喊道：

"一分钟，弟兄们，只消一分钟！"

他从一个舱门走下去，士兵们没有等多久，五分钟后，他又出来了，还领着那个被监禁的人。

"这就是他，弟兄们，现在不用再闹了！"

士兵们的激愤马上平息下来，喊声也消失了。

第一副舰长西多罗夫接着说：

"现在我下令给你们置办一顿好饭吃。你们自己选出几个代表监督宰杀牲口，你们挑选两头最好最好的牛。"

士兵的壁垒立刻垮了。他们分散在甲板上各处，愉快地谈着，好像得到什么特别的报酬一样，这一回，他们胜利了。

太阳越升越高，散发出强烈的光芒。大洋曝晒在炎热的阳光之下。群山的顶峰，在金黄色的浩渺的海面上高高地耸立着。似乎这些灰白而光秃秃的巨人为了防御风暴的蹂躏，确保海湾内的平静而各自环绕海湾排列着一样。

旗舰"苏沃洛夫"号上乐队的奏乐声，在温暖的空气中飘荡着。

五

在复活节的第二天早上，旗舰发出"各舰准备装煤"的信号。我们的节日已经结束了，留给士兵们的就是恢复了他们伙伴的自由和饱食了一顿好肉这段愉快的回忆。

信号长齐费罗夫匆忙走到前舰桥上向值班的长官说：

"阁下，'苏沃洛夫'号放下了一只汽艇。"

"那么，好好注意它。"长官说。

过了一会，信号长又报告说：

"中将本人刚走下汽艇，阁下。"

当他们看见汽艇是朝我们驶来的时候，"奥里约"号上全体军官立即手忙脚乱起来。现在，会发生什么事情呢？我们没有舷梯可用。本来别的来访的军官是绕到舰尾，攀缘软梯上舰，再穿过那堆着煤的餐室走到军官室去的。当然，年轻的军官可以这样做，他们必须这么忍受，可是怎么能用这种方式来接待全舰队的司令官卢杰斯特温斯基中将呢？情形看来十分不妙，"奥里约"号的舰长和第一副舰长已失望地准备扯自己的头发了。

可是水手们却是另一种心情，他们说：

"我们发狂的将军来了！"

"自从出航到现在，这还是第一遭哩！"

"是什么风把他吹来的?"

"也许,他是来祝贺我们的复活节吧?"

"说不定是因为战争迫近了,来给我们鼓鼓士气的吧?"

军官们和士兵们在舰上排好队,视线集中在那只汽艇上。

当卢杰斯特温斯基晓得只能用那种少见而又不体面的方式登上"奥里约"号甲板的时候,他气极了,这实在有损于他的尊严。他挺直身子,站在汽艇的末梢,挥舞着他的拳头,向我们怒吼道:

"糟成这个样子,可恶透了!故意怠慢!这哪里是战舰,简直是妓院!马上放下舷梯来!"

后来,卢杰斯特温斯基到战舰"奥斯里亚比亚"号去了。显然,他是去看看害病的费尔克让少将的。

"奥里约"号上的人们几乎都不知道,卢杰斯特温斯基中将已经接到有关前些天叛乱的消息。那天值班的军官后来想到掩盖这件事的责任太重大了,应当送上一份书面报告。于是他采取了挽救的措施。

"奥里约"号上大乱起来。右舷舷梯要尽快修好,派去修理的水兵已超出实际的需要。不仅第一副舰长,甚至舰长也来监督工作,不断催促他们。

"小心点,要快点!"

差不多快完工的时候,从"奥斯里亚比亚"号发来了卢杰斯特温斯基的一道新命令:

"再放下左舷舷梯!"

左舷舷梯恰好放在左边中部甲板上,但好像故意似的,它给埋在煤堆里面,要从煤堆的重压下快速把它取出来,简直是不可能的,军官们绝望地从右舷到左舷、从左舷到右舷来回跑着。

只有右舷的舷梯能够按时修好、搭好。卢杰斯特温斯基又出现了。全体士兵都在上甲板上肃立,但中将默默地走上来,甚至没有按照惯例向士兵们回礼。他站在那里,仿佛陷入沉思。他那稍有点佝偻的高大身材比他的参谋人员高出一个头。他是沙皇的随从,有海军中将的军衔、侍从武官的称号、舰队总司令的地位——这些把我们和他分开,就像跟神分开一样。他那个有一部圆形的、修剪得短短的胡子的脸孔像暴风雨前的大海那样愠怒而阴郁。现在,他照老习惯,好像吃了什么东西似的动了动下腭,一面注视着他面前那些士兵们,仿佛要把那些祸首找出来一样。周围寂然无声,每个人都屏着气息。经过一两分钟的静默之后,他发出了一阵震耳欲聋的怒吼:

"你们这些奸细!这些无赖!你们想叛乱吗?分别站队,下士们站出来!"

无数只脚的踏步声响起来。我们不晓得有多少次执行过这个简单的口令,可是这一回却像一群见到猛兽的羔羊,乱纷纷地移来移去。

我们以前曾听说过中将患有肝病,所以一点稍不如意的事就会使他大发雷霆,也许这是真的。从各种情况来看,他确实不是一个健康的人。他的行为像个疯子,登起右脚,举起双臂,吐出一些水兵们都说不出口的下流话来。他用一连串最最难听的字眼臭骂军舰和士兵,骂人的话像石头一样朝我们砸来。

"我决不宽恕这种叛乱!这是一艘丢人的舰!我要命令全舰队轰沉它,把它就地轰沉!"

他有权施展自己的权威。我们的生命操在他手里,我们害怕争辩,就像懦夫一样,不敢以暴怒来回答暴怒。

"把祸首交出来!"中将怒吼道,"那些混蛋躲在什么地方,把他们交出来!"

我们的长官们沿着各队列奔跑。他们自己也不知道谁是罪魁,忘记了事先准备一张名单,只好抓到谁就算谁,也许抓曾受过处罚的某一个人,也许抓他们特别不喜欢他面孔的某一个人。这是生死存亡的关头。每个士兵都害怕被抓出来。想到也许不是给绞死就是给枪毙的时候,他们的心都凉了。当军官们抓出八个人来,命令他们走到甲板中间来的时候,大伙都松了一口气。

接着一幕悲喜剧开始了。

中将沉默了一会儿,好像决定在审讯这些士兵之前稍为镇静一下。他的胸部起伏得很厉害。他审视了他们好一会儿,目光从这个脸孔移到那个脸孔。接着,他把牙齿咬得格格直响,仿佛那些牙齿是铁铸的,然后又像牝牛一样,向士兵们吼起来:

"就是他们,这些出卖祖国的奸贼!没有一个像人!面孔是十足的贼相!你们把俄罗斯卖了多少钱?我问你们——你们把自己的祖国卖给日本人多少钱?"

那八个人直挺挺地站在那儿,他们茫然地朝着神色可怖的中将瞪着眼睛。他们的膝头颤抖,脸色像搽了粉一样苍白。他们不像人,倒像八个不会说话的模特儿。

中将挥动着右手,指着那八个人对全体士兵说:

"仔细瞧一瞧这些奸贼!他们把自己的祖国出卖给日本人,换取金钱!"

接着,他稍稍俯下身子,探着头,指着那些人,用低到差不多耳语般的声音说下去:

"我看出,我能够看出——看出他们的口袋里鼓鼓囊囊的!装满了日本人的钱!你们大家瞧瞧,瞧瞧他们的口袋,那些口袋快给钱涨破了!是敌人的金钱!啊!敌人的钱就在这里呀!"

中将忽而走近,忽而退避那些"罪犯",并在话里夹着令人难堪的咒骂。他的脸色变得阴沉,眼睛突出,好像他被浆硬的衬领紧束着似的。他像个着了魔的人,他的咒骂,他的行动,他的言词全都那样反常,就如一个穿着他那套高贵制服的小丑一样。最后,他从那八个不幸的人中抓出一个来,这是一个瘦弱的、满脸麻子的人,于是他又叫了起来:

"你们瞧瞧这张脸,给上帝打过印记的!告诉我们,你们从日本人那里得了多少钱？什么？啊！你不说，你不说吗？"

他当胸抓住那个人，摇晃起来，仿佛要把那个人的灵魂摇出来似的。那个不幸者的头似乎装着弹簧，来回地摇晃着。中将突然推开他，他一下子在炮台的门口倒下去，大声地打着呃。

随后他又对着下士们和长官们发出了一些最最说不出口的咒骂，连杨格舰长也不例外。

"至于你们这些恶棍，一定知道这一回我决不会饶了你们！"他结束了自己的话，又转向士兵们说：

"现在只有在海战中，用你们自己的鲜血才能赎回你们犯下的罪！不然，我就剥下你们的皮，你们这些狗杂种！"

就这样，中将回到"苏沃洛夫"号去了。

那八个士兵被当作危险的"罪犯"，在加倍的警戒下被送到作为海上监狱的运输船"雅罗斯拉夫"号上去。

我们默默地干我们的活，忧伤压抑着我们的心。我们没有话说，一切都很清楚，我们牺牲了八位伙伴，才使大家平安无事。

六

四月二十五日晚上，舰队接到了尼波加托夫少将战队的电报，在我们出发后四个月离开里巴瓦的伙伴们，现在快到了。这消息使我们大家高兴起来。

隔天早晨八点，第二太平洋舰队离开了凡丰湾，各舰恢复了横渡印度洋时的战斗阵形。

我们怀着兴奋的心情匆忙跑到前甲板去，向海平线上凝望。"苏沃洛夫"号和"尼古拉一世"号之间不断进行通讯联系。下午二时左右，樯桅开始在海平线上出现了，随即我们看到了黑烟囱和上舰桥。

战队由飘着尼波加托夫少将的将旗的"尼古拉一世"号统率着。在它后面的是装甲海防舰"阿普拉克辛海军上将"号、"辛亚文海军上将"号和"乌沙科夫海军上将"号；再后是旧巡洋舰"蒙诺马赫"号，运输船"里温尼亚"号、"科罗尼亚"号、"格曼力克"号、"斯特罗冈诺夫伯爵"号以及工厂船"克辛尼亚"号和拖轮"斯维里"号等。此外，还有二级医院船"科斯特罗马"号。当增援战队和第二太平洋舰队相离极近时，它们互放了礼炮。在这离祖国海岸如此遥远的地方，看到这些高烟囱、长大炮的老舰时，着实令人惊异。

"苏沃洛夫"号发出了这样的信号：

"欢迎！祝贺贵队航行成功！并祝贺得到这增援的舰队！"

其他各舰也都发出同样的信号。

接着，"尼古拉一世"号率领该战队的各舰驶过我们舰队，与我们两纵队并列，成为第三纵队，这是非常庄严的时刻。热带的太阳从万里无云的天际向我们照射着，过热的空气像在颤抖。大海犹如一张缀着珠宝的丝织的桌布，闪闪发亮。各舰的士兵在上甲板上排列着，高呼"万岁"。旗舰上的乐队也奏起了乐曲。"顿斯科依"号为了欢迎自己的老伙计，依照旧时装甲帆船时代的习惯，向"蒙诺马赫"号行了登桁礼。

不久，一艘汽艇载了尼波加托夫到"苏沃洛夫"号去。两个海军将领在旗舰的舷梯上相会，互相拥抱起来。尼波加托夫和卢杰斯特温斯基谈了一个钟头就返回"尼古拉一世"号去了。

在这里读读尼波加托夫所作的关于那次谈话的报告是很有趣的。下面是我从《对马败绩原因调查委员会的报告》中摘录出来的：

"一九〇五年四月二十六日，在靠近安南海岸的大海上，我的战队和卢杰斯特温斯基的舰队会合。中将在'苏沃洛夫'号上招待我，并邀我进他的私人船室，我们就在那儿当着他幕僚的面谈了一会儿。这谈话……对迫在眉睫的有关海战的问题毫未涉及。

"我起初以为中将不想在自己的幕僚面前泄露计划，稍后他会跟我个别密谈。可是在半个钟头泛泛交谈之后，他暗示我可以返回自己的旗舰去了。

"在谈到别的许多事情时，我告诉他，要是不能够和他完成会合，我打算经由北海道与库页岛中间的宗谷海峡驶至海参崴。他对此不置可否，也不再详细询问。在这一战役中，我和卢杰斯特温斯基的会晤就只有这一次。他不再邀请我，也不到'尼古拉一世'号上来，我们完全没有讨论过作战计划。他既不给我训令，也未给过我通知。"

我们很清楚地知道，尼波加托夫战队不过是一支很小的援军，它的兵力微不足道。然而在"奥里约"号上，我们对这数量很少的援军仍然很重视，大受鼓舞，充满着新的希望。

有一件事是确定的——我们在这厌透了的安南海岸的漂泊快要结束了。只要把新到的运输船载来的弹药和货物装卸完毕，我们便可以朝东北方向航行。过去的已经过去了，也没有什么要等待的，俄国做得到的都已给我们送来了。现在组成的这第二太平洋舰队就是它最后的希望。我们全国人民的视线正集中于卢杰斯特温斯基身上，相信他那双在浓眉之下炯炯有神的眼睛能够洞察未来，并且做出最后的行动计划。

隔天黎明，尼波加托夫战队带着几条运输船开到夸比湾去装煤和修理机器。舰队其他一些舰只在海上碇泊。就在这时候，司令官发出了当天第二百二十九号命令，说："刚驶到的援军使我们的兵力不仅与敌方相等，而且就战舰而论，我已占优势。"他接着说："即使日本高速军舰比我们多，这也并不重要，因为我们并不想逃走。"

我不知道卢杰斯特温斯基究竟是否相信自己的话，但这命令绝对改变不了士兵们的信念，我们都晓得日方的军力比我们强。这当天的命令只是叫水兵们嘲笑那"发狂的中将"罢了。

现在我们的舰队拥有五十艘舰船，其中军舰三十七艘，商船十三艘。战术布置如下：

第一战舰战队：四艘大型战舰，"苏沃洛夫"号是舰队司令官乘坐的旗舰。

第二战舰战队：四艘军舰，旗舰"奥斯里亚比亚"号，由费尔克让少将统率。

第三战舰战队：四艘军舰，旗舰是"尼古拉一世"号，以尼波加托夫少将为司令官。

第一巡洋舰战队：五艘巡洋舰，"奥列格"号是恩奎斯特少将乘坐的旗舰。

第二巡洋舰战队：四艘巡洋舰，沙因上校为指挥官，"斯维特朗纳"号悬挂司令旗。

第一鱼雷战队：由两艘轻型巡洋舰和四艘驱逐舰组成。

第二鱼雷战队：由五艘驱逐舰组成。

此外，以拉德洛夫上校为指挥官，率领轻型巡洋舰、十四艘运输船和两艘医院船。余下的煤船和运输船因为战争紧迫，调到西贡去。

我们整整做了四天苦工，把要驶离的各船剩下的粮食、煤和军用品驳载到别的船上去。尼波加托夫战队的烟囱也依卢杰斯特温斯基的命令，由黑色漆成黄色，使之不那么惹人注目。

一九〇五年五月一日黎明时分，舰队以每小时九海里的速度继续朝东北方向的航程。第一与第二战舰战队排成两列纵阵，再后，以"金刚钻"号为首，率领两纵列拖着驱逐舰的运输船。为了保护运输船，巡洋舰驶在侧翼，另由四艘轻型巡洋舰组成的哨戒舰队驶在舰队的最前方。两艘医院船则驶在巡洋舰的旁边。由尼波加托夫率领的第三战舰战队，排成单横阵形，作为舰队的殿舰。

在甲板上，我遇到了水手长沃耶沃金。

"啊！我们现在是入局了！"他说。

"是的，不可避免的。"

绵长的舰队前后拉开五海里的距离。无数的烟囱喷出浓浓的黑烟，像乌云一样迷漫在海上。

"看起来,倒是一支庞大的舰队呢,是不是?"水手长接着说。

"外表上是一回事,"我回答,"而实际上是另一回事。"

"两三个星期后,这些舰中也许有些能够平安地到达海参崴吧。"

"而有些则会沉在日本海海底!"

水手长踌躇地看了我一眼。

"一点也不错!"他回答。

淡紫色的海岸和我们的航路并行地延伸着,给我们做了一道临时屏障。海上是平静的,在朝阳的映照下闪闪发光。

从帽檐下瞧着海景的杨格舰长,正在舰桥上来回踱步。

到现在,关于他的事情我只说了几句。在这次航程中,不管他是一个成员还是一个舰长,他始终掌握着我们全体船员的命运。

他是从前帆船船队时代的海员。对于快速帆船、轻巡航战船和巡航战船,谁也不会比他更在行。直到大战开始被任命为战舰"奥里约"号舰长时,他还是某有帆巡洋舰的最优秀的舰长,虽然此舰不过是一条装帆的舰,但他对舰上的一切处理得井井有条。多年的服役使他拥有极丰富的、但又是旧的航海经验。

在一艘新的战舰上,他就像一个在森林里迷路的人一样。复杂的机器、电机以及不是从旧式的舷炮洞口而是从炮塔发射的重炮,都是他见所未见的。结果,他就不晓得怎样去管理由他负责的军舰,只好放手让专家们去处理。他整天离开自己的驾驶船,站立在舰桥上,等待旗舰发出的信号,并亲自发令给信号手和轮机船。这些本来都是值日长官的职责。这样,舰长只是一个傀儡,在舰上不起什么重要作用。第一副舰长西多罗夫也是这样,他们俩都绝对地听从那些技术人员。

这并不是"奥里约"号的特点,舰队里别的许多军舰也是这样。由于最上层的长官一般对新式战舰的无知,所以不得不像杨格舰长和西多罗夫第一副舰长一样,把权交给下级。各舰都有一个专家管理委员会。

在"奥里约"号舰内生活中,这些关系是一目了然的。

杨格舰长是一个好人,谨慎、和气、勇敢,可是对交给他的任务实在感到太困难。不单是因为他要对付一艘复杂的新式战舰,还因为这战舰本身的设计有许多毛病。就是那些最年轻的准尉也都晓得他力不胜任,时常讥笑他的无能。据说,他时常记住一些技术名词,比如"变阻器"之类,在专家面前能背出来,但丝毫不懂这个名词究竟是什么意思。有一回,舰长站在舰桥上看着前部十二英寸炮炮塔在缓缓地回转,因为转得太慢了,他就担心起来,问鲍里诺夫上尉:

"为什么转得这样慢?"

上尉回答说:

"这是用手推动的。"

舰长想了一想,就说:

"啊,大概,变阻器烧坏了吧?"

鲍里诺夫上尉听了,惊异地扬起浓眉。

有一次,从汽锅通往主机的一根汽管破裂了,蒸汽完全送不到,航速降低了。在这时候"鲍罗丁诺"号碰巧从它旁边驶过,该舰舰长西里勃里温科夫上校用传声筒问:"出了什么事?"

在舰桥上着急地来回走着的杨格舰长大声回答:

"辅助汽锅室爆炸了!"

"鲍罗丁诺"号上的人们所到这不着边际的回答,笑了起来。

杨格舰长像帆船舰队时代的所有船员一样,是一个果断的人。要是他能够办到的事情,他不用理智而凭直觉去解决它。结果,中将不断的责骂使他气馁了,他自己终于失去自制,遇事总是意气用事,老挑部下军官的过错。

他的神经质很使我们担心。海战需要最大限度的自制力,不晓得到时他会做出什么事情来。在旗舰发出信号和演习的时候,他在舰桥上那副着急的样子,就表现出在将来作战的时候他是毫无用处的。后来,他

逐渐对中将不满意,还批评了他的参谋部:

"这些家伙到底懂得什么?他们这样害怕中将,连理性也没有了,咱们用不着麻烦他们。"

终于,他对中将提出的责难的信号也不大搭理了。

"无聊透了!让他们骂吧!这些家伙是缺乏理性的。"

逐渐地,他完全依从了自己下属的技术专家们,他不再等待中将的命令。在"奥里约"号上,他已开始独立地应付那迫在眉睫的海战了。

七

在舰队里的每一艘舰船上,我都有朋友和熟人,有些还是我的同乡,在尼波加托夫战队里也有许多。可是在目前的情况下,我不能和他们接触,直到对马悲剧上演后不久,我才从那些幸存的人中搜集了一些有趣的资料。

尼波加托夫战队是在利巴瓦的亚历山大三世港集中和装备的。虽然官僚主义盛行,但事情进展很快——太快了,机器草率地安装起来,新的、刚买到的大炮瞄准的零部件,如测距仪和观测镜之类,也匆忙安装起来,没有时间让炮手们和分管炮术的指挥官和军官去认识这些新式的东西。由火车运到利巴瓦的炮弹在雪地上放了一个星期才搬进各舰的弹药库。兵员也不够,不得不从各处拉来许多人凑数,他们是些未受过训练的新兵,是些忘了现役法则的后备兵,是海岸当局感到厌恶的、品行不端的惩罚兵。尽管如此,海军部还是要战队赶快出发,借以平息社会舆论。当舰长们提出建议,说各舰还不具备和敌人作战的条件时,亚历山大三世港要塞司令官伊尔茨基少将这样回答:

"你们果真认为你们是去打仗吗?你们只是派去示威罢了,不久就可以回来的。"

当十一月九日冬宫前大屠杀的消息传到利巴瓦的时候，港口和兵工厂的工人骚动起来了。多次的罢工和示威延误了尼波加托夫战队的出发。滋事的熟练工人被水兵替代了，但后者也同样受到革命情绪的感染。战舰"辛亚文海军上将"号的士兵一再诉说伙食太糟糕，有一天晚上在吃饭的时候爆发了一场可怕的骚动。值班长官瓦尔格利姆斯准尉觉得除辱骂这些人外再没有别的办法了，就说他们是叛乱分子，应受严厉的处罚。他完全看不出士兵们是多么愤慨，结果，他被人在肚子上刺了一刀。此外，还有一个水手长受了伤。

就在这样的情况下，尼波加托夫战队在二月三日清晨，在风暴中从利巴瓦起程了。

尼波加托夫是一个跟卢杰斯特温斯基完全不同的人。我很了解他，因为当他还是上校的时候，我曾先后在海军步兵团和某巡洋舰上同他在一起。他是一个矮胖的人，圆圆的脸给慢性湿疹弄得很难看；有一对大大的凸出的眼睛，一部短短的灰色胡子。海军里的军官们都认为他是干练的少将，他懂得怎样用不着不断责骂就叫自己的部下使出所有的力量。以一般的将领而论，他还算年轻，只有五十五岁，可是水兵们却叫他"大爷"。他不虐待他们，也就是亏得这一点，在上述那些扰乱之下，该战队才能那么迅速地准备停当。从利巴瓦出发之后，再没有发生骚乱，违抗命令的行为也少了。可以说，他的航行跟卢杰斯特温斯基的确是个明显的对照。

尼波加托夫循着费尔克让的航路驶入印度洋，驶过地中海，经苏伊士运河驶到红海。穿过曼德海峡之后，该舰队不到诺西-伯，直驶巽他群岛，时时停下作炮击演习。入夜各舰灭灯航行——这是卢杰斯特温斯基从未采用过的方法。

从里维尔起到与主要舰队会合止，一共航行了八十三天。当你想到该战队是包含两艘老掉牙的战舰"尼古拉一世"号、"蒙诺马赫"号和三艘不适于远航的海防舰时，就会认为这次航行显然是极大的成功。这件事已证明了尼波加托夫是一个胜任的少将了。

　　因为海军部不能给第二太平洋舰队在它到远东去的遥远的海程中预先安排一些访问港口（这是因为俄国不像英国有许多分布在各处的殖民地的缘故），所以第二太平洋舰队对敌方舰队的行动得不到可靠的报告。不错，总参谋部还时时给我们发来一些关于这一类的情报，可是那些完全是错误的，徒然叫我们神经紧张罢了。尼波加托夫少将也遇到同样的困难，关于战争舞台上的现状他从未得到过正确的情报，甚至他准备与之会合的舰队的行动，他也全然不知。尽管他随时发电到圣彼得堡去，可是复电（就他得到的而言）都很含糊。因此他感到迷惑，不晓得在这样的情况下应当怎么办，所以决心试试从宗谷海峡驶到海参崴去。然而，命运帮助了他，他遇到了一个水兵瓦西里·费多罗维奇·巴布什金。

　　参加过旅顺口的防御战而又没有在那次恶战中死去的人，没有人会忘记巴布什金的。他在一级巡洋舰"巴央"号上非常出名，他曾在该舰当了几年水兵，后来提升为班长。

　　他是从内地的维亚特卡州出来的，身材高大、宽胸阔肩，是一个很出色的竞技员。有一次，他曾以自己的勇敢吓倒了法国人。那是在土伦时候的事，当时"巴央"号正在土伦的船坞里。有一天晚上，巴布什金和几个同伴去看马戏。那马戏班的大力士把一把上面坐了二十个观众的椅子放在自己的背上走了几步。巴布什金自信能胜过他，就跑上台去，请求让他来背同一只椅子，并且上面多坐两个人。当他顶起重负时，大厅里掌声如雷。那个卖艺的大力士未终场就溜掉了，而俄国的巴布什金却被他赢得的喝彩声和观众掷给他的花朵淹没了。他呆愣地站了一会儿，凝望着观众。后来他曾向同伴们承认说：

　　"我实在不晓得，我当时是怎样跑出那个竞技场的，在回舰的路上，我的头还昏沉沉的呢。"

　　自从施展了那次技艺之后，他每天收到了许多法国妇女向他表示倾慕的信，而多次幽会的结果，他不久便能说一口很流利的法语了。

日俄大战爆发之后，还在"巴央"号服役的巴布什金，因为干了许多特别勇敢的事，非常出名。当需要一个义勇兵去做某些冒险的事情时，他总是第一个走上前的人——不管是去捉拿向日本舰队发出发光信号的探子，还是去捕获敌方的水雷敷设船。

以后旅顺口被堵塞了，断了出路的第一太平洋舰队到了最艰难的时期。已占领了环绕旅顺口的各个制高点的日军，开始炮轰那些隐蔽在停泊地的舰船。各舰不断起火，长官们和士兵们都躲在炮塔里或隐蔽部里，而巴布什金就是那几个时时准备冲出去扑灭大火的人中的一个。后来各舰终于沉没了，他随即就在那些还在俄军手里的陆上炮台的防御战中，做出了好些惊心动魄的功绩。他之所以能够完成这么多特殊的战斗任务，因为他不仅像一只勇猛的野兽，还因为他又是一个头脑灵敏的人。他是那些既服从军纪而又富于自发性、有时不等上司的命令而决断地做出应做的事的、突出的士兵和水兵中的一个。此外，他还因为危险而爱好冒险，危险一来，他就挺身而出。但他的英勇行为因不幸而中止了。有一天，当他在修理炮架的时候，一发日本人的炮弹在他的身旁爆炸了。他身上不多不少，有十八处受伤。这位先后获得四枚乔治十字勋章的勇士昏倒在地，到医院时已无生望了。过了好几个月之后，他方才能够起床。

旅顺口陷落之后，日本军医认为他已是一个不能再打仗的人，把他送回俄国去。当载他的那艘中立国的船到达新加坡，他向卢丹诺夫斯基领事报告时，领事无意中把尼波加托夫战队将在两三天内经过马六甲海峡的消息告诉了他。

"不管花多大的代价，"领事说，"我一定要送信给尼波加托夫少将，把日本舰队正埋伏在巽他群岛附近的消息通知他。可是这实在太困难了，因为英国当局一直监视着我。"

巴布什金的伤还没有完全痊愈。可是现在，他以前的勇气又重新焕发出来了。他对领事说，他愿意试一下，把消息告诉尼波加托夫，但有一个唯一的要求，第三舰队要收容他，让他再回日本海去。于是，立刻拟出了行动的计划。

巴布什金所住的旅馆处在警察的监视之下，为避免引人注意，他穿了一身白制服，戴一顶遮阳帽，这使他像一个环游世界的旅游者或是一个当地的居民。他一早就从后门离开旅馆，直趋码头，在那里有一条汽艇在等他。艇上还有两个人：一个法国大汉，是俄国领事馆的用人；另一个是年轻的、缠着黄头巾的印度人，是汽艇驾驶员。这两人都归巴布什金指挥。万一发生危险，他必须把那文件烧掉或丢到海里。

当地英国当局一准许那只飘着法国国旗的汽艇出海，小艇立刻便出港驶往海峡。几个小时后，新加坡消失不见了，它靠近了尼波加托夫战队可能在附近驶过的海岛了。但谁也不知道战队所选定的确切的航路，也不知道它来到的准确时间。

在巴布什金的生涯中，还没有过这样的痛苦和不安。海平线上一有黑烟出现，汽艇就朝它驶去。可是每次都叫他失望。有时他驶得极远，几乎看见了巽他群岛的岛屿。赤道的阳光使他难以忍受，汽艇就像座火炉。

入夜之后，巴布什金还坐在艇尾，一只手把着舵柄，一只手不停地拿望远镜瞭望，但战队连影子也没有，隔天同样毫无结果。他那双由于过度紧张、给海面闪耀的波光灼痛、并因为缺少睡眠而倦乏了的眼睛，现在又红又肿。他还没有痊愈的伤口现在也裂开了，由于没有绷带，他用海水治疗伤口。

那个法国大汉不久便失望和颓丧起来，老是这样说：

"老待在这里有什么用？我们永远看不到那战队的。我们还是趁这时候回新加坡去，免得给日本人抓去。"

可是巴布什金毫不放弃原定计划，他叫自己的伙伴们别再作声，他的自信和固执已到了疯狂的边缘。

到他们离开新加坡的第三天，煤快用完了，因此寻找战队的计划不得不放弃。汽艇停在海上，法国人和印度人非常恐慌，就是把小艇内所有的木料用来生火，也很难驶回新加坡去。他们唯一的希望就是能得到一只过往的舰船的援助，然而，这简直是个幻想。更糟的是，喝的水已经用完，巴布什金看着自己的伙伴们用舌头舔着干裂的嘴唇，而他在负伤的情况下，口渴得比他们更难受。他那憔悴的脸孔给三天来未修剪的黑胡子弄得更难看，一双发炎的、混浊的眼睛凹陷下去了。

法国人和印度人低声讨论着，决计反叛了。最后，法国人用愤怒的声音说：

"我们还要在这儿等待吗？"

"需要等多久就等多久！"巴布什金说，看也不看他一眼。

"要是我们不愿再等呢？疯子！"

"你们等不等与我无关。"

那法国人愤怒地挥着双臂，回答说：

"让你的战队见鬼去吧！我们不是任你摆布的傻瓜，我们要马上返回新加坡！"

印度人也附和他，喊起来，

"是的，回去！马上回新加坡！"

反叛开始了。

巴布什金站起来，他神色可怖，而且身材高大，看起来就像一只两吨重的、摇摇欲坠的锚。他铁一般的肌肉痉挛地抖动着。尽管他有伤，口渴也使他难受，但那两个人合起来还不是他的对手。他从钢盔的帽檐下，用红肿发炎的眼睛瞧了瞧他俩。他紧握拳头，愤怒地瞪着双眼，喊叫道：

"别吵！要不，我就像敲开一只核桃一样敲碎你们的脑袋！有没有你们，对我都是一样，我懂得怎样操纵汽艇。"

那法国人蜷缩成一团，走到艇头去。印度人的机务员却飞也似的跑进机船里，干起活来。

有时一条黑烟在海平线上出现了，但小艇还是在平静的海面上轻轻地漂荡着。太阳越升越高，直到中午时候，整个空气像火烧一样，机舱里散发出来的热气是非常难受的，一切都火烫的：衬衫、裤子、鞋袜。看起来，好像他们的血在这灼热的阳光下都要给蒸发掉一样。在西南面的空际，雨云在积聚。

一切都寂然无声，这三个人似乎都屈从了那可怕的命运。

坐在艇尾的巴布什金不断地用双筒望远镜凝望远处的天边。突然，他像给黄蜂蜇了一下那样跳起来，把双筒望远镜移到西面的一点上。在酷热的、雾茫茫的大气中，他看见一连串的黑烟，一条，两条，三条——还有，还有，还有许多……接着看见船樯了，拿着望远镜的双手哆嗦起来。巴布什金激动得这样厉害，连站都站不稳了，他讷讷地对伙伴说：

"那是我们的战队呀！"

他命令那个印度人把剩下的木头统统丢进炉里，把汽艇开出去拦截那些舰只。

那个法国人又反对了：

"最好还是返回去，你晓得，这些也许是日本的或是英国的船只，他们会把我们当作间谍的。"

"要是你再捣乱，"巴布什金说，"我就掀开船底的通海阀，咱们三个统统淹死！"

那两个因恐怖而麻木的人两眼直勾勾地盯着他，因为这绝不是他随便说说的。法国人连嘴巴也不敢动一下，而当那凶猛的船长喊道"开足马力驶去"的时候，印度人也慌忙服从了。

几分钟后，他们证实了那些是俄国军舰，它们都飘着圣安德烈旗。现在只有一个困难，怎样去拦截战队呢？

战队的导舰是扬着将旗的"尼古拉一世"号。汽艇一面驶近它，巴布什金和他的同伴们一面不断地又喊又做出手势。他们看见那通知各舰停机的黑球信号已在后樯上升了起来，接着全战队便停下了。

汽艇驶近了"尼古拉一世"号。巴布什金攀上船去，把秘密文件交给尼波加托夫少将，简短地述说了自己的情况之后，就这样结束道：

"我可以留在战舰上吗？阁下，我希望能跟日本鬼子再干一场！"

请求被允许了，可是这可怜的人已经筋疲力尽，给送到医院船去了。

汽艇在补充了煤和淡水之后，朝新加坡驶去。

把巴布什金带来的文件研究了一遍之后，尼波加托夫才晓得他能够在南海（中国）与第二太平洋舰队会合。

就在这时候，热带的风暴开始了。如果战队迟到一个钟头，巴布什金一定会错过机会，而战队也就不会晓得卢杰斯特温斯基的所在了。

八

五月五日黎明，我们把运输船剩下的煤驳载到舰上来，舰上飞扬着一片蒙蒙的黑煤灰。

午饭后，"水星"号和"坦波夫"号两艘运输船驶往西贡。

全体船员都极喜欢的、我的朋友瓦西里耶夫，他在同一天从医院船回来。他看起来倒挺健康，而且像往日一样，怪亲切的。不过他那受伤的脚还没有完全治愈，他拄着双拐艰难地走着。当我见到他的时候，他微笑地问我：

"喂，有什么消息吗？"

"舰上曾发生很多重大事情。"

"这我听到了，反叛是难免的，咱们有机会再详细谈吧。"

傍晚，舰队向台湾驶去，可是途中常常因这个或那个机器出了故障而停下来。士兵们因不停地警戒鱼雷艇的袭击，得不到充分的睡眠。

我们知道"奥里约"号上那几个"罪魁"，在卢杰斯特温斯基任命的军事法庭上总是很难得到宽恕的。他们的提前判刑，可能是有意警告我们其余的人。然而，集体抗命的新事件还是不断发生。当舰队将要离开俄国时，曾经发了一笔钱，大概是每人二十戈比，用来买书——设立一个士兵图书馆。那笔钱有一半不露痕迹地落到某些人的腰包里，剩下的却买了些糟透了的书，只有几本托尔斯泰的小册子，但就是这几本，在帕西神父的反对下还被当作"反基督"的书给丢到海里去了。那些糟透了的书士兵们当然不想看，他们要求得到优秀的、古代和现代俄国作家写的文学作品。可是对他们这个要求，图书管理员准尉沃罗别伊奇克回答说：

"别吵，给你什么就读什么。"

给水兵们阅读的那一点点初级读物是藏在军官室里的，在它的旁边是一只存放军官的图书的书橱。书橱上了锁。有一天晚上，当管书的人不在的时候，士兵们打开了那只书橱，除了俄文版的布罗克豪斯和叶夫伦合编的《百科大辞典》外，其余的书都搬出来了。左拉、莫泊桑、奥若什科娃、屠格涅夫、高尔基、柯罗连科、契诃夫的作品和许多学术著作，迅速地分到了各人的手中。如果这件事发生在不那么危急的时候，肯定要来一次搜查，而收藏偷来的书籍的人也会受到重罚。可是现在，水手们竟然公开阅读，而且比当局下达一道命令——假如有的话——要他们潜心于文学研究还要积极得多。军官们对这件事装作没看见。

我们的目的地是海参崴，要到达那里，非经过日本海不可。到那里的路主要有三条：第一条是在九州和朝鲜之间的朝鲜海峡，它被对马大岛分为两半；第二条是在日本本土和北海道之间的津轻海峡；再一条就是在北海道与俄属库页岛之间的宗谷海峡，这是最北的一条。

究竟选定哪一条路线呢？这是全舰队的人都很关心的问题。

卢杰斯特温斯基中将对他下属的舰长们的意见,犹如他对士兵们的意见一样,总是不理睬的。我们应当服从他的命令,不管那命令多么愚蠢。然而,我们又都是有生命的、会思索的生物,对于与我们有密切关系的舰队的命运总不能毫不关心,迫在眉睫的死亡同样威胁着我们舰队的每一个人。

军官们一讨论各个海峡的优点的时候,士兵们就竖起耳朵偷听,不幸那些偷听了一些谈话的人多半是知识很浅薄的人,他们给我们讲了一些极不确切的消息。

"军官们互相询问哪一条才是最好的航路。有许多人说,我们应当绕过日本,有些人却说,最好是绕到库页岛北面,再经由鞑靼海峡驶到海参崴去。"

有些水兵靠着军官室开着的天窗,直接窃听他们的谈话。

看起来,最近的航路,也就是经过朝鲜海峡到海参崴去的这条航路,被认为是最不利的。首先,从这里进入日本海,离海参崴最远;其次,这是敌方主要的海军根据地,难免要和敌人遭遇。我们真的要和力量大大超过我们的日本舰队冒险一战吗?

我曾和吉尔斯上尉谈到这个问题。他说:

"我认为,卢杰斯特温斯基将选择北面那两条路,即津轻海峡或宗谷海峡。不错,从航海的条件说,前一条航线会遇到很大困难,它离两岸的距离还不到十海里,但去年七月七日,别佐勃拉佐夫少将率领的巡洋舰战队就由此突围驶进太平洋,并未遇到什么困难。他还一直向南驶到横滨,在海上巡航了一个星期,轰沉了几只装载战时违禁品的、打算驶往日本港口去的船只。后来,说也奇怪,他又经过这同一海峡,一点没看见敌方任何军舰,安全地返回了海参崴。这突围的显著成功,说明了通过这海峡的事值得郑重考虑。虽然别佐勃拉佐夫只有三艘巡洋舰,而我们的却是一个庞大的、更受敌人注意的舰队。要是我们通过了这个海峡,我们离海参崴只有四百五十海里。宗谷海峡稍微远一点,朝鲜海峡可就远得多。因此要是选择后两条中的任何一条，我们在日本海遭受攻击的时间就要长一些。"

"一般说，你对经由宗谷海峡这一点有什么想法？"

"我相信，这是最有利的。它跟朝鲜海峡东部一样宽阔，而且比它短得多，也离海参崴较近。我们在辅助巡洋舰'乌拉尔'号上装了一部强有力的无线电收发机，当我们驶进宗谷海峡时，它能够使我们和海参崴互通声气，需要的时候还可以召集海参崴巡洋舰队的残部来接应我们。那些巡洋舰都是相当强大的和快速的，是一支不小的援军。此外，宗谷海峡的南面是日本的北海道，但北面是我们的库页岛。日本在那么偏北的地方没有船坞和军港，而且也不能把整个舰队调到那里去。要是他们发现我们，只能派一个由几艘最有战斗力的战舰组成的战队来追赶我们。"

"可是，如果他们在宗谷海峡巡逻呢？"

"即使他们这样做，他们的哨舰也不见得会看见我们。这海峡宽约二十四海里，无法预测的天气，比如一场风暴，对我们十分有利。在浓雾的天气里，即使相距不到半海里，也可以不被发觉地驶过去。退一步说，如果敌方哨戒巡洋舰发现了我们，它们又能怎么样呢？它们是不敢冒险向这么庞大的舰队开战的，要不然，它们准给轰沉。它们的任务是赶快驶离，把我们的航路报告东乡元帅。即使东乡的舰队速度比我们快，但当全舰队从日本南海驶到日本北海时，我们已经靠近海参崴，局势反而于我们有利。我们应当在自己的地方，就像俗语所说的那样，应当在家里打仗，连墙壁也会帮助咱们的。东乡不能像在朝鲜海峡一样，带领许多驱逐舰，我们却反而因海参崴派来的援舰而得到加强。万一战争失利，我们的舰能逃回本港，而日本方面在附近却没有可供避难和修理的基地。根据上面这些理由，我相信中将会选择宗谷海峡这条航路。"

晚上，我去看轮机师瓦西里耶夫。他的小舱室给电灯照得通亮，因为怕被敌人看见，舷窗已被遮得密密严严。在他的桌子上放着许多图纸、一本日记本和好些文具。我坐在一只矮椅子上，瓦西里耶夫靠着舱壁，受伤的脚平放在床上。跟往常一样，他正在读书。他转过头来，对我说：

"我刚好读完《娜娜》，正在想着左拉。真是一本值得一读的小说。你读过吗？"

"《娜娜》可没有读过，左拉别的作品倒读过一些。"

"你一定要读读它。现在我自己的工作是够麻烦的，可是一打开这本书，便爱不释手地一直读下去，终于把它读完了。这是一部描写法国拿破仑三世时代的作品，当时巴黎上流礼会的腐败实在惊人，生活在那样的气氛中是令人窒息的。曾被认为是其他国家自由的预言者的共和国，那时候连一点影子也没有了，真是堕落得令人可怕！从这里可以看出一八七一年德国蹂躏法国的原因。当我把拿破仑三世借宠臣实行统治的当时的法国和现在的俄国比较时，就觉得有许多相似的地方，而当时的德国和现在的日本也有共同之处。"

"那么，你以为我们也要同法国人一样受人蹂躏吗？"我这样问，这个问题我过去从未想过。

他那双褐色的锐敏的眼睛，像责备我的冒失一样，严肃地注视着我。

"你随便地、连想也不想地就提出这个问题来。这场战争是毫无意义的，这样的实例你以为还不够吗？我们的陆军和日本人作战赢过一回没有？不是每次都败北了吗？我们拥有四十艘军舰的旅顺口舰队，现在在哪里呢？不是只有两三艘小舰逃到中立国的海港，而其余都沉入海底了吗？连一仗也没有打就给消灭了。打个比方说，就像一个赌输了的赌徒一样，结果是自杀。现在剩下来的最后的赌本就是第二太平洋舰队，全部在这里，以后就没有海军了。我国各军港的天空，因为没有喷出浓烟的军舰，空气也许永远会变得洁净了吧。"

我们暂时沉默起来。

接着我们就谈到航线的问题。我把吉尔斯上尉的意见告诉他，瓦西里耶夫一面倾听，一面用手掌轻轻地把剪短了的头发从前额捋到后脑勺去，像在镇定自己焦急的心情似的。他听了之后，毫不犹豫地这样回答：

"吉尔斯是个聪明人，他给这个问题下了正确的结论。我们千万不能走朝鲜海峡，要不然，我们就完了！"

我对此表示这样的看法：

"大部分军官都赞成走宗谷海峡，不过有人坚持说，在这样的季节，那里多雾。再说，我们还得经过我们很不熟悉的千岛群岛，驶进鄂霍次克海去。如果我们沿着日本整个东海岸往北走，存煤也许不够用，这该怎么办？"

"你的意思是说，这条航线对我们太危险，是不是？"

我点了点头。

"关于煤，"瓦西里耶夫说，"我们的运输船还有足够的煤，在海上装煤我们也已习惯了。第二点反驳也没有充分的理由。我们舰队里有许多军官常常在千岛群岛附近航行，对群岛的所在了如指掌。我们可以相信他们的经验。现在，剩下来的是雾的问题。确实，这是一个严重的问题。但要记住，认为我们的舰队是为了争得日本海的霸权而驶到远东去，那是十分危险的。我们不应根据双方力量的合理比较来做出决定，正面作战的主张必须放弃，让那些所谓作战原则见鬼去吧！对一般作战不利的因素，如浓雾、漆黑的夜晚、风暴等等，或许反而对我们有利。换句话说：我们需要不被敌人发觉溜过去的条件。因此，宗谷海峡和它的多雾的天气，就给了我们一个最好的、驶到海参崴去的机会。"

"也许你说得对，不过卢杰斯特温斯基非常刚愎自用，不接受任何人的劝告的，我想他可能要通过朝鲜海峡。"

"如果这样，我们倒霉，他也倒霉！"

瓦西里耶夫用双手抚摩着那受伤的脚，脸孔因痛苦而歪扭。这使我明白，他在平坦的甲板上走动时，即使拄着拐杖，也是十分痛苦的。我也知道，他要是没有朋友帮忙，就完全上不了船梯，他至少要两个月后才能行走。在我们战舰上，他只是一个乘客，一个多余的人。然而，我晓得他曾经写了一张申请书，要求把他从医院船调回"奥里约"号来。这为什么呢？为勇士的名声吗？他对这一点也不感兴趣。在为革命、为大众的自由而作的斗争中，他是勇敢的和坚决的。他认为两国之间争权夺利的战争是一种罪恶。这种看法他从未对我掩饰过。他既是一个爱国主义者，又是一个国际主义者。他愿意看到各国那些穿着士兵和水兵制服的被压迫者，用他们自己的力量和武器去争取国际范围内的自由。

我两眼直勾勾地盯着他，问道：

"你为什么这样快就离开医院船呢？你在那里不舒服吗？"

瓦西里耶夫苦笑了起来。

"正好相反，我过得挺舒服的。大夫们殷勤而又能干，要是按他们的意见，我还该继续留在那里治疗。舒服吗？是的，很舒服，伙食也很好，护士们温存、老练。在发生海战的时候，我可以得到红十字的庇护，可是我不能再待在那儿。"

"所以你就回到这条注定要倒霉的舰上来吗？为什么呢？"

"我的感情和理智做了斗争。所以我要求大夫们送我回来，我知道我正迈开那也许会把我葬送的一步，可是我的心把我拉回到我们的'奥里约'号来。我要在自己的舰上，跟我自己的士兵们、跟我的同志们在一起。他们在那儿拼命，我也要拼命。再说，在紧急的关头，我的劝告也许能拯救这艘战舰……"

我带着左拉的《娜娜》，向他道了晚安，出来了。

九

舰队驶过北回归线（夏至线）进入温带了。在东面，把我们和太平洋分开的，是一八九四——一八九五年中日战争后中国割让给日本的台湾。我们只见到极少的几条船，一点也没有敌舰的踪影。

我们这漫长的、耗费许多精力的海程，现在快结束了。这枉费心机的《奥德赛》[1]的最可怖的一章也快开始了。

五月十日早上，当我们驶离台湾很远的时候，我们又开始在渺茫的海上装煤。海上风平浪静，潮湿的云一动不动地漂浮在高空，天色很阴沉。除了我们舰队里的舰船，再看不到别的船只，也看不见和这浩瀚的大海连接的陆地。

在干活的时候，士兵们在谈论：

"啊，这可是最后一次碇泊了。"

"为什么是最后一次呢？"

"因为从现在起，我们随时都可能碰上敌人。"

"也许，我们会绕着日本航行，那时候我们还会再装一次煤。"

"你认为司令官究竟决定走哪一条航线呢？"

"你想我们今天为什么装煤呢？我们这舰现在装载了这么多，吃水很深。从这里到朝鲜海峡只有两天的航程，用不了那么多的煤，让它减轻到恢复正常的排水量。也许，他会给我们一点指示吧？"

"你忘了我们的中将已经发狂啦！"

军官们的意见跟大部分水兵相同。他们认为现在装煤，就是说明卢杰斯特温斯基已经决定走沿日本东海岸而上的那条漫长的航路。

---

[1]《奥德赛》，古希腊两大史诗之一，相传为荷马所作，叙述希腊英雄奥德修斯经历种种艰险终于回到祖国的故事。——译者

"苏沃洛夫"号利用各舰停泊的机会,发出最后的关于战略和战术的命令。

"当敌人出现时,舰队主力一接到通知信号,便须上前应战。它们还将得到第三战舰战队和巡洋舰队的支援,然后,后者应根据当时的情况采取独立的行动。如果没有旗号,各战舰即应跟随旗舰,集中火力袭击敌人的旗舰或导舰。"

我们接到的不是精心制定的详细计划,而是一些笼统的、含糊的指示。我们攻击的方向应集中于敌人哪一部分呢?应采用哪一种攻击方法呢?各战队的任务又如何呢?"应根据当时的情况采取独立的行动"这句话正确的解释是什么呢?假如日本舰队领头的不是旗舰而是次要的舰,我们又该怎么办呢?

为了竭力解决上述问题,参谋部和舰长们徒然绞尽脑汁。司令官自己显然认为,已经把所有必要的都告诉了他们,希望在仗打起来后再给一些追加的命令。后来,他终于下了一道补充的命令,说如果"苏沃洛夫"号沉没或离开战列时,舰队的导舰即同战列的第二号舰"亚历山大三世"号,在参谋部业已撤至另一舰之后代替旗舰;往后,如需要时,依此类推,再移至"鲍罗丁诺"号。

当天晚上,我们的烟囱冒出浓烟,滴滴地计算海里的测程仪显示出我们很快将驶近日本海岸。

又一天过去了,我们仍然看不见敌舰的踪影。日本战舰究竟在哪里呢?它们没有露面更使我们坐立不安。

因为我们朝北航行,气候开始变了,经过热带的长期航行之后,我们突然感到阴冷,长官和水手都改穿了黑制服。

由于自我防卫的本能,全舰队人员都知道死战迫在眉睫,现在不是争吵的时候。官兵之间的关系变得协调了,上级不再责骂和拳打下级,水手们也忘记了从前受到的屈辱,一心一意地履行着自己的职责。

"奥里约"号预先做好临战的准备。我们用一切可能的办法来预防火灾，舰上上层那些易燃的东西，能拆掉的一律拆掉。所有的木制品，除最贵重的搬到舱里外，全都丢到海里。轮机师瓦西里耶夫主张这样做，但杨格舰长却不同意把全部扫除得精光，何况司令官对这件事没有明令，"苏沃洛夫"号的木料和家具都丝毫不动。不错，舰队里只有两三艘舰采取和"奥里约"号一样的措施。在我们的战舰上，我们还设法保护大炮等一些最薄弱的部分，用铁索、铁棍、煤袋和吊桶等把它们保护起来，使之不被敌弹所破坏。备用的东西都藏在安全的、取用方便的地方，以便机械万一遭到损坏可以马上加以修理，不致妨碍战舰的航行。

从外表上看，士兵们是沉着而又愉快的，有说有笑。他们有些人正在盘算到海参崴后要做什么事情，有些人则在心里想回归故乡。而实际上，他们是在欺骗自己，欺骗别人，因为失望的阴影正笼罩着他们的心头。自从我们离开俄国到现在已不止两百天了，我们内心的苦楚和忧虑正与日俱增。我们生活中最苦恼的日子已经过去了，现在呈现在我们前面的只有死亡。

五月十二日的早晨寒冷而阴沉。樯的铁索在风中呼啸，遮蔽天空的灰色的雨云越沉越低，斜飘的细雨发出淅淅沥沥的声音，薄雾遮住了海平线，海浪拍打着战舰的两侧。

再没有比在雨天的海上感到更阴郁的了。但大部分军官仍不顾风寒和弥漫着的薄雾，伫立在上甲板和舰桥上。早上九点，士兵们的视线集中于那些离开舰队、朝西面四十海里的上海驶去的运输船，它们是拉德洛夫上校所乘的"雅罗斯拉夫"号和"弗拉基米尔"号、"古罗尼亚"号、"瓦隆涅兹"号、"里温尼亚"号、"流星"号等，由巡洋舰"里昂"号和"第聂伯河"号护送。后两舰奉命在它们安全到达中国海面的时候，在黄海上进行一次示威。三天之前，两艘巡洋舰"库班"号和"捷列克"号也被派往日本的东海岸去示威。现在，驶离的各舰扬起了"顺风"的旗号，我们用羡慕的目光送走它们，直到它们在蒙蒙的细雨中消失为止。

我混在聚集于前甲板上的水兵们中间，听到了这样的谈话。

"终于驶到这里来了。"

"不是离上海只有四十海里吗？"

"只要四个钟头，我们便可以驶到那中立港。"

"就要和日本人开战了，然而，为的是什么呢？我连做梦也没有梦见日本人呢。"

"要是我能到中立港去，哪怕要了一只胳膊也行。"

从这些话里，我们可以感到耻辱与愤怒。

直到五月十二日这天早上，除了中将外，谁也不晓得我们究竟要从哪一条路线驶入日本海。现在，要是我们要绕过九州的南部，朝津轻海峡或宗谷海峡驶去的话，我们便应当东航了。但我们的航路自从煤船离开之后，却是北七十度东，无疑地，我们正驶向对马岛。长官们立刻惊愕起来，士兵们却诅咒卢杰斯特温斯基，说他真该得"发狂的中将"这绰号。

舰队成两列纵阵。右纵阵包括第一、第二战舰战队："苏沃洛夫"号、"亚历山大三世号、"鲍罗丁诺"号、"奥里约"号、"奥斯里亚比亚"号、"西梭·维里基"号、"纳瓦林"号和"纳西莫夫海军上将"号。左纵阵则是第三战舰战队："尼古拉一世"号、"阿普拉克辛"号、"辛亚文"号和"乌沙科夫"号，以及四艘巡洋舰"奥列格"号、"阿芙乐尔"号、"德米特里·顿斯科依"号和"弗拉基米尔·蒙诺马赫"号。在两纵阵之间，而又和两前导战舰并列的是两艘驱逐舰，另五艘驱逐舰则在后边，受左纵阵的巡洋舰的保护，驶在各巡洋舰中间空隙的旁边。后面，也在两纵阵之间，四只运输船"阿纳都尔"号、"依尔杜士"号、"堪察加"号和"高丽"号连成一线。再后，接着拖船"罗斯"号和淡水船"斯维里"号。最后，在战线的后面，是两艘医院船"奥里约"号和"科斯特罗马"号。在两纵阵的外头，和两导舰并排的，是两艘哨戒巡洋舰，左边是"瑶玉"号，右边是"珍珠"号。约在相距一海里的前方，排成三角形阵形的又是别的三艘哨戒巡洋舰："斯维特朗纳"号、"乌拉尔"号和"金刚钻"号。

总共有三十八艘舰只。

我们就是用这样密集的阵形朝朝鲜海峡驶去的。大家对卢杰斯特温斯基这种战术都很惊讶。当他已经知道敌人埋伏在附近的地方时，他这样麻痹实在是有罪的。不用说，上面提到的那五艘哨戒巡洋舰并不能进行认真的侦察，它们充其量只能把我们的视野扩大两海里。这样，舰队实际上是在盲目前进。

水手长沃耶沃金一边注视着舰队，一边摇头，低声对我说：

"我们的中将在蛮干。"

就在这时候，吉尔斯上尉在舰桥上出现了。

"看起来，阁下，"我用疑问的口气问道，"我们好像是朝朝鲜海峡驶去？"

"倒霉！正是这样。"

那么，中将已决定从这条最近的航路到海参崴去吗？"

吉尔斯耸耸肩膀，回答说：

"怪事情。出我……"

不仅是战舰和巡洋舰的舰长蒙在鼓里，就是卢杰斯特温斯基的同僚们和少将们也是一样。然而，冲过对马海峡的决定早在几个月前就已泄漏到圣彼得堡去了（也许，还由此再传到日本去）。高级副官斯文托杰斯基从诺西-伯写过这么一封信给一个叫米哈伊洛维奇的：

"我们已遭到很大的损失，但当我们竭力要通过对马海峡——日本主要海军基地的时候，损失还会大大增加。"

我跑到下面士兵室去，中午休息之后，士兵们正在那儿喝茶，他们正在兴致勃勃地谈论着战争，谈着他们各自的老家等事情。

一个宁静的日子，舰队以八节航速前进，入夜降为五节。

我们轮流睡觉。

十

卢杰斯特温斯基中将不认识我，对我没有兴趣，这实际上使我非常高兴。在他看来，我只是一万两千个穿着制服的士兵中的一个。我们只是为执行他的命令才存在，好像只是用来保证战舰的前进，以及在必要的情况下放射出鱼雷和炮弹的活着的力量罢了。对他，我们这许多人是一个集合体，是不能单独分开来的，是为了和日本人作战而组织起来的一个巨大的整体。但我经常在想我们的中将，他是怎样统率舰队的呢？他给舰队做了些什么呢？他给舰队的影响多大呢？他是怎样对待自己的部下的呢？他跟参谋部的关系又是怎样的呢？最后，他又是个什么样的人呢？

我竭力从他的行为中来找到这些问题的答案。我不仅把他当作一个舰队的司令官，还把他当作一个人，想剖析他的本质。此外，我对卢杰斯特温斯基感兴趣的另一个理由，就是他是帝国舰队中的典型人物。是的，他是非常典型的，因为他表现得比自己的同僚更加顽固，更加专制——这些正是我们的专制政府一贯要在它的大人物中培养的。

在日俄大战之前，知道卢杰斯特温斯基的人很少。大战凄惨的结果才使他成为一个红人。

一八七三年，当他在米哈伊洛夫斯基炮术学校毕业时，他已是一个上尉了。不久，他便被任命为海军炮术实验委员会的委员，直到八七七年俄土之战爆发，他还保持着这个职位。战争开始，他被派到尼古拉耶夫市去，在黑海舰队的前任舰长手下工作，等到商船"维斯塔"号改装为巡洋舰之后，他才在该舰舰长巴拉诺夫少校手下服役，参加了一八七七年七月十一日上斯丁基附近的海战。据当时的报纸报道，我们的士兵作战非常勇敢。军力薄弱的"维斯塔"号与土耳其战舰"费西·布林德"号激战并击溃了它。因为这一功勋，卢杰斯特温斯基和他的同僚们得到了乔治十字勋章或弗拉基米尔勋章，卢杰斯特温斯基还晋级为少校。

他被派到圣彼得堡去，带着舰长的海战报告亲自向沙皇陛下及皇族报告七月十一日战斗的经过。

一年后，一八七八年七月十七日他在《交易所报告》上发表一篇题为《战舰与巡洋舰》的文章，揭露了许多在此之前未被世人所知的、关于"维斯塔"号的事实。从这篇文章看来，当时土耳其战舰绝没有逃走，反而追赶"维斯塔"号达五个半小时。结果，因为它满载军用品，速度比"维斯塔"号慢，所以没有再追它。作者关于这事的报告是可靠的。

卢杰斯特温斯基的这篇文章，在当时的俄国报纸上惹起了一场风暴。《新时代》《交易所报告》《彼得堡报告》《快船》以及别的许多刊物，不是攻击他是个骗子，便是称赞他是一个诚实的人。

不错，卢杰斯特温斯基的文章证明了他的大胆。但我们不得不问问自己，他的揭露是否别有用心。是的，他没有宽宥他自己，但却想冒一下险看自己能否因此出头。说只有非常诚实的人才愿意冒险干这样的事，这也许可以同意。不过，他为什么要在一年后才说出来呢？为什么不在登岸之后就宣布呢？为什么他不拒绝那些按他的话说来是不该得的勋章呢？就是到了对马之战的那一天，他不也是把那些当作战斗功绩而加以夸耀吗？

从他的"揭露"在《交易所报告》上发表到日俄大战爆发，已过了二十六年了。当我们最有才能的将领之一——马卡洛夫和著名画家韦列夏金一起与战舰"彼得保罗"号在旅顺口沉没以来，当俄国军队在陆上、海上遭到一系列惨败以来，沙皇政府就在找寻一个祖国的新的救世主。这不难找到，因为近在身边，他就是尼古拉二世陛下的侍从武官。

他高大、庄严、富有男子汉气概，头像在深思而稍微前倾，仪表堂堂，令人敬仰，以致看来他胜利在握。卢杰斯特温斯基的名字传遍全俄国了，在这民族遭难的时刻，报上已吹嘘起他，公然称他为英雄了。

在开赴远东的海程中，我时常看到我的朋友乌斯季诺夫，他是司令官总参谋部的秘书。当我们靠港时，我就到"苏沃洛夫"号去找他，有时他也到"奥里约"号来看我。由于在总参谋部做秘书，乌斯季诺夫对战事和将军的计划，比各舰舰长知道得多，他对我并不保密。因此，虽然我不在旗舰勤务，卢杰斯特温斯基心里盘算的，我知道得很清楚。

我上面已经说过，舰队的司令官除了必要时到各舰去训斥一番以外，从未离开过"苏沃洛夫"号。他又不召集各将领或各舰长到旗舰去，他既不听取他们的建议，也不跟他们讨论任何问题。每天白天，时常还连着夜晚，他坐在一只专供他个人使用、放在"苏沃洛夫"号船桥上的扶手椅上，注视着各舰的运动，研究它们的进展以及视察它们是否了解信号等。关于当时各舰舱内、炮塔内、机舱内或汽锅房内的情况如何，看来他全不关心，他不屑注意这些琐事。但是现在，这些琐事却决定了每一艘军舰的战斗准备、技术状态以及它的不沉没和组织性等战术的要素。因此，司令官及其参谋部的影响只能维持舰队表面的秩序而已。如果我们形成战线，并保持各舰相互间的适当的距离，那么，一切都被认为很完满。如果有一艘军舰脱离战线，卢杰斯特温斯基便会完全失去自制。他会从扶手椅上跳起来，愤怒地大声叱骂。有时他还把帽子掷在甲板上，他的某个军官就马上把它捡起来，恭敬地递给他，好像是一件神圣的纪念品一样。这当儿舰桥上骚乱起来，值班的军官、参谋人员、瞭望员、勤务兵以及水兵全都恐怖地注视着他，仿佛他是一颗就要射出来的十二英寸的炮弹一样。他对那艘犯规的军舰臭骂一顿之后，就发出这样的命令：

"举起斥责那'白痴'的信号！"

军官们和信号兵们不必询问哪个是"白痴"，只是匆忙地你推我挤地找出并扬起那必需的信号。一分钟后,那旗号,比方是对"纳西莫夫海军上将"号处置失误的旗号,就顺顺当当地扬了起来。

这样,卢杰斯特温斯基中将方才平静下来,从伺候他的士兵手里接过那顶帽子,马虎地戴上,又在舰桥上来回走起来。

当舰队正在运动时,他时常突然握紧拳头,高声吼道:

"你驶到哪里去啦?你这'臭婊子'!你究竟要驶到哪里去呀?"

在舰桥上的人们望一望战线,就知道"阿芙乐尔"号一定是他所说的"臭婊子"(不错,"臭婊子"就是卢杰斯特温斯基给它取的绰号)。虽然那艘军舰相距五海里,但中将还是不停地咒骂他们,好像那舰上的人会听见他的责骂似的。

有时候,他不是大声叫喊,而是低低地嘘着说:

"举起旗号,叫那'残废人的避难所'不要落在后头,不要像现在这个样子!"

因此信号兵就用旗号把中将的命令传给"西梭·维里基"号。

有时他会怒吼起来:

"那'傻瓜'为什么跳起来?难道给黄蜂蛰了吗?"

于是"斯维特朗纳"号就看到了中将责骂的旗号。

当中将每次大发雷霆、开始咒骂的时候,甲板上那些暂时和那件事无关的士兵们就互相做着鬼脸,低声地说:

"听吧,伙伴们,好戏在那里开场了。"

卢杰斯特温斯基还给舰长们,甚至少将们以及一些舰船起了许多荒唐的绰号,有些很滑稽,有些却下流粗俗。胖子费尔克让少将是"粪桶",迟钝的恩奎斯特是"草包","奥里约"号的杨格舰长——一个整洁而又易于激动的人——"是漂亮的心烦的人","亚历山大三世"号的布赫沃斯托夫舰长——一个退职的侍卫官——是"侍卫制服的皮箱",曾参加民粹派运动的亚里勃林温科夫、"鲍罗丁诺"号的舰长是"无头脑的虚无主义者",某著名探险家的亲戚、"乌沙科夫"号舰长马克拉依是"双料笨蛋",喜欢吊膀子的"奥斯里亚比亚"号舰长是"摇摆的臭肉",还有一些舰长的绰号是借用花柳病的术语。这里,我应当举出一个文件来证明,不然,读者一定以为我是在胡说八道。尼波加托夫少将后来曾向"对马败绩原因调查会"这样说:

"卢杰斯特温斯基别出心裁地给许多舰长起了绰号——这些绰号都很粗俗,而中将却毫不难为情地在长官们和士兵们面前叫他们绰号。"

卢杰斯特温斯基尽可能不和自己的部下接触,而他的部下知道他的脾气暴戾,也尽可能避开他。各舰舰长们除非有不可推诿的任务,否则永远不会上旗舰去。他们确实感到,这样的会见会让他们挨一顿臭骂。

当我们在诺西-伯时,巡洋舰"斯维特朗纳"号因装载了过量的煤和粮食,使舰内有些结构损坏了。舰长沙因因此到"苏沃洛夫"号去要求准予减载。卢杰斯特温斯基一听就冒火,不停地咒骂他,还叱他滚出去。

在凡丰湾的时候,"纳瓦林"号曾奉命贮存三百吨淡水。费定霍夫舰长竭力向中将说明,"纳瓦林"号已装了过量的煤了,任何新添东西都要危及它的安全。中将听了之后,掉转身去,叫嚷道:

"你说些什么?你以为你能教训我吗?你胆敢反抗我的命令?好,现在要你马上装载五百吨淡水!不准多说!滚你的!"

他还说了些这里写不出来的话,费定霍夫便向他敬礼告别,说:

"遵命,阁下。"

有几个舰长曾在自己的下属面前受到卢杰斯特温斯基这样的辱骂:

"你不配统率这艘军舰。你只能待在军港的军需仓库里,混个分发扫帚的差事。"

这些可尊敬的、立过功的人怎能忍受这种辱骂?这实在是很奇怪的。身穿华丽的军服、佩着肩章、挂着勋章的高贵的军官们仍然不能不忍受这种侮辱,那么官职、军服和勋章又有什么用呢?外国的海军里难道也有这样的怪事吗？

开始的时候，那些不知道卢杰斯特温斯基的人都相信他是一个个性很强的人，而且是海军和陆军方面的杰出的专家，他是一个天生的、能克服一切障碍的司令官。就是这种想法使他们容忍了他的粗暴。然而，当舰队开航之后，失望的心情渐渐出现了。司令官的脾气，他发出的命令（不管是用旗号或是直接对自己的下级发出的）的旨意，他对待军官的态度等等，显然破坏了他的威信。人们终于领悟到，如果认为他的粗鲁和横暴只是一种外表现象，是掩盖他的敏锐的睿智和优秀的组织才能的面具，那就大错特错了，他对部下的侮辱只是过分的傲慢和无理的自负的表现罢了。

卢杰斯特温斯基对自己的参谋人员也不体贴，他们所受的待遇跟别的人员一样恶劣。只有两个人是例外，那就是"苏沃洛夫"号上的斯温托杰斯基上尉和谢苗诺夫中校，他们对他来说，是两对补充的耳朵和眼睛，他对各舰、各舰长以及全舰队的意见，都是根据他们两人的汇报决定的。其他的参谋人员都得不到他的恩宠和信任。既然是一个独裁成性的人，他当然把部下的忠告看作是侵犯他的特权的行为。因此，他的参谋人员对他的错误（像他这样刚愎自用的人，自然是很难免的）从不敢规劝。参谋部里尽是些无意志、无性格的人物，他们谄媚地，就像驯顺的狗侍奉它的主人一样，不仅不敢冒险负起劝告的职责，反而以成为卢杰斯特温斯基用来对付舰队的工具为满足。

参谋长科隆上校，尤其受到他的侮辱。原则上说，他的地位仅次于司令官，是舰队里一个最重要的人物。他照理应当把自己上司的计划付诸实施，为此，也就应当详细知道他分内的事情。但实际上，卢杰斯特温斯基并不把参谋长当作他的代理人，却把他降低到奴仆的地位。因此科隆在向中将汇报之前，时常小心翼翼地问他的勤务兵：

"告诉我，小兄弟，今天中将阁下的心情怎么样？"

"还不坏，阁下。"勤务兵时常这样回答。

只有在这样的情况下，科隆才有勇气向中将的船室走去，而当走到门口的时候，他摘下帽子，在胸前画了十字，低声祈祷：

"天上诸神，大卫王啊，请保佑我！"

然后他用一个指头轻轻敲那恐怖之门。

有一次，科隆跟平常一样，正找那个值班的勤务兵打听的时候，他看见那个倒霉的士兵有一只眼睛肿起来了，还有几处受了伤，这些显然是中将的拳头的成绩。

"中将阁下今天的脾气不好吗？"

"糟透了，阁下，他刚刚揍了我一顿，你瞧。"

"天晓得，这可怎么办，我有非常重要的公事要报告！"

"我无法知道，阁下，假如我是您，我就不进去，他现在正在发火哩！"

这样，那紧急的公事只好搁一搁，等待一个适当的机会再报告。我的朋友乌斯季诺夫告诉我，每当科隆同中将会见之后，他眼里时常含着眼泪。这里，我们还可以看一看中将本人的记述。卢杰斯特温斯基在一九○五年三月三十一日给他妻子的信中这样写道：

"我今日大骂了科隆。当他离开我时，他竟哭了起来。"

中将自己要怎样办就怎样办，参谋部和舰长完全是无足轻重的。他拥有命令、咒骂、责罚，有时甚至赞赏的权利，而他的下属却只能服从、工作、克服困难、毫不畏缩地接受他给予的一切侮辱和责骂。他唯一的论据就是权力，他绝对地相信，第二太平洋舰队的成功完全在于对他本人的独裁意志的服从。他压服他的参谋部、舰长们、主要的下属和舰队里所有人的自发性。所有的人都应该把他当作唯一知道一切事情、知道做什么和怎么做的人。他自以为是一个天才——而这恰恰是他最大的错误。既然有了不受约束的权力，他就把那些和他发生关系的人们，当作按他的意志而任意调动的棋子。他自己盲目自信，舰队没有他就不能航行。

不错，卢杰斯特温斯基有着铁的意志。可是，由于他是一个完全缺乏海军或陆军才能（更谈不到天才）的人，这种"坚强的个性"，给予他的和给予我们这些在他统辖下的人就只有灾难了。

十一

五月十三日，天气变得晴朗了，雨歇风停，太阳时时在晴空露出脸来。

舰队以每小时九海里的速度向朝鲜海峡驶去。我们时时预料将要看见敌舰，对战斗做了一切准备。但使我惊骇的是没有敌舰出现。可是我们的无线电却收到了许多无法了解的电讯，这表明敌人正在附近，大概是他们的战舰和哨戒巡洋舰正在互通电讯。

旗舰用旗号命令各巡洋舰要保持足够的蒸汽，以保持每小时十五海里的速度，战舰则要保持每小时十二海里的速度。

从早上到中午，全部时间用来和尼波加托夫战队举行阵形演习。结果还是跟从前一样糟糕。舰队是由许多各种各样的舰只组成的，一致运动自然十分困难。我们不断掉离战队，旗舰发出的旗号又没有完全被理解，执行得很不好。而当最后"苏沃洛夫"号命令我们恢复战斗阵形的时候，混乱的状况更加不可收拾了。

这正是不祥之兆。

然而，还有比这惯常的混乱更引起我们注意的事情。我们会问自己，中将为什么要在这显然已是战区的地方，并且决战大概在几个钟头内就要爆发的现在，突然举行这次演习呢？是的，卢杰斯特温斯基从未和尼波加托夫战队举行过联合演习。可是当他和自己的同僚完成会合之后，他马上就可以在安南的近海安然举行演习，何必等到现在呢？如果因此使我们通过朝鲜海峡的时间延迟两昼夜，那也没有什么关系。难道司令官没有想到这一点吗？不，他有他自己让舰队朝东北行驶的理由，他有他自己使舰队在现在停下的理由。让我们来猜测这些理由吧，五月十二日，他把舰队的时速减慢了几海里，而现在他花了十三日一整天的工夫来做无谓的演习。要是他不这么干，我们大概早已在五月十三日到十四日的晚上，趁当天气候恶劣的机会，通过了对马海峡（就是朝鲜海峡东面较狭的部分）了。也许，日本舰队早已集中在那里等待我们，可是因为借助于雾、雨和恶劣等天气（这大大地妨碍了敌方的侦察），或许我们能神不知鬼不觉地溜过去。当然，我们会遭到攻击，可是即使如此，结果也不至于怎么坏。这么说，卢杰斯特温斯基的用意究竟何在呢？他是故意使海战在五月十四日，也就是在沙皇即位的纪念日举行。

彼此友好的水兵们，互相交换着自己故乡的通讯处，并且约定：

"如果我发生了什么事，请详详细细告诉我家里的人，你答应吗？"

"好的。我也拜托你，请你详细通知我家。"

"好的，好的。"

这时候他们的脸色非常阴郁。他们谈到迫在眉睫的死亡时，语调始终很冷淡，就像农民谈论准备过冬的柴火，或是某块地上的燕麦已可以收割似的。在另一些水兵的眼里，却闪现着希望的光芒，

"要是我能幸存，我将拼命喝酒！"

"我要用酒来洗我的灵魂，兄弟，我找到了外国货的糖酒了。哈哈！造酒厂的厂名我恰好忘了，可是看看瓶子上的商标就会晓得的。这糖酒是烈性的，一个人喝了，七个人会醉倒的！"

在昨天，即五月十三日，司令官还跟前天一样，完全忽视了哨戒侦察任务的重要。他的冷淡以及他对敌方行动的漠不关心，使我们许多人都很惊讶。既然这样，我们为什么要带这么些轻型快速的巡洋舰呢？他们主要的任务就是侦察。因为在那些装有重炮的装甲舰的战斗中，它们的作战意义是微不足道的。

五月十三日至十四日的夜晚是阴暗的，天上只有几颗星星在眨眼。

海面上浓雾弥漫，吹着微风。

舰队缓缓地驶近日本哨舰的警戒区域了，只留下一部分灯火，其余全部熄灭。要把全部灯光都熄灭是不行的，因为舰队这样密集，时时有发生碰撞的可能。我们用一切方法，使舰队的所在不被敌人发现。舷灯的灯光很微弱，汽灯只照向甲板内部，甲板上面灯光全灭了，连无线电也禁止使用，这些处置是很周到的。可是在旗舰的高樯上，发光信号正在闪亮，传出司令官的命令，各舰也依次亮起表示了解该命令的发光信号，就像有个隐没了姿容的怪物，在舰的高樯上灵敏地眨着眼睛。参谋部竟没有一个人注意到，这种信号较之外面的灯光能够更快地把舰队的所在暴露给敌人。此外，在舰队后面几链的医院船"奥里约"号和"科斯特罗马"号，因受有关国际条约的限制，灯火辉煌。因此，一切的警戒手段结果完全无效。

在前甲板上，水兵们评论这件事：

"我们的司令官实在昏透了。"

"参谋部也太幼稚了。"

"真的，这活像三个小孩子在捉迷藏，把头钻进母亲的围裙里去，还说'你捉我，你捉我'。我们的舰队跟这一模一样。"

准尉沃罗别伊奇克走到水兵们这边来，气愤地叫嚷道：

"你们得到谁的准许，胆敢评论司令官！"

"不，这我们连想也没有想过。"

"是我亲耳听到的！"

"我们只是这样想想，只是这样说说而已。在战斗之前，要是能做祈祷的话，那就太好了。"

"把我们的司令官比作小孩子的是谁？"

司炉巴克拉诺夫说：

"是我。我是说自己孩子的事情。"

准尉朝舰尾走去，背影消失在黑暗中。

夜已经相当深了，我去拜访瓦西里耶夫，这也许是最后一次拜访。站在他的军官舱外面，一切都静悄悄的，连一点声音也没有，只有紧张地在转动着的机械的响声从舰底传上来，使脚底下那铺着防水布的铁甲板微微地颤动。我轻轻地敲了门，得到许可后就进去了。瓦西里耶夫像准备出征一样，把随身携带的东西以及图纸、原稿放到提箱里去。我把水兵们责备司令官的话告诉他，他听后很兴奋地说：

"司令官在长官中间得不到信任，失去了威信，这是很不幸的。不过，这是他自己的过错。看到舰队这么愚笨地排列的人，都不能不承认司令官的失职。我们且先从舰队的组织说起：舰队的力量完全没有恰当的分配。像'奥斯里亚比亚'号那样完全没有装配防御甲板的军舰，照理应当编到装甲巡洋舰队去。为什么不让它去率领由'奥列格'号、'阿美乐尔'号、'斯维特朗纳'号等巡洋舰编成的战队呢？这些舰都有十八至十九海里的时速，如编在一起，就更有利于发挥它们的优点，可是司令官却把它和'德米特里·顿斯科依'号、'弗拉基米尔·蒙诺马赫'号等老掉牙的巡洋舰编在一起，因而大大降低了它的战斗能力。"

瓦西里耶夫一边痉挛地卷着漆布面簿子，一面继续对我说：

"舰队还留下两只拖船和四艘运输船，这些对突破朝鲜海峡毫无用场，反而得让巡洋舰保护它们，这样舰队就少了六十二门六英寸和五英寸口径的大炮。舰队能有一半到达海参崴就是最大的幸运了。可现在连运输船也想带到那儿，我们究竟把日本人当作什么了？我们的对手可不是傻瓜。"

"中将没有想到，带着运输船的舰队，就像双手拿着提箱的拳术家，非失败不可。"

"中将没有想到的事情还很多，"瓦西里耶夫继续说，"请看看现在我们舰队的阵形：军舰成两列纵队前进，运输船和驱逐舰夹在中间走，灯还亮着，哨戒的事全不在意，日本海岸已近在眼前了，又是漆黑的夜晚，这样的航行阵形，正是日本驱逐舰求之不得的。只要有两艘闯进舰队中间来,那结果就可想而知了!它们可以一点也不受损害地击沉我们的舰船,然后,悠然地驶回去。我们不能够打它们,因为结果会变成自己打自己。"

"这道理不论哪个人都懂。"

"可是卢杰斯特温斯基就不懂,他一点也不接受司令官和舰长们的忠告和意见。在他看来,所有的人都是傻瓜,只有他自己是个天才。光是各战舰那样载满煤和军用品这一点,就够把他送到军事法庭上去。像'奥里约'号就多载了一千七百吨,光淡水就多蓄了三百五十吨。这是怎么考虑的呢?是想叫它们早一点沉下去吗?他做了许许多多蠢事,而最后,最蠢的是通过朝鲜海峡!"

瓦西里耶夫举起右手,晃着那本簿子,接着说下去:

"遗憾的是,这种犯罪的冒险不仅叫他个人,而且叫我们全体,全俄国的人民付出代价。如果你和我能够在这场战斗中幸存的话,那么,我们就可以看到我们的舰队会暴露出什么致命的弱点。"

瓦西里耶夫把簿子掷进提箱里,垂着头思索起来。

"我想,"我打破了沉默,"这次战争很像那次失败了的克里米亚战争。那时候,不得不从组队里拆除全部大炮和军用品,最后甚至还把水兵们调去守卫炮台。以后,他们就不得不把拆除了装备的组队在港口凿沉了。在旅顺口恰好又发生同样的事情,他们也把舰队里所有的大炮和水兵拆除了,还没有打仗就把各战舰沉没了。"

瓦西里耶夫抬起头来,骤然变得兴奋了。

"不错。我认为历史又要重演一次。克里米亚战争使每个人感到,像那样的生活已经不能再继续下去了。照赫尔岑的话说,俄国带着它受洗礼的所有制走上了死路。那时它震动了社会上最善良的部分,农民的暴动开始了,结果,它把农民从农奴制度下解放出来。而在这次大战之后,尤其是在人们寄托着全部希望的我们这支舰队溃灭之后,一定会发生事变的。谁都可以看清楚,我们的愚妄的统治者正领着人们上哪儿去，革命是不可避免的！"

我告别瓦西里耶夫，登上后舰桥。就时间来说，已是月出的时候了，但它还隐没在乌黑的云层里，天空依然是漆黑一片。

日本舰队还没有出现，它也许要在海湾的狭窄处，在最靠近自己海岸的地方来同我们相遇。我一边凝望着军舰的去向、漆黑的夜晚，一边想着，现在日本舰队的司令官东乡元帅正在干什么呢？正在计划给我们舰队以什么样的打击呢？我们的生命现在是由他怎样调动他麾下的舰队来决定的。

风不断地刮着，而且越来越强劲，海浪汹涌，阴森森地咆哮着。像煤烟一样漆黑的云朵飘浮着、飞驰着。在天空中，一弯残月显露出来了，朦胧地照射着尖弯的波峰浪谷。军舰的轮廓隐约可见。月亮像金色的帽檐，在它下面星星就像蛛网般细小的、颤动的睫毛中间的瞳孔，一面闪烁着，一面凝视着我们，使人有一种隐隐的不安的感觉。

我的思路又回到舰队上来。满载煤和军用品的舰队正一面喘着气，一面朝死亡的深渊驶去。这是上至舰长下至水兵每一个船员都知道的。无论如何，我们是不能返回去了。为什么呢？因为司令官们没有反对总司令官，舰长们又不能反对司令官们，长官们又不得不服从舰长的命令，水手长、军士、水手们又不能不听从所有长官的指挥。现在已经很明白，谁也不能回避历史的宣判。所有的人全都默默地按照部署执行任务，直到最后的一刻。黑烟从烟囱里冒出来，舰尾的螺旋推进器转动着，划动着异域的海水。沉默的、漆黑的军舰显出若无其事的、沉着的神情破浪前进。俄罗斯帝国的光荣和我们满洲陆军的最后希望被注定要葬送在这遥远的大海里。

航程已有一万八千多海里。只要三天就可以驶达海参崴。然而事实上，我们离开这避难港从来没有这么远过。要抵达祖国的国土，我们不得不通过可怖的对马海峡——我们的鬼门关！

下部　海战

"……谁也未料到俄国舰队的失败竟是这样惨败的覆灭。"

"我们面临的不仅是军事失败,而且是专制制度在军事上的彻底崩溃。"

——列宁:《覆灭》(第八卷)

第一章

第一次大战
——从"奥里约"号上看到的海战

一九〇五年五月十四日,在"奥里约"号上钟敲了两下。钟声歇后,那熟悉的起床号的余音还在我们的耳际有力地回响着。站在上甲板上的吹号手,把擦得锃亮的喇叭靠在唇边,铜号在晨光下熠熠闪亮。他鼓起两腮,瞪着眼睛,吹起那嘹亮的军号。接着水手长的叫笛就响了起来。

"起床!搭上吊床!"

"快点,起床!士兵们一起上甲板去!"

犹有睡意的水兵们比平常更快地跳起来了,因为在这不安的夜里,搭起吊床睡觉的人并不多,大多宁愿在随便哪一个角落里蜷着身子睡一觉。他们慌忙涌进盥洗室去洗脸洗手,早上跟往日一样过去了:用早餐,洗刷甲板。

一阵清新的风从西南面吹来。灰蒙蒙的雾不祥地笼罩在巨浪之上。紫红的、巨大的、像因使劲而胀大了一样的太阳缓缓地升起来了。

排成两纵阵的舰队以九海里的时速朝北五十度东的航线向对马海峡

驶去。舰队的组编和前夜相同：右纵队在卢杰斯特温斯基中将指挥之下，以"苏沃洛夫"号为导舰，左纵队则由尼波加托夫少将乘坐的战舰"尼古拉一世"号率领。"斯维特朗纳"号、"金刚钻"号、"乌拉尔"号三艘哨戒巡洋舰驶在舰队的前头，保持楔形的阵形前进。清早，刚过了五点，瞭望兵和准尉谢尔巴乔夫从双筒望远镜和望远镜里看见有一条船正从左舷迅速驶来。它驶到距离约四十链的地方就改变了方向，跟我们的舰队并行前进。过了几分钟，它的船首向右一转，便消失在雾中了，其速度不下每小时十六海里。我们看不见它的旗帜，但从它的行动看来，它无疑是一艘日本的哨舰。我们本应当派两艘快速巡洋舰去追它。也许，并不见得就能击沉它，但至少能解决这个十分重要的问题：敌人是否发现了我们的舰队，这足以决定我们行动的计划。但卢杰斯特温斯基中将无论如何不想解答这个谜。

后来我们才晓得这未被判明的舰船，是昨天夜里被派来侦察的日本辅助巡洋舰"信浓丸"号。黎明之前，它已发现了我们那艘灯光辉煌的医院船。自此之后，日本方面就随即看到了整个舰队。上述那艘辅助巡洋舰的舰长也川立即用无线电报告东乡元帅："敌军在第二百零三正方，而且显然正朝东海峡驶去。"

快到七点，另一艘有两个烟囱冒烟的军舰出现了。当它驶到五十链以内的距离时，我们马上认出它是巡洋舰"和泉"号。它跟我们的舰队并行了一个小时，故意保持着弹程以内的距离。这样，我们的无线电报务员就苦恼起来，因为我们的电台收到了许多不能理解的电报——无疑，这些是发给东乡元帅报告我舰队的位置、速度、线路和阵形等的密码电。卢杰斯特温斯基发出信号，命令右纵阵各舰都把右舷和后部炮塔的大炮瞄准"和泉"号。但这只是一种示威，后来并没有开炮，我们的各轻型巡洋舰也未出动。

我们在前甲板上议论这事情：

"为什么那'多格尔沙洲事件'的主角糊涂到这种地步，竟不命令我们向日本人开炮？"

"是的，它不过是一艘小型的巡洋舰，比渔船大不了多少！"

"你说的是什么？要是咱们开了炮，别的日本军舰怕就会给吓跑了。这么一来，一个敌手也没有，我们谁也得不到勋章一类的东西了。"

舰队沿着同样的线路前进。我遇到轮机师瓦西里耶夫，他正拄着拐杖，在上甲板上散步。谁也听不见我们的密谈。他说：

"我们已经不能够悄悄地、丝毫不让日本舰队发觉地溜过去了。战斗马上就要开始。可是我们的运输船会有什么下场呢？我想，就是现在把它们送到某些中立港去，也还是来得及的。它们可以蛮顺当地驶到上海去。现在头一件事是赶走那艘日本巡洋舰，随后运输船就可以在雾的掩护下朝远海驶去。这样我们可以得到三个好处：运输船得以保存；我们的巡洋舰可以不用护送他们；在快要到来的海战中，能够积极参加战斗。还有，我们舰队的速度可以从每小时九海里增加到每小时十二海里。"

"显然，卢杰斯特温斯基是相信自己的运气，自以为可以打胜仗的。"我插嘴说。

"多么愚蠢的自信啊！这跟事实和数字完全矛盾。我们俄国的神父可以这样，可是他作为一个舰队的总司令官能够这样吗？"

"你现在由于他的愚蠢而生他的气。不过，你不也老是说，我们越是打了败仗，我们国内革命的胜利机会就越多吗？你不是这样说过吗？"

瓦西里耶夫皱眉蹙额，阴郁地看着我。

"一点也不错，"他回答，"我不想否认我过去说过的话，要是日本结果了第二太平洋舰队——我们帝国最后的希望的话，那么，这比炸死一个大臣或是几个显赫的贵族更能够推进我们的事业。这回的战争失败了，那就是整个国家制度的崩溃。那些当权的人已经不再相信那个政权了。他们正面对着激怒的大众那不可抗拒的威力。但我们的统治者是绝不会退让的，他们会照样死守在那儿，直到革命把他们赶出去。然而，当想到我们许多军舰的沉没和大批活人死亡时,我心里仍然感到恐怖,我就是有这种双重人格的人……"

准尉沃罗别伊奇克,一个脸孔圆圆的年轻人,从军官船口楼梯走上来。

"是的,日本人必定要大举攻击我们的。"瓦西里耶夫朝后舰桥走去,他用拐杖愤怒地敲着甲板。

按照中将的命令,哨戒舰队现在移到后方,结果"斯特朗"号衔接在运输船队的后方,再后就是"乌拉尔"号和"金刚钻"号,它们仍然保持着楔形的阵形。驶在纵阵外左右两侧的巡洋舰"珍珠"号和"瑶玉"号,现在则驶在稍前一些,医院船依然在殿舰后头。

这一天刚好是沙皇和皇后即位的纪念日。早上八点,舰尾的旗杆和两档高高扬起安德烈旗(这旗也是俄国海军的军旗)。

水兵们特别高兴和健谈起来。有些人在一个僻静的角落里下棋,有的则在读书。另外有一群人却在谈论一个人一次能否吃下十五磅黑面包。从这些看来,实在很难相信他们全体快要参加一场有许多人必定要死亡的海战。在他们这种佯装对危险毫不在意的态度中,也许含有一点虚勇的意味吧。

为什么他们会有这样的态度呢?唯一的说明是他们全对这次航行感到厌倦。他们在陌生的海洋上差不多航行了八个月,很少有登陆的机会。此外,还有恶劣的伙食、热带毒辣的阳光,一句话,他们已达到了人类忍耐的极限了。

而且自从离开利巴瓦之后,我们便无时不在担心日本舰队的袭击。过了马达加斯加以后就愈加恐慌,离开了安南之后情况更糟。我们每夜都担心日本鱼雷战队的夜袭,现在一切麻烦都已过去,终点近在眼前。对另一些人来说,是一座海洋的坟墓,对另一些人来说,他们就要返回自己的故乡——谁会怀疑我们舰队的一部分能够到达海参崴呢?

上午十点,在距离约六十链的左舷前方,出现了四艘敌舰。其中一艘有两个烟囱，另外三艘只有一个烟囱。在本舰前舰桥上的军官们经过长久和小心的观察之后，认出这些是"桥立"号、"松岛"号、"严岛"号和"镇远"号（就是有两个烟囱的）。它们都属于二级战舰，又老速度又慢，排水量从四千吨到七千吨不等。

"苏沃洛夫"号发出了"准备作战"的旗号。我们以为第二战队最快速的战舰将马上和我们最强有力的巡洋舰，如"奥列格"号和"阿芙乐尔"号等一起作战。这四艘敌舰会在援舰到达之前被我们击沉的。可是卢杰斯特温斯基中将由于只有他自己才晓得的理由，把这机会错过了，敌舰很快就驶离了，完全看不见了。

不久，四艘快速轻型巡洋舰就出现了，那就是"千岁"号、"鹿岛"号、"新高"号和"对马"号。再也不能迟疑了，关键的时刻就在眼前，我们的敌人越来越近了。作为主力前锋的这四艘巡洋舰，都沿着跟我们相同、但又渐渐接近的方向行驶。他们的任务是把消息报告总司令官，但我们的首领却没有阻止这一行动。

辅助巡洋舰"乌拉尔"号上本来设有一部强有力的、能够收发七百海里距离内电讯的无线电台，它可以用来干扰日本舰队的电讯，为什么我们不利用它呢？当"乌拉尔"号用信号向旗舰请示时，卢杰斯特温斯基这样回答：

"不要干扰日方的电讯！"

这样轻敌，只有在对俄国军力的优势具有高度的信心时才是正当的。但我们这些下属谁也没有这种信心。怎样解释我们的中将所做的这么多乖谬的事情呢？他是一个卖国的奸贼吗？不，作为一个爱国者，甚至是一个狂热的爱国者，他的历史是白璧无瑕的。他被傲慢冲昏了头脑，未能估计客观的形势并理智地做出处理。一个辅助巡洋舰的舰长怎敢把作战的最好方针擅自禀告俄国舰队的首领卢杰斯特温斯基呢？

中将头脑里正打着一个念头——如何显示他对沙皇陛下的卑躬屈膝和虔诚。敌方的舰队已云集在海平线上了，可是卢杰斯特温斯基不肯忘记这一天——五月十四日,沙皇加冕的纪念日。舰队应当扬起旗帜,来纪念它。

在"奥里约"号舰上,哨笛吹响了,值班长官大声喊叫:

"做祈祷啊!"

"全体船员做祈祷啊!"

我们在主甲板上做祈祷,随舰神父帕西早已穿好圣衣,站在圣像前面了。他那部火红色的、未经修饰的胡子,像给牲畜践踏过的草堆一样。他那有着一双没光泽的灰眼睛的脸是疲乏的,显出了他的心神不定。他不合礼仪地做着祈祷,他的思想显然开了小差。人们的脸色都是灰色的,而且像癫痫病患者昏厥时那样冷冰冰的。一些人一动不动,另一些人则像赶苍蝇一样,匆忙画了十字。末了,他们凌乱地唱了《沙皇万岁》,就咒骂着各自散开了。

当祈祷正在进行的时候,舰队改为新的阵形。第一和第二战队的装甲巡洋舰开足马力驶到前头,去率领左纵阵的各战舰。运输船留在右纵队的后方,由巡洋舰掩护。此外,第二战队的五艘鱼雷艇在各巡洋舰附近游弋。"弗拉基米尔·蒙诺马赫"号被派到运输船的右侧,以防备"和泉"号的攻击。轻型巡洋舰"珍珠"号和"瑶玉"号也派到右方,和第一战队的四艘鱼雷艇在一起,跟我们那些最新式的装甲巡洋舰的战列保持不远的距离。这样,我们的舰队已由航行的阵形改为战斗的阵形了。

可是,我们已按原先的阵形航行了两个小时,这已给敌方许多哨舰以详细观察的机会。而在我们这一方,却完全不晓得日军的主力在什么地方——多近或是多远。它们不论在什么时候都可以从雾里(大雾使能见度缩短成五海里至六海里)冲出来。旅顺口之战已证明,日本军舰的大炮能在这射程之内奏效。在遇到攻击时,我们将怎么办呢?在交战的时候,我们必须把航行阵形改为战斗阵形,但经验告诉我们,完成这一改变至少需要一个钟头。当看见了我们之后,敌人能够在二十分钟之内驶到我们的近处并弹无虚发地击中我们,在这样的情况下,我们的舰队马上会被摧毁。

四艘敌方的巡洋舰继续朝我们的左舷驶来,相距约有四十链,各舰清晰可见。我们的大炮时刻瞄准它们。我们还在惊疑总司令官为什么还不下令开炮。突然,由于炮手不小心,"奥里约"号左舷中部炮塔一门六英寸大炮发射了,我们吓了一跳。炮弹飞过去,落在第二艘日本巡洋舰的舰首附近,舰队的其他各舰把这当作信号,也一起开炮了。日本人的大炮也开始还击。炮弹直射向我们,把我们吓了一跳。它们落在水里爆炸了,激起了许多水柱和乌黑的烟。这些显然是新式炮弹,是用来校正瞄准的准确度的试射弹和测距弹。但是,无论如何,口方兵力此刻处于劣势,所以迅速地退走了。这场战斗还不到十分钟,双方炮弹无一命中。

"苏沃洛夫"号扬起这样的旗号:

"不要浪费炮弹!"

在"奥里约"号舰上,许多船员把这场小规模的遭遇战当作巨大的胜利而大吹起来。站在上甲板上的总水手长萨耶姆冷笑地说:

"我们已叫那些日本鬼子瞧见了咱们的颜色了,他们碰到的是比旅顺口舰队强得多的对手!"

准尉沃罗别伊奇克同意地点了点头,接着说:

"只要咱们不碰上水雷,别的都不成问题。至于开炮呢,咱们准能好好揍他们一顿。"

水手长沃耶沃金大胆提出了不同意见:

"谁也不会想到他们到处敷设水雷,而且埋到这么深的海洋里。讲到炮术呢,先生,你应当承认他们是蛮有本领的。"

准尉沃罗别伊奇克生气起来:

"水手长,你别饶舌啦!"

沃耶沃金克制着自己,保持着表示尊敬的沉默。

"苏沃洛夫"现在又扬起信号来了:

"士兵轮流吃饭。"

每个人都发了一杯糖酒，大家都按作战部署在各自的岗位吃饭。饭后，船员们还特准有片刻的休息时间。

"正好打个盹哩。"找到一个舒适的空地的小军官姆尔金说。

"而我倒想读完高尔基的《小市民》。"枪炮电工兵科济列夫一边说，一边朝后樯楼走去。

我走上舰桥，看看敌方的巡洋舰队。"和泉"号驶在右方，左方的四艘日本军舰也隐约可见，只是离得太远，它们的轮廓很难辨认。我们的舰队是沿着北五十度东的航路朝对马海峡驶去的，这海峡的西面是对马岛，东面是日本三岛中最靠南面的九州。不久之后，东乡元帅统率的组队大概就要出现。无疑，得到了我们的情报之后，他一定会立即把全部军力集中在对马海峡。要是这样，我们的长官为什么不派出一些最快速的军舰去攻击出现的敌舰呢？日本方面的军力是这么单薄，势必会逃走。因为，摆脱了运输舰的羁绊的舰队，就可以马上向左转，驶向西面的朝鲜海峡。浓雾大大有利于这样的调动。自然敌人会追赶我们，可是在他们找到我们并进行攻击之前，我们早已开过朝鲜海映，向日本海的远处驶去了。我们高速巡洋舰又该怎么办呢？当日本的哨戒巡洋舰得到增援之后，它们便马上撤退，或者沿着主要舰队的路线，或者绕过九州，撤退到太平洋，朝更北的航路到达海参崴。这个设想当然没有什么结果，但我确实感到俄国中将这种消极态度已犯了致命的错误。

瓦西亚-特罗兹德朝我走过来，说：

"昨天晚上，我通宵没有合眼。"

在航海中，他的肌肉完全干瘪了。他那又长又细的双腿瘦到不能再瘦了，所以他走路像踩高跷似的，他的脸色苍白，布满血丝的双眼显得焦急不安。

"你害怕鱼雷的袭击吗？"我问。

"啊，不，我心里想着别的事情。我捡到一片没头没尾的报纸，里面有一篇关于自学的文章，这是一篇有趣的论文。那位作者叙述一个人应当读些什么和怎样读,然后每天花三个小时去研究,那么,他准会成功的。你瞧,这有多么大的好处,继续学习三年,你自己就跟那些受过很好教育的人们一样了。你相信吗?"

"大概没有错。"

"为了这个目的,我每天要抽出三个钟头来。"

瓦西亚-特罗兹德微微一笑,沉思地接着说:

"啊,要是我关在牢里,关在单人牢房里呢?据说,那里的政治犯用不着做苦工,而且他们高兴读多少就读多少。这比在外面还可以快上一倍。一个人要是珍惜时间,他准会成大事的……今年秋天,我得好好准备一下。"

"你一定要活到今年秋天。瞧,它们来了!"我指着那些日本巡洋舰说。

"我早就想过了,而且还把它谱成一首歌,它也许切合《轻骑兵歌》的调子,我却想着另一个特别的调子。这就是歌词:

> 炮塔上空,是蔚蓝的天……
> 在遥远的地方,等待着我们的是什么?
> 我的内心渐渐麻木,
> 我为自己年轻的生命而战栗。
>
> 那远东的海洋或许是我的墓场……
> 它们将召唤我,在漆黑的海底,
> 我将在那儿永远安息……
>
> 我们无谓的忧伤将会平息……
> 因为我们都是牺牲,命运注定……

"要是我这样继续下去,我一定不可避免地要参加革命——这在眼下是十分流行的。再说,当我们所有的危险过去之后,我不想用别的形式来完成这首歌,要按事实重写一遍。"

钟声响了八下,是正午了。换班之后,值班的长官们上了司令塔。现在我们正和对马岛的南端平行。按旗舰的命令,舰队把路线改为北二十三度东,直接往海参崴驶去。在后舰桥上,我们几个人阴郁地望着自己的舰队,它是这样的浩浩荡荡,以致在浓雾之下,后面的舰队都很难辨认。谁会相信,这么雄伟的一支海军能被消灭呢?

二

有一段时间,雾气浓起来了,所以我们再也看不见日本巡洋舰了。总司令官利用这机会,命令我们改变战舰战列的阵形。为什么要这样做——这谁也不知道。无论如何,为了解释最后我们与敌方的主力接战时,结果为什么会那样不幸起见,我应当详细地叙述这回的调动[1]。

旗舰扬起信号,通知第一和第二战舰战队把时速提高到十一海里,然后陆续向右旋转八度。旗舰首先向右成直角转弯,继之就是"亚历山大三世"号、"鲍罗丁诺"号和"奥里约"号。这就是说,所有这些战舰都向右转。当它们已经这样改变了的时候,日本巡洋舰又在雾中出现了。为了不让敌人知道这个计划,卢杰斯特温斯基现在又对第二战队撤销了刚才的命令,让它们按原先的阵形前进。我们许多长官都希望中将会发令叫四艘最优秀的战舰,像一支突击队似的,立即左转驶到前方,展开成横阵。但是他没有这样做。当它们沿着一条和总队形成直角的航线驶离了之后,"苏沃洛夫"号才扬起这样的旗号:

---

[1] 阵形未变动时各舰的位置,见附录图一。——译者

"第一战队各战舰以八度按序向左转弯。"

这样就发生混乱了。"亚历山大三世"号随在旗舰后面向左转弯,可是"鲍罗丁诺"号并不了解那信号,竟和"苏沃洛夫"号同时左转。给这弄迷惑了的"奥里约"号就踌躇了一会儿。

"奥里约"号舰上发生了争吵,杨格舰长怒气冲冲地向航海长萨特克维奇上尉叱责道:

"你错了,旗号是'同时一齐向左转'呀!"

萨特克维奇上尉,一个办事细心和工作胜任的人,毫不犹豫地回答:

"不可能的,舰长,我跟信号长齐费罗夫两人亲眼看清那旗号的。"

舰长还不相信,暴躁地说:

"斯拉温斯基上尉,请你证明吧。"

斯拉温斯基上尉平时总是慢条斯理的,现在却特别迅速地查看了记事簿,报告说:

"一点也没错,舰长,旗号是'渐次左转','鲍罗丁诺'号一定看错了命令。"

值班的谢尔巴乔夫准尉也表示同意。

后来,"鲍罗丁诺"号的舰首终于向左转弯,跟在"亚历山大三世"号的后面,这样杨格舰长方才放心。

现在第一战队的战舰又连成纵阵了。这纵阵稍微走在前头,同时又在第二和第三战队的右方。接着舰队又分为两个纵阵向北推进。东纵阵以"苏沃洛夫"号为首,西纵阵则以"奥斯里亚比亚"号为导舰,两纵阵的距离是十三链。

下午一点二十分,当"奥里约"号上许多船员都在午睡的时候,舰上发出了这样的命令:

"船员们,起来!排队喝茶!"

给船员预备的茶都装在一些巨大的、闪亮的铜茶壶里。船员们手里拿着瓷杯跑过来倒茶,可是他们没有时间喝,不到五分钟,敌方主力已在右舷前方出现了。日本军舰的数目在迅速增加,它们连成纵阵前进,正阻截我们的去路。

它们全都朝我们驶来。在速度上处于劣势的我们,想躲避这次战斗是绝对不可能的。在这一点上,海战和陆战是根本不相同的。在陆上战斗,士兵可以逃匿在坑谷、山边或丛林里,而海上却毫无遮拦,在汹涌起伏的海平面上,一切都暴露在我们面前。在陆地上,司令官不必亲临前线,只按照下级呈送给他的报告从远处发号施令。但在海上,司令官却要注视战斗行动,而且分担着所有的危险。敌舰发出的炮弹并不注意那些必死的人的身份,甚至旗舰更是被选定的目标。当一般战舰沉没的时候,人们简直没有放下救生艇的时间,一个人能够得以不死,完全靠个人的敏捷、个人的体力和作为一个游泳者的个人的勇敢,所以一个年轻的水兵比一个中年的舰长或一个年老的上将更有活命的机会。

有一段时间,太阳透过云层,照耀着浩渺的海面。敌方舰队越驶越近了。我们的长官竭力想认出他们是些什么军舰。一个上尉用手指着:

"瞧,那就是战舰'三笠'号!"

"胡说,听说'三笠'号已经被打沉了。"

"得了吧!如果它是'三笠'号,那准是它还魂啦!"

事实上,它确实是"三笠"号。它扬着东乡元帅的战旗,驶在日本战列的前头,战舰"敷岛"号、"富士"号、"朝日"号,以及装甲巡洋舰"出云"号(上村将军的旗舰)、"入云"号、"浅间"号、"吾妻"号、"常盘"号和"磐手"号紧跟在它后面。在我们舰上,有一小群水兵正聚集在舰首,阴郁地注视着敌舰。其中有几个竟按照老规矩,像准备海军检阅一样早就洗了澡,穿着一身干净的衣服,以使自己在上帝面前有个漂亮的外表。跟他们相反的是司炉巴克拉诺夫,他穿着一件满是油垢的外衣。

随舰神父帕西穿着圣衣，一手握着十字架，一手拿着圣水喷洒器，匆忙跑到甲板上来。跟着他的是他的助手，一个手里捧着圣水盘的水兵。他们在每一个炮塔前面站住，神父把圣水洒在它上面，口中念着祷词，并且用十字架祝福那大炮的炮口。

司炉巴克拉诺夫一瞧见那神父，就说：

"弟兄们，瞧这位神父在干什么呀？我想，这滑稽的玩意儿一点也改善不了我们现在的处境。咱们快要沉入海底了，但当咱们变成鱼饵的时候，慈悲的上帝却瞧着我们，连一根睫毛也不动一动呢！"

一些反对的声音响了起来。

"住口，你这冒亵上帝的畜生！"

"用破布堵住他的嘴，只有这样他才不会胡说八道。"

"准备作战"的信号又发出了。各人忙着准备战斗，四周寂然无声，好像"奥里约"号暂时停止活动似的。为了预防火灾，喷水曲管对着舰桥喷射耀眼的水柱。各个蓄水池也都在早上装满了水。

"苏沃洛夫"号的樯头扬起了如下的信号：

"第一战队将速度增到每小时十一海里。"

我被派到手术室当助手。这手术室设在下甲板的旁边，右面是到上甲板的升降梯口。当我走到那儿，看见两个军医和他们熟练的助手早已等在那里了。当助手的，还有现在还不适于参战的轮机师瓦西里耶夫以及帕西神父，后者已不再穿圣衣了。

刷着白瓷漆的手术室很宽敞。不论什么时候，"准备作战"的命令一下，我就必须到这里来报到。当我们横渡热带的时候，这手术室的酷热实在令人难熬，因为它是在轮机舱的上面，气温有时达到摄氏六十度。现在我们已驶到温带，用不着为这而苦恼。但是手术室还有一个严重的缺点，要从炮甲板到这里来，一定要经过一条很窄的楼梯，对运送伤兵非常不便。不过这手术室的防卫倒是很周密的。

在航程中，医务团早已在军医长马卡罗夫的指导之下从事准备绷带材料等工作。一千五百只救急备用包已准备完毕，每个包里装了些消毒纱布、一张油布、一卷绷带，全用油纸包着，装在一个硬纸盒里。这些封紧后又印上一个红十字的纸盒，妥帖地藏在司令塔、各舰桥、各炮塔、各暗炮塔以及别的地点，并教会船员们怎样使用。五十副以竹架和帆布搭成的担架是准备用来抬伤员的。每一副担架的前头都缝着一个刚好容一双脚的袋子，这样，在把受伤者抬到手术室来的时候才不会从担架上滑下来。担架夫被分配在舰上各个不同的地点，有些则留在手术室里，准备按军医长的命令派到需要的地方去。

在手术室旁边靠近修理室的地方是消防总部。这是由加波夫准尉和轮机工程师罗姆斯统率的。要是出现火灾，罗姆斯要留在那里值班，等候舰长发出的命令。消防总部不但要负责救火，在可能时还要堵塞破漏和挽救舰的倾斜。

为急于想知道外面的情况，我没有得到准许就溜出手术室，走上上甲板去。

敌方的舰队从右舷和左舷两面驶过来。在那些大舰后面的，是早上跟我们接触过一阵的哨戒巡洋舰。我不禁佩服日本舰队的阵形的整齐，所有的军舰就像一部庞大的机器那样向前推进。它们的速度没有超过每小时十五海里或十六海里，但这些巨大怪物的进逼，却给我一个十分快速的印象。刷成灰橄榄色的舰只，同海水的颜色很调和，而我们的却刷成黑色，带着黄色的烟囱，这都是很惹人注目的炮标。

卢杰斯特温斯基现在有充分的理由后悔他在半小时前的失误，他不该调开那四艘最优秀的战舰，组成另一个离主要舰队的右舷很远的独立纵队。如果要建立一个右舷单纵阵，那么这些战舰还必须左驶十三链。下午一点四十分，"苏沃洛夫"号左转四十五度。第一战舰战队的另三艘战舰也依次照样转弯。可是在马上就要跟我们交战的敌人面前进行这样的调动，使得整个舰队完全陷于混乱。

为了再驶回到纵阵的前头，已经沿对角线左转的第一战队各战舰，各自增加了每小时两海里的速度。但这个速度还不能够使这四艘战舰一起驶到右纵阵的前头，因为右纵阵的各舰还在继续前进。结果，驶到前头的只有"苏沃洛夫"号和"亚历山大三世"号。当这两艘驶到纵阵前头后，又恢复了北二十三度东的航线，没有顾及后面的"鲍罗丁诺"号和"奥里约"号尚在行进中，而后面两舰为了避免碰撞，又把速度减为每小时九海里。于是全队大乱了。第二和第三战队，因为旗舰没有通知它们减低速度，依然以原速度前进。这样，要"鲍罗丁诺"号和"奥里约"号驶到纵阵的前头是不可能了。后来，"奥斯里亚比亚"号为了给这两艘舰一个机会，并避免和"奥里约"号发生碰撞，它减低了速度，接着又停下机器，扬起说明它的行动的信号。那些在纵阵后面的军舰也就只好减低速度，或向左，或向右掉转舰首。这种混乱，正给日本舰队以最好的炮标。

就在这时候，引导日本舰队的敌方旗舰正朝着"奥里约"号的舰首驶来，两舰的距离约四十链。我们好些军官相信敌人将与我们背道而驰，沿着我们的侧面成纵列前进，然后攻击我们舰队的后部。突然，"三笠"号掉转了方向，竟和我们的旗舰并行前进，敌方其他各舰也依次跟着它转向。结果，这种阵形的改变是不错的，不过全舰队在射程之内采取这样的变动是非常危险的，因为有段时间所有的军舰要形成双列，紧挨在一起，互相遮掩[1]。

这样看来，似乎命运正在对我们的卢杰斯特温斯基微笑，使他有机会弥补他的过错。现在我们有许多靠近的敌舰作为我们的炮标，其中有好些敌舰都不能回击。以前我们的炮击演习已经告诉我们，我们远距离的炮击并不准确。起初，敌方前导各舰跟我们相距三十二链。这头往远了一点。可是日本舰队这种逆转，需要一刻钟的时间，而且它们又驶得极近。要是我们第一战舰战队所属那四艘最精锐的战舰抓住这个机会，

---

[1] 当时双方舰队的位置见附录图二。——译者

那么我们大部分的炮弹也许能够命中。在那种情形下，东乡元帅的处境一定是万分危急的。他们的阵形一经变动就必须坚持到底，同时，他们许多优秀的战舰的炮火就要被那些已经转向了的军舰所遮挡，而我们这一方面却能够使用四十门六英寸的和十六门十二英寸的巨炮，发挥极大的火力。一句话，要是我们冒险一战，我们也许能够以较小的损失打开一条驶进日本海的通路的。

然而，这种情况并没发生。卢杰斯特温斯基毕竟不是一块能够成为英雄的材料，他没有抓住机会。他始终是消极的，而当东乡元帅正在进行上述阵形的变动时，我们的舰队还是在继续行进，没有开炮。

三

我回到手术室来。我终于听到重炮雷鸣般的响声和七十五毫米口径的炮尖锐的吼叫声了。在炮弹向敌人打去的当儿，整个军舰都震撼起来，手术室里死一般的静寂。

小电灯明亮地照着。穿着白罩衣的军医和助手们都像阅兵时那样严肃，正在等着战争的牺牲品。轮机师瓦西里耶夫坐在靠近门口的凳子上，把夹着夹板的还未治愈的脚伸出去，把拐杖拿在手里。他两眼瞪着帕西神父，像在欣赏神父那条绣着金线、镶着花边的圣带和他那部火红色的、长满瘦削脸庞的胡子。军需长杜勃罗伏尔斯基冷冷地站着，双手交叉在背后，胖脸上没有恐惧和惊慌的神情。副军医阿弗洛罗夫，一个身子稍微发胖、有一头淡黄发的小个子，像在沉思一样。也许，他的心早已飞到他的亲人那里去了。站在他旁边的是军医长马卡罗夫，又高又瘦，脸上毫无光泽。虽然一切东西早已准备停当，但他还是不断地察看他这个小小的王国，整理那些已经摆得十分整齐的东西：有着玻璃壁和玻璃架的橱子，各色各样的罐子，装着各种药品和溶液的瓶子，盛着消毒过的绷带的镀镍的盒子和全套外科手术器械。各种东西排列着：吗啡，樟脑，乙醚，缬草酊，氨水，烧伤用的油膏，碳酸钠溶液，三碘甲烷，氯仿，浸过石碳酸的、带着丝线的缝合针，毛刷，热水，装着肥皂和指甲刷的脸盆，搪瓷污水桶等。这些东西好像是在摆杂货摊，可又没有顾客来购买。我们默默无语，尽管各人的表情各异，但大家全都肃立。恐怖的事情时刻都会出现，可是什么也没有发生。白色的墙壁在灯光下熠熠闪亮。铺着白床单的手术台还是那样干净。一看到它，我就想到最先躺在上面剧痛地抽搐着的，不晓得将是哪一个，这些干净的纯钢的器械，也不晓得先在哪个人的身上使用。

不断转动的通风机像一只巨大的土蜂一样，发出一阵阵嗡嗡的声音。

突然，我觉得有两颗连珠炮弹击中了"奥里约"号。我们期待地互相看着，可是没有伤员来到手术室。这意味着什么呢？我不感到害怕，我的同伴也没有恐惧的表情。我们互相微笑，谈着些全不相干的事。要是说外面恐怖的海战已经开始，那是很难令人相信的。也许，有人以为这和炮击演习差不了多少。而当第一个受伤者走进来的时候，我们几乎是高兴的。进来的是司厨瓦洛宁，他奉命站在司令官舱室的楼梯口，帮助搬运伤员。

"喂，亲爱的，怎么回事？"军医长客气地问他。

司厨边注视着马卡罗夫的嘴唇，边猜想他所说的话，这样回答道：

"我什么也听不见了，军医长，一颗炮弹在我身旁爆炸，使我直滚到甲板的那一头。我想我一定完了，可是我觉得我还活着——只是什么也听不见了。我受伤了吗？就是这样，军医长。"

当他伸出一只皮肤有点擦伤的手指来时，我们就跑过去围住他。这么小的伤跟那么大的炮声似乎很不相称——虽然耳朵聋了是真的。这意外的事件倒唤醒了我们的自信心。日本舰队显得不怎么可怕！"奥里约"号的装甲也很结实，它绝不会连同舰上的九百个人一起沉到海底去的。

可是不久，受伤的人越来越多了，有些是自己走来的，有些是用担架抬来的。他们大部分是军官、舵手、炮手、瞭望兵、信号兵和测距兵——一句话，就是那些待在上甲板上最危险的地方的人。许多熟悉的脸孔从我眼前过去。受伤者中有一个是西多罗夫，他背上和右脚都嵌着炮弹的碎片，肩膀和脚底正在淌血。军官中最早受伤的是杜曼诺夫准尉，他是指挥左舷的七十五毫米口径炮的。炮弹的碎片把他的后背打伤了。他告诉我们这样的消息：

"第六号炮已给毁了，两个执勤的炮手也完了。我把炮甲板指挥的职务交给了沙克拉尔准尉。他也受伤了，不过还能负责。"

"总的说来，情况怎么样呢？"军医长问。

杜曼诺夫准尉做出失望的姿势，只用呻吟回答。

瞭望兵库琴科脸上现出打喷嚏的神气——他的鼻梁已给打断了。水兵卡尔尼佐夫露出撕裂了的鼠蹊给军医官看的时候，咬紧着牙齿，老是摇着他那出血的、像是给老熊用爪子抓破了的头。鼓手沃尔科夫碎了锁骨，所以那一边的肩膀斜吊下来，那只手臂也没用了。测距兵扎瓦特金挨了一记重击，两手一直揞着他的面孔。他的一只眼睛已给毁了，另一只也受了伤。炮手托尔别尼科夫的头部、肩膀和双臂烧伤得很厉害，他的双腿不断地一起一落地调换着。现在走来的、抬进来的受伤者接连不断：有裂开肚子的，有碎骨的，有头破了的，有被烧得认不出来的。他们全都可怜地在嗦嗦发抖，在呻吟。

"啊，冷啊！我要冻死了！"

当受伤者接受了急救的手术和裹上绷带之后，就挨个放在手术室地板上的褥子上。

跟通常的情况一样，受伤者中有勇敢的，也有怯懦的。前者虽然受了重伤，在伤口扎了绷带之后，立刻就想回去执勤；后一种人呢，虽然伤势不重，却盼望留在手术室里，当命令他出去的时候，他就设法隐藏在偏僻的角落里。

上面我已说明了陆战和海战之间的不同点，这些不同点同样可以在对伤兵的处理上看出来。在海上，要马上把一个伤兵送到火线外去是不可能的。在军舰靠岸之前，伤兵始终留在舱里，不然，就沉到海底去。而当一艘战斗舰还有战斗能力的时候，它应该坚守战列，不能为了把伤员运到医院船去而退出战线，使舰队里别的战舰遭到危险。医院船也不能冒险驶进战区来。因此，伤员和医务人员就始终分担着海战的全部危险。此外，受伤的性质也不相同，海战中没有步枪子弹的伤害、刺刀的刺伤和军刀的劈伤，也没有马蹄践踏的挫伤，全是因炮弹的爆炸而引起的炸伤和烧伤。在陆地上，医务人员即使置身前线，巨大的困难还是比较少的，毕竟他们是在可靠的陆地上工作。可是另一方面，当战舰颠覆时，手术室里所有的人毫无例外都要惨遭灭顶之灾。

不管这些恶劣的条件，我们那两位军医都在精力饱满地履行着职责。轻伤员由助手们料理，这些助手都受过急救工作的训练。重伤员立刻送到马卡罗夫那里，他时常在瞧了一眼之后这样说：

"上手术台！"

一般说来，海上作战的时间并不长。因为在混乱的境况下施行手术，常常是很危险的，所以急救手术尽可能提前处理，重伤员放后一点，直到战争结束之后。在目前的情况下，伤员这么多，累得马卡罗夫和亚弗罗洛夫没有时间对重伤员进行详细的诊察。他们只好扎住出血的脉管，查看骨骼组织破坏的程度，以及做些应急的处理。马卡罗夫常常这样喊道：

"用消毒药棉塞住伤口！"

"用木夹板夹住臂膀！"

"打两支吗啡针！"

受过训练的助手从这个伤员到那个伤员给他们一一扎绷带。我的职务是提供给医官需要的东西，更换手术台上弄脏了的床单，脱下（时常是用刀割下）伤员的衣服和靴子，还要拿水给伤员们喝。我们的舰给自己大炮的发射和敌弹的爆炸震得不停地摇晃。在这样的场合,军医官的手术刀也许切得太深,或者使用的剪刀会把活肉当作死肉剪掉。

重伤者的伤口刚一包扎好,就被放在褥子上。帕西神父倾听他们的忏悔,向他们行圣餐礼。他跪在他们身旁,温和地说:

"忏悔你的罪过吧!"

如果那个人已失去知觉,神父就用长巾盖住他,赦免他的一切罪恶,然后,用颤抖的手指,拨开伤者的嘴巴,把一小匙圣水灌进垂死者的嘴里。

一个颈脖子给炸裂了的可怜的人,正在剧烈地抽搐着。

"最后的圣餐施给……"

帕西神父说不下去,问道:

"他的名字叫什么?"

手术室里一个助手答道:

"他姓柯斯蒂列夫,可是我不晓得他的教名。"

另一个插嘴说:

"神父,他是一个枪炮电工兵,叫他枪炮电工兵柯斯蒂列夫就行。他们到了天国,会晓得他们的。"

神父踌躇了一会儿,就接着按提示的说下去:

"最后的圣餐施给枪炮电工兵柯斯蒂列夫。"

从舰上各部分来的伤兵和担架夫不断把外面的情况告诉我们。他们的消息是叫人沮丧的——"苏沃洛夫"号、"亚历山大三世"号和"奥斯里亚比亚"号三舰都起火了,我们的"奥里约"号也遭受严重的破坏。

有一个人给安放在手术台上,他的左腿伤得那样厉害,除了连着大腿的几条筋腱之外,整条腿都给炸断了。在担架夫把他扶起之前,他还从炮塔,就是他被轰倒的那个地方,拖着那条断了的左腿,用右腿蹦跳着走完了甲板上的一半路,身后留下了一条长长的血迹。现在他躺在手术台上，完全失去了知觉，面孔像死人一样苍白。我们把他的裤子从大腿根起全给剪下来。马卡罗夫着手切断了他那条腿的筋腱，对我说：

"诺维科夫，拿走！"

我从手术台上把那只连着一段血淋淋的断腿的靴子拿了下来。我不晓得该怎样去处理这一段从活人身上割下来的东西，所以一面捧着，一面看着军医长施行手术。被切断的腿涂上碘酒。医官把袖口卷到臂肘上，打开了解剖刀。我看见他是怎样割开皮，切开肉，把断骨露出来的。接着用专用锯把断骨锯断。做完手术，医官开始把伤口缝起来。这时候我仍然捧着这只带着断腿的靴子，浑身冷汗直流，胸口作恶，头脑昏晕。正在工作的马卡罗夫没有注意到自己的前额已给血管里射出来的血玷污了，豆大的汗珠也已流到自己的栗色胡子上，他一看见了我，就大声嚷道：

"你老捧着这靴子干吗？"

"我不晓得该怎样处理它，军医长。"我不由自主地回答。

"丢在台子下面！"

我遵命了，可是在我错乱的感觉中，这掷下去的、连着靴子的断腿，好像是绒毛垫子一般，没有发出一点儿声音。

在这时候，测距兵西林纳夫冲了进来，他紧闭着眼睛，因为室内强烈的电灯光使他眩目。

"'奥斯里亚比亚'号翻鳖了！"他叫喊道。

我们的重炮还在发射，"奥里约"号因炮击的后坐力而摇撼。没有一个人出声，连病人的呻吟也停止了。所有人的眼光全落在他这个带来了可怖消息的人身上。他的嘴唇颤动着。

"你胡说些什么？"马卡罗夫不安地问道，"翻鳖？我不明白。"

"就是说，舰底朝天呀，老爷！"

"胡说，没有这样的事！"军医长固执地说。

"我亲眼看见的，阁下。起先它着了火，接着舰身倾斜，后来舰底就朝上了。"

有几个抬着一个伤兵进来的担架夫证实了这个消息。

"不仅这样,"他们说,"现在它已经下沉了!"

伤兵们又呻吟起来,这不只是因为他们自身的痛苦,他们中间有一个人突然呜咽起来。帕西神父仰着头,在身上画着十字。马卡罗夫用一只沾着血的手抚摸了一下自己的胡子,马上又重新干了起来。

我觉得快要昏倒,而且神志不清了,于是急急忙忙地跑到上甲板去。

四

战斗循着两条并行的战线继续进行下去。敌方的主要兵力包括四艘战舰和八艘装甲巡洋舰,还有两艘快速传令舰"龙田"号和"千早"号。但它们没有能力作战,都驶在单纵阵的左侧,"龙田"号和"三笠"号相靠,"千早"号则在"出云"号的旁边。我们有十二艘战舰。敌方舰队之间的距离约三十链。

烟雾和黑暗笼罩在海面上,时时给狂风吹散,现出了以灰色的天空为背景的敌舰模糊的轮廓。这些敌舰排成单纵阵,一艘跟着一艘,像幻想中的怪兽一般,暴怒地向我们这边吐出闪闪的电光。我们的战舰也应战了。两个敌对帝国的命运正决定于这场海战的胜负。后方,在右舷远处的巡洋舰也正在交战。巨炮发出了极大的轰隆声,就像天空中有一百普特重的铁锤在锤打铁块一样。数百发看不见的、却又发出一阵阵能够听得到的嗖嗖响声的炮弹循着交叉的弹道飞过空际。一阵阵金属之霰散落在我们的舰上,特别是散落在先头各舰的周围。日本舰队的炮弹刚刚触着水面便爆炸了,随后就腾起巨大的水柱,火光冲天,烟雾弥漫。在这空气不断颤动和炮舰不断震撼之中,镇定是不可能的。没有一个人的神经能够忍受这种过度的紧张。

日本舰队各舰在速度和炮型方面都是一样的,而我们的却由各种不同的舰组成。我们有四艘最新式的战舰,可是跟那些陈旧不堪的战舰编在一起作战时,它们的价值便大大降低了,就像日方那些最差的战舰一样。这种缺陷是显而易见的。我们的速度是每小时九海里,而日方的却达每小时十五海里以上。敌人利用这种差异决定了他们的战术。它们毫不费力地赶过我们,不久,连它们的第六号舰或第七号舰也已经跟"苏沃洛夫"号平行了。它们能够集中火力对付我们先头的战舰。东乡元帅显然是企图消灭我们舰队的核心。而在我们这一方面,由于速度过慢,完全不可能采用这样的战术。日本旗舰不久便远远地驶在前头,就是我们的导舰"苏沃洛夫"号也没有机会轰击它。此外,东乡元帅为了阻止我们前进,迫使我们的舰队由左向右,同时使他的旗舰实际上处在射程之外。这样,我们舰队的第四号舰"奥里约"号也已无法开炮攻击"三笠"号了。

卢杰斯特温斯基中将的命令是要我们把火力集中攻击敌方先头各舰。我们许多舰长由于不敢主动,都驯顺地执行着中将的命令。他们本来是不至于犯如此严重错误的。我们的炮弹全都白白地落在海里。要是攻击那些和我们并行的敌舰,结果肯定会好得多。

战舰"奥里约"号的司令塔在交战后半小时就注意到这一点了,炮术长沙姆雪夫上尉对杨格舰长说:

"我们的炮弹都打不着'三笠'号,全都打到一半就掉到海里了。"

"是的,这只是浪费弹药罢了。"从司令塔的瞭望孔里详细观察了日本舰队之后,他这样表示同意。

"我们可以把大炮瞄向巡洋舰'磐手'号吗?"

"我们只好这么办。"

在外表上,敌舰"磐手"号跟我们的"阿芙乐尔"号很相像,它是最靠近我们的敌舰。

一道命令传到中央哨所,接着传到左舷炮塔去。

"向那艘像'阿芙乐尔'号的敌舰开炮!"

不久,我们便开始瞄准"磐手"号,并且朝它开炮。

可是有一个炮塔却发生了误会,接到命令的人弄不清楚上级的命令,一直反问道:

"为什么要炮打我们自己的'阿芙乐尔'号呢?"

当命令对他重复了几次之后,就带有叱责和辱骂了:

"木头,仔细听好,别瞎吵!"

在司令塔和这个炮塔双方进行对话的时候,受到其他炮塔炮火警告的"磐手"号已经逃到远处去了。其他敌舰还没有被我们打中,也都立即跟着逃走了。

敌人对付我们的爆破弹真是名副其实的空中鱼雷。当然,在距离拉开之后,他们打得也就不那么准了,但要是给打中了,它的毁坏力是很大的。这些炮不会打穿我们炮舰的钢甲,可是能够粉碎舰上的建筑物,毁坏大炮,破坏仪器,引起火灾,杀伤兵员。

另一方面,我们的炮弹是穿甲弹。它在打穿护舰钢甲到相当深度后才爆炸。这就是说,这一类的炮弹要在相当近的射程内方能生效。要是距离太远,它们就会给钢甲弹回来,或是毫无作用地炸成碎片。在发生"多格尔沙洲事件"时,"阿芙乐尔"号曾中了我们好几发炮弹,那些大半是"哑弹",甚至在穿过甲板之后也没有爆炸。现在到了对马,就炮火来说,敌方舰队显然已打出至少比我们强一倍的炮弹。毫无疑问,日本舰队已给我们造成了重大伤亡,而他们只受到很小的损失。

卢杰斯特温斯基认识到了这一点吗?要是他已看出来,那他为什么不尽力去挫败敌方的计划呢?他为什么不调动兵力呢?他唯一的计划好像是尽量避开决战,所以我们的舰队向右转了再向右转,再没有比这更糟的战术了!下午三时,早已舍弃了北二十三度东航线的我们的舰队,正朝着正东向日本海岸驶去。

"苏沃洛夫"号因为中了敌人的炮弹而起火,已经离开了战列,转向右舷。"亚历山大三世"号开始追随它,后来,当它注意到旗舰已不能率领全舰队的时候,它自己就驶在前头,率领全队——就在这时候,"奥斯里亚比亚"号已完全沉没了。我们的情况越来越危急。第二战队的司令官尼波加托夫少将留在后方,而巡洋舰战队的司令官恩奎斯特少将和所属的巡洋舰则紧跟在第三战队的后面。这样,组成第一和第二战队这六艘前导战舰,实际上已失去领导,同时整个舰队也已失去了最高的指挥者。

我们本来应当在敌人大批到来之前炮击他们,然而,我们的司令官没有一个敢这样做。不过,由于我们速度迟缓,要这样做也确有困难。现在我们的计划就是打开一条出路,驶到海参崴去。这已经成为多数舰长的坚定信念,而且不惜采取任何措施,只要是能办到的,就要使之实现。可是为什么要坚持原定的路线呢?我们不能走这条航路去海参崴已是明摆的事。如果只有一些残舰驶到海参崴,从军事观点上说,对俄国改变事变的现状很不利。要是我们绕过日本的南墙,驶进无涯的太平洋,这样逃跑不是对我们更有利吗?自然,日本人会追赶我们,不过,我们既然要躲避战争,事实上除了逃跑之外,别无其他的办法。如果我们当真逃到太平洋,中将又会采取什么措施,也是很难预料的。他会采取那两条更北面的航路中的一条到海参崴吗?他会寻找一个中立港让别人来解除武装吗?他会拼命返回俄国去吗?不,他正用自己的头去撞那面石壁,试图通过对马海峡,打开一条出路到海参崴去,这已成为定局了。

尽管我们显然正在走向毁灭,但我们各舰仍然尽各自所有的力量,用一种酷似疯狂的英勇精神去实行卢杰斯特温斯基的命令。敌人的战列早已遥遥地驶在我们的前头,而俄国舰队,在"亚历山大三世"号的统率之下,还企图跟在敌舰后面朝北驶去。猜出了我们意图的东乡元帅便采取阻止我们的措施。他把第一战队的六艘军舰向左转八度,成为一战斗阵线向前推进。几分钟后,又以同样的角度再向左转航,构成一个阻止我们前进的纵队。"日进"号现在是在最前方,"三笠"号则成为殿舰。上村将军所属的战队则循着原来的路线,因为他注意到我们又在向东前进。这样,我们的几艘导舰仍然处在猛烈的炮火之下。[1]

"奥里约"号好多次被击中,还有更多的炮弹落在近旁的海里,溅起无数的浪花。海似乎成为一堵阻挡我们前进的高墙了。由爆炸的炮弹所引起的漆黑的烟、紫色的火焰和喷泉一般的水柱,构成了一场可怖的暴风雨。

日本人的运动非常成功。从这一点可以看出,他们是经过了多么长期的训练。当他们的舰队转换方向时,我们好像目击一场头等的海军检阅仪式一样。东乡元帅显然给自己的幕僚们许多独立行动的机会,而上村将军之所以能够实行他刚才采取的阵形,就充分说明了这一点。

可是东乡元帅后来的行动则表明他怀疑刚才采取的战术的正确性。要是他坚持的话,那么,当他觉察到俄国舰队已不再向北航行的时候,他就会马上恢复原先的阵形。然而他没有这样做,他停止炮击,接着他的战队就在雾中消失了,和俄国舰队脱离了接触。上村将军的战队,因为巡洋舰"浅涧"号已完全失去了战斗力,只有五艘军舰和我们对抗。如果不是我们的舰队在速度上,在一致行动的训练上都很差,我们是能够把日本舰队的这一部分消灭的。

上村将军追赶我们还不到十五分钟,接着,大概是看到自己的处境很危险,他左转十六度,拐了弯,追赶他们的第一战队去了。现在我们的第二战队正趁这个机会继续向南行驶。

战斗暂时停止了。休战状态将要延长多久呢?

在第一场大战中,我们的巡洋舰究竟干了些什么呢?没有一艘来援助舰队的主力,它们只是留在后方掩护运输船。如果他们参加作战,除

---

[1] 参阅附录图四。——译者

我们的战舰以外，我们还可以增加六十门中口径的大炮。

就是九艘驱逐舰也没有帮半点忙，它们退到炮火射程之外的地方去了。卢杰斯特温斯基命令它们尾随各旗舰，以备在必要时援救各司令官。这样，中将就把它们变为救生船了。

战斗还没有结束，可是我们舰队的命运已没有怀疑的余地了。战舰"奥斯里亚比亚"号已沉入海底。旗舰"苏沃洛夫"号已失去战斗力，在战列外漂荡。"亚历山大三世"号和"鲍罗丁诺"号则常常离开战列，而且连续发生火灾。"奥里约"号呢，被打中了好多次，正蒙受巨大的损失，情况严重（这一点我将在下一节做详细叙述）。显然，我们的舰队在速度、战术能力、军舰数量、炮弹质量以及瞄准的准确性和炮击动作的灵敏等方面都屈居下风。日本方面已经获得了主动权，也就是说，他们可以随意决定炮击的距离、作战的时机和场所。他们可以任意选择并行的航路或交叉的航路，他们像赶羊群一样赶我们，而且运用了一种不可抗拒的威力，在我们各战列的前头，迫使我们转到他们想要我们去的方向。是的，他们的主力因一艘装甲巡洋舰失去战斗力而削弱了，但我们却在肉体上，特别是在精神上受到了沉重打击，仅仅一个钟头，便已把我们的舰队变成漂浮的、死亡的舰队了。

五

"奥里约"号在长达一个小时的战斗中给打得落花流水。

两发从炮门飞进来的巨大的炮弹在暗炮塔里爆炸了，值班的指挥官前额给炮弹的碎片打中，当场倒毙。三个在他指挥下的水兵也同样给打死。炮手们受了重伤，无法值勤。右舷一门七十五毫米的大炮给炮弹碎片打中，已不能使用。有些炮弹碎片穿过通道的门，把左舷的炮塔给毁了。接着，前部暗炮塔又给一颗十二英寸的炮弹炸毁，储存在那里的炮弹因此炸起来，随即起火。由于空气的激荡，煤屑、蒸汽和浓烟一起卷进舱里来，弄得我们的眼睛疼得睁不开因为炮弹已经把隔开暗炮塔和本舰其他部分的间壁轰掉了。

又一颗巨大的炮弹爆炸了，把起重机炸得一塌糊涂，已经无法使用。

前部十二英寸炮塔的指挥官是巴夫林诺夫上尉，他坐在观察塔里的岗位上指挥炮火，这个观察塔有三个小孔，一个在前面，两个在两旁，用帽形的钢板作掩护，是用来观察战况的。在装甲板下面，当弹药输送机从弹药库里把炮弹运上来的时候，它的马达就发出"嗡嗡"的响声。运上来的炮弹被装到自动开关的炮膛里，每隔两分钟，和炮口冒出一股红色的火焰的同时，发出了一阵"轰隆隆"的巨响。接着，炮身又后退，直到它恢复到原位之后，又重新开始。

突然，在观察塔的小孔前面爆发出一股炫目的火焰，跟着是一阵可怕的巨响。几个人倒下去了。巴夫林诺夫上尉也俯下身子，双手紧紧抱住受伤的头，好像害怕头掉下来似的。随后他看一看四周，脸上立刻浮起惊喜的微笑，他知道自己还活着。

"这些日本混蛋家伙会把我们统统打死！"一个炮手这样说。

可是巴夫林诺夫上尉什么也没听见，他的鼓膜帘破了，血正从他的耳朵里流出来，但他还是坐在自己的岗位上，大声地问道：

"弹药输送机正常吗？"

右边的输送机已经毁坏，左面的还好，只是电动装弹机坏了，所以必须用手把炮弹推进炮膛。可是刚要发射，炮手沃尔科夫失声地喊起来.

"天哪！是怎么回事？你瞧。"

左部大炮的炮口已给轰掉了一大块，炮塔内的人还不知道这一大块重一吨半的铁块已飞上舰桥，打死了那里的三个水兵。

敌人的炮弹在舰上的各个部分爆炸起来，轰坏了舰桥，打断了栏杆，毁掉了小艇，黄色的烟囱上出现了许多小的黑洞。突然，后部十二英寸大炮塔后面的甲板裂开来了，就像一张绷紧的纸给拳头打破了一样。火焰冲了上来，炮甲板上的舱房着火了。一颗炮弹在第二十号官舱——那就是轮机师瓦西里耶夫的舱房——爆炸，把房门炸成碎片，把第二十号房和邻近各房之间的铁壁全炸毁，把床铺、橱子、洗脸架、书架、图纸、衣服和被褥等都炸得粉碎。一句话，这是全面彻底的毁坏。

军需长弗德罗夫跑进手术室来，把这个灾难告诉瓦西里耶夫。他带着像同谋者那样神秘的神气，凑近他的耳朵，用低低的声音匆促地报告这个消息。

"讨厌透了，我早该把图纸放在别的地方。"瓦西里耶夫简单地说。

接着他问：

"那边的裂孔大不大？"

"差不多有三十平方英尺。海水把火扑灭了，现在海水在炮甲板上泛滥起来。"

"赶快塞住它！"

"我们早就这样做了，可是没用。我们用来堵漏的木板和吊床都给海水冲掉了，要是炮击平息下来，我们也许能做得好一些。"

接着，弗德罗夫骤然想起了什么，慌忙跑到修理部去。

指挥前部六英寸炮塔的斯拉温斯基上尉正在高声激励他的部下：

"勇敢一点！弟兄们，准没错儿！"

就在这时候，近旁响起了爆炸声。一大片火焰顿时在炮塔的炮眼前出现了，把塔内照得通明。随之而起的轰隆声，好像要把本舰劈成两半似的，给弄得昏晕了、震聋了、同时又给毒瓦斯窒息了的水兵们，呆呆地站在那儿好几分钟。等到他们清醒过来，才晓得炮弹洞穿了上舰桥的下部两层甲板。斯拉温斯基察看了炮塔的内部，没有找出什么毛病。刚过了一会儿，另一颗炮弹又击中了炮塔，大概是在水线下面。舰身受损不重，可是几乎高达五十英尺的海水却像山崩一样压到舰上来，海水泻进炮塔，淋湿了水兵，浸湿了军火，使在下层甲板执勤的人饱受了一场虚惊，他们以为本舰一定快要沉没了。

我们停止炮击，可是过了一会儿又开始了。

当大炮瞄准"磐手"号时，斯拉温斯基上尉测定距离为三十链。实际上那巡洋舰还要远一些，因此炮弹落在它的附近。稍稍改变了瞄准距离后，又射得远了一些，最后斯拉温斯基高兴地喊起来，

"咱们总算测对了！打中它了。瞄准那司令塔呀！"

斯拉温斯基大叫大嚷，倒在炮床上。他的前额擦伤了一块皮，一只眼睛给打掉，另一只给灰尘眯住了。他那胖胖的、长有麻斑的脸孔满是鲜血，正在痛苦地抽搐着。两个担架夫把他抬到手术室去的时候，他向炮长沙列夫说：

"我把炮塔的指挥委托给你，我已经尽了我的职责了……"

这炮塔随后又中了两三发敌弹，而最后一次是这样的猛烈，使得所有的人都扑倒在地，炮手们全吓呆了。起初他们不明白发生了什么事情，以为炮塔给打穿了。等到清醒之后，就看到破碎的罗盘，摆在炮床上的瞄准器的碎片，绞扭弯曲了的、压扁了的通话管，从弹药箱中倒出来的炮弹，拔出来的螺丝钉，以及炮塔旋回部钢甲上面的星形的龟裂。炮手瓦尔涅科夫瞪着眼睛仰卧在炮床上。那些轻伤的人跑过去，问他：

"喂，老家伙，怎么啦？别开玩笑！站起来！"

可是他已死去了，虽然身上并无伤痕。

"炮塔先向右！再向左！"

炮长沙列夫大声喊道，但炮塔转不动，它不能再用了。这些水兵在伤口扎上绷带之后，知道待在那里也没用，就走下去了。

左舷中部六英寸炮也受了同样严重的打击。一颗炮弹打中了遮掩入口的、直立的钢甲，另一颗则在塔顶爆炸开来，毁了瞭望塔。一个炮手从填装手的座位上跌了下来，四肢着地，喊着说：

"弟兄们,我什么地方受伤啦?"

在他的两肩中间,一块越浸越大的血污在他的外衣上显现出来,他的脸孔变得苍白,接着他仰面倒下去,死了。炮长和一个炮手也同时受伤。炮塔的入口已给堵住,要逃出炮塔,只有爬上那个毁坏了的瞭望塔或是往下到弹药库去。

右舷某个六英寸炮塔在回旋部和固定部之间嵌着一块炮弹的碎片,因此炮塔不能动了。沃罗别伊奇克准尉和他的炮手们跑出炮塔来修理。他们已经把它修好了,正要回去,另一颗炮弹就在那儿炸死了一个炮手。准尉腿上也受了轻伤,他坐在甲板上,因疼痛而歪扭着面孔,大声呼喊起来:

"担架夫,担架夫!……"

两个人把他放在担架上,他呻吟起来,说他快要死了,他很快就给送到手术室去了。当这些人正走下甲板的时候,一颗炮弹爆炸了,担架夫一死一伤,沃罗别伊奇克慌忙跳下来,哀叫着走到手术室去。他走得这样快,差一点把一个挡路的人撞倒了。到了目的地之后,他还是跳着、蹦着,踩着那些躺在地板上的伤兵,直到助手们抱住他,让他排上队,跟别人一样躺在褥子上。他躺在那里不断地呻吟:

"我快死了!……我快死了!……"

不久之后,一发巨大的炮弹打中了沃罗别伊奇克准尉刚离弃的那个炮塔,而且把它完全炸毁了。五六个负伤的炮手给运到手术室去,没受伤的人被派到别的炮塔去。

消防分队在卡尔波夫准尉的指挥之下,正在忙着扑灭大火。

司令塔也常常被打中,但还没有一个人受伤,直到一颗大口径炮的炮弹在它左边的装甲顶上爆炸,里面的人差不多全都受伤了。当时炮弹碎片从小孔里飞进去,毁坏了测距仪和别的机械,各条通话管也都毁了。由司令塔指挥炮火已不可能,炮术长弗列德纳依上尉就给负责指挥各炮的人发出通知,这样炮火方才能够继续下去。弗列德纳依上尉左肩受了轻伤，航海部拉里奥诺夫上尉前额和脖子上受了重伤，他俩被送到手术室去。其余的军官、信号兵、勤务兵和电话兵等虽然受了轻伤，仍然留在各自的岗位上。

在航行中，杨格舰长给卢杰斯特温斯基不断的责骂弄得粗暴而又急躁，因此他的下级推测，到了作战的时候他会更加发昏。可实际上他还是很镇定，尽管头部负伤，他还是坚守自己的岗位。他看出我们正面对一场惨败，等待俄国舰队的是不可避免的灾难。他脸上的光泽褪去了，眼睛饱蕴着悲苦，好像他正在同人生告别。这个一向勤于修饰的老独身者在早上日本舰队将要攻击我们的时候，没有忘记修饰胡子，现在他高高地昂起头，好像在向命运挑战。第一副舰长西多罗夫站在他旁边，血已淌到脸上，并凝在他雪白的口髭上，他皱着双眉抹去血。不久，沙姆雪夫上尉也受了伤。到了三点钟的时候，司令塔里还没有受伤的，就只有航海长萨特克维奇上尉一人了。

对这不停地轰炸、血一般的火焰，以及触及水面就爆炸的炮弹所卷起的山一样的海水，没有一个人能够说出下一分钟的情况会怎样。

刚扑灭了油漆室的火灾的沃耶沃金水手长正向舰尾走去，鱼雷兵瓦西亚-特罗兹德在上甲板碰见他。瓦西亚-特罗兹德俯下身子，急急地向前走，一只手遮住自己的头，另一只手猛烈地挥动着，好像这只手能抵挡敌人的炮火似的。这个瘦削的、长腿的幻想家，这么急急忙忙地要到什么地方去呢？不管怎样，他猛然停住了脚步，注视着敌人。就在这时候，沃耶沃金水手长给一颗炮弹的强烈的气浪推倒了，他没有受伤，站了起来，突然看见在一柱灰色的烟气中，有什么东西像一只小熊那样在蹦跳。当灰色的烟雾被吹散的时候，水手长有如置身梦境，简直不相信自己的眼睛，瓦西亚-特罗兹德的双腿齐膝轰去，正在那里抽搐。他的眼睛现出痛苦的神情，脸孔歪扭，他靠那双带血的断腿站着，像要走动的样子，而且在绝望地喘气，一分钟后他倒在血泊之中了。

"弟兄们……本舰正在飞到云里去呀……飞到云里去……"他用一

种悲怆的声音喊着。

他不断地在甲板上滚着，时而狂笑，时而发出歇斯底里的尖叫。随后叫声停息了，脸孔上的痉挛也消失了。

沃耶沃金这才清醒过来，赶快跑开去找一个远离这梦魇般的绝境的地方。

六

当敌人的主力驶近的时候，我们的旗舰"苏沃洛夫"号就准备应战了。"准备作战"的战斗警报敲响了，舰上的首领们——他们也就是全舰队的首领们——走进了司令塔。

假如我们可以把战舰看作一个活人的生理组织的话，那么，我们可以说，舰上的司令塔，由于它在海战中所负的任务，就是军舰的脑袋。它是一座直径约十英尺的装甲的圆柱，装甲板厚约十英寸，柱顶是蘑菇形，也装着钢甲。壁的四周有许多和普通身材的人的视线一般高的、用来观察的窄孔和小洞。在这圆柱的后面，是进口，没有门，只在离进口远些的地方，竖立着一块直立的、比进口宽一些的长方形的钢板。这司令塔是在下部前舰桥的中间，而在这舰桥中间的圆柱一直延伸到战舰的腹部。因此，塔内如过于拥挤，就可以从司令塔退到下面的"中央哨所"去。司令塔里安装着许多指挥作战所需要的机械：一架通到轮机舱的电报机、一只舵轮、一面罗盘、一张航务上尉的航海表、通话管以及通到所有各炮塔和别的部门去的电话。在塔内的壁上，有许多周围绕着发光的数码的圆盘，这些圆盘借着电力跟暗炮塔和炮甲板上各个类似的圆盘相联系。当司令塔内圆盘的指针一转动，各个姊妹圆盘的指针也就同时跟着转动，把何时开炮，何时停止炮击，出现了敌舰的数目，应向哪些敌舰瞄准，使用何种炮弹等等通知有关的人员，如炮长等。

中央哨所——这也是指挥台，只是在底下几层。它装有同样复杂的机械，也跟舰上各部分互相联系。如果司令塔被毁了，舰队的指挥便移到中央哨所来。

因此，我重复一遍，司令塔是军舰的头脑，旗舰上的司令塔更是整个舰队的指导中枢。在战时各种命令，就是从这里发出的。

"苏沃洛夫"号的司令塔里非常拥挤，弄得里面的人几乎动弹不得。卢杰斯特温斯基便在那儿，跟着他的参谋人员有：克拉比尔-德-科隆参谋上校、两个海军参谋、一个炮术参谋、一个航务参谋和总司令官的两个贴身勤务兵。此外，还有舰长伊格纳齐乌斯、炮术长、航务长、监察长和值班长官等。两个操舵员把着舵轮，传令的水兵站在各人的圆盘旁边等候命令，有的则站在电话机或通话管附近，还有一个人靠近左舷的测距仪测量敌人的距离，舰长的瞭望兵、信号兵和勤务兵都站在进口的地方。

我们的司令塔不是最新式的。这么极端地把指挥集中在一个点上，实在非常危险。这不仅在理论上说来如此，一九〇四年七月二十八日在旅顺口之战所发生的不幸事件事实上也证明了这一点。当时一颗巨大的炮弹击中了战舰"杰沙里维奇"号司令塔顶的前部，使该舰离开了战列，决定了那次战斗的结果。舰队总司令维特格夫特将军和几个参谋人员当场死去，在司令塔里的其他人员全都受了重伤。旗舰既不能发号施令，舰队的协调也就不存在了。各舰如鸟兽散，其中有六艘回旅顺口，不可避免的毁灭正在那里等待他们。

可是卢杰斯特温斯基不是一个破除惯例的、或是接受十个月前旅顺口事件的教训的人。他不会跟马卡洛夫一样把他的将旗移到一艘轻型巡洋舰上，而坚持要留在那艘位于战线最前头的战舰上。可是指挥的问题对俄国舰队是最最重要的。各舰从未受过独立行动的训练，大家都认为只听从卢杰斯特温斯基的指挥就行了。他坚持极端的集中制，而以他为舰队的核心。我在上面已经说过，但在这里还要再说一遍，在海战之前,他甚至从未把他的计划通知自己最亲近的幕僚,也未曾对司令官们或舰长们提起过。他要他们做什么,他们就必须做什么,像一个瞎子跟着一个用手牵着他走路的领路人一样。只有依他个人那不屈不挠的意志,舰队才能成为一个整体,他一向就是把这个观念灌输给我们的舰队的。

开战的时间到了。

"苏沃洛夫"号以九海里的时速前进。除了机器的震动声外,到处寂然无声,似乎舰上没有一个活人。就是在司令塔里也似乎听不到一句话。士兵们都紧张地屏息等待着命令。

高大结实、留有灰色胡子、双颊已给阳光和海风弄得黝黑了的将军,当他观察日本舰队时,眼睛一直未离开那架双筒望远镜。他高大的身材使得他只有叉开双腿和弯下身子才能通过壁上的小孔来观察。他那又圆又紧、很像腊肠的粗脖子,从他的制服里伸出来。跟平日的习惯一样,他不断地动着他的腮帮子,这动作虽然使他那冷冰冰的脸孔稍为生动一点,但却引起了他的同僚们的恐怖。

午后一点四十八分,参谋长克拉比尔-德-科隆胆怯地冒险对他说:

"阁下,'三笠'号正向我们这边驶来。"

卢杰斯特温斯基好像嘴巴太干似的沙哑地回答:

"我自己看得见,他们各舰正在陆续左转,东乡显然想和我们的航线并行。"

他接着说:

"扬起信号:'轰击导舰!'先用试射弹测好距离,使用左舷前部六英寸炮。"

一分钟后,"三笠"号又左转八度,因此它完全转弯了。[1] "苏沃洛夫"号按大约三十二链的弹程向它开火。炮弹超越目标,我们其他的

---

[1] 这时候刚一点四十九分,当时双方舰队的阵形,可参阅附录图三。——译者

军舰也开火了,这集中的火力毫无作用,没有打中,只在"三笠"号附近激起一阵阵巨大的水柱而已。炮手们不知道激起这一阵或那一阵水柱的是哪发炮弹,所以也无从修正自己的瞄准。

两分钟后,敌人回击了。这时日本海军训练的巨大优越性马上就表现出来了。弹程是由一艘军舰的试射弹测出的,然后,它迅速通知友舰。然而刚通知完,其他各舰就已用舷炮开火,得到很高的命中率。

开始,"苏沃洛夫"号只中了"三笠"号的炮弹。可是当日本舰队接连转了弯,循着和俄国舰队平行的航线行驶的时候,这就是说在一分钟或一分半钟之后,战舰"富士"号、"敷岛"号、"朝日"号、"春日"号和"日进"号等,开始纷纷向它开炮了。

接着,当"苏沃洛夫"号仍然是敌方六艘最强战舰的炮标时,六艘日本巡洋舰集中火力炮击战舰"奥斯里亚比亚"号。[1]

它们使战舰遭到猛烈的暴风雨般的炮弹。当炮弹爆炸的时候,炮弹碎成千万片,闪现出赤色的火焰,带着阵阵黑色的或淡黄色的、令人窒息的浓烟向四面飞去。一切易燃的东西,包括刷在铁器上的油漆马上着了火。本舰各炮的齐射,敌人炮弹的爆炸,机关枪子弹打着铁器的哒哒声——所有这些混合在一起,汇成了一片轰响声。"苏沃洛夫"号下至龙骨,上至樯头,都同时猛烈地震动起来。

炮弹小小的碎片、毁坏了的木头的碎片、硝烟、浪花等从观察孔飞进司令塔来。在塔外那没有钢甲掩护的地方,是冰雹般的炮弹爆炸、熊熊的火舌和飞溅的海水。准确地观察已不可能了。且不说这些实际的困难,司令塔里的人们,这时候已给猛烈的轰炸弄得慌乱不堪,也不想再加观察了。恐怖迫得首领们蹲在甲板上,借司令塔的钢壁来庇护自己。只有水兵——那些守着舵轮、测距仪、通话管和电话机的人,当他们的长官们蹲着或跪着时,还在自己的岗位上执勤。就是傲慢而又顽强的卢

---

[1] 请参阅附录图三。——译者

杰斯特温斯基也为了避开炮弹的碎片缓缓蜷缩起身子，后来也终于和别的军官一样跪在甲板上。事实上，他已经成为一个卑怯的典范了。他的头垂在胸前，看起来不像是一个舰队的总司令，却像一个垂头丧气的乘客。只有一个小军官时时抬起头来，望望那观察孔，他们中有几个还受了轻伤。

舰长伊格纳齐乌斯就在这时候对中将说：

"阁下，敌人似乎把弹距测得很准，我们可以改变我们的方向吗？"

"好的。"卢杰斯特温斯基回答。

因此，在午后两点零五分，"苏沃洛夫"号右转两度。[1] 受到的炮击暂时减缓了。可是不久，当日本方面修正了自己的瞄准之后，情况又跟前一次一样糟糕。这一回，有一发六英寸的炮弹击中了司令塔，它没有造成严重的损害，但极大地震撼了塔里所有的人，还毁了一只航海钟。

在舰尾楼，在上甲板和在中将的舱房里，大火同时烧了起来。消防队奉令救火。可是他们在毫无遮拦的甲板上是待不住的，爆破弹正在那儿不停地爆炸，他们有时是一个，有时是整批的人倒下去，水龙带给炸成好几段。各处的火焰缓缓地融合在一起，成为一座由前舰桥到后舰桥燃烧着的大火炉。

在司令塔里的炮术长弗拉基米尔斯基上尉受了重伤。左舷的测距仪已毁坏，因为我们是从左舷向日方炮击的，所以右舷的机器就被移到左舷来。炮术上尉别尔谢涅夫，一个又高又瘦的人，为了测定距离，刚刚靠近"巴尔·斯脱罗德"测距仪，便中了炮弹碎片，当场死去。两个舵手也被打死了。候补的舵手被召来，同时两个旗舰军官斯维尔别耶夫上尉和克尔日扎诺夫斯基上尉负责管理舵轮，它的轮齿沾上了那些被屠杀者的鲜血。

---

[1] 参阅附录图四。——译者

现在,"苏沃洛夫"号恢复了它原先的北二十三度东的航线。

从舰里各处传到司令塔来的消息没有一件是叫人高兴的。正甲板上的手术室中了炮弹,那挤满伤兵的地方变成一个屠杀场。一发炮弹落在左舷水下鱼雷管旁边,把它炸开一个大洞。电话里传来了这样的消息:

"好几发巨大的炮弹打中了后部十二英寸炮塔,它已报废了。"

在这时候,舰上的大炮有一半已成为废物。

中将虽然中了弹片受了伤,但还是留在司令塔里。可是他在现场并没有什么用处,因为他已经不能再指挥舰队。

敌人的炮火是这么猛烈,以致没有人能够走到联络桥上去扬起信号。谁想这么做,谁就马上被击退。此外,系信号的辘轳也给炸掉,用来装信号旗的箱子也给火烧掉了。给炮弹轰成几段的主樯已掉入海里,后樯的桁端也同样地给炸断了。

软弱无力而又无精打采的卢杰斯特温斯基待在自己的岗位上,等待着一颗炮弹把他从指挥的重负下摆脱出来。

也许,他正在回想自己的过去。

在圣彼得堡,位于涅瓦河边的是古老的、上面有着金色尖顶的海军部。在这次命运注定的海程之前,他就在这座建筑物里作为海军部的参谋长工作了两年,很得沙皇的宠爱。在这样的情况下,他认为自己是个不可征服的人物。那时候,他还只是一个少将,年纪也比较轻,只有五十五岁。然而,他竟藐视那些嫉妒他的敌手,居然爬到那些中将们的头上,占据了那个高位。每个人都在他面前发抖。他确信在他的领导之下,俄国海军将兴旺起来,并将在许多海战赢得胜利。

接着,也许他的思路转向了未来,幻想出一个完全不同的景象。一个审理俄国海军在对马全军覆没的不幸事件的海军法庭将要开庭。在这同一个海军部建筑物的前面,好些华贵的马车停在彼得一世的雕像旁边。许多海军部的贵人就在那时候集合起来。胸前闪耀着四枚乔治十字勋章和许多勋章的、态度和善的老看门人,就给这些贵人宽下他们的帽子和外衣，接着他们就登上那宽大的楼梯，穿过弹子房，走进右首的第二座门。这儿是大臣的办公室，有着可以望见亚历山大御苑和冬宫的大窗。室内有一个巨大的火炉，四壁悬挂着历代沙皇和著名将领的肖像，以及著名的海战图。一只沉重的枝形吊灯从天花板上吊下来，地板上铺着厚厚的波斯地毯。

卢杰斯特温斯基十分熟悉这个地方，他多么清楚地回想起那只巨大的胡桃木做的桌子，上面铺着绿色呢子。他幻想那些围桌而坐的要人：将官们，海军大臣，还有别的要人们。当他们讨论着对马的不幸事件时，他们中有些人感到痛苦和震惊，有些则暗自感到快意。当消息由电报传到那里之后，这会议将要开一天或两天，而他们最常提到的，而且带着谴责的声调提到的，就是他的名字。

在司令塔里，第二架测距仪又给飞进来的碎片打得粉碎。中将转过他那因痛苦而痉挛的脸，朝向那发出闹声的地方，从他咬紧的嘴唇里吐出两个字：

"可恶！"

可是怎样来挽救这危局呢？怎样把自从旗舰首当敌方炮火之冲以后，它已不能继续统率舰队，今后各舰应当勇敢地独立进行战斗这个决定通知舰队各舰呢？麻烦的是，卢杰斯特温斯基已使他们惯于依从，像羊儿跟着牧人一般，一旦失去牧人，它们便不知所措了。现在全舰队正等待他的命令，而他呢，正跪在"苏沃洛夫"号的司令塔里。

日本舰队利用他们较快的速度，迅速地包围了我们这纵阵的前部。这样，俄国旗舰就被困在他们前头各舰构成的弧形包围圈中间。下午两点二十五分，相离四十链的日本旗舰"三笠"号，已直接切断了我们的航线。在这时候，我们只有最前头的五、六艘战舰能够参战。一个军官给中将指出这一点。他就命令把航线右转四度，使我们的纵阵变成与敌方相似的阵形，并给后面各舰以参战的机会。

当航路的改变刚刚完成的时候，一发巨大的炮弹在司令塔附近爆炸了。塔里有几个人马上死去，别的人都受了伤，包括中将在内，他的前额给一块碎片擦伤了。炸弹爆炸的气浪把守舵轮的人推倒了，而舵轮也给转向右边，所以"苏沃洛夫"号开始绕起圈来。无人管理的旗舰驶出战列去了。"杰沙里维奇"号在旅顺口的悲剧又重演了。

此后，纵阵就跟随曾作为第二号战舰的"亚历山大三世"号。起初，"亚历山大三世"号还尾随在离开战列的"苏沃洛夫"号后面，可是当该舰舰长发觉旗舰已确实失去战斗能力时，便马上恢复原来的航路。它暂时把敌人的炮火引到自己身上来，"苏沃洛夫"号因此才免受巨炮的继续炮击。

在旗舰上，司令塔附近起了大火。斯维尔别耶夫上尉指挥的消防队在露天下工作，他的背部受了伤。在司令塔里，中将还是垂头丧气地坐在那儿。要通过露天的甲板把他运下去是不可能的，大火正在那里燃烧，日本的机关枪仍在扫射。现在，他指挥由三十八艘军舰组成的舰队的大权已经结束了。参谋上尉费里波夫斯基的伤口正在出血，但还是竭力去操纵"苏沃洛夫"号，可是舵轮受损太大，已经失灵，舰身不断从右到左、由左到右地漂动。

几分钟后，另一发炮弹又击中了司令塔，无数的碎片从各个观察孔飞进来。中将又受伤了，这一回是伤在足部。"苏沃洛夫"号的舰长给推倒了，但他拼命恢复下跪的姿势，凶猛地望着周围，双手紧抱着那光秃秃的头。血正从他头上的伤口流出来。他被抬到下面去抢救治疗。旗舰上尉克尔日扎诺夫斯基的手虽给许多小碎片割裂得很厉害，但还企图把舵轮恢复正常。司令塔里一切东西都给打碎了，塔里同舰上各部分的联系也都被切断了。

到了下午三点钟，大火蔓延到前舰桥和图表室。塔里大部分的人都死了，幸存的只有四人，那就是中将、参谋长、旗舰上尉费里波夫斯基和一个军需官。他们都受到可怕的命运的威胁：不是给闷死，就是给火烧死。既然不能通过燃烧着的舰桥逃生，唯一的退路便是经中央哨所走到几乎接近龙骨的舱底里去。四个人便推开尸首,打开通到下面的活板门,沿着螺旋形的扶梯往下走去。那三个人担心受伤的中将会把握不住栽倒下去,可是他的手脚倒很稳健,一点毛病也不出地走到舱底。

"苏沃洛夫"号已经破烂到无法辨认了。后烟囱和主樯已给轰掉,后舰桥和纪念柱也给毁了,上甲板正在燃烧,舰身有几处被炮弹洞穿,已经没有什么能使人想起从前那完整的旗舰了。只有被打断了的后樯和前烟囱在黑烟之中模糊地突现在甲板上,它的侧影使人想起"松岛"号型的日本巡洋舰。当"亚历山大三世"号徒劳地跟在敌方舰队后面竭力朝北面驶去之后,在战场上漂荡的"苏沃洛夫"号从俄国舰队战列靠中间的地方横穿过去,在两敌对舰队中间茫然地漂荡着。我们后继的战舰不晓得旗舰已离开战列,把它当作一艘不幸的日本军舰,朝它开炮,巴望结果它。

旗舰是由中央哨所指挥的。参谋部所有的军官,只有费里波夫斯基还适于勤务,其余的人都退出了,连中将也在内,没有一个人照顾他。卢杰斯特温斯基在战舰的底层徘徊了一会儿。他一只脚瘸了,时常停下步来,像在回想似的。他想走进一个迄今还很坚固的炮塔里,但火焰堵住了他的路,他没有发出命令。那些正在努力作战的水兵谁也不注意他,他已变成一个多余的人了。

舵轮有一部分已经修好,开始操纵左舷和右舷的机器,"苏沃洛夫"号已能够恢复它原来的航路,开到纵队的后方,借以得到它们的保护。轰炸暂时停息了,仍然健全的军官和水兵们已经能够尽力去扑灭大火和恢复舰上的秩序。炮手们离开炮塔来协助他们。新的水龙管代替那些破断的水龙管套在龙头上。甲板上、过道上、舰桥上和别的地方的厂首都搬走了,被毁掉的舷梯的铁踏板也装修好了。检查大炮的结果,还能够应战的只有右舷前部和中部的六英寸炮塔,这些都没有参战过,炮甲板上几门三英寸炮也仍然完整无损。蒸气压力是降低了,因为后部烟囱的毁坏使火炉不能通气。旗舰备受蹂躏,已经不再是一艘有战斗力的战舰了。对不愿丢弃它的中将的舰队来说，它实在是帮忙少拖累多。

就在这当儿，刚刚因震动或出血而昏迷过去的参谋长克拉比尔-德-科隆一清醒过来，就在舰上到处奔跑，向他碰到的每一个人这样问道：

"中将在哪儿？"

在海战或是陆战中，一个参谋长这样找寻自己舰上司令官的事，大概还没有过吧。

"他已经完了。"被问的人有的这样说。

"中将老爷正到上甲板去。"另一个人说。

后来，终于找到一个能够把确实消息告诉他的军官，卢杰斯特温斯基是在右舷中部的炮塔里。

当海战经过了四个小时之后，"苏沃洛夫"号又处在我们和敌舰的战列中间，日本战舰再次集中火力轰击它。它的第二个烟囱被轰去了，大火又燃烧起来，甲板像火山一样喷出无数的火焰。别的俄国军舰上的人从它旁边驶过的时候，目睹这破败的和死亡的景象，心都碎了。

日本方面，很自然的受了另一种感情的支配，希望趁这机会轰掉这艘失去战斗力的俄国旗舰。在他们看来，已经是派出一队鱼雷艇的时候了。于是一队驱逐舰队就在敌舰的后面出现了，一起驶向"苏沃洛夫"号。但是这一群为狮觅食的胡狼来得太快了，那只垂死的狮子还有力量借助它那些仍然完整无损的大炮来赶走它们。自然，为了好好使用右舷的炮，"苏沃洛夫"号必须转过身来，但是它还能够动员自己的人员来驾驶它。

"奥斯里亚比亚"号老早就沉没了。我们余下的十艘向南逃跑的战舰，还和追赶我们的日本舰队不断地互相轰击。

"苏沃洛夫"号缓缓地、曲折地行驶着。给火焰烧弯了的上甲板已经裂开了，浓烟从通气管倒灌进火舱来，使伙夫们感到窒息。舰身的钢甲，在水线上面的，已给火烧弯了，出现了龟裂。然而，旗舰还是顽强地继续漂荡着。

七

战舰"奥斯里亚比亚"号被认为是俄国舰队中几艘最好的军舰之一,它高大、匀称,有三个烟囱,排水量约一万三千吨。它是比较新的,下水是在一八九八年,是"新海军部"(这是圣彼得堡主要海军造船厂的名字)花了七年的工夫建造的。这时间和它在冲之岛附近被日本舰队击沉之前的海上生活的时间相等。它安装的"哈密钢甲"[1]是很不够的,所以它是一艘好的巡洋舰,速度达每小时十八海里,但不适于当作一艘一级战舰使用。可是最高当局却把它编入战舰,借以"吓唬敌人"。至于它的武装,除五个鱼雷发射管外,还有四门十英寸的、十一门六英寸的和二十门三英寸的大炮,还有二十门四十七毫米口径的大炮。

它的舰长是比尔上校。一个四十五岁的单身汉,身材高大,头大而秃。他的宽嘴巴上蓄着浓密的、灰栗色的唇髭,上面是一条硕大的鹰鼻。他双颊留着一部灰色的、分成两股垂到胸前的长胡子。总的说来,他的面相是相当吓人的,但他那对浅黄色的眼睛多少减轻了他的严酷神情。他是一个食量和烟瘾都很大的人,可又是个禁酒(只限烈性酒)者。他衣着考究,贵妇人的社交活动从未缺席。在海军界中,他被认为是一个有本事的官员。他能够流畅地说三种外国语:英语、法语和德语。在对马海战前六年,他曾被政府派到美国的费城去监督正在美国船坞为俄国海军建造的两艘军舰的工程:一艘是战舰"列特维扎"号,一艘是巡洋舰"留里克"号。

---

[1] "哈密钢甲"是一种用来掩护战舰的特殊钢板,有极高的硬度,为美国科学家哈密所发明,故名。——译者

对他手下的九百个人来说，比尔是一个严格执行军纪的人。由于他热衷于油漆和洗刷，所以本舰的外观是无懈可击的。他用鹰一般的眼睛监督着舰上的清洁工作，但对由此而给士兵们增加的负担却毫不在意。装煤之后，水兵们不仅要洗刷甲板，还要浸洗装煤的口袋。每个星期他都要做一次仔细的检查，到处察看，还走进火舱，那地方也要为他的到来而收拾得干干净净。他用自己的白手套摸摸这一件或那一件铁器，举起这一件或那一件东西，如果他的白手套沾上了污垢，他就大骂那些伙夫，罚他们禁闭三天，就是说，把他们禁闭在锚链房里。

甚至就是在夜里，他也不放过船员们。如果在夜里看见甲板上有一块污迹，他就叫醒水兵们来洗掉它。他对士兵吃些什么不感兴趣，但那些盛饭菜的铜器却要擦得可以照出你的脸孔，擦得跟教堂里的圣餐杯一样锃亮。

比尔不消说是很勇敢的，可是他不能够鼓起他下属的勇气，也得不到他们的尊敬和爱戴。他曾经竭力想做到这一点，但没有成功。在海战之前一些日子，他曾召集船员到上甲板上，并做了一次简要的动人的演说：

"弟兄们，我希望你们为着信仰、为着沙皇、为着我们的祖国而竭尽全力。你们要显示出你们自己是个真正的俄罗斯水兵！"

响应的只有那些下士们，他们言不由衷地这样回答：

"我们将竭尽全力，舰长。"

中级军官除极少数几个外，全都盲目地执行舰长的命令。水兵们却毫不理睬他们，还这样称呼他们：

"傻瓜！""畜生！""囚徒！"

水兵们这种行为是对等级的森严，上级对下级的侮辱和发疯似的操练的回答——好像"奥斯里亚比亚"号的出航不是为了去作战，而是为了去参加海军检阅似的。

在航程中，军官们和水兵们之间的争吵越来越厉害。在这样的军舰上,生活就是一种苦役,士兵们有充分的理由说它是一座浮动的监狱。

水兵们开始反抗他们的上级,同他们开玩笑,假装不懂地执行了命令,甚至实行怠工。有一天,那是在马达加斯加海港的时候,他们砍断了汽艇的辘绳,存心毁掉那汽艇。后来,当他们在主甲板上列队的时候,他们竟向第一副舰长发出"嘘嘘"声,有一次差点叛变了。卢杰斯特温斯基为此到舰上来,大骂了水兵们一顿,还把那些被指控为煽动者押解去受军事法庭审讯。

有许多水兵终于绝望了,他们诅咒本舰和舰上的军官,时常可以听到这样的话:

"早一天沉下去见马卡洛夫[1],咱们就早一天快活。"

第二战舰战队的司令官费尔克让少将在"奥斯里亚比亚"号上升起自己的将旗。水兵们给他起个绰号,叫"费尔卡",他是一个好心人,喜欢和士兵攀谈。但是,战队司令官的职务使他忙得不可开交,所以他对旗舰上的事情很少过问。

舰上很出名的是参谋部的军官、舵务上尉阿西波夫。他高身量,长腿,而且瘦弱,虽然已上了岁数,但总是疾步行走。他消瘦的脸孔总是红润润的,好像刚刚洗了蒸汽浴。灰色的头发长得很密,看起来好像覆盖着一小团一小团雾。久远的海程夺去了他那对蓝眼睛的光泽,又在他高高的前额上刻下六条深深的皱纹。他是这样善良,以致当他在场的时候,别的军官就不敢打骂水兵。每个人都喜欢他,都亲昵地叫他"老胡子"。

年轻的机械师们跟水兵们也很友好,可是他们对"奥斯里亚比亚"号舰上那种制度却无能为力。

费尔克让少将在四月初就害病了,当舰队快到日本海的时候,病情更重了。最后,在五月十一日,即海战前三天,他终于一点也用不着日

---

[1] 马卡洛夫是俄国海军上将,在旅顺口和他的旗舰一起沉没。——译者

本人帮忙便寿终正寝了。他的将旗没有放下，只用预先安排好的信号把这件事报告卢杰斯特温斯基：

"战舰的吊杆断了！"

卢杰斯特温斯基回答：

"把它带到海参崴去。"

少将的尸体用铝片密封，移到"奥斯里亚比亚"号的小礼拜堂去，等着在西伯利亚的港口下葬。同时安魂弥撒也举行了。参加的人们脸上现出普遍的和真诚的悲痛。费尔克让的死被认为是个恶兆，直到海战爆发的时候，舰上始终笼罩在抑郁的气氛之中。

舰队里其他舰上的军官和士兵看见了费尔克让少将的将旗还在"奥斯里亚比亚"号上飘扬，所以全然没有想到费尔克让已经死去。就是日本人也不知道，他们自然跟轰击"苏沃洛夫"号一样，集中火力攻击这第二只（装甲很不够的）旗舰。这样，只因为挂在樯头上的那面布片，便加速了它的灭亡。

自从少将死后，第二战队的指挥权就移交给比尔舰长。但是，当日本舰队在战场上出现的时候，他却让他统率的战队为所欲为，没有费神发出过一道专门的命令。

五月十四日下午二时，在和敌方巡洋舰展开初次的小战之后，日本舰队全部出现了。"奥斯里亚比亚"号下令："准备作战。"水兵们安静地、成群地赶到各自的岗位上去，好像他们是在参加一场检阅的动员似的。比尔站在司令塔前面的舰桥上，香烟一支接着一支地抽着，镇定地观察着敌方舰队的前进。

就在这当儿，谁也想不到卢杰斯特温斯基，这个作为海军战略家和战术家在圣彼得堡得到那么高评价的人，会做出这么荒唐的事情，他改变了舰队的战列。这就迫使"奥斯里亚比亚"号停机，以免和前舰发生碰撞。日本舰队迅速抓住这个机会，转了弯，等到和我们的舰队平行，他们便有机会发出猛烈的炮火，射向这差不多是静止的目标。

它们立刻测好了距离。第三发炮弹便打中了"奥斯里亚比亚"号的左舷舰首,轰去了锚链孔,洞穿了舰身。铁锚坠落下去,锚链也被拖下去,幸好有一个链环挂在舰身的碎片上。日本前导各舰把弹距通知后面各舰,因此,当敌人的每一艘战舰转过弯,各门舷炮便一起轰击那已经遭受了可怕打击的不幸的"奥斯里亚比亚"号。暴雨般的炮弹朝它打去,它的水线和左舷舰首都被打中。它是全无遮挡的,又无法回避敌人的炮火。当它打算开动所有三架总共有一万五千匹马力的机器和它三个同时在转动的螺旋推进机,全速往前驶去的时候,它前面的装甲板已给炸开几个大洞。警报响了,命令也发出了:

"消防队迅速到主甲板前部去!"

就在这当儿,一发击中水线上刚好在第一防水舱前面的左舷船梁的炮弹爆炸了,炸出了一个大洞。海水在主甲板的第一和第二防水舱里泛滥,并且通过甲板上的裂缝和被毁了的通气孔流进了左舷的各个弹药库和各炮塔的下面。这儿正弥漫着浓烟,连点亮着的灯也看不见了。有一半裂缝是在水线下面,海水涌进来,而"奥斯里亚比亚"号仍在全速前进,不敢贸然停下来,所以没法堵住海水的涌入。在甲板上,海水有一部分受到舰首第二防水舱的阻挡,但较低的前部发电机和鱼雷管都浸在水里。紧接着,舰的前部沉了下去,并且左倾得厉害。水兵们在乌斯宾斯基技师的领导下英勇地搏斗,可是只能故意让右舷的弹药库也进水,以多少减轻本舰的倾斜度。

输电总干线也给弹片打坏了,前部十英寸炮塔在发射了三发炮弹后就不能使用。电机师们正想接通那些断了的线路,可是晚了,因为正在这时候,两发巨大的炮弹打中了炮塔,电线给弄得乱七八糟,炮塔的装甲板有一部分也被打裂。那些无法再用的巨炮的炮口朝着敌人矗立着,就像一些巨大的干枯的树干一样。

在战争开始前,两个水兵被指定站在这个炮塔的旁边,唯一的理由就是要他们给敌弹炸死。他们的名字叫柯罗尔和苏斯林科。这两个人曾禁闭过一些时候，苏斯林科是因为偷了舰内礼拜堂的捐献箱，而柯罗尔是"纳西莫夫"号面包反叛案的祸首之一。

当指定他们站在这最危险的地方时，第一副舰长曾对他们说：

"如果起火，你们用水管浇灭它。你们谁也不许借口离开各自的岗位，要是谁逃跑，马上就枪毙，我自己要执行这简单的判决。"

两个人都被炸得粉身碎骨。

炮塔的塔顶给掀开了。有一发炮弹大概是在观察孔上爆炸了，炮塔里面有一个人头给炸掉了，其他人都受了重伤，炮塔里充满了尖叫和呻吟。炮长波夫科夫被抬出炮塔时少了一条腿。当担架夫把他抬到手术室去时，一路上他悲叹自己的命运，并且吐出了许多最难听的咒骂。

前舰桥已给打得粉碎。这里原装着测距仪，管理它的是波尔茨基上尉和一些水兵。炮弹严重炸伤了他们，把他们炸到各处去，他们都受了重伤。他们中只有上尉一个人还能认出来，他的胸部已被炸裂，但跟别的人一样，他没有立刻死去。他呻吟着，转动着双眼，接着呼叫起来：

"'出云'号……巡洋舰，'出云'号……三十五链……'出云'号……三十……五……"

一分钟后，他死去了。

不久，上部舰首那掩护六英寸炮的炮廓中了两发炮弹。装甲板落下来封住了炮口，同时大炮也被毁掉了，接着，另两门六英寸炮又哑了。事实上，左舷所有各炮已在二十分钟内先后沉默了，大半的炮手也被炸死了。他们中那些还活着的，连炮术上尉在内全都躲在炮甲板下面。

另一发炮弹在司令塔的前面爆炸。在那里值勤的鼓手，只剩下一个没有头、没有脚的躯干。炮弹的碎片从观察孔飞进塔里去。在舵轮旁的操舵兵普罗克尤士顿时被炸死。参谋人员和舰上的军官统统受伤。其中有许多人给送到手术室去，待在那儿。比尔舰长脸色非常苍白，脸上沾着鲜血，指头上夹着一支点燃着的香烟，独自走出司令塔来，喊叫着：

"请波赫维斯涅夫中校来！"

有一个水兵跑去传令，比尔把香烟放在嘴里，吸了一口烟，接着又走进司令塔，指挥那艘已被废弃了的战舰。

在中部左舷的暗炮塔里，炮弹碎片使一辆装满炮弹的车子爆炸，这就毁了那门六英寸炮，还炸死了所有的炮手。另两门六英寸炮因舰身右倾而失去了作用。一般说，"奥斯里亚比亚"号的炮火是无效的，它发出的大部分炮弹远离目标，因为炮手们没有看清距离，也没有准确地操纵大炮。

现在舰首完全沉没在水里了。操纵两部前部发电机的水兵因为发电室的主要通路已被切断，都从炮塔里跑出来。这一部分发电机已不能转动，输电总干线也因海水浸泡而短路，因此靠电力带动的机械全都失去了作用。

在战舰的底层设了两个手术室：一个是通常的，另一个是由浴室改装的。军医长在前一个手术室工作，助手医生则在后一个手术室。那儿到处是血、伤员们苍白而拉长的脸孔、痛苦的表情，割下来的手、脚堆在手术台周围的地板上。活人挤在死人中间，血腥气令人作呕。受难者有时呻吟，有时高喊，一个伤兵这样哀叫道：

"水，水！我的肚子着火了！"

一个神经错乱的士官生嚷嚷道：

"敲八下钟吧……雾是多么浓啊！"

一个头上扎着绷带的炮长坐在角落里，反复地说：

"我的眼睛在哪儿？一个瞎子还有什么用？"

在手术台上躺着一个因痛苦而呼叫的水兵。穿着沾满血迹的白罩衣的军医长正在检查那个人肩膀的伤口，从伤口钳出一些碎片。残废的人数一分钟比一分钟多。

"别挤我，孩子们。"军医长说，"我要有干活的地方呀。"

可是那些可怜的伤员不能不"挤"他。

每一发击中本舰的炮弹都发出一阵巨大的响声，并且从头到尾震撼

着它。那轰响声就跟几百条铁条从空中掉到甲板上来时所发出的一样。每一次,伤员们都重新被惊动起来,看看那座门,好像在问:

"完了吗?"

担架夫又抬进来一个新伤员。他的腹部从左边到肋骨被撕裂,一根肋骨像树上的断枝一样垂了下来。他喊道:"军医老爷,救救我!"

"这儿没有地方了,"军医长对担架夫说,"你们应当把他抬到那个手术室去。"

"那儿也满了,军医长。"担架夫回答。

这时候,军舰向左倾斜得更厉害了。那个眼瞎了的炮长跳起来,挥着双臂,喊道:

"咱们快沉没了呀!"

别的伤兵们都非常焦虑不安,附和他的叫喊。可是这惊惶还早了些,瞎子挨了一顿骂,又被迫坐在那角落里。但舰的左倾还是有增无减,手术室里那些受难者的眼睛全都惊骇地睁大起来。他们处在即将临头的死亡的阴影里,别想再看到灿烂的阳光。军医长不管伤员只有几分钟的寿命(这一点他毫不怀疑),还是继续镇定地工作。

在上面,炮弹还在纷纷地落下来。六艘日本巡洋舰正集中火力轰击"奥斯里亚比亚"号,那些没打中的炮弹在它周围激起一阵阵山那样的巨浪,而那些落在水线附近海面上的炮弹则卷起了跟烟囱一般高的水柱,使各个甲板都是海水。垂危者的最后的吼叫声、受伤者的呻吟、炮弹的爆炸声、大火的燃烧以及铁器碰撞声混杂在一起。

"奥斯里亚比亚"号上的炮火全都停了。指挥着某个炮塔的涅杰尔米列尔上尉叫他的炮手们走开,接着朝自己头上开了一枪。舰上部的一切建筑物全着火了,大火还在后舰桥的下面蔓延。浓烟升到上甲板,火焰从各个炮洞和炮口冒出来。军官舱和将军的舱房里也着火了。消防队的人员在烟气中工作,像一群妖怪一样,可是他们的努力是徒劳的。舰首沉入海里的"奥斯里亚比亚"号,已不是一个作战单位了。然而,它虽然破残，还是在向前行驶，等待着彻底毁灭。毁灭是瞬息间的事了，一发八普特重的炮弹打中了水线上左舷鱼雷管和澡堂之间的那一部分，把这一部分钢板上的铆钉都给震掉了，因此钢板像老房子墙上的泥灰那样掉了下来。接着，这个地方又中了一发炮弹，炸开了一个可以通过四轮马车的巨洞。海水涌进炮甲板和弹药库。在兹马钦斯基技师统率下从事修理的人们尽力去堵塞破漏，他们做了一只木架子，上面扎着铁棍，可是他们的努力终归徒然，涌入的海水冲去了他们那企图奏效的堵塞物，剩下的煤都浸在水中，"奥斯里亚比亚"号倾斜得更厉害了。战舰把舵转到右边，离开了战列。

从各个甲板，从甲板间的各个舱房里，传来了无数可怕的喊声：

"我们快沉没了！"

"我们全都完了！"

这时候，萨布尔上尉、炮长亨克和准尉波尔特列夫都在舰桥上。比尔舰长从司令塔走出来和他们在一起。他的帽子丢了，他的头上有一处伤口，他还是抽着烟，他对军官们说：

"是的，咱们快沉没了。再见吧，伙伴们！"

接着，他深深吸了最后一口烟，喊道：

"各人照管自己，尽快跳到海里去吧！"

可是太晚了。"奥斯里亚比亚"号已经倾倒下去，现在用不着舰长的命令了！全体船员已看到最后的灾难迫在眼前。人们从舰的底层，从鱼雷部等等地方急跑上来，紧抱住每一件随手可以拿到的东西，跌下去又爬上来，又抓住另一件可以抓住的东西。所有的人全想跑到炮甲板上来，从那儿可以跳进海里。

伤兵们离开了手术室。那些受伤太重、不能行走的恳求别人帮助，可是在这千钧一发的时候，人类的自私心是登峰造极的，一刻也不能放松。大股的水流冲进了下甲板，封住了出路。有些人伤口还在出血，还是设法爬到外面来，但这样的人是极少的。

那些给关在机房和火舱里的人的命运是最最可怕的。自从炮击开始之后，升降口始终被封住，以免敌弹损坏舰上这主要的部分。这升降口只能从外边开，被指定看守升降口的水兵将在发生万一的时候打开它。可是这些吓慌了的水兵却离开了自己的岗位，丢弃了那些不幸的伙伴。他们中有几个在经过了怯懦的冲动之后，真的又返回岗位上来了，用一切可用的工具掀开这沉重的、防水防炮的舱盖，但本舰极度的倾斜妨碍了他们的努力。

轮机师、技师、加油工、司炉等虽然拼命呼喊，但仍然得不到帮助，他们全沉到海底，像活活被埋在巨大的墓穴中一样。

炮甲板上出现了可怕的混乱。有些人跳进海里，另一些却寻找救生圈和软木救生衣。一些比较勇敢的人跑进士兵宿舍里去拿装着软木屑褥子的吊床，把拿到的全都丢进海里，这样他们的伙伴也许能够持久地漂游在海上。

随舰的神父，一个修道士，在舰上最高的地方，也就是在右边的甲板上出现了。他是一个中年人，身子很胖。他蓬乱的头发在风中摆动。他眼睛突出，看起来像个疯子，一看到本舰快沉下去，他用凄楚的声音喊起来：

"弟兄们，船员们，我不会游水，救救我！"

可是每一个人都专心于救自己的命，神父一跳下海之后，便在一两分钟内灭顶了。

在"奥斯里亚比亚"号周围，许多人在水中挣扎、游泳，或者紧抱住吊床或救生圈，可是许多没有决心跳下海去的人仍然留在甲板上。因为舰已倾斜，这甲板现在差不多是垂直的了。水兵们滚到左边的舷窗上，在木头和铁器的碎片、箱子、凳子以及别的东西之间滚动着，弄伤了自己，碰破了头或者折断了手脚。而最糟的是敌人的炮火还在不断轰击，那些在水里挣扎的人都挨了炸弹的弹片。不仅如此，战舰巨大的烟囱现在已倒在海面上，还冒着烟，更窒息了这些行将淹死的人。在那些可怜的、得不到好一点的漂浮物的人们之间，有的就紧紧抱住打坏了的小艇的碎片，四面响起呼救的声音。由爆炸的炮弹激起的水柱，忽而在此忽而在彼的，从那些还在挣扎的、可怜的人们的头中间掀起来。

比尔舰长仍然站在舰桥上，虽然大火已蔓延到他的身边。每个人都可以看出他决心跟自己的舰一同沉下去。他似乎只有一个目标——尽其所能地多多营救他的下属。紧抓住那根曾经是直立的柱子，他竭力使他的声音能在那些受难者的哀叫声中让人听见：

"离本舰远一些，滚开！要不然，你就会卷进旋涡！再离开些，离开！"

也许，他是在鬼门关前炫耀一下自己，但无论如何，他是个出色的人。

现在舰翻了，舰的龙骨露了出来，舰首沉入水里，舰尾却高高地翘在空中。右舷的机器还在开动，螺旋推进器在空中快速地旋转着。接着，当最后下沉的时刻到来时，它的螺旋桨划起了海水，这是沉没的巨轮最后的痉挛。

轮机师和技师们没有一个得救。被封闭在舱底而逃脱不得的不止两百个人。谁要是熟悉海军生活，谁就能够想象出在那注定要灭顶的军舰舱底的情况。当它翻沉的时候，他们一定跟着许多不牢固的东西从地板上翻滚到舱顶来。而这里正一团漆黑，只有还未熄灭的炉火那点红光，活人的叫喊和无生命的东西的碰击声混在一起。可是我们知道，当"奥斯里亚比亚"号沉没时，它还有一部机器在转动。我们可以料想到，那些掉进机器里而被绞烂了的人也许比其余的人要幸运些。因为海水浸入这严封的舱底一定很慢，而他们致死的原因，也许，多半是给闷死而不是给淹死的。当军舰沉到海底的时候，有许多人或许还活着，大概要过一小时或一个多小时之后，死神才会来到他们那里。

第二章

向北二十三度东

一

　　大斋期悠缓而悲恻的钟声正召唤村民们去做忏悔。他们忠实而顺从，为减轻心灵上罪恶的重负，捧着血汗换来的铜钱，向村里用木头盖起来的教堂走去。"最后审判"的恐怖使他们满面愁云。但是人们已感觉到春天的气息，严冬即将过去，阳光一天比一天暖和，而白雪的闪光看了也不那么刺眼。水珠不断从挂在屋檐下的长长的冰柱上滴了下来。

　　在一个如此晴朗和清静的日子里，有两辆三驾马车伴着叮当的铃声驶进村里。瓦隆佐夫·达斯科夫这老年伯爵带着他的猎人来猎熊了。隔天，猎队组成了，募集了一百二十个助猎者。我当时是个十八岁的青年，也是其中之一。可是天气变得阴晦了，下起了雪，在一阵强风之下，积雪迅速地抹去了脚印。我们横穿了差不多三俄里的森林，终于靠近了兽穴，大家在雪地里围成一个圈子。探着齐腰深的雪，我们越走越近，同时猎人们也开始放枪。我们扯开嗓门喊叫，然而却像喝醉了一样，只是发出一阵"乌溜——溜，乌溜——溜"的声音。既然付给每个呼喊的人三十个铜板，我们都决心叫这钱发挥实效。但尽管有了这些准备，伯爵还是没有杀死那只熊。它受了两次伤，逃到丛林里去了。疲倦而又失望的瓦隆佐夫·达斯科夫返回村里来，皱着眉头歇在一位富有的木材商人家里，一言不发地用起丰盛的正餐：火腿、奶酪、牛油、面包，还喝着好酒。就在这时候，我才头一回知道大斋期的斋戒并不是为富人们，而是只为了农民们才存在的。伯爵还没有吃完饭，那只熊竟跑到村外来。天气既然那样，它本来可以很方便地躲在森林里的，但给追赶和枪伤的疼痛弄得发狂了的熊，却走进死路来。伯爵的猎人们冲了出去，过不多久，它那重二十普特的巨大的躯体就摆在宽大的雪橇上给拖回来了。

我们的舰队使我想起了那只熊。

日本舰队，在它们初次得胜的猛攻之后——这一回它们使"苏沃洛夫"号遭到重创，又击沉了"奥斯里亚比亚"号——便消失在雾中了。我们则向南逃跑。既然我们显然不可能打开一条通过朝鲜海峡的路驶到海参崴去，我们就不得不继续我们南驶的航路。但卢杰斯特温斯基中将的命令却像无形的绳索勒住了我们，迫使我们转弯。像是厌弃全命而巴望毁灭似的，我们这又破碎又发昏的舰队现在又向北转了。以"鲍罗丁诺"号为首，后面跟着"奥里约"号、"西梭·维里基"号、"亚历山大三世"号、"纳瓦林"号和"纳西莫夫"号，第三战队则在尼波加托夫少将统率之下。再次是巡洋舰、驱逐舰和运输船，这些都是离得那样远，几乎望不见。在"奥里约"号上，跟别的军舰一样，大火被扑灭了，有些损害最重的地方也修好了，炮手中死了的已有人补充，伤兵也包扎好了。

半小时内，灰色的日本战舰又在左舷的前部出现。他们集中火力轰击我们的旗舰"苏沃洛夫"号。它的舵轮已不能使用，只好用机器操纵。现在它又起火又挨炸，在如柱的黑烟中，仍不屈地朝北驶去。我们的舰队开始超过它。敌方舰队注意到我们的主力，随即前来迎战。除两艘传令舰之外，日本舰队共有十二艘战舰，因为"浅涧"号已修好，又参加了战列。几分钟后，战斗又开始了。日本舰队既然速度比我们快，就仍然采用原来的战术压迫我们舰队的前头。

到了四点钟，"西梭·维里基"号起火了，它离开战列，落在后面，到巡洋舰队去了。它的第三号战舰的位置由"亚历山大三世"号代替，四个烟囱有一个已给轰掉的"纳瓦林"号也跟着落后很远。尼波加托夫少将的战队——包括"尼古拉一世"号、"阿普拉克辛"号、"辛亚文"号和"乌沙科夫"号——就从左侧驶进来补缺。

实际上，尼波加托夫本应驶到前头，由他的旗舰来指挥舰队，但是他没有被授予这样的权限。在海战的前四天，卢杰斯特温斯基已发出通告（第二四三号命令），在旗舰离开战列时，指挥权应移交给同战列的第二号舰，以后依此类推。结果在海战中，第二级的将领们全都受到限制，他们的意志全被剥夺。自"苏沃洛夫"号离开战列后，"亚历山大三世"号率领了舰队一些时候，接着就是"鲍罗丁诺"号替代了它。导舰自然首当敌人炮火之冲，同时也没有一个人能说出究竟指挥该舰的是舰长还是副舰长，因为也许有一个，说不定两个全都被炸死了。跟在后面各舰的将军们竟为他们全不知道的人所统率。

在第二次对抗中，"奥里约"号所受的炮击比前一次还要猛烈，炮弹接连击中它，凶猛地摇撼它巨大的身躯，因此它的行进有时竟被耽搁，好像被人家拉紧了辔头的马一样，但随即又在黑烟的云和在附近爆炸的炮弹溅起的水花中向前驶去。有几发炮弹打中了后部的暗炮塔，其中有一发是十二英寸的，爆炸是如此可怕，竟使我们的舰偏离了航线。被派在后部炮甲板下面的舵机室执勤的鱼雷分队长赫里托纽克和鱼雷兵普里瓦里欣，以为舰尾整个给轰掉了。

"我们以为，"他们后来说，"'奥里约'号的后部已中了鱼雷，一两分钟内就要沉没了。可是我们的想法错了,只是一发大炮弹炸掉了暗炮塔里的一些弹药。"

这两个人走进暗炮塔里,发觉(如他们开头所想的那样)里面的人统统死了,里面还着了火。他们脱下靴子,用靴子盛着从炸裂的罅隙里流进来的水,把火扑灭了。接着赫里托纽克回到舵机室,留下普里瓦里欣在暗炮塔里调查损害的情况。两门炮都不能使用了,到处是炮弹和毁坏了的舷窗的碎片。炮甲板上炸开了一个大洞,受伤的人无疑是从这里走到手术室去的,留下的都是死尸。水兵瓦楚克脖子破了,躺在那儿,旁边是炮手叶列明的尸体,他的一只手正亲热地搂着另一个炮手的脖子。刚在爆炸之前,叶列明跟那个炮手吵得很凶,普里瓦里欣虽然不知道这件事,但有一个目击这次争吵的人还活着。这个人是搬运炮弹的,现在正躺在炮弹输送机的旁边,身子有一半埋在暗炮塔里用来加强防御的煤堆下面。他给救了出来,一点也没有受伤,只是靴子留在煤堆里。后来他说,指挥这后部暗炮塔的准尉卡尔梅科夫刚刚喊出,"目标——三十",顿时比空中的电光还要快地,像施了妖术一样,立刻不见了。同时,某一个给一阵爆炸的气浪推出炮廓的炮手,像一只巨大的黑鸟在空中飞着,然后钻进海里。

差不多在这时候,后部十二英寸炮塔也被击中。一发炮弹打在观察孔上面的钢盖上,把它打瘪了,所以要使左炮超过二十七链的弹程开炮是不可能的。准尉谢尔巴乔夫、炮长拉斯托尔古耶夫和分队长基思洛夫都负了伤,可是经过急救之后,他们仍然固守岗位。炮长贝特的头炸掉了一半,溅出来的脑浆把甲板弄得滑溜溜的。

谢尔巴乔夫准尉无论如何不能再负责指挥了。他随即昏倒在炮床上,双手和双脚摊开就像一个在大热天睡觉的人那样。他的士兵们跑去扶起他,发觉他的鼻梁已经塌下去了,耳朵后面的脉管也断了,右眼那儿有个裂口,眼珠已经掉了。有一个人说:

"完了!连哼也没哼一声。"

"是的，"另一个表示同意，"他已经完了，他死了。"

就在这时候，恢复知觉的准尉问道：

"谁死了？"

"你呀，阁下。"一个水兵回答。

谢尔巴乔夫吃惊地回过头，用一只左眼注视着那个炮手。

"什么？我死了吗？告诉我，弟兄们，我真的死了吗？"

"不，阁下，你毕竟没有死。我们以为你死了，可是看起来你还活着呢。"

谢尔巴乔夫小心地抚摩了一下他脸上的伤口，悲哀地叫起来：

"如果我没有死，我的右眼无论如何是完了。"

几分钟后，炮又发射了。炮塔指挥已委托给炮长拉斯托尔古耶夫。坐在炮塔的甲板上、靠着装甲壁的准尉谢尔巴乔夫正在呻吟，同时头越垂越低，随即他又失去知觉，终于被送到手术室去了。"奥里约"号两侧各个没有装甲的部分，不断地被炸出许多新的窟窿，虽然这些都在水线上面，手像在爬绳梯，有时握紧，有时放开。有一小块给炸弹炸弯了的钢板，深深地扎在一个水兵的脖子上，这个被扎的人现在正在喘气，一面抱住纳扎罗夫的大腿，好像抱住一个救生圈似的。

最后，第一副舰长西多罗夫自己振作起来，又回到司令塔去指挥。

"马上叫担架夫来！"他这样命令。

同时各人用急救的绷带互相包扎。

因为通到前舰桥的升降梯被炸毁了，第一副舰长命令架上绳梯，但是要经由这绳梯把伤员运到下甲板去十分困难。

最先被送到手术室去的是杨格舰长。在抬到手术室的途中，他第三次受伤，一块碎片击穿了他的肺、脾和胃，最后穿到后背，刚刚在他的皮层下面，当拔出来的时候，它还热得烫手。在护理他的伤口的时候，他仍然神志昏迷，一遍又一遍地喊着：

"左转舵轮……为什么减低速度？……开足马力向前，回转九十……"

送走杨格舰长之后,担架夫又把萨特克维奇上尉和重伤的水兵运到手术室。沙姆雪夫上尉跟在他们后面,因为他还能够自己行走。

我在手术室里,向通道的门口望过去,看见了司炉巴克拉诺夫,他正向我招手。我走过去,以为他有什么重要的消息,可是一看到他那严厉和方正的脸上做出鬼脸的时候,我倒给吓了一跳。当他耳语的时候,对我呼出了伏特加的气味。

"好朋友,我交运了!头儿们的食物好极了,真叫人想尝尝。讲起酒嘛,它不禁使我心儿欢畅起来。这么好的酒,我这辈子还是头一遭尝到哩。"

"在什么地方?"我问。

"在军官餐室。"

他给我看他鼓起的口袋,接着说:

"兄弟,别说我忘记你。让我们到修理室去,你也痛痛快快吃喝一顿。"

"当你的伙伴们整打整打地给杀死、给弄残废了的时候,你却那样狂饮,你不害臊吗?"

"害臊?胡说!羞耻不像一块戳进你肚子里的弹片,你的嘴唇发抖,但是一点也救不了你。要是我该淹死,我不愿意清醒地死,宁可醉醺醺地死去。跟着我来吧!"

我发怒了,叱责道:

"滚你的!"

他看了看那些躺着的可怜的残废者,他们不只是躺在手术室的地板上,还有许多躺在过道的地板上。他眨了眨眼睛,说:

"他们将来不是挺好的卖艺人吗?"

给他的冷酷无情激怒了,我愤愤地说:

"我们的朋友瓦西亚已有资格来当未来的卖艺人了,水手长沃耶沃

金在甲板上见到他,他一条腿已没了。"巴克拉诺夫镇定了一会儿,问道:

"你说什么?瓦西亚……"

"你自己去瞧瞧吧。"

他向上甲板跑去。十分钟后,我又在过道上碰到他,现在他是一个完全不同的人了,我们的知心朋友的死深深地打动了他。

"怎么样?"

"身子已经凉了,我把他水葬了。"

接着,他把粗大的手放在我的肩膀上,说:

"我们失去了一个多好的人,我们的好朋友瓦西亚。他想研究各种学问,想看看他的成就。为什么他要被屠杀呢?他是一丁点儿过错也没有的呀!"

他从脸上抹去混着煤屑的眼泪,因忧伤而弯下腰,缓缓地走上楼梯。

在他走后不久,我们便听到中部六英寸炮塔的不幸消息。一块火烫的弹片从炮门飞进来,把一发备用的炮弹引炸了。由此引起了另外三发炮弹爆炸,其中有一发炮长弗拉索夫恰恰正要装进他的大炮的后膛里。浓烟、瓦斯和火舌从炮塔四周的罅隙处冒了出来,带着一阵宛如这无生命的物体发出的绝望哀叫的声音,同时,困在里面的活人们也大声喊叫起来。炮塔内壁的油漆、电线以及防水炮衣等都着火了。那些给瓦斯窒息、给火焰烧灼,又给火烟弄昏弄瞎了的管理大炮的人,徒然拼命寻找出路,碰上了大炮和装甲的壁,又跌倒在炮床上,互相推着、滚着。他们那可怕的嘶叫声被下部的人听到了,便通知中央哨所。在这时候,火已沿着电线和木材,快要窜到弹药库去了。只有拼命抢着干,消防队员才能消除这可怕的爆炸。

担架夫走近炮塔,把门打开,一个担架夫大声喊道:

"喂,你们怎么啦?"

呻吟和临死的呼喊声就是唯一的回答。有三个炮手给烧焦了。军需官伏尔赞宁、炮长朱耶夫虽然还活着，但他们的衣服早烧光了，只留下烧焦了的发黑的皮肤。

引起这场爆炸并给予这么残忍的摧毁的那些六英寸炮炮弹都是些备用的，每个炮塔各有四颗。自从我们离开里维尔以后，这些炮弹始终保存在炮塔里，以便对付日本人突然的进攻。由于炮塔的隙缝太大，就会发生上述场合那样的危险。本来在战事开始之后，这些备用的炮弹应当先用，可是竟没有一个人想到采取预防的措施。

有一个炮长对这件事非常气愤，后来他对我说：

"幸而，这爆炸不是发生在十二英寸的炮塔里，因为那里还堆放着近二十普特的弹药。为什么要堆放这么些呢？谁都知道自动装弹机装要比手装来得快。不仅如此，在炮塔下面的弹药库里，火药随便堆放，药袋又破漏，只消一粒火星就可以把整个军舰炸飞。我们的头儿们究竟干的是什么呢？"

战斗继续进行着。我们的舰队绕来绕去的次数实在说不清。一句话，最后我们又朝南行驶了。

差不多已有一百发大小不同的炮弹击中了"奥里约"号。左舷炮甲板上面的舷侧已炸出了许多洞孔，这些都匆忙用吊床等物塞住了。左舷炮甲板上的舷窗的铁链大半也给炸断了，为了关闭它，水兵们不得不在敌人的炮火下冒着掉到海里去的危险爬到舷外去。

爆炸的日本炮弹产生了高热，连我们厚厚的钢甲板也起泡开孔了。火灾不时地发生，消防队员实在难以应付。每个人都得参加这项工作，就是现在代替了杨格舰长的第一副舰长西多罗夫，也有好几次带着信号长齐费罗夫和号手巴列斯特离开司令塔去扑灭舰桥上的大火。帆布床被扎在司令塔的塔顶，用来遮挡炮弹的碎片。这些东西着了火，发出了一股难闻的臭味，用水浇灭之后，又在闷烧。西多罗夫急躁地喊：

"把它们丢到海里去！"

在司令塔后面临近后樯的地方，橡皮通话管着火了。许多箱四十七毫米口径炮的弹药筒就在它旁边，其中有的已经爆炸，因此其余的都被丢到海里去。西多罗夫和那些干这件事的人冒死去做，结果全都安全地回到司令塔里，只有西多罗夫的背脊受了伤。

水手长沃耶沃金打礼拜堂前面走过，看见五个水兵跪在圣像前面，在不是教堂的钟声、而是断断续续的雷鸣般的炮声伴奏下做祈祷。为了需要人手干事，他就向他们叱责道：

"你们这些傻瓜在这里干什么？"

就在这当儿，响起了一阵可怕的爆炸声，那些曾恳求上帝保佑的人，一个也没有留下来。谁都可以想象，连那些圣像也在呻吟呢！我们在马达加斯加买来的那只用作"祥兽"的牝羊也同样被杀死了。自从海战开始之后，这可怜的畜生不明白为什么这样骚乱，在甲板上来回奔突，咩咩地哀叫。那发打死了那些祈祷者的炮弹炸断了它的背脊。它一双后腿已经瘫了，靠前腿支撑着，一面摇着它那带角的头，一面痛苦地注视着沃耶沃金，随即这牲畜也就倒毙了。

前额和一只眼睛扎着绷带的斯拉温斯基上尉在这当儿出现了。他颤巍巍地走着。注意到水管里喷出的水太浪费了，经过片刻的思索之后，他就叫住刚熄灭了礼拜堂里的火的水手长：

"沃耶沃金，关住龙头！"

水手长慌忙去执行他的命令，而斯拉温斯基就从升降口走向上甲板。可是他没有站稳，在上面救火的人喷着他的头，把绷带从伤口上冲了下来，他昏倒在地，被抬到手术室去。

就在这时候，上甲板上传来了一阵"乌拉"的喊声。我们不明白有什么快意的事情，直到总水手长萨耶姆手上有点轻伤，跑下来包扎的时候，他向我们解释说：

"敌军败退了，"他庄严地说，态度与当时的情景很吻合，"有一艘日本军舰燃烧起来，而且几乎开不动了。我们各舰正在轰击它，它马上

就会沉下去的。"

帕西神父画着十字，喊叫道：

"主啊，帮我们消灭残酷的敌人！"

由此我心里想起人类惯例的不可思议来。那些为战争而设计的意志实在是最巧妙地被构成的东西，人类的天才们花了几千年的工夫来完成它。就我来说，我和许多同志一样，绝对不愿和日本人打仗，对方穿着蓝水兵制服的人们也和我们很相像，并且跟我们一样陷入了共同的不幸之中。同样，我多少凭良心履行着我的职务。要是我被指定做炮手的工作，我也应该服从，不管怎样，它是很违背我们的本意的。

受伤的人因为日本战舰着火的消息而兴奋起来。我也是一样，心里充满着狩猎中杀死了猎物时所感到的那种快感。看看那位我从他那里获得了那么多教益的人——轮机师瓦西里耶夫，我看出他眼睛里那同样残忍的光芒。一个垂死的水兵双唇灰白，喊了起来：

"好！这就是说，该死的日本人也得到了恶报，这些畜生！"

可是很快我们就晓得萨耶姆是弄错了。在雾中位于我们战列右边的那艘速度极慢的着火的军舰，不是日本的，而是我们的旗舰"苏沃洛夫"号。我们的"奥里约"号弄错了，向它开了几炮。手术室的人大失所望，有几个伤员诅咒着报错了消息的总水手长。

在这时候，我们注意到我们的军舰已向右倾斜了。受伤的和健全的人惊疑地相互注视着，但谁也不晓得发生了什么事情。在水线下面出现了一个大洞吗？几分钟后，我们会跟"奥斯里亚比亚"号一样倾覆吗？所有的人越来越不安了，眼睛都瞪着手术室的出口，每个人都怀疑自己能否首先跑出去，或者会不会被挤在那些在门口或在升降梯上挣扎着的人们中间，要是军舰快沉没的话。有几个急性的人已经走近升降梯，想逃到甲板上去。受伤的人有不少在说着呓语，另外一些人很沉默，竭力想去辨别我们的炮击和敌弹爆炸的声音。疲乏了的本舰，好像惧怕陷入那漆黑的深海似地颤抖着。而我们所有的人，一想到我们是这个巨大的整体的一部分，就全都战栗起来，等着共同的末日的到来。

倾斜达到六度，但我们还能够保持原来的速度和在战列中的地位。而当我们稍稍一转向，倾斜度也就增加了，我们感觉到一堵钢铁的墙壁已永远把我们和生命隔离开来。

现在我脑海里浮现的是关于我母亲的回忆。我走近瓦西里耶夫，对他说：

"我的母亲懂波兰语。真的，她有二十本左右用波兰语写的书，这些她多半能够背诵。"

吃了一惊、扬起了浓眉的瓦西里耶夫，竭力想了解我所说的话，回答道：

"真的吗？那好极了。她也懂法语吗？"

"不，阁下，她从未到过法国。"

在司令塔里的第一副舰长西多罗夫给舰的倾斜弄得非常不安，他用通话管跟在中央哨所的布尔纳雪夫上尉和舰舱部机师罗姆斯通话：

"看看有没有法子使本舰恢复平衡。"

罗姆斯马上走到上甲板去调查倾斜的原因。他觉得这件事应责怪炮手们。他们给炮甲板上大量的海水吓慌了，没有得到舰舱部军官的许可就打开右舷的防水闸。因此，舰里下部从右舷的第三十二区到四十四区便泛滥起来了。

幸好倾斜是在右舷而不在左舷，因为左舷船梁板壁已有许多裂缝，正在暂时维修还没有完工。要是我们倾向左舷，海水一定泛滥，我们将绝望地遭受与"奥斯里亚比亚"号相同的命运。

罗姆斯终于把大量的海水引到左舷，借以调整倾斜度，然后使用抽水机把海水从两边抽出去。

在"奥里约"号上有三个炮术军官，其中两个——沙姆雪夫上尉和留明上尉已经受伤，西多罗夫第一副舰长就派人去请另一个炮术军官吉尔斯上尉到司令部来执勤。

吉尔斯是二级炮术官，杰出的专家，在海战中他一直在指挥右舷前部六英寸炮塔。虽然他是一个有能力的炮术官，但他却从未想到备用的炮弹应当首先使用。当他被召到司令塔去的时候，堵截我们航路的敌方战舰恰好开始正面进攻。"奥里约"号的右舷炮塔也开始猛烈地还击。吉尔斯命令一个士官负责指挥，自己向出口走去。他是一个又高又瘦的人，精力饱满的脸上留着淡褐色的连鬓胡子。他刚刚打开那装甲的门，备用的炮弹就爆炸了，跟刚才在邻近的炮塔里所发生的一样。然而，他还能够开门，从那个有许多人在甲板上剧痛地抽搐的炮塔里冲出来，只是帽子丢了，脸孔也给灼伤了。在到司令塔去的路上，他遇到几个担架夫，就叫他们到炮塔去照料受伤的人，而他不管自己受的伤，继续前行，决心服从第一副舰长西多罗夫的命令。他刚走上舰桥，另一发炮弹又把他脚下的木材烧起来，因此他又被火焰包围了，他毫不惧怕地径直走到司令塔去，像在检阅一样敬了个礼，说：

"第一副舰长，我报到。"

看出第一副舰长没有认出他，就简单地说明道：

"阁下，我是吉尔斯上尉，你叫我来的。"

这说明是需要的，因为实在认不出他来了。他的衣服有许多地方已给烧坏，褴褛地挂在身上。他的头发、胡子和眉毛统统烧光了，他的嘴唇烧得又烂又肿，头皮也给烧焦，皮一块块地挂着，露出了鲜红的筋肉。我们的炮不断地打着，敌人的炮弹嗖嗖地从空中飞过，在吉尔斯到来的那一瞬间，我们上甲板上的一只小艇被炸成碎片。上尉仿佛全不顾那些，他用发狂的眼神注视着西多罗夫，镇静地等候第一副舰长的命令。

只过了几秒钟，他就摇晃起来，差一点倒下去。两个水兵跑去扶住他，挽着他的手臂，架着他走进司令塔来。就在那儿，他瘫软在甲板上，沙哑地说：

"水！"

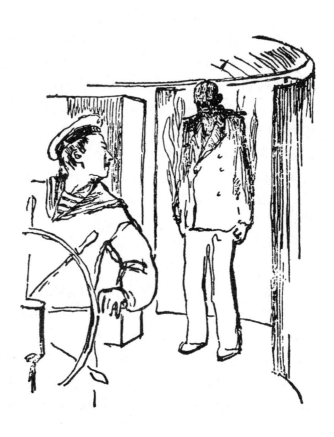

二

将近下午五点钟,炮战又平息了。敌人再度消失在雾中。跟第一场大战时一样,我们的舰队转向右舷,朝东走了一会儿,接着,就恢复了向南的航路。雾已稍稍稀薄了,使我们显现了出来,而日本舰队正不放松地紧跟着。现在我们把航路转到西边。不久之后,尼波加托夫少将注意到舰队并没有一个指挥官,并相信费尔克让少将已跟"奥斯里亚比亚"号一起沉没了,所以他负起责任来,举起了如下的信号:

"转向北二十三度东。"

这样,在第二次大战中,我们各舰正好绕了个完整的圆圈。[1]

"奥里约"号上有几场大火正在燃烧。甲板上烟雾弥漫,烟雾正向海面上飘去。士兵们从各个升降口,从各个炮塔里拥出来。他们看起来好像已经昏迷,似乎正在惊异地互相询问:"现在又将怎样呢?"两腿又短、身子又宽、走路蹒跚的司炉巴克拉诺夫跟着别的许多人在甲板上出现了,他走近我,阴郁地说:

"得,日本人刚叫我们遭了灾难,不是吗?"

现在最重要的事情就是扑灭大火,所有能干活的人全都跑去帮助消防队。破了的水龙管用新的代替。不久,舰上传出一个消息,说是右舷中部六英寸炮塔下面的弹药库已经着火。在那里操作的人都恐怖地离开了,同时浓烟正不断地从军火输送机里冒出来,灌进了炮塔,在炮甲板上空形成灰色的烟云。灾难看来就在眼前,许多人都吓得脸色煞白。船员们陷于混乱,嘈杂的声音响起来了:

"报告第一副舰长西多罗夫去!"

"把水灌入弹药库!"

---

[1] 见附录图五。——译者

"跳下海去呀，要不就得炸死。"

有些人抓了救生圈，另一些人则跑去拿他们那带着软木屑褥子的吊床。我们时时刻刻等待着本舰给炸毁。谁都很难想象，任何一种突然的死亡会比别的死法更坏些。但不知怎的，给敌人的炮弹打死，同我们全体因自己的弹药库爆炸而同归于尽相比，后者似乎比前者可怕得多。那些已抓了救生圈和带软木屑褥子的吊床的人都跑到一边，但在这千钧一发的当儿，他们还是缺乏跳下海的勇气。他们徒然审视着茫茫的大海，连陆地的影子也看不到。他们唯一的希望是被后面某一艘军舰搭救起来，可是谁能说，在目前这危急的情况下，那些舰会不会停下来搭救那些快溺死的人呢？然而，要是有一个人跳下海去，其他的人也会跟着他跳的。军官们已不能约束这些人，因为只有三个人在执勤，其余的不是死了，就是在手术室里。再过两三分钟之后，"奥里约"号很可能就被丢弃了。就在这当儿，司炉巴克拉诺夫嚷了起来：

"真见鬼！究竟发生了什么事情？我要下去瞧一瞧。"

刚刚这么一说，他就钻入冒烟的炮塔里，朝弹药库走去。人们又害怕又佩服地张开嘴，睁着眼看着他。为什么巴克拉诺夫要冒这场险呢？我的读者们晓得，他是个对公务毫无兴趣、对上级的奖赏和表扬全不在意的人。事实上，他被人认为是个懒汉。然而，他却有一个使他胜过船员们的坚强的个性，他决心对这场势必发生的灾难的真相加以调查，这引起了赞同，并制住了骚乱——这骚乱是个比爆炸还要坏的祸患。经过几分钟紧张的寂静之后，巴克拉诺夫不慌不忙地，出乎每个人意外地出现了，而且没受到一点烧伤，不过他实在给烟憋得半死。他站在伙伴们面前，两腿叉开，一边弯下身子，一边用肮脏的手抹去泪水。水兵们围住他，向他提出许多问题，但他却用一大串咒骂来回答那些问话：

"你们是一群傻瓜。你们的肩膀上白白地扛着个脑袋。我倒要知道为什么这军舰会凑集这么多的笨蛋！胆小鬼！你们只配在厨房里跟蟑螂打仗。"

这些诅咒是非常痛快的,我们感到满足。这跟信徒们听到传教士斥责他们的罪恶时所感到的一样,而且准备跪在这个给我们带来福音,或者老实说,把我们从死里挽救出来的人的面前。

后来他把看到的告诉我们,炮塔的通风装置已经压坏了,而弹药库和炮塔之间的通气筒是完好的。又因为舰舱内一场小火冒出的烟灌进了弹药库,所以炮塔里就浓烟弥漫了。这样,把水灌入弹药库的命令被撤销了。炮手们对这十分高兴,因为灌水会把水分流到别的弹药库去,使得全部炮塔都不能使用。

说清楚情况后,巴克拉诺夫从上甲板跑下去,在离开的时候这样说:

"这事情弄得我又饿起来了!"

利用炮击暂时停息的机会,我们的士兵把所有的火都扑灭了,而且尽可能地清理了本舰。甲板上乱七八糟地堆满了许多小东西:毁坏了的升降机的碎块、炮弹的碎片、电线的碎段、碎了的小艇的木块等等,这些都丢到海里去了。绳子做的便梯安上了,用来代替舰桥和甲板之间那些被炸碎的铁的交通工具,左舷的洞孔都用木架子、吊床、帆布卷等塞住。炮手们则忙碌地修理他们的大炮,以备使用。

就是这暂时的修理弄停当了,"奥里约"号看起来还是像一只给打得遍体鳞伤的妖怪,上层的建造物大部分已被炸毁,前舰桥和后舰桥中间的通道已经断裂,扭曲得像一只拔塞子的螺旋钻。两条锚链都打断了,右舷的锚链孔已沉在海底。主樯中了一弹,恰好在和后舰桥同样高的地方,随时可能折断倒下来。两樯的樯索有许多给撕断了,在风中悲恻地扑打着。汽艇的电动卷扬机已毁了。甲板上的铺板给敌弹烧得出现了一条条沟,右舷有一大块已毁得不能行走。前甲板的淡水槽先后给炮弹洞穿,全舰分配饮水的水管系统也打得一塌糊涂。在各弹药库和火舱——那里的温度在摄氏四十度以上——工作的人们,吃用的水只好装在吊桶或小锅里。

"奥里约"号舰上装有十只划艇，两只普通的汽艇和两只鱼雷艇。当我看到这些小艇的碎片时，我便想起了瓦西里耶夫在战前一个月，从旗舰上举行的机师会议回来后对我说过的话：

"我提议各战舰上所有的划艇和汽艇都应该寄放在运输船上，因为在战时，这些只是用来引火罢了。此外，它们使得我们装载过重，少了这些，我们一定会稳定得多。可是总司令官和它的参谋部都不接受我的意见。"

现在，显而易见，瓦西里耶夫比卢杰斯特温斯基更有见识。我们的小艇没有一只是完整的，全都是一堆烧焦了的废料。如果"奥里约"号沉没，我们只能靠自己游泳的本领，或是靠抓住带软木屑褥子的吊床，或是抓住救生圈了。

弹药输送机大半已失去作用，只有那些供给七十五毫米口径炮的还能用。此外，炮甲板上的轨道有许多被毁坏了，这样又增加了运输弹药的困难。大口径炮和中口径炮的瞄准机械也同样受损，因此我们那些在最好的时候还不是特别胜任的炮手们，当然比平常更加乱射了。

一句话，作为一艘战舰，"奥里约"号的实际战斗力已减去了一大半。

战事将进入一个新的阶段。在右舷稍靠后的一方，出现了东乡元帅的第一战队。这六艘没有显出有什么损害的战舰，循着和我们平行的航线迅速地追赶着我们。"准备作战"的警报又在"奥里约"号上响起来了。在我们听来，这简直就是丧钟。士兵们顽强地、阴郁地走向自己的岗位，去迎接这最后的考验。晚上六点，敌我双方又开火了。我们只有右舷各炮能使用。半小时后，上村将军带着他的六艘战舰也到战场上来了。

在我们的舰队里，对人的屠杀——他们唯一的罪过就是他们出生在世上——又开始了。

在战列前头的"鲍罗丁诺"号不消说是敌人主要的炮标，但许多日本人的炮弹仍然落到"奥里约"号上。时时好像有许多巨大的钳子钳住我们战舰的一边，把一大片一大片的钢甲给钳下来似的。我们唯一安全的机会是舰身完整的装甲给予的，但炮甲板高出水线还不到五英寸，而海浪却高出水线七、八英寸，因此海水就在这甲板上泛滥，灌到下舱，而每当我们左右转的时候，就大大地加重了我们的倾斜。

轮机师帕尔菲诺夫指挥右舷的轮机舱，他的助手轮机师斯克里雅夫斯基则在左舷的轮机舱占着一个相似的位置。在从喀琅施塔得到对马这全部海程中，他们夜以继日地训练他们的下属，因此他们的下属们比炮手或别的水手干练得多。

帕尔菲诺夫在轮机舱里有他自己的特殊的座位，它就在电报机、压力计、登记计和通话管等的旁边。他沾满油污的上衣敞开着，露出他那毛茸茸的胸膛，帽子推到后脑勺，露出高高的、光秃秃的前额。汗珠从脸上滚下来，像闪亮的珍珠一样凝在他的胡子上。他不停地注视着压力计、电报机和旋转指示器等等，从司令塔里常常发来加速或减速的命令。这些是简单的命令，并不使他感到困难。当一艘战舰在作战的时候，主要的改动乃是"停止"、"反转"，以及"全速后退"，因为本舰的生命是寄托在对这些指令的迅速执行上面。帕尔菲诺夫一边注视着他的机器，一边注视着他的下属。要是情况紧急，他们会怎样呢？如果他们恐慌了，跑到升降梯去，他能够用恐吓或咒骂来控制他们吗？或者他不得不枪毙几个来儆戒他们？

在轮机舱和火舱里工作，比在甲板上要辛苦得多，虽然他们没有直接受到敌人炮火的威胁。在电灯光中灿灿闪亮的巨大的活塞杆，润滑而无声地、有节奏地转动着。轮机兵们赤裸着上身，忙着保持机器各部的润滑。他们和外面的世界隔绝，因此完全不知道头顶上进行的事情，只听到我们大炮的雷鸣般的轰击，和感到敌弹击中或爆炸而引起的震撼而已。这里，在水线之下，又在装甲板的下面，它的升降口被封闭，在这机械与钢铁的王国中，实际上完全没有被敌弹的碎片杀伤或杀死的危险，可是在那里工作的每个人都清楚知道，等待着他的是什么，要是本舰沉没了的话。

突然，右舷轮机舱里渐渐弥漫起有毒的烟，使那里的人看不见东西和感到窒息。一个冲到帕尔菲诺夫跟前来的轮机兵用恐怖的声音问道：

"阁下，咱们是不是完了呢？"

帕尔菲诺夫唯一的回答是大声命令：

"塞住通风管！"

空气马上清新了，可是室温却增到摄氏五十度以上。士兵们好像置身于烘炉里，在这样的条件下工作是十分困难的。

左舷轮机舱也发生同样的情况。

有几块炮弹片从通风口飞进轮机舱来，幸而没有损坏机器的主要部分。

在前火舱里，有一个总蒸汽管爆裂了，使那地方充满了热气。轮机师鲁萨诺夫和军士马扎耶夫在蒸汽伤人之前已关住了蒸汽阀，并把汽锅报废。余下的十九个汽锅还能把足够的蒸汽供给总机和各种必要的机械。

当驶近对马海峡时，我们已尽可能把"奥里约"号上的木器和家具丢进海里，但这还是阻止不了火灾。炮衣、救生圈、橡皮管、水龙带、水管的包扎物、褥子、袋子、吊铺、粗麻绳、麻絮、军官室里和上甲板上的家具、甲板本身被炮弹炸裂和炸毁的地方，以及小艇的废料等等——所有这些都熊熊地燃烧着。这些大火除了引起普遍的惊慌之外，还阻碍了舰上各部分之间的交通，妨碍了炮手们的活动，不断地出现弹药库发生爆炸的危险使他们惶惶不安。有时候，炮手们像一窝被熏出蜂巢的蜂一样给熏出炮塔来。各种光学机械因为玻璃荫翳而变得无用了。

此外，这些大火给士气以很不幸的影响。海上的大火较之陆地上的更加可怕，因为在后一种场合，即使毁坏了房屋和货物，但不一定危害人们的生命。

虽然火和水之间有着天然的敌意,但我们的战舰还继续在浩渺的海上焚烧,火焰吞噬着容纳了几百个人的军舰的内部,周围的海水又给不息的敌弹之霰激荡起来。然而在这地狱里,在混乱中,每个人都必须坚守自己的岗位:在炮塔里、在暗炮塔里、在手术室里、在修理室里等。那些管测距仪的、管通话管的以及管别的仪器的都必须继续工作,犹如在炮火下的炮手们必须坚守自己的岗位一样。如果要救一艘战舰,唯一的法则就是:"不管发生什么事,仍须继续前进。"人们的生命决定于军舰的生命,而反过来军舰的生命又决定于人们的毫不畏惧的勇气。只要"奥里约"号继续在海上航行,舰上每一个还没有受到致命伤的人就都有活命的机会。

我们唯一用来对抗火焰的是水,而水同时又是我们可怕的敌人。它倾泻在上甲板上,分成许多股急流灌进下甲板,又从炮洞冲进来,再从毁坏了的弹药输送机泻入下舱去。就在这时候,我们的下舱已注入了五百多吨海水。机械师罗姆士和他的机兵队简直无法把水排出舱底。那些多多少少使我们免于火灾的东西,势必会把我们送到海底去。

在手术台上有一个重伤员在呻吟。军医长马卡罗夫正在这伤者的大网膜处缝合一处裂口。当马卡罗夫正转过身和正在帮助包扎的助手说话的时候,一发巨大的炮弹击中了靠近手术室的右舷船梁,舰身剧烈地摇晃起来,像一只被击拍的大鲛那样在震颤。谁都会有这样的感觉:"奥里约"号就像一个人体,肋骨已挨了这么猛力的打击,内脏必定受了重伤。这当儿所有在手术室里的人都站不住脚,马卡罗夫倒在一个伤员身上,使这不幸的人痛苦地尖声呼叫。我们其余的人疼痛地站了起来,但几秒钟后,另一发炮弹又打中了右舷,把电灯打灭了。四面扬起了呻吟的悲声,要是没有军医长沉着的喊话,无疑会引起一场骚乱。他喊道:

"静下来,弟兄们,情况正常,你们要镇定些!"

为这样的变故而准备的蜡烛马上点着了。借着昏暗的烛光,我看见了同伴们憔悴的脸孔和惊愕的表情。我看到一个胸部伤得很厉害的水兵，用双手支撑起身子来呕吐——探过邻近的人的身子吐在地板上。另一个人，他包扎着的头在抽搐，双手抓着铁壁，把指甲都抓裂了。

杨格舰长斜靠在褥子上，喃喃地说着呓语：

"阁下，什么是作战的计划呢？……请给我退职书……我忍受不了这样的卑怯……阁下，你的优势……"

接着，他高喊起来：

"全体下士到上甲板去！"

许多别的伤员也在说梦话，在半明半暗中，他们那凄恻的声音使我昏晕。

电机师们把打断的电线接通了。我口很渴，所以跑去找点水喝。可是正喝着水，玻璃杯猛地从我手里掉落下去。刚好外面楼梯附近的地方发生了一场巨大的爆炸，响起了一阵仿佛房子倒塌的声音，同时手术室里又充满了烟雾和令人窒息的瓦斯。恐惧的喊叫声加剧了混乱局面，长官们的威胁或咒骂都阻止不了要跑到出口去的人们。这样过了两分钟，直到轮机师瓦西里耶夫关闭了通往后甲板的通风装置，空气又变得清新一些，才多少恢复了平静。

本舰仍然向右倾斜六度。有些防水板已给炮弹的轰击震脱了。积留在炮甲板上的水也向右舷倾注了。因此我们唯一的希望是使本舰恢复平衡。

军医和他熟练的助手们继续在工作，虽然他们的活动看来似乎是徒然的。如果我们在几分钟内就要沉没，在这巨大而破碎的钢铁铸造物中溺死的话，伤口包扎与否反正不是一样吗？

血和防腐剂的气味使得我要呕吐，我的头脑对新的印象已不再有反应。最后，已经到了忍无可忍的地步了，我不顾危险地跑上上甲板去。"击退鱼雷袭击"的警报响了起来，但没有敌人的鱼雷艇出现！后来我们听说这错误的警报是第一副舰长西多罗夫的策略，他想把管理各小口径炮的炮手们集合起来，这样，他也许就可以派他们去救火。就在这时候，一发日本人的炮弹落在附近的海面上，溅起了一阵巨大的水花，仿佛一条又长又黑的海豚窜腾起来一样。另一发重达二十普特的炮弹击中了上舰桥，随即爆发了缭绕着黑烟的火焰。一阵气浪把我推倒了，我觉得我必定给炸得粉身碎骨，粉碎得像当风飞扬的灰尘似的。接着，大大地出乎我的意料，我觉得自己一点也没受伤，我用手摸摸自己的头，自己的身子，我的四肢证明了这一点。受伤的人们尖声叫喊着向四处飞跑，有两个水兵已被炸死了。第三个给抛到我身边，开头几秒钟他一动也不动，接着就像执行一项命令似的迅速地用一个膝头爬行。他向四周投以可怕的一瞥之后，似乎准备逃走，虽然他的内脏正从打破了的腹部掉出来，就如从塌底的衣箩里掉出来的破布条一样。当他低头看着裂开的伤口时，他的恐惧变成惊异，而且用一种痉挛的、几乎是不由自主的动作，竭力把自己的内脏塞进肚子里去。他一声不响，只匆匆忙忙地塞着、装着，仿佛只要不耽搁，就可以救自己一命似的。死神是仁慈的，一点也不想再麻烦他就召他去了，他像野兽那样吼叫一声，就昏倒了。

我急忙想跑下去，但是听到了一阵喊叫声：

"'鲍罗丁诺'号！瞧那'鲍罗丁诺'号！"

两三分钟前，当我走到上甲板来的时候，我已瞥见这艘战舰了。它率领着全舰队，舰身右倾得很厉害，而且为烈焰所包围。它的舰桥和将军预备室都已起火，火焰还从炮舱和各罅隙处冒出来，在周围的海面上投下一圈惨淡的微光。而现在我看到的更使我十分难过。"鲍罗丁诺"号的右舷梁已横倒下去，接着，在它的后部十二英寸炮塔发出了最后一阵炮击之后，它的龙骨就翻上来了！

这是午后七点十分的事。

驶过了在我们右舷的、倾覆了的"鲍罗丁诺"号，我们继续向前驶去。

在海战中，我见过许许多多凄惨的事情，我的感觉也许麻木了。然而，这最后的可怕景象却仍然永不泯灭地刻在我的记忆中。

第一战队的舰只作为战斗单位的，现在只剩下我们的"奥里约"号了，可是它已受到那么惨重的打击，简直没有半点战斗力了。然而，它还得驶在前头，因此也就把日本的炮火引到自己身上。

白天渐渐过尽了。在西方的海平线上密集的云层中，落日的余晖闪耀着一道道光柱——像长长的、流血的创伤。海风不断地吹动着染成紫色的海浪。再过几分钟，天就昏暗了，而这几分钟将决定我们的命运。像一只在暴风雨中紧贴住树身的蝴蝶，我靠着右舷前部六英寸炮塔的塔壁，无法使自己摆脱麻木状态。谁都可以想到支配我命运的已不是我自己，而是另一种意志了。无论如何，在露天给一发敌弹夺走生命，总比在一艘下沉的军舰的船舱里缓缓地窒息而死，像"鲍罗丁诺"号上不幸的人们那样要好得多。

现在炮弹似乎不是从敌人方面打来，而是从崩裂了的天空掷到我们舰上和周围似的。"奥里约"号不外是一个飘荡的大火炉了。火焰红色的火苗从后舰桥窜上去，几乎和主檣一样高。风把烟火吹成一条长长的火龙。我真不明白我的神经怎么能忍受得了，犹如我真不明白，这战舰怎么能在爆炸和浪花当中继续前进一样。

我从口袋里摸出一条手绢来，无意中打开了它。我的母亲曾在一个角上绣着两个蓝色的大写字母，"A. H."。在我最后一次回家休假时，她把这手绢给了我。我一次也没有用过，但早上在交战之前，我情不自禁地从帆布袋里拿出它来。现在我靠着右舷炮塔的塔壁，用它揩脸。我虽然连一丁点儿的伤也没有，但手绢上却有血迹，无疑这血是从别人的伤口喷到我脸上来的。我莫名其妙地怀疑："这血迹能够洗掉吗？"

这行将结束的战局的可怕景象，由瞳孔进入我的脑海。我们的军舰几乎要完了，但还是施展出最大的力量去回答日本人的炮轰。我明知最后的一刻就要到来，但表面上我想的却是："苏打的确可以洗掉我手绢上的血污，但蓝色的字母也会褪色。"一颗发光的、像小孩的头那么大的火星打我身边飞过，近得连我的脸也给烫着了。那是一块灼热的炮弹碎片,打进了十步到十二步外的甲板里。当它钻入钢甲的时候它团团旋转,射出好些滚动的金蛇。突然我的双眼瞎了,身子栽倒,被压下去。我似乎感到海里的怪物抓住了我,强拉我下海去。但它不过是一阵由爆炸的炮弹激起的巨大的水柱。我重新站起来,马上就看见所有的日本军舰都朝东北的航路转到右舷去。从它们的后部炮塔向燃烧着的"奥里约"号打来一阵炮。因为它们在暮色中估不准弹距,所以四十门炮的炮弹差不多同时都掉在我们后面的海里,卷起了无数火光闪耀的水柱。这样,日战就告结束了。

三

夜迅速地到来了。

飘着尼波加托夫少将的将旗的"尼古拉一世"号,追上了我们的战舰,扬起了如下的旗号:

"跟随本舰,航路北二十三度东。"

几分钟后,旗舰率领了全队,"奥里约"号处于第二位。在我们的后面是"阿普拉克辛"号、"辛亚文"号和别的简直始终没有受到损害的各战舰。

就在这时候,敌方的鱼雷战队在海平线上出现了。这些驱逐舰是要执行骑兵在陆战中所执行的任务的——肃清溃乱的和败退的敌军。这些小舰结集成一些小战队,从北面、东面和南面驶过来攻击我们。跟战舰比起来,它们真是一些小玩意儿。海浪不断地冲上它们的甲板,但在迅速航行中,海水向左右两边分开。看来,虽然像玩具一样,但它们中的任何一只都会使我们发生巨大的爆炸。他们的任何一发瞄得准的鱼雷,任何一发填了五普特火棉的、自动推进的、钢铁做的雪茄型的东西,都能够炸沉一艘战舰,我们的毁灭已是瞬息间的事了。

舰队非常恐慌。为了防卫驱逐舰的袭击,"尼古拉一世"号往左转了弯,有些舰也依次向左转,保持了阵形,有些则自动转弯,结果舰队发生了混乱。等到纵阵形成之后,我们便朝南驶去。

一向和运输船一起紧跟在战舰后面的我们的巡洋舰和驱逐舰,现在也转了向,驶在我们新阵形的前头。为了防卫日本驱逐舰的袭击,现在正是它们驶过来保护我们的时候了。按实际的情况来说,这是最基本的要求,但事实完全不是这样,它们的表现简直是不可思议的——它们以最高的速度朝南驶去,随即消失在黑暗中。谁也会不禁要这样问:为什么恩奎斯特少将,指挥这巡洋舰战队的司令官,要采取这样的行动?无论如何,只有一艘巡洋舰"瑶玉"号和我们在一起,尼波加托夫少将命令它靠近"尼古拉一世"号的左舷,并行前驶。

旗舰以灯光信号发出如下命令:
"时速十三海里。转弯。航路北二十三度东。"

云朵低垂在渺茫的海上,风在呼啸。在浓重的黑暗中,白色的浪花像幽灵似的翻飞着。战舰把探照灯射向正在迫近的驱逐舰。机关枪的"哒哒"声附和着小口径炮的尖锐的爆炸声,重炮断断续续地发出轰隆声。隐约可见的敌方驱逐舰,在我们猛烈的炮火下后退了,但随即又从别的方向返回来袭击我们。

四艘前导的战舰——"奥里约"号是其中之一,它舰上的大火终于被扑灭了——除了各舰舰尾那一盏汽灯之外,全都灭灯前行,汽灯的两侧也遮得严严的,使两旁都看不见,只有后面的舰能循着这灯光而跟踪导舰的航程,保持了我们的阵形。尼波加托夫少将在驶往远东的航程中,曾训练自己的舰队在这样的情形下保持战列前进,而不显示樯头的或两舷的灯光。这种训练确实是有效的,尽管后面各舰有时还粗心大意地使用探照灯,显出了前面的战舰。

现在在尼波加托夫少将指挥下的"奥里约",像"尼古拉一世"号一样,没有使用探照灯,但这另有它简单的理由,舰上所有六架探照灯都已给炮弹的碎片毁坏了。我们想使用汽艇上的探照灯，因为这些在交战之前便已妥帖地藏在装甲板的下面。我们的电机兵在鱼雷部上尉莫扎列夫斯基指挥下，把它们和总电线（由最大发电机供电）接通，结果灯光十分微弱，使我们看不清敌方驱逐舰，只能把我们的所在暴露给敌人。这企图不得不放弃了，军官们和士兵们对这极其失望。或许，这反而是对我们有利的。

我们的炮只有一半还可以使用：一门前部的十二英寸炮塔，另一门的炮口已被炸掉；右舷六英寸的炮塔，这些只能用手瞄准和装弹，还有舰桥上四门四十七毫米口径的炮；后部十二英寸炮也可以使用，不过只剩下四发炮弹，这些都被保存下来，准备用来对付日本战舰的再次攻击；我们还有几门七十五毫米口径的大炮，但已不能用了，因为我们刚打开炮门，大股的海水便立即涌上炮甲板；其他的炮塔和暗炮塔不是全毁了，就是受了严重损害，要修好它们，那是船坞里长期的工作了。

这些就是"奥里约"号用来击退鱼雷袭击的贫乏的武器。此外，舰上已经有了三百个左右的大小不同的破洞，要是海上风平浪静，这些破洞都在水线上，但是海水还是从许多洞孔涌进来。防水板因为受了极重的冲击，弄得摇摇欲坠。舰舱里已有五百多吨海水，不管我们如何竭尽全力用抽水机排水，它还是制服了我们，沉没的危险越来越迫近了。

我开始承担起军需兵的职责。军需长布尔纳雪夫命令我的顶头上司事务长比亚托夫斯基和我两个人分发非常时期的口粮。我们在舰尾电灯照得通亮的鱼雷部发放。从舰上各部分匆匆忙忙跑过来的人们，在那里排成一队。人数因遭受伤亡而大大减少，而这些到来的人也只是舰上各部分的代表。但在事务长比亚托夫斯基的监视下，口粮不是受到严格控制。军需长布尔纳雪夫也在一旁看着。在他那长着粉刺、嘴唇厚厚的脸孔上已失去惯常冷淡的表情。真的，他变得活跃起来，反复问着每一个人：

"你是从哪里来的？"

"从左舷中部炮塔弹药库来的。"一个水手这样回答。

"在那里执勤的有多少人?"

"十二人,阁下。"

"好,给三个罐头。"

这样比亚托夫斯基把那个人的名字、他代表的那个部分和所领的罐头数字记下来。

当轮到鱼雷兵普里瓦里亨的时候,比亚托夫斯基问他:

"多少人?"

"两个人,阁下。"

"但是每人只分四分之一听的罐头,一个人只得四分之一磅肉。"

"那么,我们跟轮机部的两个人均分好了。"

"好,但不能骗人!"

一个外衣上沾满油垢和烟炱的加油夫跟军需长闹了起来,拒绝接受分到的罐头。他很快地走上通到炮甲板的升降梯,他的诅咒和抱怨声从炮甲板传到我们的耳畔来。

"嘿,真是个好长官,那家伙。他吝啬得像个守财奴。瞧他走路,连那两腿都弯曲着,好像两腿之间挂着一个弹药箱似的。等他跳海的时候,我们就把那些臭罐头装进他的口袋里,让他浮不起来。"

这些诅咒上尉能听得清楚,他咧着厚嘴唇笑了笑:

"这家伙怎么啦?醉了,你说是不是?"

"是的,阁下,喝自己的汗喝醉了。"另一个水兵回答道。

布尔纳雪夫不再评论,怀着鬼胎侧目斜视着那群人的脸。

每当分发口粮的时候,司炉巴克拉诺夫总是到场。现在他走近军需长跟前,带着伏特加的气味,用一种油滑的调子说:

"真是遗憾得很啊,阁下,要分发这么多的罐头。而且四个人分一听未免太多了是不是?那些好吃的东西他们吃了会发胖。眼下需要保护本舰了。我呢,从昨天起一丁点儿东西也没吃过,光是想着祖国。你瞧，弄得连食欲也没了。"

"别想骗我，你这流氓。"军需长回答，"你要多少听？"

"阁下，三个火舱，五听就够了。"

"给他五听。"

比亚托夫斯基的贪婪我是很清楚的。他是一个富裕的农民，在海军里，他已升到事务长的地位。在海程中，我曾和他谈过，他的梦想就是"榨出"一笔够用的公款，等到服役期满，他就可以在什么地方开一家铺子。可是布尔纳雪夫的锚铁必较却令我百思不解。他在库尔斯克有一大片领地，而且有富裕的家产。然而当大炮正在头上轰响、鱼雷说不定也马上要爆炸的此刻，他却用鹰一样的眼睛监视着每一份在非常时刻分发的口粮，像他的下属——那些富农一样贪婪。

我借故离开鱼雷室一会儿，攀上炮甲板去。夕照差不多完全褪尽。为了避免把我们的位置暴露给敌人，甲板上只点亮着罩着蓝玻璃的白炽灯，射出一道黯淡的亮光。本舰疲惫而又惶乱地摇晃着。在甲板上泛滥的海水起伏成波，映出了钢铁的寒光。当"奥里约"号倾斜后又缓缓回复过来的时候，在低处的那一边就卷起一阵不祥的水波。我的头很疼，在水中来回踱着。一切都是这样陌生，使我很难相信它就是"奥里约"号。它已遭受这么可怕的打击——隔板打烂，弹药输送机炸碎，两旁的洞口张开着嘴巴。在惨淡的微光下，我几乎认不出我的伙伴们，长官或是水兵，他们脸色苍白，两眼凹陷，急急忙忙地走着。我感到恍如置身在一群僵尸中间。舒宾斯基准尉和许多水兵的尸体更加强了这可怕的印象。没有一个人有闲工夫来移开他们，所以当军舰颠簸的时候，这些尸体就浮动起来，互相碰撞，顺着水势向这边或那边移去。

当上甲板上正集中所有火力去击退鱼雷艇袭击的时候，这儿炮甲板上，主要的任务就是使军舰稳定。卡尔波夫准尉、他的消防队员、罗姆士轮机师和他所能召集来的最干练的轮机兵，以及水手长们带领的一队工兵和水兵全都在堵塞那些已流进这么多海水的洞孔。其中有些洞比人的手还小，但数目是这样多，当海浪拍溅"奥里约"号的舰身的时候，通过这些洞就流进了大量的海水。海水给木条或成卷的油帆布堵住了，但堵塞大一些的裂缝却困难得多。舵员室里积满了水是谁也料想不到的，当室门一打开，大股的海水就冲进去，引起了一场混乱，到处是一片惊呼的声音。

我们当中有些人以为军舰的前部已沉入海里，开始逃命了，但姆尔金水手长的叱责声随即阻止了他们：

"你们这些胆小鬼，想跑到哪儿去！滚回来！"

舵员室的洞口用吊床塞住，还用木板支撑住，干这件事，花了他们好长时间的艰苦劳动。

在舰上别的部分也还有许多洞孔，拉里翁诺夫上尉舱房旁边的舷侧，已裂开了一个五、六尺见方的大洞，好在这洞孔的四周笔直整齐，好像用剪刀剪开的一样。这使临时的修理方便得多。但在侧面第一百区的大洞，修理却分外困难。一发十二英寸的炮弹炸开了一个这么破碎的裂口，以致挡板都无法贴上去。轮机兵想用锤子敲平那些卷曲的边缘，结果是白费力气。后来准尉卡尔波夫这样说：

"把被子和席子拿来，快！"

只有这样才堵住了海水的流入。

前甲板那个巨大的洞是最最危险的。这里的电灯已经熄灭。所以只能借着手电筒的亮光干活。为了避免引起敌人的注意，它只能时开时关。人们听从罗姆士轮机师的命令，大半是在黑暗中摸索操作。当他们碰上了什么东西的时候，就咒骂起来，这些人原来是在齐腰深的水里干活的。

在漆黑的夜里，时常可以听到这些急躁的话：

"看在老天爷的面上，把这木板放在你肩膀上吧！"

"你不能帮点忙吗？"

"你干吗用那块木板戳我的脸？"

"用被子塞住它,你这傻瓜!"

"该死,你踩了我的脚啦!"

罗姆士轮机师打开手电筒几秒钟,借那黯淡的亮光可以看出那些正在竭力装着一面障壁堵住那个跟人一样高的炮孔的人们——他们那佝偻的后背和紧张的面孔。有几次他们的任务好像快要完成了,但接着来了一阵海浪,把人们冲倒,把用具冲坏了。这异邦的海似乎也仇视我们,阴冷而昏暗的、正在索取牺牲的它,阴森森地在咆哮。但工匠们却是不屈不挠的,他们一次又一次地重新开始。

最后罗姆士大叫起来,

"这样干白费力气,弟兄们,不能再这么干,应当从外面来挡住它。"

一大块马口铁像膏药一样从外面贴住它,那些在舷外干活的人像在梦中似的。海浪不断地拍打他们,时时有掉下海去的危险。后来目的终于达到了,从裂口流进的海水的总量至少已减少了三分之二。

舷侧第七十区那个大洞也用同样的方法做了修补。

同时,在炮甲板上,差不多有五十人从事排水工作。有人把水扫到放水车或抽水的地方,有人则用吊桶或别的东西把水舀下海去。虽然他们紧张地劳动,但水减少得非常缓慢。无论如何,我们所得的印象总是这样,这必定是因为我们急于想排清它的缘故。

这队水手是在沃耶沃金水手长指挥之下的。他已不再像往常那样心平气和了,他把帽子推到后脑勺,激动地从这一组跑到那一组,好像在提高自己的勇气那样高声喊道:

"快干啊,弟兄们,快干啊!别灰心!上岸总比沉在这儿的深海里,葬在鲨鱼肚里强得多。一上岸,我们就能再喝喝酒,再抱抱姑娘们。"

轮机师瓦西里耶夫现在由班长奥西普·费多罗夫搀扶,拄着拐杖跛行着,从手术室走到炮甲板上来。他想看看炮甲板上的工作做得怎样,也许要发表一些意见。当他走近右舷的时候,本舰恰恰很厉害地倾向那一边，所以水浸到他的膝头。刚从水里走出来，他就碰到我。

"哎，诺维科夫，"他说，"看见你还是很好的，多么高兴啊！"

"是的，阁下，还好。"我回答。

传来了一阵阵铁锤的敲击声，七十五毫米口径大炮的弹药输送机正在修理。

我们停在修理部的舱口旁边。

瓦西里耶夫看了看四周，看不见一个偷听的人，他就低声说：

"我们这艘舰能够漂浮真是个奇迹，我们任何时候都会翻鳖和沉没。"

"为什么呢？"我惊愕地问。

"理由很简单，我一说你就明白。两小时前，我曾和轮机师罗姆士谈过，我们得到一个非常沮丧的结论：司炉们那里只有一半的存煤，接着我们问了炮手们，晓得在海战中，他们已发射了四百多吨炮弹。煤和炮弹都是储存在水线下的船舱里的。这就是说在那里舰的装载量已大大减轻了。另一方面，炮甲板上至少有两百吨的海水，所以重心移动了，下面过轻，而上面过重。在这样的情况下，'奥里约'号的稳定性自然大大地降低了，它不能超过八度的倾斜。"

瓦西里耶夫的话就像他用手枪对着我的额角那样使我惊骇。

我们一起走进修理部。我的朋友头痛得厉害，他躺在一张工作台上，要我给他找一件可以代替枕头的东西。

我把我的短呢衣递给了他。

当他稍微感到舒服的时候，我这样问他：

"我们到上甲板去不更好吗？我愿意帮你的忙。"

由于明亮的灯光，瓦西里耶夫闭上了眼睛，带着一个忧郁的微笑回答说：

"有什么用处呢？要是'奥里约'号倾覆，就是那些没有受伤的人也不见得有活命的可能。至于我呢？我的脚踝受伤，是一个残废人，所以不能游泳。我愿随便停留在什么地方，快点死掉，免得挨延痛苦。我看得很明白，九度是我们的极限，比平常摇得厉害一些，我们就要倾覆。我请罗姆士通知第一副舰长西多罗夫，甚至给第一副舰长送了一份书面报告。"

我独自回到甲板上来。夜黑如漆，它似乎沉重地压住了我的肩头。万籁俱寂，只有风浪的咆哮，断了的樯索扑打着樯桅，还有一片有一半被揭开来的装甲板在"格咚、格咚"地作响。我的眼睛渐渐习惯了黑暗，能够模模糊糊地认出周围的东西。我摸索着朝前舰桥走去，为了怕跌进四处低洼的窟窿里，我非常小心地一步一步探着走。有几处我不得不抽回脚来，但那时我已经陷进深可没膝的水中了。骤然，我听到一阵凄厉的呼声：

"救命啊！救命啊！我快淹死了！救命啊！"

这是军官还是水兵的喊声？他是从驶在我们前头的"尼古拉一世"号上跌下海去的呢，还是哪一艘沉没了的军舰的船员？谁晓得呢？在本舰情况如此险恶的现在，我们是不能停舰来救捞一个孤零零的人的，此外，我们也没有小艇可以放下去。那喊声已经半哑了，好像那个发出这喊声的人快要没顶了。有多少和他同命运的人正散落在海面上和海浪搏斗呢？

我走到了舰桥。靠着司令塔的是一个用双筒望远镜向黑夜注视的人，我认出他是信号长齐费罗夫。

"喂，情况怎样？"我问。

"无论如何，还浮行着，也许我们能够保持现状。"

"我们是朝什么方向驶去呢？是驶向俄国本土呢，还是驶向某个中立港呢？"

"答案是很清楚的，从今晚九点钟起，'尼古拉一世'号便已循着北二十三度东的航路率领我们——这就是说，在朝海参崴驶去。"

我不禁感到尼波加托夫少将犯了一个极大的错误——他一定知道我

们已经遭到惨败了。在这种情形下,一个海军军官只有一件事情可做,把托付给他照管的残余兵力从完全溃灭或是向敌人投降的结局中拯救出来。现在这时候,返回波罗的海显然不可能了,但我们可以逃到最近的中国港口,解除武装以求得安全。虽然尼波加托夫少将现在已能够独立地指挥残存的舰队,已能够独立地解决战略战术问题,而他竟不这么做。他徒然盲从卢杰斯特温斯基在战前发出的命令,还企图以日本已没有炮轰各舰为由来冲开一条出路,驶至海参崴。然而,谁有把握说敌人不会在天亮时再攻击我们呢?除此之外,要是我们带着这几艘没有什么战斗力的军舰到了海参崴,它们是不会影响大战的结果的。自从两国开战以来,企图冲过敌人防备森严的区域,向在遥远的彼岸的本国驶去,这已经是第四回了,可是没有一次得到成功。在失望和疲惫中,我们感到像是给别人一只残酷、凶狠的手拉向前方——趋向溃灭。

齐费罗夫告诉我一些消息:

"我们只差一点便把'瑶玉'号轰沉了。它过分靠近我们的左舷,我们错把它当作敌舰,向它开炮,幸而四发炮弹都没有命中。"

就在这时候,在左舷后方窜起一股紫色的火焰,我们还听到一阵像远处打雷的轰隆声。

"你想那是什么?"我问齐费罗夫。

"也许是什么船挨炸了。"他用沙哑的声音回答,"不然,就是中了鱼雷。"

一艘正在下沉的军舰,许多在海浪中挣扎的船员,这么一幅可怕的景象在我脑海里浮现出来。他们是俄国人还是日本人?然而,对这些遥远的、看不见的牺牲者们的痛苦的想念,还占不到我的意识的一半,因为我们的注意力主要集中在我们这艘将和它同命运的舰上。在舰桥的两边是注视着海平线的瞭望兵,而炮手们正在等待,准备放射他们的四十七毫米口径的炮。我隐约看出在十二英寸炮塔顶上的巴夫林诺夫上尉巨大的身躯,他守在那里,能较清楚地察看日本驱逐舰的前进。按照他不时发出的命令，炮塔和右舷六英寸炮塔便转向那有嫌疑的方向。

现在我看到司令塔里面，四个留在那里值勤的军官中只有鱼雷部上尉莫扎列夫斯基还没受伤。沙姆雪夫上尉坐在地板上，俯下身子在呻吟。非常疲乏的第一副舰长西多罗夫把扎着绷带的头靠着装甲壁。莫扎列夫斯基上尉和沙凯拉利准尉都从观察孔里注视着我们的导舰"尼古拉一世"号的舰尾灯。科佩洛夫班长把握着舵轮，他是我们最好的舵机师，对操舵的一切细节都十分熟悉，并且时刻准备处理一艘战舰转弯时可能发生的事情。从清晨日本哨戒巡洋舰初次出现的时候起，他便在这里值勤，尽管他身上许多伤口正在流血，右手已失去两个指头，他还是一动也不动地站在罗盘旁边。瞭望兵舍米亚金和操舵员卡济涅茨也在司令塔里。

"旗舰已向左转弯了。"沙凯拉利准尉说。

"跟着它。"马上挺直身子的西多罗夫回答。

接着，他向科佩洛夫说：

"可是要缓缓地转舵呀！"

"是的，缓缓地转。"操舵员阴郁地回答。

当"奥里约"号左转的时候，它就向右倾斜，上甲板上和炮甲板上海水激荡的声音便立即传到司令塔来。敌人的炮火已把我们所有的倾斜计破坏了，但我们不用它们也晓得战舰已到了倾覆的边缘。当它倾斜的时候，它浑身颤抖。司令塔里寂然无声，那里的每一个人，如在外边的齐费罗夫和我一样，都知道最后的灾难迫在眼前。但接着，它又缓缓地恢复平衡，这样，我们便又朝着新的航路驶去。

"我们的'奥里约'号还真行。"第一副舰长西多罗夫说，舒了一口气。

一刻钟后，当我们又朝向北二十三度东的时候，我们又经历了和上次一样的恐怖时刻。

大概尼波加托夫少将用这种转弯抹角的航行来使敌方的驱逐舰错过

路线。但每一次转航我们都看不见旗舰。"尼古拉一世"号可以突然转向，可我们的"奥里约"号只能绕一个大弯。在这样的场合，作向导的灯就看不见了。好在齐费罗夫在黑暗中差不多跟猫一样能看出所有的东西，所以时常能够使我们紧跟在旗舰的后面。

"我冷得难熬。"第一副舰长这样说。

"阁下，还是上手术室去吧。"准尉沙凯拉利劝他说。

西多罗夫正想回答，马上就给舰桥上一阵拼命的叫喊打断了：

"驱逐舰！一艘驱逐舰！"

右舷的炮紧跟着发射了。

"那是鱼雷！"另一个尖厉的声音响起来。

我跑到舰桥的右舷，像石像一样呆立在那儿。敌人的鱼雷曳着一条闪着磷光的尾巴，正迅速而可见地射过来。死亡模糊地浮现在我们面前，再也无法回避。我们差不多能听见心脏的搏动，我们确实也可以通过太阳穴的跳动来计算分秒。我们的思想全都集中在一个问题上：究竟鱼雷是打我们前面窜过去呢，还是击中目标，在一两分钟内把我们送到海底去。

但是我们的死期还没有到！鱼雷沿着那发亮的线路，在离我们舰首前面几英尺的地方窜了过去。所有的人又自由地呼吸了。

西多罗夫在宽慰中禁不住说了难听的话，接着，就忏悔地说：

"上帝宽恕我罪恶的灵魂！"

信号长齐费罗夫也发泄了自己的感情，骂了起来：

"妈的，那可恶的鱼雷差一点打中咱们。"

他摘下帽子，在膝头上打了打，像是在打掉上面的灰尘。

每个人——长官或士兵——像在说梦话一样，全说了些可笑的或是不着边际的话。

一直到了午夜，日本人的鱼雷袭击方才停止。它差不多使我们的神经持续紧张了六个钟头。最后，敌人似乎已远离了自己的追逐物，我们的呼吸方才平静了些。

突然，司炉巴克拉诺夫在司令塔外面出现了，因此我和他一道上后舰桥去，我们已决定在那儿睡到天亮。有许多水兵早就在那儿，还准备了吊床和救生圈。巴克拉诺夫和我也都找到了吊床，我们两人就靠着后樯并排坐了下来。

一弯残月从海平线上升起来，把银光泻在海面上。我爱恋地抱着那装着软木屑的吊床，这东西在不幸的时候是能够让我浮在水面上的。我昏昏沉沉地听着我的伙伴说话：

"现在，在多少教堂和修道院里，人们正在为我们的胜利做祷告。千万个神父和僧侣抬起眼睛看着上苍——但有什么用呢？上帝一定在耳朵里塞了棉花，一句也听不见。只要我能活下去，我必定要让一些人晓得，我对他们那腐朽的偶像的意见。"

夜，缓缓地，像驮着罪恶的重负一样地消失了。但还有一个我将永不会忘却的景象应写下来。那是在我离开司令塔附近之前的事。当时，我看见在我们的后面有一艘被我们某战舰的探照灯照射着的小艇的轮廓。这是一只日本的鱼雷艇，它中了炮弹，汽锅坏了开不动了。它的舰长没有躲藏起来，而是出现在舰桥上，显然想在俄国人面前表示他对死的蔑视。他一只脚跪着，一只手托着头，一边凝望着驶过去的各战舰，一边抽着香烟。一发由我们后面某舰发出的巨大炮弹恰恰打中了这鱼雷艇的正中。当轮到我们"奥里约"号开火的时候，已经太晚了，这小艇所在的地方腾起了一团团烟雾。探照灯灭了，大海又陷入伸手不见五指的黑暗中，可是这个一瞬间鱼雷艇便被吞没了的景象却是永远不会磨灭的。尽管我屡次想说服自己，被毁灭的是我们的"敌人"，但我一想到死亡是多么无情，一眨眼工夫就把几十个人的生命吞噬掉时，我的心就揪紧了。

四

我顺利通过中学的考试,成绩很好,多年的梦想似乎快要实现了。我预期进入莫斯科大学当一个物理系的学生,我将成为一个科学家。对一个生长在穷乡僻壤的青年人来说,这是多么幸福啊!但我对自己的祝贺未免太早了,因为我数学不及格——这证实我是世界上最傻的傻子。

那位留有一部灰胡子的、穿着制服的教师用轻蔑的目光瞧着我,用一种侮辱人的揶揄的调子说:

"不行的,青年人。你浪费了别人的时间,也浪费了你自己的时间。你是这样笨,我怀疑你连乘法表都不懂。你说,八乘七是多少?"

然而,我一向是喜欢数学的。在学校里各种基本学科我都应付得不错。但是现在,在这位教师的嘲笑的眼色下,我却回答不出这个最简单的问题。我遇到了什么样的事情呢?当我呆在大黑板前面时,整个年级的人都哄笑我。其中有些人的头现在已经轰去了,另一些人的脸孔凹陷下去了,还有一些人断了腿,折了臂。一个无头的人怎么会笑呢?一个四肢全无、流着血的躯体在地板上滚到我的脚边来。这么吓人的东西怎能笑呢?可是现在我的母亲出现在我眼前,使我消除了这些可怕的景象,她温和地说:

"没有事的,孩子。别烦,你当修道士去,待在修道院里。"

母亲哭泣的脸孔迅速地消逝了,只有她的双眼仍然可见,而且大大地扩展开来,化入一片蓝天之中。是的,天上再也没有眼睛。天,开始是蔚蓝的,但随即就充满蜷曲的、飞翔的、向我袭来的黑蛇。

从梦魇中惊醒过来,我仰望那给炮弹碎片打起了沟的主樯,断了的绳索(无疑是前面所说的"黑蛇")正扑打着它。我早先紧抱着的帆布吊床已经从手里滑落下去。司炉巴克拉诺夫坐在我旁边,他那肮脏的、方额的脸上浮起了微笑。他说:

"你真是一个怪家伙!方才你睡着的时候还说着梦话,可是我一个字也听不懂,我以为也许你发昏了。"

在汹涌起伏的海浪上方是一片宁静的苍穹,风也平静了。我深深地吸了一口海上的新鲜空气,强似吃了一粒不老丹。太阳正在升起,而在昨日的屠杀中终未受伤的我,正怀着仿佛又得到了生命似的喜悦之情,眺望着蓝色的远方。

"让我们去找些早点吃吧。"巴克拉诺夫提议说。

我们开始从后舰桥走下甲板。我知道"奥里约"号早已受到极大的打击,但还没有想到它看起来竟如此可怜。敌人的炮弹到处留下弹痕,因此这战舰的样子跟一个乱七八糟地堆着破铜烂铁的工场差不多。但无论如何,它的主要部分还很完好。浓烟从它那两个出现了许多洞孔的烟囱升起来。它尾随着"尼古拉一世"号——巡洋舰"瑶玉"号和它并驶——向前驶去。"阿普拉克辛"号和"辛亚文"号成单列跟在我们后边。但别的三艘战舰"纳瓦林"号、"西梭·维里基"号和"乌沙科夫"号,以及装甲巡洋舰"纳西莫夫"号全看不见。它们怎么啦?是中了鱼雷沉没了,还仅仅是在夜里落在我们的后头呢?

被烟熏黑的、疲劳而又神色阴郁的水兵们用目光搜索着海平线,想给这些问题找个答案,但是既没有看见舰影,也没有看见舰上冒出的烟气。在早晨的天空下,沐浴着日光的大海熠熠闪耀着,对可怜的人们的苦难毫不关怀。

我们吃着包括罐头肉和饼干的早点。我的精力稍微恢复了些,决定去做一番全面的考察,看看我们的军舰能否一直驶到海参崴。此外,我还想知道在敌人再次攻击时,我们还留下些什么样的武器。

在那难忘的晚上,几乎没有人睡过一会儿。昨晚我们已尽了最大的努力去修理破损的东西和恢复秩序。通道上一切妨碍交通的废物统统给清除了。绳梯装上了,用来代替毁坏了的铁梯。一些破裂了的水管都修理好了,两旁的许多洞孔被堵住了,炮甲板上的海水也已用抽水机排除出去。军舰的吃水深度已比昨夜减少了两尺,稳定性也大有增加。要是天气不变,我们是没有危险的,但在现在这种破损的情况下却难望度过一场风暴。

除了这种实感之外,我和炮手们的谈话更加使我沮丧。我们五十八门炮中,已有半数全不能使用。其余的在需要的时候虽然可以使用,但都有损坏,而且所有的测距仪都给毁坏了,各炮的瞄准设备也被搞乱了。在这些情况下向敌人开炮,犹如在巷战时乱扔手榴弹一样,不会有什么效果的。有些炮塔只能用手旋转,另一些炮塔的电力装弹机已经报废。有几门大炮不能充分地被抬起作远距离的炮击——这一半是因为"奥里约"号倾斜的缘故。供给炮甲板使用的弹药输送机有一部分已经被毁,弹药库里的弹药已消耗了五分之四,其余的则分配不对头,有无炮弹的炮,又有无炮的炮弹。后部十二英寸炮塔只剩下四发炮弹,有一个炮手对我这样说:

"当我们打出那四发炮弹之后,我们只好坐下来抽烟,或是玩弄我们的手指头,做我们所能做的事。"

总之,作为一艘战舰,"奥里约"号的战斗力还达不到它二十四小时之前的十分之一,它只能应付一艘一级巡洋舰的攻击。

我在舰桥上遇见了水手长沃耶沃金,他面孔消瘦,眼睛红肿。

"喂,"他说,"看起来,你我两个现在都是幸运的人。你晓得现在我们需要什么吗?像许多水手一样,我是讨厌雾的,可是现在一场浓雾反倒是好事。我们可以隐藏在雾中,就像一枚针落在一杯牛奶里一样。"

"是的,老伙计,一场雾可以救我们的生命!"

可是这天没有雾。正好相反,天空晴朗,能见度很好。

"然而,你以为我们能到达海参崴吗?"

"也许会,也许会。"水手长回答,同时向司令塔走去。我们处在平静而幸福的幻觉中,大海轻轻地摇晃着我们。

几分钟后,一条细长的黑烟在左舷海平线上出现了,它顺着风缓缓地飘散,有如篝火在燃烧。接着第二条、第三条黑烟又出现了。这消息立刻传遍全舰,引起人们的不安。当五艘军舰的舰身开始显现出来的时候,最使我们焦急的是,它们究竟是我们舰队的一部分还是日本的呢?

"弟兄们,"一个年轻的水兵喊道,"应该感谢上帝,那是我们的军舰,准没错儿。"

"不错,"另一个表示同意,"那是'纳西莫夫'号,后面接着是'阿芙乐尔'号,再后是'亚历山大三世'号。"

"可是'亚历山大三世'号不是在昨天沉没了吗?"

"那么,第三号舰就是'苏沃洛夫'号。"

"'苏沃洛夫'号有那么多烟囱吗?"我的邻人表示反对说,"除非它如雨后的蘑菇,一夜工夫就冒出新的烟囱来。"

"你们错了,伙伴们,"从司令塔走下来的电机兵柯济列夫说,"我刚从望远镜里看见了它们,它们是日本的。"

"别想骗我们。"有个人说。

"应当狠狠在你头上敲一顿。"另一个人说。

我慌忙跑到修理部去,把这不幸的消息告诉轮机师瓦西里耶夫。我在那儿找不到他,便走到手术室去。军医长正在那儿给昨天受伤的伤员换绷带,伤员正呻吟着,昏昏沉沉地说着呓语。通风机扇出了散发着防腐剂和血腥味的空气,新鲜空气从门口送进来。瓦西里耶夫挂着拐杖,坐在角落里的长凳上,甚至在睡着的时候,他看起来也是神色忧郁的。

我抓住了他的臂肘。

"日本战舰出现了!"我简单地说。

虽然我说这句话的声音很低,但附近的伤兵听到了却抬起头来。

"什么,什么军舰?"

瓦西里耶夫打断我的话头:

"它们的烟早就看见了,可是离得太远,看不清楚。"他镇定地说,暗示那是小事一桩。

接着,他就要我跟着他到修理部去。当我们走着的时候,瓦西里耶夫说:

"显然,我们又处在敌人监视之下了。我们的情况是极端危急的——完全无法挽救,因为我们无法逃避已经迫近的灾难。我们只好坐以待毙。昨夜我没合过一眼,我感到我的头脑里似乎充满了煤烟,而且累得要命,最好是躺下来好好睡一觉,甚至在军舰将要沉没的情况下。"

"要是军舰快沉没了,我帮你上甲板去。我已经妥当地藏了两个救生圈。我们可以在快要出事之前跳下海去。"

"谢谢。这是个善良的主意,但像我这样跛足的人,我宁愿跟军舰一起下沉,快点了结这条命,也不愿跳海逃生。"

我离开他到上甲板去。在司令塔前面的舰桥上,站着第一副舰长西多罗夫、莫扎列夫斯基和巴夫林诺夫上尉,还有沙凯拉利准尉,他们正用双筒望远镜仔细地观察日本战舰。那些战舰正和我们平行着。军官们判定它们是轻型巡洋舰"须磨"号、"千代田"号、"秋津岛"号和"和泉"号,另外还有两艘巡洋舰无法辨认,它们和我们的战列的距离是六十链。

"尼古拉一世"号扬起了这样的信号:"准备作战!"

接着,尼波加托夫少将命令舰队同时左转八度。因此我们就对敌人摆成横阵,想在它们得到援军之前决一胜负。但看出了我们的意向、速度又大大超过我们的日方各轻型巡洋舰,随即退却了。我们又恢复了北二十三度东的航线。

敌方各轻型巡洋舰没有力量阻止我们前进,这使我们的精神又振作起来。但这迷梦立刻就破灭了。在左舷的前方又有许多黑烟出现。尼波加托夫派巡洋舰"瑶玉"号前去侦察。半小时后(这半小时看来是无限长的),它回来说另一队日本巡洋舰舰队正在驶来。大概,用无线电互相联络的日方各舰正尽其全力来包围我们。不久,另六艘战舰真的在左舷出现了,我们的命运已经定局了。

舰桥上发出了命令。

"士兵先喝酒,后吃饭。"

神情阴郁的水兵们喝了分到的酒,然后像自动机器一样吃了自己的罐头肉和饼干。与这同时,敌方舰队的另一些战舰又在右舷出现了。

饭后发出了一道水葬死者的命令。毁损的尸首随即在舰尾楼排成两行,上面覆盖着旗帜。水手长沃耶沃金跑去找神父。

"可是,水手长,要是我刚做起祈祷,敌人打起炮来,我怎能在舰尾楼举行葬礼呢?"帕西神父呜咽着这样问。

"没关系,神父,你不用怕。"

"不,不,看在上帝面上,不要在舰尾楼,最好还是在下面给死者做弥撒。请相信我,我不在场,给他们做祈祷的人数要多一倍。而且,要是我能够活下来,在回到修道院之后,我还要继续求主降福于他们。"

"真的,神父,你真是无事生非。驶来的是我们的军舰呀。"

"不是骗我?好吧,那我就去。死者是应当赦免的。没得到赦免之前,他们不能入葬。不消说,他们都是为正教的信仰而牺牲的。"

帕西神父在舰尾一面喃喃地念着祷词,一面怀疑地注视着那些现在已经完全包围了我们的日本战舰。因为他判断不了我们舰队的各舰,所以对现在的情况始终摸不着头脑。他蓬乱的、火红色的头发在阳光下有如一团火焰。他胡乱地念着祷词,嘴里讷讷地念着。一群三十个人的水兵参加了这个葬礼,当他们听着神父的祷词时,眼睛时而打量着敌方的战舰,时而瞧瞧他们死去的伙伴们那斜卧的身躯。打断了的、分不清楚是谁的脚和手乱堆在尸体中间。有一个炮兵带来了一只手,把它扔在尸堆上面。我们准备了一个装满沙子的桶,以便在入水之前把沙子撒在这些将被葬入深海的人身上,借以保持一种土葬的样式。蓝色的火焰和特别的香味从香炉里散发出来。我们这些活着的、正在等着一场新的炮火洗礼的人,感到我们也和死者一样被赦免了。

当时我正在后甲板上一群水兵中间站着。

敌人以拥有二十七艘军舰（驱逐舰除外）的舰队继续包围我们。昨天跟我们交战的那十二艘战舰和装甲巡洋舰也在其中，这十二艘战舰跟其他的舰一样，好像准备参加海军演习那样完整无损，没有轰去的樯樯，没有洞穿的烟囱，又没有损坏的舰桥。日本已毁了我们的舰队，轰沉了我们几艘最好的战舰，而它们竟像举行炮术演习那样，一丁点儿损伤也没有。而现在，他们一如举行夏季演习那样，又用置人于死地的钢铁的包围圈来威逼我们。一边是得意扬扬，一边是死气沉沉。在开赴远东的海程中，我们就已经知道等待我们的是失败，但谁也想不到竟失败得如此难堪。在昨天的大战之后，机会和运气虽然让我们得以幸存和漂浮，但我们已陷于无感情的状态中了。我们的感觉已麻木，我们的智力已迟钝，所以我们简直不能了解我们所遭遇的一切。一些水兵开始讨论我们失败的原因。

一个炮手挥着双臂，激动地说：

"可是我们昨天打了那么许多炮弹，弹药库里所有的炮弹差不多都给打光了，为什么敌方各战舰一点损伤也没有呢？"

每个人都怨恨地看着那些炮手们，似乎我们遭遇的不幸应由他们负责似的。

"你们这些傻瓜，你们不想想在马达加斯加时那四天的演习，当我们收起那些炮标的时候，不是连一点炮击的痕迹也没有吗？"

总水手长萨耶姆提出了一种不同的解释：

"那是很明白的，弟兄们，昨天咱们是跟英国舰队打仗，那时日本人却躲在对马的那一边。只是到现在，他们是为了结果我们才露面的。"

"不错，我想就是这样，"一个炮长说，"我亲眼看见一艘四烟囱的军舰沉没，而我听我们的长官说，日本舰队里是没有四烟囱的战舰的。所以，我们昨天一定是跟英国人开火啦。"

司炉巴克拉诺夫拍拍那个炮长的肩膀，说：

"喂，老伙计，你把什么装进了大炮里，你清楚地知道吗？也许，不是炮弹，是气球！"

"啊，滚你的！"炮长吼叫起来。

枪炮电工兵斯塔列夫叹了口气，插嘴说：

"是的，就我看到的来说，我们仿佛是给日本人鸣礼炮似的！"

一个水兵气愤地说：

"政府是派我们到这里来让人屠杀的！"

当我注视着日本舰队的时候，我想不出我们能够采用哪一种防御办法。我们有的只是一支败北的舰队零零落落的残余："尼古拉一世"号，舰龄已有十四岁，它装着旧式大炮，使用的是有烟弹药，炮弹也打不到敌舰；"奥里约"号是一艘新式得多的战舰，但已给毁坏得一塌糊涂，而且大部分最优秀的长官和水兵不是死了，就是重伤；两艘海防战舰"阿普拉克辛"号和"辛亚文"号，排水量均为四千五百吨，两艘合起来绝不是一艘新型装甲巡洋舰的对手；最后，"瑶玉"号是一艘二级巡洋舰，其能力击沉驱逐舰有余，而对抗战舰则不足。用这五艘军舰来抵抗整个日本舰队——我们就像以卵击石。

战事开始之后情况会怎样呢？我们不用想自己的舰能坚持战斗十分钟，因为只消几发重炮，就可以把我们曾那么辛苦地用以堵塞昨天的洞孔的那些木栓、木楔等震落下来，同时油布和那些帆布的塞子也要给纵火的敌弹烧掉。"奥里约"号在片刻的炮击之后，就大有翻鳖的可能。甚至在"各人尽快跳海逃生"的命令发出之后，那些在舱底的人，因为只能十分迟缓地攀着绳梯走上甲板来，他们大半说不定要活埋在这沉没的大舰之中，涌入的海水的吼声和这些给因禁在各部的人们的喊叫声将会融汇在一起。少数幸运地走上甲板来的人就会到处奔突，冒着不断的炮火，吵着寻找救生圈或软木救生衣。所有的划艇和两只汽艇早已炸成碎片，而大部分的救生圈和软木救生衣也都烧毁了。全体船员中能游泳的只占三分之一。有的在海军执勤长达七年而竟不会游泳，因为我们海军当局只关心外表的美观，而从未考虑到让下属学会这简单的、但又是十分重要的本领。

"准备作战"的战斗警报响了，水兵们吓了一跳，过了一两分钟还不动弹，好像不相信自己的耳朵似的。接着，脸色苍白、眼珠混浊的水兵们方才慢吞吞地按战斗部署四下散开去。

神父扔了长链手提香炉，飞跑下去，现在已没有时间结束葬礼了，未受祝福的尸体匆忙被丢下海去，就像前此不久被抛下海去的许多破碎的木头一样。

我呆呆地站着，难道末日就要到了？难道我们漫长而艰苦的海程只是为了举行葬礼的进程？昨天我刚看见几艘友舰像黑棺材一样沉到海底去，而现在就轮到我们了。几分钟后，春天的阳光、蔚蓝的天空和熠熠闪亮的海景对我来说，将要消失了。

突然，一阵敌炮的吼声打破了寂静。我走向通到下舱的最近的绳梯。可是刚刚要走下去，我就听到一阵使我抽回脚步的喊叫声。

"奥里约"号舰上遇到意外的事情了。

五

在五月十四日的海战中，日本方面主要的目的是要毁掉我们最优秀的战舰，对"尼古拉一世"号未加注意。然而，在大战刚开始的时候，它的左舷舰首刚在水线下的地方裂开了一个大口，给它添了很大麻烦。尽管水兵们尽了最大的力量，这个漏洞还是不能完全堵死。随后它又中了五六发炮弹，一门十二英寸的炮已经不能用了，鱼雷管和汽艇也给毁了，划艇则坏得很厉害。米尔巴赫上尉和几个水兵被打死，舰长谢苗诺夫和另外二十个水手都受了重伤。

"尼古拉一世"号的炮手们能够打得很准，可是他们没有无烟火药，每发射一次，舰上就冒出团团的黑烟，在烟雾消散之前是不能再打炮的。然而，它还是发射了一千四百五十六发大口径和中口径的炮弹，弹药库跟别的战舰一样空得很快。

谢苗诺夫舰长受伤之后，尼波加托夫立即担负起指挥旗舰的职责。穿着一件紧身的、更显出他身材肥胖的白制服，配着宽大的黑裤子，使他看起来更像个富有的商人，而不像一个高级的海军将领。但他的下属们尊重他，服从他的命令。战事开始之后，他就显出卓越的勇气。为了对战况有更清楚的了解，他时常离开司令塔走到露天的舰桥去。他是一个优秀的、见识广博的海军军官，曾在海军学院受过训练，当然看得出我们绝望的处境，可他一点也不惊惶。他那肥胖的、甚至有点臃肿的脸孔，长着鳞般的湿疹，留有一部楔形的灰胡子，显得和平常一样镇静。只是手上那架通过他相当出众的眼睛用来注视敌方各舰的双筒望远镜时时在战栗。

将军非常关心地向他的幕僚们说：

"我不仅没有接到卢杰斯特温斯基总司令官新的命令，而且甚至连他的死活都不知道。要是他被打死了，按职位高低，费尔克让少将应当代替他，可是他或许跟'奥斯利亚比亚'号一起沉到海底了。要是那样，指挥的责任就落在我身上。然而，谁在指挥'苏沃洛夫'号呢？因此，从推理来说，谁在指挥整个舰队呢？"

"一个准尉在指挥，这很有可能。"克罗斯少校说，他由于自己的癖好，不时地扯扯长长的唇髭。

经过几分钟的沉思之后，尼波如托夫率直地说：

"举起旗号，航路北二十三度东！"

几分钟后，高级副官谢韦林茨报告道：

"刚赶上我们的驱逐舰，用传声筒传来卢杰斯特温斯基的命令。命令就是：'驶向海参崴。'"

尼波加托夫点了点头，说：

"看来，我扬起那旗号是对的。我们将继续我们的航程。"

夜里，当日本鱼雷艇开始袭击的时候，将军仍然十分镇定。有个时候，敌人的鱼雷一直朝着"尼古拉一世"号冲来，司令塔里的人都屏住呼吸，但尼波加托夫喊道：

"转舵向左，快！"

多谢他这调动，那鱼雷错过了目标。

第二天黎明，希望把散乱的舰队再度集合起来的尼波加托夫发觉舰队现在只剩下五艘军舰了。别的可以看得见的军舰都是日本的，它们的数目在不断增加。将军越来越不安了。昨天我们的舰队还不能给敌人以重创，现在这残败的力量怎么能和敌方作战呢？何况，在我们弹程之外的敌舰能够从容不迫地、毫无危险地攻击我们。

将军走到舰桥去，接着又返回司令塔来。显然，我们已被日本舰队包围了。好几次，他怀疑自己的眼睛，询问他的下属：

"你能够看见海面上有我们的军舰吗？"

时常是这样回答：

"看见的都是日本的，将军阁下。"

尼波加托夫沉默了一会儿，拉下帽檐遮住眼睛。他觉得所有的人都注视着他，等着他的决定。他该怎样避免无谓的屠杀呢？要是他的各舰靠近海岸，他可以使舰只搁浅，炸掉它们，然后让士兵们游泳逃到岸上去。可是现在四面是茫茫的大海。他弯下身子，似乎他那镀金的肩章重得使他难似承受似的。

"是的，我们完了！"他独自喃喃地说。

九点钟，克罗斯少校走近他，低声说。

"谢苗诺夫舰长要我通知您，依他的意见，我们除投降外别无他法。"

把守舵轮的人听到这话，猛然竖起耳朵。

将军浑身打战，答道：

"等着瞧吧。"

要是这是克罗斯本人的意见,尼波加托夫也许不大注意他。这少校外语的造诣很高,什么样的报告都可以写得很好,能拉一手好提琴,能成功地征服女人们。因为他是一个才子,一个能快活地过日子的命运的宠儿,所以他对一切工作都不认真。这些,将军是全知道的,可是现在克罗斯是舰长的代言人,而舰长谢苗诺夫的态度跟克罗斯完全两样。他是一个有教养的、富有的人,是一个冷静的、明白事理的海军军官。他跟高级海军界和宫廷阶层都有密切的关系,他的意见不是可以轻易放过的。要是谢苗诺夫持有这样的意见,大概,就没有别的办法了。

尼波加托夫一面吃力地喘气,一面注视着克罗斯那瘦削的脸,问道:

"你的意见呢?"

少校泰然地回答:

"将军阁下,我同意舰长的意见。"

一阵思想斗争的旋风一定打将军的脑海里掠过。他看到自己的未来——投降的耻辱、监狱的铁窗、军事法庭,也许要因怯懦而被判处死刑。然而,他的整个存在却在反对他把自己的军舰无谓地沉没,或是连同舰上的一切炸毁无余。要是日本人开火,"尼吉拉一世"号和其余的军舰都会沉没。他和他的船员们为什么而死呢?当然,他必须履行对国家应尽的义务,可是他怎么能在这些名不副实的、破损的舰上履行自己的义务呢?这不是为了战争,只是把许多生灵送往屠宰场而已。将军的心不断为此倍受熬煎。如果他,作为一个司令官,对这舰队可怜的情况应负部分责任,做一只替罪羊,那么船员们有什么罪过呢?要是他们有罪,那只在于他们身上穿着水兵的制服!不,他不能承担这样的罪责,叫二千五百个无辜的人走上死路。舆论会同情他的投降的。仁爱的思想,秀美得有如黑麦田里绽开的蓝色的矢车菊,在将军鬓发斑白的脑袋里骤然浮现了。他的脸泛红,转向克罗斯少校说。

"马上请舰长到司令塔来!"

当一个水兵去请谢苗诺夫时，参谋人员和舰上的军官们开始了讨论。所有的人都认为除投降之外，别无他法。克罗斯少校迅速地找出《国际法汇编》来，然后亲自到信号箱里找出表示投降的三色旗"S. J. D."来。

谢苗诺夫舰长身材高大，在浓密而紧皱的双眉下面有着一双炯炯有神的褐色眼睛，他走进司令塔来。他虽然昨天受了重伤，但现在还是昂起了扎着绷带的头。

尼波加托夫转向他：

"弗拉基米尔·瓦西里耶维奇，我们该怎么办呢？"

谢苗诺夫敏捷而又坚决地答道：

"昨天我们已尽了自己的职责。今天我们再没有作战的条件了。别无他法，只有投降。"

接着，他说头非常疼，便返回手术室去了。

此后，"尼古拉一世"号上的工作迅速地展开了。将军召集了一个军事会议，他的许多参谋人员跟着他一道到舰桥上来。表示投降的旗已挂在绳上了。垂头丧气的军官向尼波加托夫跟前走来，而他，还没有等到他们到齐就问道：

"士官诸君，我提议投降，这是把我们从毁灭中拯救出来的唯一方法。诸位有什么意见？"

只有两三人抗议，差不多全都赞成。

在前樯楼有一架测距仪，杜波夫斯基准尉大声喊道：

"离敌舰的距离是六十链！"

炮术部参谋库罗什中校在舰桥上出现了。他的肤色跟混血儿一样，是深黑色的，严肃的脸上留有一部乌黑的胡子。他从昨天起就就着酒瓶喝酒，直到今早还没有放下酒瓶。浆硬的领子搓得起皱，他摇摇晃晃地走到将军跟前，挥着双臂，大声喊道：

"战到流尽最后一滴血啊！我马上命令部下开炮，我要把日本军舰打得片甲不留……"

将军这样命令：

"把这醉汉带到那边去！"

士官们押走了库罗什。他用肮脏的话大骂，接着水兵们跑过来，抓住他的肩膀把他拉走了。

舰长谢苗诺夫再次跑来，把上述意见复述了一遍。

舰桥上很乱。有些军官眼里含着泪水，有些却用各种理由为自己辩解：

"我们被迫投降日本人，这也不是破颜儿的事。想一想辽阳、旅顺口、奉天……"

将军转向炮术长佩利坎上尉，问他：

"这样的距离能发炮吗？"

"不能，阁下，我们的炮弹打不到敌舰。"

现在尼波加托夫突然失去自制了，这对他来说差不多是极其少见的事，眼泪从他眼睛里涌了出来。他摘下帽子，掷在地上，用脚踩它，似乎这东西应负这不幸的责任似的。

可是命令发出了，投降的信号也揭起来了，瞭望兵报告说，我们其余各舰也都跟着旗舰举起了投降的旗号。然而，日本人却开炮了，先是打来一发试射弹，落在"尼古拉一世"号左舷船梁附近。

尼波加托夫嚷了起来：

"敌人不明白我们的信号。马上升起白旗来，要快，再过五分钟，连挂旗的樯桅也没有了！"

但找不到白旗，只好把一条床单挂在前樯上。然而，日本人的炮火还不断打来，水花在战舰的四周溅起来。有的炮弹从头上呼啸而过。接着有一发击中了"尼古拉一世"号，落在司令塔附近。航务部参谋费多季耶夫上尉负了伤，司令塔里弥漫着黑烟，在黑暗中，将军嘶哑地喊道：

"我们千万不要回击。他们还不知道！降下俄国旗！升上日本旗！机器停止！"

当这些命令被执行的时候，战舰又中了几发炮弹，其中有一发轰去了锚孔，因此铁锚坠入海中，右舷也添了许多漏洞。

"尼古拉一世"号终于停下了。因为前晚黑球信号给破坏了，所以用一个木桶代替吊在樯端，当作停止的信号。那时候，日本方面的炮击停止了，周围非常寂静。其他各舰的舰首或转向右，或转向左后便停止了，而且跟"尼古拉一世"号一样升起了"太阳旗"。

只有"瑶玉"号是个例外，这是一艘三樯三烟囱的小巡洋舰，构造优美，速度快得如飞鸟一般。起初，它升起了投降的信号，但接着那些指挥它的军官改变了主意，放下降旗，全速朝右舷敌舰之间的缺口处冲去。日本方面起先不了解它是企图突围逃走的。随即日本人就派两艘巡洋舰去追它，它们炮轰这逃舰，但它的速度比它们快，不久就超出射程之外。我们这些投降的人屏息凝神地注视着，直到它的舰影在阳光闪耀的海平线上隐去为止。它的逃脱使我们赞叹而又狂喜。在与整个日本舰队对抗这一点上，它确实显得非常英勇。

在"尼古拉一世"号上，尼波加托夫召集全体船员在舰桥上向他们演讲。阳光照耀着他的白发和灰色的胡子，嵌着黑鹫的金色肩章和两个珐琅质的十字勋章在阳光下闪闪发亮。看起来，他好像挨冻似的浑身战栗。说明了投降的理由之后，他接着说：

"弟兄们，我已经老了，不会怕死的。但我不愿意让你们这些年轻的诸君去死。让这种行为的耻辱由我一个人承担吧。我准备受军事法庭的审判，领受我应得的极刑。"

接着，他在忧愁的重压下弯下身子，在士兵们的感谢声中走下舰桥。

在日本人占领之前，舰上是有许多事情要做的。密电码、信号簿和机要文书等等都必须焚毁。有几个军官甚至想把仍然完好的机械毁坏，把许多机械丢进海中。士兵们则收拾各自的东西,有些人竟狂饮伏特加,所以不久之后,许多人已烂醉如泥了。

瓦西里·费多罗维奇·巴布什金走到上甲板来。他就是前面说过的那个在二十三天前使尼波加托夫舰队和第二太平洋舰队的主力得以会合的人。他在旅顺口所受的创伤已经裂开,就是到了"尼古拉一世"号上之后还留在手术室里。当早上敌人的舰队出现的时候,他自己走进机舱里,直到深夜还一动不动地坐在那儿,因感动而战栗,为胜利做祈祷,决不承认俄国舰队有失败的可能。当听到我们的军舰倾覆的时候,他固执地说:

"撒谎,那多半是'三笠'号沉没了吧!"

这样,他就独自一人发狂似的喊起"乌拉"来。

他连站都感到困难,拄着双拐也走不动。可是一听说"尼古拉一世"号和别的三艘战舰已投降了,他一刻也不停地走到上甲板来。这个穿着短褂和黑裤,身材高大、瘦削,蓄着一部蓬乱的胡子的大汉,两手拄着拐杖,停步望着舰尾,那里日本旗高高地在飘扬。其他各舰也是同样的情景。他的宽脸上怯怯地起了痉挛,双眉紧锁,接着就用一种震耳欲聋的男低音喊道:

"怎么回事呀?弟兄们。我保卫过第一舰队,但我们的司令官却把它断送了。我又在旅顺口浴血苦战,在那儿给一发炮弹炸伤了十八处。可是我们的首领们又把炮台让给了日本人。在新加坡我又当了志愿兵参加进来,而现在尼波加托夫竟投降了!这干什么呀?"

水兵们笑了起来。

"小心些呀,瓦西亚,你自己不要过于劳累,还是躺下来休息一会儿吧。"

巴布什金的拐杖愤愤地敲着甲板,喊道:

"俄国已受了屈辱,你们还要我躺下来!"

"这次整个战争是丢脸的。我们这些参战的人才可耻哩!"

"打仗丢脸?谁都应当打仗!"

"为什么我们应当打仗?只因为我们是该死的傻瓜!"

"我要走到下舱底,亲自打开舱盖。我们与其投降,不如把军舰沉没!"

"要是你想这样干,我们就把你抛进海里!"

巴布什金看出伙伴们是不会允许他实行自己的计划的,他愤怒地一言不发,返回手术室去了。

(巴布什金在大战后的生涯和他那不幸的命运,大概是读者很想知道的。他的创伤在战事结束后方才痊愈。不久他就恢复了他那非凡的体力,成为一个职业摔跤运动员,在国内外的公共竞技场上出现。一九二四年他返回老家——弗阿特卡·波里安斯基区的扎斯特鲁奇村。他就在那里中弹身亡。一般都相信杀死他的人不是偶然的失手,而是被巴布什金在某个竞技场的对手所雇用的凶手杀害的,虽然那个被雇用的凶手是巴布什金的助手。)

现在一艘日本驱逐舰驶近"尼古拉一世"号。东乡元帅派来的一个参谋登上战舰,要求尼波加托夫到敌方的旗舰上去,以便协议投降的条款。几分钟后,驱逐舰就载着俄国的将军及其参谋人员到"三笠"号上去了。

(四艘战斗舰完全投降之后,沙皇尼古拉非常愤怒。当他们被囚禁在日本,还没有返回俄国的时候,所有军官和兵士全都被开除军籍。但不久,关于士兵的决定便被撤销。

一九〇六年十一月,尼波加托夫和他属下的军官,除重伤者外,都受喀琅施塔得海军军事法庭的审判。在这之前,曾在圣彼得堡克里乌科夫斯基兵营举行过首次审讯。在那里,使政府极其烦恼的,是战前俄国海军的腐败情况被泄漏出来。尼波加托夫的揭露尤其厉害,而他也为此付出了沉重的代价。他开始被判处死刑,后来减为在要塞监禁十年。"尼古拉一世"号、"辛亚文"号和"阿普拉克辛"号的舰长也遭受同样的命运。上述各舰的副舰长和参谋克罗斯中校被判几个月的拘禁，其余的军官赦免无罪。

至于"奥里约"号，法庭认为在那样破损的状况之下，投降是海军规定所容许的。因此代理舰长和其他军官全都无罪。）

俄罗斯帝国海军的军官和士兵大都是波罗的海沿海各省的人。波罗的海沿海诸省的贵族是各种各样的——有好的，有坏的，有聪明的，也有愚笨的。一般地说，他们都是顽固的形式主义者。他们因为自己的祖辈参加过十字军而感到骄傲，藐视大俄罗斯的船员，特别是那些低级的水兵。沙皇政府无论如何很敬重波罗的海沿岸诸省的大人们。这些大人们是倾心于官僚政治的，他们时常准备随时镇压士兵中可能出现的自由和革命的倾向。

巡洋舰"瑶玉"号舰长费尔森是一个波罗的海沿海地区的贵族，可是他跟他的同乡们不同，他和纯俄罗斯血统的军官，甚至和准尉们都自由攀谈。他那蓄有一部金黄色长胡子的脸孔终年浮着微笑，在非工作时间说话的声音很柔和。但每逢他发出命令时，他的蓝眼睛就显出冷酷而凶狠的神情，声音也变得响亮和严厉。他还是一个极严格的带兵者，甚至连下属的提议也不理睬。

从海战开始一直到"瑶玉"号进行勇敢的逃脱，费尔森的行为是无可非议的，他的命令也很明智。可是当军舰一摆脱危险之后，舰长随即失去了自制，巡洋舰离危险区越远，费尔森就越发昏和激动。日本巡洋舰经过三四个小时的追赶之后已放弃了它，但费尔森不相信自己的成功，在看见西伯利亚海岸的时候，他的心情更烦乱了。舰上的存煤虽然够驶到海参崴，但他却下令用家具和木料去生火。他不断麻烦航务上尉普洛斯金，要他证实他的航路是正确的。男爵对日本的恐惧影响了而且扰乱了士兵和军官，弄得每个人都担心出事。最后，"瑶玉"号竟驶过了海参崴，驶进约在它北面一百八十海里的圣弗拉基米尔湾。

这是第一次犯的错误。

费尔森不喜欢圣弗拉基米尔湾，又驶往下一个海湾，那就是圣奥尔加湾。因为在这里找不到一个好的锚地，于是他又转了弯，到别处去寻找。这时候已经入夜了。如果舰长镇静一些，他的行为就不会那样愚蠢，已经用不着害怕日本军舰了。早在两天以前，它们就已看不见这艘巡洋舰了，要在这么渺茫的海洋上找到它，简直就像在草堆里寻找一只跳蚤一样。然而，费尔森舰长还是慌慌忙忙地驶进了邻湾。突然，舰身起了轻微的震动，并且发出一阵摩擦的声音。巡洋舰已搁在奥列霍沃岬上了！

费尔森中校怒叱起来：

"开足马力后退！开足马力后退！"

这是第二次犯的错误。

只是舰首触礁，舰身并未受损，这并不是天大的事情，等到来潮，巡洋舰便可以解脱，或是抛掉多余的东西，减轻重量，再不然，可以发电报到海参崴求援，同时还可以准备在敌舰出现的时候炸毁它。可是费尔森舰长，他那浅色的络腮胡子同他脸孔一起激动地摇摆着，喊叫道：

"我确实感觉到日本军舰就在附近，也许，它们随时都可能出现。我不愿意让'瑶玉'号交给敌人。火速准备爆破本舰的一切工作。"

因此引起了全面的骚动与混乱。无数东西抛下海去，可以烧毁的塞进炉里。许多机关枪和十四架连射炮沉入海湾。毁得干干净净！使日本人一无所获，这对舰长是一个良心上的问题。他已经喊得失声了，嘴角堆着白沫，但仍然用沙哑的声音鼓励他的下级赶紧破坏。士兵们来回奔突，好像"瑶玉"号已经着火似的。他们到处吵吵嚷嚷，自从它出了船坞，还没有这么大声喧闹过。一个没有偏见的观察者或许会想到全体船员已染上疯狂的精神病了。

最后，他们全体，长官和士兵，扛着来复枪，乘着小艇到岸上去。费尔森男爵的命令都被执行。一条通到弹药库的导火线在离开之前点着了。冲天的火焰随即跟着可怕的爆炸冒上来,同时一团团黑烟直冲天际,群山都回响着那雷鸣般的爆炸声。留在暗礁上的是一堆破碎的烂铁。

这是第三次犯的错误。

"瑶玉"号的逃难者悄然垂下头,开始了向海参崴的遥远的行军。

六

在"奥里约"号舰上吹起"准备作战"的军号之前,第一副舰长西多罗夫(在杨格舰长受伤之后,他就负责指挥本舰)对他的军官们说:

"我们怎能抵挡整个日本舰队呢?我们的战舰实际上已经体无完肤,我们的大炮也不能使用,而且只剩下一点点弹药。我们除死之外别无他法了。"

准尉沙凯拉利鲁莽地答道:

"一小时前我已经把我想到的告诉你了,唯一的办法就是把我们全体船员移到'瑶玉'号上去,将'奥里约'号沉掉,可是你一点也不理会我的意见。现在已经太迟了。"

接着西多罗夫便命令我们准备作战。

就在这时候,信号长齐费罗夫急跑上来。

"第一副舰长阁下,"他喊叫着,"'尼古拉一世'号刚升起一个信号。"

"什么信号?"西多罗夫问。

在解答这个问题之前,得查阅国际信号簿。这信号是:

"我投降。"

西多罗夫张开嘴,因惊吓而默然无语。显然,他的良心本身跟这观念是格格不入的。他注视着齐费罗夫和军官们的脸,摇了摇他那裹着绷

带的头,说:

"那是不可能的。"

无论如何,这信号已从信号簿上得到证明,毫无怀疑的余地了。

西多罗夫往前靠,双手紧抱住自己的头,大声对自己说:

"康斯坦丁·里奥波多维奇,你现在怎么办呢?"

接着,他抑制不住自己的感情,像个迷路的小孩那样哭了起来。

随即人家告诉他,"尼古拉一世"号在挂起国际投降信号之后遭到炮击,因此它挂起了一面白旗。

西多罗夫站起身来,用手抚摸他那金色的肩章——它已给烟灸和爆炸玷污了。

"要是将军投降了,我们只能跟着他做。重复旗舰的信号,悬起白旗!"

有两三个军官提出不很有力的抗议。像在"尼古拉一世"号舰上的情形一样,有几个军官提议沉掉本舰,另一些人则主张炸掉它。可是他们中有一个人提出如何处理那些伤员的问题来。舰上确实有一百来个重伤员,其中有杨格舰长和好几个高级军官。是不是要把他们葬到深海去呢?这个意见足以吓退那些过激论者,并且似乎给投降提供了很合理的论据。于是责任的重负便从高级军官的肩膀上卸了下来。

在这时候,信号兵们并不搭理军官们的迟疑不决和谈论,西多罗夫第一副舰长的命令已授予了他们足够的权限,他们就立即挂起国际规定的投降信号和白旗了。

这消息迅速传遍全舰。

"我们真的投降吗?"

"真的,真的,信号兵刚刚告诉了我。因为没有白旗,他们在舰桥上挂起了一块白桌布。"

舰上混乱不堪,士兵们都赶到上甲板来。那时候右舷六英寸炮塔的某一门炮因为炮手们不知道已经投降,还在向敌人打炮,这使得上甲板上的士兵们非常惊疑。在打了两发炮弹之后,司令塔就发出了停止开炮的命令。由于正常的通话工具已经被毁,所以传令兵被派到各炮塔去,大声喊道:

"别开炮,战斗结束啦!"

机器全部停止了,"奥里约"号慢慢地摇晃着。它是本队的第二号舰,而当旗舰降下安德烈旗,升上日本旗时,西多罗夫断然说:

"我没有日本旗!"

军官中有一个皮肤黝黑、尖髯浓髭的上尉,他非常亢奋地说:

"阁下,在我看来.依照一切规定,如果我们决定投降,我们最好就做得彻底,把日本旗升上去。不管我们挂了没有,日本人一占领,立即就要在'万岁'的呼喊声和乐队的奏乐声中挂上去的。为什么我们要遭受这种无谓的屈辱呢?"

他的同僚们,连西多罗夫在内,都被这席话打动了。

按照海军的规定,在作战的时候,安德烈旗一挂上去,就应当有一个哨兵守卫它。如果没有舰长直接的命令,绝对不能把它降下来。可是昨天下午一点钟,守旗哨兵藻泽罗夫给炮弹的碎片打伤,以后就没有人代替他。现在,谁也不会为一块布片操心。安德烈旗终于降下来,日本旗挂上去了。

从这时候起,"奥里约"号就不属于俄罗斯帝国了。

为把这件事告知瓦西里耶夫,我慌忙跑到修理部去。他正睡在一条板凳上,我抓住他的肩膀,忘记了称呼,这样向他陈述:

"弗拉基米尔·波利耶夫克托维奇。"

他像触电一样惊醒过来,跳起来说:

"我在梦中听见了炮声,接着不晓得为什么轰隆声又停止了。那喊叫声叫我迷惑不解。我在梦中惊疑我们的舰是否正在沉下去。"

我用几句话告诉他,我们已投降了,而且成了俘虏。

他仿佛听见了不应有的奇迹一样,愕然睁大了一对褐色的大眼

睛，说：

"那么，一切全都完了！俄国舰队完结了，敌人已是日本海的霸王。四艘战舰的投降，正是这荒谬的海战理论的总结。舰桥上白旗在飘扬，日本旗在舰尾升起。好得很，这将给专制制度一个无情的打击！"

靠了我的搀扶，他走到上甲板去。

"要留心，"当他坐下去时，他这样说，"否则船员中间那些发狂的人还想把军舰炸掉呢。"

现在日本舰队谨慎地驶近我们这四艘战舰来，它们的包围圈越缩越小。各舰不断扬起新的旗号。

骚乱在"奥里约"号上增长起来。那些不在舰桥上的士兵仍然不明白将发生什么事情，有些人坚持本舰应当沉没，另一些人则表示反对。

军需官布尔纳雪夫上尉从中央哨所走上舰桥来，他问西多罗夫：

"我该怎样处置舰内的金库呢？还有许多机要文书和密电码等，这些东西是应当烧毁的。"

"把文件等扔进火里，"西多罗夫回答，"把钱分给军官和士兵们。"

军需官提出异议。

"那些钱要照你所说的那样分配给各人，这在我看来是不正当的。阁下，依我的意见，钱应当丢进海里去。"

"好的，"西多罗夫回答，"可是先分给军官们每人十英镑。"

平素是那样迟钝、笨拙的军需官，现在好像突然变成一个活泼的人了。五六分钟内他已走进火舱，一转眼间，他所说的那些公文已成了灰烬。布尔纳雪夫又以同样的速度返回中央哨所来，一个哨兵和几个水兵正在那里守卫。那金柜装有七万卢布俄国的和英国的现金，准备金则另装在别的柜子里，其中还有舰长和士兵们个人托付保管的现钱。军需官迅速地把金币、银币和铜币分开，又把它们分别装进许多小袋子里。他的双手战栗，汗珠从他长着粉刺的胖脸上淌下来。他把成捆的钞票塞进自己的口袋里，水兵们对他的行径很了解，就抗议道：

"均分呀,阁下,要是你高兴的话。"

布尔纳雪夫抬起头,说:

"好的,弟兄们,我分给你们一点,可不要作声。要不然,我就麻烦死了。要是你们的伙伴们知道,他们全体就会追我的。"

有的人得了一百卢布,有的人则多一些。操舵兵日尔诺夫,这个帮军需长"把钱丢进海里"的人,拿走了一千二百二十五卢布。最大的一笔横财落在军需长皮亚托夫斯基手里,他恰恰在那时候走进来。

实际上丢到海里去的只是一笔数额很小的钱,大笔款项则仍在军需长的口袋里——大约有五万卢布,但我们这个从奥廖尔省来的富有的地主,对这还不满足,还偷走了杨格舰长的钱包。因伤而奄奄一息的、可怜的杨格,一点也不知道他的某个下级已劫掠了自己的财产。

军纪已荡然无存了。士兵们拒不服从命令。第一副舰长西多罗夫叫我把糖酒放掉,其中有六桶是不掺水的、八十度的醇酒,有三桶是掺水的,有四十度。这些酒桶统统给钻了洞,糖酒从洞孔流出来。当我做完这些事,有些水兵从后舱口看见了,就愤愤地责备我为什么把所有的好酒浪费掉。

"是长官的命令。"我简单地回答。

"我们不是再没有长官了吗?现在谁和谁都一样。"

他们中有人爬在油布上,唧唧地在吸那些残留在地上的、一汪汪的、芬芳的酒。有一个竟钻进酒桶的洞口去喝,不久便窒息了,等到把他拖出来时,已经太迟了。我走到储藏室去,把放在面粉袋下面的我的日记、航海印象记,以及想以海军生活为写作题材而搜集的各种素材的记录等拿出来,悉数葬在火里。当我开始烧毁它们的时候,我心如刀绞。然而,我仍然安慰自己,我想我有很好的记忆力,不会把我写下来的东西忘掉的。

现在我可以在舰内各处闲逛了,看看别人在做什么事情。

水兵们焦虑不安,再也不能平静下来干什么了。这几百个没有受伤的人已不再是一个服从长官唯一意志的、有组织的力量了。有一小部分人因投降而难过,可是大多数人都为能在死里逃生而感到高兴。他们发出下流的咒骂和胡乱的叫喊。军官们则发出互相矛盾的命令,有的下令破坏一切能够破坏的东西,有的则禁止这一类行为。

许多士兵都纵饮起来。一发现糖酒已流到舱底,他们就拿漏斗和别的东西去汲。酒是脏的,可他们并不在意,他们用破棉布再过滤一下。

当他们渐渐酩酊大醉起来时,他们便越发肆无忌惮了。军官们知道自己的命令已不能被执行,只好装作没看见,甚至一个水兵在对他们说话的时候嘴里叼着一支香烟,也不责罚他。

因体力过人而获得"铁人"称号的轮机兵楚纳耶夫在炮甲板上遇到维里尼依上尉,就对他说:

"老爷,我要还您债了。"

"什么债?我记不起来了。"

"可是我倒记得很清楚。三个月前我欠您一笔债,那是在您把我关禁闭的时候。"

上尉突然脸色苍白,他那楔形的火红胡子在发颤,可他还来不及把话说完,他已在甲板上翻滚起来。这事发生得这么快,连旁观者都没看清维里尼依哪个部位被打中了。当轮机兵握紧他那大拳头,正要重新进攻的时候,司炉巴克拉诺夫阻止了他。

"首先,"他说,"一个人不打跌倒的对手,其次,你已经把他给打成了重伤。别在这儿夸耀你是好汉了,等你回到圣彼得堡后再施展你的勇敢吧。"

"他没有受伤,这畜生!他只是假装罢了。"

"那要军医来决定。"

当楚纳耶夫和巴克拉诺夫正在辩论的时候,维里尼依爬起来逃到舱室里去了。

士兵们闯入军官的酒库,把他们找到的许多美酒带走了。

西多罗夫叹气说：

"我巴不得日本兵快点来，要不然，天晓得在这艘喝醉了的舰上将发生什么事情。"

尼波加托夫少将召集各舰的指挥官到"尼古拉一世"号上去。

随即一只日本汽艇靠近"奥里约"号。"辛亚文"号的舰长格里戈里耶夫和"阿普拉克辛"号的舰长利申都已在这小艇上面。第一副舰长西多罗夫带着他们，一起朝"尼古拉一世"号驶去。

我们从舰桥上看见一艘日本驱逐舰向"奥里约"号驶来。舰上的密电码和机要文件刚好用吊床包好投入海里，那驱逐舰就靠上舰尾了。

带着步枪的日本兵走上舰来，接着在他们长官的命令之下，他们散开去分管各炮塔、各鱼雷室、各弹药库、各发电室和其他各部分，另一些没有武装的人则下到机舱和火舱去。

我们的士兵不搭理那些敌人，继续喝酒和唱歌。从火舱里传来动情的声音：

"让我们踢开这旧世界！
让我们从脚上抖掉它的尘埃……"

当第一副舰长西多罗夫两点钟左右回来的时候，我们全体在甲板上排列着。日本方面决定把我们三分之二的人载到战舰"朝日"号上去。我们的某些军官也跟我们在一起，就是机舱长巴芬诺夫、机师罗姆斯、上尉莫扎列夫斯基和萨特克维奇、准尉沙凯拉利和卡尔波夫以及审计长多勃罗瓦尔斯基。

西多罗夫宣布了投降的条款。

"军官可以保留自己随身携带的武器、金钱和个人的私产。而在签订了不再参加现在的战争的条约之后，他们就可以返回俄国。士兵们可以带走自己私人的物品和金钱。"

日本人不准第一副舰长多说，马上又把他关进他们的汽艇里。前面提及的那些军官伴随着他，然后就轮到士兵，他们上了划艇。为了急于看看日本战舰，我自己决定加入坐船走的那一组。首先，无论如何，我跑去向轮机师瓦西里耶夫告别。他正拄着拐杖站在后舰桥上，他热情地握着我的手，说：

"好好保重自己，因为艰巨的工作在等着你。我们是处在大事变的前夜，今天，在俄罗斯帝国的历史上开始了新的一页……"

我带着一只满装书的箱子，坐上一只小船。当我们的小船被汽艇拖走的时候，我向"奥里约"号告别。它在巨浪中缓缓地摇晃着，它的油漆已经烧焦、剥落、起泡了，然而，昨天它还是漆黑的，现在好像由于战斗而衰老了，已变成阴郁的灰色。

在"奥里约"号投降之后，舰长尼古拉·维克托罗维奇·杨格由手术室里移到平常留给传染病病人用的隔离病室来。这病室很宽敞，有个舷窗，虽然早先舰上发生过大火，但它仍完整如新，天花板和墙壁的白瓷保持着原有的光彩。室内除铁床之外，还有一张桌子和一把椅子。

舰长负了重伤，胃和肝脏都已打穿，一边的肩膀已经打坏，头也多处受伤。他说着呓语，正处在绝望的状况中，很难有复元的希望。由于我们军官的请求，一个日本哨兵站在这病室的门外，借以阻止别的日本军人进入。这样做为的是让杨格暂时不知道投降的事。他正在同死神搏斗，发出喊叫与呻吟，勤务兵马克西姆·雅科夫列夫日夜在他身边服侍他，军医长马卡洛夫也时常来看他。

直到五月十六日晚上，杨格舰长方才恢复知觉。

勤务兵雅科夫列夫，一个差不多不识字的、学识浅薄的人，后来他把当时的情况告诉我们：

"真糟糕，舰长刚刚恢复知觉的时候，几个日本人在开着的房门外出现了。'这些家伙在这儿干什么？'他问我。我只能这样回答：'我们已经投降了，老爷。'他在枕头上坐了起来，眼泪夺眶而出。接着，他开始对我说明一些关于'地方议会'的事情。'蒙受耻辱的战争已经结束,'他说,'可是你,马克西姆,你也许将成为地方议会的一个议员。'眼泪在他脸上淌了下来,我为他心里十分难过。他总是这样一个好人,可是我想他正处在昏迷中,说的是胡话,我怎么能成为一个地方议会的议员呢?但他还是继续流着眼泪,接着他叫我去请军医长来。"

原来,在他年轻的时候,杨格舰长曾经是"人民意志"这个革命党的成员。当他还是一个准尉时,他已经是苏哈诺夫上尉领导下的海军军官集团中的一个,与苏菲亚·帕洛夫斯卡、维拉·菲格娜[1]等接触过。苏哈诺夫被判死刑,并在一八八一年执行了判决。杨格当时幸未被捕,因为政府向革命党成员提起诉讼的时候,他正在海上。

遵命而来的军医长马卡洛夫想说服杨格,告诉他勤务兵错报了,实际上本舰并没有投降。但杨格仍然不相信,因此马卡洛夫返回手术室来,要求受了伤的航海部上尉拉里奥诺夫来试试能否说服舰长。于是两个日本兵跟着拉里奥诺夫到隔离病室来,但只让他一个人进去。

杨格全身扎着绷带,半靠在床上。他脸色苍白,神情十分哀伤。他那夹着木板的手放在被子下面,右手低垂着。他用蓝眼睛注视着拉里奥诺夫,大声问道:

"列昂尼德,告诉我,这里是什么地方?"

杨格跟拉里奥诺夫的亡父是极要好的朋友,因此从小就认得他,而且在勤务的时间之外,又把这青年人当作自己的孩子看待。拉里奥诺夫哪能欺骗他呢?然而,真话有时却像火红的烙铁一样能伤人。为什么要加重一个垂死的人的痛苦呢?但那个勤务兵已把实情告诉了他,何况舰长自己也看见了日本人!然而,拉里奥诺夫终于这样回答他:

"我们正在驶向海参崴,还剩一百五十海里多一点了。"

---

[1] 苏菲亚·帕洛夫斯卡和维拉·菲格娜是十九世纪末俄国很有名的女革命家和虚无主义者。——译者

"那么，为什么我们走得这样慢呢？"

"'乌沙科夫'号耽误了我们，它不能再快了。"

"列昂尼德，你说的是真话吗？"

拉里奥诺夫因感动而哽咽了。

"我过去骗过你吗？尼古拉·维克托洛维奇。"

为了掩饰自己的窘态，航务上尉俯下身子，吻了吻舰长的手。这手冰冷而战栗——死神已经近在眼前了。

杨格一定很清楚马卡洛夫和拉里奥诺夫是在骗他！但是他晓得这是善意的欺骗，而病人就这样佯装信以为真。于是他低声说：

"我要抽烟。"

他抽了两口，香烟便从无力的手指间滑了下来。临终的痛苦并不长，他呻吟着，像反对什么似的摇着头，又像一个如释重负的人那样叹了一口气，于是最后一次伸直了疲惫不堪的身子。那个带着淡褐色胡子的脸现出了相当凶猛的表情，他那曾经环视四处的蓝眼睛，现在直视着天花板上的某一点，仿佛想要探索一个秘密似的。

像一片簌簌作响的落叶似的，拉里奥诺夫走出了那死人的病房。

由于我们军官的恳求，日本方面同意将杨格舰长的尸体举行水葬。第二天，尸体用帆布包扎、缝好，并在脚上系着重物，安放在木板上，然后放在舰尾楼的舷侧一边。日本旗下了半旗。做过弥撒后，两个水兵就抬起木板的两端。日本兵立正举枪致敬。在进行曲的鼓声和火铳的射击声中，舰长的尸体坠入海底。

半小时后，一个日本军官把一张四方的、上面有航海日记的摘录的小厚纸片交给拉里奥诺夫，这舰上唯一的俄罗斯航务官。这纸片详细记载着杨格舰长的尸体所葬的地点：

北纬三十五度五十六分十三秒

东经一百三十五度十分。

七

  日本汽艇拖着三只大划船行驶着，其中有一只挤满了俄国水兵，我也在内。这些人中有许多都是我的好朋友。起初，我们默默无言地坐着，注视着横在我们前面的"朝日"号。现在我们处在敌人的控制之下，朝着我们新的住处驶去。我们将会遇到什么事情呢？沃耶沃金水手长俯下身子，面孔歪扭，好像在竭力解决一个难题。枪炮电工兵哥卢别夫固执地皱紧着他那亚麻色的双眉。司炉巴克拉诺夫却眯着眼睛，为他心里想到的事情微笑。

  有个人叹了口气，说：

  "我们将不再打仗了。"

  另一个声音立即回答：

  "是的，我们受了罪，为了什么呢？"

  枪炮电工兵哥卢别夫快乐地喊起来：

  "多谢上帝，我没有叫别人流一滴血，自己也没有流过一滴血。我像摆脱了凶恶的岳母的人一样侥幸。现在我将给家里去信了。"

  操舵部班长严肃地插嘴说：

  "你要提防这些日本人用刺刀戳你的腰。"

  所有的人对这个说法都有点吃惊。

  "你认为他们真的会伤害我们吗？"

  "如果问题只是鞭打的话，我可以随时脱下裤子来。不过，如果他们像晒鱼干一样，把我们挂在樯头上呢？"

  "一点也不错，拿我们活剥皮，在他们不算回事。他们是亚洲人，是不通情达理的人啊！"

  "是的，是不通情达理的人，"沃耶沃金水手长愤愤地说，"但他们已经毁了我们的舰队，而他们自己却一点也没有受到损失。"

"水手长，你别打扰，"司炉巴克拉诺夫讥讽地插嘴说，"让那些傻瓜蛋在死前饶舌吧。"

天气晴朗，万里无云，只有紫色的薄雾弥漫在海面上。敌人的各舰交换着信号。别的快艇跟在我们后边，因为日本人正从"辛亚文"号、"乌沙科夫"号和"尼古拉一世"号上带来俘虏。

拖着我们的汽艇突然向左转，使我们靠近"朝日"号。我们既不安又好奇地注视那艘日本战舰。它漆成钢灰色，两烟囱冒出滚滚的浓烟。它许多在昨天曾那么残忍地轰击了我们的重炮，现在都保持着威胁的沉默。可是最使我们吃惊的是，它丝毫没有被我们的炮弹损伤的痕迹。它的上层建筑完整无损，舰身上甚至连一丝伤痕也没有，而另一方面，我们的"奥里约"号却早已变成一座漂浮的废墟了。"朝日"号竟仍然未受损害，仿佛用符咒抵挡了炮弹一样，这是什么原因呢？

汽艇靠上了舷梯。而当我走上甲板去的时候，想到日本人不晓得将怎样对待我们，我心里非常茫然，以致浑身战栗。但是他们却用最亲切的态度对待我们——他们的敌人，微笑着反复说：

"啊，俄国人，俄国人！"

我们的军官给带到军官室，而把我们这些水兵安顿在前甲板。我们每个人，不管会不会抽烟的，都分到一包香烟。接着开始准备囚饭。有美国的罐头肉和船上用的干饼。我们谁也想不到有如此体恤的待遇。然而经过一番思索之后，我明白其中的道理了。他们对我们能有什么冤仇呢？我们的炮击糟得难以想象，"朝日"号没有受到什么严重的打击，舰上还是秩序井然。我们后来晓得它的某个升降口以及升降梯的一部分被我们炸毁，伤亡的总数是死亡七人，受伤二十人。然而，光"奥里约"号一舰便发了四百吨左右的炮弹。显然，我们的炮弹具有非常和平的性质，全不想伤害船只或活人！结果就是四艘军舰，外加一名少将和他的参谋人员，以及全体船员投降日本人。他们是应当大大地感谢我们给他们这么个旷古未闻的大胜的机会的。

我们的士兵开始乐起来了。当他们吃饭的时候，就从包裹里拿出那些从军官的酒库里偷来的美酒：西班牙的白葡萄酒，西西里的马萨拉酒、波特酒、马得拉酒、香槟酒和各种别的酒，用大杯盛，大口地喝。他们很快就活跃起来，前甲板上（我也在那儿吃饭）充满了他们随便谈论的喧闹声。门口有两个日本哨兵在守卫，他们好奇地望着那些俄国水兵。接着，我们中有一个人叫嚷道。

"弟兄们，我们应当请这两个人喝一杯！"

这提议得到了大家的赞同。

斟得满满的两杯酒送给了那两个日本哨兵。他们推辞了一会儿，摇着头用日语说："不，谢谢你们。"我们就劝他们说：

"你们尝一下，这是老爷们喝的酒。你们从未喝过这么好的酒啊！"

最后，有一个哨兵接了一个大酒杯，把它靠在唇边。也许，他本来只想啜一口，但酒香诱人，因此就把那杯斟得满满的、高达八十度的烈酒喝了下去。他的同伴也跟着他喝了，随即这两个人就快乐地坐在我们中间，好像从来也不是敌人似的。

关于"奥里约"号昨天跟什么舰队打仗的问题，现在又提出来了。

"跟英国舰队。"有些人坚持说。

"不，告诉你们，它们实实在在是日本的。"另一些人驳斥说。

"你们跟蝙蝠一样瞎了眼睛。你们难道没注意到，日本大炮上的油漆并未烧焦？既然这样，它哪能发出那么多的炮弹打我们？"

"这只证明他们用了非常好的防火漆，要不然，便是他们昨天重新油漆了一遍。"

"可是我们打的是日本军舰，那么，我们的炮弹打到什么地方去了？"

"老伙计，炮弹打出去掉在海里啦，海大得很哩！"

我开始说明，不成问题，我们是被日本人而不是被英国人打败的。除了俄日两国之外，没有一艘别国的军舰（自然更谈不上整个舰队）能参加对马海战而不被全世界知道,不引起严重的国际纠纷来的。

司炉巴克拉诺夫打断我的话头:

"够了!够了!三番两次地纠缠这个问题实在太蠢了。日本人赢了我们,是因为他们的装备比我们好,他们的训练比我们好。这同鼻子长在脸上一样,是明摆着的事情。要是徒手搏斗的话,那么小日本就不会占咱们的上风。他们都是些小家伙,身子并不很强壮,可是海战就不在乎这一点。我倒要问另一个更加重要的问题。"

"什么问题?"

"你认为沙皇和皇后会为这件事而倒胃口吗?"

一阵哄笑声表示接受了巴克拉诺夫这个警句。

接着有一些人开始唱歌,这歌从"多格尔沙洲事件"之后就在舰队里流行了:

> 我们停船装煤在斯卡根,
> 差点把自己的"叶尔马克"号击沉,
> 由于害怕日本的驱逐舰,
> 我们击毁了北海的渔船。

有一个日本哨兵被我们的歌打动了,因此他用本民族的曲调唱了一支歌词全听不懂的歌。他的脸孔是黝黑的,颧骨突出。当他身子跟着节拍前后摆动的时候,他的一双眼睛怯生生地转动着。另一个哨兵是个瘦小个子,头发跟他所有的同种人一样乌黑。他咧着嘴露出牙齿,用各种手势竭力想对我们说明什么。这两个不习惯喝烈性酒的哨兵,现在都醉得很厉害。轮机兵谢苗诺夫也已喝醉,插嘴喊起来:

"来,我有个重要的问题要问你:为什么你们要跟我们打仗呢?我想是因为这边的大人物跟我们那边的一样想打仗的缘故吧?他们为了要打败俄国,让你们拼命。可是他们中有一个人给你们一千卢布来改善你们的生活吗？一个子儿也没有。世上那些贵人们连一个萝卜那样的东西也不会给你们的，除非他们想借这个捞点油水。唉，我家里还有两个孩子。他们能干什么？只能讨饭。"

他拍拍那日本人的肩膀，问道：

"你有几个小孩？"

那日本人用自己的语言回答，无疑是说些全不对题的事情，但是醉酒了的谢苗诺夫附和道：

"你说，三个小家伙？好，要是我杀了你，他们除了要饭，还有别的活路吗？现在你知道自己的处境了吗？好兄弟，你明白了没有？我们是些该死的傻瓜，大家互相厮杀，自己一点好处也没有。可是如果碰到了分田地的问题，你们在这儿日本，我们在俄罗斯，大家都晓得怎样去照顾自己，一点也用不着和那些老爷们商量！我像朋友一样对你说，告诉你一些你以前从未听到过的事情。哦，我忘记了，让我们拥抱吧。"

谢苗诺夫说着就紧紧拥抱了他。他一喝酒就容易哭，眼泪都流到脸颊上来了。接着他从口袋里掏出一只表，把它送给那个日本人，说：

"好朋友，拿着吧。这是轮机兵谢苗诺夫留给你的纪念品。"

日本人茫然地看了那只表，但他不明白是怎么回事，谢苗诺夫接着说：

"这是一只好表，值十二个半卢布，是从华沙买来的。"

轮机兵把那只表塞进那个人的口袋。只到了这个时候，那日本人方才晓得他接受了一件礼物。他友好地笑了，还把一只雕着一条龙的龟甲制的香烟盒子回送给谢苗诺夫。

这两个已成为我们的客人的哨兵已不能继续跟我们待在一起了。一个准尉走了进来，马上把他们抓起来，因为他们擅离岗位，又在值勤时喝酒。当他们被押走的时候，两个人频频向我们挥手，喊着：

"俄国人！俄国人！"

我想，谢苗诺夫是喝醉了，他的话倒似乎有很多健全的意识。为什么像他这样的人和日本人要互相厮杀呢？任何一个国家的工人和农民，从国际战争中能得到什么好处呢？我回想起某一天，在一个集市上，我看到一场下二十戈比赌注的斗鸡。生性好斗、又被教以狠斗的那两只公鸡，狂暴地斗起来，互相用喙争啄对方的眼睛、头和鸡冠，然而，得利的可不是那两只可怜的受了伤的公鸡，得到钱财的是它们的主人。

那些在帝国主义战争中作战的人们，也遇到和这相似的情况，虽然范围来得更大。获得利益的不是那些在战场上或者（跟我们一样）在海战中冒着丧失生命和四肢的危险的人们。当全世界的工人们明白了这简单的真理之后，那么，他们用自己的武器，不是互相残杀，而是反抗那些挑拨他们作战的人的日子就必然到来了。

晚上，日本战舰和被俘的俄国战舰出发了，向佐世保军港驶去，这是那些管理我们的人告诉我们的。隔天，不知为什么，战舰"朝日"号和装甲巡洋舰"浅间"号离开舰队，护送"奥里约"号到另一个目的地——舞鹤军港去了。我们猜想，"奥里约"号上想必发生了什么不幸的事情。直到在日本登陆之后，我们方才知道舰上发生的变故。我们那些留在"奥里约"号舱里工作的人中，有人掀开了舱盖，军舰随即倾斜到四度。那押送我们的日本水兵在慌乱中走到上甲板来。接着，惊魂方定之后，他们在俄国俘虏兵的协助下，关上了那些舱盖，避免了立即沉没的危险。这样，把"奥里约"号驶到最近的日本军港去是合理的。

日本人的优点在什么地方呢？这是不断引起我极大兴趣的问题。五月十四日全部的行动已表明，他们在动员方面有着特别出色的方法，并且能尽量利用他们各舰的较快的速度，使他们获得在攻击上最有利的地位。此外，他们又是极优秀的射手，而他们的炮弹，虽然不能洞穿我们各战舰的装甲，但都是引起燃烧的，因此在各俄国战舰上发生的许多场大火，对船员们的心理产生了灾难性的影响。但这些就是全部的说明吗？

当我研究了"朝日"号构造的时候，它的完善使我惊异。这战舰是令人惊叹的新技术的结晶。舰上没有一件多余的奢侈品，诸如我们战舰上那些较为舒适、但又损害了我们的战斗力的东西。"朝日"号造得十分简单，没有不必要的装饰品，上层建筑也没有木头造的东西。因此，当准备作战的时候，不必拆卸什么东西。军官室所占的地位不大，这使它能够多装两门六英寸的大炮。又因为司令塔的瞭望孔比我们的狭小，所以里面的人和机械被炮弹碎片损坏的机会也较少。它每个炮塔和暗炮塔里都有测距仪，炮门也装得非常周密，所以弹片简直不能从炮门飞进来。

我的思路返回到日本的过去。还不到五十年前，在美国和俄国的压迫之下，日本人放弃了闭关自守的政策。那时候，他们并没有海军，只有一只明轮汽艇、三只帆船和一只英国女王维多利亚赠送的蒸汽快艇。可是在一八五三年海军提督勃里[1]访问之后，为了弥补损失的时间，他们迅速着手工作，于是日本海军便快速地发展起来了。它建立的时候，正是旧式海军的转换时期，是开创以使用蒸汽机的战舰代替有帆战船的时代。他们没有非常难于摆脱的旧传统和旧习惯。日本的海军当局在组建自己的舰队时，只从外国吸取那些对海军军力的发展最为必需的东西。他们的成就确实是十分显著的。俄日战争爆发之后，日本海军在战斗力和战斗组织方面有着完全类似的优越性——正如在整个海战中一再显示出来的那样。

我的伙伴们和我在"朝日"号上度过了三天。在这三天中间，对日本海军的组织和日本舰队的勤务情况，我已知道了不少。不用说，要是没有那些能说俄语的日本水兵的帮助，我看到的许多事情是难于理解的。在这些水兵当中，最最亲热的是一个我叫他安田的炮长。在加入海军以前，他早在俄国国内一些地方当过几年的洗衣工人。

在"奥里约"号上，全部水兵分成左右两列，每列又分成两部分。每部分由各个不同部门的水兵组成，归一个授以权力的长官统率。可是

---

[1] 勃里（1794—1858）是美国海军提督，一八五二年（本书说是一八五三年）到了日本的浦贺，和日本创建海军有密切的联系。——译者

这长官本人不是哪一个部门的专家，而且除了那些能干的普通水兵以外，他不认识他下属的那些成员。实际上，他除了给下属的成员发放薪饷以外，就没有事可做了。在日本战舰上的情况却完全不同。各部分的成员各自组成一个分队，由各科的长官——轮机科、运用科、通信科、航海科、鱼雷科、炮术科、军需科和医务科等的长官统率。这样的军事组织能够使负责的军官关心各项勤务的执行情况，而且了解自己下属的工作能力，便于今后提升那些工作最好的人。

在"朝日"号上有一件事很叫我惊异，那就是军官与士兵之间的关系比俄国海军显得随便和自然。虽然军纪确实很严，但我可以看出水兵们在执行任务时是多么细致。当我们在舰上的时候，"准备作战"的号声曾响过一次，这并非看见了敌人，而只是一种演习。当时士兵们都迅速地、悄悄地走向各自的岗位，没有拥挤，也没有长官的叱责。在三四分钟内一切全就绪了。

有一天晚上，我终于明白了取得这么杰出的成就的原因。"朝日"号舰长野本上校刚完成了舰内的检查。日落时分，每一盏能照到外面的灯全熄灭了。虽然俄国舰队已不再是一种危险，但各炮都做好立即可以使用的准备，当班的炮手也全部到场。到了七点半，吊床分发了，不当班的人可以随意做自己要做的事情。

在上甲板上，日本的和俄国的水兵围着一个烟缸坐着，烟缸里放着一支点燃的棕绳，每个要吸烟的人都可以用它来点烟，我也是其中的一个，和水手长沃耶沃金、司炉巴克拉诺夫在一起。微风吹拂着我们的脸，西方海平线上还是呈现着像成熟了的蜜柑那样的颜色，而这金黄的暮色又倒映在平静的海面上。坐在我前面的是炮长安田，他从那日本人用的、满装了一斗烟的小铜烟斗里抽了两三口烟。在睫毛下面，他那双东方人的黑眼睛闪现出神秘的神情。我们开始谈论勤务的事。当我告诉他，俄国水兵每年平常只在海上生活四个月，其余时间全在兵营里的时候，他觉得非常惊异。

"这跟我们完全两样,"安田说,"我们从年初到年终都在舰上,而且大多是在海上。我们有许许多多训练的机会。"

"你是怎样加入海军的呢?"沃耶沃金问。

安田说明士兵中只有半数是义务兵,他们服役四年,还有八年是预备兵。其余全是志愿兵,大都是沿海做买卖的或捕鱼的。最好的专业兵大多是志愿兵,而那些最勤勉的和最优秀的在经过必要的考试之后,便可以成为士官。当然,这种野心能够得到满足的并不多,但却吸引了许多人加入海军,并鼓励他们从事研究。

"我说这倒是一个好办法哩。"沃耶沃金水手长说。

"是的,在俄国海军中,要是他是士兵出身,即使是个天才,他也没有升为小军官的希望,"巴克拉诺夫说,忧郁地摇着头,"像我们这样愚蠢的政府,活该吃败仗。"

我们还晓得在日本海军里,当局常常竭力用高薪去吸引那些最优秀的射手再服役。一场海战之所以能胜利,毕竟大半是靠良好的炮击技术。他们的做法显然是正确的。此外,日本又把最好的炮手分到他们最重要的战舰上去,所以战舰和装甲巡洋舰的炮击比舰队里的二等舰要准得多。但是我们这方面,第二太平洋舰队虽然企图在获得日本海的制海权上起决定性作用,但操纵各新式战舰上的大炮的却全是一些新兵和后备兵。俄国海军当局从未想到抽调黑海舰队的最优秀的炮手来代替他们。如果做到这一点,日本人给我们这么一个悲惨结局的程度也许可以大大减轻。

"你既然是个一等射手,我想当你服役期满之后,还会再服役吧?"我对安田说。

"不,我已厌倦了,我要回俄国去。"

"为什么呢?"

"我已发明了一种浆领子的新方法。这是一个秘密,也许,我可以靠这弄到一大笔钱。"

我注视着他，心里想：

"炮击我们某一艘舱舰并使几百个生灵跟它一起沉没的，也许是你某一发瞄得很准的炮弹。而现在，当我望着你的时候，我看到的却是一个矮小的、又一次装着烟斗的人——脸上带着世上最最天真的微笑的人！"

在两三天前，他那对曾从事那可怕任务的、锐利的黑眼睛，现在若有所思地注视着渐渐暗淡起来的远处。他心里正做着一个和战争毫无关系的梦。

五月十七日早上过后，野本舰长请沃耶沃金水手长到他的私舱去。

"早安，水手长。"他说。

沃耶沃金几乎不相信自己的耳朵，因为舰长说的是俄语。他迟缓地用俄语回答：

"早安，舰长阁下。"

"您在我舰上过得怎么样？"舰长问，缓缓地小心选择俄语的词语。

"很舒服，阁下，谢谢您。"

"伙食有什么不合口味的吗？"

"伙食非常好，舰长阁下。我们只有一个麻烦，没有汤匙。我们不晓得怎样用筷子，所以只得用手指把饭菜扒到嘴里。"

野本不禁笑了起来。

"恐怕你们现在还得忍受一下。我们没有想到俄国人会投降，不然，我们一定会带许多匙子来。可是你们一上岸就有了。"

沃耶沃金有点气愤，因为他觉得被人嘲笑了。但野本还继续问他"奥里约"号上死伤多少人——多少人死亡，又多少人受伤。水手长小心起来，恐怕野本会问到许多他不应泄露的事情。然而，舰长并没有只问这事，他接着说：

"今天早上杨格舰长被葬在海里。"

"我们知道他受了致命的重伤，阁下。"

"他是一个好舰长吗？"

"是的,阁下,他的士兵都很喜欢他。"

野本垂下眼睛,好像在追忆往事一样,接着就说:

"是的,我认识杨格,他是一个好人,他被打死了,我确实感到遗憾。"

"我冒昧地说,舰长阁下,如果杨格舰长没有受到致命伤,您恐怕不会同他相遇的。"

"为什么呢?"

"他怕不会投降,阁下。因为他是一个个性刚强的人,他会把军舰沉掉,以身殉职。"

野木那相当老的脸上现出窘态。他注视着沃耶沃金,就像一只猫注视一只故意让它逃开一会儿的老鼠似的。他粗鲁地说:

"您可以走了!"

沃耶沃金一回来,就把他和野本的谈话告诉我。我们绞尽脑汁思索着野本在什么时候和什么地方认识杨格。我曾听见我们的一位军官说杨格曾娶过一个日本女人,甚至跟她生了一个孩子。他就是在那些日子里遇到野本的吗?

不,我后来听到了确实的情况。在海程中,杨格舰长经常写信给他的妹妹苏菲亚·维克托罗娃·华斯特洛沙勃琳娜。这些信大多充满着忧郁的预言和第二太平洋舰队那不幸海程的凄惨的记载。但在某一封信中,时间是一九〇五年一月五日,舰长非常轻松地写道:

"我听说过去住在俄罗斯的海军武官参赞伊凡·伊凡诺维奇·诺莫托[1],就是你曾在斯拉夫安卡我们家里见到过的那个人,现在是一艘日本巡洋舰的舰长了。要是我能叫这个恶棍投降的话,那倒是很有趣的。"

杨格错了。野本上校不是一艘巡洋舰的舰长,而是一艘精锐的战舰

---

[1] 伊凡·伊凡诺维奇·诺莫托,就是"朝日"号舰长野本。诺莫托是日语"野本"的音译。——译者

"朝日"号的舰长。而杨格呢，他反而和自己指挥的军舰一起成了俘虏，并且恰好落在野本上校手中。

当我们看见日本海岸的时候，炮长安田跑过来，带着微笑告诉我：

"你们的中将卢杰斯特温斯基已成为俘虏了，现在和他的幕僚们在一起。"

我对这日本人瞪着眼问道：

"在什么时候？什么地方？经过是怎样的？"

安田没有回答这些问题，却说：

"战争马上就要结束了！"

他中止了谈话，说他有事，匆匆走到下甲板去。

这消息马上由我传给了我的伙伴们，可是他们没有一个相信，他们愤怒地喊道。

"你的亚洲朋友在撒谎。"

"我们知道卢杰斯特温斯基是一个该死的笨蛋，但说到投降，他是死也不会下这决心的。"

"即使他的舰快要沉没了，他还是要向东乡元帅挥起他的拳头的，他会同战舰一起沉没的。"

"卢杰斯特温斯基尽管有各种过错，但总是一个宁肯自杀而决不让日本人俘虏的人。"

正午，在我们就要驶进舞鹤军港之前，我们这些战俘在前甲板上整队。不久，我们就听到了巨锚抛落的声音。在我们的生活中，新的篇章打开了。

我们知道，我们各舰的投降完全是由于尼波加托夫盲目地遵从舰队总司令官的命令：不管什么情况，始终朝北二十三度东的航路驶去。如果在五月十四日的海战之后，俄国舰队残存的各舰放弃了继续走老路的打算，那么，日本的胜利就不会那样惊人。这一点，只要看从一本《日本海大海战》的官方著作中援引的话就可明白：

"五月廿八日(即俄国旧历五月十五日)的作战计划同上一天的差不多是相同的……

"运气有利于我们的哨戒巡洋舰,它们马上用无线电发出俄国舰队继续前进的信号……我们海军的作战行动原先以为可能遇到困难,现在因而大为方便……

"我们的舰队只等待敌军的到来。这样,他们终于把脑袋钻进我们给他们安排好的圈套中来了。"[1]

---

[1] 引自乌拉基米尔·谢苗诺夫的俄译本一九一一年乌尔夫版,第二十九至三十页。——译者

第三章

牺牲不能挽救惨败

一

两艘驱逐舰"迷惑"号和"凶暴"号排水量都是三百五十吨，都有四烟囱，都油漆成黑色，跟莎士比亚的《错误的喜剧》中那一对孪生的商船很相像。在对马海战的那一天，他们的任务发生了混乱。就五月十四日日本海上的结局来说，是悲惨的，但它也有可喜的一面。

尼古拉·瓦西里耶维奇·巴拉诺夫中校是"迷惑"号的舰长，他五十岁不到，但因为身体健康，看起来比他的年纪要轻得多，是一个"海兵团"的军官，他衣着整洁而模样凶狠。他有一部光滑的、从底下分开的大胡子，卷曲的头发从前额梳到后边，这些特点跟他那圆圆的眼睛、平坦的前额、颤动的鼻孔，以及他的高身材、阔肩膀非常相称。当他向上级报告时，他做得很老练，很有演戏的味道。他被认为是一个个性很强、做事果断的人。人们一见到他就会说：

"这是一个不管遇到什么事情都不会晕头转向的指挥官!"

卢杰斯特温斯基很器重巴拉诺夫,后者的小舰经常保持得很整洁,中将很喜欢提到他,把他作为其他各舰舰长应当仿效的榜样。"迷惑"号充当旗舰的哨舰,并接到在战时跟随"苏沃洛夫"号的特殊命令。因此,如果旗舰损坏得无可补救时,中将和他的参谋人员便可以逃到这艘驱逐舰上来。

那些很了解巴拉诺夫的人并不认为他有什么才能。在他管辖下的人看来,他离英雄还远得很。他在海战中的行为,知道他过去的人也是比较容易了解的。

他的学识比人差,当他终于升为准尉的时候,已不是一个青年了。他对工作的细节很少了解,把大炮和鱼雷看作是奇异的、神秘的东西。虽然他已升为中校,但当他奉命指挥"迷惑"号时,他还要花整整一个冬天在费里波夫斯基上尉的指导下学习航海的法则。他从未打开过一本书,甚至连一本俄国文学名著的书名也不晓得,他认为读书对军官是最最危险的传播革命的方式。

他是一个富人,在圣彼得堡有座漂亮的房子。在塞斯特罗列茨克又有一座海滨别墅。可是尽管他很富裕,他真的吝啬得无法形容。当驱逐舰停泊在塞得港时,他的军官置办了许多只值几卢布一套的白斜纹制服和制裤,但巴拉诺夫不愿花这笔钱。可是他却买了二万支坏透了的阿比西尼亚香烟,每一千支价格只有四法郎。在经过热带的海程中,他为了省钱,只穿黑制服。他和小贩一样,为几个铜板可以花几个钟头讨价还价。结果,任何一次与巴拉诺夫的金钱往来,都使他的下属非常厌恶他,他总是要为几个铜板争论不休。

离开克里特岛时,发生了一件使"迷惑"号的军官和士兵永远不会忘记的事情。那时候"迷惑"号和"纯洁"号并排航行。后者的一只小艇因为超载,在港内倾覆了,有九个人淹在水里。"纯洁"号要求巴拉诺夫援助,但他坚决拒绝放下小艇,九个人最终淹死了。军官们非常气

愤,一个准尉不顾军纪,对他的长官说:

"你放弃了一个海员对自己同伴们的最大义务,你的铁石心肠叫我失望,而且,除此之外,我知道你是一个恶棍。"

巴拉诺夫只好耸耸肩膀,傲慢地把身子转过去。

在驱逐舰上,他时常是不到中午不起床。他从未给自己的军官们以任何有关操练、实习或别的什么训令。当他在地中海游弋的时候,一年半中,"迷惑"号只在贝尔他湖进行过一次炮术和鱼雷的演习。因此,这舰是完全不适于作战的,但这没有使巴拉诺夫不安,他乐于站在甲板上,用最高的声音喊道:

"我要我的军舰跟御艇一样熠熠闪亮。"

他懒惰得令人难以相信,连稍微花点力气的事都懒得做。他时常在军官中间诉苦:

"我实在太孤单了,没有一个人肯帮我做事情。"

他不晓得怎样管理军舰,时常要花二十分钟或半个小时才能收起锚链。事实上,他并不是一个海员。

他心胸狭窄而又愚蠢,最关心的是升官和发财。然而,说来奇怪,他又有别的一项兴趣——幻想他自己是一个发明家。他要做出些震惊世界的发明,而且由于谈起这些事情,烦得军官们有苦难言。

驱逐舰上的每个人就像憎恨毒物那样憎恨自己的舰长。

军官们对他的态度,下面便是两个例子:

"他只配指挥一条拖船,哪能指挥一艘军舰。"

"我希望不再受这恶棍的管辖,他真玷污了他所穿的制服。"

"迷惑"号上水兵们所受的待遇,跟做奴隶般的桨手差不多。巴拉诺夫体力过人,打水兵时,常常凶狠得把他们打倒在地。诉苦是不可能的,所以士兵们只得在同伴中间发泄心中的怨恨:

"'阁下',真的,咱们应当叫他'屁下'!"

"他是中将的跟班。"

"如果卢杰斯特温斯基说,'我没有刷靴的刷子',巴拉诺夫就会把他的胡子送给他!"

总而言之,他是一个残酷的、不诚实的、无道德的人,不但没有一点责任感,甚至连一点儿服务的理想也没有。这样的军官怎能被提拔呢?他怎能把御乘快艇"北极星"号的副艇长这职位保持两年呢?的确,舰队里这样的人绝不止他一个,他们不但不会因无能和懒惰而被撤职,相反,勋章像雨点一样赐给他们。巴拉诺夫有五枚俄国勋章、七枚外国勋章,其中有一枚是日本的旭日勋章。

他的儿子巴拉诺夫准尉这时候正在战舰"亚历山大三世"号上服役。准尉是一个高身材、瘦削的青年人。他正直可靠,有一双无邪的眼睛,无须的脸上时常因羞赧而泛着红晕。他刚从海军士官武备学校毕业,热烈地期待着生活将给他带来美好的东西。但当他遇见父亲时,他时常很不愉快。有一次,在"迷惑"号的餐厅里吃饭,他问一个军官:

"为什么你们谁也不喜欢我爹呢?"

军官们狼狈地互相瞧瞧,没有人回答他。

在巴拉诺夫指挥下,"迷惑"号平安地驶抵对马海峡了。在全航程中,中将无时无刻不把他的被监护者看作一个堪为模范的军官。可是到了五月十四日,司令官就痛心地对他感到失望了。

在纵阵前头的"苏沃洛夫"号用它左舷的炮开火了。日本舰队马上报以疯狂的炮轰。如事先布置的一样,驱逐舰"迷惑"号和巡洋舰"珍珠"号都在旗舰的右舷,相距约四链。

当危险看来并不严重的时候,巴拉诺夫始终坚守着自己的岗位,昂着头在舰桥上来回走着。海风吹拂着他的美髯,吹乱了他的头发。可是当一发炮弹刚落在驱逐舰的近旁,把水花溅到舰上来时,他就马上惊惶起来,把头缩进肩膀中间,跑到他认为炮弹打不到的地方去。

当"奥斯里亚比亚"号即将沉没的时候,"迷惑"号正在它的旁边。海里满是从注定要倾覆的战舰上跳下海去的人们。巴拉诺夫不是竭力去援救他们，反而全速逃离"奥斯里亚比亚"号。许多军官和水兵对这种行为发出低声的异议，有人冒险说得更明白些：

"为什么我们不救救我们的伙伴们？"

"要是我们沉没了呢？"

"为什么？人家甚至还竭力去营救敌人呢！"

巴拉诺夫不敢不听自己下属的话，终于把驱逐舰驶回来，可是已经太迟了。"奥斯里亚比亚"号已沉入海底。在出事的时候，离得更远的"凶暴"号和"勇敢"号早已迅速驶到此地，救起那些未死的人。然而"迷惑"号要救的话，也许还有几个人能救上来。可是现在日本人已向驱逐舰开炮了，因此巴拉诺夫再次逃离了，连一个人也没救起来。他自己似乎非常高兴，并且用这样的话来缓和局面：

"可惜我们到得太迟了。不过，把浑身湿透的人当作客人救上来是非常讨厌的，我们还要把房间分给他们。"

不久，受了重创的"亚历山大三世"号离开了战列。巴拉诺夫假装把它当作"苏沃洛夫"号，把舰靠近它。接着他就放弃了伪装，喊道：

"'亚历山大三世'号，喂！你们可以叫准尉巴拉诺夫到甲板上来吗？他的父亲要看他。"

没有人回答他。那弹痕累累、上层建筑大半已经毁坏的战舰正在燃烧。舰上每一个身体完好的人都在救火。

巴拉诺夫要求用旗号报告他儿子的消息，但仍然没有回答。炮弹开始落在"迷惑"号的近旁，可以听到人们发出的愤怒的声音：

"他们不救起'奥斯里亚比亚'号的人，现在却在这儿无谓地拼命！"

司令官被迫发出了"迷惑"号应加入巡洋舰战队的命令。他的军官们第一次看到他困惑起来。他惯常的镇定消失了，眼睛充满了痛苦的神情。海风吹拂着他那丝一样的胡子，时而拂到这边，时而拂到那边，同时他的脸孔因激动而布满了皱纹。他时时注视那战舰，他那注定死亡的儿子正囚禁在那儿。

一整天"迷惑"号从未驶近旗舰。它没开过炮，也没放过鱼雷，舰身连一丁点儿伤痕也没有。

傍晚，两艘驱逐舰"迷惑"号和"威严"号驶在一级巡洋舰"德米特里·顿斯科依"号的后边。天已黑了，但远处重炮的轰响声和炮弹的爆炸声都可以听见，机关枪的"哒哒"声也听得清楚。探照灯开始照射了。当三舰一并前进的时候，"迷惑"号驶在巡洋舰稍右的地方，巴拉诺夫向他的下属说：

"不管什么情况，别离开'顿斯科依'号，紧紧跟着它，它是我们的保护者。"

突然，在离"迷惑"号三四链的地方，从暗处冲出一艘军舰，并向它开炮。

"老天啊，这是怎么回事？"巴拉诺夫嚷了起来。

那是一级巡洋舰"弗拉基米尔·蒙诺马赫"号，它错把"迷惑"号当作敌方的驱逐舰。幸好，没有造成损伤。

当危险过去之后，巴拉诺夫方才清醒过来。在舰桥的岗位上，他老是不停地叱责道：

"靠近'顿斯科依'号，要不然，它会把我们当作日本军舰的。"

那夜没有发生意外地就过去了。

二

驱逐舰"凶暴"号的舰长尼古拉·尼古拉耶维奇·科洛梅伊采夫跟巴拉诺夫是完全不同类型的人。他三十八岁，身子又瘦又高，正直而又活泼。他的容貌的特点，在护照上一定会这样显露出来：眼睛灰色而锐利，前额饱满，鼻子窄而直，嘴小，唇紧抿，口髭两端向上翘起，胡子小而剪成方形。这是海军军官普遍的外表,但科洛梅伊采夫却是一个有不屈不挠的意志、有非凡的勇气和临大难而泰然的人。他是有教养的,懂得几种外语,据说,还是英国海军传统的爱慕者。他曾到一些遥远的地方去航行。战前,当破冰船"依尔马克"号归他管理的时候,他已显出自己是一个优秀的指挥者了。

一九〇〇年俄罗斯科学院组织过一个科学远征队到北冰洋新西伯利亚群岛去探险勘察。这支远征队在托尔男爵指挥之下,乘着快船"霞光"号,于六月离开圣彼得堡,周航了斯堪的纳维亚半岛后,朝摩尔曼沿岸驶去。三个月后,快船驶过了尤戈尔海峡,进入喀拉海,又再往东行,到了泰梅尔半岛。这里离切柳斯金角不远,"霞光"号便给冻住了,不得不准备在这冰封地带度过冬天。

科洛梅伊采夫是远征队的队员。在初冬的时候,他帮助托尔男爵乘着狗拉雪橇去勘察海岸,随即这两个人便争吵起来,而且觉得这么生活在一起是难以忍受的。这两个人既然是谁也不让谁,结果科洛梅伊采夫决定离开"霞光"号。一个名叫拉斯托古耶夫的哥萨克人愿意陪伴他。他们决定到哥恰卡村去,这是最近的一个居民点,距离约五百公里,位于叶尼塞河岸。要到达那儿,这两个人不得不绕过雪堆,爬过雪山,面对许多别的危险。北极的冬天是一片冰天雪地,在北极三个月的黑夜里,大地是一块广漠而冻结的荒原。他们遇到的唯一生物就是几只饥饿的野兽。有时充满了阴森可怖的黑暗,那时这两个冒险者为了躲过这大风暴,只好在雪地上爬行。科洛梅伊采夫的伙伴们认为这是发疯的行为,是注定要送命的。因此,当这两个勇士动身之后两天又回到"霞光"号来的时候,船员们的宽慰是难以形容的。托尔男爵是一个"你听我的"类型的人,现在得意扬扬了,但他得意得早了些。科洛梅伊采夫是回来拿他的煤油炉的棒针的,休息了几小时以后,他和那个哥萨克人又起程了——结果,他们安全地到达了哥恰卡村。

在"凶暴"号上,舰长保持严格而又合理的军纪。首先,他坚持自己的下属应当完全胜任海上的工作，对他们进行使用各种机械的训练，时常举行炮术演习和鱼雷教练，还要他们准确奉行他的命令。因此，这艘驱逐舰成为一个极优秀的战斗单位。

科洛梅伊采夫是一个有独立气质的人，他从不向那些高官们低头，而这不肯谄媚的顽强性格使得总司令官厌恶他。卢杰斯特温斯基从未放过嘲弄"凶暴"号的机会，他以使用和它的名字相关的字眼来显露自己的机智。因此，他时常扬起这样的信号：

"跟过去一样，'凶暴'号又凶暴地驶向前去，破坏纵阵的阵形。"

当舰队在马达加斯加窖港的时候，科洛梅伊采夫染上了黄热病。驱逐舰里既没有医生和熟练的看护，又没有病房，因此舰长把责任交给了副舰长，自己搬到医院船去了。他照例向参谋部请了病假。因此，中将在当天的命令里这样说：

"'凶暴'号的舰长卑劣地放弃了自己的军舰，以致该舰没有人管理。"

这时候，科洛梅伊采夫正躺在病床上，发烧达四十度。

但在对马海战中，当勇敢正受到严峻的考验，而夸耀已不再值钱的时候，两个舰长——巴拉诺夫和科洛梅伊采夫的命运却成了尖锐的对比。

上面已说过，在"迷惑"号逃走时，"凶暴"号如何迅速地驶去援救"奥斯里亚比亚"号的船员。当时，站在驱逐舰舰桥上的科洛梅伊采夫清楚地下达命令：

"放下划艇！抛救生圈！"

它的长官和士兵都受过良好的训练，因此这必要的工作做得迅速、利落。落水的人们围在驱逐舰的周围，而敌人还在继续轰击。"凶暴"号船员们的耳畔响起了刺耳的呼叫声。不幸遭难的人们抓住了救生圈，同时一只由两个水兵划着，并由赫拉勃罗-瓦西里耶夫斯基准尉巧妙地把舵的小艇，尽量救起许多在救生圈抛不到的地方的人们。

在这时候,驱逐舰"勇敢"号也赶上来,帮忙搭救。

"凶暴"号甲板上随即挤满了从水的坟墓里救出来的人们——几乎不相信他们能够逃生的人们。他们中间有几个军官,其中之一是头部受伤的航务参谋上尉奥西波夫。

舰队已驶到远远的地方去了。攻击我们后卫各舰的日本巡洋舰,同时向从事援救"奥斯里亚比亚"号的幸存者的各驱逐舰发出猛烈的炮火。已经到了必须驶离的时候了,科洛梅伊采夫用传声筒向赫拉勃罗-瓦西里耶夫斯基准尉喊道:

"我们应当开走了,尽快上舰来!"

这时候,已经离开现场的"勇敢"号的后樯被轰断了。

"凶暴"号在漂浮的、破碎的东西中间行驶着,它右舷的螺旋推进器立刻受到损害。几分钟后,左舷的螺旋推进器又给一条附在"奥斯里亚比亚"号断了的主樯上的钢丝绳绊住。因此驱逐舰完全不能开动。轮机师丹尼连科以杂技演员的敏捷从轮机舱冲到舰尾来,侧身靠向舰外,马上找出了发生事故的原因。在这种情况下,一个人是需要极大的胆量来保持他的镇定的。驱逐舰给绊住了,好像它将跟舰上所有的生灵同归于尽似的。丹尼连科要求舰长反转右舷的机器。结果钢丝绳松开了,有几个人在舰上用钩篙把它捞上来砍断,螺旋推进器得救了,机器又开动了。

同时,划艇已靠拢了,"奥斯里亚比亚"号最后一批船员登上了驱逐舰。但是,要吊起那只小艇已经来不及,不得不把它扔下。

"凶暴"号一边不断向敌人开炮,一边以最高时速追赶舰队,这时候伴送它的却是四个已没时间加以援救的船员发出的悲惨叫声。如再耽搁,可能就带来那二百零四个已得救的人的毁灭。("勇敢"号并没有救起这么多人。)

但是,还有一个在漂荡着,那是死人,不是活人,是费尔克让少将的死尸。它用薄铝片密封着,里面的空气不仅能使那个棺材和尸体漂浮在海面上，而且还救了一个水兵的命。这个水兵紧抱住它，因此他的头能伸出水面。这个人给捞上来了，那口棺材仍在海上漂荡着，好像这已故的少将已决心注视这个舰队的命运似的。

"凶暴"号紧跟在我们各巡洋舰的后头，立即看见在右舷远处有一艘喷着火焰的战舰。烟囱和樯桅都已失去了，但机器还在开动，并且朝南驶去。西南风正吹散着那笼罩在它左舷船梁和后舰桥上的团团烟雾。

"难道它是'苏沃洛夫'号吗？"科洛梅伊采夫用变了调的声音问。

所有的双筒望远镜都朝向那艘燃烧着的废舰望去。

"我想一定是它。"赫拉勃罗-瓦西里耶夫斯基准尉说。

"可是如果是它，为什么'迷惑'号不在它旁边呢？"

"有另一艘靠近它，就我看到的，那是工厂船'堪察加'号。"

"凶暴"号转向那两艘舰驶去。在这时候，敌人的装甲巡洋舰已在东南面出现，这艘驱逐舰看来肯定要遭难。

科洛梅伊采夫舰长开始不大相信，他正朝它驶去的那艘被毁的军舰就是俄国旗舰的残骸。只是到了驶近的时候，他方才接受那可怕的结论，它确实是旗舰"苏沃洛夫"号。他马上想到那个给舰队舍弃了的卢杰斯特温斯基总司令官一定还在舰上，被困在火焰、死尸和大堆的碎铁片中间。不管如何危险，也顾不了敌人的炮弹，他朝那燃烧着的巨舰驶去。随即就看见了右舷的六英寸炮塔，从炮塔里走出一个人来，用他的双臂打信号：

"移载中将！"

"苏沃洛夫"号的机器停止了。只有它巨大的装甲的舰身还保留着原先的形状。此外，就是出现了无数个洞孔，一堆堆碎铁和破烂。它的油漆全都烧焦。后部十二英寸炮塔已给轰掉，钢甲的碎片散落在甲板上。别的炮塔炮身都卡住不动，遭到了损坏，不能使用。炮甲板上的大炮也都哑了。大火在敌人的炮火还来不及毁掉的地方大肆吞噬着。

现在，"凶暴"号已驶到可以呼闻的距离。六英寸炮塔边站着的左西尔准尉向舰长喊道：

"我们所有的小艇全毁了，'迷惑'号从未驶近我们来。中将已经受伤，不管如何危险，你们一定要移载他。"

"很好。但我们也没有小艇。在营救'奥斯里亚比亚'号船员的时候，我舍弃了它，唯一的办法就是靠近战舰。"

这是非常困难的。虽然处在"苏沃洛夫"号的下风，海浪比较平稳，但火焰和烟柱却从各个洞孔里喷出来，而在左边，驱逐舰又有敌人炮击的危险。因此，显然只能驶到舰的下风，即右舷这边来。

科洛梅伊采夫在日本炮弹的轰隆声中发出命令：

"士兵们挂起吊铺和被单，以此用作碰垫物！"

"凶暴"号敏捷地靠近去，停下机器，紧贴战舰。当这事完成的时候（驱逐舰为此受到一点损伤），左西尔准尉便喊道：

"中将在右舷前部炮塔里，我们马上把他送来。"

说比做容易！炮塔的门已给压坏了，不能够敞开，而中将身材又很高大，搬运他的炮长们无礼地、好像把他当作一袋马铃薯那样对待他。他们抓着他的手臂和双腿，随便地拖着走，竭力把他从那窄缝里弄出来。他痛苦地呻吟着，而等到被拖出来时，受伤的卢杰斯特温斯基中将早已昏过去了。

在这时间内，"凶暴"号耐心地等待着，它的薄钢板随时都有被战舰的厚钢甲撞坏的危险。炮弹陆续落在它的近旁，激起巨大的水柱。科洛梅伊采夫是晓得他在竭力营救中将和他的参谋人员时所冒的危险的。他的舰随时都可能沉没，连同他的全部船员和刚从"奥斯里亚比亚"号救上来的、嘴边还留着海水咸味的人们。这些可怜的人早已受够了炮击，又淹没过一回。每次，当一颗炮弹爆炸时，他们便都紧缩着头，浑身颤抖。他们苍白的面孔和失神的眼睛显露出各人内心最深邃的感情，但科洛梅伊采夫中校仍然十分镇定，等候着事变的到来。

离"苏沃洛夫"号不远的是工厂船"堪察加"号，卢杰斯特温斯基曾给它起过一个绰号叫"肮脏的洗衣婆"。在这时候,一发炮弹轰去了它的一个烟囱。

最后,一些抬着受伤中将的军官和水兵从旗舰甲板上那堆冒烟的废墟中出现了。他们抬着的人已不再是那个全舰队在他面前发抖的暴君了,他实在是一个可怜的鬼怪。他的制服已给撕破,沾上泥土和烟炱,一只脚蹬着靴子,另一只脚裹着一条毛巾。血污沾在他的脸上,大半的胡子已被烧掉。时间紧迫,趁驱逐舰的甲板和战舰的甲板相靠的一瞬间,搬运者便抬着他从后者的甲板上移到前者的甲板上。清醒之后,卢杰斯特温斯基睁开眼睛,注视着新的环境。他的眼睛因惊奇而睁大。救他的正是那个在全舰队中最受他憎恶的人。科洛梅伊采夫中校凝视着他的首领,带着一种也许是得意中掺和着怜悯的表情。但这种互相对视只持续了几秒钟,总司令官随即给带到舰长室去了。

克拉比尔-德-科隆上校、航务参谋上尉费里波夫斯基和别的许多参谋部的人员也移到驱逐舰上。此外,还有十六个水兵也趁乱跳了上去。克拉比尔-德-科隆对那个仍然站在"苏沃洛夫"号甲板上的左西尔准尉问道:

"你不跟我们来吗?"

"不,阁下,"左西尔回答,"我留在舰上。"

差不多有九百个船员,其中大半或死或伤,仍留在舰上,因为小小的驱逐舰怎能接纳这么多的人呢?被舍弃的士兵们绝望地望着那些抛弃了他们的长官,不晓得会不会派别的舰来救他们。

在移载中将的整个时间里,"凶暴"号得到"苏沃洛夫"号的保护,大大地避开了敌人的炮火。可是刚一脱离它的保护,日本的炮击就马上凶猛起来。一发炮弹在舰首近旁的海面上炸开来,有一块弹片击中驱逐舰水线上的某处,打死了"奥斯里亚比亚"号上的一个水手长。

"苏沃洛夫"号舰上的军官都已被打死或负伤,只有左西尔一个人例外。当"凶暴"号驶离的时候,他阴郁地返回自己的暗炮塔里,那里

有一门六英寸炮还可以使用。

一小时内,驱逐舰已驶过了巡洋舰战队,由克拉比尔-德-科隆下令,它扬起了如下的旗号:

"卢杰斯特温斯基中将将指挥权移交给尼波加托夫少将。"

接着,他又命令驱逐舰"纯洁"号追上"尼古拉一世"号,通知尼波加托夫少将,现在舰队的指挥权已委托给他了。

这是在对马海战中卢杰斯特温斯基所发出的第二道命令,也是最后一道命令。

一个名叫库季诺夫的手术室的侍者给卢杰斯特温斯基施了急救包扎。他身上有几处受伤,右锁骨下面、右臀部、左足踝和前额。最后这一伤势最重,可是他仍然很清醒。科洛梅伊采夫中校和参谋部的军官到他的舱房里去看他,他询问各人对战斗有什么印象,还做出他个人的评语。当问他有关舰队行驶的线路时,他回答道:

"我们必须驶向海参崴。"

"凶暴"号驶在前头,后面是巡洋舰"斯维特朗纳"号、"蒙诺马赫"号、"瑶玉"号和"顿斯科依"号。暮色随即降临了,战队分散开来。"凶暴"号有一个时候能望见"顿斯科依"号,也一样能望见两艘和它同级的驱逐舰,但不久之后,竟连后两艘也看不见了。

因此,"凶暴"号只能单独行动,在海浪中颠簸。它熄灭了灯火,以一半的时速在黑暗中前进。越来越明显,它已很难继续前进。清水贮藏池已经破裂,汽锅只能引入海水。在这种情形下,其中有一个汽锅已不能使用,因此就不能再有充足的蒸汽。煤也越来越少,看起来,很难有到达海参崴的希望。此外,日本军舰还在跟踪,他们的炮击只是暂时中断一下罢了。

刚过了午夜,舰长决定询问参谋部的意见。他走下去,进入克拉比尔-德-科隆和费里波夫斯基休息的餐厅,唤醒他们,把情况汇报了一遍。

"依我的意见，"他接着说，"只有一个办法，让驱逐舰靠岸，抬下中将和船员，把舰炸毁。我想，如果我们遭遇日本军舰，为了拯救中将起见，我们就不应回击，而只能挂起白旗要求谈判。"

谢苗诺夫中校发表了同样的意见，他说：

"注意到这驱逐舰已没有作为战斗单位的价值时，这办法更有充分的理由。舰上已挤满了许多负伤的和搭救上来的人。如果我们挂起红十字旗，说我们是一只医院船，那实际上也不是言过其实！"

"也许是，不过在没有与中将商议之前，我们不能做出任何这一类的决定。"克拉比尔-德-科隆说。

科洛梅伊采夫也无条件地主张应同中将商量。

因此，费里波夫斯基、克拉比尔-德-科隆和科洛梅伊采夫一起走到卢杰斯特温斯基的舱房去。科洛梅伊采夫碰了碰那伤者的手，我们的中将睁开眼睛。费里波夫斯基把情况叙说一遍，并反复申述他的意见，如果遇到敌人，那么除投降之外，没有别的办法。

曾经是这么一个狠斗者的中将，现在谦逊地回答说：

"你们别为我操心，只要你们认为是最好的办法，你们就办吧。"

总参谋部的军官从最有利于他们各人的安全那一方面来解释中将所说的话，并进行了一番热烈的讨论。科洛梅伊采夫中校则返回舰桥去，了解自己的军官们对这有什么意见。当时那些在餐厅里的人对拯救中将的生命最为关心——因为这样也就救了他们自己。但困难的是，要得到科洛梅伊采夫的同意，因为他坚持要有一张书面的命令。他们怎敢给他一张书面的投降命令呢？科洛梅伊采夫享有勇敢的名声，同时他对中将和他的参谋部还有一笔旧账要算，因为他在海程中遭受了许多屈辱。他甚至可能要把他们拘禁起来，因为那些打算把他的舰交给敌军的人，将因此而不能行使他们的职权。当他们看见"凶暴"号的军官，一个名叫伏尔姆的矮胖的家伙，就叫他拿一块白床单，并要他把床单交给在舰桥上的舰长。

"那是什么意思?"科洛梅伊采夫恶狠狠地问。

"参谋部决定,如果你遇到日本军舰时,要你把这当作一面白旗挂上去。"伏尔姆上尉回答。

科洛梅伊采夫脾气发作了,喊道:

"他们在演一场悲喜剧啊,我可不参加。我指挥一艘俄国战舰,中将又在我的掌管之下,我决不会由我个人主动投降的。"

他从伏尔姆手里抢过那面床单,把它丢在海里,向他说:

"去跟他们要一张书面命令来,然后我们才能考虑怎么办。"

当伏尔姆返回餐厅的时候,参谋部的军官们早已睡了——也许,他们当中有几个是假睡。但他终于把他们叫醒,把舰长的意见告诉他们,他们没有回答。

这时候,那被舍弃了的舰队遇到了什么呢?似乎没有一个人关心这个问题。也没有谁惦记"苏沃洛夫"号,好几百人被丢弃在那艘正在燃烧的残舰上。他们希望参谋部的军官或许会记住他们,派一艘军舰来搭救他们。但参谋部的军官只想着他们自己活命的机会,把他们的义务忘得干干净净。

后来我们晓得了旗舰的可怕命运。差不多在晚上七点钟,它遭受了一队日本驱逐舰的袭击,它们急速地朝它驶去,像一群猛犬扑向一只垂死的狮子,但这狮子还能够抵抗。坚守自己岗位的左西尔准尉很好地运用了他的六英寸炮,因此有一个时候能够逼得日本人不敢驶近。敌人绕过战舰,从另一方面驶近它。于是他们放出鱼雷。"苏沃洛夫"号差不多同时中了三或四个鱼雷,冒出高高的火焰,好像展开一双金色的翅膀,并腾起一片黄色的和黑色的烟云,接着就沉没了。

没有一个人幸免于难。

几分钟后就轮到了"堪察加"号。因为它和旗舰相距只有五链。这工厂船曾竭力用它所有的几门四十七毫米炮来保卫自己和"苏沃洛夫"号。但接着一发大口径炮弹在它船首水线下的地方炸了开来,它也就跟着"苏沃洛夫"号沉下去了。

这工厂船的船员主要是志愿兵——熟练的工人。他们中有几个给敌人打捞起来。

三

双烟囱的一级巡洋舰"德米特里·顿斯科依"号排水量六千二百吨,装有两部复胀式蒸汽机,是在一八八五年下水的,当时它差不多每小时能够行驶十七海里。可是现在,过了二十年(这样的军舰,在德国海军中早就报废了),它的机器已磨损得那样厉害,以致最高的时速只有十三海里。就大炮来说,也是过时了的东西,照卢杰斯特温斯基的意见,它只配担负海港的防卫工作。

当苦难的时间到来时,它被派去护送运输船队。在五月十四日的海战中,"德米特里·顿斯科依"号始终谨慎地执行着自己的职责。不论什么时候,只要环境需要,它那六门六英寸炮和六门一百二十毫米炮就立即加入整个舰队的炮击。

可是刚一开炮,它的舵轮马上就发生故障。舰长列别杰夫上校就请他的副手鲍罗辛中校去调查出了什么毛病。他非常和蔼地说:

"康斯坦丁·普拉托诺维奇,本舰舵轮不听使唤,请你马上到后舰桥去,就在那里把守舵轮吧。"

"好的,阁下。"副舰长说着,奉命走去。

鲍罗辛是一个四十三岁、精力饱满的胖子,他那圆圆的、晒黑的脸孔上蓄着一部楔形的胡子,在淡黄色的唇髭上面长着一条大鼻子。他那冷冷的灰眼睛闪露出智慧的光芒,因为他已开始秃发,所以前额看起来分外高。

他为人拘谨而认真,要求部下要有同样的美德。在海军学院里,他以数学家出名。后来被任命为天文学、数学和海军地方志等科的教授。他的学生因为他严格而怕他,但又因他那镇静的性格而敬佩他。他担任了"顿斯科依"号的副舰长,他尽环境所许可地保持了本舰的清洁和整齐。虽然在军官餐室里他是一个好朋友,但在执勤的时候却不宽容。他喜欢跟鱼雷科和炮术科的军官们讨论他们的任务的特点,有时一谈就好几小时。作为一个带兵的人,士兵们都怕他,因为他有特别出色的记忆力,他不但能记住他管辖下的每一个人的名字,而且知道他们各人过去的生活和各自的特性。头脑冷静、性格坚定、果断——这些都是他最显著的特性,而这些也许说明了他家庭生活的怪诞的性质。当他升至上尉官衔的时候,他追求起一个年轻的妇人,可是一经发现某种矛盾,他就改心换意,和这妇人的母亲结了婚,他成为一个极其难得的好丈夫。

列别杰夫舰长比他的副手大十二岁左右,是跟他完全不同类型的人。他既高又瘦,留有一部楔形的胡子,颞颥上的头发已经斑白,在弯弯的双眉下面有一对灵活的黑眼睛。他不重视法规的条文,对任何人都率直地、愉快地交谈。他是一个完全胜任的指挥官,为人自重,完全不是那种向上级巴结讨好的人。因此他就不适于在俄罗斯海军中生活——尽管这种生活的外表很漂亮,它已给因循守旧所腐蚀。列别杰夫不能忍受那种生活,在他晋升到上尉之后,他抛弃委任状到国外去了。由于没有私产,他不得不尽其所能地设法度日。他在法国做了好几个月的装货工人,这样,他就熟悉了一个体力劳动者的各种艰苦生活,幸而他的痛苦得到了幸福的家庭生活的调剂,因为他娶了一个法国女工,她给他生了两个孩子。几年之后,贫穷迫得他又回到俄国,重新加入海军。在俄日大战爆发之前不久,他已擢升为舰长了。在海程中,虽然他表现得比他的大多数同僚胜任得多,但卢杰斯特温斯基因他的顽强的独立性而憎恶他,从未错过一个责备他的机会。总司令官时常这样说:

"扬起信号,责备那个可恶的自由主义者!"

列别杰夫不是一个恭顺地接受这种待遇的人,在跟他的军官们的谈话中,他时带无礼地这样说到中将:

"毫无办法,因为那家伙肩上有两只老鹰。但是谁都知道,这些鸟是时常栖息在臭肉上的。"

对马海战开战后半小时内,列别杰夫已知道我们俄国舰队是完了。他时常跑出司令塔走到前舰上,所以能亲自观察海战的各个方面,看见旗舰燃烧起来,看见"亚历山大三世"号起火,也看见"奥斯里亚比亚"号沉没。舰队的瞄准是很差的,而它的运动更糟得令人难堪。可是当他被派去保护运输船时,他更气得发火。他指着那些运输船高喊道:

"它们又不是战舰,只是一堆漂浮的'老锡锅子'。总司令官为什么要叫它们跟在舰队后面呢?为了保护他们,又把我们的许多巡洋舰从整个的战斗力中划出来!"

这些"老锡锅子"正成为敌方没有参加主力战的二级军舰的引诱物。在日本的炮火之下,各运输船挤在各巡洋舰中间,破坏了它们前进的战列,又逼迫它们几次三番地改变航路,否则相互就要发生碰撞。"顿斯科依"号时而朝左,时而朝右,无目的地由此到彼、由彼到此地摇摆着。因而也就不能很好地使用它们的炮。而日本方面恰好相反,他们发出了无数命中的炮弹。

列别杰夫看出了俄国最后战胜的希望已经破灭,它的大半军舰也必将沉没在对马岛附近的日本海中。他并不缺乏勇气,但是现在就是用最最拼命的勇敢精神,也挽救不了这败局了。

副舰长鲍罗辛坚守在后舰桥上,干他被派定的工作,在修理舵轮时,他始终没离开自己的岗位。

那一天,"顿斯科依"号射出了一千五百多发炮弹,可是日本人并不理会它,只集中火力轰击那些新的巡洋舰。因此,它舰上只起过一次火,随即就被扑灭了,船员受伤的只有八个人。

入夜，舰队的残余像遭遇一场风暴那样分散开来，有些因为失去了旗舰，独自在茫茫的海上漂荡，不晓得应当驶向什么地方。"顿斯科依"号的情况就是这样。夜色越来越浓了，巡洋舰驶向北十度东。许多惊恐的事情发生了，好几次"顿斯科依"号必须击退鱼雷的袭击。接着，"蒙诺马赫"号为避开日本的驱逐舰，向"顿斯科依"号直冲过来，幸好后者猛然左转弯，方才避免了一场惨祸。可是在跟着这移动而引起的混乱中，它已受到了"斯维特朗纳"号和我们别的一些军舰的炮击。一发从霍齐屈斯机关炮[1]发出的炮弹落进了军官餐室，幸好没有爆炸。"顿斯科依"号随即错把它们当作敌舰，向自己的几艘军舰开炮。瞭望员不时地高喊：

"右舷有驱逐舰！"

"左舷有驱逐舰！"

"敌舰在右舷正面！"

火光的闪耀，大炮的轰隆声，炮弹的吼叫，这些使黑夜显得非常可怖。

过了不短的时间，这熄灯行驶的巡洋舰方才逃出那混战的地带。

"我们现在朝什么航线走呢？"

在前舰桥上召集的临时军事会议上，列别杰夫舰长提出了这个问题，没有等待回答，他使用他惯常的生动的语调接下去说：

"我们应当跟着恩奎斯特的战队。但少将必定要离开我们，向西南面逃去，因为他所有的军舰，像'阿芙乐尔'号、'奥列格'号、'珍珠'号都是比我们速度快的新式巡洋舰。我们是一直紧跟它们的，要是我们这些老舰跟不上它们，这不是我们的过错。我觉得，我们去找它们是徒劳的。"

"那么，让我们驶到海参崴去。"有几个军官说。

---

[1] 霍齐屈斯机关炮是十九世纪美国霍齐屈斯所发明的，故由此得名。——译者

"是的，我想我们只有这条路了。"舰长回答。

继续讨论了一会儿之后，这提议得到了全体的同意。

午夜一点钟，天气晴朗，北极星遥遥在望，方位能够测定了。接着又测出"顿斯科依"号是在朝鲜海峡北四十五海里，已经驶到广阔的日本海来了。它的航路是北二十三度东。但是许多人还惶惶不安，因为有三艘无法辨认的驱逐舰正在巡洋舰的后头，必须留心观察，各炮也做好立刻开炮的准备。夜晚过得很慢，日本方面企图用无线电通讯进行联络，但"顿斯科依"号马上用它的通讯设备干扰它。

黎明，希望出现了。在"顿斯科依"号后面的驱逐舰根本不是日本的，而是我们的"迷惑"号和"威严"号。我们的人在各舰桥上和上甲板上亲切地遥望他们，好像它们是巡洋舰的两个孩子似的。

一个目光非常锐利的瞭望员，对他的长官说：

"它们就是昨天晚上跟着我们的，阁下。我已看清楚了，现在一点可疑的地方也没有了。"

鲍罗辛把帽子推到后脑勺，露出了他的大鼻子，他习以为常地对自己的舰长说：

"也许是的。不过我可以赌咒，依凡·尼古拉耶维奇，夜里在我们后面的舰一共是三艘，现在只剩下两艘了，第三艘究竟到哪里去了呢？"

列别杰夫马上回答道：

"唉，那没有多大关系，要紧的是周围看不到敌舰，我们有驶到海参崴的机会了。"

东面，在日本海的上空，天迅速地越来越亮。没有云彩，也没有烟雾，宁静的海水映照着粉红色的曙光。现在海平线上有一缕黑烟出现了。哪一条舰驶来了呢？"迷惑"号随即用信号把刚由无线电收到的电讯通知"顿斯科依"号：

"请缓速等待'凶暴'号，它要移载将军。"

四

在前天傍晚，当卢杰斯特温斯基中将已在"凶暴"号舰上的时候，巴拉诺夫接到了寻找旗舰和援救参谋部人员的命令。那命令的确通知它必须去援救那些或许尚留在将沉的废舰上的参谋部军官。但巴拉诺夫以为，它暗示中将是在"苏沃洛夫"号上，因为他不知道中将早已被救出来了。当然，"迷惑"号没有找到旗舰，因为它的舰长不愿舍弃各轻型巡洋舰所能给予它的保护。在黑暗中和它们脱离接触之后，它就紧跟"顿斯科依"号，一直到天亮。因此五月十五日早上发出的"移载将军"的命令对他是极大的震动。命令中没有提到将军的名字，是卢杰斯特温斯基还是尼波加托夫？抑或是费尔克让（上面已说过，他的死对舰队是保密的）呢？无论如何，这无线电发来的命令引起了胆小的巴拉诺夫的惊愕。要是这当真是总司令官，他该怎么办呢？他十分激动地在舰桥上来回地奔跑，一边嚷嚷道：

"多么倒霉啊！要是这是尼波加托夫或是费尔克让，那还不算怎样坏，但也许他是中将呢？啊，我希望不是卢杰斯特温斯基。"

"凶暴"号现在迅速驶近巡洋舰"顿斯科依"号和两艘驱逐舰"迷惑"号、"威严"号。

科洛梅伊采夫舰长走下去，到负伤的中将躺着的地方，对他说：

"阁下，那是我的义务，我应当报告您：本舰的机器已经毁坏，汽锅被沉淀物堵塞，煤也差不多用完了。就我看来，简直没有驶抵我们军港的希望。在这种情形下，我向阁下请示，究竟您是否愿意移到'顿斯科依'号上去？"

中将好像害怕遇到科洛梅伊采夫的目光，垂下阴郁的眼睛，低声回答道：

"'顿斯科依'号有驱逐舰伴随吗？"

"有的，阁下。有'迷惑'号和'威严'号。"

经过一番思索之后，卢杰斯特温斯基说：

"那么，我想还是移到'迷惑'号去。自然，假使它不缺煤，而且机器也完好的话。"

"我去查问一下，阁下。"

科洛梅伊采夫回到舰桥上。

当"迷惑"号驶到很近的距离时，他就高声问道：

"你们还有多少煤，你们一小时能开多少海里？"

巴拉诺夫问了他的轮机师伊里尤托维奇之后，就高声回答。

"我共有四十九吨煤，就最经济的时速来说，够开四十八小时。我们每小时可以行驶二十五海里。"

"要多少时间才驶到海参崴？"

"三十六小时。"

他们又用同样的问题询问了"威严"号，回答也同样满意。无论如何，参谋部军官以中将为首决定移到"迷惑"号去。所有四舰都把机器停了，缓缓地在海浪中摇摆着。接到了传声筒发出的命令之后，"顿斯科依"号放下了汽艇和划艇。划艇马上划到"凶暴"号去搭载中将和参谋人员，但花了整整一小时才把中将移载过去。同时汽艇也已驶近驱逐舰的另一边，把从"奥斯里亚比亚"号上救出来的人员移到巡洋舰上，使"凶暴"号不至于过挤。

一直站在舰桥上的巴拉诺夫，眼睛紧贴在他的望远镜上，越来越激动了。到了九点，划艇离开"凶暴"号驶向"迷惑"号来。再没有怀疑的余地了，它运载的是中将卢杰斯特温斯基，他正躺在一只担架上。因为他扎了绷带，所以很难认出来，但是他的参谋人员正伴随着他。克拉比尔-德-科隆上校和航务总参谋费里波夫斯基上尉头上都扎着绷带，还有谢苗诺夫中校、克日扎诺夫斯基高级参谋上尉和别的人员。巴拉诺夫跑到升降梯去，仿佛恶魔在追赶他。当他企图讷讷请罪的时候，他的脸孔时而苍白时而通红。他心里想，不管卢杰斯特温斯基以前对他多么好，他永远也不会宽恕自己昨天狡谲地开了小差。就是假装他早先以为总司令官已经死了，也是徒然的。现在，中将还活着，他从担架上注视着巴拉诺夫，好像想着出他那没有信义的灵魂的秘密似的。

桨手划着桨，指挥该艇的格尔涅特准尉问中将说：

"阁下，对'顿斯科依'号有什么吩咐？"

卢杰斯特温斯基坚决地回答：

"驶向海参崴。"

当他被抬到驱逐舰上去的时候，列昂季耶夫对那些抬着他的人说：

"小心点，弟兄们，别忘了你们抬的是中将，而且他身上有几处受了伤。"

巴拉诺夫抚摸着他那光滑的胡子，深深地吸了一口气，挺起胸脯笔直站着。他像一只惶恐的恶狗那样畏缩，他那敬礼的手在发抖，但他的恐惧很快就消失了。中将虽然虚弱，但在别的环境中，在别的时间，他总会给一个不听从命令的舰长一顿凶狠的责骂的。而现在，他心里完全没有这种念头。他亲切地向巴拉诺夫举起手。

"中校，"他说，"他们昨天给我们很不小的打击，是不是？"

巴拉诺夫给这种偏爱感动了，吻着卢杰斯特温斯基的手，回答道：

"是的，阁下，我们真的挨打了。不过，感谢上帝，阁下，您还很健康。"

"迷惑"号的水兵们不声不响地注视着。

在二十四小时以前，同样是这些人，一见到他就会怕得瘫软下去，可是现在仗打败了，这个舍弃了败北的舰队的总司令官已经一文不值了。人们惊奇地、后悔地注视着他，好像对他们过去竟遵从这么一个可怜的家伙感到惊讶，他们对中将的敬礼只给予冷淡的回答，同时有几个人低声说：

"我们希望阁下早点恢复健康。"

卢杰斯特温斯基给移到一张布床上，这样抬到舰长室去比较容易些。就在这时候，巴拉诺夫一个人冲上前去，对水兵们说：

"你们谁也不要动中将阁下，我要亲自扶他上床。"

卢杰斯特温斯基刚好安顿停当，从"顿斯科依"号上来的军医特扎麦斯基就到了。

"迷惑"号朝北驶去，并扬起信号：

"'威严'号跟随本舰！"

可是"威严"号的舰长安德杰夫斯基中校不理睬他，认为他的辈分比巴拉诺夫高。巴拉诺夫扬起第二次信号：

"'威严'号，你们现在在干什么？"

"没有干什么。"安德杰夫斯基回答。

接着，因为不晓得这旗号是什么意思，他就把舰驶近"迷惑"号，用信号问道："你的命令是什么意思？是谁发出的？"

"迷惑"号也用旗号回答："我们舰上载着负伤的卢杰斯特温斯基中将，还有参谋部的大部分人员。我们正朝海参崴驶去，如果煤不够，就开到波谢特去。跟随我们，保持你们的煤烟不会模糊我们的眼睛那样的距离。"

这样，"威严"号就远远地跟在"迷惑"号的后边。

"顿斯科依"号和"凶暴"号在原地停了一会儿，把从"奥斯里亚比亚"号上救出的人从后舰移到前舰去，但移载的事情马上非停止不可了，因为几条可疑的烟柱已在海平线上出现。"顿斯科依"号又收起它的小艇，跟"凶暴"号一起朝北驶去。这时候，"迷惑"号和"威严"号都已远到仅现出船樯，要赶上它们是不可能的了。总参谋部一到"迷惑"号舰上，马上就提出这个问题：

"你们舰上有白旗吗？"

后来，要确定谁是首先要白旗的人已不可能。巴拉诺夫说是航务参谋上尉费里波夫斯基；根据准尉奥勃里延-德-拉西所说，这问题盖由克拉比尔-德-科隆提出的；而按照某操舵员和某勤务兵说来，是卢杰斯特温斯基本人提出的。大概，他们三个人全存着了那个念头，因而各自都提出了那个问题。

巴拉诺夫早就认识费里波夫斯基，上面已经说过，后者曾把航海的法规教授给他。这两人现在当着奥勃里延准尉的面讨论白旗的问题。奥勃里延是一个二十岁的青年人，有少女似的脸孔和贵族的派头。他很不配当海员，但很富有，照他自己的话说来，他是爱尔兰国王的嫡裔。自然，很久以前在鲜绿岛[1]上有过许多"王"，但在别的地方，这样的"王"只被人称为酋长而已。

巴拉诺夫中校给这场关于白旗的谈话弄得有点困惑不解。费里波夫斯基就说明在离开"凶暴"号之前，总参谋部为挽救中将的性命，早已决定不战而降，要是遇到敌人的话。

"哦，很对！我跟你的想法完全相同。"巴拉诺夫回答，抚摸着他的胡子，好像刚接到一封擢升的公文那样愉快地微笑着。

驱逐舰上找不到白旗，因此奥勃里延准尉提议用白桌布或是白被单代替。这提议不合巴拉诺夫的胃口，他用专横的口气说：

"太小！大桌布更合适些。"

奥勃里延-德-拉西以青年人的不在意的态度接受了舰长的纠正，而且愉快地、毫不踌躇地给瞭望兵西比利夫一道命令：

"赶快到军官餐室去找出一块大桌布来，装好它当一面白旗。"

"可是我们真的想投降吗？阁下。"非常惊讶的西比利夫问。

准尉做个鬼脸，回答道：

"是中将的命令啊，兄弟。我们在做准备，以防万一。"

这些准备投降的消息迅速传遍全舰。水兵们非常热烈地讨论这个计划，其中有一些人怎么也不相信。水手长丘达科夫，一个高大强壮、有

---

[1]"鲜绿岛"即爱尔兰。——译者

一部褐色胡子的人，一面握紧拳头，一面高声吼叫，说他要揍任何一个传播这谣言的人。

"别着急啊，老乡，"他的伙伴们说，"你听到的是军官们在舰桥上说的呀！"

有几个士兵发问了，无论如何，这是问得非常合理的：

"现在连一只小小的日本鱼雷艇都看不见，我们究竟准备向谁投降？"

这是真的，除了我们自己，海面上是一片渺茫。率直而真诚的人可以料想这驱逐舰是会到达最终目的地的。但他们不知道，就在上面，在舰桥上，正在执行着保证我们与日本人会合的计划。航务参谋上尉费里波夫斯基在航海图上靠近郁陵岛右边的地方画了一条航线。两艘驱逐舰都要依这路线航行。准尉杰姆钦斯基冒险提出自己的意见。

"这岛上也许有一个信号站，那么日本人就会看见我们，并派出舰队来追赶。我们不能离这个岛远一点吗？"

费里波夫斯基显然感到烦恼，皱着眉头说：

"我们只有走这条路才不会缺煤。这是最短和最直的一条航线。"

准尉没有办法，只好回答：

"不错，阁下，我没有考虑到这一点。"

巴拉诺夫和参谋部的军官在反复商议了之后，决定坚持他们的计划。他们到轮机舱请轮机师伊里尤托维奇来，问他"迷惑"号最经济的速度是多少，并要他把火封起来。接着，他们不是尽可能驶出危险地带，反而把时速减为十二海里。

看起来似乎中将和他的属员们不想驶到海参崴去，觉察出他的同僚们秘密的想法的，只有总参谋部的一个部员：鱼雷上尉维切斯洛夫。他对这件事十分气愤。他是一个受士兵尊敬的人，是一个天才的青年作家，并有进步的思想。巴拉诺夫中校憎恨他，因为他对士兵很亲切，并且时常和他们谈到许多和勤务完全无关的事情。高个子、阔肩膀、肤色黝黑、有着非常显著的特色的维切斯洛夫，现在正无所适从地在驱逐舰上徘徊，好像失去了一生中什么最宝贵的东西似的。跟参谋部别的军官交谈的时候，他逼着他们说明为什么中将要到"迷惑"号上来。他们说"凶暴"号的情况很糟，并且缺煤。

"那么，为什么不到'威严'号上去呢？"

不仅克拉比尔-德-科隆和费里波夫斯基，就是参谋部里别的军官也全都不能够坦率地回答这么一个问题。维切斯洛夫遇见了轮机师伊里尤托维奇，维切斯洛夫毫不掩饰自己的怀疑，说：

"使我疑惑的是这一点：巴拉诺夫实际上已背叛了卢杰斯特温斯基中将。在海战中，他始终没有驶近旗舰。虽然旗舰受了那么可怕的打击，并且着了火，然而晓得这一切的中将还是选定到'迷惑'号上来。你怎样解释这件事呢？"

"依我的看法，解释的理由是：首领们都知道，要干见不得人的勾当，巴拉诺夫是一个最合适的帮手。是的，他们要干见不得人的勾当，一种我们大家都卷进去而又没有力量摆脱的见不得人的勾当。"

另一个技工走过来，谈话就中止了。

在午饭之前，情况还没有转变。两艘驱逐舰以十二海里的时速朝北二十三度东驶去。海平线上很清朗，毫无日本舰队的痕迹。参谋部的各个人员似乎失望了。克日扎诺夫斯基和列昂季耶夫两个上尉，因不习惯驱逐舰剧烈的颠簸都晕船了。别的人则躺下来睡觉。现在已没有为中将担心的必要，医生刚说过他的热度已降到了摄氏三十七度五。

下午维切斯洛夫上尉值日。差不多三点钟的时候，瞭望员报告后面有烟柱出现。维切斯洛夫马上告诉巴拉诺夫。驱逐舰上混乱起来了。参谋部的军官和"迷惑"号的军官都走上舰桥来，双筒望远镜和望远镜全向那些烟柱望去。它们像云朵一样渐渐飘近，越显越大，它们预示着什么呢？当时没有一个人能说出来。

五

"德米特里·顿斯科依"号和"凶暴"号两舰,以它们所能操纵的最高时速朝北向海参崴驶去。开始的时候,"凶暴"号在"顿斯科依"号的左舷正面,相距约五链。后来它渐渐落在后面了。"凶暴"号上的机器出故障了,发出一种奇怪的叫声。伙夫和轮机师们竭尽了全力,还不能够使通常每分钟旋转三百五十次的机器保持每分钟一百三十次。

科洛梅伊采夫舰长平常总是挺起胸脯,现在却垂着头,佝偻着身子,为痛苦的思想所苦恼。他已经有二十四小时没有睡觉了,他被不断受到的困苦夺去了脸上的生气,他的鼻子似乎也瘦小了。在炎热的太阳底下海浪微微起伏。一切好像沉寂而又平静,然而心却处在惶惶不安之中。他那炯炯有神的灰眼睛望着巡洋舰超越他。他该怎么办?要是他乘着一艘废舰停留在海上,那将会毫无目的地牺牲他的船员的生命。做出一些决定是必要的,他请来了轮机师丹尼连科,强抑制住自己的感情,用威严的调子问道:

"如果我们有足够的煤,你以为机器能否维持到我们到达海参崴吗?换句话说,我们应当通知'顿斯科依'号停下来给我们一点煤呢,还是这只是浪费时间的事情?请你直爽地告诉我。"

丹尼连科悲伤地注视自己的上级,他的脸孔给汗珠和煤屑弄脏了,衣衫也很褴褛。

"阁下,"他回答,"我没经过彻底的调查——这在船坞外简直是不可能的,我以为我们的机器已不能再用多久了。至于汽锅,也一样,快完蛋了。第四号的已完全不能使用,因为汽管的交接处漏气。"

因此,科洛梅伊采夫召集了一个军事会议,参加的不只是他的属员,从"奥斯里亚比亚"号上救起的军官也都出席。经过一番讨论之后，决定唯一的办法是移到"顿斯科依"号上去，然后沉没"凶暴"号，以免落入敌人手中。

两分钟后，舰长喊叫道：

"扬起'本舰遭难'的信号！"

在军官和士兵忧郁的视线下，这旗升上了主樯。这块在风中飘扬着的布片表示，本驱逐舰已奄奄一息，要求僚舰给予救助。全体保持静默，舰长激动地抚摸着他那亚麻色的胡子。

"顿斯科依"号转了弯，机器缓了下来，接着就停止了。"凶暴"号靠在它旁边，在两舰长之间进行了一次简单的对话之后，转载开始了。这是早上十一点钟后的事。

到了中午，只有三个人留在舰上，科洛梅伊采夫、武姆上尉和秋利京水手长。他们做了一切爆破"凶暴"号的必要准备工作，然后放下一只小艇，坐着小艇到安全的地方去——这时候驱逐舰当然已给巡洋舰抛弃了。结果，火药没有点着。为了节省时间，就决定由"顿斯科依"号开炮击沉"凶暴"号。

舰长和他的两名助手登上巡洋舰。巡洋舰的炮手们给一门六英寸炮装上了炮弹。射程约一链半。第一发炮弹没打中，第二发和第三发也一样，"凶暴"号依然完整无损。

士兵们开始发牢骚了：

"我说，我们的炮手们瞄准得多么蹩脚啊！"

"要是他们要把痰吐在过道上，也是吐不中的！"

"这只能叫人猜想，好像谁给驱逐舰施了魔法啦！"

从他在舰桥的岗位上注视着这炮击的列别杰夫舰长，当第四发和第五发炮弹又跟前几发一样打不中的时候，他非常恼怒：

"这是可怕的！这是可耻的！"他喊道，"谁都会这样想，我们的海军是该诅咒的，理由是我们一向没有认真进行炮术演习。"

鲍罗辛中校不禁这样说：

"我曾好几次跟我们的炮术专家谈起这件事,而且时常告诉他们说,他们还没有教会炮手们准确地瞄准自己的大炮。"

可是列别杰夫打断他的话头:

"该骂的不是这一组或是那一组的炮术专家,病根更深哩,整个俄国海军的组织是腐败的。"

第六发和第七发炮弹打中了驱逐舰,但只有第八发才有力地击中它的舰首。舰首缓缓地沉了下去,后来就更加迅速,直到最后,它的螺旋推进器就高高地突出在海面上。而那求救的信号还在樯桅上飘扬着,好像决心去探索海的深处一般,它终于沉入海里去了。

在全面的海战之后随即发生的这一偶然事件,擦亮了每个人的眼睛。虽然并不是重要的,但它本身说明了我们落后的舰队的实质——进行检阅和仪式反而比实际作战更为注重,以致结果,我们的炮手竟打不中一个差不多是在一箭之远的静止的炮标。这些就是卢杰斯特温斯基学派的,也就是给予中将那么一个光荣业绩的学派的炮手。我们怎么能够打中并毁坏在黑夜里以每小时二十五海里的速度航行的日本驱逐舰呢?更不必说击中四十链之外的敌方大战舰了。我们只是浪费炮弹罢了。

"顿斯科依"号独自离开,恢复它向北的航路。如果它不是因为遇到"迷惑"号和"凶暴"号而耽搁了五个钟头的话,它大概也许走成了。但这几次的延搁决定了它的另一种命运。

早上出现了几艘日本驱逐舰,但它们随即消失了,它们大概是在寻找自己的援军。太阳过了中天。士兵们饭后休息,随后喝了茶。下午四点,郁陵岛在左舷舰首出现了。这是一个耸立在水面上的峻峭的山尖,几乎没有合适的锚地,离海参崴四百海里。四周没有什么可疑的东西,海平线上清明如拭。一种平静和亲切的声音在舰上出现了,大伙都渴望能保持这种气氛,甚至军官们在发令的时候,也用缓和的声调。他们似乎是舰上友好的大家庭成员,全都满怀着再看看故乡这唯一的愿望。人们的企求以如下的话表现出来:

"只要我们在天黑以前看不到日本人，这就表示我们已经脱险了。"

"要是能踏上俄国的国土就好啦！我要把它当作亲娘亲吻它。"

但这平静的气氛两小时后就消失了，苦痛随即代替了它。

首先，烟柱在右舷出现了。维尔康准尉马上爬到前桅顶台上去，以便瞭望得更清楚些。辨认不出的舰艇越驶越近。"顿斯科依"号全体船员走上甲板，军官们不断从舰桥上大声询问维尔康，起先的回答是含糊的。

"那么，你看出了什么呢？"

"也许，是我们舰队的某些舰只。"

"是恩奎斯特的战队吧，你看是不是？"

"还不能说定，实在太远了。"

最后，他发出了一阵失望的叫声：

"它们是日本军舰，一点也没错。"

这些话是维尔康准尉用少年的清脆声音说出来的，但在舰上听起来显得沉重，并且打断了快乐的明天的梦想。甲板上有着不安的骚动，还有士兵们之间由舰首到舰尾的嗡嗡的谈话声。有些人互相凝视，好像不晓得他们当中哪一些人将要在这场新来的战斗中被打死或被打伤似的。刚刚从海里救上来的"奥斯里亚比亚"号的船员们也在想象他们又要尝海水的咸味了。

列别杰夫舰长把帽子推到脑后，对前桅顶台上那年轻的军官叱问道：

"维尔康准尉，你绝对认定那些是日本军舰吗？"

"是的，阁下，一点也没错。四艘巡洋舰和三艘驱逐舰。"

舰长下令把舵左转，但已经太晚了。敌人早已认出了"顿斯科依"号，所有各舰全赶上来了。随即，两艘三烟囱的巡洋舰在左舷出现了，把气压增加到最大限度的命令发出了，伙夫和机匠使尽了他们的力气，他们把油泼进炉里，以增加燃烧。不幸，在昨天的战争中已受损害的第五号汽锅现在竟不能使用。时速只增加了一会儿,接着就明显地慢了下来。敌舰缓缓地、但紧紧地追赶着巡洋舰,交战是不能避免的了。

舰桥上又召集了一次军事会议。这次参加的人比较少,因为事态实在过分紧迫。列别杰夫舰长询问鲍罗辛中校、斯塔尔克、吉尔斯、杜尔诺沃等上尉(都是他自己的人员)和从"奥斯里亚比亚"号救上来的阿西波夫航务参谋上尉各人,当前"顿斯科依"号需要什么对策?他们中有的想卸掉责任,含糊地说:

"我们似乎不能够给敌方以什么伤害,它们有六艘巡洋舰和几艘驱逐舰。"

"如果他们逼得我们无路可走,我们就只有战斗。"

所有的眼睛全看着舰长,好像能从他那里得到拯救似的。阿西波夫是唯一敢于发表自己真实意见的人。他那部灰色的大胡子翘起来,前额布满了皱纹,蓝色的眼睛睁得很大。他在舰桥上大踏步来回地边走边说:

"我们是这么绝望地屈居下风,我真不明白我们怎能应战?我们要同具有如此优势的敌人交战,就像用牙齿去咬断一条锚链一样。此外,请想一想几小时前发生的事情吧,我们打出八发炮弹,方才把一艘近在咫尺、里面又没有人的驱逐舰轰沉,这还不够说明我们的无能吗?就在昨天,虽然我们自己还没有身当炮火之冲,但目击了日本人炮火的可怕效果。你能够,哪怕是一刹那间,设想破旧不堪的'顿斯科依'号能好好地保护它自己吗?如果我们应战,它必定在十分钟内沉下去,为什么我们要徒然牺牲八百个船员的生命呢?"

列别杰夫舰长打断了阿西波夫激昂的演说,转身面向他的副舰长,用一种近乎耳语的声音说:

"我看,会议该结束了。"

鲍罗辛马上发出严厉的命令:

"诸位,当警报响了之后,你们最好离开舰桥,回各自的岗位上去。"

列别杰夫告诉操舵员径直驶往郁陵岛,接着向鲍罗辛副舰长说:

"既然这场力量悬殊的战斗的结局将是灾难性的,那我要把这巡洋舰毁在这岛的礁石上。"

六

"迷惑"号和"威严"号没增加时速,沿自己的航路继续行驶,那些无人知道的军舰正在很快追上来。郁陵岛在右方出现了,军官们正在驱逐舰的舰桥上交谈:

"它们一定是我们某些落在后面的巡洋舰。"

"没错!它们昨天和舰队分开了,现在正急于追赶舰队。"

"嗯,很可能,无论如何,它们的航路和我们的相同。"

维切斯洛夫忧郁地说:

"要是它们是日本的呢?"

费里波夫斯基立刻反驳道:

"日本军舰从来不是成双地,而是四艘合在一起行驶的。"

维切斯洛夫一点也不相信,说:

"我们最好还是准备应付一切意外,并且使另两个汽锅有足够的蒸汽。"

巴拉诺夫不同意,他说:

"慌什么?让我们等着看一看,它们是哪一方面的再说。要是果真是我们的巡洋舰,那么,我们的情况会更好。"

随后克拉比尔-德-科隆和巴拉诺夫就走下去看中将了。

后面那两艘单樯的舰的轮廓马上就变得清楚可见了。一分钟后,已经无可怀疑了,追赶的确实是日本的驱逐舰,第一艘有三个烟囱,第二艘则有四个烟囱。

"威严"号用旗号发出这样的信号：

"是敌人的驱逐舰！"

供给"迷惑"号机器的蒸汽仍然只用两个汽锅，轮机师发挥了自己的创造精神，使机器开到了它所能开到的最高时速。

决定性的瞬间已经来到，参谋部的人和巴拉诺夫都非常激动。为掩饰自己的真正意图，他们发出了许多互相矛盾的命令。他们请来了轮机师伊里尤托维奇，命令他道：

"另外两个汽锅烧足蒸汽！"

几分钟后，克拉比尔-德-科隆又把这命令撤销了。

接着巴拉诺夫又叫了司炉长伏罗比耶夫来，问他道：

"要得到另外两个汽锅的足够蒸汽，得花多少时间？"

"四十分钟，阁下。"

"要那么久吗？水不是还热着吗？"

"不，阁下，水早就凉了。"

"还有多少存煤？"

"很多，阁下，煤并不缺。"

"最好还是到煤舱里去看看再说，回头来向我报告，别忘记。"

"好的，阁下。"伏罗比耶夫回答，向煤舱走去。

在甲板上，他碰见了技师波波夫，向着舰桥点点头，低声说。

"他们故意把水搅浑。为什么他们不坦白说他们怕死呢？无论如何，这场战争我们是不需要的。"

"他们早就风声鹤唳了，老乡。我老早就知道了，但要是我们不战而降，整个俄国知道了此事，不免会哀伤吧！"

同时，信号兵们早已按照命令准备了一面作为白旗的白桌布，另一面上面缝了红布条充作红十字旗。

在舰桥上，军官们用解脱罪责的口气交谈着：

"说我们的'迷惑'号是一只医院船并不过分。"巴拉诺夫说,一面抚摸着他那部光滑的胡子,一面环视众人,表示了他对这荒谬的想法的肯定。

"对极了!对极了!"费里波夫斯基回答,点了点他那扎着绷带的头。他比别人显得镇定,但也不时摘下夹鼻眼镜来揩拭镜片,然后又安在他的大鼻子上,显出了他的激动。

"很明显,因为我们舰上有这么多伤员!"克拉比尔-德-科隆插嘴说,扬着黑眉毛。

"此外,主要的事情是司令官的病情经不起再来一场海战。"列昂季耶夫补充说。

他们说的并不是真心话,但他们还是用这样的心情继续谈下去,企图使自己相信,他们都是在讲真心话。他们中没有一个对这提出异议。依照国际法的条款,一艘医院船必须要有一些明显的、与战舰有区别的特殊标志,并且应在事前将这通知对方。而现在,一艘驱逐舰因为舰上有许多伤员而被改成为医院船,那么,参加昨天海战的每一艘战舰都可以按照这论据而要求"红十字"的保护了。

但是敌人没有心思等待。当俄国人正在装傻的时候,他们比早先驶近了两海里,现在不需要望远镜也能看出它们是日本的驱逐舰了。

轮机师伊里尤托维奇又被召到舰桥上来。

"弗拉基米尔·弗拉基米罗维奇,你要多少时间使另外两个汽锅有足够的蒸汽?"巴拉诺夫问。

"半小时,阁下。"

"好的,你尽快把蒸汽准备充足。"克拉比尔-德-科隆上校说。

伊里尤托维奇转身走开,但又给命令留住了。

"不,等一等。"

轮机师只转过头瞪着他的上级,毫不掩饰自己的愤怒和轻蔑。他晒黑的脸孔涨红了,眼睛怒睁着,威胁地注视着克拉比尔-德-科隆,而且毫不减轻粗暴的声调，叱问道：

"阁下，究竟要不要烧蒸汽？"

"好吧，就烧吧。"克拉比尔-德-科隆回答，声音低得像耳语一样。

克日扎诺夫斯基参谋上尉、特扎麦斯基军医和马克西莫夫准尉三人站在舰尾楼上，从军官餐室走出来的谢苗诺夫立即走到他们跟前，他们一起走到舰桥上去。谢苗诺夫中校是个矮胖的人，是舰队里最机灵的军官，有人甚至还说他狡猾，他有从最困难的局面中解脱自己的本事。虽然最先想到称"迷惑"号为"医院船"的正是他，但他不愿意和这不正当的投降有牵连。当信号兵们正要升起白旗和红十字旗的时候，他愤怒地询问每一个能听到他话的人：

"这究竟是怎么回事？为什么我们不全速驶上前去？"

他一边说，一边挥动着双臂，以引起别人注意，并且表明他是和这将要发生的事件没有关系的人。接着他就回军官餐室去，像十分疲乏似地躺了下去。

同时，"威严"号向"迷惑"号扬起请示的信号：

"我们该怎么办？"

"你们每小时能驶多少海里？"

"二十三海里。"

"驶到海参崴去！"

"为什么我们要不战而逃？"

最后这个问题始终没有得到回答。

日本驱逐舰队现已都在弹程之内了。

"威严"号全速航行并召集水兵应战。在"迷惑"号上，炮手们没有等待命令便走上岗位。丘达科夫水手长马上喊起来：

"别揭下炮衣！"

随后参谋部的军官们便从舰桥移到甲板上来。列昂季耶夫上尉从这门炮走到那门炮，一边喊着：

"一发炮弹也不许打！你们懂不懂我们必须救中将的生命？"

"你说什么呀，阁下？日本人要把咱们像一窝小狗那样葬到海底去呀！"

"他们没有权利轰沉我们，这驱逐舰已改为医院船了。"

参谋上尉费里波夫斯基用最动听的话语对士兵们说：

"我们必须拯救中将，对我们俄国来说，他比一艘驱逐舰有价值得多。"

克拉比尔-德-科隆补充说：

"一艘驱逐舰算什么！我们可以再造一艘新的，可是这样的中将是很难找到的。"

现在似乎已到了扬起那准备好的降旗的时候了。克拉比尔-德-科隆到了最后一刻才清醒过来，派列昂季耶夫去报告中将。他由茨维特·柯里亚金斯基准尉陪着，慌忙走到中将的舱室去，又迅速回来报告说：

"中将同意！"

于是白旗马上升上主樯去，红十字旗则挂在后樯上。接着，"迷惑"号还以国际信号发出这样的信号："舰上有伤员。"

"威严"号全速驶上前去。三烟囱的"阳炎"号[1]也以最高时速追赶它，随即那两艘都用尽全力驶去。另一艘四烟囱的日本驱逐舰"涟"号就向"迷惑"号开火，这事发生在下午三时二十五分，在郁陵岛西面五至六海里处。炮弹全没命中，有的过远，有的不及。"迷惑"号舰上慌乱起来了，奥勃里因-德-拉西准尉急忙跑进火舱去烧掉那些信号簿、航海图和秘密文件。巴拉诺夫发出"停机"的命令后，就大声叱责道：

"快把舰尾旗杆上的俄国旗降下来！"

列昂季耶夫和瞭望员通丘克冲到后舰桥去，立即把安德烈旗拽

---

[1] 日本两艘驱逐舰，一艘译音为"Kagro"，一艘译音为"Sazanama"。这里把前者译为"阳炎"号，后者译为"涟"号，不一定符合原名。——译者

下来。

巴拉诺夫蹲在一只通风筒后面,叫了起来:

"该死的,那些野种还在开炮,他们看不见我们的旗子吗?"

接着,他开始拉响汽笛,仿佛汽笛的哀叫声也许能打动日本人的心,使他们能宽恕一点似的。

跟"阳炎"号互相轰击的"威严"号已在远远的地方消失了。

最后,"涟"号停止了炮击,谨慎地驶近"迷惑"号,围着它的俘获物绕了一圈。船员们大声呼喊:

"万岁!万岁!万岁!"

轮机师伊里尤托维奇由机舱里跑出来,走近克拉比尔-德-科隆上校,虽然非常激动,但坚定地对他说:

"让我沉掉这艘驱逐舰,阁下。只消十分钟,它就会沉下去的,这样日本人就得不到它了。"

克拉比尔-德-科隆上校抓住头发,喊道:

"你说什么呀?你这恶棍,难道你想淹死中将不成?军医说他移动不得。"

在这之后不久,"涟"号马上放下一只小艇,直向"迷惑"号驶来。全体船员聚集在甲板上。照常抚摸着胡子的巴拉诺夫中校像枪杆子一样笔直地站在右舷升降梯的顶上。那个走上舰来的日本军官(后来我们晓得他是乡廷上尉[1],是"涟"号的舰长),当他一踏上甲板,他就拔剑出鞘。人们不禁得到了这样的印象,因大喜而发狂的他,马上要砍杀俘虏们了。大家全都惊讶地望着他,有些人更吓得浑身战抖,但是他用那柄剑并不是来做什么坏事的。他急忙大踏步地走到无线电天线那里,只几刀,就把它割断了。现在没有召唤援兵的可能了!同时,小艇上的士

---

[1] 译音是"Ayiba",照日本人姓名来说,可译为相叶、会叶,相场,也可译为乡廷。——译者

兵们已走到舰尾楼去，他们在那里悬起了日本的海军旗：白底布上画着一个太阳和一道道红色的光线。接着乡廷上尉把俄国士兵排列之后，用英语说道：

"现在我指挥这艘驱逐舰。"

参谋部的军官向他说明"迷惑"号投降的原因，但乡廷似乎不懂。已经消除了方才暂时的厌恶心情的谢苗诺夫中校现在神采飞扬，准备跟那日本人说笑了。他甚至想用日语与乡廷攀谈。乡廷注意地听着谢苗诺夫和别的军官的谈话，而当听到在他的俘虏中有卢杰斯特温斯基中将和海军参谋部全体幸存的军官时，他简直不相信自己的耳朵。他是一个像少年一样活泼的矮个子，他在一阵大笑中露出牙齿，而且为了表示他的狂喜，他"嗤嗤"地吸着气，好像从茶碟里喝着热茶似的。他发黄的、胡子刮得干干净净的脸上，有一双乌黑和闪亮的眼睛，现在显得欣喜若狂了。本来只希望俘获一艘驱逐舰，现在却已做出了惊人的战绩。他点着头，喘着气喊道：

"我要把你们的中将移到'涟'号上去。"

参谋部的军官恳求他不要这样做。

"中将阁下伤势很重，你的要求也许会使他送命的。"

经过一番辩论之后，乡廷上尉让步了，条件是四个高级人员移过去作为人质。接着，他急忙问道：

"可是你们的中将在哪儿？"

"在巴拉诺夫中校的舱房里。军医说千万不要惊扰他！"

"我不会惊扰他的，我向你们保证，可是我至少应当见一见他。"

知道了去路之后，乡廷上尉显出比东方人平常还要激动的神情，轻轻地走下通向舰尾舱室的扶梯。他推开了那扇舱门，中将躺在床上，仰望着他。他那疲乏的眼睛看见了那日本军官，但没有流露出惊讶和不安。乡廷跟来时一样小心，轻轻地关了门，踮着足尖离开了那儿。

几分钟后，克拉比尔-德-科隆通知卢杰斯特温斯基中将说，四个将移去作人质的军官要见见他。他穿着睡衣接见了他们。他的脸色非常苍白，胡子已经烧掉。他欠起身子，靠着枕头，双腿则放在床沿上。他缓缓地、颤抖地抬起扎着绷带的头，眼泪从暗淡的眼睛里淌了出来。他扭歪着嘴，喃喃地说：

"可怜的人！你们是我可怜的人！"

突然间，残酷而又无情的中将竟失声抽噎起来。这就像看到一只老狼在它过去一向胁迫的那群小狗中间掉下眼泪一样令人难以相信。军官们默默地注视着他，他拥抱他们，和他们告别。

乡廷上尉马上带着那四个人质离开了。"迷惑"号由日本驱逐舰拖着走。

七

日本战舰继续追赶"顿斯科依"号。现在情况已经清楚，攻击势必从左面的那两艘巡洋舰开始，因为它们比右面那些驶近得更快。形势越来越紧迫了，只有黑暗的到来才能使"顿斯科依"号得救，但夜色的降临还要相当长的时间。黎明之前，当受驱逐舰的胁迫时，"顿斯科依"号的船员们盼望太阳升起，现在他们却同样焦躁地盼望太阳落下——然而，黑夜却姗姗来迟，似乎连大自然也袒护日本人似的。

列别杰夫舰长要鱼雷上尉准备沉掉本舰（如果需要的话）所必需的一切安排。从"奥斯里亚比亚"号上救上来的两百个士兵和军官被送到下甲板去。他们都十分明白，倘若像"顿斯科依"号这样过于拥挤的军舰遭到不幸，他们会遇到什么事情。就是在"凶暴"号上，当冒着敌人的炮火将中将和参谋部军官从"苏沃洛夫"号移到驱逐舰上来的时候，他们也感受到了恐怖的心情。为什么他们会再次遭到这样的大难呢？现在他们脸色苍白、阴沉,走下楼梯,向分给他们的地方走去,全都像走进太平间一样。

副舰长鲍罗辛巡视一周,调查是否准备妥当之后又返回舰桥。"音羽"号和"新高"号以约四十链的弹程开火了。这时候是下午六点半,太阳就要落山了。

列别杰夫舰长丝毫不顾敌方的炮弹,正靠着舰桥的栏杆,陷入了深思。

"伊凡·尼古拉耶维奇,"鲍罗辛中校说,"我可以下'准备应战'的命令吗?"

舰长一动也不动,似乎没有听到问话。

鲍罗辛诧异地扬起眉毛,耸耸阔肩膀,又整了整他的帽子,更大声地重复了一遍:

"列别杰夫舰长,我可以发出'准备作战'的命令吗?"

挺起身来的舰长转身对着鲍罗辛,眼泪流到脸颊上。在落日的阳光下,泪水宛如许多闪耀的红珍珠。他握着鲍罗辛的手,低声地说:

"如果我万一遇到意外,请您照顾我的两个小女孩!"

这就是他所说的话。他心中回想起在遥远的俄国的家。

这个人,虽然是勇敢的,但已暂时忘记了他作为一艘行将应战的巡洋舰的舰长的责任,而只想着自己:一个离开了自己孩子的父亲,已注定要成为这场邪恶与愚蠢的战争的牺牲品。

鲍罗辛中校看出了这一点,便掌管起事务来,发出了必要的命令。喇叭吹响了,各就各位的战鼓也擂响了,左舷各炮开始发射。这时候"顿斯科依"号与郁陵岛的距离约二十海里。

日本军舰随即测准弹距,炮弹开始命中目标。有几发打中炮甲板,因此上层建筑遭受了严重的损坏。有好几个地方着了火,但立刻就被扑灭了。

"顿斯科依"号按舰长的命令,经常改变航路,曲折行驶,时而向左，时而向右。这方法扰乱了敌方的瞄准。不久，早已迅速驶近的右方各舰，也开始有效地打出它们的炮弹。后来我们晓得这是瓜生上将的战队，包括巡洋舰"浪速"号、"高千穗"号、"明石"号和"对马"号。因此"顿斯科依"号处在两面夹攻之下，形势更加危急。它损坏越来越大，伤亡人数也迅速增加，许多炮已经沉默了。

无论什么样的勇敢精神也不能拯救这巡洋舰，现在唯一的出路是能否在被击沉之前驶到岛上。

浴着落日的余晖，郁陵岛显得越来越大，好像正从海底浮上来一样。虽然相距还有十海里，但它看来已十分迫近，并以它的庄严和宁静吸引了船员，给他们以生命和一个安全的避难地。但是，如果本舰全速冲上礁石去，那么船员们又会遇到什么呢？谁能够有机会从由此而引起的不幸和骚乱中逃生呢？现在列别杰夫上校恢复了原来的精神状态，下定了决心。他身材高大，瘦削，站在司令塔里的军官和士兵中间，目光炯炯，表现出不可改变的自信神态。事实上，他早已选定了航路，这条航路使"顿斯科依"号不会被击沉，同时又不致落在敌人手中。在这个岛的尽东头的海面上，现在已是一片黑暗。如果它能够驶入这个地带，日本炮手就会失去准确性。然后，再借助这暂时的间歇，已完成了最后的义务的"顿斯科依"号便可以冲到花岗岩的礁石上去。到那时候，就没有一种创造力能够使它恢复成为一艘战舰了。

从"奥斯里亚比亚"号救上来的那些没有事干的人出现了无纪律的状况，并影响到了"顿斯科依"号上的船员，使命令难以执行。他们给昨天经历的危险吓昏了，差不多都成了狂人。打中了巡洋舰上指定给他们的那个地方的第一发炮弹又把他们搞乱了。他们不去扑灭大火，反而发出慌乱的叫喊，并冲到出口的扶梯。为制止他们奔跑，救火的皮带不得不转向他们。其中有几个人不知怎的竟跑到炮甲板去，像受惊的小兔一样东奔西突，随后就跳下海去，有的淹死，有的很快就被在水中爆炸的炮弹炸死。

科洛梅伊采夫中校虽然不是"顿斯科依"号的军官,但是他仍然参加该舰的工作,还帮忙扑灭了火灾。六英寸炮的备用炮弹着了火,接着许多碎片向四面飞去。有一块碎片杀死了一个正在操纵救火水管的班长。科洛梅伊采夫把那水管捡起来,终于把火扑灭了。这个曾指挥过"凶暴"号的人还在英勇搏斗,直到他的腰部受了重伤,不能活动为止。"凶暴"号的船员们也学他们舰长的样子,在环境需要时,他们就顶替了"顿斯科依"号的船员。

当副舰长正在甲板上时,有一个水手跑过来,气喘吁吁地对他说:

"阁下,舰长请您去。"

鲍罗辛马上走到司令塔,他发觉司令塔有一部分已经给敌方一发炮弹炸坏。塔内地板上满是鲜血。杜尔诺沃上尉像陷入了沉思一样侧身靠在壁上。在仔细观察之后,鲍罗辛中校看出上尉的头顶和帽子已经给削去,脑浆四下飞溅。操舵员波里亚科夫蜷缩在甲板上,好像竭力在保持温暖,但他也死了。吉尔斯上尉也是一样,他的腰部受创,内脏从伤口露出来,唯一活着的人是列别杰夫舰长。他忍着剧痛,咬紧牙齿,挺直身躯,想使巡洋舰保持航线。他的大腿已给炮弹碎片打伤,腿骨已给打碎。此外,还有几个地方给弹片打伤。现在,用一只脚站着,正竭尽全力把着舵,但他没有看出舵轮上的传动装置已经毁坏,因此巡洋舰自然地向右方直驶过去。当他一看见鲍罗辛,发青的嘴唇就动了动,低声说道:

"应当由你负责指挥了。"

"让我叫担架夫来,伊凡·尼古拉耶维奇,把你送到手术室去。"

"不要紧,我宁可留在这儿。朝那岛的背阴处驶去。千万别投降!把它开到礁石上去!"

鲍罗辛轻轻地把舰长安放在沾满了鲜血的甲板上,派一个勤务兵去请军医,自己马上走下甲板去。跟前天晚上一样,他不得不走到后舰桥上去操纵那个手转的舵轮。为了返回原先的航路,它必须绕个大弯,使

"顿斯科依"号更驶近从右方迅速驶来的四艘敌方的巡洋舰。

太阳已经落山。日本各巡洋舰增加了火力,急于想在浓黑到来之前把"顿斯科依"号结果掉。弹距现在是二十五链。巡洋舰拼命做顽强的防卫,抵御双方面的可怕的炮击。

鲍罗辛把帽子拉到眼睛上,像一尊石像一样稳定地站在后舰桥上。他尖锐的、灰色的眼睛凝视着出现在前面的阴影。他的意志全集中在这目标上面。接着操舵员指着右舷嚷了起来。中校扭过头去,看见巡洋舰"浪速"号已倾斜得很厉害,正驶出战列。几秒钟后,左舷敌方战列中的"音羽"号起火了。鲍罗辛喃喃地、仿佛自言自语地说:

"哈啰,现在突然交运了!"

但就在这时候,水手长带来了不幸的消息:

"阁下,'奥斯里亚比亚'号的船员们发狂了,他们的军官也差不多。他们快要哗变了。我们约束不住他们。"

副舰长毫不犹豫地答道:

"加强出口的守卫。不准他们有一个人走上甲板来。告诉谢尼亚夫斯基和奥古斯托夫斯基两准尉去管这件事。"

"很好,阁下。"

随舰神父多勃罗瓦尔斯基这时候已自动走到那些发狂的人们中间去,想叫他们静下来。他身材高大,留有黑胡子,浑圆的胸前挂着个银十字架,不安地环顾四周。他所看到的不是一个想象中的地狱,而是拥挤着一群遍涂鲜血的幽灵和疯子,充满了尖叫和炮火呼啸声的现实中的地狱。神父低声念了一些"神佑"的祷词,但没有一个人搭理他。在手术室周围,受伤的人数不断地增加。军医赫尔佐格和他的助手们正在那儿工作。那些能站的人等着包扎伤口,另一些伤势严重的人就在地板上剧痛地抽搐。这些受伤者,以及撕裂的、鲜血淋淋的肉,突出的和打断的骨头,烧灼的和可怕的伤口等情景,再加上伤者的呻吟和哀号,所有这些使"奥斯里亚比亚"号的船员们更加吃惊和沮丧。更糟的是,一发敌方的炮弹落在一箱刚刚从军火输送机运上来的炮弹上，炸死了十二个士兵，炸碎的尸体掉落在"奥斯里亚比亚"号的船员们中间。

当一个人手中握有武器，或执行防卫本舰的一项工作，或护理受伤的人等事情的时候，他能忘却自己而只想着工作，但那些"奥斯里亚比亚"号的船员们正好相反，他们没有武装，又关在一个很难抵挡敌人炮火的地方，他们除了重复感受到昨天那恐怖之外，没有什么可想的，也没有什么可期待的。他们受到非人类神经所能忍受的磨难，而他们那可怜的、近似疯狂的惊惶是完全可以理解的。

大火正在巡洋舰的四周燃烧，破裂的钢铁飞向各处，发出可怕的撞击声。关闭在"顿斯科依"号舰尾，被无情的大海与陆地分开的"奥斯里亚比亚"号的船员们在地板上翻滚着，发狂地四处奔突，像跳舞似的挥动着双手团团转，做出威胁的姿势。有的在哭泣，有的在诅咒，有一个瞭望兵因为癫痫发作，昏倒下去，口角堆着白沫。一个袖口镶着红边的炮手在地板上扒，一手紧抱着那卷好的吊床，另一只手做出游泳的姿势，尖声叫喊着：

"救命啊！我快淹死了！救命啊！救命！"

一个水兵坐在一只箱子上，他把上衣时而解开，时而穿上，说些不连贯的话，同时一股鲜血从他的额角上的伤口处淌下来。有几个人则蜷缩在一个角落里，样子万分沮丧，在等待军舰的沉没。他们中那些较清醒的，由阿西波夫参谋上尉和别的几个军官带领着聚集在扶梯的四周，竭力要打开那个舱门，并且大声呼喊：

"为什么把我们当囚徒看待？"

"他们要让咱们淹死啦！"

"为什么'顿斯科依'号不挂起白旗？"

阿西波夫显得比别的任何人更加激动，他的脸抽搐着，胡子颤抖着，对负责守卫的谢尼亚夫斯基和奥古斯托夫斯基两准尉厉声说道：

"我不愿意再沉入海里一次。我是一个参谋官,谁也没有权利把我关在这儿!"

但谢尼亚夫斯基和奥古斯托夫斯基两准尉都很镇定,"顿斯科依"号的船员们也勇敢地帮助他们做平息骚乱的工作。

一发巨大的炮弹在下甲板爆炸,把小军官的舱房全毁了。在右舷,另一发炮弹炸开了一个十二英寸见方的大洞,炸死了六个人,炸伤了十二个"奥斯里亚比亚"号的船员。随舰神父多勃罗瓦尔斯基跪倒在地,双手捂住脸孔,好像要躲避死神似的。一分钟后,不知怎的,他给一群疯狂的人踩在脚底下。他们发出粗野的叫喊,一窝蜂地闯到舱口,推开守卫者,这样有许多人就逃到上甲板来。"顿斯科依"号的船员慌乱起来,有些人离开了暗炮塔或弹药库的岗位,加入那些乱窜的人群。他们乱跑,不晓得该藏匿在什么地方。有几个人爬到樯桁上去。马蒙托夫准尉藏到装炮弹的箱子里。巡洋舰在夕阳余晖的照耀之下发生了一场怒吼的大风暴。

这是很难判定究竟是反叛者还是遵守命令者有理的特殊例子中的一个。"奥斯里亚比亚"号船员们的遭遇是人们无法忍受的。但是作战时,尤其是在绝对劣势的情形下作战时,要鲍罗辛中校宽恕这种叛乱是不可能的。他从舰桥上走下来,召集了一批在普遍的混乱中保持清醒头脑的军官和小军官,以驯兽者那种不可动摇的镇定,发出了命令。在"顿斯科依"号本舰发出的炮火声中,在敌弹的爆炸声中,在吞噬着巡洋舰的火焰的噼啪声中,镇压反叛开始了!水龙管对着他们,水柱打在叛逆们(军官和士兵)的脸上,有几个竟给冲倒了。这情景与其说是像现实,不如说是像错觉和噩梦。幸而,逃离下甲板的只是"奥斯里亚比亚"号船员的一部分,其余的还在下舱里,因此采取各种方法,秩序终于恢复了。

弹洞密如筛孔,海水流进舱里来,倾斜已达五度,但"顿斯科依"号还继续航行。它大部分炮已经哑了,仍然可用的炮还在射击。前烟囱已有多处洞穿，而后烟囱则完全炸毁了。汽锅里的气压已经降低，可是它满载着死尸、鲜血、灾难和恐惧，继续向前驶去，仍然怀着希望，仍然下了决心。使它得救的是日本人没有看出它的计划，等到他们要封锁它的去路时，已经太晚了。它驶进阴暗的地带，敌人再也不能瞄准和炮轰它了。炮战停止了。几艘鱼雷艇随即奉命来攻击它，但巡洋舰还有力量把它们赶走。黑夜降临了，沉寂也跟着到来了。

"顿斯科依"号就这样避开了敌人，现在不需要撞到礁石上去了。它在郁陵岛的东面抛了锚。幸好，它的五只小艇都没有毁坏，于是全数放下海去。最先载上陆去的是那些还在继续制造麻烦的"奥斯里亚比亚"号的船员和注定要死在佐世保海军医院里的列别杰夫上校。接着就轮到那一百多个伤员，他们都用担架抬上艇，在艇里也尽可能用吊床或被单垫着，使他们舒适一些。在漆黑中，除了他们的号叫和呻吟外，还增添了一只在甲板上什么地方受伤的猪的号叫声。同时，约有三十个人已打开酒房，一边欢天喜地大喝一顿，一边咒骂战争。其中有几个被捆绑着带到岸上，其余的跳到海里游到岸边。

黎明的时候，只有尸体留在巡洋舰上。现在日本军舰又出现了。但他们得不到"顿斯科依"号这战利品——它的舱底阀已经打开，早就沉到深海里去了。

八

"威严"号给予敌方的巡洋舰以重创之后就离开了它，朝海参崴驶去。它本身也受了相当严重的损坏。一发打中它水线下的地方的炮弹炸裂了舰体，毁坏了后舰桥的舵轮，炸破了汽锅的一条铁管，并炸死了技师费多罗夫。裂口暂时给堵住了。另一发炮弹打掉了探照灯，炸死了多费尔特准尉和海军下士里亚多夫。舰长安德杰耶夫斯基双臂、双腿和头部都受了伤。

入夜,"威严"号灭灯行驶。没有追赶者。到了五月十六日下午,煤用光了。为了使机器转动,舰上各种可以燃烧的东西:木桌、椅子、帆布、油脂以及从煤舱里扫出来的煤屑都用来生火。因此,在危急的情况下,它还能够在夜晚之前抵达阿斯科尔德岛,在那里抛锚,并向海参崴发出求援的电报。五月十七日早上,一只煤船来了,给它添煤,于是它继续朝目的地驶去。

第二太平洋舰队还有别的两艘军舰驱逐舰"勇敢"号和二级巡洋舰"金刚钻"号驶抵这个港口。后者排水量为三千吨,原来是作为阿列克谢耶夫总司令的乘艇而建造的,因此它有用来招待军官的精致的舱房和储藏极丰富的酒室。俄国舰队三十八艘军舰中,突破敌方的警戒线,横渡了朝鲜海峡的,就只有这三艘而已。

"迷惑"号本来是有同样好的机会的,可是中将及其参谋部都不想驶到本国的领海去。"涟"号从投降的那个地方拖曳着它,像拖一只被套住的猎狗一样拖到日本去。因此从傍晚到黑夜都在航行。

现在"迷惑"号上已平静下来了。士兵们没有事干,纷扰已经过去,什么也不用操心。他们的命运已经决定了,大家全当俘虏。他们聚集在下甲板上,平静地讨论着最近的种种事情。他们最感兴趣的是给下面的问题找个答案:"为什么大官们那样急于投降?"

各种理由都提了出来,但最最有理的是技师波波夫所说的。他是一个瘦削的青年,有个狭长、苍白和胡子刮得干干净净的脸,以及一对忧郁的、褐色的眼睛。他见多识广、学识渊博,头脑总是很清醒。他在船员中享有威信。当他用低沉的声调说话的时候,大家都静下来了。

"真的,弟兄们,参谋部军官的行为在我看来是很好理解的。假如我们的'迷惑'号驶到了海参崴,那么,接下去该怎么办呢?所有的大人物,那些舰长们、高级将领们,不消说马上就上船来。我们的中将和参谋部的军官们此时难道还敢正视他们吗？可以料到，他们会问卢杰斯特温斯基：'阁下，您的舰队在哪儿？'那是难于回答的，因为他早已丢弃了自己的舰队，早已逃离了战场。这对于'我们的民族英雄'来说，是个多大的耻辱。但还有更难堪的。比方，他给沙皇发了电报，说：'陛下，我和我的参谋部已乘驱逐舰"迷惑"号到达海参崴。至于舰队其余各舰的情况，我暂时还不清楚。'卢杰斯特温斯基是非常骄傲的，直到现在，他始终对自己的智力评价极高。可是东乡元帅抓住了他，使他泄了气。我同你打赌，他实在羞得无地自容。他本该自己吊死，但没想到他对过去干的那么多坏事还不满足，还要在一系列的错误中再加上一个——这一网的投降。"

"说得好痛快。"伙夫伏罗比耶夫说。

别的轮机兵和水兵也都赞同地点点头。

波波夫接着说下去：

"现在中将、他的参谋部、驱逐舰的军官以及我们这些人，像关在笼里的野兽，正给带到日本去。"

有一个听者愤愤地向甲板上吐了一口唾沫，其他人则发出低声的诅咒。

同时，在军官餐室里，另一席谈话正在进行。驱逐舰的主要军官都被带去当人质了，只有巴拉诺夫向乡廷上尉做出了口头保证，他决不毁坏驱逐舰之后留了下来。和他在一起的还有克拉比尔-德-科隆和参谋部别的军官。

有一个人这样说：

"感谢上帝，我们的苦难结束了。"

"我们去看看日本是怎么样的。"

克拉比尔-德-科隆却不很高兴。

"这都是很好的，"他说，"可是我们的苦难只是暂时结束罢了，你们想一想，我们回到俄国后将会怎样呢？"

杰姆钦斯基准尉叹气说：

"是的，阁下，你说得对，我们将有更难堪的时候。"

列昂季耶夫上尉反驳道："胡说！我们是为救中将才投降的。而且，从整个俄罗斯舰队的遭遇来说，一艘驱逐舰的损失对俄国并不是特别重要的。"

费里波夫斯基航务参谋上尉附和列昂季耶夫说：

"说得不错，"他说，"还不仅于此，在我们离开'苏沃洛夫'号之前，我们就首当敌人炮火之冲，谁也不能控告我们，说我们没有勇敢战斗。如果谁想诅咒我们，我们应当掉转位子来，传审判席上那些正在圣彼得堡海军部的镀金塔下开庭的人——那些派出像我们这样的舰队来作战的人——到被告席上来。"

巴拉诺夫心情很舒畅，热情地对其他人说；

"说实话，我并没有叫驱逐舰投降。红十字旗既然升上去了，'迷惑'号就是一只医院船了。抓住我们，那是日本方面的背信弃义的行为。要不是因为受伤的中将在我舰上，碍了我的手脚，我早就施展我的本事给敌人瞧瞧，干掉他们了！我要用鱼雷击沉日本第一艘驱逐舰，再用大炮结果第二艘。"

就在这时候，一个水兵冲进军官餐室，对舰长说：

"阁下，拖绳断了！"

巴拉诺夫伸长脖子，问道：

"你是说，你们当中有人把它砍断了？"

"不，阁下，是它自己断的。日本驱逐舰已经消失了，我们四处看不到它。"

军官们给这可怕的消息吓呆了，谁都会以为是煤舱裂开了，或是弹药库着了火，否则就无法说明他们为什么这样震惊。他们冲到甲板上去，又从甲板冲到舰桥上，他们全都十分沮丧。征服者已舍弃了他们的俘虏。

"打开探照灯！"有个人提议。

"不，放照明弹更好些！"

"为什么不拉汽笛？"第三个人这样问。

然而，实际上用不着如此激动。几秒钟后，"涟"号出现了，又拖着"迷惑"号走了。军官们这才安心地返回军官室继续谈论。

那夜，海浪汹涌，拖绳断了好几回。因此，日本人把"迷惑"号上的一部分船员移到他们的驱逐舰上去，另调一部分"涟"号的船员来顶替他们。人质被送回来了。此后又命令"迷惑"号使用自己的机器，跟着战胜者走。

五月十六日白天，日本巡洋舰"明石"号出现了。它拖着"迷惑"号，伴同"涟"号朝前驶去。

卢杰斯特温斯基中将仍然躺在巴拉诺夫的舱房里。他的脸瘦削，脸色发黑，眼睛像垂死的人一样凹陷下去。许多时间过去了，他没说一句话，仍然陷入在阴郁的沉思之中。有时一阵痉挛发作，他侧身坐起来，双腿从床上垂下，同时牙齿咬得格格直响。他的勤务兵巴拉洪采夫害怕地偷偷看着他。散乱的头发，包扎着的头，以及一个心神昏乱的人瞪着两眼，这些实在够他害怕。是什么恐怖的想象在他发烧的脑海里出现了呢？是他看见了由于他的谬误而在对马海峡牺牲了几千个人，还是他在回想一九〇四年八月十日，在沙皇主持下于彼得戈夫宫举行的特别会议的详细情况呢？当时卢杰斯特温斯基就已铸成了自以为是个天才和蔑视敌人的大错了。到会的人有两位亲王——阿列克谢·亚历山德罗维奇和亚历山大·米哈伊洛维奇、海军大臣阿维兰将军、陆军大臣萨哈罗夫将军、外务大臣拉姆斯多尔夫伯爵和卢杰斯特温斯基本人，当时他仍然是个少将，但已委任为第二太平洋舰队的总司令了。会上讨论的主要问题是，是否能及时把舰队调到远东去？卢杰斯特温斯基赞成马上就出发，他轻视那些反对论者的异议。当时后者认为，自从七月二十八日企图突破日本的封锁而逃出旅顺口的第一太平洋舰队失败之后，局势已起了急剧的变化,炮台已被毁了,第一太平洋舰队各战舰在卢杰斯特温斯基到达之前,不可避免地要被敌人所消灭。因此,第二太平洋舰队在远东将得不到援军,势必只能依靠自己的兵力,但它的力量现在还没有增强到可以战胜敌人并赢得日本海的制海权的程度。此外,当它还没有到达海参崴的时候,它没有一个根据地,所以这是一种不应有的冒险。在目前这种情况下,把它派到远东去,就无异把它送上死路。最好还是让它在波罗的海过冬,尽量进行运动和炮术演习,然后在下半年,当它得到现在还在船坞里的各舰,以及或许还有从别国买到的另一些军舰的补充之后,也许,它就可以成为一支强有力的、足以决定战争命运的舰队。

卢杰斯特温斯基把这些议论都撇在一边,顽固地坚持自己的意见。他毫不怀疑他有给日本以毁灭性打击的才能。海军大臣阿维兰也支持他,结果这两个人终于说服了沙皇。尼古拉一世是渴望不费多大力气就战胜日本天皇的人。

现在,当舰队已经崩溃了的时候,这个肩负俄国命运的重托和代表整个军队最后希望的人,已经被迫舍弃了自己的旗舰,逃到驱逐舰"迷惑"号上来,并且向日本人投降了。他可以很容易地想象到国内当局对他会有什么想法。

是什么使卢杰斯特温斯基中将得到了这个结果呢?他的自负——一种致命的传染病——驱使他置身于远东的冒险之中。他不满足于宫廷里的高位,还想戴上征服者的桂冠。然而,他却使自己受尽了耻辱。他已给沙皇的权威一个无情的打击。曾经称誉他为英雄的新闻界,现在将群起而攻之。更因为他的舰队的毁灭,同时丧失了千万个生灵,全国各地将向他刮起一场仇恨的风暴。

是的,他有许许多多可想的事情,但没有一件是叫他愉快的。这还不够使这个刚愎自用的人,这个作为中将已遭受了如此惨败的人,一头猛撞自己舱房的铁壁吗?然而,他并没有这样做。他的自尊战胜了失败与投降的屈辱。他仍然冷淡地躺在床上，只是不时地在阴郁的思念当中长叹一声，或是因为创伤的疼痛而呻吟[1]。

五月十七日早上，"迷惑"号到达日本的军港佐世保。"尼古拉一世"号、"辛亚文海军上将"号和"阿普拉克辛海军上将"号三舰都挂上日本旗，在那里等候它。巴拉诺夫用手指着他们，快乐地说：

"你们瞧，还不只是我们哩！"

接着中校就小心地捆起他各个装着公款的箱子。开始是十二只，因为装不下，又装了四只。两只大的和两只小的。他掌握驱逐舰上那一大笔钱，拒绝把这笔现款分给军官和士兵。克拉比尔-德-科隆非常客气地对他说：

"我想你最好分给每个军官二十镑，等他们到家的时候就还你。"

巴拉诺夫生气了，虽然"迷惑"号上飘着日本旗，他还是这样恼火地回答道：

"我是本舰的舰长，关于这件事情我不愿意接受谁的命令，我对一切负责。"

然而经过思索之后，他终于借给每个军官二十镑。

---

[1] 卢杰斯特温斯基中将在一九〇六年返回俄国之后，受到军事法庭的审讯。他写了一篇很长的呈文，并不企图把责任推给下属，而声明投降是出自他的本意。他说："在讨论各种控告我的罪名之前，我认为说明如下一事是我的义务，即当我从'苏沃洛夫'号被移到'迷惑'号时，虽然不省人事，但随后便清醒过来，未再昏迷过。那些说我当时昏迷的证人是错误的。"

他又说："有许多证据可以表明'迷惑'号的投降是我知道并同意的，是根据我的命令执行的，当时我的意识十分清醒。"

卢杰斯特温斯基后来终于被释放。事实上，要惩罚他是不可能的，因为有关海军事务方面的幕后活动他非常清楚，就是与皇室的某些成员有牵连的财政舞弊案件也是一样。一九〇五年——一九〇六年的革命，在当时还没有被肃清，由这次革命而出现的"国会"（杜马）也还没有被解散。因此瓦加克将军（他作为起诉人）送交法庭的呈文，实际上是同情中将的请愿书。

克拉比尔-德-科隆、费里波夫斯基、列昂季耶夫和巴拉诺夫都被撤职。别的军官全被释放。——原注他的脾气发作没有多久,因为在他的贪欲得到满足之后,他就心平气和了。他的眼睛熠熠闪亮,神采飞扬。他好好地把自己打扮了一番,小心地梳理着光滑的胡子。当离开驱逐舰的时候,他一面轻轻地拍拍烟囱,好像它是马脖子似的,一面说道:

"再见吧,老伙伴!"

谁都可以想象到,当早先日本人给巴拉诺夫颁发四级旭日勋章时,一定是预料到在适当的时机他会报答他们的。

现在他是否想到那个被遗弃在"亚历山大三世"号上、没有得救希望的儿子呢?没有一个怀有真正的慈父感情的人会像巴拉诺夫中校在走上佐世保时那样神气。

现在我们的叙述必须返回到五月十四日的事件上去。

九

"亚历山大三世"号在战列上是次于旗舰"苏沃洛夫"号的。战事开始的时候,"苏沃洛夫"号因为首当敌人炮火之冲,受到了非常厉害的打击,所以不能保持它在舰队前头的地位,同时,有效的指挥也跟着停止了。

依照事先的安排,替代旗舰"苏沃洛夫"号的是"亚历山大三世"号,这战舰连同它的名字,总是跟对马海战的最不幸的记忆相联系的。一驶到战列的前头,它就竭尽全力代替"苏沃洛夫"号作为舰队的导舰。因此,它成为十二艘日本战舰的主要炮标。由于它吸引住了敌人的炮火,它也就牺牲了自己,救了别的俄国战舰。虽然我们的舰队处于绝对劣势,它还是尽其所能地发挥了自己的主动性,多少掩护了"苏沃洛夫"号,竭力打通向北的航路。有一个时候,它甚至率领舰队驶到日本炮火达不到的地方,接着,它又抵抗了处于绝对优势的敌人,死战了好几个小时。

到傍晚，战争已变成大屠杀了。

在俄国战舰中，没有一艘像"亚历山大三世"号那样能抵御它所受到的那么可怕的炮击。晚上六点钟，它已倾斜得很厉害，离开了战列。这时候，它的样子是十分可怜的。舰身已像筛子一样千疮百孔，大部分上层建筑已给毁坏。舰上黑烟缭绕，火焰从无数的炮孔里喷出来。有一个时候，火势好像已蔓延到弹药库，几乎要把它炸毁，但结果终于为他们所控制，并且还把军舰开回战列中来。它正尽着最后的努力去和日本人战斗。

同时，在舰桥上和甲板上，在司令塔里及在炮塔里，究竟发生了什么事情？谁是真正的指挥者？在这段可怕的时间内，谁以这样的大胆和技巧操纵着这战舰呢？这是布赫沃斯托夫舰长、勃里米扬尼科夫副舰长，还是当这些人被击倒时一个年青的准尉呢？也许，当所有的军官都死伤的时候，"亚历山大三世"号——也就是全舰队，只是一个水手长，或是一个操舵员在指挥呢？这始终是一个无法解答的谜。无论如何，在这场被认为是历史上最可怕的海战中，这战舰的表现将引起普遍的赞叹。

已经落在后面的"亚历山大三世"号又返回战列中来，排在靠中间的地方，把自己光荣的前导的位置让给姊妹舰"鲍罗丁诺"号。但它还是在战列中坚守了二十或三十分钟。这时它又挨了好几发大口径炮弹，使它彻底丧失战斗力。起初它转向左舷，它的舵轮想必已破损不堪，甚至不能使用了。它倾斜得十分厉害，海水从各个炮洞灌进去，一分钟或两分钟后，它便覆没了。

跟在它后面的战舰"纳西莫夫海军上将"号和一级巡洋舰"蒙诺马赫"号两舰上的人，都看见了它倾斜着渐渐倒下去，有如一棵砍倒的巨大的橡树。它的船员中有许多跳下海去，另一些则爬上舰身的另一边。接着，它的龙骨翻了上来，在当地漂浮了一两分钟。人们爬到巨大的舰底上去，那上面覆盖着一层像绿草一样的海藻。如果它能够在这覆没的情况下继续漂荡一段时间，那些在它近旁游泳的人便可以爬到那翻倒的舰身上去。它很像一只庞大的、有绿毛和红脊骨——龙骨——的海怪。那些人便像螃蟹一样爬在这怪兽的身上。

其他各舰都在尽力苦战，继续进行自己的航程。风势渐渐增强了，而当"亚历山大三世"号沉没的时候，巨大的海浪涌来，把许多人跟它一道卷去，只留下一些碎木片作为这骇人的悲剧的不会说话的证人。谁也无法叙述它的船员们经受的苦难，因为在它全部九百个船员中，没有一个幸存下来。

第四章

苦战与溃逃

一

在五月十四日的海战中,两艘医院船"奥里约"号和"科斯特罗马"号驶在作战的舰队后方好几海里。下午三点钟,敌方巡洋舰"万寿丸"号和"佐渡丸"号驶近它们,命令它们驶到日本港去。两星期后,"科斯特罗马"号被释放了,但"奥里约"号仍被扣留着。原因是在海战前几天,第二太平洋舰队拦截了英国商船"奥克美亚"号。这商船是运载军火到日本去的。按卢杰斯特温斯基的命令,英国商船的船员被移到"奥里约"号上去,该舰则由俄国船员驾驶开往海参崴。当日本人夺取了"奥里约"号之后,他们发觉船上有"奥克美亚"号上的英籍船员,这就给他们一个借口,把"奥里约"号当战利品了。

运输船"阿纳都尔"号和"高丽"号离开舰队之后一直在一起,直到五月十五日午前九时方才分开。"阿纳都尔"号经由马达加斯加返回俄国，"高丽"号在五月十七日驶到上海，在那儿被扣留了。

运输船"伊尔杜斯"号逃出五月十四日的海战，但已受了很大的损害，并已倾斜十度。它希望沿日本的西海岸驶到海参崴去，但从船上被炮打穿的洞流进来的海水妨碍了它。第二天傍晚，它在滨田港附近沉没。船员都安全上了岸。

驱逐舰"纯洁"号失踪。根据日本方面的消息，日本巡洋舰"千岁"号和驱逐舰"有明"号在五月十五日黎明曾遭遇并击沉了一艘名字不详的俄国驱逐舰。它大概是"纯洁"号，没有一个人幸存。

巡洋舰"斯维特朗纳"号在五月十四日的海战中，舰身在水线下炸开了一个大洞，已无法赶上向南逃走的巡洋舰战队。因此，它决定随同驱逐舰"快速"号驶到海参崴去。当夜它成功地击退了鱼雷的袭击。但隔天清早，又遭遇了两艘敌方的巡洋舰"音羽"号和"新高"号。接着敌方又增加了一艘"从云"号，这样一来，它就完全屈居下风了。在离郁陵岛不远处，一场猛烈的战斗开始了。半小时后，"斯维特朗纳"号沉入深一千八百英尺的深海里。敌方备战舰因此撤出，另由驶到的辅助巡洋舰"亚美利加丸"号去打捞入水者。但是西埃因舰长和一百六十七个船员已战死或溺死了。

"快速"号全速向朝鲜驶去。但因"新高"号和"从云"号紧追不舍，逃跑的企图已不能实现，因此它驶上浅滩，把舰炸毁，全体船员安全上岸，成为日本人的俘虏。

战舰"乌沙科夫"号跟别的俄国战舰一样，在五月十四日晚上，由于速度慢，和舰队失去了联系，独自慢慢地继续朝北驶去。十五日中午，当它驶近我们那些已投降并飘着日本旗的军舰的时候，它就被敌人发现了。两艘装甲巡洋舰"磐手"号和"入云"号被派去追赶它。当这两艘军舰驶到弹程之内的时候，"磐手"号举起了如下的信号："劝告降伏。君等的中将和参谋部已投降了！"然而"乌沙科夫"号的舰长马克拉依（即被卢杰斯特温斯基骂作双料傻瓜者）对这个劝告的回答是下令开火。半小时后,"乌沙科夫"号和它那勇敢的舰长一起沉入海中。在全体四百二十八个船员中,九十一人死亡,其余的都给敌方巡洋舰的小艇救起来了。

巡洋舰"蒙诺马赫"号在五月十四至十五日夜晚中了一枚鱼雷,舰尾炸开一个大洞。因为洞太大了,船员们没法堵住海水的涌入。隔天早上,舰里已流进了那么多海水,以致除了怎样拯救船员之外,再没有别的可想的事了。因此,它就随同驱逐舰"高声"号朝隐约可见的对马海岸驶去。战舰"西梭·维里基"号也沿着同一航路行驶,并且举起如下信号:"请求援救本舰船员。"巡洋舰回答道:"我们将在一小时内沉没。"就在这危急的关头,日本驱逐舰"不知火"号和辅助巡洋舰"佐渡丸"号在海平线上出现了。"蒙诺马赫"号的舰长波波夫命令"高声"号全速向海参崴驶去,把自己舰的底舱盖揭开,使它沉得更快些。"高声"号被"不知火"号追赶,而"佐渡丸"号便向"蒙诺马赫"号开炮,但因后者没有回击而停止了炮击。俄国巡洋舰放下小艇。"佐渡丸"号驶近来抢占它,但"蒙诺马赫"号沉没得太快了,留给日本人去做的是救起俄国巡洋舰的船员。

"高声"号一面以二十五海里的时速朝北行驶,一面与追赶者"不知火"号作战。如果没有别的两艘日本驱逐舰在战场上出现的话,它大概是能逃脱的。它勇敢地和敌人交战,并给那两艘日本驱逐舰以巨创。过了一会儿,在它全部七十四个船员中,卡恩舰长、另一个军官、一个炮长和二十个下级士兵已被打死,同时还有三个军官、二十三个水兵受伤。它已放出了两枚鱼雷和耗尽了全部弹药。现在打开底舱盖的命令已经下达了,幸存者带着救生圈跳下海去。日本人开始放下小艇打捞他们。在这时候,"高声"号冒出一阵黑烟沉了下去。

战舰"西梭·维里基"号的舰首早已中了鱼雷,因此舰首沉了下去,舰尾翘了起来。然而,它的螺旋推进器还能够使它继续航行。当它驶近对马岛时,三艘日本辅助巡洋舰"信浓丸"号、"八幡丸"号、"台南丸"号和驱逐舰"吹云"号在海平线上出现了。还没有等到它们开火,俄国舰长便扬起信号:"本舰将沉没,请求援助!"日本舰立即回答:"贵舰是否投降?"奥兹洛夫答应了。一小时后,日本的划艇划近来,他们的船员上了船,随即在舰后旗杆上升起他们的旗帜,但没有时间降下那面飘在中樯上的俄国旗。因此,这艘将沉没的军舰悲恸地飘扬着两个敌对帝国的旗帜。敌人徒劳地把它拖到了浅滩上,到了早上十点钟,"西梭·维里基"号终于在离岸三海里的地方覆没了,军官和水兵被移载到敌方各辅助巡洋舰上去。

装甲巡洋舰"纳西莫夫海军上将"号跟舰队里别的军舰一样,在驶往对马海峡的时候,舰上的负载过重。它带着以它最经济的时速计算的、足够行驶三千海里的煤,还有一千吨额外的饮用淡水和超过原数很多的粮食、油脂等。为什么要储备这么多东西呢?好像它不是为了迫在眉睫的海战,而是为着驶向什么也得不到的北极去似的。

为庆贺沙皇加冕周年的纪念活动,发出了"穿上最整洁的制服"的命令。早上十一点,召集士兵"饮酒用餐",一桶糖酒推到甲板上来。士兵们排成长队领取自己的份酒。就在这时候,四处响起了:"喂,让开!"

这就是说,副舰长格罗斯曼中校走到甲板上来了。他近视得十分厉害,认不出这是哪一个水兵,甚至分不清水兵和舰上的东西。所以当他走路的时候,要发出这坚决的叫喊声:"喂,让开!"

士兵们很知道这一点,时常以发出同样的叫声来和他开玩笑。

现在,他手里握着手枪,站在酒桶旁边,监视军需长按规定的份额和数量分发食物。"纳西莫夫"号上的军纪十分松懈,但格罗斯曼忽视了这一点,甚至忘记了他自己是最不孚众望的长官。一听到士兵们学着他喊"喂,让开",他的脸气得通红,于是挥动着他的手枪,叱道:

"别吵,要不,我就开枪!"

但士兵们因此更厉害地嘲弄他,又喊道:"喂,让开!"

他们发出了这么大的叫嚷声,以致传到了舰长的舱室。罗季奥诺夫舰长从自己的舱室里走出来,由交通桥走到可以俯瞰分发糖酒所在的地方。他是一个矮小、圆肩膀的人,有一部给烟熏黑了的口髭,他俯视着自己的副手,含糊地(因为他的牙齿大都脱落了)说:

"弗拉基米尔·亚历山德罗维奇,对不起,请你到我的舱室来。"

格罗斯曼困惑地退出去,这时候士兵们大声哄笑起来,又一次喊道:

"喂,让开!"

现在士兵们开始吃饭了。他们可以听到从军官餐室里传来的乐曲声,其中还掺和着"乌拉"的喊声。这是军官们在痛饮香槟,庆贺俄国未来的胜利。

隔天,当敌方主力舰出现时,本舰的指挥移到司令塔。在最初隆隆的炮声中,罗季奥诺夫上校摘下帽子,拿着它划了个十字,大声说:

"主啊,救救我们!"

在五月十四日的海战中,巡洋舰中了三十发炮弹,但没有一发打在水线以下。受到破坏的大部分是舰上的上层建筑、划艇和各种用具,有几门炮已不能使用了。船员有二十多人被打死,五十人负伤。

当黑夜降临,舰长便这样命令。

"准备击退鱼雷袭击,装备探照灯。"

探照灯在战斗时已经卸下,安放在甲板下面的过道上。现在按照命令把它们安了上去,并且打开了。也许,这就是单纵阵的殿舰"纳西莫夫"号成为敌方驱逐舰主要炮标的原因。各探照灯的灯光把它本舰的位置显示给了敌人,像烛光引诱灯蛾一样,把日本驱逐舰引来了。

身材高大的操舵员阿夫拉琴科奉命站在司令塔前面瞭望。他用喇叭似的响亮声音喊道:

"驱逐舰!从右舷来!改变我们的航路呀!"

这时日本驱逐舰给一发八英寸的炮弹打沉了,但它已放出了鱼雷,并且打中了"纳西莫夫"号。爆炸的震动异常猛烈,竟把司令塔的位置都移动了,所有舷窗的玻璃完全粉碎。

开头没有一个人知道鱼雷打中了"纳西莫夫"号的什么地方。有些在后部舱房里的人以为是打中了他们所在的地方,因此随手关上舱门,跑到甲板上去。炮手们和伙夫们也放弃了各自的岗位。在司令塔里的舰长,高声喊道:

"全体上甲板来!用应急的铁板盖住破洞,不然,我们就得淹死!"

但是,仍然没有一个人晓得破洞在什么地方,人们带着马上就要给淹死的恐惧无目的地冲来冲去。在爆炸后几分钟内,舰上出现了难以形容的混乱。最后,水手长的哨子响了起来,他大声喊道:

"破洞在右舷舰首,甲板上所有的人都去堵塞破洞!"

鱼雷已毁坏了操舵员室对面右舷舰首的大部分,室里满是水,就是邻近的发电机室也是一样。电灯已经熄灭,所有的人在跑出来的时候都随手关上各自的防水门。但那些门都已腐蚀,镶在门四周的橡皮也已脱落,因此这些门都失去了作用,就像给风鼓起来的帆一样,一受到水的压力,就被推开了。流入的海水咆哮着冲进钢绳室、漆料室、煤舱、粮库和舷侧通路等处,再从这些地方流向鱼雷室和弹药库。要关住后面这些地方的舱门又遇到障碍,因为那儿堆了许多木楔子,这些东西本来是不应该搁在那里的。

巡洋舰的舰首已沉下去,舰尾高高地翘起来。螺旋推进器有一半已露出水面,所以时速大大降低。舰队别的战舰都继续行驶,把"纳西莫夫"号撇在后头。电灯从后部发电机获得电流,依然亮着,舰桥上马上发出一道命令:

"熄灭探照灯和外部一切灯火!"

因为左转了舵轮,巡洋舰就避开了日本的驱逐舰。接着,它的机器停了下来。差不多有一百个人在抢救,企图用一块铁板或堵水布去堵住舰首的破洞。因为在海程中从未举行过这一类的训练,现在做起来就格外不在行。士兵们手忙脚乱,各人用各人的办法。发出的命令又互相矛盾,他们又是在黑暗里和在波涛汹涌的海上,因此干起来更加困难。此外,舰首已沉入海中,本舰的倾斜已达到八度。还有,铁锚又是一个障碍,白天它给一发炮弹打下海去,但锚链仍挂在锚链孔里。在克服了极大的困难之后,方才把锚链理顺,把铁锚沉到深海里去。指挥这些工作的是格罗斯曼副舰长。在这紧急的时刻,过去的仇恨都忘了,他不再推搡或叱责士兵,只用温和而微微发颤的声音说:

"弟兄们,好好通力合作啊!要不然,咱们就得淹死!"

士兵们也不再叫着"喂,让开"来同他开玩笑。

长官和士兵都全神贯注地做这工作。

最后,裂口总算给堵住了,但很不完善,因此舰里的海水,即使所有的抽水机都用上了,还是不断往上涨,后来竟涨到主甲板上来。但是机器还是转动着,巡洋舰缓缓地向前驶去。

军官们聚集在舰桥上,讨论应当选哪条航路。大家的意见是"纳西莫夫"号损坏严重,既不能追上舰队,也不应当驶向海参崴,唯一的办法就是驶到最近的海岸去,沉掉本舰,救出全体船员。但是罗季奥诺夫舰长固执地说:

"我们的航路是北二十三度东!"

他用这句话结束了那场讨论。

为了减少右舷的倾斜度,伙夫们开始把煤从右舷移到左舷去。

所有的人还没有定下神来,突然传来了这样的命令:

"炮手返回岗位!"

每个人都料到,新的鱼雷袭击又迫在眉睫了。

在舰首的军官和水兵们看见前方有一些不大的、黑色的船在移动。差不多有二十多只,但全都亮着灯火。"纳西莫夫"号已做好击退鱼雷艇的准备,炮手们瞄准这些正在迫近的小艇的灯火,而且差不多要开火了。恰恰在这时候有一个人快乐地喊起来,仿佛在向人们宣布得奖似的：

"别开炮，这都是渔船！"

大家的思想现在转到现实的危险中去了。当月亮升起时，在鱼雷爆炸引起的那个大洞上，又用一面大帆布堵了上去。但是，就是多了它也还不能堵住那个漏洞，巡洋舰的舰首越沉越深，水已淹到前部第三十六区了。这些防水壁经过二十年的航海已给铁锈腐蚀了，一遇到水的压力，就如厚纸板一样变弯了。水兵们冒着极大的危险，竭力用木杆去顶住它，但海水还是不断从接缝处渗进来，就像溃漏了的堤防一样。这是前火舱与大海之间最后的防壁，要是它崩溃了的话，汽锅必定爆炸，军舰也就马上沉没。

按轮机长的提议，机器现在开倒车。当舰以退为进的时候，防水壁的压力自然降低，无论如何，危机总算过去了。

"纳西莫夫"号的舰首是沉得这样深，以致每个螺旋推进器都有一半露出水面，它的叶片有如巨大的手掌一样拍打着海水。它的舵不用说很不灵活，而开倒车每小时最多只能走三海里。军官们和舰长讨论，竭力说服他，在现在的情形下坚持北二十三度东的航路是愚蠢的，唯一的事情，是考虑如何去拯救船员。

"嗯，好吧，"罗季奥诺夫坚持了好一会儿，终于悲苦地这样说，"我们要驶到朝鲜沿岸去。在那里我们的潜水员就能够更完善地把漏洞修好。然后，我们再向东北行驶，只要我们能够，我们必须驶到海参崴去。"

人们焦急地等候着这可怕的黑夜过去，他们当中谁也没有睡过一会儿，全都感到他们正处于生死关头，因此快乐地迎接着黎明的曙光。当太阳升起来时，许多不知名的山峰已经在望了。这是什么地方的海岸呢？

陈旧而腐烂了的纵面的舱壁在夜里被水冲掉了，因此左舷的舱底里海水泛滥，右舷的舱底里堆着煤。早上，本舰又恢复了平衡，可是舰首沉得格外深。舰长非常焦急，说道：

"向海岸驶去。"

"是，阁下。"航务上尉克罗齐科夫斯基回答。

离岸四海里，放下测锤——水深四十二沙绳[1]。机器停止了。由于二十多年的航行而衰老了的、浑身创伤的"纳西莫夫"号，在永远消失之前，正在驯顺地等待着。

当罗季奥诺夫舰长听到"纳西莫夫"号是在靠近对马岛的东北岸时，他对航务上尉非常生气。

"我的命令是驶到朝鲜海岸去，瞧，你把我们带到什么地方来了！"

克罗齐科夫斯基从眼镜后面注视着舰长，惶乱地回答：

"阁下，我是尽力忠实地执行您的命令的，但罗盘针经过昨天的剧烈的震动后一定失灵了。"

放下划艇的工作开始了，但各种必需的机械已经被毁，所以进度很慢。当一只划艇安然地放在海面上，一些负伤的人被移载下去的时候，敌方驱逐舰"不知火"号已从遥远的北面驶来了。

舰长马上下令：

"打开底舱盖！准备引爆本舰！士兵各自准备救生用品，或拿床上的软木床垫！"

随即另一艘日本战舰出现了，这回是从南面驶来的辅助巡洋舰"佐渡丸"号。无疑，驱逐舰是用无线电将它召来的。

在"纳谣莫夫"号的鱼雷室里堆着大量的烈性炸药，在这些炸药中间放上一颗炮弹，把它和装在一只六桨的艇上的、又配有两个蓄电池的电线相联结。这艇在鱼雷长米哈伊洛夫准尉的指挥之下开始离开，边走边放开电线。米哈伊洛夫清楚地记住舰长的命令：

"我站在舰桥上。你要好好注意，当我扬起手帕，你就把电流接通，

---

[1] 俄国旧长度单位，等于2.134米。——译者

让它爆炸。"

"可是您怎么办呢？阁下，"米哈伊洛夫猜想舰长要同军舰共存亡，所以这样焦虑地问。

"不关你的事，"罗季奥诺夫紧皱眉头回答，"服从我的命令！"

"是，阁下。"米哈伊洛夫回答。

已划到了差不多三链距离的地方，准尉告诉船员停下，望着战舰的舰桥，等着那信号。

载着军医和伤兵的划艇向岸边驶去，几只大一点的划艇则载着没受伤的人。那些在艇上找不到位置的人都准备了软木床垫、救生圈或是救生衣等。中甲板以下已没有一个人影了，海水正从各个打开的船底阀流到下舱去。

驱逐舰"不知火"号已驶到离"纳西莫夫"号十链的地方，扬起国际信号的旗号：

"请投降，并降下你们的旗，不然，我们决不施救。"

罗季奥诺夫命令他的信号兵回答：

"旗号后半不明。"

接着，他就向那些留在舰上的人大声叱责道：

"跳下海去，我要引爆本舰了！"

话一说完，甲板上立刻乱起来。人们慌忙跳下海去，就如吃惊的孩子们扑进母亲怀里一样。这艘直到此刻似乎是他们唯一避难所的巡洋舰马上变成可怕的怪物了，每个人都希望尽快离开它。其中有许多人已游到早已安全地放下海去、并且蒸汽已烧足了的鱼雷汽艇边了。因为人已过挤，指挥它的军官正想驶离，但因为舵轮损坏，所以它不是径直前行，而是绕个圈子，压过了一些游水的人，机器不得不停止。这样，几十个浑身湿淋淋的人就爬上艇去，而他们的重量使得海水灌进了左舷那些毁坏了的舷窗。它沉没了，把那些在机舱里和在艇舱内的一些人一起带到海底去了。

"佐渡丸"号已驶近俄国战舰,放下了小艇。

只有两个人留在"纳西莫夫"号舰上,那是罗季奥诺夫和克罗齐科夫斯基——因为航务上尉已决定和舰长共同殉难了。最后一批跳下海去的是鱼雷手们和电机兵们。他们用不着慌忙。他们深知战舰无论如何会沉下去的,所以他们故意偷偷地把罗季奥诺夫用来引爆本舰的电线接错。舰长不知底细,还激动地在舰桥上来回地走着,大声喊叫,直到最后舰上只剩下他和克罗齐科夫斯基两人为止。于是他摘下帽子,向着太阳划了个十字。航务上尉则弯着腰,紧抓住栏杆。罗季奥诺夫舰长挥着手绢作信号,但爆炸没有发生。舰长摇着头,突然失声号哭起来。

现在驱逐舰"不知火"号驶近那六桨的划艇来。米哈伊洛夫准尉把无用的蓄电池丢进海里之后,扬起一件白外套作为白旗,别的划艇也都这样做。

此刻"佐渡丸"号离"纳西莫夫"号差不多有三链,它的小艇正在海面上搭救俄国人。其中有一只靠近那将沉的巡洋舰的舷侧,一个日本军官和几个士兵走上舰去。当这些讨厌的来访者一走上舰来,罗季奥诺夫和克罗齐科夫斯基便设法隐匿在一间舱房里。日本人刚把他们的旗升起来,就马上返回,以为这巡洋舰快要沉没。舰长和航务上尉等了一会儿,直到敌人已划到相当范围之外,两人便一起冲出那躲藏的地方,把日本旗扯了下来。但现在"纳西莫夫"号已朝右舷倾倒了。舰内几千吨海水哗哗地冲到右边来,随即舰首首先淹没,巡洋舰终于沉下去了。

罗季奥诺夫和克罗齐科夫斯基都给旋涡卷下去,但还没有死,他们终于靠着救生圈浮到水面来。他们看见"佐渡丸"号和"不知火"号已救起了海面上的俄国人,正向这时出现在海平线上的"蒙诺马赫"号驶去。这两个"纳西莫夫"号的残存者在海上漂荡着,直到夜晚方才给一只偶尔驶过的日本渔船救起来。

三

一级战舰"纳瓦林"号在外观上跟第二太平洋舰队里别的战舰完全不同,它的舰身很宽,四只高大的烟囱排成正方形,就如翻倒的桌子那四只脚。凭这些烟囱,一眼就可以把它认出来。看样子,它确实是可怕的,但日本人大概很清楚地知道它那些用旧式有烟火药放射的十二英寸炮,只有四十五链左右的弹程。

舰长费定霍夫上校是一个干练的、有经验的军官,五十四岁。他中等身材,有一对浑浊的眼睛和扁平的、还有个破鼻孔的鼻子,他沉默寡言,样子十分阴郁。他的头发已经脱尽,而他的思想是永远内向的,因此对自己的外表不怎么注意。他身上穿着的制服就像田里稻草人的破衣裳,灰色的胡子从未梳理过,脖子上长满一层宛如苔藓的茸毛。他对生活的好坏两方面有丰富的经历,对此从来不抱奢望,也不悲观。他的精神状态是稳定的,似乎没有什么事件足以引起他发生强烈的感情。有关海军的事情,他的见闻非常广博,还曾多次进行过远航。照理他早就可以晋升为将军了,但是他过分谦让,从不钻营、拉拢,真心实意做他分内的工作。

卢杰斯特温斯基中将不喜欢费定霍夫,给他起个绰号叫"破鼻孔"。

费定霍夫呢,他也回敬中将,虽然并非恶意,管他叫"天才的小丑"。

在海战中,再没有比信号兵和瞭望兵更了解情况的了。为了把任何变化了的情况报告上级,他们用双筒望远镜或望远镜注视着自己的和敌人的舰队的运动。他们留心和传递旗舰发出的命令。如果战舰的舰长有什么信息要报告中将,也要依靠他们。又因为他们是在传出一切报告的司令塔里面或旁边,可以听到上司的命令,所以他们也就可以准确地知道本舰的全部情况。

五月十四日，当"纳瓦林"号参加大海战，大炮冒出的黑烟把它蒙住的时候，信号长伊凡·西多夫因为塔内简直没有空地方，就站在司令塔入口处的旁边。他是一个高个子，动作迟缓，当他拿起望远镜对着他那双白睫毛的眼睛，用来观察俄国和日本各舰的运动时，他的神态是很悠闲的。他那胖胖的、长着雀斑的脸孔由于努力观察而鼓了起来。他时常跑到露天的舰桥上去，以便更清楚地看到战斗的情况。他第一个告诉舰长：

"阁下，'苏沃洛夫'号已离开战列了。"

费定霍夫淡漠地喃喃说：

"是啊。"

随即西多夫脸色变了。他向司令塔里的人大声嚷道：

"'奥斯里亚比亚'号沉没了！"

军官们都非常焦虑不安和难过，但舰长又是冷冷地说："是这样。"

西多夫显然给费定霍夫冷漠的表情气恼了。

接着，一发大口径的炮弹打中右舷舰首，"纳瓦林"号倾斜了。前部鱼雷室里水已泛滥了。这消息马上报告了司令塔。舰长便说："堵塞漏洞！"

不久之后，当舰队转弯时，费定霍夫注意到"苏沃洛夫"号还是那么可怕地受着敌人炮火的蹂躏。为了掩护它，他命令"纳瓦林"号朝那方向回转。就在这时候，两发大口径的炮弹击中了它的后部，一发在右舷，一发在左舷。军官室给炸毁了，并且起了火。西多夫非常激动，但舰长还是镇定如常，不提高声音也不改变表情地发出号令。接着消息传到司令塔来，说是火已经给扑灭了，一些洞（都在水线上）也都用袋子、麻絮、褥子、被单等堵住了，只是还没有完全制住海水的流入。

舰的上部建筑也遭到一些损坏，有许多人负伤。被送到手术室去的有三个军官和十七个士兵。

舰长走出司令塔到舰桥上去。这时候，一发炮弹刚好打中前樯楼，结果炮弹的碎片和尖锐的铁块像骤雨一般从上面撒下来。费定霍夫跪了下来，随后又改成坐下的姿势。他没有出声，甚至一丝呻吟也没有。但他的帽子已从他的秃头上飞去了，他面色死样的苍白。他的裤子已经撕破，腿上的伤痕从破缝中露出来。他俯下身子，用双手紧捂住肚子。当西多夫跑到他跟前时，他只用惯常的答话说："是这样……"

随即他的军官们围拢他。

"勃鲁诺·亚历山德罗维奇，你伤势重吗？"副舰长杜尔金中校问。

"很重，"舰长用他惯常的平静的声调回答，好像没有什么关系，只是丢掉制服上一粒纽扣似的，"我的肠子似乎断了。"

"可能您还会复原的，阁下。"杜尔金劝慰他说。

舰长注视着中校，但他的眼睛已经黯淡无神了，他好像从杜尔金身旁望向无际的远方似的。

"不，"他回答，"我是完了。"

他们把他抬到担架上。舰长并非对着哪一个人，这样说：

"我早已预见到，我一定会这么愚蠢地丧命的。"

他被送到手术室里去。

舰的指挥权交给了副舰长杜尔金。

夜幕降临了。

现在舰队按照尼波加托夫的信号，以十二到十三海里的时速航行。"纳瓦林"号仍保持着战列，并且把敌人的鱼雷袭击打退了。士兵们在舰桥上和上甲板上尽目力所及地注视着暗黑的海平线。时时可以听到报警的喊声，以为敌方驱逐舰正在驶来。随后黑暗便暂时为"纳瓦林"号的炮火所驱散。信号长西多夫非常疲倦，想睡觉，但死的恐怖迫使他振作精神。他仍然在司令塔旁边瞭望，眼睛贴着双筒望远镜。最遗憾的是"纳瓦林"号不能用无烟火药，因此当它每开一炮，就黑烟弥漫，再也看不见敌方的驱逐舰。九点钟的时候，有一个人冲上舰桥来，撞到西多

夫,激奋地问:

"杜尔金中校在什么地方?"

西多夫认出这是水手长的声音。

"在司令塔里。什么事?"

水手长没有回答,只是慌忙走进司令塔去,喊道:

"报告,阁下!"

"嗯,说吧。"

"军官室里大水泛滥了,阁下。我们按现在这样的时速行驶,暂时堵住了的那些破洞会涌进大量的海水。"

"关住防水门!"杜尔金马上回答。

水手长还是不走。

"还有什么事?"中校问。

"我想,副舰长阁下,我们应当在漏洞上面塞上堵漏垫。"

"这样,我们就得停下机器,也就会跟舰队失去联络。关住防水门,就这样办。"

"是,是,阁下!"水手长回答,慌忙跑出去了。

遵照副舰长的命令,值班长官普霍夫上尉跟着他出去了。上尉不久就返回来报告说命令已经执行。过了一会儿,"纳瓦林"号显然跟不上舰队了,杜尔金副舰长对着通话管向轮机舱大声喊道:

"全速前进!"

他咒骂了伙夫,又斥责了轮机兵,但都无效。战舰还是落在后头。司令塔接到舰尾开始沉入海中的报告。过了一分钟,前部轮机舱又来人报告汽管爆裂,以致三个汽锅不能使用。现在时速大大减慢了。

当"纳瓦林"号跟别的战舰成队行驶时,敌人的驱逐舰不能够靠近它,舰队联合的炮火使得敌舰不得不保持相当的距离。如果它没发现敌舰,那么别的战舰就会发现并炮击它们。但"纳瓦林"号独自落在后头尤其不幸,因为它只能使用有烟的火药。

西多夫听见杜尔金副舰长焦急地对着通话管说：

"赶快修复破裂的蒸汽管！这是万分重要的。"

日本驱逐舰都驶近来了，它们分成两队，在"纳瓦林"号的舰首两旁行进，稍为靠前一点，还不断用探照灯照它。这是一种诡计。俄国战舰的长官和士兵们都把注意力集中在那些显现出来的敌方的驱逐舰上，而没有注意到这些舰中有一艘正悄悄地从后面驶过来。当有两三个人发现了它并喊叫起来的时候，它已驶得极近，并且发出鱼雷了。

在猛烈爆炸、剧震的时候，西多夫觉得他所站的舰桥已经摇动起来，他跌倒了。战舰马上像弹簧那样震颤起来，舰首、舰尾也同时倾斜下去。信号长在倒下去的地方躺了一会儿，当他挣扎着跳起来的时候，他听见人们的喊叫声和大炮的轰隆声。他看见维尔霍夫斯基准尉抓住一只救生圈跳下海去，还有几个士兵也仿效他们长官的样子。

"停止！你们干什么呀？"操舵员米哈伊洛夫大声地喊道，"我们的舰还漂浮着，没有马上沉没的危险。"

他竭力让伙伴们镇定下来。

"全体军官上甲板来！炮手回各自的岗位！"副舰长用最高的声音喊道。

喧闹声渐渐平静了，秩序也恢复了，同时着手检查鱼雷造成的损坏。右舷后部水线下的地方完全被毁，但防水门都有效地发挥了作用，螺旋推进器和舵轮也没有受损。停止机器并用堵漏垫堵住漏洞的命令发出了。

费定霍夫舰长从手术室搬到司令塔来。

"管住我干什么？"他用低沉的声音向围拢在他四周的军官们说，"不管你们怎样看顾我，在两个钟头内我就要死的。尽力救你们自己吧，让我跟本舰一同沉没！"

西多夫从最初的剧震恢复过来之后，就跑到舰尾去察看情况。使他最最吃惊的是舰尾楼完全沉入海中了，后部十二英寸炮塔也是一样，海浪正以沉重的节奏拍打着它。差不多有四十个人在两三个军官指挥下，企图用两张沉重的防水布做的堵漏垫堵住因鱼雷爆炸引起的裂口。他们在手电筒的亮光下小心地沿着倾斜的甲板走到舰尾去。

"堵紧啊，弟兄们。"军官们说，"要不然，咱们马上就要沉到海底去了！"

水兵们心里都明白，全都竭尽全力干这个工作。其中有一个人掉下海去，发出了凄厉的叫声。就在这时候，一个巨浪扑了过来，带走了防水布，同时卷走了七八个人。沉溺的人们那绝望的尖叫声从舰尾传来。别人不能救助他们，只是悲恻地向牺牲者那边望着。

水手长开始咒骂他们。

"该死，"他说，"把我们的防水布也卷走了。你们不是水兵，是木头！"

"无论如何，"西多夫插嘴说，"我们应当把救生用品抛给这些可怜的人。"因此一些带有软木床垫的吊床被抛下海去。

工作又开始了。但一点也没有结果，还有许多人给卷下海去，事实已证明不能用堵漏垫堵那洞口。这想法终于放弃了。而当敌方驱逐舰又开始袭击的时候，便又下令向前行驶。

像从梦里醒来一般，"纳瓦林"号开航了，它以每小时几海里的速度向朝鲜海岸驶去。

西多夫回到舰桥上的岗位来，继续注视着敌方驱逐舰的行动。一看见它们的轮廓，他的心就仿佛停止了跳动。而当想到"纳瓦林"号现在已不能击退敌人的猛攻时，他更加浑身战栗。炮手们的斗志已给那次爆炸搞垮了，他们胡乱开炮，有些人还擅离自己的岗位。风在呼啸，海浪的吼声使人联想到葬礼的进行。驱逐舰已围住俄国战舰，四顾茫茫，无可呼援。许多鱼雷向它射来，大炮和机关枪，甚至连步枪也都射击了。看来，敌人已决心结果"纳瓦林"号。

一块弹片擦伤了西多夫的前额，鲜血淌到衣衫上。他走到手术室去包扎伤口。他刚走到主甲板，第二枚鱼雷已击中这不幸的战舰的右舷中央。大股的海水从裂口涌进来。人们惊骇地呼叫起来，与此同时，甲板上、火舱里、弹药库里和舰上其他部分已大水泛滥了。发电机已停止转动。军官和士兵在漆黑中互相碰撞，头碰上了看不见的东西。许多人迷了路，只在舱壁之间兜圈子，找不到出口。有些人则从升降梯上摔下来，跌断了骨头。这时候要走动，就必定要碰到危险，而最使那些还没有受伤的人惊骇的，是受伤者失去了理性的绝望的惨叫，仿佛整个舰正由于痛苦而呻吟一样。

西多夫的嘴巴干燥得像着了火似的，在找到出口处之前，他已跌倒了好几次。当他迅速攀上第一道升降梯以后，他便发觉那通到上甲板的第二道梯子已给一伙拥挤在那里的人堵住了。由于生存本能的驱使，他们全都竭力冲上前去，互相抓住肩膀，踩踏那些较小的和较弱的人，跟鱼儿在一只已拉上岸的渔网里一样地挣扎着。

"鬼东西，你们干吗不走上去呀！"后面的那些人喊道，一面推他们，一面用拳头打他们。

"喂，让开！我是长官！"一个人大声命令道，在人群中挤着，但没有一个人理他。

西多夫无法走上前去，心想他是完了。接着一个大胆的念头驱动他，他倒退两步之后就猛冲上去，爬上伙伴们的肩膀，紧抱住他们的头。当他快到顶上的阶梯的时候，有人揪住了他。他的肋骨和面孔挨了好几下拳头，还有人死咬住他的腿。他鼓起最后的气力，猛地向前冲去，以致那些在他前面的人暂时让了开来，而他也发觉已经自在地走到上甲板来了，他慌忙向司令塔走去。

在舰桥上，他碰见操舵员米哈伊洛夫，后者给了他一张软木床垫。这里有许多军官和士兵，他们都套着救生圈或系着软木床垫，每个人只考虑自己的安全。的确，有一个军官提议用堵漏垫堵住新的裂口，有的提议重新启动发电机,以为抽水机也许能排除海水。随军神父右手持着个十字架,左手抱着软木床垫,跪着向黑暗的天空大声祈祷。没有人再想到去营救那个正躺在司令塔里地板上的舰长费定霍夫,杜尔金中校用扩声筒发出命令,他说:

"放下小艇!这是我们唯一的机会!"

"纳瓦林"号已右倾得厉害,但倾斜度增长得很慢,可以有充分的时间放下所有的小艇和汽艇。这些小艇可以容纳七百个船员中的一大半,但他们已经非常惊惶,而死的恐怖使得军纪荡然无存。没有人再顾念到上下级之间的差别,所以简直没有人理会副舰长的命令,尤其是在做这些笨重的事上。最大的一只小艇放下去了,但头先下水,马上沉掉了。第二只小艇放得小心些了,但它刚刚安全地放到海上,立刻挤满了人,所以也沉了下去。

西多夫把软木床垫系在身上,就挨着操舵员米哈伊洛夫站在舰桥上,准备随时跳下海去。当他听到那些已走上甲板来,并四处竭力寻找救生的东西——诸如比水轻的软木床垫、软桨、木板、木箱盖子、小水桶等等——的人们那慌乱的叫声时,他的背脊上顿时掠过一阵凉气,浑身颤抖。那些后到的企图去抢夺先来者已拿到的东西。在前甲板上有几个人为了一个救生圈在打架。

"我先拿到的!"一个人喊道。

"胡说,那是我的!"另一个人叫道。

他们抢夺那东西,摔倒在甲板上,因为舰的倾斜,他们一起滚到右舷。在舰上别的部分也出现了同样的情形。

现在"纳瓦林"号差不多已横躺下去了。右舷各炮的炮口已浸在水里,左舷的则朝天竖立着。即使炮手在岗位上也不能发挥作用。日本驱逐舰看出这战舰已没有防御能力,其中有一艘朝它的左舷驶来。

我们的水手高喊起来:

"它正朝我们驶来!"

"打它!"

"跳下海去啊!"

军官和士兵们好像给一种看不见的力量所驱使似的,全都跳下海去了。

那艘驱逐舰驶得这样近,在"纳瓦林"号舰上的人们都能够看见他们放出鱼雷。

正在舰桥左面的西多夫抓住栏杆,缩紧身子。几分钟过去了,突然一条爆炸的火光在黑夜中闪射开来,使他目眩。海水掀得跟樯桅一般高,几百吨的海水倾泻在甲板上,打湿了西多夫。他用手和脚沿着左舷舰梁爬行,准备在"纳瓦林"号倾覆时攀上舰的龙骨。他看见它翻倒下去,打沉了两只坐满人的小艇。接着战舰咕嘟咕嘟响着沉下去了,把他卷入旋涡中,但软木床垫又使他浮出水面。

一浮出水面,发觉他是在一群在大海中挣扎并互相乱抓的人们中间,他慌忙泅开去。他花了好大力气才摆脱了军需长科兹尼亚科夫的一双长长的手,同时对另一个泅近来的人威胁着说:

"滚开,要是你抓住我,我就打死你!"

从沉没的战舰上浮起来许多木头——原木、木板、木箱等。海水汹涌,这些笨重东西撞伤了许多人。

各日本驱逐舰一个人也不救,驶开了去。剩下的黑夜是恐怖的,而且似乎没有尽头。在黑夜和冰凉的海水中,除了没有目标和不抱希望继续漂游之外,再没有别的了。智慧和勇敢,以及人类的其他气质都已不能摆脱这种不幸。为苦痛所熬煎的人们,冻得浑身直抖,倦乏地断了气。

太阳升起来了,西多夫发现他处在死人和活人中间。一个船员的脑袋给横梁撞破,但还继续靠救生圈漂浮着。另一个把软木床垫束得太低,所以两脚朝天,早就淹死了。这些死者的脚可怕地伸在水面上。在大战之前,并没有进行过避难的训练,没把救生圈和软木床垫的使用方法教给士兵们。

这样,曙光简直没有带来快乐。天色晴朗,一望无际的海给偏斜的阳光照得熠熠闪亮。西多夫仍在一伙约三十个人的残存者中间,他们尽力靠拢在一起。这三十个人中有一个是普霍夫上尉,他高大的身材上套着一只救生圈,稍远一点有五个士兵紧抓住一只大箱子。

早上八点,海平线上出现了一只船。这是一艘日本驱逐舰。人们希望得到救助,快乐地大声喊叫。但它仍然继续前行,在离他们二至三链处驶过,还用双筒望远镜注视他们。不幸的俄国人渴望地凝视着它,直到它消失。

现在一个束着软木床垫的士兵发狂了。他游近了普霍夫,死死抓住上尉的脖子,竭力把这可怜的人的头压到水下去。

那个吓坏了的军官大声喊道:

"别动我!我什么时候害过你呀?"

那水兵凶狠地对他直嚷嚷,同时普霍夫竭力保护自己。西多夫很替上尉难过,他平时对士兵们总是很友好的,因此就游过去救他,把那个攻击者拖开。后者的软木床垫在争斗的时候给移动了,因此他的双脚顿时朝天,立即就淹死了。两只脚一只登着靴子,一只光着脚板,在空中痉挛地抽搐了一两分钟,随后就不动了。

因寒冷和风吹浪打而奄奄一息的上尉普霍夫也没有活多久。他用双臂扑打海水,仿佛在竭力击退那个方才死去的敌手。在说出一些断断续续的话之后,他的头垂了下来,他完了。

西多夫游到五个人抓着的大箱子那里去,他也抓住它。他不幸的伙伴们已精疲力竭,脸色发青,眼睛深陷,虽然四望空空如也,还是不断呼救。有的人在诅咒,同时也有人在祈祷。

由于寒冷和饥饿,他们已经没有力气抓住箱子了。太阳将近中天,他们一个接一个地松开了手,沉没了。那些靠软木床垫支撑着的伙伴们,也逐渐因寒冷而死去,但都继续默默无言地、扭歪着脸漂浮着。这些尸体中有一个人一只手紧紧地勾住另一个人的脖子，连海浪也无法把这一对分开。

到了下午四点钟，西多夫是这伙三十来个人中唯一的幸存者，他感到自己的末日也同样临近了。他比别人活得长这一点，说明他有一个非常健壮的身体，但是现在也差不多精疲力竭了。寒冷彻骨，他甚至开始失去痛苦的知觉。他的头觉得像铅一样沉重，垂在胸前。他的双眼紧闭。他晓得因寒冷引起的睡眠多半是死亡的开始，他竭力保持清醒，而且并没有放弃得救的希望，不断地察看那浩茫的海面。成群的海鸥发出了悲伤的叫声，正在他头上飞翔。有一只啄着一个死人的膝盖，并用阴沉的、红红的眼睛注视着西多夫，好像在等待这个最后一个活人的死亡。有时，在西多夫看来，太阳好像在天上跳舞，好像自己快要插翅飞翔，又好像有些妖怪在拉他的腿，使他沉入无底的海洋。他感到一阵微弱的痉挛，晓得快要完了。但恰恰在他的力量就要使尽的时候，在他差不多停止了思想的时候，他看见海平线上渐渐出现了灰色的烟柱。开始只是一个小点点，但迅速地越来越大，因为冒着这烟柱的舰正在驶近来。他的心开始猛烈地搏动，他吸进去的空气似乎要烧焦他的肺，他的头仿佛有一千架马达那样哒哒地响。五颜六色的星星在他眼前闪烁，在一片陨星的飞逝中跳跃着一个翠绿的太阳。接着，像旧式哑剧中的变景一样，景致发生了急剧的变化，现在已不是大海，周围是一望无际的草场。"纳瓦林"号的各个烟囱有力地喷出浓烟，在草场上行驶。难道"纳瓦林"号没有沉没吗？可是为什么烟囱不是四只而是三只呢？西多夫徒劳地竭力回想着。它早先真的有四只吗？这变化使他惊惶。无论如何，那战舰正径直向他驶来。好像击退一个鬼怪似的，他举起双臂，沙沙地喊道：

"救命啊！救命啊！"

不晓得是谁的手抓住了西多夫，把他从海里拉了上来，剥下他湿透了的衣服，用力摩擦，帮助他血液循环。在这时候，他始终在他们中间寻找"纳瓦林"号上的伙伴，还不晓得他已在一艘日本驱逐舰的甲板上了。[1]

四

第二太平洋舰队的巡洋舰战队是由奥斯卡尔·阿多尔霍维奇·恩奎斯特少将指挥的。没有一个人知道海军部究竟为什么把这么一个重要的职位委派给他。也许是因为他相貌出众而选中了他。的确，他有一副刚毅的面相，个子高大，肩膀宽阔，又有一部灰色的大胡子。在海程中，这老人家时常戴着白帽，穿着白裤，着一件裁得跟工人外衣一样的白色紧身上衣出现在舰桥上。要是他没有金钮扣和镀金的、镶着黑色帝国鹰徽的肩章的话，没有一个陌生人会想到他是一个俄国海军的少将。从他的步态、举止以及说话的语气看来，恩奎斯特倒酷似一个旧式的俄国地主，一个由于文雅、温和以及愚钝而为农奴们所喜爱的地主。在这一类"贵人"的管辖之下，农奴们比在更精干和更有能力的地主管辖之下日子过得好一些。

在舰队里，大伙都叫他"农场主"。

从一八九五年到一八九九年，他是巡洋舰"爱丁堡大公"号的舰长。这是一艘帆船，又是一艘供未经委任的下级士官学习业务的训练船，因此他是一个典型的装帆舰的舰长。在俄日大战之前，他不但从未指挥过一个新式战舰的战队，甚至从未乘坐一艘装有新技术设备的战舰或巡洋舰航行过。一八九九年以后，直到战争爆发这期间，他是尼古拉

---

[1] 后来我们得知"纳瓦林"号全数九百个船员中，除西多夫外，还有两个人得救：炮手库兹明和伙夫德尔加切夫。这两个人给一艘英国商船救起来，并被带到天津，送交了当地的俄国领事。——原注

耶夫市的市长，在那里，由于他温和的性格，得到普遍的好感。接着，海军首脑部就派他指挥第二太平洋舰队的巡洋舰战队，到远东去控制日本海和挽回俄国失败的命运。看起来虽然是坚定的，实际上他是一个迟疑的、缺乏自信的人。当他发令时，他时常用这句话结束：

"你们认为这没有错吗？"

因此，他主要的参谋冯·杰恩上尉总是用这样的话叫他放心：

"阁下，这是一个极好的意见。"

冯·杰恩是一个贵族，意志坚决，办事干练，在战队内有很大的势力。实际上，当战队和舰队的主力在凡丰湾会合之前，负责指挥的乃是冯·杰恩上尉。会合之后，恩奎斯特把他的将旗移到一级巡洋舰"奥列格"号上去，从此该舰舰长名叫杜勃罗瓦尔斯基的在战队参谋团中占据了一个支配的位置。杜勃罗瓦尔斯基上校是一个高大、健壮的人，脸孔胖得像橡皮气球，但大半被他那部灰黑相间的大胡子所遮盖。他非常自信，认为自己是一个现代海军技术问题的权威，绝对不容许别人否认。冯·杰恩因此被迫退到幕后，同时恩奎斯特也就成了杜勃罗瓦尔斯基的意见的传声筒。下级军官们对此时常开玩笑说：

"杜勃罗瓦尔斯基操纵着我们的少将，就如操舵员操纵本舰一样。"

杜勃罗瓦尔斯基年轻时候曾非常倾向于"人民意志党"，但渐渐地，他那红色的信念已经像阳光下的红布一样褪色了，现在他只想着自己的事业。但大官们仍然把他看作一个自由主义者，因为他对旧的海军传统非常不满，他嘲笑自己指挥的军舰"奥列格"号，说：

"只有白痴才会派这么一艘军舰到远东去作战。它只配作侦察和袭击商船。它的六英寸炮装在炮塔或暗炮塔里，这倒蛮好，但它没有钢甲掩护自己的舷侧。谁都会说，这艘巡洋舰就像一个戴着长手套、赤身裸体的人！"

杜勃罗瓦尔斯基的外观使他在舰队里得到"大象"的绰号。

巡洋舰战队的军官们在谈到恩奎斯特时，都习惯于这样说：

"我们的'农场主'要创办一个动物园,他已给自己准备了一只'大象'。"

少将从未召集各舰长开会,他能和他们谈些什么呢?

他没有足够的智力可以给他们任何一个指示,而他自己又没有接到总司令官的什么命令。他极少访问他辖下的各舰。为争取海战的胜利所不可或缺的舰队内在的联系,在他和他们之间是完全不存在的。他的下属们很喜欢他——就像人们喜欢有趣的故事一样。

犹如海军的守护神圣尼古拉圣像从不麻烦每一个人一样,恩奎斯特温和地、沉着地、毫不麻烦任何一个人地驶到对马海峡来了。

有关巡洋舰战队任务的训令在战前早已由卢杰斯特温斯基发出了。二级巡洋舰"瑶玉"号和"珍珠"号掩护一级巡洋舰[1],防卫鱼雷的袭击。由沙因上校指挥的一级巡洋舰"斯维特朗纳"号、辅助巡洋舰"乌拉尔"号和二级巡洋舰"金刚钻"号三艘护卫运输船队。"奥列格"号(恩奎斯特的旗舰)、"阿芙乐尔"号、"顿斯科依"号和"蒙诺马赫"号——全属一级巡洋舰——也同样护卫运输船队,但在必要时可调出来帮助舰队的各主力舰。五月十三日,卢杰斯特温斯基又发出新的命令,命令"顿斯科依"号和"蒙诺马赫"号护卫运输船。这样,恩奎斯特能独立支配的就只有两艘巡洋舰了。上面所说的那些护卫者和其他巡洋舰都驶在运输船将受攻击的任何一边,并作为战舰的后盾,但尽可能驶在射程之外。

五月十四日,当敌方哨舰在海面出现时,恩奎斯特正在"奥列格"号的舰桥上。一看到敌方的军舰,少将便对他的属员说:

"在我看来,我们应当去对付那些叫花子,要是可能,就干掉它们。可是我们能够不等卢杰斯特温斯基中将的命令冒险这样做吗?"

杜勃罗瓦尔斯基也有相似的疑虑,他说:

---

[1] 恐系战舰之误。——译者

"我想中将大概不会赞成我们干这一类事的。他有他的计划,虽然他不想把计划告诉我们。我们完全蒙在鼓里。要是我们独立行动,也许,我们就会和他的计划发生冲突。"

当日本的主力在左舷出现的时候,我们的巡洋舰和运输船依从卢杰斯特温斯基的旗号,提高时速驶到俄国战舰战线的右边。"奥列格"号和"阿芙乐尔"号驶在运输船的前头,哨戒战队则在运输船的后面,"顿斯科依"号居左,"蒙诺马赫"号居右。现在日本轻型巡洋舰"和泉"号在东面(右舷)出现了,并以四十链的距离向运输船开炮。但在我们各舰有力的炮击之下,它迅速逃离了。半小时后,"奥列格"号的瞭望员看见日本第三和第四战队正从南面驶来袭击俄国运输船。敌舰"笠置"号是有装甲的,飘着出羽中将的将旗,往下便是"千岁"一号、"音羽"号和"新高"号,还有瓜生中将的旗舰"浪速"号率领着"高千穗"号、"明石"号和"对马"号。这些军舰开始炮击我们后面的运输船和巡洋舰了。

"我们应当前去援助他们。"恩奎斯特说。

但杜勃罗瓦尔斯基早已根据他的主意发出命令。"奥列格"号转了弯,朝日本各舰驶去。跟在它后面的是"阿芙乐尔"号、"顿斯科依"号和"蒙诺马赫"号。

"你想这样做对吗?"恩奎斯特用自己惯用的语气问。

"慢慢就会晓得的。"杜勃罗瓦尔斯基回答,有点恼怒。

于是双方以不超过三十链的距离互相轰击。日本这些辅助巡洋舰的炮手不如他们的主力舰队那样高明。然而,俄国的巡洋舰和运输船已开始遭难了,那些指挥各舰船的人因此都心神不安,阵形也混乱了。不久,另一支日本战队又驶到了,这是第五战队,由片岗中将指挥,"严岛"号是旗舰,还有"镇远"号、"松岛"号和"桥立"号。稍后,第六战队又来到战场上,它们是"须磨"号,小东乡中将的旗舰,还有"千代田"号、"秋津岛"号以及"和泉"号。敌人的力量加强了一倍。

这样，俄国人的惨败已是不可避免的了。运输船向各处逃散，各舰为了避免冲突，不得不一再改变自己的航线。当时，俄国各舰的运动是这样混乱，如果画在纸上，看起来准像一个纠缠不清的死结。

当我们的运输船和巡洋舰处在这么混乱的情况下的时候，我们的战舰还是继续前进。喷出火焰的旗舰"苏沃洛夫"号已驶离战列。恩奎斯特因这种景象而伤心，便命令"奥列格"号和"阿芙乐尔"号去援救它。这是少将第一次采取的坚决行动。但当两艘巡洋舰驶近旗舰时，他们看到好些战舰已在竭力援救它，于是它们就返回运输船这边来。那两艘一向靠近战舰的"瑶玉"号和"珍珠"号也跟在它们的后面。

四个日本战队继续向俄国巡洋舰和运输船发出猛烈的炮火。"奥列格"号和"阿芙乐尔"号在近水线下的地方已被炸开了五六个破洞。有两三间舱房已积满了水。"珍珠"号当它还在舰队主力的侧面时，就已中了许多炮弹。"斯维特朗纳"号的舰首沉了下去，但还在继续发出有力的炮火。各俄国巡洋舰没有共同的计划，像给猎犬驱赶的羊群一样挤在一起，完全不像受过严格训练的战舰。在混乱中，"乌拉尔"号撞上了"珍珠"号的舰尾，碰坏了后者右舷螺旋推进器的机叶，还毁了同一边的鱼雷放射管，已准备放射的鱼雷掉落海中，但没有爆炸。不久，"乌拉尔"号中了许多敌弹，以致扬起一道信号："破洞无法堵塞，即将沉没！"拖船"罗斯"号、"斯维里"号以及运输船"亚纳都尔"号都驶靠该舰转载船员。当搭载正在进行时，日本巡洋舰继续发出它们的炮火。在混乱中，"亚纳都尔"号撞上了"罗斯"号，随即沉没了。船员被移到"斯维里"号上去。与这同时，工厂船"堪察加"号的舵轮也受到损害，因此不能保持自己的航路。"乌拉尔"号在慌乱中过早被舍弃了，但它还继续漂浮了两个钟头，如果日本人晓得船上连一个人也没有的话，他们会拖走它当作战利品的。但它终于给敌方一些偶然从旁经过的较大的战舰所轰沉。

在这种情况下，如果不是自己的战舰驶来援救它们，俄国的巡洋舰和运输船一定会迅速被敌人消灭。当时，敌方的主力离开我们远了，我们的战舰正向南行驶，在我们的巡洋舰战队和敌方的巡洋舰战队中间驶过。就在这时候，敌舰也遭受了很大的损害。"笠置"号由"千岁"号掩护离开战场。"松岛"号也离开战列，直到夜晚还未能和它的战队会合。"高千穗"号和"浪速"号也一样受了很大的损害。

到了傍晚六时，日本巡洋舰战队向西南面退去，随即消失了。

俄国战舰再往北行驶，又跟敌方的主力交战了。这是五月十四日炮战的最后一场。巡洋舰驶在战舰的左边，相距约三十链。因为它们不再处在炮火之下，恩奎斯特就设法调整战队的阵形，各巡洋舰排成单纵阵，运输船则分别排在纵阵的两旁（这是十分荒谬的）。在左面更远处是驱逐舰，其中有一艘，即"纯洁"号，以最高的时速朝巡洋舰战队的最后面驶去，一面扬着如下信号："卢杰斯特温斯基中将已将指挥权交给尼波加托夫少将。驶向海参崴。""奥列格"号和其他各巡洋舰都重复这个信号。

日落时分，敌方舰队的主力驶回本国内海去了，而日本的鱼雷战队却在海平线上出现了。我们的战舰乱了阵脚，以最高速度朝敌人的左西逃走，驶向南方。巡洋舰和运输船也同样转弯，因此也就走在战舰的前头。黑夜迅速降临，鱼雷的袭击开始了。现在已到了舰队主力最需要巡洋舰援助的时候。如果说在白天的战斗中，后者对战舰和运输船没有给予有力的支援，那么，现在正是它们显示威力的时候。在去远东的全部海程中，舰队里的每一个人，从总司令官到最下级的水兵全都坚信，对我们最危险的不是炮战，而是鱼雷的袭击。这种恐惧的结果现在变得明显了。按杜勃罗瓦尔斯基的命令，在纵队前头的"奥列格"号全速驶上前去。只有"阿芙乐尔"号和"珍珠"号能够跟得上它。"顿斯科依"号、"蒙诺马赫"号和"斯维特朗纳"号三舰早已受了重创，舰首下沉，很快就落在后头。"瑶玉"号已加入了战舰战队。"金刚钻"号向日本海岸驶去，自信沿岸行驶更有到达海参崴的机会。运输船和驱逐舰则分散在各处。这时候,夕阳的余晖已经消逝,而第二太平洋舰队已不再是一个实体,早已化成为无数的战队和孤零零的军舰了。

"奥列格"号以十八海里的时速继续朝南行驶,把炮击的轰隆声留在遥远的后方。至于要使用自己的炮,在黑暗中要瞄准或要弄清它所炮击的舰,都很困难。日本的驱逐舰时时出现,并放出致命的鱼雷,但这些都给曲折的行驶避开了。

恩奎斯特显得越来越不安,他说:

"我们走得这样快,结果我们会与战舰失去联系的。你想这样对吗?"

杜勃罗瓦尔斯基自信地说:

"要不是这样,阁下,日本准要用鱼雷炸掉我们。我们不应当让他们有瞄准我们的舷侧的机会,只让它们打向舰尾,那么我们舰后的涡流就会把鱼雷甩开。这是海军的第一原则。"

少将暂时没有提出反对的意见。但当入夜,再也听不到炮火的声音时,他又旧事重提:

"你认为我们应当转弯,再与战舰会合吗?"

杜勃罗瓦尔斯基反对说:

"显然,我们的战舰是循着和我们相同的航线行驶的。如果我们向后转,碰到了它们,它们大概会把我们当作日本战舰的。一两颗十二英寸的炮弹就会把我们这纸糊的巡洋舰葬送的。"

然而少将并不相信,反而越来越强硬地主张向北转。"驶向海参崴",这命令不断地在他脑海里嗡嗡作响。后来舰长终于让步了。当晚巡洋舰战队两次改向往北行驶,但每次都遇到敌方的驱逐舰。到了九点,零落的灯光出现了,他们大概看见了渔船,但巡洋舰的舰桥上却引起了一阵慌乱。军官们惊骇地说:

"整个日本舰队追上来了!"

"奥列格"号再度折向南方,同时心神不安的少将正在和舰长杜勃罗瓦尔斯基辩论。

"驶向海参崴有什么用呢?"后者说,"当我们还在堪姆朗湾的时候,我就听到日本人已封锁了那海口了。再说,卢杰斯特温斯基的命令是要以一个统一的舰队驶向海参崴去的。可我们现在已绝望地分散了,再也不是一个统一的力量了。过后,阁下您一定会看到那些残存的军舰都驶到南边来了!我们现在已失去了几艘战舰,竭力驶往海参崴已毫无意义。六艘运输船早已被派到上海去了。显然,舰队残存的各舰也都竭力驶到上海去。任何一艘想靠自己的力量冲到海参崴去,只有被敌人击沉而已。残存的舰队在一个中立港里被人扣留,实在比毫无目的地去牺牲要好些。"

恩奎斯特叹了一声,没有回答。

黎明时候,"奥列格"号把时速降为十五海里,鱼雷袭击已结束了。堵塞破漏和舰舱内排水工作正在进行。

十五日黎明,看得见的舰只有"阿芙乐尔"号和"珍珠"号。海平线上没有烟柱出现。为了节省煤,时速减为十海里。

各舰交换了关于伤亡数字的旗号。三艘巡洋舰上有三十二人被打死,一百三十二人负伤。

中午,少将把将旗移到"阿芙乐尔"号上去。参谋人员,包括航务参谋上尉德·里弗隆、前任参谋上尉冯·杰恩,后任参谋上尉佐林以及各瞭望兵、信号兵、勤务兵等一起移到"阿芙乐尔"号上去。恩奎斯特决定亲自担任该舰的指挥,因为舰长叶戈里耶夫已战死,副舰长尼波尔辛也已重伤。

下午三时,航路定为南四十八度西,驶向上海,时速为八海里。

少将已不再使用他惯常的问话:"你以为这是对的吗?"相反,他尽其所能地使自己和他的属员们平静下来,说:

"也许,舰队明天就会赶上我们。你们晓得我们是走得多慢,而它们时速至少是十二海里呢。"

五月十六日早上，少将接到报告，说有一只小汽艇在海平线上出现。随即就看出它是正要驶往上海去的拖船"斯维里"号。巡洋舰战队的各舰都把机器停了。到了九点，它已驶近"阿芙乐尔"号。站在舰桥上的恩奎斯特用话筒问"斯维里"号：

"喂，舰长，我们的舰队在什么地方？情况如何？"

从沉没的"乌拉尔"号上撤出的军官希林斯基·沙里马托夫上尉用响亮而清楚的声音回答道：

"阁下，舰队的所在和情况，你应该比我们更清楚。"

恩奎斯特脸红了，无力地放下了话筒。他晓得军官们把他看作一个逃离战场的长官。他慌乱地、谁也不看一眼地低声发了如下的命令：

"'斯维里'号驶到上海去，派一只煤船来让我们添载。添煤后我们驶向马尼拉。美国当局会比中国更宽待我们，或者允许我们做必要的修理而不解除我们各巡洋舰的武装。"

接着少将便离开舰桥，关在舰长室里。

巡洋舰战队以最经济的时速朝菲律宾驶去。

三天后，在菲律宾群岛的最大岛屿吕宋岛近旁，它们遇到一只德国商船，它用旗号报告他们，说在北纬十九度、东经一百二十度处看见一只俄国辅助巡洋舰"第聂伯河"号。"阿芙乐尔"号向该船船长致以深切的谢意之后，战队仍然继续行驶。

五月二十日驶进了塞尔港，发觉当地既没有煤，也没有粮食，船坞也没有。美国早已放弃了这个海港。因此，各巡洋舰又朝南驶。二十一日，当他们离马尼拉只有一百海里的时候，他们看见了前面有团团黑烟，随即就看出五艘成单纵队向他们驶来的战舰。显然，日本已料到恩奎斯特要到那个海港去，并决心来歼灭这第二太平洋舰队的残余。

敌人临近的消息像野火一样传遍了"阿芙乐尔"号。这三艘损害极重的巡洋舰怎么能对抗那五艘想必很完好的敌舰呢？要逃跑是不可能的，因为煤舱里差不多空了。军官和士兵们好像害了热带传染病一样昏倒了。

恩奎斯特自从和"斯维里"号作上述对话之后，从未离开过自己的舱房。他不晓得"蒙诺马赫"号、"纳西莫夫"号、"西梭·维里基"号和"纳瓦林"号早已中了日本的鱼雷沉没了。但他总会料想到，舰队的大部分肯定要在五月十四至十五日夜晚的鱼雷袭击中为敌人所消灭。他自己在万分危急的时候舍弃了舰队，而在大家看来，这只是为了救他自己的生命。他背叛了祖国，背叛了给他以高位和勋章的祖国。在对马海战之前，他遇见了一些能干的幕僚，由于他们的推荐，海军当局认为他是最优秀的少将之一。可是到了对马，命运竟使他与杜勃罗瓦尔斯基打起了交道，这是个实在应受谴责的人。恩奎斯特仍然关在舱房里，默默地想着这些事情。

当他接到日本战队正在驶来的报告，他似乎非常高兴。他用轻快的步子走上舰桥。他消瘦的脸孔现在显出从未有过的坚决表情。他抢过双筒望远镜，观察那些正在驶来的敌舰，丝毫没有因这迫在眉睫的灾难而烦乱。他转身向他的下属们，用一种他们素不熟悉的威严命令道：

"吹哨子，命令全体人员上甲板来！"

"阿芙乐尔"号的甲板上随即挤满了人。少将向他们做了一番热情的讲话，那言辞的勇敢和坚决，完全出乎每一个人意料。他说话的时候，那部灰色的长胡子也跟着摆动。官兵们一边听着，一边不断地回头望着，也许这是一生中最后一次，望着那蓝色的热带的海显露出来的美，望着吕宋岛——他们希望在那儿得到休息和安全——的风景，望着那并非为他们而照耀着的早晨的太阳。他们面色苍白，眼睛像注视着不可避免的厄运一样地悲伤。然而，恩奎斯特无论如何要求他们拿出勇气来：

"大胆的敌人竟追赶我们到美国领海来了。现在，要是我们无法避免一场战斗，我们就要勇敢地迎接它。我们要给敌人最大可能的重创，让我们为祖国的光荣而战死。我们要不停地使用我们的炮，直到炮弹全都打光为止。然后,我们还要用接舷战和它们搏斗,我们要同它们进行接舷战。是的,弟兄们,同它们进行接舷战!"

他用积聚了好几天的全部热情喊出了最后这一句话,同时用他的右手在空中画个圆圈。

埃依蒙特准尉,一个后任的航务官,一面暗笑,一面低声地说:

"帆船舰队时代光荣的传统万岁!"

少将凛然地抬起头来,命令道:

"吹'准备应战'的军号!"

当战鼓擂响、喇叭狂吹的时候,士兵们急忙各就各位,随后就是紧张的寂静。

只有舰桥上在少将旁边站着的军官们低声对他说:

"阁下,它们好像是装甲巡洋舰!"

"是的,驶过来拦截我们的是上村舰队。"

"但为什么还不开火呢?"

这时候,在前樯楼的瞭望员用一种宛如小公鸡似的声音高叫起来:

"它们不是日本军舰呀!"

一分钟后,冯·杰恩上尉已能够毫不犹豫地肯定他的陈述。驶来的各战舰是美国的,上面飘着中将旗。"阿芙乐尔"号舰桥上的谈话再不是低声的了。整个舰上,直到最低的底层,都洋溢着快乐的气氛。已准备应战的各巡洋舰又恢复正常的配备。双方不是打出高度爆炸的炮弹,而是互相发出亲切的礼炮。美国舰队转了弯,驶在俄国战队的外面,并和它并列朝南行驶。后来我们晓得,美国从电报上知道有一队溃败的俄国舰队的残余正要驶向马尼拉之后,唯恐日本追踪他们的敌人而驶入美国的领海来,他们便派出两艘战舰和三艘巡洋舰作为保护的力量。

只有恩奎斯特没有分享到大伙的快乐。他脸色阴郁,已由少将变成"农场主"了。他缺乏足以使他撞破脑袋的意志,但他方才倒已真心准备让敌人的炮弹打穿他的胸膛,希望借此挽回他已失去的名誉。现在他已无从获得了，所以他走下舰桥，返回自己的舱房，在那里忍受良心的折磨。

傍晚，俄国的巡洋舰战队和他们的美国伙伴在马尼拉湾抛了锚[1]。

五

战舰"鲍罗丁诺"号跟"奥里约"号一样，刚从船坞里出来即被编入第二太平洋舰队。因此，它来不及发现和避免在构造上的许多缺点，便已开始它的军舰生涯了。结果，在到远东去的遥远的海程中，它发生了许许多多的麻烦，有时它的舵轮发生故障，因此时常驶出战列，或者差一点和僚舰相撞。有时在机舱里或在火舱里，许多毛病自己显露出来。供给汽锅的清水管又有破漏，造成很大浪费。此外，它是欠稳定的，尤其是在装满煤的时候。在风暴中，它向右或向左倾斜得这么厉害，以致老水手们时常摇着头说：

"在劫难逃呀！"

"鲍罗丁诺"号差不多每天都接到受谴责的信号。卢杰斯特温斯基认为它是舰队里最差的一艘。此外，他最讨厌它的舰长西里勃列尼科夫上校——因为他是一个独立自主的人。"鲍罗丁诺"号的舰长在年轻的时候跟"奥里约"号的舰长一样，曾是"人民意志党"组织的一个成员，甚至还作为政治犯坐过牢。

---

[1] 美国当局后来还是逼迫俄国各巡洋舰解除武装。当战事结束之后，俄国政府不晓得该怎样处置恩奎斯特和他的军官们：究竟是审判他们不服从驶向符拉迪沃斯托克的命令，还是奖赏他们保存了三艘军舰呢？结果，这两个问题都没有解决。

不久之后，恩奎斯特辞退军职，返回加特契纳，过着隐居的生活。他甚至连自己妻子的葬礼也没有参加，失望使他感到痛苦。他日渐消瘦，没有一个医生能说出他所患的病。他在一九一二年死去，葬于喀琅施塔得。——原注

"是一个无头脑的虚无主义者，"中将时常这样谈到他，"或许他只配指挥一只芬兰人的三桅船，实在不配指挥一艘战舰。"

在西里勃列尼科夫管辖下的士兵对他却有完全不同的看法。舰长懂得他们的心理，把他们当人看待，并且考虑他们的需要。他们吃的、穿的比第二太平洋舰队里别的各舰中最好的还要好。离开俄国的时候，他从自己的口袋里拿出一笔款子来补充士兵的图书筹备金。他把自己在航海中收到的报纸分发给他们，并且举行演讲会和各种安慰士兵的集会。因此，在笼罩着忧郁气氛的整个舰队中，他受到真正的敬爱。在"鲍罗丁诺"号舰上工作比在别的军舰上要愉快得多。

在对马海战的那一天，当午饭后日本的主力出现的时候，船员们被召集到后甲板上，西里勃列尼科夫舰长发表了一篇简短的演说，勉励他的听众保持本舰的光荣。在那些人中，有一个是水兵谢苗·尤辛。他生于坦波夫省，在捷姆尼科夫县的密林中长大。他和别的伙伴们不同的是有高大的身材和那么宽广的肩膀，好像是钢筋铁骨铸成的一般。他有两撇两端黏结而向上翘的浓密的唇髭。虽然差不多目不识丁，但他的智慧是和勇敢相称的。当他倾听西里勃列尼科夫的演说时，他带着一个虔诚的教徒凝视圣像时那种神态注视着舰长。

现在"准备作战"的警报敲响了。

水兵尤辛急忙跑到舰首的暗炮塔去。根据部署，他被指定为这炮塔里七十五毫米口径大炮的二号炮手。这里聚集了一打左右的人，包括炮手恰巴金和上尉宾宁申，后者是指挥这炮塔的军官。当敌方战舰在左舷出现时，他正按照司令塔的命令把炮口瞄准敌方前导的旗舰。

战舰由于打炮摇撼起来。

开始的时候，无论如何，遭受敌方大量炮火的并不是它，敌舰正把火力集中在俄国的各艘旗舰上，完全忽视了"鲍罗丁诺"号。开头一小时，它没有受到严重的损害，上层建筑中了几弹，引起了几次大火，但随即就被扑灭了。

尤辛精力饱满地干着自己的工作，丝毫没有去想他所遇到的危险。实际上，直到现在，海战并不像他所想象的那样可怕。为爱国的热情所鼓舞，他只想着尽可能地给敌人以巨大的打击。他的脸孔涨得通红，淌着汗水。

突然，"鲍罗丁诺"号的炮火停止了。尤辛挺直身子，就看见战舰已离开战列，转向右舷，独自行驶。"必定是舵轮发生故障，"他这样想，"大概是在司令塔里的。"一刻钟内，舵轮修好了。当"鲍罗丁诺"号驶回战阵的原位时，尤辛从炮门望出去，约在十链外，"奥斯里亚比亚"号也离开战列，冒着火焰，舰首一直淹到锚孔。宾宁申上尉也看见了，仿佛自言自语地说：

"它不会再驶多久了。"

"我们应当狠揍他们一顿，阁下，这些该死的日本人。"尤辛像喝醉了一样喊道。

宾宁申上尉没有回答，因为这时候暗炮塔外面正传来一阵喊叫声：

"担架夫到司令塔去啊！快！快！"

一个水兵走进暗炮塔来。他的脸孔又肿又黑，在一边的腮帮子上从嘴角到耳根的皮肤已撕破。他摇着可怜的受伤的头，高喊道：

"啊，那些恶魔！那些恶魔！"

尤辛以为他要找手术室，想去带他，但那个人只是喊："别动我！"立刻就回到甲板上去了。

很快，担架夫把司令塔里的情况告诉了暗炮塔里的炮手们。一发大口径的炮弹刚打中炮塔旁的舰桥。舰桥全毁了，航海长柴科夫斯基上尉和副航海长德·里弗朗上尉已被打死，尸体炸得粉碎。鱼雷长格尔青上尉昏迷了，被抬到手术室去。炮术长扎瓦里辛上尉独自走下毁坏的舰桥。但他的肠胃从破裂的腹部掉了下来，几分钟后就倒下死了，一些通信兵和操舵员也都死了。西里勃列尼科夫舰长的手打断了，被抬到手术室去。

司令塔里一切的机械、舵轮、通机舱的电讯系统和通话管等全都不能用了。副舰长马卡洛夫中校已负责指挥，并改在中央哨所指挥本舰。

伤亡的人数迅速增加，给敌人的炮火摧毁的大炮也越来越多，弹药输送机等也大都损坏，舷侧也出现了无数的弹孔。要在中央哨所来指挥本舰困难很多。为了观察外面的战况和发出必要的命令，指挥者必须在炮甲板上或在某个炮塔里，用通话管向中央哨所通话，然后再由一个军官用哨所里别的通话管把他的命令传到各部去。大炮的轰击声、敌弹的爆炸声、救火的人们的呼喊声，以及受伤者的哀叫和呻吟，使马卡洛夫中校感到极度的昏乱。人们时常没法听懂他的命令，要求再说一遍。接着在那易招危险的地方，他受伤了，因此必须在高级军官中寻找一个代替他的人。这样的事情发生了好几次，而每当改换指挥权时，战舰就暂时失去指挥。

现在，"苏沃洛夫"号和"亚历山大三世"号都已离开了战列，"鲍罗丁诺"号已在战列的前头。它驶在前面，尽可能地回击敌人的炮火，而指挥它的是那些尚活着或未受重伤的准尉。接着，甲板上传来了一阵叫声。

"鱼雷袭击！"

谢苗·尤辛从舰首暗炮塔里可以看见几艘日本驱逐舰，它们受到猛烈的炮击，随即返回去了，并没有给我们舰队什么损害。

日本舰队有两次看不见我们。到了下午六时，炮战暂时停息，"鲍罗丁诺"号稍稍做了一些修补。幸存的人们开始从水线下各部跑到甲板上来。有几个人聚集在前部暗炮塔里。受了重伤、已在手术室做完了包扎的宾宁申上尉也加入他们之中。他说：

"弟兄们，情况怎么样？"

"不大妙，阁下，"尤辛回答，"要是日本人再返回来攻击的话，他们只消一会儿就可以结果我们。"

上尉悲哀地摇了摇头，回答道：

"你说得对。我从没有想到那些混蛋们是这么棒的炮手。"

接着,他从炮门望出去,继续说:

"可是'苏沃洛夫'号和'亚历山大三世'号在哪儿呢?"

人们向他说明,这两艘战舰已遭受严重破坏,而且都着了火,早已驶出了战列,结果如何,还没人知道。

上尉叹了口气。

"我们都是一群傻瓜,怎么跟日本人打仗呀!"

"鲍罗丁诺"号已稍稍向右倾斜了。有人在喊,要大家带堵漏垫去。什么地方出现漏洞,漏洞有多大,尤辛不知道,他只管修理他那门给炮弹碎片堵死的炮。当他正在修理的时候,六艘日本战舰在右舷出现了。前部暗炮塔里寂然无声,每个人都感到末日快到了。

战斗又开始了,"鲍罗丁诺"号驶在纵阵的前头。

按照他们一贯的战术,日本舰队集中炮火轰击俄国的导舰。"鲍罗丁诺"号虽然受了很大的损害,而且舰上已有许多人伤亡,但到此刻情况还算良好,它的后部十二英寸炮塔和三个右舷的六英寸炮塔都能使用,水线下还没有中过敌弹。可是现在一受到六艘日本战舰同时的攻击,它渐渐支持不住了。舰上的人觉得它好像正受到许多重锤锤击似的。有几个地方已经像木造的房子一样燃烧起来,因此上层各部弥漫着令人窒息的、混合着瓦斯的浓烟。

正在修理大炮的谢苗·尤辛觉得闷极了,他流着眼泪,喉咙像给掐住一般,每分钟他都听到敌弹在战舰内部爆炸的声音。

宾宁申上尉喊道:

"弟兄们,用这么小的炮轰他们是没有用的,我们还是到有掩蔽物的地方去。"

突然,他按住胸口,呻吟起来,低声地说。

"哎哟,哎哟!……热呀!热!"

接着就团团地转,倒在暗炮塔的地板上。

就在这时候,一个瞭望兵冲进来,他身上的法兰绒水兵服已经撕破,上面沾上了血迹。

"军官们在什么地方?"他环顾一周,高声地问。

"这里有一个死的,"一个炮手回答说,"刚刚死掉。你要找军官干什么?"

"我到处在找,一个军官也找不着,全都死了,或是受了重伤。再没有人指挥本舰了!"

瞭望兵跑到舰尾去。

"鲍罗丁诺"号还继续行驶,不时地因敌弹的爆裂而震颤。舰上没有军官指挥,只有士兵在操纵本舰,它的炮火缓缓减弱了。它要驶到什么地方去呢?没有一个人有清晰的概念,甚至操舵员也感到茫然。但机器还在转动,它也就能够坚持那条航路。而整个舰队,有三个将官和许多舰长的舰队却盲目地跟随着它,这跟全舰队跟着"亚历山大三世"号时的情况完全一样。这类事情的发生,完全是由于卢杰斯特温斯基发出"如果导舰离开战列,即以二号舰代替"这个命令所造成的。

留在前部暗炮塔里的全部水兵现在跟着恰巴金炮手向装甲甲板下面较安全的地方走去。在那里,他们遇到许多在手术室里包扎好了伤口的人。尤辛便问道:

"舰长怎样?"

"军医正让他躺着,他不断地询问战况,他已不能指挥了,他流了多少血啦!"

"副舰长马卡洛夫在什么地方呢?"

"他也受了伤,听说,他没有到手术室去治疗。没有人知道他结果怎样。"

炮手恰巴金心里很乱,诅咒起来:

"唉,这像什么呀?连一个士官来指挥也没有!我不晓得我们在干什么!最好还是准备上天国去吧。日本人把我们当作他们主要的炮标,这是因为我们驶在战列的前头。'鲍罗丁诺'号已给打得稀巴烂了,我想这回也该轮到它歇一会儿了。但要是我们转弯,整个舰队也会跟着我们转弯的……"

这时候,上面突然有人高喊:

"所有的人上甲板来呀!各自逃命啊……"

人们恐怖地急忙登上扶梯。三十秒钟后,恰巴金、尤辛和别的几个人又返回前部暗炮塔来,他们在一起交谈着,想寻出叫喊的人是谁,有什么新的危险及其原因。突然,又是一次爆炸,使暗炮塔里所有的人感到目眩和震耳欲聋。尤辛给抛到好几尺高的空中,随后摔在甲板上。他感到"鲍罗丁诺"号正在倾覆。有一两分钟之久,他不相信暗炮塔的铁壁完全保护了他,使他不受一块弹片的伤害。使他害怕的是,他看见一个断了的头正滚到他的脚边来。"是我的吗?"他昏迷地问自己,用手摸摸自己还在肩膀上的头。仅存的人除他之外,就是炮手恰巴金,他也受到同样的庇护。从烟雾里,他们看见所有的炮都已从炮架上飞出来了。暗炮塔里熊熊燃烧着的火焰快烧到从弹药库送上来的炮弹了。恰巴金开始把这些炮弹扔下海去,并向尤辛喊道:

"到后部叫一些人来,我们两个人对付不了这大火。瞧,烟已从弹药输送机里冒出来了。"

到后部去说来容易,但做起来十分困难。到处是毁坏的痕迹:成堆的碎铁,弹痕累累的舱壁,炸毁了的扶梯等等。不仅在左右的舷侧,连甲板上也布满了弹穴。舰内的各种装置全给毁了。在这些废物中,还躺着许多支离的尸体。尤辛还是想到后部去,他走到了军官室,那儿已完全破碎了。大火燃烧发出的烟刺痛了他的眼睛。一切给毁坏得这么厉害,使得他辨认不出他是在什么地方。站在扶梯已经折断的舱口,他往下面的炮甲板望去,他踌躇地不敢到下面去,里面一个人也没有,火焰到处在吞噬着。显然,惶惶不安的人们已逃到下舱去了。但是也许,在这一艘由看不见的操舵员操纵着、谁也不知道向何处驶去的战舰上,除恰巴金之外，他就是唯一的幸存者了。这念头不禁使人浑身打战。夜已降临了。右舷的倾斜度逐渐增加，上部的建筑比他站着的地方还要破碎。樯已折了，绳索则断了，烟囱快要倒了，小艇毁成碎片，通到后甲板的舰桥已经翻转过来。舰上整个后部是一片火海。然而敌弹还没有中断，触水而爆炸的炮弹掀起山一样的浪花。他看见在"鲍罗丁诺"号后面的"奥里约"号蒙在烟雾中，在后面更远处几只战舰的侧影还可以辨认。为什么整个舰队要追随这将要沉没的"鲍罗丁诺"号呢？

尤辛慌忙跑回暗炮塔来，想把他见到的告诉恰巴金。但恰巴金已经不在了。就在这时候，战舰一下子中了几发齐射的炮弹，开始急速向右舷倒下海去。正想关住炮门的尤辛，立刻抓住一根管子来稳住自己。

随后发生的事情，他只有模模糊糊的印象。当战舰倾覆的时候，他还在前部浸在水里的暗炮塔里。一手撕开了衣服，他从炮门潜下水去。他清楚地记得他到了深深的水底，憋着气，打着转，在水里度过了似乎无限长的时间。然而他自信，除了那双因为缚得太紧，在忙中一直到现在还没有脱下来的靴子外，他会赤裸着身子浮上水面来的。

然而，在这时间内——不可能超过两分钟——他自信自己是一点也不害怕的。当他在水面睁开眼睛时，他看见"鲍罗丁诺"号还在漂浮，但龙骨已朝上了。它的两部螺旋推进器还在转动，拍打着海水。他看见在海平面上攒动着他的许多伙伴们的头。差不多有十二个人已经爬上了巨大的、颠覆了的舰身，正向他挥手叫喊。有一个脱下外衣，一手紧抓住横的龙骨，把它放下去给尤辛，说：

"抓牢，谢苗，爬到我们这儿来。"

尤辛抓住外衣的袖口，但一个浪头顿时向他打来，除了手中那一块法兰绒碎片外，什么也没有抓到。那残破的战舰还在继续漂荡。为了不给螺旋推进器的机叶击中，他游了开去。偶然间他得到一只小艇的圆檣。这样，他就决心抱着这东西直到他精力耗尽、生命结束为止。

他没有看到"鲍罗丁诺"号怎样沉没，因为他的注意力集中在舰队别的军舰上和个人得救的机会上，要是他能使他们注意到的话。"奥里约"号从他近旁驶过去，燃烧得像一支巨大的火把，而且依然受到敌人的炮击。天空在怒号，大海在咆哮，还喷出火红的水柱，团团的浓烟弥漫在水面上。看起来世界的末日就要到了。这当儿，"尼古拉一世"号正全速驶在"奥里约"号的前头，率领着全舰队。

夜里敌人的主力停止了炮击。但俄国战舰却没有停止，大概是在炮击敌方的驱逐舰。残败的军舰"阿普拉克辛"号、"辛亚文"号、"乌沙科夫"号、"西梭·维里基"号都一艘接一艘地过去了，"纳瓦林"号跟着驶去。谢苗喊着每一艘军舰的名字，但它们全没有理他。接着，和舰队有了相当的距离，最后驶来了一艘"纳西莫夫"号。尤辛在水中挣扎着，翻来覆去，巴不得鼓起全身之力，从水里跳出来，向最后所盼望的战舰跑去。有一个时候，他猜想"纳西莫夫"号已听见了他的呼叫，舰首正朝他这面驶来，但随即，它同样地朝远处驶去了。

"混蛋，我巴不得你们统统沉到海底去！"尤辛在发狂地这样喊。

他绝望地闭上眼睛，差不多要松开他抱着圆樯的那双手，沉到无底的深渊去了。但他随后又睁开眼睛，紧紧地抱住它，生存的渴望还是很强烈的。现在天色已非常黑暗，他再也不能辨认海和天。他不时地看见远处有炮火的闪光，但马上又熄灭了。他倾听着，四面没有一个人的声音。他独自一人在这茫茫的海洋里，多少分钟过去了，多少钟点过去了，他毫无时间的观念。他只是不断地消耗自己的精力，同自然做斗争。海是汹涌的，海浪扑打着他，有时吼叫着越过他的头顶。他时时幻想着他正受到一群拳打脚踢的野蛮人的袭击。他不由自主地咽下了苦涩的海水，咳嗽着，喘息着，趁每个暂时静息的工夫吸进新鲜空气。他的脚在靴内肿胀，全都麻木而且冰凉了。他的身体僵硬，体力衰竭，已经快要昏迷了。

意外地，尤辛看见在黑夜中远处炮火的闪光和探照灯的抛物线式的亮光开始熠熠闪烁，同时一阵阵炮声打破了夜的死寂。是舰队回来了吗?火光愈来愈近了,他能够看出在两三链外有一艘庞大的船的侧影。他挥着手臂,高声呼喊,而那模糊的影子却用它的炮击声淹没了他的叫声,迅速地向可怕的黑暗中溜去,又只剩下他孤独一人在黑暗里。

最后,在凌晨一点,一艘日本驱逐舰从海上捞起一个光着身子的人,那就是谢苗·尤辛——"鲍罗丁诺"号九百个船员中唯一的幸存者。

六

到远东去的航程对第二太平洋舰队的驱逐舰来说,尤其艰苦。它们每艘约有七十个船员,大家挤得很紧,又因为没有冰柜,他们很少吃到新鲜的食物。当海上稍为有点风浪,较大的舰不大受影响,然而驱逐舰却摇晃得连烧煮熟食也不可能。这样的情形有时竟连续一个多星期,而在这期间内,官兵们都只能吃罐头肉和硬面包。要是遇到一场大风暴,事情还更糟。舷窗全部关闭,但海水仍然渗进来,弄得舱里又霉又潮。各驱逐舰就像一只只空桶一样,在海面上摇摇晃晃。极大的坚毅是必要的。

在这种情形下,要驱逐舰顺利前进是很困难的,因此有时就由运输船拖曳。无论如何,这些小战舰终于完成了一万八千海里的航程,因而获得了全世界的赞叹。一经到达,它们虽表现出最大的英雄气概,但舰队总司令并不想在对马海战中把它们作为战斗单位。

卢杰斯特温斯基不仅没有把确定的任务交给"光明"号和"毅勇"号,就是别的舰也没有接到这样的训令。只有到了海战快要爆发的时候,中将才发出命令,叫"光明"号和"毅勇"号靠近巡洋舰"奥列格"号和"斯维特朗纳"号。

当战斗开始时,指挥"光明"号的沙莫夫中校站在舰桥上,小心地注视着敌方的军舰。他滚圆的脸孔上留有两撇淡褐色的唇髭，没有什么出众的地方，也没有贵族的气派，而他整个外貌使他看起来却像一个暂时装扮为海军军官的勤勉而恬静的农民。也许，这就是他擢升缓慢的原因，虽然他非常熟悉自己分内的工作，忠实地履行着他的职务，并且对他的部下是和善和公正的。在战事开始的时候，他认为自己主要的工作，就是使这艘到了夜里也许很有用处的小舰，免受敌弹的破坏。紧靠在他脚边的是两只给炮声吓慌了的狗：一只叫"鲍比"，这是他的孩子们送给他作为吉祥物的、既小又畏怯的、长着蜷曲的尾巴的小东西；另一只是高大的"圣伯诺"种，在战事爆发后买来的，当时还是一只小狗，取名叫"万岁"——这是日本人对他们皇上的祝词，意思是"希望您活一万年"，但实际上意思等于"胜利"。

望着这一对狗，中校严肃地说：

"喂，你们这对勇敢的东西，要跟人一样地干事啊！"

他的话刚说完，突然间，在舰桥上的每一个人都感到整个驱逐舰的舰底已经裂开了。有几个军官和士兵摔倒了。中校跟跄了一下，但竭力站稳自己的脚跟。两只狗则狂暴地吠着，发泄它们对那看不见的敌人的愤怒。"光明"号一时烟雾弥漫，上甲板上布满了筛样的弹孔，并且倾斜得厉害，但仍然继续行驶。谁都可以这样想象，进行破坏的不像是弹片和瓦斯，而是某一个看不见的、身有百手的恶汉在舵轮室里放了火，把航海记事簿从桌上扔下来，撕开它并且撒到各处，破坏了机舱里的电报机和舵轮，还使一架排水涡轮机和一个汽锅失去作用，并使好几个人受了重伤。司炉科瓦列夫一条腿已给炸断，在甲板上翻滚，并且大声叫喊：

"救命啊！弟兄们，我的腿在什么地方？我一分钟前还站在这儿的呀！"

这破坏是由一颗九英寸的敌弹造成的。它本来是要轰击俄国巡洋舰的，在落下的时候，还炸掉两箱放在主甲板上的四十七毫米口径炮的炮弹。

召集消防队和排水队的警报敲响了。火焰随即被扑灭，但左舷船梁的裂口却难以对付，因为堵住它的堵漏垫由于驱逐舰的高速行驶而给海浪卷走。海水在这小舰的前舱里泛滥着，操纵的人不得不改用手转的舵轮。

"光明"号迅速驶到"奥斯里亚比亚"号沉没的地方，帮忙救捞它的船员。但它只能救起八个人，因为日本人的炮击非常猛烈，使它不得不去找寻舰队的保护。

这时候沙莫夫中校正站在舰尾楼的舵轮旁边，敌弹落在周围的海面上。一看到好些士兵不必要地站在甲板上，他就说：

"弟兄们，跑下去呀！要不然，你们会白白给炸死、炸伤的。"

接着，他就对准尉罗曼说：

"请你操舵。我要到舰桥上去察看漂浮的水雷。"

沙莫夫迈着平常轻快的步伐，沿着驱逐舰的右边大步走去，两只狗跟着他，准尉朱波夫，一个精力饱满而又忠诚的年轻军官也跟在他后面。在后烟囱的前面，舰长碰见了水手长福明，他虽是一个能干、诙谐而且是训练有素的小军官，但现在脸上显出焦急和烦恼的神情。

"喂，法国人，情况怎样了？"沙莫夫问。他时常这样叫水手长，虽然他压根儿就不像法国人。

"情况很不好，阁下，"福明回答，"我们不能堵住那个漏洞。在我看来，我们快要沉没了！"

舰长停下步子，严厉地注视着水手长，说：

"听到你说出这样的话，真叫我诧异。法国人，你时常使你自己逃脱难关，甚至在你喝醉了的时候，现在你不应当显得怯懦。"

"不过，阁下，我哪能不焦急呢？我们已尽力用抽水机排水，甚至还用吊桶戽水，但海水还是在上涨，而舰首的防水壁什么时候都会崩溃的。我们正竭力去顶住它……但……"

"再叫一些船员去帮你的忙。你自己晓得该怎么办。快点去吧。"

福明跑去执行命令,但还没走上十步,便滚倒在甲板上。这一回,一发炮弹落在右舷煤舱里爆炸了。第二号汽锅也不能用了,蒸汽从爆裂的气管里喷出来,发出了巨大的嘶嘶声,把给烫得很厉害的火夫康兹维奇的叫声淹没了。福明并没有受伤,他尽快跳起来,望了望四周。甲板已有好几个地方给洞穿了,许多人正在上面抽搐。伙夫伊尔莫林已给炸掉一只臂膀,差不多一动也不动了。副信号兵西林科夫受了可怕的弹伤,以致身子差不多裂成两半。这两个人仍然站在四十七毫米口径炮的近旁。离他们不远处,躺着沙莫夫中校和两条狗——万岁和鲍比的尸体。朱波夫准尉腿部受了伤,但还能够爬起来走到军医站去。

没有受伤的士兵围着中校的尸体,他的勤务兵这样批评他说:

"真可惜,我们的头儿死了,他是一个好人。至于那两条狗,死了倒不是大的损失。它们老把甲板弄脏,叫我非跟在它们后面收拾不可。"

舰上唯一的信号手,拉脱维亚人维佐尔也受了伤,他正在走到手术室去。就在这时候,一个军官命令他用信号把沙莫夫中校的死讯报告恩奎斯特少将。他晓得自己是"光明"号上唯一能够做这工作的人,慌忙跑到旗箱去取出需要的旗号,虽然他的一只脚已中了弹片,还失去了一个手指,另一只手的手掌也受了伤。他痛得咬紧牙关,扬起了旗子,鲜血沾在旗子上。他终于完成了任务,然后摇晃着身子跑去包扎伤口。

现在舰上由准尉罗曼指挥。

不久,"光明"号便驶进战区,加入巡洋舰战队,伴着它们一直到傍晚。随后日本的鱼雷袭击就开始了,巡洋舰战队驶得极快,破损的"光明"号跟不上它们,独自留在黑夜里。"光明"号的舰首下沉,舰尾高翘,海水在火舱里泛滥,并且有马上会从早先那九英寸炮击中的地方裂成两半的危险。士兵们为了竭力抢救这条军舰,已经疲惫不堪了。

罗曼准尉跟他的下级商议了之后,决定将驱逐舰开到上海去。

晚上十一点左右,有一艘小舰在后面出现了。"光明"号的船员们预料到最大的不幸,并准备开炮轰它。但这种恐慌随即消失了,灯光信号通知说,追随者是俄国驱逐舰"毅勇"号。

罗曼对军官们说:

"现在对我们来说,危险大大减少了。我们已逃出敌人的包围,而且还有一艘僚舰。要是我们沉没的话,我们可以移到'毅勇'号上去。"

"光明"号继续用抽水机排水,但海水仍然有增无减,舰首火舱里的水越来越多。那天夜里没有一个入睡过一会儿。黎明时候,水手长福明向代理舰长罗曼准尉报告道:

"阁下,我们快完蛋了,这舰随时都会从中段裂开来。"

罗曼做了全面的考察,在跟他的下属们再度商议之后,用信号通知"毅勇"号:

"本舰即将沉没,请转载船员。"

两艘驱逐舰互相靠拢,联结在一起。"毅勇"号的舰长伊凡诺夫,一个蓄有一部灰色大胡子的、俨然的老头子,好像将军一样,庄重地站在舰桥上问道:

"可是谢尔盖·亚历山德罗维奇·沙莫夫在哪儿?为什么他不出来?"

"死了,阁下,"罗曼回答,"在甲板上的就是他的尸体。"

"可惜,万分可惜。我们是十分要好的朋友……不过,你瞧,我们的煤快烧光了。"

"我们可以在舍弃本舰之前,把我们的煤运过去!"

首先,把"光明"号上所有受伤的人移过去,接着就开始运煤,同时还把各种有用的东西,如六分仪、航海时计、无线电机件、机关枪和被毁的航海日记的残本等搬过去,还搬走了几袋糖,其余的食品都浸在水里。

当转载的工作正在紧张进行的当儿,"毅勇"号的无线电报务员波波宁跑过来向伊凡诺夫舰长报告说:

"舰长阁下,我收到了许多不能理解的电讯,大概是日本人的。"

随即一条烟柱在海平线上出现了。伊凡诺夫相信这必定是某艘敌舰冒出的烟,于是立即停止工作,虽然移到"毅勇"号上的煤还不到三十袋。"光明"号的船员全部移载过来,只留下几个人把它沉掉。这些人打开了底舱盖和鱼雷管口,而水手长福明则把沙莫夫和那两条狗的尸体缚在大炮上,使他们跟本舰一起沉下去,免得给鲨鱼撕成碎片。福明还摘下沙莫夫手指上的结婚戒指,以便转交给中校的家属。接着,余下的人也登上"毅勇"号来,"光明"号被抛在后边,缓缓地沉下去了。

"毅勇"号恢复了驶往上海的航路,时速逐渐增加。现在海平线上什么也看不见,疲乏的人们可以休息了。

七

在和"光明"号幸存的军官们的谈话中,伊凡诺夫中校追叙他对对马海战的印象:

"咱们打了一次出色的海战。真的,咱们是失败了,可是日本人的损失也不小。他们丧失了两艘战舰:一艘两烟囱的,一艘是三烟囱的。此外,敌方八艘巡洋舰中有三艘也离开了战场,大概也沉没了。"

有一个"光明"号上的军官客气地辩驳说:

"不过,阁下,就我所见到的说,我们的炮火实际上并没有给敌人什么伤害。"

"你必定是一个近视眼,我是亲眼看见他们两艘战舰沉下去的。"[1]

中校继续谈着日本人的损失,但没有一个人相信他。他的军官很蔑

---

[1] 战后,伊凡诺夫中校还继续坚持说,日本舰队确实遭受了严重的损失。他甚至把这写进公报里。——原注

视他,而他与船员的关系和沙莫夫中校与船员的关系完全不相同,船员们总是带着嘲笑批评他:

"他身上只有一样东西——分成两半的胡子,那就是说,不欠谁的账。"

他时常为了饮食的事和船员发生冲突。船员们向他提议,他就把他们臭骂一顿,临了还说:"你们这些混蛋,全待在我这地方。"

在对马海战中,"毅勇"号在如此昏庸的指挥之下,并没有担负起积极的或值得称许的任务。它甚至没有参加营救沉舰的人员的工作。只有一次,偶然看见一个在海里游着的人哀求救命,舰上决定救他,于是引起了一场混乱。向落水的人投掷长绳,老投不到。舰长特别着急,嘶声喊道:

"倒车!停机,向前!舵向右!舵向左!"

这命令把船员们弄糊涂了。

舰舱部的伏尔科夫看见舰长这种不称职的行为,说道:

"上帝赐给了我们这个蓄着胡子的、胡闹的家伙!"

机舱室的皮纳耶夫补充说:

"陆地上的航海家。"

驱逐舰在落水者身旁兜了整整半个小时,方才把他救上来。这是一个又矮又胖的人,他喘得很厉害,扶他的士兵竟以为他快要累死了。然而,他终于苏醒过来,环顾四周,紫色的双唇浮现出了微笑。后来才知道他是爱沙尼亚人,拖船"罗斯"号上的舵手。他换了干衣服,喝了一大杯糖酒,走进下士餐室里,随即就沉沉入睡了。

就在这时候,"毅勇"号正全速去寻找巡洋舰战队的保护。在路上,它中了一发小炮弹,死了一个士兵,还有几个受伤,舰内设备也受了相当大的损害,但马上就修理好了。可是,伊凡诺夫中校终于决定驶出战场去。

五月十五日,移载了"光明"号船员后,"毅勇"号就全速朝上海驶去,整天看不见一艘船只。所有的人都热切地等待着黑暗的到来。但当黑夜一降临,人们心里又充满了恐惧,因为船员们仿佛看见四面八方的敌舰的火光。为了避免和日本人遭遇,"毅勇"号反复改变自己的航路。到了第二天,它就开始怀疑自己航路的正确性了。同时,天气也有了不祥的变化,气压计的水银柱急剧下降,南风已成为疾风。为了增加舰的稳定性,两门炮卸下来移到舱里,同时又让本舰迎风行驶,以减少舰的颠簸。

煤已用完了,士兵们拿着斧头在舰里奔走寻找可以燃烧的东西。各处传来了拆卸木料的噼啪声。从午夜起,火炉就持续烧着劈开的椅子、桌子、舱房里的壁板、箱子以及各种别的东西。但是不久,这一类东西也烧光了,汽锅的气压已经降低,螺旋推进器停止转动。"毅勇"号任凭风浪漂流。伊凡诺夫舰长虽想抛锚,但测量的结果海的深度过大。

这一夜,人们似乎不抱生存的希望了。但到了隔天早晨,风势转弱,方位测定了。驱逐舰的位置和作为黄浦江入口的标志的佘山灯塔的距离是九十海里。

但怎样到达那儿呢?"毅勇"号已完全屈服于海洋的威力之下。用帆布篷和水兵的帆布床制成了船帆,在十时四十分升了起来——升的是三角帆。但舰并不照航程行驶,舰首缓缓转到这边,又缓缓转到那边。值班军官达卫多夫准尉看着值班记录,读了前一个军官记载的话,嘴角不禁浮起微笑:

"这叫作——扬帆前进!本舰在原地旋转,竟得到这么响亮的美称,应当改为——扬帆旋转木马戏,或是浪头舞。"

海浪小了,决定利用潮汛向目的地推进,而在退潮时抛锚。但是收效甚微,就像一个失去了腿的人,想撑着两只手爬完极长的距离。前面是浅水,直到岸边,这有好处,也有坏处。因为水浅,可以在退潮时抛锚,慢慢地缩短距离,而另一方面,正因为它是浅滩,所以没有船只打这里经过。灰色的浓雾像一团团棉花似的移近来,又如丘陵一般笼罩在浪头上。这雾也扮演着两种角色，它不仅遮住敌舰，而且把中立国的船只也蒙住了。而更糟糕的，是粮食和淡水快要用完。

"毅勇"号上多了"光明"号的船员，显得非常拥挤。浓雾来了，这使船员的心神越发沮丧。吃的淡水是某只汽锅里剩下来的，微温，含有铁锈，吃了叫人作呕。然而，这汽锚还由两个哨兵看守，每隔二十四小时发给每人两茶杯水。

至于粮食呢，分量已减少了四分之三。人们吃不到新鲜的面包，只领到几小块发霉的硬饼干。罐头肉用海水煮熟味道非常不适口。但每个人都知道苦日子不过刚刚开头。按照利用潮汛拔锚这计划，每二十四小时只能走那么五到七海里。要是无人来救援，前途是非常可怕的。

过了一天又一天，"毅勇"号的情况丝毫未变。人们疲于烦闷和失望。他们的工作就是早晨照常洗刷甲板，退潮时抛锚。船员都想方设法消遣，来忘记自己的灾难。有许多人在说笑话。但当水手长福明一开口，大家立刻就沉默了。

"我们在地中海航行。在克里特岛附近寄碇。我们的舰长到伊凡诺夫那里做客，主人款待得很殷勤，吩咐发给小艇的桨手每人糖酒一杯，还叫水手长乌鲁帕好好招待我。我们坐了很久，忽然在夜里十二点钟的时候，听见了一片喊声，原来两位舰长对战争的看法发生了冲突。沙莫夫少校说战争无缘无故地爆发了，上层阶级的阴谋家把我们送去当炮灰。伊凡诺夫听了发火，说：'我们两人都为皇上服务，你不能当我的面说这样的话，赶快滚开！'我眼见他从我们舰长胸前摘去了勋章，像扔烟蒂一样扔进了海里。此刻沙莫夫的情形怎样——真是难以形容，他气得浑身哆嗦，咬紧牙关，不住地打战。在这当儿，伊凡诺夫吃了一个响亮的耳光，身子摇晃起来。这两个人当真打起架来。我们的舰长忘乎所以，大声喊道：'法国人，你也揍这伊凡诺夫！'有什么办法呢？我一把拖住舰长，赶快把他拖到小艇上去。伊凡诺夫掏出手枪，就要开枪，但水手长乌鲁帕把手枪夺走，因此还挨了几记耳光。我们坐着小艇回到驱逐舰来。沙莫夫平静下来了，对我说：'法国人，你为什么不执行我的命令，揍伊凡诺夫一顿？'我答道：'舰长，不能这样做。我的力气很大，会一下子把人打死的。我犯得着为他受罪吗？'沙莫夫想了一下，就说：'你做得对，法国人，应该把他打死，但是为了他充军受罚——不大值得。'随后两位舰长又和好，互相往来了。"

"毅勇"号舰的水兵笑着责备福明道：

"伊凡诺夫这人可以揍他一两下的，自然，不必打死，但大可打得他眼睛冒金星，就像发电机发出火星一般。忙乱时，他反正看不清楚收了谁的'礼物'。"

福明还未说完，舰上军需员布戈尔科夫开始叙述道：

"你们提到发电机，使我想起一件事情。有一天，卢杰斯特温斯基中将问一个鱼雷兵原籍是哪个省。那个人因为习惯了电气工作，脱口说道：'奔萨省人，电气大人。'卢杰斯特温斯基一气之下，举起拳头揍那个鱼雷兵的屁股，说：'我不是你的发电机，而是海军中将。你要永远记住：'人家尊称我为大人，不是电气大人。'"

有些水兵以叙述孩提时代的生活来消磨舰上无聊的时光。他们回想起在祖国林间田野荒僻村落里所过的日子，讲述着自己的亲人现在如何遭受着离别的痛苦。轮机兵科托夫有时带着手风琴到上甲板来，伙夫波波夫就伴着手风琴的拍子，用凄婉而悲壮的声调引吭高歌。在对面不见人的浓雾里摇晃着的孤独的船，一时似乎活跃起来，这时大家觉得生命还继续存在着。

现在船员们除了上海之外，便没有可谈的和可思念的东西了。这地方就像遥远的、可望而不可即的迦南——希望之乡。

在军官室里，每个人都述说着他所知道的、关于上海的一切。然而，这个存在矛盾的城市，无比奢华和极度贫乏的城市，它的社会面貌或政治面貌是没有人感兴趣的。饥饿迫使军官们把谈话集中在饭店这个总话题上——饭店里有什么菜飨客？谈话的人们露出老吃客熠熠发亮的目光,彼此数列着精美的菜肴和上等的饮料。一张想象的盛宴的菜单、殿以东方和西方驰名的可口的甜食——如蛋糕、饼干、冰激凌、热带水果、清咖啡以及香喷喷的、世界名牌的蜜酒等。这情形会使人想到,聚在这里的不是军官,而是食品专家或餐馆的侍者,前者在抢读一张饭馆的菜单,后者对某个人盛赞酒菜的精美。

"够了,不要拿我们手里没有的东西来刺激自己了!"朱波夫准尉终于哀求似地说。他伤口的绷带从打仗那天起从未换过,因为找不到干净的纱布。

有人试着把谈话转到别的话题上去,但肚子不断在提醒他。在舰上以老吃客出名的伊凡诺夫捧着肚皮,首先回到中断的话题上面:

"但愿能到达上海,到那时,钻进最好的饭店里去,一连吃它两天!"

他对军官眨了眨眼睛,补充说:

"随后再去享受异国的情调。我听说在这摩登的巴比伦[1]可以找到灵魂所需要的一切。"

一个年轻的谈话者肚子空得把身子缩成一团,低声说:

"我早就愿意踏进这使人激动不安的亚洲!"

"只要一杯绿茶!别的什么都不要!"

连朱波夫准尉也忍不住表示了自己的心愿。

屋角有人插嘴道:

"在上海可以找到全世界的水果和莓果,从越橘到菠萝,样样都有。还有一种特别的、不寻常的水果,叫作'龙眼',它有玫瑰花的香味,真可以尝一尝。"

"管它'龙眼'不'龙眼',我现在连中国的'炒鼠肉'和'炸蝗虫'都可以吞下去,不会皱一皱眉头的。"一个烦恼的声音说。

---

[1] 古代"两河流域"最大城市,巴比伦王国首都(今伊拉克巴格达以南)。——译者

大家又品尝起各种虚构的美味与饮料来。而由于这些谈话，饥渴感更厉害了。有几个人的脸因为饥饿而痉挛起来。水兵们也在议论同样的事，却用另一种说法。他们对美味的幻想比较简单而且合理。

"我们有了煤，那么三个钟头就可以停泊在小酒店的桌子旁边。"

"到了那边，随便你怎么都行。"

"我们要痛痛快快地乐一乐，把一辈子的生活看作整出的木马戏。"

每过一天无尽的漂流的日子，上海便越发紧紧地攫住每个军官和士兵的心，它招引着他们，就如麦加[1]令虔诚的穆斯林心驰神往一般。

"光明"号和"毅勇"号的士兵在他们的冒险刚刚开始的时候，曾经和他们的军官联合在一起，决心尽快地抵达中国的大陆。但现在，不满与反叛的迹象开始显露出来了，他们甚至对军官发出威胁的言语，上下级之间的裂缝在不断扩大。伊凡诺夫中校考虑到这种局势，就在五月二十日晚上把舰上所有的步枪搬到军官室。接着，请来了鱼雷兵谢尔盖·卢德涅夫，客气地对他说：

"朋友，我有桩要紧的事情要告诉你，我们说不定会出人意料地遇到日本人的袭击，而我是宁可炸毁'毅勇'号，也绝不愿投降的。请你做好必要的准备，从弹药库里引一条电线到军官餐室里来，还给我装一个开关，因为一到出事的时候，我就能够履行我最后的义务了。"

"好极了，阁下，我马上就准备。"

卢德涅夫按照自己的意图做了这件事，然后把秘密告诉他的好朋友水手长伏尔科夫。

"你晓得他的本意吗？"卢德涅夫问。

"是什么呢？"

"什么防备日本人，全是鬼话。军官们害怕我们，害怕我们把他们扔进海里去——尤其是舰长。他把我当傻瓜，我可不是傻瓜。我照他说

---

[1] 麦加，伊斯兰教圣地。——译者

的，引了一条电线，还装了个开关。他是个不懂电工的人，要是他审查，也找不出所以然来。但要是按了开关——没有电，自然不能引爆。"

"真行，船员们会感谢你的。"伏尔科夫说。

五月二十日早上，雾消散了，像一个模糊的梦。无云的天空呈蔚蓝色，向海平线伸展开去。微风使海面上漾起了闪闪发光的粼波，海面像蓝缎子镶着阳光的金线，一望无际，充满着耀眼的色彩。成群的海鸥在头上飞翔鸣叫，时而突然下降，带来了离陆地不远的消息。然而"毅勇"号仍然在漂流。食物和清水的缺乏，使得人们又消瘦又憔悴。他们的精神越发倦怠了，但还是有些人很清醒，不断地注视着海平线上。

"瞧！瞧！那是什么？"

所有的人全转向那个人所指的方向。海平线上出现了两个白色的、无烟囱的小圆点，正迅速地移近来。这是两艘中国的帆船。开始，它们朝驱逐舰驶来。但不久，显然它们转了航路，在相当的距离内驶过去。"毅勇"号扬起了求救的信号。从各层甲板上，从舰桥上，从樯桅上，叫喊的人挥动着手，挥动着帽子，以引起他们的注意。

但帆船不理会地驶过去了，因此炮手斯莫林对舰长说：

"阁下，请准许我们放下小艇，划过去抓一只帆船来，给我们的火炉找些木材。要是他们这么残忍地不搭理一只受难的船，我们为什么要对它们客气呢？"

但伊凡诺夫中校回答道：

"不，不，我们不能这么做，我们不是强盗。在船钟上敲三声，再放几门空炮吧。"

钟声匆匆而惊惶地响起来了，舰尾的炮也放了，但全都无效。过了一会儿，两只帆船便在远处消失了。

稍后，又有两只帆船驶了过来，它们也同样驶过去，毫不搭理那求救的信号、求援的叫声和发射的空炮。显然，中国人是害怕那面安德烈旗的。

在前三天中，厨房里烧饭用的是从火舱里拆下的壁板。这些东西现在已用光了，因此一些目无长官的人便从军官餐室里拿了三只椅子来，把它们交给厨子，说：

"烧这些吧！明天我们再把军官的沙发拿给你。"

中午，依照太阳的高度，测出"毅勇"号离佘山灯塔还有六十五海里。照现在前进的速度，还要十天才能驶到那儿。此外，说不定会刮起把它吹离海岸的暴风，这样驱逐舰将拖着巨锚漂到九十海里外去。幸运的话，它也许会给日本人抓去，不然，那就更加糟糕，一只死船载了一船死人，将在浩茫的海面漂荡很久。士兵们在这种阴郁的气氛中不断交谈着，直到最后，他们中有一个人说出了这个不可避免的结论：

"在我看来，那时候只有吃人一法了。"

"是的，大家抽签，挨次地吃，这样大家机会均等，毫不偏颇。"第二个人阴郁地补充。

许多人一吐露出这吃人的话，就面面相觑，沉默起来，但鱼雷兵奥萨琴科粗暴的声音就在不祥的寂静中响起来：

"为什么要抽签？我们就从舰长伊凡诺夫开头，使我们吃这么多苦头的，都是他的过错。还有，他最胖，最先下锅的就该是他。"

"好！"许多愤怒的声音一起响了起来，"吃了他，再吃吃几个用不着抽签的人！"

听到这些话的伊凡诺夫中校，脸色苍白，默默地返回军官室去。

隔天，每人每天只能分到淡水一杯。

到了晚上，风渐渐增强了。驱逐舰在汹涌的海浪中摇晃着，铁锚有点支持不住了。由于害怕受到攻击，军官们各自关在他们的舱房里，不敢跑到上甲板来。那些陷于失望的水兵们便为所欲为了。

"毅勇"号的水手长病倒了，由"光明"号的水手长福明，一个健壮而坚强的人代替了他。实际上，他已是"毅勇"号的舰长。他鼓励伙伴们，劝他们要忍耐，不要失望。入夜，他不想费心去问伊凡诺夫，自己做主在樯头上挂起两盏红灯。这是默默地忍受着不幸、向远处求救的信号。风增强了，海在怒号，给人们的心灵带来了失望。海洋向驱逐舰倾入大量的、发出哗哗响声的海水，但士兵们却不理会这些，浑身透湿地站在上甲板上，向海平线凝望着。在舰桥上来回踱着步的福明，心里正想着明天，要是海浪平静下来的话，他决定跟罗曼准尉和别的五个桨手划一艘六桨的小艇去求援。他已把各种物品准备好了，一小桶淡水、一袋饼干和一些别的东西。

现在他感到十分疲乏。为了保存力量，明天能去工作，晚上十点钟时候，他便把工作交给了军需官布戈尔科夫，自己裹着一张防水布，在舰桥上躺下睡觉。他刚刚闭上眼睛，布戈尔科夫就叫醒他，说：

"伊凡·阿勃拉莫维奇，起来，海平线上有灯光。"

福明慌忙站起身来。是的，的确有一道白光从远处迅速地逼近来。随即汽船上红色的和绿色的舷灯便看得见了。布尔戈科夫慌忙跳进士官室去，伊凡诺夫跟着他走到舰桥上来，但显得还很畏葸，生怕中了水兵们的毒计。然而，当他看见那红绿灯光，他就慌张地咳嗽一下，好像一个试试嗓音的演员，并发出命令：

"填炮！准备鱼雷管！放信号弹！燃起信号焰火炬！"

首先，信号焰火炬点燃了，随后就放出了两颗信号弹，像两条发光的金蛇，钻进了黑暗之中。

现在，一只小商船的轮廓已可以辨认了。那船上有人用英语向"毅勇"号发问，但驱逐舰上没有一个人懂得那种语言，因此用俄语回答。

"俄国驱逐舰，遇险，我们快饿死了。"

接着这话又用法语重复了一遍，但商船上没有人听得懂。互相进行了喊话，但同样没有效果，驱逐舰上的军官们非常慌张，抱着头，满脸可怜相，都害怕英国商船的船长会生气，把船开走。那时候怎么办呢？

蓦地，有些船员回想起了那个在"罗斯"号失事后打捞起来的爱沙尼亚人曾谈到他从前在许多外国商船上服务过的话——世界上没有一国的商船比英国的多——那么,他大概会说英语。不错,他的确会说英语。他缓缓地走上舰桥来,拿了喇叭筒向那商船说话了。回答传了过来,他向舰长解释道,

"英国商船'桂林'号要驶往上海,船长想知道,他该怎样帮助我们。"

"问他能否给我们一些煤,并告诉他说我们缺乏淡水和粮食,都快死了。"

但海浪过分汹涌,"桂林"号不能驶近"毅勇"号来。真的,海风是如此猛烈,那个爱沙尼亚人必须用尽全部肺力大声呼喊。谈话进行了很长时间,驱逐舰上那些又饥又渴的人渐渐急躁起来。一百对眼睛注视着那个爱沙尼亚人,境遇已把他当作一个暂时的英雄。最后,他说"桂林"号的舰长拒绝提供煤,但将在"毅勇"号附近抛锚,明天黎明拖着它走。

大家围住那个爱沙尼亚人,急想和这个语言家握握手。但他又微笑又羞怯地迅速回下甲板去了。

隔天早上,"桂林"号拖着"毅勇"号朝上海驶去了。[1]

---

[1] 这一节英译本有删节,翻译本缺译,故照耿济之先生所译《漂流》添了几段,但其中个别名词稍有更动。——译者

尾声

归国

我们作为战俘给日本人拘押了八个月。最后，终于到了离开熊本市外的营舍的那一天。我们乘火车到了长崎港，属于"俄国义勇船队"的商船"弗拉基米尔"号就在那儿等着我们。在那专门为了运送部队而布置好的宽大的船舱里，我们各人安顿好了自己的地方。可是"弗拉基米尔"号还是多逗留了几天，等待另外几批也要它运送的俘虏，大部分是水兵，还有二十个左右军官，其中有些是陆军的，有些是海军的。

我们在一九〇四年十月二日（新历是十五日）离开俄国，而在一九〇六年正月末回归故乡。

当我们在长崎时，沙皇政府为向我们表示好意，把被俘和回国途中所需的时间一律当作服役时间，发了九个月的薪饷给我们。因此，我们每个人手头都有一大笔钱。我们还领到羊皮外套、毡靴和皮帽子。除了路上的供给之外，我们和俄国财政部的关系就这样了结了。我们又感到自己多少是个自由的人了。

长崎市是在一个长达几海里、宽约半海里（有些地方还要宽些）的海岸的尽头。这地方有许多狭长的、分支的峡湾,整个儿给许多如画的青山围住,松林随处,而且长得都很茂盛。在海港的入口,有一个林木葱郁的岛屿,给它构成一座天然的防波堤。因此,除非是从南面刮来飓风,这锚地是平静而安全的。在海湾尽头的西面,遥对着日本人和欧洲人的住宅区的,是三菱公司的巨大的造船厂和机器厂。港内时常有许多各国的大海轮和战舰寄碇,日本的小划船(看来像水鸟一样的、高颈的舢板)忙碌地在它们之间往返。日本人是个爱说话的民族,海湾里平滑的水面就回响着嘈杂的人声。城市的北面,海湾的最尽头处,坐落在多岩的、绿色的小丘中的,是俄国舰队最知名的英诺莎村。战前许多年,我们政府曾租借这个地方,建造了艇库、小修理厂和一座医院。在这些建筑物上方的是海军俱乐部,壁上悬挂着著名的俄国海军将官的肖像,并建有一个藏书丰富的图书馆和几个弹子房。在邻丘的顶上,又有一座三层楼的建筑,这是一家自称为"涅瓦饭店"的日本茶屋。俄国海军的墓地便在这村的东边。军官们时常把英诺莎村叫作"俄罗斯村"。在远东驻扎的每个俄国军官都巴望能到这个地方来,在这儿可以赌钱,可以放荡,可以和一个日本女子"结婚"——在军舰碇泊长崎的期间内。这些临时的配偶有许多是多产的,于是混血儿就逐渐增多。这种亲密的关系自然使日本人有充分的机会可以研究俄国的海军组织,以及到了一定的时间注定将成为他们敌人的那些军人的习惯和思想方式。

  在下临海面的石级路那里,便开始了长崎的市街。在那里首先是濒临大海的"外滩",矗立着欧洲式的建筑、饭店和餐厅,其次是占地较大的日本人住宅区,有许多"茶屋"和外国人的餐室。在日本的欧洲人和美洲人是喜欢自称为"外国人"的。就是在离外国人住宅区较远的长街上,不仅会遇到日本人(他们有的穿着和服,有的则穿着短衫和裤子),还可以遇到英国人、德国人、法国人、中国人和黑人。这真像一个大都会,能听到各种各样的语言。但日本人住宅区的房子,除少数例外的,全都是日本式的建筑——木头建造的、不牢固的小屋,底层是商店或办事处，二楼就是住家。各店店门敞开，到了夜里才排上铺板，因此过路的人可以看见所有的货物：龟甲工艺品、扇子、挂轴、雅致的日本瓷器、陶器和五颜六色的丝绸。这些东西使一个陌生的客人感到他是在参观一个日本土产展览会。别墅和神社零落地分布在斜坡上，俯临着这些人烟稠密的商业区，使长崎成为一个非常美丽的城市。

从餐馆里、茶室里、赌场里传出日本的或欧美的乐声。这些音乐对于那些给阳光晒得和海风吹得黝黑了的、又给遥远的海程和单调的生活弄得疲惫了的、从世界各地来的水兵们来说，是一种莫大的引诱。其中有许多是刚从俘虏营里释放出来的俄国军官和士兵。这些人可以从他们那刚摆脱紧张生活的神情上看出来，他们简直像过谢肉节一样，乘着人力车到处转悠，纵声高唱。

日本人，不管是男人还是女人，看起来都很愉快。他们似乎把这种玩乐当作是很自然的事情。谁都会以为他们实在是快乐的，是满足于现有的国体和社会状况，所以生活过得美满。但事实恰恰与此相反．日本总的来说是极度贫困的。但由于习惯，日本人巧妙地掩饰了自己的痛苦。如果假定他们是世界上最平和的民族，这也犯了极大的错误，原因很简单，只因几世纪来，他们已养成了一种对彬彬有礼和外表和蔼的崇拜。

虽然我观察的意向使我对长崎各种各样的生活怀着强烈的兴趣，但同时，我的思念却不断转向一个我曾爱过的、留在熊本市的日本女人。

且让我追述发生在熊本的事情吧。在俘虏营中，我和一个日本翻译建立了亲密的友谊。他能说一口非常纯熟的俄语，对俄国文学万分倾心，我们时常一连几个小时谈论俄国作家的作品，包括古典的和现代的，这使我们两人接近起来。过了不久，他就请我到他在熊本市的家里去。他有一个妹妹叫芳枝，二十岁的少女。她个子矮小、身材苗条，面容没什么光彩，但那双乌黑的、炯炯有神的眼睛却露出奇妙的神情。不管是战争还是种族的差异，爱恋依照它自己的道路前进。当我们初次会见时,芳枝很羞赧,像一只野鸟窥伺猎人一样警戒着。但在我到她家去过几次之后,我们就渐渐亲近了。我通过她哥哥翻译同她交谈,后来一发现她懂得一点英语,我就开始学习那种语言,专心去寻求恋爱的字眼。有时,我感情激动了,情不自禁地用俄语对她说:

"啊,约西耶(芳枝)!在遥远的极北,在北极圈内,黑夜持续了三个月之久。在这极北的悠长的黑夜之后,一个人看见地平线上露出脸儿的太阳时,虽然只有几分钟,可他的心充满着多大的欢愉啊!自此之后,一天天这球体逐渐升高,阳光也逐渐灿烂。这对他引起的感情,就跟我在人生的旅程上邂逅了你之后所感受到的一样呀!"

我挑选我所能想到的、最富于诗意的词汇,而她显然理会了我的意思。她对我微笑,露出两排雪白的牙齿。她用她那双向太阳穴翘起的蒙古人似的眼睛怜爱地凝视着我。在我这一方面,当她仰着她那长着一头黑发的、梳理得很蓬松的头,用她自己的语言对我说话的时候,我也是多少能理会的。日本人不会发"π"这字母的音,总用"P"代替它,因此芳枝不叫我"阿廖沙"而称为"阿列沙"。当她从嘴唇里发出这声音来时,是多么动人啊。

当我告诉芳枝的哥哥我想和他的妹妹结婚时,他表示同意——其所以这样欣然允诺,大半因为他们都是孤儿。那时,我似乎再也不能返回俄国了,因为当局已认定我是一个政治犯。我在《对马是怎样写成的》一文中已经说过,我当时怎样由于我与鲁塞尔博士,一个从夏威夷来的俄国民意派成员发生联系,从而又进一步在俘虏们中散发"颠覆政府"的小册子。这样,我将借助于鲁塞尔博士,带着芳枝到美国去,因为在日本只能过贫困的生活。在"新世界",带着芳枝这样的伴侣,我就可以开始自己的事业了。我将学习英语,当个商船上的水手,再作为一个美国公民返回俄国,积极地参加为政治与经济的解放而进行的战斗。这是我的梦想。年轻的梦想家都有这种虚妄的倾向,尤其是当爱情正在激励他们的时候。

当年秋天,俄国政府大赦政治犯的消息传到了日本。这使我完全改变了计划,因为现在我可以自由地返回祖国。经过长时间的踌躇之后,我决定和芳枝告别。

在分离的前一天,我去和她告别。她带着娇艳的微笑接待我,而她那件外面束着宽带的蓝绸和服,看来尤其招人喜欢。我已准备了一些英文的和日文的语句,想尽我的力量让她明白我将返回俄国,而由于国内正在进行革命,我不能带她回去。她那瘦小的肩膀抽动了,她拂摆着和服的宽袖,似乎要用它当作翅膀,但她仍然坐在前面的席上。她合上那镶着浓密的黑睫毛的眼皮,掩饰着将从细缝处流出来的眼泪。突然,她转向我,开始用日语说话,快得、流利得我一句也听不懂,也许,在诅咒我们见面的那一天。她注视着我,神情时而恳求,时而憎恨,接着她跳上来搂住我的脖子。

"阿列沙。"她喊道,那声音燃烧了我的心。

虽然她矮小而纤弱,但她的微笑、她的声音,以及她那双炯炯有神的眼睛却有着极大的魅力。她搅乱了我的意志,就如常春藤缠住大树那样。然而,我下定了决心,我们的离别使双方受到无法忍受的苦楚。当我离开她时,我感到我的内脏已从自己的胸膛里掏出去了。

现在我已远远地离开了芳枝,置身于扰攘的长崎,我对她的忆念犹如一曲无尽的恋歌,在我的心里不停地回响着。

出人意料,轮机师瓦西里耶夫走上"弗拉基米尔"号来了。他分到了一间舱房。我们时常交谈,有时在他房里,有时在我们那里。我的伙伴们跟我一样,都渴望听他对俄国发生的事情发表评论。

有一天,他找我们来。我们谈论各个将官,尤其是谈卢杰斯特温斯基。

"那个对马战争中的英雄现在怎样了?"刚喝了许多热茶、面孔涨得通红的沃耶沃金水手长问。

"创伤完全愈合了,"瓦西里耶夫回答,"但他还是跟早先一样严酷。

我曾和他发生过一场小冲突。他听说我和同僚们谈到对马海战时,对他的态度很不客气。于是就通过自己的参谋人员,企图把我骗去支持于他有利的和可以公布的那种意见。但我不买他的账。我也不愿意去见他。他非常生气,尤其是当他听说我认识鲁塞尔博士,并帮助他散发'颠覆政府'的小册子的时候。他发出召见我的正式公文,我无视礼节,穿着便服去见他,并始终坚持我独立的见解。所以他火了,一句话也说不出,只对我说,要是我敢回圣彼得堡,一定要把我关进要塞的监狱里。"

"看起来,卢杰斯特温斯基还以为他从日本海海底钻上来身上还不湿呢。"我说。

"的确,他是这样以为的。"瓦西里耶夫回答,"他不能吓住我,但有许多海军军官还非常怕他。为了巩固他的地位,他的奴仆谢苗诺夫中校还在外面散布谣言,说卢杰斯特温斯基还要被委任为海军总参谋部的总参谋长。谢苗诺夫那一班子人都竭力想在战争真实情况完全被人了解之前、之际、及之后,防止舰队总司令官的行为真相泄露出去。"

瓦西里耶夫还告诉我们,即使舰队安全地驶抵海参崴,卢杰斯特温斯基的指挥权还是会被解除的,这是个业已批准的决定。彼里列夫中将[1]将代替他。这一决定已由海军部用电报通知了卢杰斯特温斯基本人。当我们的舰队在对马海峡被击沉的时候,彼里列夫早已和他的参谋部到了海参崴,热切地期望那三十八个单位的舰队的到来,同时他还派出四艘辅助巡洋舰各自沿日本海岸游弋,以击沉日本的商船。彼里列夫相信,在他接管了第二太平洋舰队,刷新并修缮了各舰之后,他将给日本海军一个致命的打击。随后,他获得了日本海的制海权,就可以使在

---

[1] 彼里列夫中将是波罗的海舰队的司令官,在俄国海军界占有极重要的地位,但也是最昏庸无能的人。可参阅本书上部第一章第四节。——译者

满洲的俄国陆军对日本重新采取攻势。显然，他的幻想正在沙皇因为他的功绩而给予他的恩赏与权位上面驰骋。大概，他会得到一柄金质的佩剑，而他这位中将的善战的名声也将传遍全球。

但当驶到海参崴的军舰只有三艘，就是驱逐舰"威严"号和"勇敢"号，以及一艘实际上毫无用场的二级巡洋舰"金刚钻"号的时候，他是多么失望啊！彼里列夫随即乘坐西伯利亚的特别快车返回圣彼得堡去了。

瓦西里耶夫在结束的时候说：

"你们晓得在物质方面，我们舰队的给养是多么贫乏。这是彼里列夫应当负责的。然而，他丝毫没受军事法庭的审讯。相反，像一只甲虫一样，他还能从门底下爬进海军部。不消说，这种事实只有在俄国现实的特殊条件下才有发生的可能。"

在"弗拉基米尔"号要离开长崎之前，瓦西里耶夫派一个勤务兵来找我。等我到了他那里，我看见他正在收拾行李。

"有什么事情呢？弗拉基米尔·波利耶夫克托维奇，你要到什么地方去？"

"事情有了变动，我们军官们在长崎这儿领了旅费之后，可以任选一条回国路线。有许多人宁愿乘船经印度洋回去，因为可以避免严冬时节西伯利亚铁路上的痛苦。我想横渡太平洋，乘车通过美国，然后乘船经过大西洋回去。这样，我可以环游世界一周。"

"你真幸运啊！"

瓦西里耶夫把一张上面有他以遒劲的书法书写着什么的纸片交给我，说：

"这是我家的地址，把它交给你平素信赖的那些同志，另把他们的姓名和住址抄一份给我。我们大家应当互相联系。现在你就去，把你的朋友召集到前甲板上，我一领到旅费，马上就回来。"

"好的。"我回答。

一切都照他安排的做好了。我们聚集在前甲板上。司炉巴克拉诺夫、下士格罗莫夫、轮机兵楚纳耶夫、下士奥西普·费多罗夫、军士姆尔金、水手长沃耶沃金、枪炮电工兵施塔列夫、哥卢别夫和阿尔弗连科,以及别的许多人。瓦西里耶夫终于到了。

他把从英文报上搜集来的、关于俄国的最新消息告诉了我们。接着,依据这些事实,他描绘出一幅国内现状的图画。我们听了全都非常激动。当我注视着他,他外表的整洁给我很深的印象。他穿一套蓝哔叽的衣服、一件浆硬的白领,打一条黑领带,蹬着一双擦得锃亮的黄皮靴。他的思想和动作跟他整洁的打扮很相配。他每一句话既正确又明了,就像在读一本认真写成的书一样。一谈到对马海战,他详述了我们失败的原因。这些我早就知道了,但经他一说,它们就像用凸版印出来似的,清清楚楚地展现在我的眼前。

俄国舰队的战斗力只及日本舰队的一半,政府要不是发疯,就不应当派它到日本海来。

我们的组织是糟透了的。

在阵形活动方面,我们从未受过必要的训练,在海战中,我们各舰像发傻了似的在一个地方团团转,因此只能听任敌人轰击而不能作有效的回击。

其次,我们的许多军舰都是老古董,只配送进海军博物馆,而新式的和快速的跟它们一同行动,不得不把时速降为九海里。

各战舰是如此超重,以致它们的装甲大半淹在水中。因此从实际效果来说,它们已不是战舰了。小艇、各舱室的木制品以及别的木制家具给大火提供了许多助燃的东西,引起了那么严重的火灾。

运输船毫无用处,成了妨碍军舰运动的累赘。

日本每个炮塔或暗炮塔都有一架测距仪,我们每舰只有两架。我们的炮不能充分旋转,没有准确的瞄准器,使用不能爆炸的哑弹。炮塔容易发生故障，并由未经训练的炮手所使用，自然不能给敌人以损伤[1]。

"上级"和"下级"，直到战事爆发前，虽然面对着他们共同的危机，还是不能把力量联合起来。当时，极其尖锐的阶级仇恨充满着整个舰队。

当驶近对马海峡时，我们的舰队完全忽视了敌人，始终没有进行过侦察，就像参加军事检阅一样，而朝鲜海峡却是日本人最重要的海军基地。

不仅各舰的舰长，就是卢杰斯特温斯基和他的参谋部也从未研究过迫在眉睫的海战的战略和战术。各个舰长，甚至各战队的司令官，全未接到关于舰队总司令官的作战计划的通知——而实际上，卢杰斯特温斯基是否草拟过作战计划也很可疑。这样的事情，在世界的海战史上是完全没有前例的[2]。

此外，后来还晓得在白天五个半小时的决战中，没有一个将官在指挥第二太平洋舰队。它不断地玩着由后舰顶替前舰的游戏，而指挥前导的战舰的，却又是些仍然不知名的长官，或者甚至只是一个下士，是个普通的水兵。一个其组织如此荒谬的舰队，用不着什么优势的兵力也可以战胜它。

上述俄国舰队溃败的主要原因和其他一些次要的因素，大部分幸存

---

[1] 为什么炮弹不能爆炸呢？这一点后来由著名科学院院士克雷洛夫做了说明。海军部的某要人，以为经过热带漫长的海程，恐怕焦木素，即炮弹所装的高度爆炸物会过于干燥，有可能发生自爆。因为这缘故，炸药湿度的百分比由一般百分之十到十二增至百分之三十。一年之后，即一九〇八年，当斯维亚堡（在芬兰，离赫尔辛基不远）的炮台叛变时，由"斯拉瓦"号装甲舰（来不及和第二太平洋舰队一同出发，但使用同类的炮弹）加以炮击。后来炮台投降了，海军的炮手们简直找不出一发曾经爆炸的炮弹，但这事终为当时军事当局所封锁，不为人们所知。——原注

[2] 这一事实，在审查委员会中，由于尼波加托夫少将、恩奎斯特少将、克拉比尔·德·科隆参谋上校等人的口供而明显地暴露出来，甚至卢杰斯特温斯基本人也老实地这样宣布："我从未召集各将官一起商议作战的详细计划。总而言之，这样的计划从未起草过。"——原注

的士兵在战事一结束就立即知道了,但瓦西里耶夫却给我们列举了许多新的事实,而最使我们惊骇的,也许就是那张双方炮火的对照表。

每分钟发出炮弹的总数:俄国,一百三十四发;日本,三百六十发。每分钟射出金属的重量:俄国,二万俄磅;日本,五万三千俄磅。至于双方炮弹炸药质量的差别,简直是难以令人相信的:每一颗俄国的十二英寸炮炮弹装焦木素十五俄磅;每颗日本的十二英寸炮炮弹装下濑火药[1]一百〇五俄磅。俄国舰队每分钟射出五百俄磅炸药;而日本舰队是七千五百俄磅。

"但是,同志们,"瓦西里耶夫说,"除上述各点以及日本方面具有优秀的炮击技术外,你们要知道,下濑火药的爆炸力比焦木素等要强烈得多。"

望了望四周,看看他给听众以什么样的印象之后,瓦西里耶夫接着说下去:

"同志们,从上述的各种事实我们应当得出什么结论来呢?封建制度根深蒂固,又患了沙皇专制政治的病毒的俄国,已经受不了战争给予的考验,它是老迈的。而因明治维新而复兴了的资本主义的日本,却反而返老还童,打垮了我们的将官们和元帅们的好战和自大。我们的败北是谁的责任呢?不是哪一个人,而是整个国家制度,我们除了朝鲜海峡之外,在别的许多地方也有我们的'对马'。日本也一样卓有成效地战胜了我们的陆军、我们的铁路、我们的工厂、我们的造船厂、我们的教育界——我国整个受压制的和混乱的生活全都遭受了一场对马的败仗,这虽然不那么明显,但毫无疑问。然而,日本所征服的不是劳动人民,而是可恨而腐朽的我国政府。要是俄国的政权落在另一个阶级的手中,日本永远不会再得到这样的胜利。同时,它已给我们一个好机会,它使那些最卑贱的和最未受教育的人们看清了现实。幸而,我们陆军战士们

---

[1] 下濑火药系一种爆炸力特强的炸药,最初为日本人下濑雅元所发明。——译者

已掉转枪头,反抗那些叫他们白白送死的人们。战争已引起了革命,我们,对马海战中的幸存者,再也没有恐惧的理由了。"

"弗拉基米尔"号船的汽笛拉响了,表示它就要启航。

瓦西里耶夫的讲话就这样告一段落。他藏好许多同志的姓名和住址之后,在一百多个人的鼓掌声中离开了。过了五分钟,他从自己的舱室里走出来,走上上甲板,从跳板走到码头,这时候"弗拉基米尔"号刚刚驶离了系船柱。

我们的运输船向北驶,离开了长崎港,然后向朝鲜海峡驶去。北面吹来了稍强的海风,卷起了泛着白沫的海浪,而积聚的云朵正迅速地飘向后方。

我独自一人在后舰桥上站了好一会儿,虽然寒冷,但不愿走下船舱。我向渐渐远去的长崎投以最后的一瞥。我什么时候再到这青山环绕的美丽地方——有温暖的气候、葱茏的树木、盛开的菊花、体态轻盈的艺妓,以及迷人的、具有异乡情调的、既欢愉又神秘的长崎——来呢?

天向晚了。日本的海岸渐渐模糊,也很难分辨出云和海、地和天。在我们后面,一道灯光从灯塔里射了过来。

最后,寒冷逼着我走了下去。我的伙伴们正谈论着他们的家,他们所爱的人,以及战争与革命。有人用手风琴奏起欢乐的歌,有人吹着口哨伴奏,另一些人则在低声唱着民歌。

隔天,在强烈的北风中,大海怒号了。当我们刚驶过对马岛时,大部分人走上甲板来。那些失去了亲友与伙伴的人,用悲痛的目光注视着那怒吼的大海。八个月前曾染红过这大海的可怕的战争,现在却连一丝痕迹也没有了。有些人低头摘下帽子,随即就像刮起了一阵狂风,每个人头上的帽子全脱了下来。我们静默地,脸色苍白、阴郁地站了一两分钟,静听海风的呼啸,好像它正在这巨大的坟墓上哭泣。

接着谈话开始了。那些大胆地发泄自己感情的人,全不像我在战前所认识的人。他们从未这样做过,但现在全都前后判若两人了,早先对"军官"的惧怕已经消失了。

枪炮电工兵哥卢别夫从口袋里拿出一本翻破的簿子来,在风中挥舞着,说:

"瞧这个!在这本簿子里,我把有关日本舰队的和我们的全记下来了,完全是事实……"

我晓得他要说的是什么。在我的簿子里,我也记下了同样的事实。没有一次海战的战胜者不受到严重的损失的,对马海战是个例外。在这次大战中,以及当我们的舰队在旅顺口进行最艰苦的突围时,日本人毁灭了我们的第一和第二太平洋舰队,也就是整个俄国舰队。可是他们不仅没有受到严重的损失,实际上,反而增加了他们的海军实力。不久之前,日本天皇举行一次海军检阅,当时许多标着新名字的、被俘的俄国军舰都飘着日本旗。在旅顺口沉没、但随后被打捞上来的战舰有"勃列斯维斯特"号(改名"相模"号),"波尔塔瓦"号("丹后"号),"列特维扎"号("肥前"号),"波贝达"号("诹访"号)等四艘;巡洋舰有"巴拉达"号("津轻"号),"瓦良格"号("宗谷"号)和"巴央"号("阿苏"号)等三艘;还有在芝罘[1]俘获的驱逐舰"西尔尼依"号和"拉西利尼依"号("山彦"号),鱼雷舰"波查特尼克"号("卷云"号),"加打马克"号("识波"号)等。其次,还有第二太平洋舰队投降的战舰"尼古拉一世"号("壹岐"号),"奥里约"号("砚"号),"阿普拉克辛"号("隐岐岛"号)和"辛亚文"号("三岛"号);另有驱逐舰"迷惑"号("皋月"号)。在整个战争中,日本只有在封锁旅顺口时失去两艘战舰,一艘是"八岛"号,另一艘是"初濑"号;还有两三艘中型的军舰。换句话说,日本消灭了俄国整个海军实力,不仅没有减少自己的军舰,反而增加了五万七千九百五十五吨位。至于商船,在

---

[1] 中国烟台的旧称。——译者

战争期间日本失去商船三十五艘,总共五万五千六百五十二吨位,而它占领旅顺口时,却俘获了五十九艘俄国商船,合计共达十三万八千四百三十八吨位。

枪炮电工兵哥卢别夫开始大声地朗读自己的本子,但他还没有把细目念完,他已激动不安,大声喊道:

"这难道叫战争吗?这是屠杀!日本结果了我们,就像猎海豹者在冰雪上宰杀毫无抵抗能力的海豹一样。我们还要服从这样的政府吗?"

"弗拉基米尔"号的船首淹没在浪涛中,大股的海水沿着上甲板倾泻下去,浸湿了我们的脚。但水兵们却像生了根一样稳站在那儿,倾听着相互间的、关于革命的谈话。舰桥上的军官们都怯懦地窥视着这些反叛的和解放了的奴隶们脸上那难以形容的愤怒的表情。

我们全都晓得在这对马海峡的海底里埋葬着第二太平洋舰队的大部分舰艇,晓得我们正在驶过一个巨大的、埋葬了五千多人尸骨的墓地,而同时,我们也晓得在同一次战争中,日本只损失了一百十五个人。

沃耶沃金水手长脸色苍白,一边捻着唇髭,一边喊道:

"同志们,这次战争耗费了我们二十亿以上的钱财,也牺牲了我们无数的同胞,而我们得到了什么呢?……我一想到溺死了的水兵们,我的胸膛就要炸裂……同志们,我们这些幸存者,现在应当踏过他们的尸体前进……"

司炉巴克拉诺夫大步走到甲板的中间,走上一个关闭了的升降口,稳稳地站在那儿。他那给海水的泡沫溅湿了的方脸,现出了自信的表情,现在他用洪亮的声音说:

"亲爱的对马战争中的伙伴们,你们在这儿亲眼看见我们的同志们的悲惨命运。为什么他们会淹死呢?这是谁的罪过呢?现在我们全都知道了。你们对这件事有什么感想,我说不出来,但我却要掐住那些罪魁祸首的脖子,直到他们死了才放手!下次我们打仗时,那就不是为了朝鲜的森林,而是争取我们较好的生活!我们要在国内向我们的敌人进攻,像日本人把我们的军舰沉没在这儿一样,我们要把整个沙皇专制制度淹没在血泊中!"

"好!"传来了热烈的反响。

"我们要送它去见阎罗!"另一个人喊道。

司炉巴克拉诺夫继续说下去:

"要像把森林里伐倒的树木的根挖掘干净一样,我们要把国内那些统治者连根铲除!"

风在呼啸,"弗拉基米尔"号劈开山一样的海浪往北驶去。在倾斜的甲板上,人们发出了威胁的吼声,向空中举起拳头。

我们已经知道对马的消息早已传遍了整个俄国,引起了惊骇、激怒和痛苦,全国沸腾了。第二太平洋舰队覆灭之后一个月,战舰"波将金"号像是做出回答,已在黑海扬起了红旗。听说巡洋舰"奥加科夫"号已叛变了,喀琅施塔得和塞瓦斯托波尔两军港的海兵团也发生了类似的暴动。各工厂都已罢工,土地革命也开始了,大地主庄园里燃起了熊熊烈火。沙皇为维护自己的宝座,已不得不下令同意民主立宪。但人民马上看出这是一个骗局。莫斯科的街道上已筑起巷战的路障,革命的风暴猛烈地扫遍了整个俄国。

我从报纸上所知道的这种国内发生的事件,已跟"弗拉基米尔"号船上发生的风暴的印象融合在一起,它是那样新鲜,那样不同寻常,连我的心也震颤了。当我注视着伙伴们的脸孔,倾听他们那热烈的话语时,我似乎觉得,刚刚结束的战争和刚刚开始的革命,都只是未来更惊人的事件的序曲罢了。

草木荟郁、四周布满暗礁的对马岛,正处在我们的左边。现在在阴沉的天气下,望不见它,只能凭想象来描绘。在我朦胧的想象中,它仿佛是一个长着许多巨瘤的鬼怪,一个目击刚在这里演过一场悲剧的无言的证人。在这岛(其实只是一个突出在海面上的山峰)的顶上,是一个分成两半的尖峰,海员们都知道叫它"驴耳"。自此之后,这个驴耳蜂将成为一座永恒的纪念碑,矗立于沙皇专制制度,始终是可耻的、黑暗与无言的专制制度的坟墓之上。

附图

1. 对马海战中双方舰队的运动

一九〇五年五月十五日（旧历）

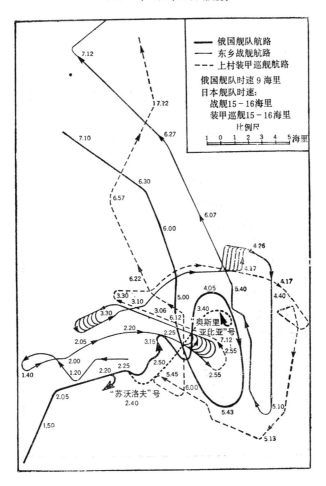

2. 一点十五分俄国舰队的阵形

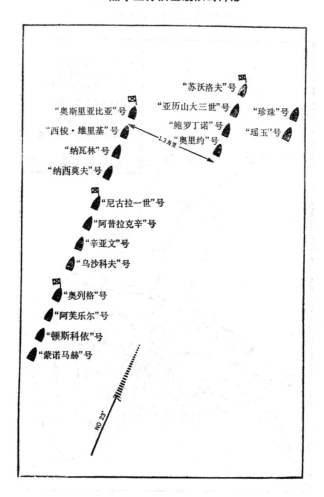

3.一点四十九分双方舰队的阵形

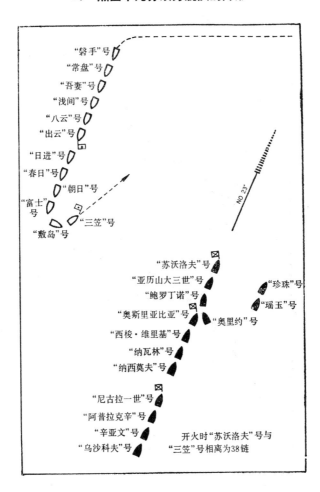

4.二点零五分日本舰队集中火力向"苏沃洛夫"号和"奥斯里亚比亚"号开炮

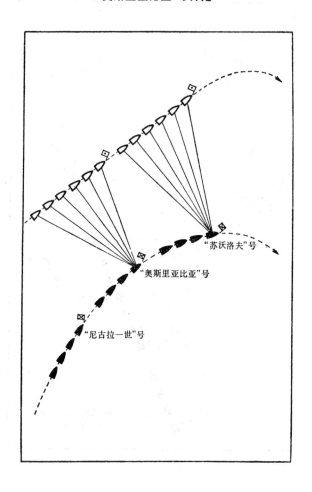

5. 二点五十分至三点十分双方舰队的阵形

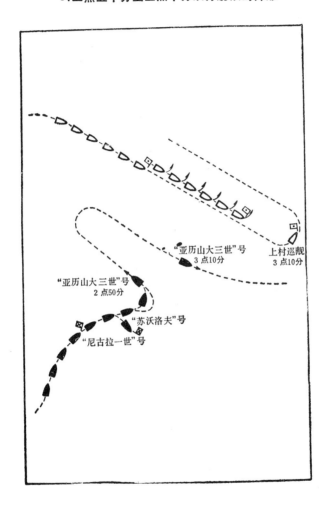

译后记

本书是根据 Eden and Cedar Paul 的英译本，参照上胁进的日译本译成的。英译本上部间有删节，下部系全译。当时因《现世界》篇幅无多，故只能依日译本增补了一小部分。文中许多海军专门名词，大半依照日译。插图系苏联怕夫凌诺瓦所作。

译者着手翻译本书，是在去年九月。因有其他事务，时译时辍，前后译名，恐有不统一处，又文中页难免有误译的地方，这些希望能得到仁恕的先生们的教正。

现在我应该在这里向下列各位致谢：翻译的时候，淡秋、载霍尔先生帮我解决了许多难题；出版方面，则得乃夫先生的帮忙特多。没有这几位，《对马》是不会与读者诸先生见面的。

一九三七年三月十日记

"俄苏文学经典译著·长篇小说"书目

沙宁　　　［苏联］阿尔志跋绥夫　著 / 郑振铎　译
罗亭　　　［俄国］屠格涅夫　著 / 陆蠡　译
少年　　　［俄国］陀思妥耶夫斯基　著 / 耿济之　译
死屋手记　　　［俄国］陀思妥耶夫斯基　著 / 耿济之　译
罪与罚　　　［俄国］陀思妥耶夫斯基　著 / 汪炳琨　译
卡拉马佐夫兄弟　　　［俄国］陀思妥耶夫斯基　著 / 耿济之　译
白痴　　　［俄国］陀思妥耶夫斯基　著 / 耿济之　译
铁流　　　［苏联］绥拉菲莫维奇　著 / 曹靖华　译
父与子　　　［俄国］屠格涅夫　著 / 耿济之　译
处女地　　　［俄国］屠格涅夫　著 / 巴金　译
前夜　　　［俄国］屠格涅夫　著 / 丽尼　译
虹　　　［苏联］瓦西列夫斯卡娅　著 / 曹靖华　译
保卫察里津　　　［俄国］阿·托尔斯泰　著 / 曹靖华　译
静静的顿河　　　［苏联］肖洛霍夫　著 / 金人　译
死魂灵　　　［俄国］果戈里　著 / 鲁迅　译
城与年　　　［苏联］斐定　著 / 曹靖华　译
钢铁是怎样炼成的　　　［苏联］奥斯特洛夫斯基　著 / 梅益　译
诸神复活　　　［俄国］梅勒什可夫斯基　著 / 郑超麟　译
战争与和平　　　［俄国］列夫·托尔斯泰　著 / 郭沫若　高植　译
人民是不朽的　　　［苏联］格罗斯曼　著 / 茅盾　译
孤独　　　［苏联］维尔塔　著 / 冯夷　译
爱的分野　　　［苏联］罗曼诺夫　著 / 蒋光慈　陈情　译

地下室手记	［俄国］陀思妥耶夫斯基 著 / 洪灵菲 译
赌徒	［俄国］陀思妥耶夫斯基 著 / 洪灵菲 译
盗用公款的人们	［苏联］卡泰耶夫 著 / 小莹 译
在人间	［苏联］高尔基 著 / 王季愚 译
我的大学	［苏联］高尔基 著 / 杜畏之 萼心 译
赤恋	［苏联］柯伦泰 著 / 温生民 译
夏伯阳	［苏联］富曼诺夫 著 / 郭定一 译
被开垦的处女地	［苏联］肖洛霍夫 著 / 立波 译
大学生私生活	［苏联］顾米列夫斯基 著 / 周起应 立波 译
奥尼金	［俄国］普希金 著 / 甦夫 译
盲乐师	［俄国］柯罗连科 著 / 张亚权 译
家事	［苏联］高尔基 著 / 耿济之 译
我的童年	［苏联］高尔基 著 / 姚蓬子 译
贵族之家	［俄国］屠格涅夫 著 / 丽尼 译
毁灭	［苏联］法捷耶夫 著 / 鲁迅 译
十月	［苏联］A. 雅各武莱夫 著 / 鲁迅 译
安娜·卡列尼娜	［俄国］列夫·托尔斯泰 著 / 周笕 罗稷南 译
克里·萨木金的一生	［苏联］高尔基 著 / 罗稷南 译
对马	［苏联］普里波伊 著 / 梅益 译
暴风雨所诞生的	［苏联］奥斯特洛夫斯基 著 / 王语今 孙广英 译
猎人日记	［俄国］屠格涅夫 著 / 耿济之 译
上尉的女儿	［俄国］普希金 著 / 孙用 译
被侮辱与被损害的	［俄国］陀思妥耶夫斯基 著 / 李霁野 译
复活	［俄国］列夫·托尔斯泰 著 / 高植 译
幼年·少年·青年	［俄国］列夫·托尔斯泰 著 / 高植 译
烟	［俄国］屠格涅夫 著 / 陆蠡 译
母亲	［苏联］高尔基 著 / 沈端先 译